本书获 2022 年度贵州省文艺精品创作扶持重点项目资金资助

本书获 2022 年贵州省出版传媒事业发展专项资金资助

茅台镇

(第一部)

袁兰雁 著

孔学堂书局

本书获 2022 年度贵州省文艺精品创作扶持重点项目资金资助
本书获 2022 年贵州省出版传媒事业发展专项资金资助

图书在版编目（CIP）数据

茅台镇 / 袁兰雁著. — 贵阳 : 孔学堂书局，2023.10（2024.1 重印）
ISBN 978-7-80770-443-0

Ⅰ.①茅… Ⅱ.①袁… Ⅲ.①长篇小说—小说集—中国—当代 Ⅳ.① I247.5

中国国家版本馆 CIP 数据核字 (2023) 第 146505 号

茅台镇 （全四册） 袁兰雁 著
MAOTAI ZHEN

责任编辑：黄文华　张基强　陈　倩
书籍设计：刘思妤
责任印制：张　莹

出　　品：贵州日报当代融媒体集团
出版发行：孔学堂书局
地　　址：贵阳市乌当区大坡路 26 号
印　　制：贵阳精彩数字印刷有限公司
开　　本：787 mm×1092 mm　1/16
字　　数：1638 千字
印　　张：97.5
版　　次：2023 年 10 月第 1 版
印　　次：2024 年 1 月第 2 次
书　　号：ISBN 978-7-80770-443-0
定　　价：268.00 元（全四册）

版权所有·翻版必究

《茅台镇》题记

顾 久

袁先生终于完成了一次"三级跳"——从《天地文通》到《文家老大》，再到《茅台镇》。

《天地文通》是话剧，是围绕贵州历史上著名的贵阳文通书局来展开故事的，演出后获奖无数。出版社的朋友认为题材不错，本土不说，还励志，于是撺掇他展开，衍为长篇小说，而袁先生正好为容量极其有限的剧本准备了大量素材，有话想说，于是技痒，最终写成上下部小说《文家老大》，付梓出版后反响很好。话剧《天地文通》和小说《文家老大》均结束于抗战胜利，缘于历史敏感，特别是中华人民共和国成立初期兴无灭资的历史，文氏至少算是一个资本家，是"灭"的对象，其间虽有无数沧桑往事，却难以启齿。尽管如此，文氏一家子依然在袁先生头脑中绞缠着，笑着哭着，痛苦着奋斗着，挥之不去，鲜活得很；而且改革开放后，贬义的"资本家"改称为褒义的"企业家"，是要"亲"要"爱"的对象，再加上茅台酱酒日益壮大，价格不断上涨，需要接续的故事越来越多……最终书成四部，更名为《茅台镇》。

运动场上的三级跳，不过倏忽之间，但袁先生的这个三级跳，却花费了整整十二年，与花木兰从军的时间一般长！

十二年来，文氏一家的辉煌与坎坷，欢乐与痛苦一直在袁先生心底倒海翻江，他要将这些半真实半虚构、既鲜明又浑沌的人物命运和时代变迁——诉诸白纸黑字。百多载的"三千年未有之变局",其间的风云诡谲、波澜汹涌;时代潮流中那些有名有姓的芸芸众生的爱恨情仇、生老病死,盘根错节,斩不断理还乱……我想他一定在倍感充盈的同时倍受折磨。在我眼里,袁先生是讲故事的高手,娓娓道来;又恰是针脚细密匀实的裁缝,心灵手巧,精心裁剪缝制。任凭你风浪滔天、关系庞杂,都是起于青萍之末或成于微澜之间,总得从"一"而"多"吧?于是,他从清末小镇有文化有见识又备受宠爱的蔡府独生女蔡花蕾自主择亲,爱上避祸远来的外地书生文理渊引发的小风小波开始,生动传情,妙趣横生……到第四部收束处,以文家第五代"文胆"文达德撰修家谱,将一百多年间七代人的血缘关系捋顺说清;又借发布家谱的机会,让一家老小聚拢在一起,其间还巧妙地让文家第四代的美国媳妇安吉拉定居在茅台镇,浓墨重彩地写了一笔,含谑带笑地将中西文化交融对比了一番;席间,更引出后代十对青年男女的集体婚礼,并选定于中华人民共和国成立七十周年大庆的那天举行。结尾处,文达德临时起意的婚礼致辞,把文家百年历程与当下国泰民安的大时代融为一体,收束巧妙,千流归宗,将风激云变、波起浪卷的文家百年史,落脚在风轻云淡、波静澜和之中。

我猜想,读者应当能从文氏一族的悲欢离合中,一窥贵州茅台百年巨变,也能了解自中国共产党成立之后,中华民族筚路蓝缕的一路风雨历程……

顾久,曾任贵州省人大副主任、民盟贵州省委主委、贵州省文联主席、贵州省文史研究馆馆长。现任《贵州文库》总撰。

目录

第一章　　001
第二章　　024
第三章　　046
第四章　　067
第五章　　088
第六章　　110
第七章　　132
第八章　　153
第九章　　173
第十章　　194
第十一章　213
第十二章　234
第十三章　252
第十四章　272
第十五章　292
第十六章　313
第十七章　336
第十八章　357
第十九章　379
第二十章　401

第一章

1

蔡好仁做梦也没有想到，蔡花蕾会爱上一个一文不名的穷酸书生，而且爱得那么死去活来，那么义无反顾。

蔡好仁够将就家里的这位千金小姐了。从小到大，百般呵护……再夸张点叫千般疼爱，干脆打个比方，有一天蔡花蕾想要天上的星星，蔡好仁一定会让街对面木匠铺的王三锤连夜紧赶着做一架长梯子，完了找个稳当的地方架起来，然后亲自爬上去选几颗品相好的星星下来，根本不管路途有多长。没得办法，从小到大就这么惯肆。"惯肆"是我们贵州这边的方言，就是娇惯、将就、宠着的意思。这在刀把镇是尽人皆知的。

刀把镇在遵义北边，是个旱码头。北上桐梓，东向绥阳，西去仁怀，南来北往的客都打这儿过。蔡好仁的爹就是看好了这块过客如流水一样的地盘，找亲戚朋友借钱开了一家早点铺子，专卖豆浆油条。

在刀把镇，卖豆浆油条的小铺多得很，但就数蔡好仁的爹卖得最好。为什么呢？因为蔡好仁的爹脑筋好用，爱琢磨事。豆浆油条这种北方的吃法自从落到了蔡好仁的爹手里，就没断过花样更新。他以本地民众的口味作为基础，先是弄了一种软软的薄饼，薄饼上面刷上甜咸适度的酱，将刚炸好的油条卷在薄饼里，这一口下去，你想嘛，味道肯定丰富。当其他店铺跟风一样也推出这样的油条薄饼时，蔡好仁的爹又在酱的成分上面做起了文章。先是加了些红红的油辣椒；进而放上两根香葱；接着再来些切碎了的折耳根……哎哟！反正他就是想方设法让别人吃了一回想二回，吃了二回想三回，勾引别个。就这样，钱就朝着热和的地方流,等到后来传到蔡好仁手上时,已经是一时半会想死都死不去的那种阵势了。

蔡好仁手艺不如他爹,但脑筋是一个模子拓过来的,好用。有点钱他就想着买房子买地,有了房子就开店。旅店、饭馆、大车店、澡堂子……凡是符合"码头"这样的地方特点的店他都开,时间一长便成了气候。等到蔡花蕾看上了读书人文理渊的这个年代,蔡好仁已经是刀把镇的首富了。那一年是1877年,光绪三年,蔡花蕾年方二八。

蔡好仁一脸的痛心疾首,说:"姑娘哦!天底下的男娃娃多的是嘛,文理渊……他算是哪棵葱葱嘛?!"

"爹哟,我就说你没得读过书嘛,还不认账!哪里有把别个读书人比作葱葱嘛?我晓得,你就是嫌别个没得钱,你有不就行了?一边有钱一边有文化,那就是天底下的绝配嘞!爹哟,别的不说,文理渊!单这个名字就好有味道哦!文化的文,道理的理,渊博嘞渊,文理渊!爹,你再听那些乡下娃儿,不是小腊狗就是小腊妹,认识字的顶多敢取叫冬瓜呀,麦苗呀,都是地里头那点东西。爹,你不是说就是天上的星星你都帮我摘吗?未必……对,文理渊就是我要的星星!"蔡花蕾一口气把这段话说完,大气都不喘。

蔡花蕾的尖嘴利舌随妈。蔡好仁一直就说:"哎哟!我硬是脱不了你家两娘母的爪爪噢!"

蔡花蕾的妈是被蔡好仁的爹相中的,当年一个风风火火、泼泼辣辣的乡下丫头,在蔡好仁的爹找来算命先生测了八字之后,当场就三下五除二地拍板下了聘礼。就因为人家姑娘是火命,而蔡好仁的命里面只有水。蔡好仁的爹相信天地万物一物降一物的说法,儿子轻飘飘的命相中有了这么一把火,大安。

只是人算不如天算。女儿的满月酒刚刚办完,蔡好仁就出了事情。

那天,两个贼人偷到了蔡好仁的家,而且捡了一个没有月亮的晚上,就是江湖上说的月黑风高。

蔡好仁的爹有一杆火铳,就是那种先装火药,再放些铁砂子,然后用一根铁钎子充充紧;屁股后头通火药的管子放上底火,拉起枪机……总之麻烦得很。就在那天夜晚,蔡好仁听见动静后,就那么一通麻烦之后,端起了火铳,轻手轻脚地来到了贼人身后,火铳的铁管子抵在人家腰杆上。

"伙计!"蔡好仁一副瓮中捉鳖的腔调。

不想这一声"伙计"惊动了另外一个贼人，蔡好仁不知道另外还有一个。于是，黑麻麻的院子里就起了动静，不一会儿就听见"砰"的一声响，紧接着就听见有人哎哟哎哟地喊。等家里人点亮了油灯出来时，只看见蔡好仁倒在血泊之中，两手捂住自己的下身，鸡娃子杀地喊天叫娘……

那时候乡下没有"手术"这一说，游走四方的郎中就用捣得稀汪汪的草药往蔡好仁的小二上一敷，再缠上些白布就算完事，这是土手术。后来搞清楚了，蔡好仁的两个蛋子子被打得稀烂。不幸中的万幸，小二还有一半用途，新陈代谢的功能还能将就用。人家就问，那晚上究竟发生了什么？火铳不是在你手里吗？蔡好仁就叹气，说："老子管他发生了什么，心烦！烦得很！"

就因为这一出，蔡花蕾从今往后就成了老蔡家唯一的"血脉"。尽管"女血脉"一般都不能被认定为正宗血脉，只是比没有强。

那个时候，女的不行了，男的还可以有诸多办法可供参考，最不济，"典"个女的来家里生孩子也行。但是男的要是不行了，像蔡好仁，你就弄出多少花花肠子来也都只是个摆设，跟皇城里的太监出宫后弄出来的那些"摆设"一样。中国人最爱说无后为大。蔡好仁的爹就生闷气，说也不知道是哪个龟儿子想出来的什么什么为大这一条！如果他知道此话是被尊为"亚圣"的孟子说的，估计不会加上"龟儿子"几个字。既然断了念想，老人家每天只能对天流泪，还不算太老就匆匆驾鹤西去，像是眼不见心不烦。

就因为这一出，蔡好仁对独生女儿的千般疼爱便有了出处。那年头女娃儿是不能进学堂的，男女授受不亲哦。看着自己家这根独一无二的"女血脉"，蔡好仁思来想去，一狠心，在刀把镇捐了一间学堂，为的就是要让蔡花蕾今后能读书。十岁那年，蔡好仁把女儿送进了学堂。那是1871年的事情，比1897年上海电报局总办经元善在两江兴办女学堂还早23年。也是得益于天高皇帝远，刀把镇这边的事情一般很不容易传到京城那么遥远的地方去，很多事情都是地方上的大户说了算。况且人家蔡好仁家情况也的确特殊一点。后来，蔡花蕾不但进了刀把镇的学堂，最后还进了贵阳的高等学堂。

蔡好仁的这一步棋，让长大成人后的蔡花蕾感激有加。

2

文理渊正是刀把镇上蔡好仁捐的学堂的先生，教书匠，老家安徽，是在一个荒年上来的贵州，走到刀把镇时正赶上原先的教书匠受人之请去了遵义，管事的听说街上有个衣衫褴褛的家伙竟然读过《诗经》，喊来一试，果然"关关雎鸠，在河之洲"地念得一字不差，便立马顶上了这个缺。

凭着老蔡家在镇上的实力，平日里做些捐资办学之类的善事是必须的；更何况蔡花蕾就是这间学堂出来的，因此老蔡给予这家学堂的善款就格外地多。时间一长，镇上就成立了一个什么什么会，专门负责捐资办学，蔡好仁自然而然就被加冕了一个理事长之类的头衔，总之就是拿大头的钱。所以，教书先生的一去一来，"理事长"家理当要有个态度，点头或者摇头。正好蔡花蕾在省里读完了高等学堂归来，平日里一个人也闷得慌，那天听说学堂来了个新人，没事都会赶过去一探究竟，何况蔡好仁差人将她找来说："我忙呢，代表爹过去看看，哈？"

蔡花蕾第一眼看到文理渊时，心里就一咯噔。

这个时候的文理渊当然已经是焕然一新了。本来就长得雪白干净的一个小伙子，手里拿本书，用他家乡那种温暖人心的安徽口音，抑扬顿挫地读着诗歌："桃之夭夭，灼灼其华。之子于归，宜其室家。桃之夭夭，有蕡其实。之子于归，宜其家室……"

当文理渊的余光看见窗外依稀的人影时，扭头一看是个姑娘，便谦谦一躬身，算是致礼。搞得人家蔡花蕾心里头又一咯噔。

就凭这两咯噔，当学堂管事的来老蔡家征求意见时，蔡好仁就看蔡花蕾，蔡花蕾只管点头，蔡好仁自然就跟着点了头。

自打这一天起，学堂就成了蔡花蕾家的"菜园门"，随进随出不说，还隔三岔五地带来些吃的东西。你想嘛，她爹是刀把镇上八成大厨的老板，那还不尽拣着好东西来？

文理渊说："哎呀，真是对不住！不好再这样啦！"

蔡花蕾说："不知道合不合你的胃口？我还特意叮嘱他们少放辣椒呢。"

文理渊说："不是……只是……我是说……你坐……"

蔡花蕾一屁股坐在先生批改作业的椅子里，翻看着面前摊开的《诗经》。就算人家文理渊不说这一句"你坐"，她也不会不坐。这下好，你情我愿。

蔡花蕾风情万种，说："好吃吗？"

文理渊那厢顿时乱了方寸："好……啊？我……还没吃呢！"

蔡花蕾就笑，直笑得人家文理渊眼前一片灿烂。

文理渊也跟着笑了。

笑就是一种调和剂，它会把人与人之间释放出来的情愫揉碎了混合在一起，然后再将这些混合了的情愫悄没声息地、平均地还给参加在这些笑声里的每个人；其中一个最显著的作用，就是人会因此松弛下来，进而，还会将原先锁死了的门慢慢打开；门一开，该进来的东西就会进来，该出去的东西就会出去。同性之间都会有这种效果，换成异性，这个过程会更快些。

文理渊就是在这样的、无数次的笑声里打开了心门，当然喽，别个蔡花蕾的"门"本来就在那儿一直敞着。

所以，蔡好仁对于这个轻不得重不得的闺女原本就没有什么好办法。辗转反侧了好几个晚上，前因后果地梳理了数十遍，最后得出一个结论：穷小子也行，但是——蔡好仁把这两个字说得很有分量，以显示下面将要说的话的重要程度，然后清清嗓门，还十分多余地吞了口唾沫，说："必须——入赘！"

3

文理渊老家在安徽滁州，离著名的琅琊山不远。祖上多是读书人，只是仕途不畅，为官的不多。最大的要算他爷爷，做到一个县的盐运司知事，从八品。七品都叫芝麻官，这种比七品还矮三等的官，你要找一个形容它小的词汇都难。就这种微小仕途他文家也只摊上过这么一回，到了他爹这儿，又做回了百姓。

人不如意时，每每怨天尤人。文理渊他爹就是这样，特别是喝了酒，趁着酒劲大着胆子，该说不该说的话都说，而且哪句动静不大不说哪句，说的时候神情还很威猛，眼睛红红的，一副天底下只有人怕我没我怕人的劲头。结果就出了马脚。等到官府来拿人了，才知道那天自己稀里糊涂就说了一句对万岁爷不恭的话，而且好几个人都异口同声地作了旁证，你是老盐运司知事的儿子也没用。押进大牢的当天晚上就悬了梁，读书人丢不起这个人哪！人死了事情更大了，说是居然敢和皇上横，对着干！那更是扎扎实实的死罪嘞。这下好，多的事情都出来了。

那时候兴连坐，罪名大的灭九族。

消息传来，儿子孙子们赶紧逃吧，还不敢走一根线，怕被人赶上了一锅端呀。文理渊便只身朝南边去，一个好好的家说话之间就这样散了。后来听说搞清楚了，就是多喝了几盅，不到灭门的罪过。但一家人已经各自西东，连消息都不知道该往哪儿送。

文理渊一路走来经过一个旱灾区，便将自己的身世隐藏了起来，称自己是逃荒的。到了夜深人静的时候，文理渊总是想起小时候跟着祖父游琅琊山，流连于醉翁亭前，自己为祖父诵读《醉翁亭记》的情景。读着读着，也不知道哪儿刮来的一阵风，竟将自己掀到了万丈悬崖之下。惊得一身冷汗，翻身坐起时头又撞着了岩洞的石壁，血流了下来，跟脸上的泪水汇成了一路……

要不是蔡花蕾一而再再而三的笑声，文理渊几乎已经忘记了笑是怎么一种表情了。

在文理渊心底，入赘？那断然是嗤之以鼻的，开什么玩笑！！

可是眼下，他只是默默地看着蔡花蕾。眼前这个如花似玉的女孩那一脸烂漫的笑容，分明就是他命里的女菩萨，是上天派来救人于苦难的观音大士，还是……文理渊不想再找更多的理由了，他轻声嘟囔了一句："女菩萨！"

蔡花蕾说："什么？"

文理渊说："我……答应你！"

蔡花蕾一脸惊奇："就……这就……其实我爹……"

文理渊拦住蔡花蕾："你爹能够收留我，其实……是我的福分。"

蔡花蕾最服这样的软和话，你要是红眉毛绿眼睛地跟她硬来，她的眼睛比你还红。这就是缘分。说缘分不用找，是时候它自然就到，说的就是蔡花蕾和文理渊。

蔡好仁很受用，想想自己已经残缺的人生终究最大限度地得到了圆满，也是前世修来的福分。怀着一片虔诚和感激，蔡好仁和蔡花蕾的妈专门去了一趟贵阳，到黔灵山上的弘福寺去捐了一个山门。而对所有的人都是说去买东西。

"迎娶"的日子定在丁丑年（光绪三年）的正月二十一，这一天"惊蛰"，九九的第三天。按照公历，是1877年的3月5日。

二十的上午，蔡好仁领着一对新人上了山，到蔡好仁的爹的坟头又烧香又磕头的。蔡花蕾和文理渊双双跪在一大块白棉石雕刻的墓碑前，蔡好仁神情凝重地站在墓碑与新人之间，两手抄在衣襟前，口中念念有词。旁人听不清他念的什么，总归是沟通阴阳，祈福平安之类。

蔡花蕾耐着性子听着；而文理渊则是真心实意地在祈祷，显得相当虔诚。蔡好仁看在眼里，等念叨完通常的内容之后，用只有他自己听得见的声音追加了一句，说："爹，好歹我给你带来半个儿子，也算尽了孝道喽！"

二十一这天，酒席摆了大半条街，是人是鬼都来吃。刀把镇以及刀把镇周边的人跟过大年一样，因为蔡好仁放了话，管够！

人们拖家携口，奔走相告。当然嘛，刀把镇大多数人家就算是过大年，也都是胡乱凑合一点腥荤打发娃儿，哪里敢跟人家大厨的手艺较劲？再掐指算算，刀把镇就这么一个首富，首富膝下就这么一个娃儿，完喽，今生今世就这么一顿饭，不吃白不吃。因此，光绪三年农历正月二十一这天，刀把镇的人不分男女，吃膈食的不在少数。几天下来，恶臭的嗝和屁走到哪里都能闻到。

4

说种瓜得瓜，种豆得豆。当蔡花蕾的肚子渐渐地大得必须穿着专门定制的衣裳时，已经到了打谷子的季节。

数蔡好仁急。

因为他不晓得女儿肚子里的到底是瓜是豆，一天要来问好几趟，说依着老婆当年生花蕾时酸儿辣女的经验，蔡花蕾喜欢吃辣，于是更急。硬是不甘心，四处打听下来，说还有一个办法是看孕妇肚皮和屁股的形状，也能大概断出个一二三来。这件事蔡好仁不好意思亲自去断啊，就紧催紧地让老婆去探了一回虚实，结果没有参照物。谁也不知道"瓜"该是什么样的屁股，"豆"又该是什么样的肚皮。

蔡花蕾火了，吼道："不要瞎想了，爹！生下来是个姑娘我把她掐死！"

蔡好仁转身便走，一句话没敢说。

"真的是！只要娃儿生下来壮实，瓜豆有哪样嘛？！那当年你咋个不把我掐死嗬？！"蔡花蕾越想越气。

文理渊马上说："别生气别生气！爹也是心切了些，瓜豆都是他的嫡亲，他都会喜欢。就像你，从小到大都是他心尖尖上的宝，啊？"

蔡花蕾说："颠三倒四的，烦！搞得肚皮里面的人都生气嘛！"

文理渊急忙趴在蔡花蕾的肚子上听，说："没有没有，睡觉呢。"

蔡花蕾说："哎，名字取好了没有？我看你这几天写了不少。"

文理渊说："瓜豆都还不知道呢，我只是先顺个思路。等有了结果，还是要请爹给说一个的好。"

蔡花蕾说："不不不！那肯定不是小腊狗就是小腊妹，这要叫一辈子嗬！别个花银子都要请先生取名字，先生自家的娃儿反倒要找别个，不行！"

文理渊说："好好好，我亲自来，行了吧？"

蔡花蕾笑了，说："那你让我喝一小口？"

文理渊脸一沉，说："不行！说好了生了孩子，坐完月子嘛！"

蔡花蕾也沉着脸："我要是偷偷喝了你也不晓得！"

蔡花蕾好酒，这个根子在蔡好仁那儿。蔡好仁酒量不大，但每顿饭都要闷上两口，从第一口脸就开始红，脸一红就感觉周身都安逸。蔡花蕾一两岁上头，蔡好仁感觉安逸的时候就会用筷子蘸上些小酒往娃儿嘴里塞。也怪，除了最开始的几次表现出不适之外，这个娃儿后来的表现是蔡好仁始料未及的，都后悔当初不该给她酒吃。小小花蕾先是不反感，随着年龄的增长，还开始喜欢上了；到了出嫁前，每天做晚饭的徐孃都要准备两个酒盏，爹和姑娘一人一个。蔡花蕾说其实不是非得喝多少，只是一定要闻一闻酒香。蔡好仁就说，扯！蔡好仁知道女儿跟自己一样，喝酒之后那种晕乎乎的感觉真是一种享受。人们之所以把"酒色"两个字绑在一起用，其实也是对这两个字所代表的那种晕乎乎状态的一种推崇。

管他的，反正都说我们家是首富，喝！蔡好仁想。

后来和文理渊发展到亲嘴时，好几次人家都问是不是喝酒了。蔡花蕾就问怎么啦，文理渊就说不雅。这当然比爹妈的捶胸顿足管用得多，蔡花蕾便起了心思，暗地里掐自己的嘴，决心不再喝了，至少亲嘴之前三四个时辰不喝。而亲嘴大多都是在有风有月亮的晚上，所以，夜晚饭桌上的酒杯也不知道啥时候起就剩下一只了，只是在没有"活动"的时间段上偷偷弄上两口。

一个人的日子演变成了两个人的日子，而且慢慢还会变成三个，或许四个，五个，六个……谁知道呢？况且人家文理渊说得也在理，所以，现在蔡花蕾感觉有想喝两口时，总是先问问丈夫。

文理渊语调相当柔和，说："道理其实你都懂，我反反复复讲反而伤感情，你说呢？"

蔡花蕾就叹口气，说："说婚姻是爱情的坟墓，看来也不是一点道理都没得哈？"

文理渊起身说："那我去帮你倒。"

蔡花蕾忙拦住，说："哎哎哎！人家只是说个笑。"

文理渊就说："我也是。"

这就是蔡花蕾喜欢文理渊的地方，顺着你走，但又把持着原则。就是这样的德行，让遵义县令赵太爷对这个乡下的教书先生也高看一眼。

文理渊是个热心肠，爱帮忙。平日乡间邻里有个大物小事，断个公道找个曲直都爱来找他；哪家要写个什么书函信札自然也都来找先生。事情始于刀把镇王家和刘家的土地纠纷，不亦乐乎地直闹到了赵太爷那里，刘家的状纸便是请文理渊执的笔。赵太爷一读，耶，非但文笔好，还在后边加了个注，说两家人平日里关系还算通顺融洽，只要中间有人勾兑，出不了大乱。赵太爷有心一试，果然爽，两家人冰释前嫌，握手言欢。一方平安本来就是县太爷的福，一高兴，说有请刀把镇文理渊，还特地叮嘱传话的衙役要得体。

再得体的衙役那也是衙役，眼睛看人的时候一定带着"官家"的轻蔑。老蔡家的人当然也是读懂了这样的目光的。衙役也不跟人家说什么事情，只说县太爷有请。蔡家按照习惯思维就不知道自己家的谁犯了哪出，不知道人家葫芦里装的什么，心里不免就打鼓。而且数文理渊最甚，因为老家出事的那一幕依旧历历在目，有案底。这一路上那叫走也不是停也不是，十五个水桶七个上来八个下去，忐忑。

一直到文理渊高高兴兴地从遵义回到刀把镇，蔡花蕾悬着的心才落回原处。

"人家赵太爷是请我去喝酒、说话，算是交下了一个朋友！"文理渊说。

蔡好仁说:"算是?他咋个就想起来哦?"

文理渊说:"赵太爷是看了我给刘家写的状纸,就一心要交我这个朋友。"

蔡好仁说:"哦,状纸还有这样大的作用呵?"

蔡花蕾就急,说:"哎哟爹,是你家姑爷的……文笔,是才华,晓得不?跟状纸哪样关系嘛!"

蔡好仁就骂:"那狗日两个衙役凭什么用那种眼神看人呢?狗眼!"

还不要说,文理渊自从入赘蔡家,方方面面都渐渐顺畅起来,原先的晦气远远地不知藏到什么地方去了。独处的时候想想,一个异乡客没打没拼的就顺风顺水,真是托了人家蔡花蕾的福,要不是她,哪里来的今天嘛?就像是扯起了顺风的帆,有时候你想收都收不住。

光绪二年(1876)的十月,曾经在山东任巡抚时杀了当朝太后身边的红人安德海的那个丁宝桢出任四川总督,第二年的四月间来贵州巡视时路过遵义,遵义县令赵太爷当尽地主之谊。席间丁宝桢提起一件事,说随行的陈姓师爷染疾不治,病故于路途。帐下诸多事务失调,急需补缺。

丁宝桢说:"还望赵大人举荐贤能,丁某一定唯才是用。"

赵太爷第一个就想到了文理渊,说:"巧得很啊,乡间就有文姓教书先生,名理渊者,为人得体,文章上乘。下官与文先生有过往来,实为可用之材也。"

丁宝桢大喜:"果真如此,赵大人这就解了老夫之燃眉了!"

当天夜晚,文理渊便乘着县太爷的官轿出了刀把镇。

马上就有不探明究竟晚上睡不踏实的人前来打听,说那乘官轿好像在遵义城里头见过嘞!

蔡好仁说:"好像?那就是县太爷的官轿!是赵太爷请我们家姑爷夜商国是,嘿嘿嘿嘿!"

前来打探消息的人不止一个,就听见一片"啧啧"声,搞得蔡好仁比自己赚了银子还安逸。后来大家才弄清楚,还不止"国是"于此。一夜之间,老蔡家的上门女婿文理渊,竟成了赫赫有名的丁宝桢丁大人帐下的幕僚。

幕僚是什么?那就是丁大人的左右,鞍前马后,出谋划策,呃,再说得明白一点,就像太后老佛爷身边的公公——安德海。

"放你妈的狗臭屁呦!"蔡好仁打断说话的人,说,"天底下好人多的是,打比方你也要找个好人嘛！公公？真的是……妈嘞哟！"

说话的人大概一时话说急了，忘记了老蔡的身体状况，应该不是故意。

5

丁大人在贵州巡视了一圈，回程又过遵义时，特准文理渊回了一趟刀把镇。你不要看文理渊只是个幕僚，没品没衔的，刀把镇可是把他当作比赵太爷还牛逼的官员来接待的。当然，接待所需银两还归自己家老丈人那里出。

老蔡家屋里屋外地摆了七八桌，从仁怀拉来的坛子酒搬了一坛又一坛。

蔡好仁格外地高兴，酒也灌得过了些，说："这叫老天有眼啊！按理我就是个大不孝，呃！老天爷就送来个姑爷！学而优则仕啊！便便当当就入了别个丁大人的门子，马上还要入川为官！哎哟！我都害怕我消受不起哦！你想嘛，家里头不久又要添……添口……"

蔡好仁本来想说"丁"字的，嘴巴都憋成了"丁"字的口型，最后又使劲弯回来说成了"口"。他是怕话说过了到时候脸上不好看，说完了心里又后悔，未必……连想法都不准有？！

那一夜，蔡花蕾依偎在文理渊的怀里就没有合过眼。她是刀把镇上唯一一个不愿意文理渊去四川的人。

"我要你又不是要你的官，我是要你这个人！"蔡花蕾说得眼泪哗哗转。

文理渊认识蔡花蕾至今，还是第一次看见这个女人的眼泪。就用嘴吮吸着他认为是十分金贵的东西："哟，淡淡的咸味嘞！"

蔡花蕾偎得就更紧，眼泪也就更多。

文理渊说："朝为田舍郎，暮登天子堂，将相本无种，男儿当自强。我虽然不会有这么大的心，但是男儿当自强还是每个人应该有的志向。人家赏识你，你还真要做得让人家感觉值得。趁着年轻到处走一走，看一看，也算是人生快事。孩子有你，家里有爹妈，文理渊无忧无虑，也算是前世修来的福气！我也不想离开你和孩子呢！"

蔡花蕾说："对了，说好给娃儿取名字的，你这一走……"

文理渊说："傻瓜，既然你都说了先生家的娃儿没有让别人取名字的道理，我都已经想好了。"

蔡花蕾仰着脸："说！"

文理渊说："按照我们安徽的家谱，我的下面是'知'字辈，知道的知。如果是儿子，就叫……知——辉，辉煌的辉！"

蔡花蕾说："知辉？怎么个说法？"

文理渊说："辉是我们安徽'徽'字的同音，就是不要忘记我们祖籍地的意思。"

蔡花蕾说："哦！文知辉？那……要是个女娃儿呢？"

文理渊说："那就叫知琴，琴棋书画那个琴。"

蔡花蕾说："文知琴！"

文理渊说："好吗？"

蔡花蕾说："你说的都好！"

文理渊说："只是……先跟爹说一声，里里外外都不失礼。你说呢？"

蔡花蕾说："人家晓得。"

天麻麻亮时，文理渊上了路。来送行的人很多，除了蔡花蕾。

当轿夫们的脚步在街道的麻石路面上踩踏出窸窸窣窣的节奏时，轿子里面的文理渊被这样颤颤悠悠的运动节律弄得精神起来，真的有了些踌躇满志的感觉。而这时，蔡花蕾正独自抹着眼泪，哭得伤心伤意。

6

文理渊初到四川的那一年，正是丁宝桢大力推动盐政新法的开始。行为处事一贯大刀阔斧、雷厉风行的这位封疆大吏，在盐政革新中的所向披靡，深深地触动着文理渊这个偶然来到总督大人身边的年轻人。

四川的盐，除了供给本省食用外，相当一部分用于接济云南和贵州两省，后又扩大至湖北的州县，覆盖广泛，历来都是四川这个"天府之地"的重要财税来源。咸丰一朝以来，四川的盐业秩序的混乱已经是多少年叠加起来的痼疾，官吏舞弊，奸商投机，致使盐都自贡的大半井灶颓败，口岸荒废，商人歇业。云南、贵州、四川三省盐业遭受重大打击，面临停歇的威胁，百姓食盐困难。

丁宝桢到任后，摸清了盐务致乱的原因，当即推出新政，奏报朝廷，很快奏准。上谕在手的丁宝桢，便大刀阔斧干开了。

首先制定了"官运商销"的大政章程。主要有改革盐务管理机构、疏通运盐河道、严厉惩办不法盐商等措施，很快就见到了成效。凡事历来如此，有人管和没人管就是不一样。那些污吏和奸商也都是有脑筋的人，看着丁大人铁青着的脸，加上那年大人以太监出都门违犯祖制为由，将权倾朝野的安德海安公公拿下，押至济南就地正法的赫赫口碑。知道这回碰上了个惹不起的人，也就收起了嚣张，学着做一回乖。当然嘛，不见成效才怪。而这个"官运商销"的大章程，正是由遵义府衙赵太爷推举的师爷文理渊为首的一个"班子"提供给大人的，在丁宝桢心里，这便高看了这位幕僚一眼。

丁大人是贵州平远（今织金）人，他知道贵州百姓对川盐的渴望。

说起川盐入黔，除了与全国各省盐政积弊相同之外，这里还多出一条运输艰险的难题。贵州北部及西北部处于云贵高原向四川盆地过渡的区域，地貌上形成了背斜成山、面斜成谷的特点。山高谷深，地势险峻，山道崎岖，猱猿难攀。而水道又以流量小、滩险多、岸高壁陡、险阻难航为特征。所以川盐入黔必须历尽千难万险方能到达目的地，因此其运费之昂贵，历代居高不下。所以多少年来，贵州的百姓将吃盐当作过年。有"黔人十钟粟不能易一斗盐"之说，广大百姓一直过着"斗米斤盐"的日子。

川盐入黔有四个口岸，一是仁岸，从四川合江到贵州仁怀，走赤水河；二是綦岸，从四川綦江到贵州松坎，水路；三是涪岸，从四川涪陵到贵州思南，走乌江；四是永岸，从四川叙永到贵州毕节，半水半陆。其中数遵义府辖内的仁岸最大，起点在四川合江，终点在贵州境内一个叫茅台的小地方。赤水河在贵州境内长约500里，在崇山峻岭间蜿蜒而下，沿途滩多水急，到了茅台这里出现一个平缓的荡湾。像是一路跑累了，水流也需要有一个喘息的机会，茅台镇就是赤水河的驿站。

早在乾隆十年（1745），皇上就奏准开发过赤水河，炸滩疏滞，开山凿路，于次年竣工。当时从赤水以下可行大型木船，赤水以上至仁怀，可通小型木船，但在吴公岩等几个一时无法疏通的大险滩处仍需搬滩换船。逐渐形成了由合江出来，赤水、猿猴、土城、二郎滩、马桑坪、茅台镇等大小码头。

到了光绪三年（1877）丁宝桢入主四川，光阴已经走过了一百多年。小差错日积月累也成了大毛病。且不说盐政，就是一路下来的水路旱路也都破败失修，艰难成阻。再加上厘卡林立，重征苛派；胡子贼人，把持索取。你说商人们哪还敢做这种吃力不讨好的买卖？以至于这边川盐滞销，那边黔盐匮乏。

成都总督府的东厢房是丁宝桢和幕僚们议事的地方。府衙里的大物小事都是在这里商量定夺的。一天议事之后，丁大人单独留下了文理渊。

丁宝桢开门见山，说："已经奏准在泸州设立专门办理川盐入黔事务的'黔边盐务总局'，先生于两省边势民情洞悉无遗，且才气足以济事，我想请先生驻局，督办官运商销黔盐事宜。不知先生意下如何？"

文理渊心里一咯噔，这是人家丁大人在委以重任呢。立马跪下，双手抱拳举过头顶，说："得大人赏识，晚辈愿肝脑涂地！"

丁宝桢扶起文理渊，说："不仅于此，我们还将于仁、綦、涪、永四口岸各设分局。同时疏浚河道，修整驿路。总之就是要重整川黔盐路，造福于两地百姓。但事多人少，想请先生兼顾仁怀分局设立的同时，也顾及一下赤水河河工河务的督查。我知道，一肩数担，老夫也实属不得已呀。"

肝脑涂地你都说在前面了，后面还说得出个"不"字？文理渊虽然不清楚丁宝桢托付的所有事情加在一起到底有多难多复杂，但一个落难的从八品盐运司知事的后代，能够得到丁大人这样的重托，于理于情他都只剩下了感激。文理渊瞬间伏地，说了四个字："万死不辞！"

丁宝桢虽然不知道这位幕僚过去的故事，但文理渊眼前的动作和话语分明是生死相托的那种感觉，让这位叱咤风云的老官也不免心里一热。

7

贵州多雨，毛毛雨飘起来就没个完，有时候十天半个月见不着太阳。阴历十一月间，小风一起，刀把镇上的人就把两只手插到对门的袖笼里面，身子缩成一团。再冷些就抱来碗口粗细的树干架在火塘的灰堆上，引燃，让它一点一点燃烧，做饭取暖都是它了。殷实点的人家取暖和做饭分开，做饭在厨房，用柴火；取暖用枫炭，有泥塑的小炉子，圆的，四周用铁丝围着，编个耳朵，可以端着到处走。

蔡花蕾就是端着这样的小火炉上楼梯时摔了一跤。为了躲避到处乱飞的、烧得红彤彤的枫炭，摔跤的后果就尤其严重。

要在平常，对于上天揽月下海捉鳖眼睛都不眨的蔡花蕾来说就不是个事情。但人家现在是大肚皮喽嘛！眼看着裤裆下面湿成一片，很快还见了红。好在天冷了没人出门，大家都在。喊人的喊人，抬人的抬人，烧水的烧水，铺床的铺床。等到产婆子捞脚挽袖来到跟前时，说是已经能看见小娃儿的黑头发了。这一天离生产的日子还差着二十多天。

蔡好仁在外面那个急呀，恨不得冲进去一看究竟！但是，这点觉悟他有，他知道哪些事情该他看哪些不该他看，就因为有觉悟所以就更急。只听见隔着两道门的厢房里面乱七八糟地什么声音都有，打仗一样，就是听不到娃儿的啼哭。

蔡好仁不禁仰天长叹："狗日的！哪里来的那么多乱七八糟的声音嘛！"

蔡好仁后来才晓得，要是那天是个好天气，也许就会有人想出去串串门子，活动活动身子骨，到处走动走动？那就完了！就因为家里人多，就因为快，不但小娃儿没有被憋死在娘胎里，蔡花蕾也没有在儿子诞生之际奔走奈何。

对，是个儿子。

哎呀！蔡好仁那个高兴啊，又敬天地又拜菩萨又谢祖宗，不亦乐乎。白天看着娃儿笑，夜晚想着娃儿笑。蔡花蕾就说，爹是不是疯了？

蔡花蕾的妈就说："是，想孙子想的！"

"嗯，命大，命大！命大！！"蔡好仁一连说了三个命大。

三天了，才想起问。说是不是该有个名字唉？

蔡花蕾就说："爹，你们家女婿说了，说这个名字请你老人家定嘞。"

蔡好仁说："那咋个要得嘞！那咋个要得嘞！他是先生……啊不，他是仕，我是民，按天地君师……哦，我是父呵，不不不，还是不得行！这样，人家文理渊是先生，对吧？那我这个老丈人……就请他这个先生给起个名字，花钱嘛，该行喽？"

蔡花蕾说："要得，数钱！"

蔡好仁说："耶，给钱那是给别个先生的！"

蔡花蕾说："先生的钱归先生家婆娘管！"

蔡好仁就笑："要得要得，差到，差到嘛！那你赶紧写信给先生说嘛。"

蔡花蕾说："算喽，我是逗你玩的。人家早就把这些事情想在前头喽。说了，如果是女娃娃，就叫知琴……"

蔡好仁马上迫不及待，说："那要是男娃娃嘞？"

蔡花蕾的妈就说："啧！急哪样嘛急？"

蔡好仁一听真的急了，说："嘿！我……我正急！！"

蔡好仁说这话的言下之意很多，你都不好一样一样去分析。

蔡花蕾就说："好喽，现在不用急了。"

蔡好仁看了女儿一眼，看得出眼睛里面透出来的感激。他心想，哎呀！老天爷是公平的呀！

蔡花蕾说："是儿子，就叫——知辉。"

蔡花蕾故意停顿一下，又拉长一点声音，一是要显得郑重，二来也有一点骄傲的意思。人家当然可以骄傲嘛，特别是在她爹跟前。

蔡好仁问："哪两个字嘛？"

蔡花蕾说："知道不知道的那个知，光辉的辉。"

蔡好仁歪着头咂摸："知辉？蔡知……啊不不不！文知辉？有啥子说头唉？"

蔡花蕾说："说了，知是排辈；辉和安徽的'徽'字同音，就是不要忘记祖籍地的意思。还有就是希望后辈人发达，辉煌。"

后面这一句是蔡花蕾自己加的，当然也代表着一家人普遍的、一贯以来的想法。

蔡好仁用脑袋画着圆圈，说："文——知——辉，好！这回有根有据了，好啊！"

满月那天，蔡好仁亲自抱着文知辉去了山上，在蔡好仁的爹的坟跟前跪了好长时间，依旧念念有词地嘀咕一通。

蔡花蕾说："爹，我来抱娃儿，你不好跪嘛。"

蔡好仁一扭身子，说："那怎么行嘞？我这是帮娃儿在跪嘞！"

在蔡好仁脑筋里，这就是在尽孝。他不仅要让坟墓里面的人隔着大石碑亲自看一眼这个曾经让人把心一直悬到嗓子眼、眼下却活灵活现白白胖胖的孙子，更是要让自己好好地满足一下。满足一下抱孙子的感觉，也满足一下抱着孙子在刀把镇上走路的感觉，还满足一下抱着孙子在自己家亲爹的大石碑前跪着念叨的感觉。总之,这些感觉他都是有生以来第一次经历,而且盼星星盼月亮一样盼了很久了。

满月酒的酒席上,每个客人碗里都有两个用染料染红的鸡蛋。这就相当于在刀把镇上贴了一张告示,蔡府添丁。

轮到蔡好仁每桌去敬酒时,他肚子里的酒精也差不多到了位置,舌头也就不听招呼起来。

蔡好仁被两个人搀着敬酒,端酒杯的那只手都端不稳酒杯了,歪歪斜斜的;嘴巴也吐字不清了,说:"喝……喝哈,吃……吃红蛋哈,不吃……不吃是孙子哈!呵呵呵呵!"

没等转完一轮,蔡好仁就被抬回了屋。

8

给文理渊的家书是递送到成都总督府的,而文理渊恰好去了仁怀,在赤水河沿途的施工点上奔走忙碌着。等蔡花蕾的书信辗转到达文理渊手上时,已经是第二年的春天了。

文理渊相当高兴。

等天色晚到分不清对面走来的人是男是女了,文理渊独自来到山坡上,从怀里摸出两只小烛三根香,找到家乡的方向,点燃香烛,三叩九拜之后,跪在地上小声道:"爹!娘!儿子虽然不能尽孝,但儿子没有辱没文家!儿子为文家添丁加口了!"

人其实很脆弱,随便一点风吹草动就能把一大家子轻而易举地搞得土崩瓦解,文理渊不愿去想,却不能忘怀。但生命力又很顽强,不论生存于什么样的环境中,它一定会努力向上,哪怕挣扎得遍体鳞伤。文理渊庆幸自己在向上的过程中没怎么挣扎,更没有遍体鳞伤。这都是因为蔡花蕾。突然之间,文理渊感到一种冲动,一种从体内某个地方迸发出来,然后迅速传遍全身的颤栗。他感觉浑身起了一层鸡皮疙瘩,摸摸脸,真是鸡皮疙瘩!禁不住小声唤道:"花蕾!"

一阵夜风吹过来，竟让自己没有感觉到往日的那种寒意。哦，春天了。文理渊心里马上出现了一个词，嚎春。

他看看四周，大概只分得出黑色的山影和浅灰的天空。文理渊豁出去了，深吸了一口气，对着天空和大山高声喊道："蔡花蕾！！"

花蕾、花蕾、花蕾……声音在群山之间回旋，飘荡。

怪！你还不要说，远在刀把镇自家房间里奶孩子的蔡花蕾心里就一咯噔。蔡花蕾放下孩子走到窗口，隔着窗户纸听了听，想想，又回到了孩子身边。

第二天，文理渊便修书丁大人，报告了这边的情况，同时表达了日久天长、思乡切切、请求告假探视家小之意。写完后让手下快马急送成都，并将手边的事情安排妥当，只等丁大人批复。

人要是心里面有了事情，其他的事情就都不叫事情了。几天下来，文理渊竟感觉吃饭都没有了胃口，恨只恨路途遥远哪……

好在丁大人也是麻利人，接到信件提笔就批了，还夹了一纸让交给遵义的赵太爷，还让下面招待了送信人一顿成都小吃，额外包了一包点心。送信人心满意足地连夜踏上了归程。

9

回到遵义，文理渊先去了衙门，将丁大人的书信交给了赵大人。信中无非是说文理渊好用，表示感谢之类。赵大人一高兴，要留文师爷吃饭。文理渊是明白人，思归的心再切，父母官面前也需要有礼有节。

黔北是贵州的酒缸。顺着这个理由推演下来，你在遵义当官说酒量不大都不好意思。

于是，丁大人的幕僚在赵太爷的幕僚们轮番推杯交盏的过程中很快便一塌糊涂，以至于赵太爷的那顶官轿又派上了用场。

当官轿在刀把镇百姓的簇拥下停在蔡好仁家门口时，文理渊还没醒过来。

家里人看见这阵势，不知道这是来了谁。

蔡好仁小心地拉拉轿夫的衣摆，朝轿子努努嘴。

轿夫一路上抬了个不是太爷的人心里就一直老大不高兴,懒球说,一下子掀开了布帘。

宿醉未醒的文理渊也就一下子被展现在刀把镇老少爷们的面前。

聚拢过来观瞻的人没有一个眼睛不是瞪圆了的,也没有一个的嘴巴不是张着的,却没有一个人发出声音。

还是人家蔡好仁见的世面多,最先出声,说:"姑爷?!"

人群里立马爆发出一种怪里怪气的声音:"啊呀!"

紧接着,人们就像是见到了自己家的姑爷一样,纷纷说:"是姑爷!真的是姑爷嘞!"

蔡花蕾是在屋里听见爹说的那句"姑爷"才反应过来的,她分开人群朝大门口奔来,后面跟着抱着文知辉的母亲。

文理渊第一眼看到蔡花蕾那花蕾一般的脸庞时,热血一下子就涌了上来。他想站起来,嗨,脚居然是软的,用力一撑,站倒是站起来了,身体却晃了几晃。

"哦哟!"人群顿时发出一声惊叹。

蔡花蕾的血也在往上涌,只是面色青白,气息有些急促而已。

文理渊感觉自己站定了,稳了稳神,几步跨上去,一把抱住了蔡花蕾。

正儿八经说一句,这一幕在刀把镇有历史以来肯定是头一回得见。老少爷们先是愣了一下,紧跟着便众口一词地发出一片"啧啧"之声。

啧啧啧啧……

蔡好仁看着两个人那么忘情地弄在一起,他心里对这种事情就这么一个"弄"字。年轻时自己也弄,但那是在私底下,没人看呀。

蔡好仁看看四周,乡亲们那一双双如饥似渴的眼睛让他觉得脸红,急忙咳嗽了两声,以示告诫。

两个人根本没听见,一个泪流满面,一个满心感激地还"弄"在那儿,还要说人家蔡花蕾的妈聪明,伸手在文知辉的小屁股上掐了一爪,娃儿"哇"的一声啼哭,这才解了老蔡家门口场面上的难堪。

文理渊接过蔡花蕾传递过来的文知辉,举在眼面前,看着看着就笑开了颜。

第二天吃饭的时候,蔡好仁借着喝了几口酒,瞄了蔡花蕾一眼,说:"这个这个……以后啊,有些事情啊……嗯?还是有个规矩要得体些。你比如……"

蔡花蕾一听就知道老爹要说什么，抢过来说："晓得喽！晓得喽！又不是得抱别人家老婆，有哪样嘛？久不见了嘛，都像你们，躲起弄？"

蔡好仁眉头那儿马上揪成了一个疙瘩："哎哟！"

文理渊急忙说："都怪我都怪我！以后注意，一定注意！"

"对嘛，是要注意嘛！私底下可以……哎嘛！"蔡好仁连当着大家的面说"弄"字都有点脸红。他这完全是心理作用，其实这个"弄"字跟西方人的"做爱"一样，已经相当文明了。

在家里的这些天，文理渊给了蔡花蕾一个男人能给女人的全部。当然，蔡花蕾也奉上了自己能付出的所有温柔，余下的时间都给了文知辉。

初为人母人父的他们的那种新鲜感和强烈的爱，是第二个孩子不可能得到的。在中国，如果第一个娃儿是儿子，得到的爱就会更加夸张些。皇帝娶那么多老婆干啥？主要就是为了生儿子做准备的，保险。当然也有费气巴力弄了半天最后也没弄出个名堂的，那就是命。所以人家蔡花蕾骄傲啊，蔡好仁也骄傲，根子都在文知辉这儿。

文理渊也不是不想骄傲，是因为自己根本就不能跟人家蔡花蕾比，底牌是花的，这是很要命的哦！虽然事情已经过去了，皇上也留心不了那么多的鸡毛蒜皮，但文理渊不知道呀。

哎呀，两个人把个娃儿横过来抱，竖过去抱；看着鼻子也对，耳朵也不错；更可人的是下巴还是双下巴，说明伙食好嘛！抱在手里沉甸甸的，安逸死喽！是嘞，抱个娃儿你要是感觉轻飘飘的，那肯定有麻烦事情嘛。

文理渊完全掉进了温柔乡。

人啊，蹲大牢就度日如年，在温柔乡里就光阴似箭。眼睛还没有眨着几下，丁大人给的日期就到了。

走那天，刀把镇的乡亲们又一次聚拢在蔡好仁家门口，看着蔡花蕾那一双泪眼迷离的大眼睛，好些人都想跟着哭它几下。直到文理渊一竿子人拐上了去遵义的官道，还有好几个人不忍离去，他们是心痛蔡花蕾。

10

文理渊回到四川大半年后，川黔两省的盐路就畅通了，仁岸分局逐渐运转自如，护路的盐军安定营也发挥了威力，正所谓大功告成。这既是丁大人为四川人做的好事，也是他丁宝桢为家乡人做的好事。丁宝桢高兴啊，文理渊当然也高兴。

在总督府的东厢房里，丁宝桢对文理渊说："事情都摆在那儿呢，我为黔省有先生这样的干练之材感到高兴啊！老夫已经上书皇上，准备为先生封官加爵……"

文理渊一听就要下跪，被丁宝桢一把拉住，说："人啊，得一知己当比手捧陈年佳酿啊！我呢，认你这个知己！"

人与人之间有时候几句话就能把距离拉得很近。文理渊现在就感觉自己和丁大人的距离特别近，近得都不用再说"肝脑涂地"之类的话了。只是想，士为知己者死啊！转念一想，这跟肝脑涂地有区别吗？文理渊呀文理渊，你怎么老是遇上贵人呀？先是蔡花蕾，现在又是丁大人，以后……

文理渊不敢再往下想了，再想就有点过分了，做人不能过分。

对了，有些老话是有它的道理的。比如说花无百日红，人无千样好。说的就是事物是呈曲线运动的。既然是曲线，那就会有谷峰，当然也会有谷底。

而让文理渊没有想到的是，"谷底"会来得如此之快。

女人俏了，就会招蜂引蝶；而男人富了也会招惹别人的眼球。事情就出在蔡好仁身上。首富嘛，那还不相当于拿针扎一些人的眼睛啊？

这大概也是命，他蔡好仁的命里就躲不过贼人。先是一搂火把好好一个人变成了"皇家佣人"，接下来就更惨。

光绪四年的秋天，一伙棒老二——就是北方人说的土匪、山大王，我们这边叫棒老二——不知道什么时候起就钉上了蔡好仁。大概他们觉得收获的季节到了，该活动活动了。棒老二们的头儿斩钉截铁地说："就他！"

下面的棒老二就说："听说他家姑爷在四川做官嘞。"

头儿说："管球他！未必他还喊四川的兵勇过来不成？"

狗日棒老二们的头儿就是个注了水的猪脑壳，人家不喊四川的兵勇过来，就不兴人家喊遵义的兵勇过来？

棒老二们绑了蔡好仁的第三天，赵太爷率领的兵勇就旌旗招展地开进了刀把镇。

赵太爷是这样想的，还不要说文理渊是我亲自推荐给丁大人的，更不要说人家丁大人还为其写过表彰文书,就凭人家是官宦家属这一点,你狗日棒老二不看僧面你要看佛面嘛!这要是不给点颜色看看,那以后还不绑到我府上来了?不行,剿!

看嘛,一方父母官都动了颜色,你几个棒老二还会有好日子过?

而且,说他几个乌合之众没得文化真不冤枉。给人家蔡家留下的交换条件上,除了要求银两多少多少之外,还写着"必须将银两送到某某山某某洞"之类的憨话。根本就不知道辗转、腾挪、迂回、包抄、虚实结合等打劫专业词汇的含义。

顺藤摸瓜,遵义的兵勇轻而易举就摸到了某某山某某洞跟前。

眼见着送来的不是银两而是密密匝匝的冷兵器,全体棒老二都把怨气撒向了那个头儿,他们只用了两个字,憨包!!!

到了地方才知道,棒老二之所以敢写某某山某某洞,也是因为这个山洞的确是易守难攻。若是老蔡家纠结起四朋八友要来硬的,那还真不是对手。就是遵义的兵勇也还战略战术地研究了一番,才开始动手的。

兵书上说,上兵伐谋,是故百战百胜,非善之善者也;不战而屈人之兵,善之善者也。赵太爷心里也想做一回"善之善者",但是他做不了。因为他派去喊话的人,连第一波劝降的内容都还没说完,山上就噼里啪啦飞下来一些乱石,马上就伤了几个兵勇。

赵太爷立马就火了,说:"耶!硬是不想成全我做一回善者哈?要得,那就来嘛!"

他马上叫来旗下一个骁勇善战的校尉,指指山洞说:"我给你两个时辰。"

校尉手搭凉棚,看看上面,又看看四周,说:"太爷抬举了,一个时辰!"

专业的到底是专业的,上面那帮子业余的还没等到半个时辰,就被熏得跑出山洞缴了械。他们哪里抵挡得住嘛?兵勇们用点燃的干茅草团雨点一样往洞里扔,烟雾很快弥漫了山洞的每一个角落……

战斗真的没一个时辰就结束了。只是等到兵勇们在某某洞的一个角落里找到蔡好仁时,老人家已经奄奄一息。后来才搞清楚,是棒老二里面领头的那个"憨包"见大势已去,而且鸡飞蛋打,前功尽弃,一怒之下将怨气全撒向了刀把镇的首富。

蔡好仁被抬到自家堂屋时,气还没断。一家人呼天抢地的哭喊他也没听见,当蔡花蕾靠近时,蔡好仁拼尽最后一点气力动了动嘴唇。

蔡花蕾赶紧趴在老爹身上,隐隐约约好像听见了一个"辉"字。

"辉?赶快抱儿子!!"蔡花蕾大喊。

文知辉被抱来了,蔡花蕾把儿子举到蔡好仁眼前,哭喊道:"爹!辉来了!辉来了啊!!你睁眼看一眼哪!爹!!"

一时间,蔡好仁在人世间的所有念想全都汇集在看孙子的这一眼里,那样的肝肠寸断,那样的柔情万种,那样的难分难舍难离去……

蔡好仁的眼睛被涌上来的泪水包裹了起来,同时也闭上了眼睛。

客观地说,虽然蔡好仁的一生这门那门的诸多不如意,但是在黄泉路上的最后这一段,蔡好仁是幸福的。人的一生求什么?生不带来死不带走,就求咽气的时候能有幸福的感觉。蔡好仁咽气之前看见的是文知辉那两只黑白分明、天真无邪的大眼睛。单凭这一条,蔡好仁可含笑九泉。

《魏书·张普惠传》中说:人生有死,死得其所,夫复何恨。

第二章

1

文理渊从接到报丧家书的那一刻起,心情就落到了谷底。怎么会呢?怎么会呢?!他反反复复就是这么一句,像是问别人,又像是在问自己。

丁宝桢除了说几句宽慰的话,再就是迅速准了文理渊的假。还差人送过来一包银子,说是以备急需。文理渊也顾不上客套了,归心似箭。

当天夜里辗转反侧,东想西想,哪里睡得着嘛。快天亮时迷糊了一会儿,等到随行的小吏过来敲门时,文理渊就感觉有些头晕,沉甸甸的。跨上马鞍还有点飘,他顾不得这些,三鞭子重重地打在马屁股上,马儿撒开蹄子,长嘶一声,路上只留下一团尘烟。

当他们赶到合江准备登上赤水河运盐的船只时,文理渊临时改变了主意。

由赤水河逆流而上直到茅台这条线路,文理渊就像熟悉自己的手掌纹理一样熟悉。监督河工那些年,他在这条河上来来往往数十次,连水流哪一段急哪一段缓,哪里有暗礁,哪里有弯道他都一清二楚。由于从四川往贵州是逆水,沿途全靠纤夫牵引,费力不说还是重船,一天走不了多少路。所以,他临时决定改走陆路。虽然水路可以节省很多体力,不那么辛苦。但文理渊不需要节省体力,需要节省的是时间。他的心早就飞回刀把镇去了。

文理渊当然不会知道,就是因为这样一个谈不上好或不好的决定,完完全全改变了他的人生。

打从丁宝桢告诉文理渊已经奏请皇上,准备为他封官加爵,当时那一跪虽然被丁大人接住了,回到住所后,文理渊还是扎扎实实地跪了一回。

文理渊点燃起香烛,将摆放烛台香炉的桌子搬朝了京城的方向——北方。

文理渊三叩九拜之后伏在地上，心里默默叨念："皇恩浩荡啊，居然照耀到我一个落魄人的身上来了！还说什么呢？假如丁大人所说的得以成真，文理渊就是肝脑涂地也没法报答皇恩呀！当然还有丁大人，知遇之恩啊！恩师呀！恩师在上，请受学生一拜！"

文理渊没敢妄想做官之后会怎么怎么样，但起码这是个起点。你必须有一个起点让自己先站住，才可能有随后的一步一步向上的台阶。而这第一个台阶，文家祖祖辈辈不知道盼望了多少年。

谁都知道，从隋炀帝开始的科举制度都推行一千多年了。想走仕途的人谁不是乡试、会试、殿试，过五关斩六将一样，一步一步熬过来的？然后在生员、举人、贡士、进士，大浪淘沙一般，一级一级挤上来的？

不要说具体去应试，你就是想把考试的各个环节以及头衔的名称搞搞清楚，都不是一件容易的事。说太多了也记不住，就说殿试。

参加殿试的都是各省选上来的人尖尖，都有着"贡士"的身份。殿试是皇帝主持的考试，分三甲录取。第一甲赐进士及第，第二甲赐进士出身，第三甲赐同进士出身。第一甲录取三名，第一名称状元，第二名称榜眼，第三名称探花，合称为三鼎甲。第二甲第一名称传胪，第二名……

算了，名堂太多，一时半会说不透彻。

这还是官面上的。谁要在私底下走个什么路子，塞点什么包袱，甚至于找个什么刀手，玩一回什么冒名顶替，那就只能是天知地知当事人知的事情了。

人们只知道《神童诗》里的"万般皆下品，唯有读书高"这种人人心仪的憧憬，只有读书人自己才晓得寒窗苦读的艰辛和千军万马挤独木桥的惨烈。要不文理渊家世代读书也才出了个"从八品"？

所以，当丁宝桢郑重其事地说出"已经奏请皇上"这句话时，相当于人家功名显赫的丁大人以自己的身家和名望在皇帝面前保举了文理渊。一，皇上一定不会驳丁大人的面子，就是说官有得当了；二，没费力气嘛；三，俗话说衙门大了丫鬟都带"品"，费气巴力保举一个人如果是"从八品"，人家丁大人自己都不好意思，所以官阶一定会高过从八品。至于几品，看点子。点子就是运气，要是碰上那天后宫里添了丁，皇上一高兴，多少品都打不住。

你文理渊还不该跪？

但是，文理渊白球跪了一回。

2

文理渊和总督府的小吏从合江启程，一路快马加鞭，不几日便来到贵州境内的土城。快是快，但由于文理渊心情一直不好，加上离开成都那天就开始染上的风寒，跟几天下来的劳累叠加在一起，就越发严重了。

小吏说："要不在这里找个郎中看看，休息一下？"

文理渊试着绷紧全身的肌肉，感觉还能撑，就说："算了，走！"

离开土城没多远，天上就下起了雨。起先不大，慢慢就大成了倾盆之势。麻烦的是他们还处在一个前不巴村后不巴店的地方。

文理渊想这下完了。回去？不是；向前？也不是。

小吏看出了文理渊的踌躇，说："大人，还是朝前吧！最起码一点一点接近。"

文理渊看看对方，一鞭子打在马屁股上，算是做了回答。

大雨、山路、心急、病体，不用说，这一切如果不演绎出一个什么结果来，都对不住老天爷。

果然，在山路的一个弯道处，等文理渊和马都看清了脚下的山崖时，已经没有回旋的余地了，人和马一起翻下了山崖……

文理渊苏醒过来时，已经是三天过后的傍晚了。

小吏说："还好，那山崖不过两丈多点高，而且下面是刺蓬。马断了两条前腿，大人断了左胳膊。马已经送给了把大人抬回来的农民。"

文理渊问："我们这是在哪儿？"

小吏说："土城。我已经花钱定了一挂马车，打算等大人好一些就……"

文理渊知道小吏没说出下文来的意思是在请示，回成都还是去遵义。他没加思索便说遵义！尽管他说完了才感觉到浑身散了架一样，哪儿都不听使唤不说，还痛。文理渊还是补充了一句："明天就走！"

小吏说："能行吗？"

文理渊说："行也走，不行也走！"

第二天上路时，小吏多买了两床棉被，让文理渊尽可能躺得舒服一些。就这样，文理渊在贵州的崇山峻岭间被一路颠簸着终于挨到刀把镇时，病情不可避免地加重了很多。

蔡花蕾眼前这个病弱不堪的文理渊，和上一次离开刀把镇时那个玉树临风的文理渊根本对不上号。胳膊上缠着绷带不说，关键是一脸的病容病貌，精神萎靡，目光呆滞。上次喝醉了酒冲上来不管三七二十一就和蔡花蕾弄在一起；这次……就是拿两个壮汉架着，也弄球不成了。

最可怜的还是蔡花蕾，才死了爹，现在又把盼望了好久的丈夫这个样子迎进了家门。第一眼见到文理渊，眼泪就像开了闸口的水渠，关都关不上。刚想开口问个缘由，蔡花蕾的妈抢在了前头，说："进屋说，进屋说。"

蔡花蕾的妈是突然意识到的，在刀把镇上这些"包打听"的众目睽睽之下，万一随行来的小吏要说出个什么不清不楚的缘由来，你还能堵住乡亲们的耳朵？

在蔡花蕾的妈心里，像自家女婿这样的单身男子在外面十天半月还不怕，一年半载你还管得了？特别是文理渊这种既春风又得意之人难免风流，正是一些有想法的女子上佳的猎捕对象。再者说，从文理渊包扎的状况上分析，小吏要说出个什么花案之类，比如被哪个女人家夫君打成这个模样，都属于正常。

女人天生就有这样的戒备心理。只是蔡花蕾的妈因蔡好仁早早地就断了那根花花肠子，自己放心大胆、松松活活过了一辈子。哎，这回把积攒起来的那点心思全用在了女婿身上，也算没有浪费。

即便之后听了小吏说完前因后果，蔡花蕾的妈在心里还追加了一句：编得还像嘛！

完了，文理渊掉进了黄河。

3

两个月后，文理渊在蔡花蕾的悉心照料下，慢慢恢复了元气。特别是文知辉高一声低一声地已经会似是而非地喊人了，这让文理渊特别快活。心情一好，病就走得快。等到胳膊腿完全和从前一样了，可以打道回府了，文理渊又陷入了深深的愁绪之中。

虽然小吏回去肯定会上报,但文理渊回来后不久就修书丁大人,说明了一路上发生的情况。丁宝桢也回复了下属,告诉他安心将息,什么事情都等身体好了之后再说。

但是,文理渊是个负责任的人,身体一好转就开始惦记自己的那些责任,当然也惦记丁大人。然而在家住了这么一段时间之后,文理渊心里最割舍不下的,是刀把镇,是老外婆,是蔡花蕾,是儿子,是自己入赘的身份,是已经失去了当家做主的男人的这个家。

能不愁吗?成都那边不光有自己推卸不了的担子,还有大人的情谊;更重要的还有文家人苦苦追求的、目前已经唾手可得的仕途哦!

"我也想你顶戴花翎,受人敬重,我也想做一回官太,出出进进有公家的轿子坐一回,还要让轿夫们心甘情愿地抬着走,多好?但是……老蔡家怎么办?祖上传下来的这些买卖怎么办?文知辉……还有他的即将会有的兄弟姊妹们怎么办?如果说子不教是母之过的话,刀把镇上的这些买卖我蔡花蕾也是掂量得起的。我只是觉得家里如果没有一个男人,不说不是个家么,起码不完整。我说这些话是因为爹去了,之前,我好像没有说过什么吧?"蔡花蕾说这番话的时候出奇地平静,你甚至都听不出有什么抑扬顿挫。

文理渊就坐在蔡花蕾对面,眼睛一直没离开过妻子的眼睛。

文理渊想想,说:"可……我也不会经商呀。"

蔡花蕾说:"谁说要你经商了?"

文理渊说:"那……对了,你说什么……我们儿子的……兄弟姊妹?"

蔡花蕾说:"你过来。"

文理渊过来,问:"什么?"

蔡花蕾说:"坐下。"

蔡花蕾拉着文理渊的手放到自己的肚子上,然后看着对方。

文理渊马上感觉到了蔡花蕾已经隆起滚圆的小腹,反应过来,说:"又……"

蔡花蕾点点头。

也是,仕途固然重要,但是……文理渊之所以在这个地方用这么一个转折词,是因为他已经被蔡花蕾的话和凸起的小腹搞得没了主张。天地良心,要不是人家蔡花蕾,我文理渊哪有今天?这个反问其实不过是给自己的回心转意找一个借口，找一个台阶，一个心理上的台阶。

一个人的时候，文理渊就想，要是没有这两个月的将息……要是没有摔下山崖……要是没有改走陆路……要是不知道赤水河水路的缓慢……要是没有去河工做监督……要是没有丁大人的赏识……要是没有赵太爷的推举……要是没有蔡花蕾的爱……

一圈下来，推理又回到了原点。

道理想通了，主张也就有了。文理渊特意去了一趟贵阳，到黔灵山上的弘福寺燃了三炷香，包了些银子给庙上；又在街上买了些女人和娃儿的用品，这才返回了刀把镇。他之所以这么做，目的是先给自己的思想放个假，然后再把离开刀把镇之前想好的那个主张重新过一遍脑筋，看看没什么破绽了，这才开始实施。

文理渊给自己找了个理由。其实教书育人，从来都是读书人的天职。看看人家孔圣人杏坛授业，不也桃李满天下吗？不走仕途一样报效国家，楷模嘛！

就这样，文理渊给丁大人写了一封长信，讲明了自己的想法，说还请大人体谅。

让所有人都没有料到的事情又一次在刀把镇上被传得沸沸扬扬。

给丁大人的信送出去的第三天，遵义县衙的五个衙役在通常是给赵太爷开路的那种大锣"咣咣咣咣"的声音里来到了刀把镇。这声音本身就是扬威耀武的意思，这下好，刀把镇大半百姓都被这声音召集到了蔡好仁家门前。

严格说，现在应该叫文理渊家门前了。尽管文理渊反对这个说法。

敲开了门，领头的衙役将一路都别在腰里的一张黄颜色的文告取下来捧在手里，再伸伸脖子挺挺腰板，立马就显得郑重其事了。

衙役干咳了几声，围观的人都懂得起的，这是让他们肃静的意思。于是，刚刚还在嗡嗡嗡嗡的现场一下子没了声音，静得连几只来看热闹的苍蝇的翅膀发出的声音，都显得有些烦人。

衙役故意提高了调门，喊道："圣旨到！文理渊接——旨！"

文家人早就被沸沸扬扬的人声惊动了，全都出来一探究竟。一听见"圣旨"两个字，还都以为是戏文里的那一套，都咧着嘴笑呢。

文理渊首先发现不对，这张衙役的嘴脸分明在哪里见过，对，他想起来了，上次在遵义县衙喝酒时就是这个衙役给倒的酒，脸还凑得那么近，连褶子里都透着诌媚,就是他。

衙役这回生气了,心想老子们也生一回气!老子说的是圣旨嘞,你家几姨妈怎么就胆敢不跪耶?他再扭头看看身后,乡亲们一个个都在傻笑。衙役便气呼呼地说:"耶!我说的可是文理渊接圣旨哦!"他把"圣旨"两个字说得格外铿锵。

文理渊这才想起了丁大人跟自己说过"奏请皇上"的话,慌忙上前,扑通一声跪在地上,双手伏地,喊道:"在下接旨!"

看着有人在自己面前跪下,衙役这才舒坦了些。他平生大概也是头一回宣读圣旨,难免忐忑。心里边一紧张,咽喉部位的肌肉也跟着紧张,连带影响到嗓音也变得又尖又细,听起来跟"皇家佣人"的声音很是接近。乡亲们就想,哦,这就是读圣旨的声音哦。

衙役照本宣科:"奉天承运,皇帝诏曰,着四川都督府幕僚文理渊者,因治理盐务、疏通川黔盐路有功,特准加身从六品顶戴花翎,黔边盐务总局行事。钦此!"

文理渊虽然伏在地上,"从六品"三个字却听得真真切切,紧跟着眼眶里面就有酸胀感,随后便潮湿了。他在心里喊道:"爹,您老人家可以瞑目啦!"

文理渊起来接了圣旨,蔡花蕾赶紧过来接几个衙役进了堂屋,马上安排人通知刀把镇上最大的蔡记饭馆准备酒席不说,还给每个衙役包了二两银子,一切都妥妥当当,高高兴兴。

衙役们由乡绅长老们陪着吆五喝六吃酒的工夫,文理渊正看着桌上摊开的圣旨发愁。蔡花蕾不说话,也不看圣旨,看文理渊。

文理渊感觉到了,看看蔡花蕾,一脸困惑。不行啊,得找点话呀。就说:"那些人都安排好了?"

蔡花蕾说:"我刚才不是说过吗?"

文理渊想起来了,说:"对对,那……"

蔡花蕾等了半天,文理渊也没"那"出个结果,便说:"自己家里,想说什么都行,没人会害你。"

文理渊看看蔡花蕾,摇摇头,都让别人看得出心里的那份挣扎……

蔡花蕾淡淡一笑,说:"干脆……我跟你去成都,这边就让它……自生自灭?"

蔡花蕾的主意大得很，绝不会轻易改变什么的，不要看天上刚刚掉下来个"从六品"。她知道文理渊就是那种重情重义的人，对于这种人蔡花蕾有的是办法。眼前就遣将不如激将，所以她把最后那个音往上一提，使整个句子变成了疑问句，变成了文理渊必须回答的问题。

文理渊果然急了，忙说："不不不！你……你让我……"

蔡花蕾又没等着下文，就说："让你把道理想明白？"

文理渊说："对对对对！"

"好，我去看看酒席那边。"蔡花蕾说完起身出了门。

文理渊长长地舒了一口气，好像刚才被谁压着。其实没人压着文理渊，文理渊是被"从六品"这三个字压着的。前因后果事先都想得好好的，教书嘛，天底下人人都敬重的职业，丁大人当年在济南府不是也办了个"尚志书院"吗？怎么突然间就冒出个"从六品"来嘛？让人猝不及防，让人进退两难嘛！

文理渊不禁叹道："哎呀！忠孝不能两全，自古都是如此哪！"

但是……文理渊转念一想，还好，我这里还不是岳飞岳鹏举忠奸两分开那样的道德选择。文理渊呀文理渊，你怎么能跟人家背脊上刻着精忠报国字样的人相提并论嘛？你就是安徽一个落魄人偶然遇上了人家蔡花蕾，最终才"咣咣咣"地将圣旨送到了门口？要说……其实两边都是孝啊！那边是亲亲爹妈，这边也是爹……入赘那也是爹妈呀！再说忠，这边也有忠嘞。谁能说教书育人不是忠？谁能说文化的传承不是忠？谁能说弘扬民族精神不是忠？哎呀！这么一说，两头都有忠和孝，那你还发的什么愁呢？

费了好大劲，把自己都抬到了"民族精神"的高台阶上去了，文理渊总算找到了平衡。

等蔡花蕾从饭馆应酬了几盅回来时，文理渊给丁大人的信已经写好了。

在信中，文理渊历数了丁大人的好以及自己的感激之情，又说了不能赴任的原因。所谓文笔好，就是能把自己心里所想的比较准确、比较完整、比较具有说服力地落实在文字上。文理渊从忠孝两方面入手，把情况说得丝丝入扣，头头是道。

据说后来丁大人看了，都扼腕叹息，说没能留住文先生这样的人才，的确是国家之损失也！想想文理渊踏进衙门那天起，兢兢业业，任劳任怨，一丝不苟，功劳苦劳都摆在那儿！一跺脚，大人将皇上赏赐给自己的一个内环刻有"光绪钦赐"四个字的羊脂玉扳指,送给了这位准"从六品"。

要说呢,论功行赏历来都是一种很好的手段,只要手里有东西,不论是钱还是权;也不论赏赐者还是受赏人,感觉都会不错。丁宝桢也不例外,大笔一挥,将川黔两省盐路上的一个重要口岸——仁岸,交由文理渊独家经营。

而这个消息对于远在刀把镇上的文家来说,实属意外。

4

对于丁大人的这个赏赐,文家人上上下下没有一个人感觉到"好"。

首先是蔡花蕾,说:"怎么来了一出又一出嘛?反正就是不让男人在家好好待着!也不晓得他丁宝桢是咋个想的?!"

文理渊急忙说:"哎哎哎,不好这样说人家丁大人的!尽管我也不知道卖盐是怎么回子事情,但丁大人肯定是为我好,这点必定无疑!"

蔡花蕾说:"丁大人?把你们总督府的事情管好就行了嘛,手伸这么长搞哪样嘛!"

文理渊这回有点绷不住了,拉下了脸,指着蔡花蕾,说:"你再说丁大人一个短长,我……"

没想人家蔡花蕾最不怕的就是别人和她横,而且自从第一眼看到文理渊那天一直到今天,文理渊这还是第一次在蔡花蕾面前拉下脸子。蔡花蕾想都用不着想,开口就来:"你咋个?!"她把桌子上的一杯茶碗端起来又乓的一声砸回到桌子上,喝道:"来,就一口茶水把老娘吞啦!!"

文理渊瞪大了眼睛,说:"老娘?"

蔡花蕾把眼睛瞪得比文理渊还大,说:"唉!!"

想都不用想,一定是文理渊先缴械。但说出来的话听上去不像是缴械,他说:"好好好!有理不怕嗓门高,有理也不怕眼睛大!"

蔡花蕾被教书先生的样子和这句八不挨的话逗乐了,噗的一声喷出来不说,还越看教书先生越想笑,最后咯咯咯咯地笑得滚到了床上……

这当然就给了文理渊一个又不失面子又下了台阶的机会,文理渊一甩袖子,说:"岂有此理!"然后一扭头,拂袖而去。很像戏台上的下场。

蔡花蕾嬉皮笑脸地翻身起来，瞅瞅文理渊远去的背影，骂道："书呆子！"

真要是真刀真枪对着干，文理渊肯定输的多。蔡花蕾脑筋好用还在于她反应快。男人嘞，什么事你都不能把他逼得着了急，一旦急了，后果就不是那么容易把握的了。夫妻之间有那个必要吗？非要弄得个脸红脖子粗？还非得断出个是非曲直？不分出个老大老二来誓不罢休？蔡花蕾不会。人家文理渊连"眼睛大"这样的话都冲出来了，说明开始急了，只是火候还没到达燃点，这时候你要是丢一小颗火星过去，马上炸。哎，这就叫尺度。蔡花蕾就此打住，张弛有度这么一笑，便让文理渊顺顺当当下了台阶。

这里面还有一层是文理渊不知道的。就在说"眼睛大"的当儿，蔡花蕾突然觉得，文理渊之所以这样死撑丁大人，一定是有他的道理的。那……说不定……唉！盐巴还真是桩买卖哦！

买卖人家出身的女人，时间长了当然也耳濡目染。而蔡花蕾这样有文化的买卖人家的聪明女人，就会多出一份敏锐来。没有文化的商人发了财，有的是靠财运，有的是靠勤奋；而有文化的商人如果发了财，靠的一定是智慧。

吃饭时，蔡花蕾用脚踢踢文理渊。

文理渊不理。

蔡花蕾又拉拉他的衣角。

文理渊一副嗤之以鼻的表情，说："干什么？"

蔡花蕾看着对方，说："蹬鼻子上脸？不好哦！"

文理渊闭闭眼睛，说："什么话不能等吃了饭再说？"

蔡花蕾说："不！人家现在就要说！"

文理渊就说："那你直接说不就完了，用得着又拉衣服又踢脚？"说完这话文理渊故意看一眼坐在对面的蔡花蕾的妈。

蔡花蕾的妈也懂得起，马上就打帮帮腔，说："就是嘛，一家人绕那么些弯子干什么？"

蔡花蕾才不管有人一唱一和嘞，说："那位丁大人……人品怎么样？"

文理渊放下筷子，说："我就没遇见过这样的前辈……这么说吧，如再生父母！我说清楚了吗？"

蔡花蕾说："清楚了。如果这样，丁大人把那个什么岸交给了你，他不会害你吧？"

"岂止是不会害我,肯定只会是好——事——情!"文理渊把话说得如同把茶碗砸在桌子上那么铿锵有声。

看着丈夫一步步走进了自己事先布下的阵型,蔡花蕾笑了,说:"既然如此,咱们为什么不试试?"

文理渊看看蔡花蕾,说:"好啊,你去试啊。"

蔡花蕾一脸的狡黠,说:"好啊,如果你来生娃儿,带娃儿,那肯定该我去!"

文理渊看看对方,瞪大了眼睛说:"你这意思是……该我去喽?"

蔡花蕾一脸笑容:"你说呢?"

文理渊气得用手指着蔡花蕾,憋了半天,说:"你知道我想干什么的!你这是……"

蔡花蕾拦住文理渊,说:"强人所难是不是?我还是那句话,我不强迫你,等你自己把道理都想明白了,我们再商量,好吗?"

在接下来的三天里,文理渊去了一趟遵义。他把大街小巷的盐铺都看了个遍,还真让自己收获不小。为什么要去遵义看盐铺呢?文理渊在心里问自己,然后又回答说:惹不起蔡花蕾!

过去作为总督府的幕僚,虽然一直在和盐巴打交道,但多是大政方针的拟定和疏通盐路等官家事务,和盐巴从来就没发生过交集。真还没有了解过贵州地方,特别是老百姓对盐的需求。一趟遵义转下来,还真真切切理解了人家丁大人为什么要为川黔两地的盐务而不遗余力了。

自清中期开始,盐政日坏,民不聊生,运输艰难导致盐价飞涨,致使贵州百姓以吃盐为苦。由于盐价昂贵,贵阳、遵义五升米换一斤盐,边远地区更是斗米斤盐,老百姓往往淡食充饥,多数农民吃"吊吊盐""洗澡盐""打滚盐"。就是将如岩块一样的盐用绳子拴住,该食用的时候提着岩盐在锅里涮一下,立马就提起来。这还是好的,更多的人常年淡食,压根就买不起盐。

了解了这些情况,文理渊离开遵义时,特地在城门口勒住了马缰,看着遵义城门上高悬着的"遵义"两个大字,书生有些感慨了。他找着了西北方向,心里立刻出现了总督府东厢房的情景。

文理渊翻身下马,走到路边的一个小土丘上站定。两手抱拳举过头顶,高声道:"大人,晚辈这厢有理了!"

5

文理渊第一次以盐商的身份去仁怀时，蔡花蕾的肚子还不算太显，便跟着一起去了。虽然蔡花蕾的妈不同意，但文理渊同意。一来文理渊对经商一窍不通不说，抵触情绪还没有完全消除；二来蔡花蕾女人特有的心细里面还有着胆大的成分，这对于经商只会有好处；三来文理渊还是想借助一下老蔡家成功经商的底蕴，来为自己的第一步开个好头。这一点他认为很重要。

所谓经营盐岸，是要把由赤水河运过来的成千上万的川盐销售到贵州的各个地方去。这是文理渊来到仁怀后才知道的。

而运盐的船只只到茅台镇，由茅台再输送到其他地方就完全靠人背。

"怎么背？"蔡花蕾问跟文理渊交接经销手续的仁岸官员。

官员说："用高背篓，以后你们就知道了。"

夜晚，在借宿的仁岸分局驿站里，蔡花蕾就开始盘算，在茅台、仁怀甚至遵义，以及那些需要销售的地方如果都要建立据点的话，多少个据点需要多少人多少钱多少物。文理渊一听，脑壳马上就大了。

蔡花蕾说："好，我们先来简单的，两点一线。就是茅台到遵义。我们先在茅台和遵义建两个总号以及相应的仓房，把生意先做起来，熟悉之后再逐步铺开，这样行吗？"

文理渊一脸的痛苦，说："唉！其实我真不是做商人的料！"

蔡花蕾就说："错，聪明人干什么都能干得成，只要有心，只要用心！我爹那样的都赚得盆满钵满，你还比不过我爹？"

文理渊仰着头，说："我哪里敢和爹比哟！既然都应了人家丁大人了，怎么办呢？我也只能走一路看一路了！"

蔡花蕾就笑，笑得很随和的样子，其实心里已经有了谱。她心里明白，就凭文理渊一肚皮的墨汁，就凭丁大人能为这个下属在皇上那儿讨来"从六品"，至少能说明丁大人是赏识文理渊的。也就是说丁宝桢这次也着实是为了文理渊好。这样一推演，蔡花蕾觉得自己笑得是有道理的。

蔡花蕾是对的。

文理渊被蔡花蕾撑着、硬着头皮当上了商人。既然骑上了虎背，就不要再想下来的事，因为那样比骑在上面还难。铁杵都要磨成针嘛，不就是花银子建据点吗？花银子谁不会？文理渊想。

　　想归想，做归做，文理渊是那种办事认真的人，一旦钻进去了，事情总会办得有根有据，这就是能力。

　　果然，两个月下来，茅台、遵义两边的总号连同仓房就眼睛是眼睛、鼻子是鼻子的了。而且人家没大动干戈地新建，而是就近租了几间闲置的房子做仓房。他跟蔡花蕾说，先租着，以后看看情况再说。

　　蔡花蕾心里当然乐开了花，就想，怎么样，连先什么后什么都不用人教，就两个字——聪明。夸自己家先生蔡花蕾从来就没有吝啬过。

　　经过反复推敲，文理渊给盐号取了个名，"丰汇盐号"，每个字都说得出道道来。这类事情蔡花蕾不会有意见。

　　文理渊没有忘记刀把镇的乡亲，尽管大多数时候乡亲们只是来凑个热闹，那也是人气啊！他将遵义总号的诸如看仓库啊、搬运啊，值更守夜之类的活路都留给了乡亲们。还事先说好，你们该打田打田，该打谷子打谷子，来去自由，知会一声就行。

　　乡亲们当然高兴喽，但是蔡花蕾生气嘛。

　　蔡花蕾说："哟，把我们丰汇盐号搞成菜园门了哈！"

　　文理渊就说："哎呀，乡里乡亲的，来得去得就行。"

　　蔡花蕾说："不是来得去得的问题。干什么事情都要有个章程，初一关饷，初二、十五打牙祭，这些都是需要开诚布公的。有个头痛脑热、大物小事，请假，准了，去；不准，给人家说明事情多了抹不开，该干什么还干什么。就像你们学堂，老师就是打摆子抽筋，人家也还要找一个代课的不是？总不能说不上课就不上课吧？哪里来的'来得去得'哦？你来得去得了，学生咋个办？生意咋个办？"

　　文理渊就嘀咕："名堂怎么越发多了起来？"

　　蔡花蕾就说："是，名堂多是因为想把生意做好，如果只是随意打发，那还不如给乡亲一个包点钱，做慈善算了！"

　　文理渊说："我就说你来做，你非要喊我来做！我们两个在观念上是有差别的！"

蔡花蕾说:"是!差别是有的,我正在努力缩小这样的差别呀。目标确定之后,方法就是决定成败的关键哦!方法如果不对,结果就会南辕北辙。你不觉得吗?"

文理渊说:"哎呀!我发现自从我做起了生意,你就越来越喜欢教训人了嘞。"

蔡花蕾笑笑:"应该是叫交流吧?我只是把你不熟悉的东西告诉你,你也可以把我不了解的东西教给我呀。"

文理渊连忙说:"这个我不敢!天底下还有你不了解的东西?教学生我可以,教你,不敢!"

蔡花蕾知道自己的目的已经达到了,就说:"我还说书生老实,不会说相话,才做了两天的生意,就学会取笑老婆了!好嘛,今晚上不和你睡一个被窝了!"

文理渊一愣,说:"哦哟!真是的,这也成了你的兵器了!嘿嘿,怕是我不同意哦!"

蔡花蕾一指文理渊:"你敢!"

6

日子流水一样地往前流动着,转眼间蔡花蕾就把第二胎给麻麻利利地生了下来。

大概是老蔡家这边的原因,要不就是宅子的原因?反正这个院子里的事情总是能让刀把镇的乡亲们咋舌。先是蔡好仁没了零部件,接下来文理渊就入了赘,后来又出了绑票,再后来连皇帝的圣旨都登了门。这一回,院子里一窝生了两个不说,还是龙凤!

看着齐展展并排睡在一起的两个娃儿,文理渊把眼睛都笑得眯成了一根线,还用了两个十分贴切的字表扬了蔡花蕾,能干!

接生婆子先抱出来的是儿子,就算是哥,取名文知礼;后抱出来的就是妹子,早先预备的给女生的那个名字就派上了用场,文知琴。

这一年,老大文知辉刚刚两岁。

这回够蔡花蕾忙一壶的了。文理渊奔走于茅台、遵义两地，根本顾不上家。好在这时候文理渊已经被"折磨"得各方面都轻车熟路了，蔡花蕾也就可以全心全意盘她的三个娃儿了。

　　眼看着两个一天天身高体重都在变化着的娃儿，蔡花蕾很有成就感。眼看着丰汇盐号一天天哪儿哪儿都逐渐丰满结实起来，文理渊也开始有了成就感。如果要他凭心而选，他肯定还是愿意当他的老师，而不是老板。

　　一家人各忙各的事情，谁都没闲着。就这么，皇历一篇一篇地翻过去，转眼文知辉的下巴都够着堂屋里的桌面子了。蔡花蕾掐指一算，哟，五岁了！

　　蔡花蕾之所以要掐指才搞得清楚大儿子的年龄，是因为这个大儿子把她的脑壳搞得很大。要是在乡下，五岁的姑娘就该帮着家里带弟妹了，儿娃娃差不多就要去放羊、喂鸡、打猪草了。而五岁的文知辉却经常被蔡花蕾戳着脑门说："哎哟！咋个就生了你这么个讨债的鬼哦！"

　　家里大凡摔了什么、碰了什么；什么东西上午还是好好的，到了下午就被五马分了尸，一定就能追溯到文知辉那儿去。文家院门内外要是闹出个什么幺蛾子来，比如文知礼的衣服口袋里有泡狗屎啊，文知琴的枕头上发现了僵死的千足虫啊；再比如有人从文家院墙外面走过，被里面飞出来的砖头瓦片砸破了头啊，都不用绕山绕水到处去寻找线索，一定都是文知辉。假如碰巧是文知礼干的，那至少也是文知辉的"计谋"。

　　为这些事情，蔡花蕾是又赔礼来又赔钱。等文理渊好不容易回家了，一说，文理渊不但不生气，还笑。

　　蔡花蕾就恼，说："搞了半天症结在当爹这儿哦！算了算了，你把他带到茅台镇去算了！眼不见心不烦！"

　　文理渊就说："啧，哪里有铺子里面放个小娃儿的嘛？而且，我要是真的把他带了去，出不了三天你就会喊着让我送回来。"

　　蔡花蕾说："我怕不会呦！你尽管带走，盘缠还算我的！"

　　蔡花蕾的妈就打帮帮腔，说："我出一半！"

　　文理渊就笑，说："妈，我晓得你们辛苦。只是小孩子的淘气是没有办法的事情，家家都一样。也许过一段会好些……"

　　蔡花蕾的妈嗤之以鼻，抢着说："哼！七嫌八怨九狗屎，这才五岁，够得折腾！"

文理渊说:"就是啊,五岁的孩子你能怎么着?你又不能把他关起来,又不能把他绑在自己身上。这又不是谁教的,打吧,你们舍不得,只能是说喽。按说五岁他也分不清是非,就是好玩。家里面还没什么,外边要是给别人造成了损害,比方打破陈家二叔的头了,那得好好说说!我那天还给人家二叔赔礼道歉呢,不能让人家觉得咱们文家欺负人。妈,我说对吗?"

蔡花蕾的妈说:"我哪里断得了你们这些官司哦!"

文理渊冲着蔡花蕾笑笑,说:"其实啊,我倒还感觉……这孩子有戏。"

文理渊说的"戏",是文知辉的另外一面。

四岁上头,文理渊就发现这家伙记忆力好。在家的时候文理渊喜欢读读诗,读书人嘛,就像蔡花蕾没事想喝两口一样,嗜好。只要是儿子在场,听一遍就能背下来。当爹的发现之后心里就一咯噔,这也是才能唉!叫来一试,果然!而且只要是他听过的,文理渊只要念出头一句,文知辉就能读出下面的句子,一字不差,只是不知道是什么意思。

比如文理渊念:"一曲清歌一束绫。"

文知辉马上接着:"美人犹自意嫌轻。不知织女萤窗下,几度抛梭织得成。"

这是北宋宰相寇准的一个名叫蒨桃的妾写的《呈寇公》。一般人少读宋诗,要读也读欧阳修、范仲淹、王安石这些男人们写的诗。只有文理渊这样的教书匠自己要求博览,才会寻了这样的女人诗来读。所以文理渊故意试儿子的时候,也就拣了首生僻的。

文理渊就问:"什么是织女呀?"

文知辉说:"不知道。"

文理渊又问:"什么叫美人啊?"

文知辉说:"每人就是……每人一个鸡蛋,外婆分鸡蛋的时候就说。"

文理渊由此觉得,孺子可教。至于调皮捣蛋,只要不出格都可以顺其自然。因此,蔡花蕾告状时,文理渊当然就只能笑喽。

按照文理渊的规划,文知辉没满七岁便被送进了刀把镇的学堂。和那些大点的娃娃们坐在一个房间里读《三字经》,一开始还行,新鲜。时间一长就现了原形。别人读书,他就有本事在课桌下面挑动两只蛐蛐打架,等到高潮来到时还如无人之境般叫上了好。你说那教室能不乱?老师将他拎到边上罚站,他一会儿学知了叫,一会儿学蛐蛐叫,直搞得课堂上秩序大乱。老师实在忍无可忍了，将书本朝桌子上重重一甩，揪着文知辉的耳朵就走。

大概走一路下来气也消了些不说，还因为老师听管事的讲过，说他爹接替他外公当了什么什么会的理事长，还说他爹不像他外公只管出钱，他爹什么都过问，特别是教学质量和教育风气。所以快到文家时，老师改抓了衣领。敲门时，老师就抓住了文知辉的手。

一见着蔡花蕾，老师就把满腔的苦水都倒了出来，最后说："但凡我还有一丁点办法，我都不会不顾及理事长还有太太的面子。黔驴技穷啊，太太！如果……如果明天少爷还来，那你们就另请高明吧！"

这一天，距文理渊把儿子领进学堂刚好一个月。

7

咋个办嘞，不上学不行啊。文理渊和蔡花蕾商量来商量去，你就是换个老师，只要有你们家文知辉在，那都只是时间长点短点的事情。而且常换老师对学生不好嘛，耽误了别人家的娃娃不说，理事长这顶帽子戴着也没有光彩。

干脆！蔡花蕾一狠心说："请个先生到家里来，一个娃儿是教，三个娃儿也是教，一起教！哪怕就是陪他一个人读呢？眼睛皮子底下，老子看他翻浪！"

文理渊想想，说："行是行，那两个小点儿……也没太大关系，只是你和妈就辛苦了哦！"

蔡花蕾说："咋个办嘛？讨债鬼！教书先生家娃儿不上学，到处野，说出去丢不起这个人嘛！"

文理渊叹口气，说："还真是个讨债鬼哈！"

蔡花蕾有些伤感，说："就凭爹临走的时候看他的那一眼，讨债就讨债啰！"

文理渊还是通过遵义赵太爷的一个幕僚，介绍了一个刚从贵阳回到家乡的姓吴的老先生，说是人家贵阳的几个学校都在请，老先生都推了，就是想回家乡图个清闲，享受一点天伦。因为抹不开乡里乡亲的面子，这才答应过来试试看。

吴老先生来的头一天，文理渊和蔡花蕾都在，加上蔡花蕾的妈，还有文知礼和文知琴，跟三堂会审一样，就文知辉一个人站中间。他也不怵，看看这个看看那个。从口袋里摸出个也不知道什么鸟东西正想捣鼓，抬头一看吴老先生那张没有任何表情的脸，又悄悄塞了回去。

"白日依山尽！"吴老先生两个眼睛紧紧盯着文知辉突然就开了口，而且还是先前那种表情，有点对接头暗号的那种感觉。因为吴老先生事先做了些调查，所以劈头盖脸就来了这么一句。显得很有气势，只是突然了一点。

文知辉吓了一跳，看看这个再看看那个。按理要是他爹说这么一句，他肯定就接上了。可说话的不是爹，而且老头又一脸的不善不说，还以这样突然袭击的方式，所以文知辉没敢接招。

文理渊就冲儿子拱下巴，意思你接着呀。

文知辉讷讷道："我接吗？"

"你不接难道让你爹接？"吴老先生还是那表情。

文知辉赶紧说："哦，黄河入海流，欲穷千里目，更上一层楼。"

吴老先生没说话，顿顿，说："文先生，既然是朋友托付，我试试，但我有个条件。"

文理渊急忙说："老先生请讲。"

"我要带一把铁戒尺！"吴老先生把"铁"字说得很重。

蔡花蕾和蔡花蕾的妈心里同时一紧。

吴老先生接着说："而且我处罚学生的时候，第一，大人不能在场；第二，就是听见了什么声音也不能出来；第三，大人如果想哭……也只能躲着哭！"

听着吴老先生说完这一二三，文知辉下意识地咽了口唾沫，刚才还稀松着的两只脚也并到了一起。

蔡花蕾的妈听不下去了，把身子扭朝一边，心想是请先生么是请恶煞哦！

蔡花蕾也皱起了眉头。

文理渊也有些吃不准："这个……"

吴老先生说："如果不答应，你们就另请高明。"

文理渊忙说："不会不会，请先生做主，我们听凭老先生安排。报酬方面……"

吴老先生一抬手，说："这个我没有要求！"说完起身来到文知辉跟前，弯下腰说："以后我看着你说话，就是要你来回答。晓得不？"

文知辉点点头。

吴老先生说:"我没说清楚吗?要——你——来——回——答!"

文知辉喏喏道:"晓得了!"

吴老先生直起腰,说:"好了,请安排好上课的地方,我三天后过来。"

把吴老先生送走了之后,文理渊先是把又急又躁的蔡花蕾的妈劝回了屋,又把蔡花蕾拉进了他们自己的屋,还关上了门。

蔡花蕾已经憋了很久了,说:"不会把儿子打坏吧?"

文理渊说:"哪里会?做到这把年纪的老师,吃的就是千锤百炼的经验,人家手上一定会有分寸的!"

蔡花蕾说:"那他一副要把咱们老大吞了的表情干什么?"

文理渊说:"那叫下马威嘞!知道吗?这回我有感觉,老大的克星终于来了!"

蔡花蕾想想,捂着嘴笑了,说:"哎,我看他呀,到最后腿都有点抖了!"

也不知怎么地,打从这一天起,文理渊和蔡花蕾都把文知辉叫成了老大。

8

打从第一次见面的"下马威",以及吴老先生带来的一把油黑发亮的铁戒尺威风凛凛地放在了屋子里最醒目的地方——临时搬来做讲台的方桌沿上,就像孙猴子头上被安了一个紧箍咒,吴老先生就把老大给降服了。都说一物降一物,吴老先生就是降老大的那一物。

三个学生排成一横排,文知礼和文知琴在两边,老大在中间,正对着铁戒尺。就这样子,他也还想蠢蠢欲动,也还想死灰复燃,但是铁戒尺始终像一道魔障,牢牢靠靠地把他罩在了那儿,动弹不得。而且吴老先生上课要么目不斜视看着正前方,要么看看文知礼和文知琴,从来不看老大。那天他不是说过看着谁就是要谁回答吗,怎么看着文知礼他们也没让他们回答,应该回答的他又不看呢?老大心里犯了嘀咕。无形中紧箍咒上又多了个无影罩。

课堂是把一间客房腾空了来用的,不是很大,三个学生足够了。除了吴老先生诵读课文的十分铿锵有力的嗓音外,没有一点杂音。

蔡花蕾和蔡花蕾的妈好多次躲在背静处偷听，真的没有听见杂音。蔡花蕾的妈嫌不过瘾，索性找了根铁钎子在火上烧红了，趁晚上没人的时候在客房的板壁上烙了一个窟窿。第二天透过窟窿一眼就看到了坐得笔直的老大。蔡花蕾的妈偷偷笑起来，心里说，你也有今天！

人家吴老先生知道动静有序一张一弛的道理，在冷落了老大整整七天之后，有一天突然眼睛看着老大说："把我刚才读过的读一遍。"

老大赶紧站起来，拿起书本仓皇读道："古之学者必有师。师者，所以传道、授业、解惑也。人非生而知之者，孰能无惑？惑而不从师，其为惑也，终不解矣。"

吴老先生问："知道什么意思吗？"

老大摇摇头，又赶紧纠正说："不知道！"

吴老先生说："坐下。"

老大慌忙坐下。

吴老先生说："这是唐朝一位大文人韩愈韩退之写的一篇文章里面的一段。这段话的意思是，古代求学的人必定有老师。老师，是用来传授道理、讲授学业、解答疑难问题的。人不是一生下来就懂得道理的，谁能没有疑惑呢？有了疑惑，如果不跟老师学习，那些疑难问题就会永远不能解开。文知辉。"

老大站起来。

吴老先生说："你有没有不知道的事情啊？"

老大想想，说："应该有。"

吴老先生说："那怎么办呢？"

文知辉又想想，说："跟先生学。"

吴老先生说："怎么样跟先生学呀？"

老大再想想，这次想得长一点，最后说："乖乖地跟先生学。"

吴老先生心里面笑了，但表情依旧，点了一下头。

吴老先生下来跟文理渊说："差不多了，少爷还是可塑之才，只是需要因人施教而已。我答应你一个学期，估计那时也矫正过来了，再到别的学堂也无大毛病了。先生意下如何？"

文理渊抱拳施礼，说："哎呀！果然是老当益壮，不同凡响啊！就按先生的意思，还有什么要求尽管提出来，我们会尽心尽力！住的地方已经安排好了，请先生看一看，如有不妥尽管说。"

就这样，吴老先生成竹在胸地搬进了文家，开始了他应承的一个学期。

一家人欢欢喜喜，仿佛受到吴老先生的感染，也觉得成竹已经在胸中了。

吴老先生有个习惯，每天早上要空腹吃一个生鸡蛋。鸡蛋打在瓷碗里，放上少许糖，只一口，糖、蛋清、蛋黄就一股脑儿呲溜进了吴老先生的喉管。然后到院子里伸伸胳膊腿，接着来一路杨氏太极，揽雀尾、高探马、野马分鬃、金鸡独立……招招式式都不含糊，该高的高，该低的低，直打得出了一身毛毛汗，这才如厕、洗漱、吃早餐。一丝不苟。

蔡花蕾先拿了二十个鸡蛋，放到了吴老先生床头柜的抽屉里，以方便人家保持这习惯。虽然吴老先生已经降了文知辉，但多少年来淘过的神让蔡花蕾已经形成了戒备心理，就特意在床头柜抽屉上加了一把铁锁，意思防人之心不可无。道理说给吴老先生时还不好意思，吴老先生也是给主人家留一点面子，就说："客随主便，客随主便。"

就这样，当先生的当先生，做学生的做学生，相安无事了大约一个月多一点。

一天早晨，吴老先生照例将床头柜抽屉上的铁锁打开，一下子就呆住了……

抽屉里的十多个鸡蛋不知什么时候全部被打得稀烂，没有一个躲过了厄运的。吴老先生脸色铁青，下意识地拿起铁锁看看，又试试，锁是好的。吴老先生想想，两手抓着床头柜，摇了一下，这下明白了。他一句话没说，起身出门，快步来到客房，用有些发抖的手一把抄起"讲台"上的铁戒尺，大喝一声："文知辉！！！"

这一声喊着实具有很强的穿透力，在那个早晨惊动了文家上上下下。

文理渊那天正好在家，两口子听见声音还不知道是哪里发出来的，是什么声音。衣服还没穿好，蔡花蕾的妈就把房门敲得个山响。咣咣咣咣！

蔡花蕾的妈在外面喊："快点嘛！吴老先生真的动用铁戒尺喽！"

三个人慌慌张张快要到客房的时候，文理渊一把拉住了蔡花蕾和蔡花蕾的妈。

蔡花蕾喘着气，说："咋个喽？！"

文理渊也喘着气，说："哎呀！人家吴老先生交代过，大人不准在场！"

蔡花蕾说："那……要是打死了咋个办嘛？！"

蔡花蕾的妈想起来了，说："来来来，看看再说！"

蔡花蕾的妈来到了那个窟窿眼跟前，迫不及待地凑了上去——

几秒钟过后，蔡花蕾压低了声音问："咋个？！"

蔡花蕾的妈什么也没说，把身子让到一边。蔡花蕾凑了上去。文理渊从蔡花蕾的妈的面部表情上判断，客房里并没有发生耸人听闻的事情，也就没有急着一探究竟，只是侧身靠着板壁听听。还没等靠近，就听见里面吴老先生很平静的声音："外面的家长进来吧。"

三个人也顾不得尴尬了，先后挤进了客房。

这么多人就把客房塞得满满的了。

吴老先生已经比刚才平静了许多，手里还抓着铁戒尺；老大低着脑袋站在自己的座位前，文知礼和文知琴也都站在自己的座位前。

文理渊见吴老先生不说话，便小心地问："吴老先生，这是……"

吴老先生舒了口气，说："你们家的大公子……老夫我甘拜下风了！"

文理渊、蔡花蕾和蔡花蕾的妈都急了，文理渊刚要开口，就被吴老先生拦了回去。

吴老先生把铁戒尺放到"讲台"上，说："应该是昨天，大公子把我们用铁锁锁着的那些鸡蛋全弄碎了……"

蔡花蕾马上叫起来："老大……"

吴老先生拦住她，说："让我说完好吗？"

蔡花蕾想哭，指着文知辉又不能拂人家吴老先生的面子，你都想象不出那是个什么表情。

吴老先生说："我不是不能再往下教，而是我不愿意做出力不讨好的事情。天底下的教书先生都有一个可笑的梦想，都梦想着能够桃李满天下！其实你要想得通，那不过就是份职业而已！你们知道我不是为钱而来，如果再年轻五岁，我可以和大公子……赌这五年！我相信他一定会慢慢明白做人的原则和意义的。但是我年纪大了，而且我还有一点乐享天伦的奢望！刚才我很生气，现在好了。看来……是我和大公子没有缘分啊！老生辜负文先生了！"

文理渊知道，吴老先生已经尽力了。至于老大……哎哟！他都有点生《三字经》的气了，凭什么就"子不教，父之过"嘛？！

第三章

1

磕头请来，作揖送走了满心伤感的吴老先生，蔡花蕾二话不说，噔噔噔噔从大门直接就去了客房。

"教室"里孤孤单单就剩下老大一个人。两个小的已经被蔡花蕾的妈喊走了，蔡花蕾的妈也觉得老大太过分了，目无尊长嘛！所以来喊两个小的时，也泄了一回愤，说："两个小的跟我来，外婆带你们上街吃辣子鸡面去！"

辣子鸡面是老大最爱吃的东西。

这边家家都会做辣子鸡。辣椒是特别加工的，先把干辣椒用水泡乏，之后加入很多提味用的蒜瓣和生姜，放进石擂钵里用铁棍冲捣，直到辣椒成了泥状，软糍粑一样为止，红红的，稀软稀软的，因而得名"糍粑辣椒"。接着将煺毛洗净的整鸡砍成拇指大小的鸡块，倒进烧得热辣辣的菜籽油锅里面先"紧"一道，就是去去水分。一定程度后将紧好的鸡块盛出来，锅里倒上糍粑辣椒和蒜瓣姜块；等到这些东西都煸熟了，香气四散了，再把鸡块倒入，同时加入适量料酒、盐、酱油等调味品，最后用小火一直咕嘟到鸡块既软又不烂的程度，就是有了嚼头，辣子鸡就算做好了。还有，盛辣子鸡的容器要高一些的，以便红油总能够漫过鸡块，让鸡肉的味道保持如初。

辣子鸡面就是在煮好的面条上舀上若干这样的辣子鸡，又辣又香，贵州人都爱吃。

老大一听就急了，龇咧着嘴喊："外婆？！"

蔡花蕾的妈就吼："你还有脸啊？！我要是你，我就把人家吴老先生抽屉里那些生鸡蛋当中午饭吃喽！走！"拉着两个小的临出门时，蔡花蕾的妈还追加了一句："今天我们吃加鸡的辣子鸡面！"

加鸡就是多交钱让师傅放多一倍的辣子鸡，是平常娃娃们乖的时候大人的一种奖励。

你不要看老大整起吴老先生的鸡蛋来有勇有谋，但对于辣子鸡面这样的打击却是他这个年纪无法承受之痛。老大鼻子一酸，眼泪就涌了出来，声音也紧跟着来了，"呜呜呜呜……"

蔡花蕾进来时，老大正呜呜着。

蔡花蕾心里一动，心想居然晓得哭哈？！因为她从来没有见老大做错了事情哭过，进来时火翻的心情不知怎么就松了些，但脸色还是刚才那种凶巴巴的样子，这是跟吴老先生学的。蔡花蕾说："你还晓得哭哈？"

老大抽抽着说："外婆……带他们去吃加鸡的……辣子鸡面……呜呜！"

搞了半天是哭这个哦！蔡花蕾火翻的程度一下子又比进来时往上翻了若干，一把揪住老大的胳膊，拖起就走，一时间也没想清楚要去哪里，便顺着惯性往后院去。

后院不大，除了厨房还有个柴房。蔡花蕾现在想清楚了，妈的，就是要找个僻静的地方收拾人！拉着老大进来时，看见徐孃正在厨房忙着什么，就径直奔了柴房而去。

柴房在院子最后面，除了柴火还堆了一些用不着的杂物，平时除了新买来柴火时会临时请一个短工将较粗的树干改改小，大多数时候都没人，恰好的一个收拾人的场所。

蔡花蕾进柴房之前，满脑子想的都是一定要收拾这个小厮儿一顿，要不然……狗日他早晚要翻天嘛！

进了柴房，蔡花蕾顺势将老大一甩，大喝一声："跪起！"然后在地上一堆劈好的柴火里面嫫了两下，抓了一根有手腕粗细的柴棒。

老大没跪。不是死撑，而是被蔡花蕾的表情和抓柴棒的动作吓着了。刚才为了辣子鸡面的哭泣也停住了，换成了害怕。

蔡花蕾见老大没跪，上去攮了他一下，又喊："跪不跪？"

老大扑通一声跪在地上，满脸泪痕地、恐惧地抬头望着蔡花蕾。

你不要看蔡花蕾跟她爹妈，还有文理渊发生冲突时又凶又恶，绝对不是个省油的灯。但是对娃儿，哪怕就是老大这种从来没有让人省过心的货色，她就从来没有狠过心过。在她的记忆里，今天应该是头一次对娃儿发这么大的火。然而，当文知辉无助的表情上面那双黑白分明的眼睛里流露出来哀求的神色时，蔡花蕾的心一下子就软了下来。她仿佛看见了爹临终前看孙子的那双泪眼。举着柴棒的手不知不觉就没了劲，眼泪夺眶而出……

蔡花蕾是在哭自己。

蔡花蕾呀蔡花蕾，老大犯了这么大的错，想打几下都会幻化出爹的影子来，真的有点可笑嘞！平日里跟谁都不依不饶的那个蔡花蕾干什么去了？蔡花蕾真有些恨自己了，她一眼瞥见那堆柴火边上歪着把柴刀，也不知道是什么东西在心里怂恿着自己，蔡花蕾扔掉柴棒，抓起了柴刀，看准一个木头墩子，嗯的一声，顺势就劈了下去——

一切都是在一瞬之间发生的。而且劈下去之后她好像感觉到了痛，这个痛仿佛来得很远，又仿佛很近，仿佛就来自指尖。等她的意识从混沌之中转回来时，她看到了血。

血是从蔡花蕾的手指流出来的，蔡花蕾看清楚了，自己左手食指最上面那一截没有了，还在突噜突噜冒着血……

蔡花蕾顾不得看手，她想知道吓着孩子没有，搜寻的目光停在了老大脸上。

文知辉完全吓傻了，瞠目结舌，以往那种天真和玩世不恭的混合物一瞬间消失得无影无踪，魂飞魄散——

看着老大惊恐的眼睛，蔡花蕾突发奇想，忽然开口道："儿啊！读书是天大的事情哪！要像你爹那样好好读书啊！如果你改了，妈这只手……"蔡花蕾泪流满面，额头上也因为疼痛渗出了细密的汗珠，她把依旧滴着血的手举到老大眼前，颤抖着说："就是……就是……劈柴劈的，啊？！"

文知辉没动，只是魂飞魄散的眼睛里又多了些惶惑……

事情往往就是这样，过程和结果都不是人们预想得到或者设计出来的。关键还在于，蔡花蕾真的对所有人都说手指是劈柴劈的，包括文理渊。这一点让老大在许多年之后仍旧耿耿于怀。

2

半个月了,终于有一天,文理渊对蔡花蕾说:"你发现没有?老大变了嘞。"

蔡花蕾就说:"好像是。"

文理渊说:"你不要小看吴老先生的那一走,真还有了振聋发聩的作用哦!"

蔡花蕾就说:"哦。"

文理渊说:"哎呀,真是!你还真不知道什么东西会在我们家老大身上起作用,人家都说弄巧成拙,我看他呀,是弄拙成巧。呵呵呵呵!"

蔡花蕾也跟着笑,说:"就是。"

蔡花蕾的妈也说:"你就是要拿他最喜欢的事情来憋他,一憋一个准!"

蔡花蕾就说:"是,你们都有办法。"

蔡花蕾的指头是在遵义做的手术,因为她闻不惯草药那种不明不白的味道,就像是烂菜叶沤在那儿,你能想象出什么味道来就有什么味道。

后来,蔡花蕾也试图回忆当时的情况,究竟是怎么一种想法导致了一个女人那么义无反顾就刀起指落,而且还蹦出来个"读书是天大的事情"这种能让人肃然起敬的句子。分析来分析去,最后也没分析出个结论。但是有一点蔡花蕾是欣慰的,手指虽然没了,但老大变了,这是蔡花蕾完全没有想到的。

人也怪哈,正经手段不管用,有时候就得来点旁门左道。就像我们这边的一句话,人牵他不走,鬼牵他打转转。只不过这样的事情通常可遇不可求,不是人为设计得了的。比如蔡花蕾在柴房里上演的这一出。

老大被送进了遵义的一间学堂,离文理渊的丰汇盐号不远。

现在的文知辉,走路是走路的样子,上学是上学的样子,吃饭是吃饭的样子,就连请安也请得中规中矩。比如早晨见了人,就说爹早;出门上学去,就说爹我走了;吃完了饭就说爹慢慢吃……哎呀,一切都是爹心里感觉安逸的那种款型,文理渊心里美美的。

老大这个头绪总算是理清楚了,当爹的终于可以将重心放到生意上去了。加上在盐号上面经营有方,重信誉,轻利益;秉持着君子爱财取之有道的原则,加上是"专卖",很快便仓满屋满了。文理渊不喜欢用盆满钵满这个词,嫌小气。

有了钱,教书先生授业解惑那点情结压都压不住。就自己问自己,干点什么呢?总没有再干回教书先生的道理吧?要是那样,都不说好马不吃回头草的话,生意谁来做?思前想后怕有十天,文理渊最后决定,还是要干点跟传播文明沾边的事。这是他第一次把教书这个职业定位在"传播文明"这个高度上。

于是,文理渊还嫌遵义的印刷质量不够好,专门去贵阳一个书局预订了九百本书,《三字经》《菜根谭》和《六事箴言》一样三百本,准备拿去送给乡下那些识字的、并且愿意读书的百姓。

图书运回遵义的那天,文理渊突然想起了茅台镇。觉得把书送给刀把镇周围团转的老百姓好像没有送给边远一点的老百姓的意义大,因为越边远,其文明程度应该会更低些,就茅台镇了。

马上让人喊来了街上的木匠师傅,把这些书的体积量了又量,算了又算,最后定下来做四个木箱子,能够用担子担着的那种。还特别说明既要方便拿进拿出,又还要能够防雨。

这些事都做好之后,文理渊心里还有个算盘,他想让老大一起去。

现在,老文家和老蔡家的产业加在一起说小也不算小了,而且还在不断壮大着。要说经营,眼下虽然也还能够对付,但终究不是自己心仪的事不说,接班人也早晚是个问题,而且是个天大的问题。皇帝家每每将继承问题闹腾成尔虞我诈,你死我活,惊心动魄,根本原因就是子女太多,谁看谁都不顺眼,都觉得该自己上,所以才有了立太子一说。国外叫皇储,就是那儿还储备着一个皇帝。文理渊也是这个思路,先储备一个。

不要说老大现在转变了,就是不转变,也非他莫属。一,老大是老大,长子为父。这是个天然的资格,谁叫你们晚生来着?第二,老大天资聪慧,前几年淘气也被人家吴老先生给收服了,现在是相当安逸的一个人。还需要第三条吗?他自己问自己。

既然是储备,那就要按照"储备"的要求来加以历练,而且还要趁早。

文理渊把想法跟蔡花蕾一说,蔡花蕾的脑眉心那儿就揪成一个疙瘩,说:"去茅台镇送书?"

文理渊说:"去茅台镇送书。"

蔡花蕾说:"想法倒是不得错,但是路途太远咯!"

文理渊说:"不远那还叫历练?"

蔡花蕾说:"我是觉得他还小。"

文理渊说:"唉,不算小了!"

这一年是李鸿章和法国政府代表在天津签订《中法会订越南条约》的第二年,1886年。老大九岁。

3

遵义到茅台镇的直线距离不算很远,一百里地的模样,但翻山越岭全都是崎岖难行的山路,上山下山过河跨涧绕来绕去,就多走出四十里路来。而且能走马匹的地方都不多,只能步行。文理渊觉得这就是历练的一种形式。董其昌的《画禅室随笔》不是说"读万卷书,行万里路"。

等到老大他们学堂放了假,文理渊便雇了两个挑夫担上四个书箱,加上盐号一个管账的年轻伙计,一行五人踏上了去茅台镇的路。

按照出发前想好的,书要拿到茅台才分发。谁知刚出了遵义,文理渊的心就痒痒了,从见到的第一个村庄开始就找着人问人家识字不识字,只要对方点了头,也不究其真伪,就让老大拿三本书送人。人们大都木讷地接过书,再用疑惑的目光看看老大和老大他爹,连声谢都不知道说。就这,文理渊心里已经很舒坦了。

老大说:"爹,为什么送书给他们?"

文理渊笑笑,说:"哎呀,爹没本事啊!不能让他们丰衣足食,至少我还可以……让我遇见的那些愿意读书的人,有书可读吧?"

老大哦了一声,也不知道他听明白没有,在他心里,似乎感觉这跟每每青黄不接时老外婆和母亲送些吃的穿的接济穷人差不多。

自打柴房事件之后,好长一段时间里,只要一看见母亲,那时那刻的情景必然就浮现在眼前,开始那几天连做梦都是血淋淋的手指头。所以当文理渊再次提起上学的话题时,老大的第一个反应就是不在刀把镇的学堂就行。之后的所有变化,也都是为了不要再想起那件事为前提的。上课不闹就不闹,用心就用心;爹希望我是什么样子我就什么样子,只要不看见蔡花蕾。

连蔡花蕾的妈都看出来了，问："老大好像在躲你嘞。"

蔡花蕾就说："儿大避母嘛，都这样。"

蔡花蕾的妈被姑娘顶了回来，不甘心，就拐弯抹角去诱惑孙子，说："老大，你要是想吃辣子鸡面嘞，跟外婆说哈。"

老大有些警惕地看看老外婆，点点头。

蔡花蕾的妈就说："老大，我看你最近不大开心，是不是心里有哪样疙瘩哦？"

老大说："没得呀。"

蔡花蕾的妈就说："有也不怕，说给外婆听，外婆帮你想办法。"

老大说："外婆！真的没有！"

蔡花蕾的妈懒得绕弯弯，干脆单刀直入，说："是不是跟你妈……"

没等外婆说完，老大扭脸就走。

蔡花蕾的妈就在后面喊："耶！你不吃辣子鸡面啦？"

老大边跑边喊："人家还要背课文嘞！"

有一天，蔡花蕾借口买布料去了一趟遵义，在学堂门口拦住了刚刚下学的儿子。

老大跟在母亲后面来到一个背静的巷子口。

是蔡花蕾先开的口，说："听你爹说你学习不错，妈高兴。如果你不想让所有的人都知道那天发生的事情……"

老大没等母亲说完就抢着说："不想！"

蔡花蕾说："那你咋个能老是躲着妈嘞？搞得外婆都起了疑心。如果把大家都搞得起了疑心，后果不用说……你也清楚。你说呢？"

老大看看母亲，点了一下头。

蔡花蕾说："走，我也想吃一碗遵义的加鸡辣子鸡面。"

老大什么也没说，顺从地跟在母亲身后。

文理渊那样的文化人都被蔡花蕾收拾得归依伏法的，更不要说文知辉这样的小儿科了。打那以后，老大逐渐恢复了生活的常态，而他真正从心底认可蔡花蕾在柴房里上演的那一出，已经是好多年以后喽。

这次跟爹出来，时值初夏，满山的翠绿经过一季春风春雨的吹打已经显出了成熟，饱满得有些张扬；加上无处不在的青草和山花在暖和的阳光照耀下散发出来的好闻的味道,是这个在城郭中长大的娃儿没有体验过的,老大就感觉周身安逸。像所有小动物一样,见到宽广的天地撒开蹄子欢快地奔跑起来,在月牙一样的山路上留下一串笑声,完全忘掉了之前发生过的所有事情。

文理渊心情自然就好,笑呵呵地在后面跟着。

眼睛一眨,老大就消失在树丛后面。

"小心哦!"文理渊喊道。前面没有反应,赶紧让随行的伙计去追。等到绕过了丛林,见伙计和老大歇在路边,文理渊心里顿时感到一阵酣畅淋漓的轻松,十分享受。

4

接近傍晚,他们在一个村子前面停住。按计划今天要赶到一个叫鸭溪的地方过夜的,由于老大是第一次走这么远的路,而且不知道天高地厚,脚上就打起了泡。文理渊用刺蓬上折下的一根尖刺挑破水泡,刚开始还行,没多久就磨破了皮,这回不行了。只得和伙计轮流背起了老大,在鸭溪过夜的计划也泡了汤。

路上遇见一个砍柴回来的年轻人,一打听村子叫王家坨,年轻人叫王福。

文理渊说:"兄弟,能否借宿一晚?"

王福干脆得很,说:"要得要得,只是家里不干净,怕你们笑话。嘿嘿嘿!"

文理渊说:"人在路途,四海为家,哪里还有嫌贫爱富的道理。讨扰之处,我们悉数支付银两就是。"

王福听不大懂这样文绉绉的话,但"银两"二字是听真切了的,就说:"那倒不是,是怕你们不习惯。"

来到王家,几个人的吃饭问题着实让王福媳妇费了大劲。先是不知道去哪儿借了一只据说还在下蛋的母鸡回来,等王福杀鸡的当儿又去另外一家借来些米,说他们现在都吃高粱;最后又到屋后的菜地里掐了些白菜薹和豌豆尖。大约两个时辰之后,王福跑进堂屋对大家说:"饿老火了哈?就好就好。"

不一会儿,王福和媳妇将吃的东西端了上来。一个大土碗里面是被操办得黑乎乎的鸡,王福介绍说:"辣子鸡,不晓得合不合你们胃口哈。嘿嘿!"

还有两个菜是这个季节走到哪里都有的,王福就不好意思介绍。一个是用筒筒辣椒炒的白菜薹，另外一个是豌豆尖煮的汤。

王福作为主人家坐了下来，王福媳妇则静静地退了下去。文理渊知道这是人家的规矩，也就没有客套，大家都端起了闻着香喷喷的米饭。乡下人本分，什么东西不好不会拿来招待客人。

老大最先夹了一块辣子鸡塞进嘴里，嚼了没几下就吐了出来。

文理渊用手挡着嘴巴小声说："哎，怎么就吐了？"

老大说："嚼不动。"

文理渊说："嚼不动也不能吐啊！"

老大看看爹，没说话。

嚼不动肯定也是理由之一。乡下人粗惯了，平日里没什么吃的，地里的萝卜白菜拿来洗洗煮成一锅，铁锅中间横一块手掌宽的木板，上面放一个装着胡辣椒面的蘸水碗，火塘顶上的挂架上有一块用绳子捆着的跟石头一样的岩盐，吃饭开始时将岩盐在辣椒蘸水里晃荡几下马上提起来又挂回挂架，这就算是有盐有味的一顿饭了。所以后来人家夸奖谁做的饭菜好，都说有盐有味呢。很多家境差些的连"晃荡几下"的岩盐都没有。所以，王福家借着客人出钱的好事情做这么一回辣子鸡，本身捉襟见肘一个家，要什么没什么；再者，王福媳妇这样的乡下婆娘能跟人家刀把镇还有遵义的那些大厨比吗？火候上不知道讲究不说，油盐也放得个不清不楚，估计也就是随便在铁锅里翻炒几下放上辣椒，做成了乡下人风味的辣子鸡，嚼不动不说，味道也不对。

文理渊最怕别人说自己看不起别人，忙选了一块鸡大腿附近的肉放到老大碗里，说："来，这个可能烂一些。"

饭桌上一盏黄豆大小的油灯还被风吹得忽闪忽闪的，什么东西都只是看了个大概。正好掩护文理渊凑近老大的耳朵低声说："嚼不烂就悄悄吐掉，不要让主人家看见。乡下家家都喂狗，吃的东西到了地上是不会留下任何痕迹的。"

老大也小声说："哦。"

让王福高兴的是，所有的饭菜都被吃得个精打光，只不过白菜薹和豌豆尖是城里人吃完的，鸡则是王福和那两个挑夫吃完的。

吃完饭在火塘边喝着主人家用黑陶罐煮沸的大叶茶，文理渊突然想起问王福："哎，你识字吗？"

王福说："认识，可以读《三字经》嘞。"

文理渊十分高兴，说："好好好，明天你读给我听听。"

这一夜可把文家父子折腾苦了，两爷子被跳蚤弄得浑身上下没有一块好地方。

第二天说给王福听，王福笑笑，说："忘了在床底下洒些水了。"

文理渊说："洒水？洒水就没有跳蚤了？"

王福说："不是没有，是跳蚤被泥水沾着，它跳不起来。"

文理渊说："哦，早知道就洒点水了！银子都算给你了吗？"

"有多的，有多的。谢谢喽！谢谢喽！"王福说着，从衣襟里面摸出一本皱巴巴、脏兮兮的书，示意文理渊。

文理渊想起来了，说："对对对，念来听听。"

王福冲着边上的人们笑笑，念道："人之初，性本善。性相近，习相远。嘿嘿嘿嘿，下面不会了！"

老大笑了。

文理渊忙说："不错不错，老大去拿几本书。"

老大过去取了书过来，递给王福，说："送给你。"

王福一看，慌忙将自己的《三字经》塞回怀里，两手在衣服上蹭蹭，接过了三本书。看着手里新崭崭的书他突然想起问："先生贵姓啊？"

文理渊说："免贵，我姓文，文章的文。"

王福很高兴，说："谢谢文先生喽！这书我要留给我儿子的。谢谢！谢谢！"

上了路老大才问："爹，怎么没见着他儿子？"

文理渊说："啊，我问了，说是媳妇已经怀上了。还说请人算了一卦，是个儿子。"

老大说："这个也算得出来？"

文理渊说："想法，说明有想法而已。"

快翻过山坳时，文理渊见老大挠痒痒，也跟着挠了王福家跳蚤留下的一排排小疙瘩，这东西会传染。

文理渊回头望望远处那两间草屋，炊烟袅袅。

5

在爬上一个坡顶时,迎面遇上一队十多个背盐的农民。每人背上都有一个高约四尺,上大下小的竹背篼。背篼里面装满了散盐,最顶上还横着一麻布口袋盐,高高地悬在头顶。从他们走路的情形看,十分沉重。一打听,说有二百一十斤,文理渊不禁咋舌。

老大见农民们人人手里都有个木头做的像拐杖一样的东西,上前摸摸,问:"这个东西干什么用?"

人家也没回答,把"拐杖"的一头放进路边一些石头上一个个小圆坑里,另一头把握着对准自己背篼的底部,用劲支撑着一蹲身,背篼正好落在"拐杖"上,背背篼的人呈骑马蹲桩步的姿势。完了才说,"歇脚用的背杵。"

"哦。"文理渊刨根问底,说,"那这些石头上的洞是你们专门凿的?"

农民们就笑,说:"哪里会有这个工夫哟,时间长了自然就这样喽。"

老大立即想起了一个成语,他不可能看见用铁杵磨针的事,但是他从石头上面的这些圆坑上非常直观地懂得了铁杵磨针的道理。于是对文理渊说:"爹,铁杵还真能磨成针嘞!"

"对。"文理渊回答着,心里还生出些感慨来,所谓"行万里路"大概就是这种作用吧?

伙计问:"你们这是送哪家盐号的货?"

好多农民七嘴八舌地回答:"丰汇盐号。"

伙计高兴地刚要跟老板说什么,被文理渊拦住,连声说:"辛苦了!辛苦了!"

辛苦是肯定的。天气还不算热,农民们一个个已经是大汗如雨。只见他们纷纷取下用绳子系在腰间的竹篾做成的"汗刮子",刮去满脸满臂满胸膛的汗珠。

文理渊马上联想,这要是数九和三伏该怎么办?其实他知道答案,遵义仓房里那些堆积如山的盐,不都是这样一背篼一背篼背过来的吗?那可不分天冷天热。他想起了那年和蔡花蕾去仁怀时,问人家交接的官员怎么"背",现在他知道了。往常来去仁怀也远远看见过高高的竹背篼下面那些蹒跚的脚步,大都匆匆而过，没有在意。他把老大拉过来，说："看见没有？粒粒皆辛苦吧？"

老大点点头。

后来，文理渊在《仁怀县志》里看到了一首《背盐歌》，里面有这样的描述："盐巴老二一碗米，半夜三更就吵起。背篼上背就起身，七齁八喘拢茅村；上坡出气搞不赢，背杵栽在屁股根；到了长岗歇个夜，背上又起盐水酽；又痛又痒睡不着，睁着眼睛看星星；白天夜晚把路赶，腰杆无力喉咙干；一步跨进家门口，婆娘娃儿眼泪流，菩萨跟前许个愿，保佑我爹能回家，只望娃娃有出息，长大莫去背盐巴。"

接近仁怀时，老大忽然发现，走了很长一段时间了，遇见的人好像没一个识字的。

文理渊说："是哈。"

老大说："一上午都没有送过一本书了。"

一个挑夫说："怕有二十多里路咯。"

见前面过来三个人，文理渊说："再问问看。"

等人家走近了，文理渊问："请问到仁怀还有多远？"

人家说："不远喽，半天的路。"

文理渊又问："请问老乡，你们三个……有认识字的吗？"

三个人互相看看，摇摇头。

文理渊不甘，还问："一点都不认识？"

人家说："有那个工夫怕还不如砍一捆柴的好哦，再说也没得学堂得嘛。"

文理渊看着三个路人远去的背影，若有所思。等到老大过来催他上路时，文理渊说了句："建学堂。"

老大也接得快："在哪里？"

文理渊这才从自己的思路里面转回来，说："哦，如果爹在这里建个学堂，你说好吗？"

老大说："好啊。"

文理渊抓住儿子的手，说："走！"

在前面一个叫鸡场的镇子里，文理渊找到当地管事的，说明了自己的来意和想法。管事的读过两年私塾，听说过天上掉馅饼的事只是自己没遇见过，马上对跟前这位文先生就有了仰视的感觉，立刻招呼客人歇息喝茶，还忙不迭找来几个乡里大概是有身份的老者，最后前呼后拥着将文先生送进了祠堂。要不是管事的个子偏小一点，他连把文先生捧着抱着送进祠堂的心都有。

文理渊开门见山，问兴办学堂需要多少银子。管事的和老者们就拢在一起对数字，还不时朝客人这边看上几眼。管事的是个有心人，进来时已经从挑夫那里打探到了文先生的身份，所以在对数字时走的就是上限。最终，他们"推举"的一个老者朝文理渊伸出了一个巴掌。

文理渊不解，说："五十还是五百？"

管事的抢着说："五十，五十！哪里要得了那么多哦！嘿嘿嘿嘿！"

文理渊说："好，我给多一倍的银子，一百两。连着请先生及其学堂一年的费用。银子月底由专人送来。只是……年底我再来时，希望能听到娃娃们的读书声。"

大家顿时兴高采烈起来，连声应承加上各种恭维话把在祠堂屋檐下筑巢的几只麻雀都惊动了，飞出去另觅清净去了。

老大一个人蹲在墙角观察一队正在搬家的蚂蚁，他想起了外婆的话。蔡花蕾的妈说过，蚂蚁搬家就是快要下雨了，它们也害怕家里的东西被淹着。

果然，文理渊和管事的在捐资文书上刚刚签了字，外面就哗啦哗啦下起了大雨。

老大陡然间对外婆有了敬仰之意，他冲着密密匝匝的雨阵大声说："外婆没有骗人！"

管事的也由此有了想法，说："文先生，不好意思，人不留人天留人哦！"

文理渊就说："也好。不过说好，伙食连同过夜，我们付银子。"

管事的连声反对，说："不不不！文先生把我们看成什么人了？还不要说文先生捐资办学的义举在先，就算你们只是过客，我们也有尽地主之谊的责任不是？赶快赶快，去跟我家婆娘说一声，就说贵客到喽，叫她赶快准备杀鸡！"

老大就听见最后这句，马上想起了王福家的"辣子鸡"，而且身上一下子就连带感觉到了痒。身上的疙瘩有点气人，不想的时候哪儿都不痒；一旦惹着了，那就会痒成一片。老大撩开衣服就这儿那儿地挠开了。

文理渊偶然瞄了儿子一眼，立刻就传染着了。他不好意思像儿子那样肆无忌惮啊，就问茅房在什么地方，借故奔了出去。

6

终于到了茅台镇。

茅台镇不大,地处黔北大娄山脉的一处低洼地带。赤水河沿途两岸大都刀劈斧削,只在茅台这里出现一个斜坡;一直桀骜不驯的赤水河到了这里突然就谦虚起来,形成一个平缓的荡湾。自从明洪武十三年(1380),四川守将曹震疏浚赤水至合江段,并将其辟为川盐入黔航道之后,几百年时间里,茅台镇逐渐壮大、丰满起来,成为这一带十分热闹的集镇。

丰汇盐号在茅台的分号离码头不远,一栋两层的木屋,楼下是铺面,楼上办公兼公寓。文理渊买这个房子之初就想到了这一点,在楼上隔了两间做客房。来来往往有个落脚的地方比你住店节约不说,还清净。

文理渊打发了两个挑夫,将剩余的书送到当地两间学堂,立刻就投入了盐务的忙碌之中。大家各忙各的事情,老大就落在了空空里面。

这个城里来的娃儿对什么都新鲜,除了推开窗户就能看见赤水河上来来往往的船只,以及岸边上上下下搬运盐包的苦力们,最让他感兴趣的,是这里与刀把镇和遵义都不一样的街市。

除了盐号,茅台镇的街市上招牌幌子最多的就是酒铺。

在中国的文化里,酒是一个比较有分量的符号。王公贵族就不用说了,就是平头百姓谁跟谁见了面要是没有一顿酒,你都无颜。而且酒的核心就在一个"醉"字上,就因为喝多了会醉,才有那么多人念念不忘。你不要看那些好酒之徒吞酒时都是龇牙咧嘴一脸的痛苦状,心里却都只剩了一个"爽"字,这一点老大是从母亲那里知道的。

老大小的时候,蔡花蕾就汲取了发生在自己身上的教训,从来没有用筷子蘸酒熏陶过儿子。只不过不幸的事最终还是发生了,有一天她突然发现老大能喝,而且不拒绝。为此蔡花蕾还言辞凿凿地跟文理渊吵过,说这要是跟我有半点关系,天打五雷轰!

两个人分析来分析去,最后将原因圈定在"遗传"这个概念上。就这样,蔡花蕾也没有像蔡好仁那样放任自流,她严格管束儿子,非年非节绝对不允许沾酒。即便是可以喝酒的天，也还要自己心情不错，老大才能喝上这么一小杯。让蔡花蕾庆幸的是，儿子不像自己那么没出息，追着喊着要喝，每天晚饭还明目张胆地和蔡好仁对酌。给他就喝，不给他不喝。

在文家，老大最关注的当然是母亲。最初他也不解母亲喝酒时的那种惬意，这才偷偷找来些试试。头几次也只感觉辣，慢慢地就顺溜了。被蔡花蕾封杀之后也没有什么挫折之类的感受，一直到这次来到茅台镇。

也不知道是什么人最早在这个有山有水的地方率先酿的酒，反正到十八世纪中叶时，茅台镇上已经有好几十家烧房了。不但数量多，关键还在于这里的卖酒方式让老大这样的娃儿受益匪浅。这里的所有酒铺都可以先尝后买，这是老大逛街时偶然发现的。既然可以先尝后买，那先尝暂时不买也应该是允许的吧？老大想。

老大先是对酒铺里的巨大酒缸产生了兴趣。几个人才能围抱的酒缸上下小，中间大，上面一个两尺大小的口子用红布扎着；每个缸肚子上红纸黑字写着多少多少年陈酿的字样。小点的铺子两三个这样的缸，大一些的有十来个。

酒铺老板见老大的穿着有型有款，知书达理的样子，便说："这位公子哥，进来尝尝？"

老大摇摇头。

"尝尝不要钱，好了告诉你爹，啊？"老板说，那意思至少他爹喝酒。

老大有些犹豫，说："尝……不要钱？"

"哎呀！"老板感叹了一声，马上解开最外面一个酒缸扎口的红布，用酒提子打了酒，倒进一个小酒碗里递给老大，说："不要钱！"

老大看看老板，接过了酒碗，先闻闻，醇厚的酒香扑鼻而来，老大犹豫了一下，一饮而尽。

老板笑了，说："行啊，你！"

老大抹抹嘴，笑笑。

老板说："好酒吧？告诉你爹去吧。"

老大说："那……我告诉我爹去？"

老板说："快去快去。"

老大离开酒铺时还冲老板招招手。

老大回到盐号，见爹还在那儿跟人对账本，想想，上前说道："爹啊，给我些钱吧?"

文理渊看看儿子,说:"干什么用?"

老大说:"买洋芋粑粑。"

文理渊一听是个大人不好意思拒绝的理由,便让柜台的伙计数了十个铜板,说回头提醒我记着还回去。

老大原本是打算直接就一家一家"尝"下去的,后来想想万一人家非得让买,这手里一分钱没有那也太假了点,便想起了爹。往回走时看见路边一个卖洋芋粑粑的挑子,心里就有了主意。现在铜板在手了,便胸有成竹地朝街市走去。

从刚才尝酒的那一家酒铺往前数,老大进了第三家。

老大说:"老板,我爹让我来买酒,说让我先尝尝看。"

"要得!"老板脆生生地回应着,马上揭红布、拿酒提、上酒盅,最后递过来。

这回因为是假的,就不免要装装样子。老大照例先闻闻酒香,然后照着母亲尝酒时那样咂咂嘴,再歪着头好像回忆什么情况的样子,之后再一饮而尽,说:"我再看看别家好吗?"

老板说:"要得要得,一家尝点嘛。"

说者无心,听者有意啊。老大好像被别人揭穿了似的,连忙抓出口袋里的铜板说:"我真的要买的!"

老板当然不懂这话的意思,就说:"哦,哪家都差不多,你看嘛。"

老大见对方一脸和善,没有看穿自己的意思,便抬腿去了街子斜对面的一家。

一般来说,一个地方民风淳朴的程度和这个地方与都市的距离成正比,距离越远程度越高。茅台镇距离遵义的路程就可以从酒铺老板们对待文知辉的态度上推断出个大概。要不然一个九岁大的娃儿出了这家酒铺又进那家酒铺的,至少人家心里要有个疙瘩嘛。说这小子干什么来了,光尝不买?

所以,等到老大从第九家铺子出来,准备朝第十家走去的时候,酒精在他体内开始发生作用了,头有些重,脚有些轻。

第十家酒铺有十多个酒缸,门口一个大大的招牌上面写着"天和烧房"四个大字,一个白底红边的幌子上绣着大大的一个酒字,在温暖的风中飘动。老大跨进天和烧房时,铺子里没人,只是门口有一个跟自己差不多年纪的女孩坐在小凳子上抱着本书在看。

老大根据前面几家的经验，喊了声："买酒！"

没人回应。老大一扭脸，见刚才门口的那个小女孩已经站在他跟前，满脸狐疑。

女孩见老大面有酒红，问道："你爹喝你喝？"

老大一眼落在女孩手里的书本上，这一路走来问别人识不识字都成了惯性了，这时候脱口而出："你识字？"

女孩说："管呢！买酒还是干什么？"

老大说："啊？买啊，尝尝啊！"

女孩跑到后门看看，没人，就在铺子角上拿了酒提酒盅过来递给老大，又搬了根凳子过来，问："要多少年的？"

老大想想说："多少年是什么意思？"

女孩说："遵义来的？"

老大说："咦！这也能看出来？"

"嘿，就凭你什么都不懂，那就五年。"女孩说着把凳子放在最外面一个写着"五年"字样的酒缸前，说，"尝吧。"

老大瞪大了眼睛说："我？"

女孩说："他们搬东西去了，是你要尝又不是我要尝。"

老大长这么大除了母亲就没怕过谁，何况这会儿还有酒精给壮着胆子，什么也没想，一步就站到了凳子上，酒缸的口子就到了肚脐眼那儿。他接过酒提酒盅，学着别人的样子将酒提往酒缸里伸，手一下子没拿稳，酒提掉进了酒缸，老大慌忙去抓，本来就有点头重脚轻的他心里一慌，凳子就一晃，脚底下马上就没了根基，扑通一声就栽进了酒缸。

一切都发生在一瞬间。

女孩一下子惊呆了，就听见酒缸里扑通扑通的响声以及溅到外面来的酒花子。

当听到酒缸里面传出来咕咚咕咚冒气泡的声音时，女孩猛地清醒过来，扔掉书本，抓起倒在地上的凳子用力朝酒缸砸去——

"哐啷"一声过后紧接着"哗啦"一声，酒缸破了，喷将出来的五年陈酿冲倒了女孩。

街市上过路的人都被眼前这一幕惊呆了，天和烧房里面的人也被前面的动静招了出来，当大家围拢过来时，这才发现白酒花花里还有一个人。

大家七手八脚将老大打捞出来，平放在地上，一个有经验的人上去就在老大的胸口按压。一般沿河而居的人如果没救过人至少也看见过别人救人，就这样没几下，老大猛地抽了口气，回过劲来。

有人就说："这不是刚才尝酒那小子吗？"

还有人说："可惜这一缸子酒哦！"

这时候，得到了消息的女孩的爹妈急急慌慌赶了过来。

当爹的叫刘天和，茅台镇人，是天和烧房的老板。早先在一家烧房做工，人聪明点又还勤快点，没多久就把烧房上上下下的手艺一样一样摸了个透。路子一通自己就开始有了想法，就是人们说的庙小了容不下大佛，五年前找亲戚朋友借了些钱，自己办了个小烧房。

茅台镇这个地方就是个出酒的地方，水土、气候，包括微生物群落等天生就为了酿酒预备的。只要你不憨，只要你不懒，准备好瓶瓶罐罐接酒就是。

刘天和膝下一女一儿，女儿九岁取名刘彩云；儿子六岁叫刘青云。那天烧房到了一批高粱，铺面上的伙计都被叫去装仓了，临时让刘彩云去铺面顶一会儿。没想就有人大呼小叫地跑来报，说铺面上爆炸了，说轰隆一声连彩云姑娘都被炸翻在地云云。

两口子丢下手里的活路，扑爬跟斗直奔酒铺。来到跟前才知道是以讹传讹，不过是碎了一缸子酒。看着女儿完完整整一个人，悬着的心就回到了原处。紧跟着又听说酒里面还泡着一个娃娃，刘天和的心一下子又浮了上来。

刘天和看到文知辉时，文知辉已经睁开了眼睛。

7

刚掉进酒缸的一刹那，老大的头脑中出现了短暂的、白扑扑的画面，什么都没有，看哪儿都是洁白无瑕的一片。很快，老大就被冰冷的五年陈酿弄醒转来，本能地手舞足蹈起来。

老大不会游泳。不会游泳的人到了水里根本就没有要领，手和脚都不知道该往哪儿放，于是就乱来。乱不了几下就开始心慌，这才是最要命的。而且刚下来时一直还憋着的那口气息到现在也接近了极限，心一慌就挣扎着想换口气，一换气就完蛋，因为没气可换。不但没气可换，还将肺叶里面仅存的那点空气一下都挤了出去。这就是刘彩云在外面听到的"咕咚咕咚"冒气泡的声音。假如不是刘彩云凳落缸碎，老大估计最多还有一分钟左右的活法，就得去拜见看着他心安理得咽气的老外公蔡好仁了。

正是有了刘彩云神勇而及时的这一板凳，让酒缸里的液体在一两秒的时间里倾泻殆尽，这才把老大从奈何桥边上生生地拽了转来。

刘天和看看一脸衰微的文知辉，第一句话就喊："赶紧去找郎中！"

而这个时候，丰汇盐号里的文理渊刚刚放下账本，舒了口气说："大家辛苦了，走，找一家馆子，咱们打牙祭。"

临出门的时候才想起问："老大呢？"

伙计说："不是给了十个铜板，买洋芋粑粑去了吗？"

文理渊想起来了，说："那我们走，到街上拦他去。"

留下了看铺子的，一行五六个人直奔街市而去。

文理渊心情不错。不光出来时对老大历练这一主要目的让自己满意，盐号的事务看来也是条理清楚，账目分明，没几下便处理得清清白白。心情一好胸脯自然而然就挺了起来，脚底下也轻快了许多。走过"天和烧房"时晃了一眼，一堆人围在人家门口不知道什么事情，也不想去当包打听，而且眼睛一直在搜寻着儿子，便径直而过。

老板不愿意当包打听不等于伙计也不愿意，同行的两个伙计看见人堆就围了上去，就是听见打鼓上墙头那种。当他们听说竟有小娃娃掉进了大酒缸，就挤进去想看看究竟是怎么样一个捣蛋的精。一看就纳闷，咦！这身穿着打扮怎么那么眼熟呢？哦……等他们反应过来，死了爹娘一样的大呼小叫让已经走远的文理渊停下了脚步，急慌慌奔了过来。

要不是眼面前躺着的这个娃儿分明就是自己的儿子，文理渊根本就不会相信老大会被人从酒缸里面打捞起来。

刘天和正愁怎么通知娃娃的家人，家人就来了。一五一十将前因后果跟惊魂未定的文理渊叙述一遍，最后说：郎中已经把了脉了，说主要是受了惊吓，没有大碍，不用吃药，歇息几天就好。

文理渊说："哎哟！多谢刘先生了！我们先将小儿接回去，改日再来登门致谢！所受损失也会——赔偿的。我们就在前面，丰汇盐号。"

茅台镇的人没有不知道丰汇盐号的。原先四五家分摊的川盐生意，因了丁宝桢的一纸文书便成了一个姓文的独家生意，街谈巷议肯定说什么难听话的都有。后来打听清楚了，说这个姓文的和前几年奔波于赤水与茅台之间疏浚航道的那个姓文的是一个人，这才少了些怨气，多了些宽容。就说：哎呀，该他发！

刘天和一听"丰汇盐号"，马上说：这么说先生是……

伙计忙介绍："这位便是丰汇盐号老板文理渊文先生。"

刘天和说："哎呀！早就听说文先生……"

文理渊哪里还有心情听恭维话哦，便打断说："改日一定登门，告辞了！"

几个伙计背上老大就走，一行人匆匆而去，身后留下一片议论的声音。

8

郎中说的歇息几天在老大这里不管用，第二天他就下了床。摸出口袋里剩余的八个铜板，将它们放到文理渊面前的桌子上，说："有两个不知道哪儿去了。"

文理渊本想责备两句，转念想想人家都九死一生了，何况还是个孩子，就把到了嘴边的话咽了回去，说："拿着买点什么吧！"

老大看看爹，说："那……我给母亲买点酒？"

"哎呀！"文理渊马上感到心里一热，心想蔡花蕾呀蔡花蕾，你怎么就这么有福气呢？

临走的前一天，文理渊带着儿子去了"天和烧房"。刘天和恭恭敬敬地将文理渊和老大请进了后院自己的家。

文理渊将一封银子放在桌上，说："这是五十两银子，刘先生……"

刘天和急忙打断说："使不得使不得！小店那点酒哪里值这么多钱，而且我也没有要文先生赔的意思。少爷是在我家遇上的情况，按说责任在我们这里，还应该赔付你们的。使不得，使不得哈！"

文理渊等对方讲完了，说："滴水之恩报以涌泉，何况救命！所以，这点银子根本不足以报答,只是如果不以某种方式表示我的感谢之情,文某就白读圣贤书了。除此之外我还想当面向令爱致谢!"

当刘彩云和刘青云姐弟两个被叫到堂屋时,老大张着嘴看着人家,完全没有了那天在天和烧房店铺里的精气神。

刘彩云不屑地看看老大,心想大概是被酒泡憨了。

文理渊说:"儿啊,赶快谢过彩云姑娘啊!"

老大走到刘彩云面前鞠了一躬,说:"谢谢!"

刘彩云看看刘天和,刘天和赶紧说:"我们也应该还个礼不是?"

刘彩云鞠了一躬。

文理渊过来,弯腰拉着刘彩云的手,笑笑说:"几岁啦?"

刘彩云说:"十二,五月端午的生。"

文理渊说:"我们家哎呀,那我们老大还得叫姐姐嘞,好个聪明俊俏的姐姐啊!呵呵呵呵。"

刘天和夫妻就赔着笑。

老大突然冒出一句:"跟司马光学的。"

刘彩云马上接着:"不对,司马光砸的缸是水缸,我砸的可是酒缸!"

文理渊也跟着说:"对对对,彩云姑娘比司马光还要厉害!哈哈哈哈!"

老大说:"酒都能把人淹死,你家的酒真多。"

刘彩云说:"你还没看见烧房的酒呢,那边才叫多呢。"

老大说:"那你带我去看看啊?"

刘彩云说:"好啊。"

做过教书先生的文理渊一生都没有阻拦过别人求知的欲望,何况还是刚刚从危难中捡了一条命的儿子,而且是救命恩人带着去,当即就把归程推后了一天。

文理渊说的"聪明俊俏"也绝不仅仅是客套,在他眼里,刘彩云就是聪明俊俏。后来他都有些后悔,当时怎么就没有想着向刘家提亲呢?指腹为婚都能成立,何况人家彩云姑娘还是眼见着的聪明俊俏呢?

这个便宜后来让蔡花蕾捡了。

第四章

1

先前说好由刘家姐弟带着老大去作坊的,临出门时文理渊突然也想去看看泡过儿子的那么多的酒究竟是怎么弄出来的,想法跟主人家一说,刘天和责无旁贷就成了向导。

天和烧房的作坊面朝赤水河,挤在其他大大小小的作坊中间。大家之所以要挤在一坨,就是为了方便取水。因为酿酒过程需要大量的水,清洗、浸泡、蒸煮、蒸馏,哪道工序都离不开水。

一行人来到作坊,十多个酒工都在忙碌着,背原料的背原料,和曲的和曲,封窖泥的封窖泥,到处热气腾腾,连空气都是湿漉漉的。

刘天和来到了自己的长项上,潜意识里就有了显摆一下的意思。于是按照制作顺序,事无巨细地从筛选原料开始一直朝蒸馏出酒这么一路讲。文理渊一是因为没见过,二来也出于礼貌,听得一字不落,就感觉样样有趣事事新鲜。

老大没那个耐性,省略了前面的所有过程,直接来到蒸馏罐跟前,对出酒口子那一小股潺潺而下的水流产生了兴趣。凑近了闻闻,问:"这水可以喝吗?"

刘彩云说:"可以啊,这就是酒啊。"

老大摸摸蒸馏罐,说:"烫的?可以尝尝吗?"你看人家刚从大酒缸里被捞上来,再见到酒的第一句话还是掉进酒缸前的那句话,"尝尝。"

刘彩云笑了,说:"还没喝够呢?"

老大说:"我就是想知道热的酒是什么味道。"

刘彩云就用手窝成碗状,接了些酒送到老大嘴边,说:"来。"

老大喝了一口，立马吐了出来，龇牙咧嘴说："不是酒！你骗人！"

刘彩云把手里剩下的酒喝了，说："谁骗你了？就是这个味道！"

老大说："那……怎么是酸的？"

刘彩云说不出个所以然，便搬救兵，喊："爹，他说这酒是酸的！"

刘天和笑了，过来说："不仅酸，还没什么酒味，对吧？"

老大说："对呀。"

刘天和说："这叫初酒，不能喝。还要装进很大的缸里窖藏起来，让它老熟，一般三个月到三五年、十多年不等，完了之后还要勾兑，以便让每一批陈酿的酒的味道大体一致，这才是我们平常喝的酒。店铺里的酒缸上不是有写着三年、五年、十年的红纸吗？那就是陈酿老熟的时间。时间越长，酒的味道就越醇厚爽口。就是买回家去的酒放着不喝，也还在继续陈酿老熟呢。俗话不是说吗？酒是陈的好，说的就是老熟的过程。"

文理渊不禁感叹："哎呀！三百六十行那是各有各的门道啊！天和先生，文某见识大长，不虚此行啊！"

刘天和抱拳说："先生过奖了。我这不过是养家糊口之技，比起你的大买卖那就是小巫了，惭愧呀！"

文理渊说："哪里哪里，都是糊口，都是糊口。对了，我们家老大还想买一些酒回去孝敬母亲，我看啊……就买你们天和烧房陈酿时间最长的吧？"

刘天和笑了，说："承蒙文先生抬举，买字就请收回了。小弟已经准备了天和烧房最好的酒，晚上我让人送过去，也算是帮你们家老大尽一份孝心了。哎，如果尊夫人也有这样的兴致，那我们天和烧房的美酒就多了一个知音呦！"

老大突然插话说："先生能不能让我带一点初酒也让母亲尝尝？"

刘天和说："那更是小事一桩，一定，一定！"

文理渊大笑，说："小小年纪就学会得寸进尺了哈，哈哈哈哈！"

当晚，刘天和在茅台镇上最有面子的馆子定了一桌，怕嘈杂不方便说话，就嘱咐店家将饭菜送到了家里。因为烧房就开了五年，所以酒是天和烧房最好的五年陈酿。

刘天和多预备了两个酒盅，拿着茅台镇特有的上下一样粗细的土瓷瓶要给老大倒酒，被文理渊拦住。文理渊看着儿子，问："喝吗？"

老大摇摇头。

文理渊说:"哎,对嘛!总不能好了伤疤就忘了痛吧?其实我也不喝酒,只是却不过先生满满的热忱,还有也是想体味一下白天学到的知识,所以……就此一杯。"

倒是刘彩云有些过意不去,心想怎么就成了伤疤了?趁着大人说话的工夫,捅捅身边的刘青云,在他耳边叽里咕噜说了一番,刘青云二话没说,放下碗筷便离席而去。

没多大会儿,刘彩云跟母亲说:"我吃好了,和文家少爷到外面玩玩。"

刘彩云的妈说:"哎。"

老大站起来,说:"爹,我也吃好了。"

文理渊说:"啊,去吧去吧。"

老大跟着刘彩云来到院子里,就看见刘青云在一个小门里面冲他们招手,刘彩云示意老大跟上,两人悄没声息地消失在小门后面。

一见满屋的酒缸,老大马上想起来了,这是到了天和烧房的店铺。只见屋子中间亮着一盏油灯,大概这就是姐姐跟兄弟耳语的内容吧,老大想。

只见刘彩云手里拿着个较大的酒提子,一步踏上横在一个酒缸跟前的板凳,解开绳子,掀开红布,酒提在酒缸里沉了一下又提了起来,刘青云接过酒提,刘彩云将红包盖好,扎上口,再跳下板凳,连串动作一气呵成,干净利索。

老大笑了,说:"那天你是故意的。"

刘彩云没说话,拿过刘青云手里的酒提,倒在两个酒盅里,放下酒提,端起两个酒盅,一杯递给老大,说:"是,不恨我好吗?"

老大很爽快:"好。"

两个人碰了酒盅,一饮而尽。

2

回到刀把镇,文理渊将天和烧房里发生的事情一说,虽然老大好端端就在跟前站着,蔡花蕾的妈还是感觉头皮有些麻。蔡花蕾则不,不但不麻,反而咯咯咯地笑得直不起来腰。

文理渊一脸惶惑,说:"哎呀,你这个人才是?!"

蔡花蕾好不容易收住了笑，说："到底是老蔡家的种，出险都出在酒缸里面！哈哈哈哈……"

文理渊一脸无奈，说："哎呀，你这个人！"

晚上，两个人都体会到了小别胜新婚那样的畅快。从性别上说，文理渊应该比蔡花蕾的需求更旺盛些。恰恰相反，事情有时候是从性格来入手的，每每都是蔡花蕾先要，文理渊则每每都是以服好务的心态顺从地进行。好在文理渊不算是气饱力壮么，至少属于"还行"那一类，每每总能让蔡花蕾舒舒坦坦，尽情尽意。蔡花蕾对此给出了评语，能文能武。

等床上的事情弄完了，蔡花蕾突然想起问："哎，你说的这个彩云……姑娘长得咋个嘛？"

文理渊想都没想就说："四个字，聪明俊俏。"

蔡花蕾倏地支起身子，说："哦哟！你咋个不早点说？"

文理渊说："聪明俊俏……早点说了干什么？"

蔡花蕾说："啧，哎呀！我们家老大说长就长大成人了。这种事爹可以不管，妈要管嘛！"

文理渊说："耶，才九岁哦！"

蔡花蕾说："这你就不懂了吧？好姑娘要早下手，晚了就是别人家的了。懂不懂？"

文理渊说："啧！人家姑娘才十二岁嘞，嘿！"

蔡花蕾说："十二岁？耶，正好嘛。多一岁不好，少一岁也不好，正好三岁。"

文理渊瞪着眼睛，说："是姑娘大嘞！"

蔡花蕾说："我说你呀，读了那么些书，就没有读到过一句'女大三，抱金砖'的句子？"

文理渊说："抱金砖？"

蔡花蕾说："抱金砖啊！"

文理渊说："这样？哎，那当初你也没有比我大三岁，我们老文家不也抱着金砖了？"

蔡花蕾说："那就是我蔡花蕾的命，任你怎么抱都是块金砖！你换个人试试看？"

文理渊说："那倒是。不过有个情况需要说清楚，当初可是你主动来学堂串门子……"

没等文理渊话说完,蔡花蕾就咬着牙巴骨朝文理渊身上那些无关紧要的地方捶,边捶边骂:"你意思是老娘嫁不出去了嘛?狗东西!看不出一个臭教书先生肚皮里面还这么多弯弯拐拐,捶死你!你!你!"

文理渊就躲,就笑。

捶归捶,不捶的时候两个人就把关于如何谋划"聪明俊俏"的路线图描出了一个大概。

先是由文理渊写信给刘天和,以救命之恩为由,邀请刘家阖府来遵义游玩游玩,其真正的目的是让蔡花蕾最后审一审"聪明俊俏";如果得行,直接进入程序;先对八字,再得行就下聘礼,把事情敲定。最后,再以重点培养为由将"聪明俊俏"接到遵义来读书,一直到"树上的鸟儿成双对"。蔡花蕾对自己想出来的这最后一条十分满意,说如同一石二鸟,既不耽误刘彩云的茁壮成长,又将姑娘锁在了文家。

蔡花蕾不无得意,说:"是个办法吧?"

文理渊就说:"算是个办法。"

蔡花蕾说:"什么叫算?就是!明天你就写信。"

文理渊说:"怕不急这几天哦?"

蔡花蕾说:"啧!讲定的事情立马就办,你不写我写哦!又不是乡下婆娘自家提不得笔,请人写了信都不晓得是不是自己要的那个意思!要不是跟别个不认识,我早就一五一十十五二十把心里想的说个痛快了,真的是!"

文理渊说:"我又没说不写,怎么就出来这么一大堆话?"

蔡花蕾说:"写了就没了。"

文理渊只能叹气。

蔡花蕾在遵义第一眼看见刘彩云,就在心里对自己说,得行。她将"游玩游玩"之类的幌子都推给了文理渊,自己则跑去一家布店买了些好看的花布,还买了一双跟花布颜色相搭的绣花布鞋,找了一家口碑好的裁缝铺子,跟老师傅身高胖瘦描述了一番,交了定钱,说好两天之后来取。就急匆匆赶回了刀把镇,她是来跟老外婆汇报情况的。

蔡花蕾将刘彩云的情况以及自己的想法跟自家妈说了,最后说:"你觉得呢，妈？"

蔡花蕾的妈说："哟，都到了门槛边上才来跟我说！"

蔡花蕾就说："妈妈，八字还没一撇的时候跟你老人家说不管用嘛，还让你跟着操心！现在要准备写八字的那一撇了，高堂面前一定要有个交代，在情在理不是？"

蔡花蕾的妈说："是喽，反正妈从来就没有说赢过你，你们说了算。"

蔡花蕾说："一家子明天就来刀把镇，我包你老人家满意就是。"

蔡花蕾就是这样一个人，做姑娘的时候脾气大，横竖没得道理好讲；现在拖家带口成了三个娃儿的妈了，凡事就开始想得周全了。既然是好事情就要讲究方方面面都妥当，决不能让好事中间生出些枝节来。蔡花蕾就是这么想的。

刘天和一家没一个人来过遵义，看哪儿都新鲜，再加上人家文理渊好吃好喝好招待的，心情就格外地爽。没人的时候悄悄跟老婆说："晓得是这样么，就不该要人家赔的缸钱酒钱，倒显得我们刘家小气了。"

刘天和的老婆娘家姓高，小时候她母亲要给她缠脚，被她泼死要赖地给耽搁了，那时候就得了个"大脚板丫头"的诨号，长大了就延续着叫她高大脚，时间一长爹花钱找人得到的名字也被别人忘了，都叫高大脚。

高大脚听了刘天和的话，想想说："怕人家还有其他想法呦。"

刘天和说："啥子想法？"

高大脚说："现在还不晓得。假如光光是感谢，我感觉动静大了点。反正看嘛。"

那天，当蔡花蕾提亲的说辞一出口，刘天和便心服口服地看了高大脚一眼，而且心情很好。人家遵义做大生意的文老板居然看得中自家姑娘，女儿的归属端端正正不说，对天和烧房那也是有百利而无一害的事情呀。刘天和不由得暗暗佩服起自己来，要不是前些年毅然决然就选择了酿酒这份营生，哪里会有后来人家掉进酒缸的故事吗？没有前因哪里又会有现在的提亲呢？而且不偏不倚，文家老大前一家后一家他都不掉进酒缸，偏偏就在刘彩云一个人的时间段上掉进了天和烧房的酒缸，这就是缘分。俗话说嫁汉嫁汉，穿衣吃饭。刘彩云这辈子还会少得了饭吃？对于女人，这就叫幸福。缘分和幸福都齐了，刘天和心情能不好吗？所以他连声说："高攀了！高攀了！"

文理渊说："哪里哪里，我们可是诚心诚意的。"

刘天和礼节性地看看高大脚，高大脚笑笑一欠身，算是认可了。刘天和便说："好好，好！呵呵呵呵！"一听就是很安逸的笑声。

刘天和的好心情没持续多大一会，就被自家女儿给糟蹋了。

按照蔡花蕾事先盘算好的路线，提出亲事之后看看刘天和一副喜不自禁的表情，再看看老外婆一脸的淡定，知道方方面面都通顺了，这就该把裁缝铺连夜送过来的新衣服新鞋交给姑娘了，见面礼嘛，就是要显得有诚意。

当刘彩云听从母亲的吩咐从蔡花蕾手里接过叠放得整整齐齐的衣服时，还不知道这是什么意思。刚才人家大人说正经事的时候，她和文家三兄妹正参观刘青云在遵义街上买回来的七侠五义洋画。原先在家里，父母给她一点东西，刘青云一定也会得到一点东西；逢年过节给刘青云做一身新衣服，一定也会有自己的一套。所以这回以为也一样，看看好像没了下文，就问："刘青云的新衣服呢？"

大人们就笑。

刘天和说："这个娃儿才是，还不赶紧谢过文伯母，人家这是给……给新娘子的见面礼。啐！"刘天和一时间也想不起什么比新娘子更准确的称呼了。

刘彩云想想，说："新娘子？谁是新娘子？"

大人们又笑了。

高大脚说："文伯母刚才为文少爷提亲来着，你爹已经点了头了！"

刘彩云瞪大了眼睛，说："我？！"

人人们再一次笑了。

高大脚说："不是你还能是谁？"

刘彩云脸上马上有了阴云，突然将衣服扔在地上，说："爹！我不要跟他成亲！"说完跑了出去。

哦嚯！大人们一下子都僵在那里，好端端的路线图一下子被扭曲得乱七八糟的。

高大脚赶紧捡起衣服拍拍，喊："哎……你……回来！"

"去追呀！"刘天和急着对老婆喊。等高大脚追出去了，转过来对文家人又是作揖又是赔不是，说："小娃儿不懂事！小娃儿不懂事！算数的，算数的哈！"说完拉上刘青云跟了出去。

突如其来的变故把文家大人搞得那叫一个措手不及，全都晾在了那儿。

老大不知道发生了什么事，问蔡花蕾："妈，怎么就走啦？"

蔡花蕾不知道该怎么回答，看看文理渊，又看看母亲。

蔡花蕾的妈说："也好，怕将来不是盏省油的灯哦！"

蔡花蕾本来还没想透彻，一时间还找不到说法来回答儿子，听老外婆这么一句，脑筋突然就转了回来，还来劲了，一拍大腿说："唉！管球她省油不省油，老娘就认她这盏'灯'了嘞！"

蔡花蕾是有了想法就一定找得到办法的那种女人。她先是亲自去遵义办齐了双份的四色水礼，两匹由杭州运过来的、花色相当安逸的绸缎，两只壮硕而且十分馋人的猪后腿，两包在遵义家喻户晓的海龙坝的贡米。按理还应该再来些酒，转念一想人家家里的酒都用能淹死人的大缸子装，送酒你不等于班门弄斧吗？于是就把酒改成了油，两瓦罐黄铮铮的菜籽油。置办齐全之后，蔡花蕾又找了一个据说是全遵义功夫最了得的、人称"三句半"的媒婆，说是超不过三句话就能说成一桩姻缘，剩下那半句就两个字：拜堂。蔡花蕾心里清楚得很，即使不请"三句半"，这桩姻缘也在的。她之所以这么兴师动众，就是想做给茅台镇的人看的，让那些乡下人看看给老刘家下聘礼的是怎么样一个人家。她就是要把气氛搞热烈，气氛一热烈，舆论也一定跟着热烈走，你把一个地方的舆论都搞得热烈了，小姑娘还往哪里跑？

一听说主人家的目的是要热烈，"三句半"就递了个点子，说："要是再请几个吹鼓手，那还怕他小小个茅台镇不闹翻天哪？"

"哟！"蔡花蕾想都没想，就说："要得！你安排，我拿钱！"

3

当一只高音唢呐和一只中音的笙加上一个低音鼓和一副铙钹演奏出来的"百鸟朝凤"在茅台镇的街面上招摇过市的时候，气氛的确是蔡花蕾想要的那种效果。

自从那天好好一出戏被刘彩云给搅了，回茅台镇的一路上高大脚就没断了给女儿做工作，由三从四德一直讲到礼义廉耻。起先刘彩云高低不开口，你说你的话，我走我的路。后来高大脚又将自己脑子里那些书本的以及民间的耳熟能详的典故全都不厌其烦地讲了一遍。

刘彩云最后说："妈……"

刘天和见女儿终于开了"尊"口，急忙说："对嘛！你总要吭个气嘛！"

刘彩云说："能不能回家再说？我看你气都接不上来喽。"

"耶！！"当爹的气不打一处来，抬手就朝女儿的头上抡了一巴掌，见刘彩云连躲的意思都没有，更气，又准备来第二下，被高大脚拦住，说："啧！打哪里不是打？非要打脑壳？打成憨包你养她一辈子？！"

刘天和叹口气说："哎哟！老子懒球管！以后个人找个叫花子，最好！"

"如果该是个叫花子，我认！"这是刘彩云一路走来讲的第一句正经话，完完全全唱对台戏的架势。

高大脚才不管你对台戏不对台戏哦，你既然开了口我就接，说："为哪样嘞？"

刘彩云又一次闭紧了嘴巴，一直到茅台镇。

女儿倔，当妈的是知道的，这么倔，是这一次才知道。关键是你还不知道究竟是为什么就那么不管不顾地将人家的一片"好心"扔在地上，让爹妈脸上无光嘛！一直以来和文家少爷不是好好的吗？听刘青云说还在铺子里碰杯喝了酒。问吧，死丫头不说！打吧，终归不是正经办法。而且一旦伤了筋动了骨，自己还得掏钱请郎中外加买药不说，大人娃儿都痛，还伤了感情。这样的账高大脚算得过来，只是翻来覆去把头都想大了，还是没有归纳出个要领来。

就在爹和妈一筹莫展的时候，也就是茅台镇上响起"百鸟朝凤"的前一天夜里，刘青云来到了正在厨房洗碗的高大脚跟前。高大脚看看儿子，说："没吃饱？"

刘青云摇摇头，说："姐说不是觉得文家哥哥不好，而是……"

高大脚立马瞪大了眼睛，停下手里的活路蹲下身子用油兮兮的手一把抓住刘青云，说："是什么？！"

刘青云说："姐说她不喜欢别人安排她……好像，对，她就是这么说的。"

高大脚想想："安排？"

刘青云不大搞得清楚刘彩云说的那些话的具体含义，就尽量简单复述原话："姐说她不喜欢三从四德什么的。"

高大脚大概是听明白了，仍然不明白的，是这些竟然发生在一个十二岁的女孩子身上。当她说给刘天和听时,刘天和的第一反应是:"反了她了!老子饿她三天,看她张狂不张狂?!"

高大脚没说话。

刘天和看看婆娘,埋怨道:"你倒是说话呀!"

高大脚看看刘天和,顿顿,说:"算喽,说出去也不是什么光彩的。反正都是要泼出去的水,少一事比多一事的好。"

刘天和说:"那……就依着她?!"

高大脚说:"先依着,慢慢再说。总得先给文家一个说法不是?"

刘天和虽然生气,但也想不出比这更好的主意来,便说:"行行行,老子懒球管!这盆水……你来泼!"

也怪,头天刚刚有了主张,第二天中午"百鸟朝凤"就进了茅台镇。四个吹鼓手走在最前头,四个挑夫抬着两个水礼挑子押后,"三句半"夹在中间,一路咿呜呀呜牵引着一大帮看热闹的大人孩子,最后在"天和烧房"的大牌匾前停住。

"三句半"一抬手,鼓乐马上戛然而止,很有仪式感。然后她意味深长地看看四周,这才大声道:"遵义文家到茅台镇刘家提亲来也!""三句半"将最后那个"也"字拖得很长,顿时就有了戏剧的味道。

围观的人们马上拍起手来,还有人叫好,完完全全的戏剧效果。

那天,刘家人在遵义就手忙脚乱了一回,今天在茅台镇又手忙脚乱一回。刘天和完全措手不及,手忙脚乱地将"队伍"迎进了后院,先安排休息再说,该喝茶喝茶,该抽烟抽烟。

"三句半"性子急,刚喝了一口水,茶路都还没有弄明白,便问:"姑娘嘞?"

刘天和急忙说:"就来就来!"

其实,从一听到"百鸟朝凤"起,高大脚就感觉这声音一定是冲着他们刘家来的,等到听了"三句半"高亢的开场白,慌忙跟刘天和耳语了几句,急匆匆出了小门绕道来到街面上,撒开腿就跑。

等她把刘彩云从学堂里面叫出来,已经上气不接下气说不出一句话来了。刘彩云找了个碗,在水缸里舀了水过来,高大脚把水喝了,这才缓过来,说:"彩云啊,青云已经都跟妈说了,爹也晓得了。不论咋个说,爹总归是一家之长,而且爹妈总归是希望自家的儿女好。既然爹已经应承了人家,我们这边总归要有个说法才对。刚才,人家文家提亲的队伍已经进了家门了,就等着我们老刘家一句话。妈……还有爹都不会强迫你,但是,只等你……说一句!"

刘彩云不吭气,高大脚有些急了,说:"点个头也要得嘛!"

刘彩云盯着高大脚的眼睛,看得出那里面都有祈求的意思了。刘彩云跟着高大脚去庙里拜过菩萨,表情不过就是这样了。

半晌,刘彩云点了一下头。

高大脚眼睛鼻子一酸,她不想让刘彩云看见自己的眼泪,赶紧将脸扭开,头也不回地快步离去。路上,高大脚抹去已经顺着脸颊流下来的泪水。心想管他的,结果最要紧,过程没什么大不了的!

这边,人家"三句半"旱烟已经抽了两火斗了,茶也分清楚了清明前和清明后的差别,都要开始打哈欠了,终于听到了刘天和急唠唠的声音:"来了!来了来了!"

"三句半"精神一振,心里说:老娘倒要看看到底是好吃不到台一个千金小姐!嘴上却说:"哟!大小姐终于到了哈?"

"吃不到台"是我们这边的方言,很了不起的意思。

结果进来一个黄脸婆,"三句半"一下子垮起了脸,怪声怪气地说:"哎哟!莫非要让老娘打回空手不成?"

高大脚连忙赔笑脸,说:"不会不会!我是姑娘家妈,婆婆请说。"

"三句半"一听,又将笑脸重新堆上来,好累嘛,说:"哦,姑娘家妈哦!那我就说哦?是这个样子哈,遵义刀把镇文家那可是我们那一方的人尖尖哦!方圆十里八乡名气那个大哦!大得……"

高大脚抬手拦住"三句半",说:"麻烦婆婆直接说事情。"

"三句半"一怔,说:"哦哟!我都还没得说完第二句嘞!好嘛,说事情哈?愿意不?"

高大脚说:"愿意。"

"三句半"等的就是这一句,马上高声道:"那好!收聘礼,换八字!"说完手掌向上一抬,几个玩吹功的早已在一边歇得嘴巴都松弛了,一见"三句半"的手势,立马憋足了丹田之气,把个"百鸟朝凤"演绎得映山映水。

晚饭时,"三句半"多喝了几盅,一个劲拉着高大脚说话:"今天高兴哈,亲家母!你晓得别人叫我什么?三句半!今天在茅台镇改了,改成两句半了!

嘻嘻嘻嘻！"

第二天临上路了，"三句半"才想起蔡花蕾交代的另外一个事情，忙不迭找到高大脚，说："该死该死！差点把要紧事情搞忘记了！文家奶奶交代过，说要是你们家答应这桩亲事，文家愿意接姑娘到遵义去读书，钱人家文家出。"

高大脚想想，说："我们知道了。这还要问问姑娘的意思，去不去晚些时候会告诉文家。只是先请婆婆替我们谢谢文家奶奶了！"

等"三句半"上了路了，晚饭过后，刘天和一家四口人齐展展坐在堂屋旁边刘彩云卧室的床沿上，当然，刘青云属于旁听。

大家都不说话。最先憋不住的还是刘天和，说："哎哟！不说话么点头摇头总要有一样嘛！我就最烦你们玩这种闷灯儿！"

高大脚说："好嘛，还是老办法，点头摇头。"

刘彩云说："不！"

刘天和说："不？哪样东西不？是不点头摇头么，还是不去？"

刘彩云说："不去。"

刘天和就摇头："憨哦！憨得没得底底！算喽，不说喽！总之一个字，憨！"说完拂袖而去。

倒是高大脚心平气和，说："好，那明天就回人家的话。"

上床之前刘彩云帮刘青云洗脚时，刘青云说："姐，遵义比我们这边好玩得多哦。"

刘彩云眼皮都没抬一下，说："你就晓得玩！"

其实，刘彩云对老大没有恶感，而且，十二岁的年龄对男婚女嫁肯定要比老大理解得清晰些。她之所以在刀把镇来那么一出，是因为她反感高大脚说的那句"你爹已经点了头"。在刘彩云心里，三从四德里面最让她嗤之以鼻的就是"三从"。凭什么就未嫁从父，既嫁从夫，夫死从子？女人怎么就什么都不是？顺从专一都还好理解，凭什么女人还要殉夫守节？连改嫁都被看作是大逆不道？

刘彩云十岁时，街对面的一个寡妇就因为被怀疑和一个外乡男人有染，被族人活生生扔进了赤水河。小姑娘一直记得寡妇临死前脸上呼天天不应喊地不灵的那种绝望，以及那些男女族人们看着赤水河上顺流而下的那些气泡最终消失之后，脸上因如释重负而泛起的潮红，这让小姑娘心里难受了好长时间。所以，一句"你爹已经点了头"让刘彩云立刻想起了寡妇的那张脸。后来在学堂高大脚眼睛里流露出来的哀求，是导致刘彩云屈从的缘由。到底是小姑娘，心不硬，见不得别个痛苦。

4

"三句半"来交差时，蔡花蕾脸上挂着胜利者的微笑，一副你孙猴子果然没有跳出我如来佛手板心的那种表情。心里一高兴，数银子时手就多抖了一下两下，还跟"三句半"摆到了明处，说："多出来的是因为事情办得漂亮哈。"

"三句半"当然兴高采烈地又作揖又说好听的话。

第二天，算命先生看着摊在桌上的生辰八字，故意揪紧了眉头。蔡花蕾的妈也跟着揪紧了眉头，忙问："咋个，不合？"

算命其实是玄学，全靠先生一张嘴，说长说短都是他在说。一般都把因果之间的联系说得宽泛一些，模糊一些，让听者自己拿自己的经历往里面套。当你自己觉得，嗯，是有点像嘞！先生这时候就不再深入了，让你在似有似无的摇摆中离开最好。为什么呢？你弄不明白还会来第二次呀。掐生辰八字则有点不同，一般都朝好里面说。至于皱眉头啊、撇嘴巴之类，不过是卖个关子，意思是即便有了问题，先生那里当然会有化解的锦囊。只是酬谢时需要将"锦囊"一并考虑进去。说白一点就是想多要钱。

蔡花蕾是明白人，这种小把戏一眼就看懂了，而且知道这里面的扣子该在哪儿解，便说："请先生明示，我们绝不会亏待了先生。"

先生啊了一声，说："有瑕疵，有瑕疵！但是，人命他终究犟不过天命唉，对不对？凡事都是老天爷在那里做的主。既然他老人家在这里给你设了一个坎，那他老人家一定还会在别的地方安排一个化解的办法。所以啊，嗯……只要主人家在老宅屋基后面，左边第一根立柱往西数三步再折向北一步半的地方埋一小撮少爷的头发，大安！"

听嘛，全都是些悬吊吊的内容。

蔡花蕾的妈一听这里面有整有零的数字，顿时就有了庄重的感觉，马上严肃起来，问："为哪样嘞？"

先生说："啧！镇住了嘛！"

蔡花蕾的妈还有不明白的，又问："那……是要哪个地方的……我是说哪个部位的头发嘞？"

先生眼珠子向上翻着，尽剩下些眼白，掐掐手指，说："天门顶上的，最好在他睡着的时候！"

蔡花蕾的妈说："哦！"

蔡花蕾只管数钱，至于头发什么的是妈的事。心想，只要孙猴子没有跳出如来佛的手板心，其他的都是小事。

蔡花蕾一脸旗开得胜的笑容。

没过几天，当蔡花蕾收到刘家的书信时，脸上就有些挂不住了。心想，这还当真找了一个不省油的灯？但事到如今，"百鸟朝凤"都把人家茅台镇闹翻了天，"三句半"也红口白牙地喊得全镇子的人都听得真真切切的了，事情还改得了吗？想跟妈说吧，又怕招来不愉快；不说憋在心里头自己又难受，就找了一个机会跟文理渊说了。

文理渊说："这有什么？在哪里读书不是读？"

蔡花蕾说："我说你就是个木头脑壳！这是驳我们文家的面子嘛！"

文理渊说："不至于哦？说不定是人家姑娘自己不愿意来呢？"

蔡花蕾说："小小丫头会有这么大的主张？肯定是大人！"

文理渊说："你这个人真是，不来还不好吗？省好多心哦！"

蔡花蕾想想，就顺着文理渊的话打肿脸充了一回胖子，说："那倒是，省下钱……我买衣服。嘿！"

就为这，蔡花蕾暗暗在心里发了一回狠："小蹄子，走着瞧！"

尽管她认定是那边大人搞的名堂，但承受这件事情所带来的后果的人，只能是"小蹄子"。原因很简单，如果两边亲家之间产生了矛盾，最终背锅的，一定是媳妇。

5

自打求人给遵义的亲家写了那封书信之后，高大脚心里一直就打着鼓。

哎呀！你都把人家的好心当成了驴肝肺了，就不要指望今后嫁过去会有什么好日子过。再想想亲家母凡事不温不火的那种表情，分明就是笑里藏着刀。

有什么办法呢？错在我们这边，而且一错再错。一回当人家的面摔了衣服就够夸张的了，二回还写书信回绝人家一片好心肠，真是夸张得有些过分了！哎呀！真的懒球管，都是死丫头自己作出来的，活该！心头虽然这么想，但是作为母亲，高大脚既心烦家里面这个油盐不进的女儿，又担心女儿今后在婆家要吃亏。算喽，咋个办嘛？反正当妈的生来就是儿女们的牛马！人家会说，娃儿不懂事，你大人也不懂事？高大脚最后决定找个机会跟遵义老文家认个错。

想法跟刘天和一讲，立刻招来一顿臭骂，而且什么难听的词语都被排着队用了一遍。

高大脚自己气短，就硬着头皮听他数落。等刘天和骂得口干舌燥了，高大脚将碧绿的、不烫不凉的清明前的湄潭翠芽递过去，骂声才算告一段落。

刘天和说："以后啊，儿子的事你可以问我。她，老子懒球管！"

高大脚说："哎呀，手心是肉手背就不是？而且大人不计小人过嘛，我们这边总归要有个说法才对。这要是人家计较起来，传出去里外可都是我们家的不是哦！"

刘天和的脑袋转朝一边，不理她。

高大脚知道男人这就算认可了自己的说法，赶紧说："我的意思，是再求人写一封书信，多说些软和话，请亲家两个过来耍两天，散散心，消消气，把这个疙瘩解了，你觉得呢？"

刘天和说："哼，就怕解不开哦！"

高大脚说："解得开解不开，总要试一试才晓得嘛。"

"唉！"刘天和叹口气，用手指点着，"冤家啊！早晚吃大亏哦！"

"唉！"高大脚也跟着叹口气。她知道问题都出在女儿身上，细细回想一下也没弄明白刘彩云的这些毛病到底是在什么时候落下的，也许生下来就这样，如果是，那就是命。是命你就得认。

等到找人写的信寄出去了，高大脚心里的鼓这才停了下来，安安稳稳睡了两晚上的囫囵觉。到了第三个晚上又不行了，她开始盘算亲家那边究竟会怎么想。

信是寄给文理渊的，那天回刀把镇便交给了蔡花蕾，说："怎么样？我说人家没事吧，完全是杞人忧天！"

蔡花蕾不说话，从头到尾把信看了一遍之后才说："哼，这是我看见过的最肉麻的一封两亲家之间的信！而且乡下人的那点小聪明根本就掩饰不住自己心里的那点怯懦。明明自己错了，大大方方说一个对不起就完了嘛！不，拐弯抹角地让去耍，耍哪样嘛？屁丁大一个破地方，身子都抹不过来！还不要说吃肥走瘦那一路的颠簸！"

文理渊马上替对方打圆场，说："哎呀，你可以坐轿子去嘛！"

蔡花蕾眼睛一鼓，说："要坐你去坐，老娘不坐！"

文理渊知道鼓眼睛的蔡花蕾是真的生气了，这个时候说什么都是白说，便准备离开这个充满了是非的屋子，刚想迈步就被蔡花蕾喝住。

"站住！"蔡花蕾一脸灰色，"我有言在先哈，我不点头，你不能回信哈！到时候不要怪我鼓眼睛哈！"

"唉！"文理渊只能叹气。

蔡花蕾说："唉什么唉？我错了？！"

文理渊说："正因为你没得错，这个时候如果网开一面，那才叫大人大量嘛！"

蔡花蕾说："我不！就没得见过这么一而再再而三的！好像他们姑娘嫁到我们文家来吃了天大的亏！得脸喽！"

文理渊说："我是说人家之所以写这封信，说明人家知道错了，而且也有了态度。得饶人时且饶……"

"要饶你饶，我不饶！"蔡花蕾打断文理渊喊道。

这一等，蔡花蕾让高大脚望眼欲穿地等了半年还多。最后高大脚实在憋不住了，专门把代写书信的先生请到了家里，说事关刘家脸面，相关内容请先生不要外传，还给了比平时多一倍的银子。先生心里当然高兴，连声应承。

高大脚这才开始说："格式嘛和上一封信一样，主要是想问一问人家……是否还认这门亲事。口气尽量要软和，态度尽量要诚恳，最后再带一笔，都是女儿不懂事，摔衣服和回绝去遵义读书都是我们的错，还请亲家那边多多原谅。"

先生当然如法炮制，字里行间到处都散发着诚恳，语气也格外地柔软、中听。

以至于文理渊读完之后都感觉有些过意不去了，连夜赶回刀把镇，而且吸取上回的经验，信交给蔡花蕾时什么也不说，端起茶碗就朝院子走去。

蔡花蕾读完这封信，气都没有换一口，而且看得出心里面是平和的。她抬头一看没了文理渊的人影，连忙追了出去。

文理渊一见蔡花蕾脸上不咸不淡的表情，知道有了效果，便说："找我？"

蔡花蕾舒了一口气，说："这回……还像个样子。其实我也不是要刁难哪个，人心换人心嘛！看笔迹是一个人写的，也难为他们了，这种事也好意思跟外人说。"

文理渊什么也没说，笑笑。

蔡花蕾说："礼尚往来，反正你也不用我教。就一条，不要肉麻，哈！"

文理渊想想，说："怕有五六个月哈？"

蔡花蕾说："半年单一十九天。"

文理渊瞪大了眼睛，嘀咕道："煎熬哦！"

蔡花蕾转身就走。

6

直到这个时候，老大才被告知已经和救自己于酒缸的那个刘彩云定下了娃娃亲。之前之所以一直不告诉老大，是蔡花蕾心怀芥蒂，如果最后真要到了退婚那一步，不让知道对老大来说没有坏处。现在一切都按照蔡花蕾的路线又绕了回来，是让儿子知道的时候了。

老大发着愣，显然还没完全明白母亲说的事情。

蔡花蕾的妈推推他，说："还不懂？就是说我们家老人已经长大成人喽！"

老大看看母亲，蔡花蕾点点头。

老大哦了一声，走了。

蔡花蕾一脸不解："嘿！好像不是他的事情？"

蔡花蕾的妈就说："不急，小公鸡还没得开叫。而且你听那些学打鸣的公鸡嘛，叫得只有那么难听了，都有这个过程的，慢慢会好。"

文知辉这只小公鸡是还没开叫。而让蔡花蕾没有想到的是他们文家的另外一只小公鸡早早地就开叫了。

就在蔡花蕾跟老大说了订婚之事的第二天，老二文知礼又哭又闹地找到蔡花蕾，说什么也要定个娃娃亲。要说这个娃儿从生下来长到今天的八个年头里，没什么不正常的呀。能吃能睡，爱哭爱闹；该走路时走路，该说话时说话。而且因为是双胞胎，肯定就多了一份单胎娃儿所没有的乐趣。该上学了，人家也"窈窕淑女，君子好逑"地读得有声有色。怎么现在就这样了？屁丁大一点娃儿，八岁，就心门自开，自己要上了，还娃娃亲？

"按理也不是说不行，只是太小了点，不该这样嘛！"蔡花蕾说。

蔡花蕾的妈就笑："哼哼，嘿嘿嘿嘿！"

蔡花蕾说："妈，笑个哪样哦？"

蔡花蕾的妈还笑，说："老二大概像你。当年追人家文理渊，一点都不讲究。"

蔡花蕾说："哎哟！你说些哪样哦？妈！"

蔡花蕾的妈说："我说错了？"

蔡花蕾想想，说："难怪那个时候听老二读书，翻来覆去就是'窈窕淑女，君子好逑'一句，而且喊了一冬天。你还说数老二最用功，搞了半天在这里出状况哦！"

蔡花蕾的妈又笑，说："好喽好喽，定一个就定一个嘛。只是这个娃儿跟老大一正一邪，两个人哈？"

蔡花蕾笑了，说："好在只有老二像我喽，要是双胞胎两个一起来，那才招架不住哦。"

蔡花蕾的妈说："不会，姑娘随爹。"

文理渊回来时，蔡花蕾把"君子好逑"的事一说，文理渊哈哈大笑，说："看来我们家以后什么东西都得准备双份，要不一碗水端不平嘞！但是，找归找，不能急这一时半会儿，要定就定个好的。"

蔡花蕾说："是，急不得。你急别个不急，那就容易乱，就像茅台镇那个。"

蔡花蕾善于总结，千万不能早不早就把"百鸟朝凤"弄得天底下尽人皆知，一点都不含蓄不说，还有点亮绍的意思。

"亮绍"也是我们这边的话，就是显摆的意思。

"亮绍不好，到头来被烧着的恐怕是自己哟。"蔡花蕾自言自语。

蔡花蕾把文家打算给二少爷定一门娃娃亲的口风通过刀把镇周边的几个媒婆放了出去，至于结果，她问都不问，一副姜太公钓鱼的架势，直钩高高地悬在水面。

跟老大定亲不同的是，文知礼从一开始就知道家里准备给自己定亲了，很高兴。对此老大嗤之以鼻,心想你小小年纪要什么不好,要这个?好在自己在遵义,而弟妹一直就留在刀把镇,反正见不着。只是讲好给文知礼买的洋画,回家时谎称人家铺子没开门。

惩罚他一下。老大心里想。

蔡花蕾的妈对于给孙子定亲是举双手赞成的,心里边一高兴,便在老大回刀把镇时带上三个孙子去吃了一回加鸡的辣子鸡面。

吃面时,见老大、老二全都狼吞虎咽的样子,蔡花蕾的妈就说:"哎呀,都是有家室的人了,你看你们那个吃相,牢里放出来的一样!"

没人理会老外婆的念叨,两个人该狼吞还狼吞,该虎咽照样虎咽。

一个月之后,媒婆们纷纷来给文家扯了回销。经过筛选,蔡花蕾看中了离刀把镇一百多里叫什么转弯塘的一个殷实人家的姑娘,比老二小一岁,名字也叫彩云,只不过姓百家姓里的头一个字——赵。

一开始,蔡花蕾一听就来气,说:"故意的是不是?一朵云就够老娘淘神的了,这家里一下子要拱进来两朵,那还会有我们文家子孙的容身之地呀?你们乡下人就会这一个名字是不是?要么改,要么免谈!"

原话传回转弯塘赵家,赵彩云家大人一合计,说改名字倒不是问题,只要不改姓。只是你文家要是没得个明确的态度,我们这边把名字改了,你们那边再说声不行,那不是逗起吵架?

话又传给了蔡花蕾,蔡花蕾立马回应:"我们老文家从来不乱打包票的!哦,改了名字就该我们背起了?那要是八字不合,命相不对呢?那要是个麻脸,是个瘸腿呢?对不对?改了之后要是不行,你再改回来就是嘛,又不影响田坝头谷子的产量,有什么不能改的?"

赵彩云家那边一听这边说话那么掷地有声,加上媒婆把这桩姻缘吹得锦上又添了些花,再想想女孩子早早晚晚都是要泼出去的水,就当着媒婆的面把名字改了,写在一张纸上,请媒婆赶紧往回传。

蔡花蕾摊开那纸条,见上面端端正正写了两个字,蝴蝶。"赵蝴蝶!"蔡花蕾念道,"可能叫赵蜻蜓怕还要好听些哦?怪头怪脑的!哪个想出来的嘛?"

媒婆说:"赵蜻蜓的……啊不,赵蝴蝶的爹。"

蔡花蕾说:"字是哪个写的?"

媒婆说:"也是赵蝴蝶的爹,还当着我的面嘞。"

蔡花蕾说:"看样子也是识文断字的嘛,怎么就想得出来那么找不着调门的两个字?"

媒婆说:"大概他们那一带吧……蝴蝶多?"

蔡花蕾想想,说:"这样,我写两个字,要是他们家认可呢,我们就接着往下走。要是他们不认可……"

媒婆赶紧说:"就另外找,要得!"

蔡花蕾找来笔墨纸砚,在堂屋的八仙桌上铺展开,加水,磨墨,完了之后将笔头浸满了墨汁,还撑着笔杆子在砚台边上顺安逸了,再用左手的食指和中指将毛笔尖尖上一根虚脱的狼毫揪了出来,轻轻一弹。一套动作下来规规整整,正宗得不行,让人根本挑不出瑕疵。

最后,她在纸上端端正正地写下三个字"赵青梅"。

这是蔡花蕾去拿笔墨纸砚时翻《康熙字典》得到的结果。试着加上姓氏念念,也还上口,既符合女娃娃的特点,还显得文雅。

蔡花蕾之所以这么用心,其实是跟转弯塘的赵家在较劲。就因为蝴蝶那两个字写得端正,蔡花蕾才当着媒婆的面行云流水般将文房四宝舞弄得云里雾里,最后再留下颜真卿风格的"赵青梅"三个字。她知道媒婆会去复述在这里看到的一切,关键还在于,老文家这边舞文弄墨的,是个女将。这一点在媒婆离去之后,从蔡花蕾淡淡的笑容里面一眼就看得出来。

真的,跟蔡花蕾预料的完全一样。赵蝴蝶的爹在听了媒婆绘声绘色的一番演绎之后,便俯首称了臣。不仅同意将赵蝴蝶改成赵青梅,还将女孩的生辰八字一并请媒婆提前带给了文家,由此表示对文家"女将"的敬重。

蔡花蕾很受用,心想不用"百鸟朝凤"老娘也一样降得了人。就和对方约了个时间,由媒婆和赵家的一个嬢嬢带着赵青梅跟蔡花蕾在刀把镇上老蔡家开的一个饭庄里见了面。小姑娘被收拾得干干净净的,这给蔡花蕾留下的印象不错。吃饭的时候,蔡花蕾本想摸摸赵青梅的头的,手都伸出去了,在半路上又绕了回来,改成捋捋自己鬓边的散发。她在那一瞬间突然觉得现在还不是摸头的时候,不能给人以错误的信号。但心里又好像没过着瘾似的,回到家里将文知琴找来搂在怀里,结结实实地亲热了一回。直到把文知琴弄得叫了起来,蔡花蕾才松了手。等女儿逃之夭夭了,蔡花蕾这才意识到,自己大概是皮肤饥渴了?该那什么了!

女人饥渴起来往往不管不顾。蔡花蕾当即写了几个字，封好之后让饭庄里的一个伙计立马往遵义赶，说天黑之前一定要见到当家的。

文理渊这几天正忙，他准备在遵义和周边几个县再开些盐号，里里外外的事情多得很。见来人大汗淋漓地递过来一个信封，心里就一紧。打开里面一看只有"速回"两个字，后边还加了两个惊叹号。便着急起来，问："到底什么情况嘛？！"

伙计说："不晓得，女当家的只是说天黑之前请先生一定要回去！"

文理渊也不敢耽误，立即让底下人叫了辆马车，撇下手里的事情就跟着伙计踏上了归途，天擦黑时赶到了家。

堂屋里只有老外婆和两个娃儿在吃饭，一问，说是蔡花蕾头痛，一下午都没下过床。

文理渊火急火燎，终于在卧室里面见到了斜靠在床上的蔡花蕾，赶紧上前把手背放在蔡花蕾的额头上，着急忙慌地问道："怎么啦？！"

蔡花蕾一把抓住额头上的那只手，顺势勾着脖子一拉，文理渊便倒在了床上。不明究竟的男人正要叫唤，蔡花蕾一把捂住文理渊的嘴，示意不要出声；紧接着有些发烫的嘴唇就紧紧贴在了文理渊的嘴唇上，掀开被子，只穿着白布裤衩和肚兜的身子蛇一样缠在了男人身上，两个依旧壮实的咪咪压得文理渊简直透不过气来。这时候的文理渊也被搭上了火，粗脚大手地将蔡花蕾的裤衩和肚兜全卸了，就这还没忘记去插门。插好门回来的半路上，也把自己褪得个精光，然后钻进棉被，一把抱住了已经将身子完全打开的、浑身有些颤抖的、开始分不清楚南北西东的蔡花蕾……

堂屋里，文知琴吃得差不多了，突然想起说："我去看看妈去。"

蔡花蕾的妈一把抓住孙子，说："现在不行！"

文知琴说："咋个嘞？"

蔡花蕾的妈说："啧，她头痛你就让她多睡嘛！"

文知琴说："爹不是在她那里？"

蔡花蕾的妈说："啧！大人不影响大人！"

文知琴就说："哦。"

第五章

1

光绪十九年（1893），农历五月初八，端午节过后的第三天，恰逢夏至，已经十六岁的文知辉跟随父亲第二次踏上了去仁怀的路。临上路的前一天晚上，蔡花蕾专门去了老大屋里一趟。正在看书的文知辉连忙起身，毕恭毕敬地喊了一声妈。面对比自己已经高出一头的这个大小伙子，蔡花蕾突然有些伤感。当然嘛，娃儿大了，当妈的肯定就老。

女人特别看重年纪，这对她们十分重要，长一岁就老一点，一岁一岁就这么慢慢变老。十多二十岁时不觉得，那时候青春好像是捡来的，处置起来随意得很，在哪儿丢了一段也不去捡，不当一回事。成天就盼望着快点长大，嫌长得慢了。一靠近三十，回头一看光阴已经去了半截，这才开始急。特别是有参照物的女人，比如蔡花蕾有三个娃儿参照着，就越发有一种压迫感。总感觉娃儿们雨后春笋般往上蹿是在追赶自己一天天老去的年龄。

蔡花蕾说："哟，我不算矮的嘞，都快高一头了。长这么快干哪样吗？"

最初老大不知道这话是什么意思，次数多了，也就猜出了个大概，于是说："妈，娃儿要是永远长不大，当妈的那不是要累一辈子啊？那我还是长快点的好。"

蔡花蕾笑眯眯地看着人高马大的儿子，说："耶，是哈！"

蔡花蕾也分时候，当以母亲的身份琢磨问题时，她的感觉也很安逸。尤其是被三个娃儿簇拥着的时候，感觉自己就是天底下最幸福的女人。

老大说："妈，你坐。"

蔡花蕾说:"妈还没那么老呢,就站着。我是说呀,你爹呀,也有些岁数了,明天路上你要多看着他点儿,虽然有轿子跟着,可那东西上坡下坡的也不舒服不是!"

老大说:"知道了。"

蔡花蕾说:"还有,去刘家的礼品我都准备好了的,该说的话你爹会说,还没过门的媳妇不好过多接触哈。天底下的闲话专找热闹的地方去,你不要看茅台镇地方不大,热闹得很。屁大一个地方要是出了一点闲话,那还不飞到天上去啊,是吧?"

老大说:"知道了。"

交代完老大,回到自己屋里,蔡花蕾又交代文理渊,说:"我也不拦着你了,反正儿大女成人的,该松手时不要东想西想的,事情交给儿孙去办,你有哪样不放心的嘛?还跑得出我们文家去?啐!还有,凡事当心哈,多坐轿子少走路。那一年从马背上摔下来还记得不?我最烦哪个男人一天不是这点痛就是那点痛,真要是摔成一个憨包,没得人伺候哈!"

文理渊想早点睡,就说:"是喽!"

蔡花蕾说:"还有……"

文理渊说:"啧,咋个还有嘛?!"

蔡花蕾一拍梳妆台,喝道:"咋个嘛!是不是连话都听不进去喽?"

文理渊就摇头,说:"明天我们还要起早,你能不能……好好好,你说,说!"

蔡花蕾鼓着眼睛:"是要说嘞!耶,看来老娘已经成了你的黄花菜了哈?"

文理渊说:"咋个又扯到黄花菜了?"

蔡花蕾说:"耶,凉了嘛!"

文理渊无可奈何:"好嘛好嘛,那你是我的小火锅,这回该热嘛?"

"扑哧!"蔡花蕾笑得把口水都喷到了文理渊脸上,上前揪住直往床上躲的文理渊,一爪掐在文理渊的大腿上。

文理渊刚要叫又忍住了,用手搓着被掐的部位,说:"肯定有个印子!"

蔡花蕾说:"废话,没印子你记得住!"

第二天,蔡花蕾早早起了床,亲手为两爷子煮了两碗宽汤面,把昨天晚饭时特地留下的炒三丁均匀地分给两个碗,另外煎了两个荷包蛋铺在最上面,撒上葱花,放上酱油、胡椒和盐,还将醋瓶子和油辣椒罐子放进托盘,亲自将香气四散的早餐端到了丈夫和儿子面前。这是蔡花蕾的习惯,每逢家里谁有什么比较重要的事情要办,她都要亲自下厨为家人煮碗面条。

做饭的徐孃一直在边上打着下手,这时候也跟了过来,说:"真是辛苦太太了,看这面条,清丝亮晃的!"

文理渊立马应和,凑近碗沿闻闻:"嗯!就是香,一股猪油气气嘞!"

蔡花蕾说:"老大,醋跟辣椒自家放,哈。"

除了两个轿夫和一个盐号的伙计,还有两个挑夫,照例担着那四个看上去已经有些陈旧了的书箱子,除了《菜根谭》《六事箴言》《三字经》之外,这次还多了本《论语》。

临上路,蔡花蕾突然想起还有一包特地让人从遵义买回来的点心,自己又跑回去拿了出来交到老大手里,说:"饿了垫点。走吧,上路吧。"

队伍都快拐弯了,蔡花蕾又喊:"看着你爹!"

老大转过身来,朝大家挥挥手。

2

一出了蔡花蕾的视线,文理渊就下了轿子。其实文理渊没有老到那个地步,他说不用雇轿子,人家蔡花蕾不依。

早晨空气好,薄雾把一路的草坪、树枝罩得结结实实的,远远看过去就像给天地铺了一层白纱,给行路的人预备下了想象的空间。老大这样的青春少年特别容易被感染,马上就联想,茅台镇就在白雾的后面,也许一伸手就能抓到;要是遇见白雾,人就能飘起来该多好,那根本就不用轿子,就像《西游记》里面的孙猴子,想走路就走路,累了就腾云驾雾,更不用说翻跟斗了……

"老大!"文理渊的喊声把老大从白雾深处拽了回来。文理渊快步赶上来,说:"还记得那年我们捐了个学堂的鸡场吗?"

老大说:"当然记得。"

文理渊说:"我们去看看。"

老大说:"好啊。爹,我还记得王家坨,记得王福家的辣子鸡,还记得他们家的跳蚤,痒了我一路。"

文理渊笑了,说:"对,也去王福家看看,看看他找人算的卦准不准。"

老大说:"算什么卦?"

文理渊说:"你忘记了?他媳妇怀娃儿,他找人算卦说生男娃儿。"

老大说:"对了对了,要去看看。"

文理渊说:"还有,这一趟出来,送书的事就交给你了,爹不管了。"

老大说:"真的?"

文理渊说:"当然。不仅这个,到了茅台镇,所有的事情你都要参与,不论大小。就像你妈说的,儿大女成人了,也该爹妈放松放松了,知道了吗?"

"哦。要是这样,我想……"老大看着文理渊。

文理渊说:"说呀。"

老大笑笑,说:"我想把这批书留一部分给鸡场的学堂,免得那些买不起书的娃儿不敢来读。行吗,爹?"

文理渊说:"哦,你怎么知道他们是……不敢?"

老大说:"怎么不知道?我们学堂就遇见过这样的,远远地偷偷看着不敢过来,我问过,就是因为没钱。如果有了书,哪怕来不了学堂也能自己看呀。"

文理渊说:"对,对对,对对对对!那就按你想的做。大胆去做,爹举双手赞成!"

老大笑了。

接近王家坨了,老大突然发现坡上的树少了许多,忙说:"爹,你看这些山上,我记得那年来,满山都是树,只要一过弯路,就会看不见前面的人。"

文理渊想起来了:"就是。对了,农民们要建房子,还有烧火做饭,取暖,都得砍树。"

一进村子,遇见一个扛着一棵碗口粗细树木的农民。老大上前打听,农民一听问王福,脚步都没停下,说:"前年就搬走了的。"

老大说:"搬到哪里?干什么去了?"

农民说:"说是在遵义附近种田。"

文理渊大声道:"他家有几个娃娃?男的女的?"

农民也提高了嗓门:"两个,两个男的。"

文理渊笑了，说："哦，还真叫算卦的说着了。呵呵呵呵！"

一行人在鸭溪歇了一夜，第二天走了两个时辰就赶到了鸡场。一进镇子就听见了读书声，把文理渊高兴得不轻，赶紧四下里找，最后循着声音来到了学堂后面。

这是一间木头房子，顶上覆着青瓦，透气的两个窗户开在一人多高的地方，离屋檐很近，像两只眼睛。难怪远远就听见了声音。

文理渊拦住老大，说等一会再去找人，让大家先休息一下。

文理渊背着手站在风中，脑袋朝一边微微扬着，气定神闲的脸上还挂着点笑意，他在倾听从那两个窗户洞里传出来的童声。

"……窦燕山，有义方。教五子，名俱扬。养不教，父之过。教不严，师之惰。子不学，非所宜。幼不学，老何为。玉不琢，不成器。人不学，不知义……"

除了老大，其余的人都找背风的地方歇息去了。他斜斜地站在离父亲大约十步远的地方，斜视着眼前完全陶醉在童声诵读中的父亲，就像在审视一个陌生人。突然，他想起蔡花蕾的交代，忙过去将一个书箱搬过来，轻轻放在父亲身后，然后扶着文理渊的手臂，让他坐了下来。

文理渊顺从地坐了下来，情绪并没有因此受影响，依旧那么享受。

老大退后几步，也在一个书箱上坐下，他的注意力却在父亲身上。

两爷子就这么坐了快一个时辰。若不是学堂前边传来的钟声，以及紧接着的孩子们的喧闹，随行的那些人真不知道这两爷子要坐到什么时候。

老大将书籍分了一多半出来，交给闻讯赶来的先生，说明了来意。先生抓着老大的手，千恩万谢。文理渊这个时候则远远地站在一边，像是漫不经心的样子，眼睛却始终没有离开过已经长大成人的儿子。

离开时，文理渊自出了刀把镇第一次坐上了轿子。他掀起帘布，最后看了学堂的木屋一眼，看得出他眼睛里面的欣慰。

3

早晨的太阳被雾气隔离掉了光芒，红彤彤的，就像刀把镇街上铁匠炉子里烧红的圆铁块，悬在远处大山的后面。翻过最后一座山，站在垭口放眼望去，蜿蜒而行的赤水河边那一片拥挤着很多高高低低木屋的地方便是茅台镇。

不知怎么的，看着远处那个似曾熟悉的地方，老大心里突然掠过一阵无缘由的躁动。六年了，不知道他们都什么样子了？老大心里想着，脸上还泛起了红潮。老大心里的"他们"其实就是刘家姐弟，重点当然是姐，弟不过是为了让自己想得坦然一些而附带进来的。那年刘彩云那么毅然决然、当机立断、大义凛然地砸了酒缸，这才有了他文知辉后来的一切。当年一个毛头小子哪里知道想这些，是这些年人长大了，读的书多了，脑筋里面开始装东西了，这才觉得人家当年那一砸，用出家人的说法，那叫"胜造七级浮屠"，是大德。还有，从生理上说，老大现在基本算得上是个成熟男人了，不但脸上这里那里平白无故就冒出些痘子什么的，人家还有了两次梦遗滑精的经历了。对此他天生戒备，感觉这应该不是什么光彩的事情，两次都是自己偷偷洗了底裤了事。至于男女间的那点事情，老大也道听途说、七拼八凑掌握了一些基本情况。所以，当他想起刘彩云的时候，脸上的红潮恰恰证明了他的成熟。

文理渊过来说："想什么呢？"

老大一时间有些慌乱，答道："没呀！哦……想……想那些大酒缸呢！"

文理渊笑了："就是，那还真要感谢人家彩云姑娘嘞。"

老大嘟囔了一声，加快了步子，他是怕爹在这个话题上继续深入下去。

好不容易下到了赤水河边。在进出茅台镇的那座石桥边上，一堆人围在路边，人们闹闹嚷嚷，不知道发生了什么事。

文理渊一行走近时，透过人们腿脚之间的缝隙，看见地上好像躺着个人。老大正值听见打鼓上墙头的年龄，立马挤了进去。其他人也都跟了过来，连轿夫也停了轿子过来看热闹。

躺在地上的是一个年轻女子，浑身湿漉漉的，白卡卡的脸被头发东一股西一撮地贴着看不出个所以，看样子应该是刚刚从河里捞上来的。

文理渊一看，二话不说，挽起袖子，捞起长衫的下摆掖在腰间，过去蹲下身子，两手按住女子胸骨部位，开始有节奏地按压，做起了心肺复苏。

文理渊在安徽的老家就挨着河，从看别人抢救溺水的人开始，到后来自己参与抢救，都记不清多少次了。尽管年代久远了些，到底要领于心，还轻车熟路。

围观的人七嘴八舌，说什么的都有。

一个光着上身，正拧着湿衣服的男人诉说着："……我就看见河里有个东西在扑腾,我还说莫非出了大鱼不成!仔细一看,是人!我赶紧跑下去,衣服都没得工夫脱,下去就把她弄上来喽!上来才晓得,是刘天和家姑娘!"

文理渊惊了:"你说什么?这是刘……刘彩云?!"

人们纷纷说就是喽,还说已经去喊刘家人了。

老大蒙了,脑子一片空白,就三个字在里面飘,"怎么会!怎么会!"不知道说话也不知道动作,就那么表情异样地盯着文理渊的手,还傻乎乎地张着嘴。

不一会儿,文理渊感觉手底下有动静了,便停住了。

突然有人喊:"喘气喽!喘气喽!"

大家一看,刘彩云的胸脯果然开始起伏,只见她突地猛吸一口气,还带着些从喉管里发出来的嘶声,终于缓过劲来。

老大把脸扭朝一边。因为湿衣服紧贴着刘彩云的身体,壮硕饱满的两个咪咪十分突兀地挺在那儿,相当惹眼。

文理渊一指老大,说:"衣服脱下来!"

老大像是从梦里出来,说:"啊?"

文理渊喊道:"脱衣服!"

老大这才脱了衣服。文理渊将衣服裹在刘彩云身上,喊道:"把轿子抬过来!"

两个轿夫慌忙将轿子抬过来。大家七手八脚将刘彩云抬进了轿子。

这时候,闻讯赶来的高大脚铁青着脸跑来,到了跟前刚要哭喊,一眼看见了文理渊,愣怔了片刻,刚才膨上来的那股子劲一下子被掖回去,脑壳里面轰的一声,眼前闪出一片金花,身体一软,倒了下去……

等高大脚醒转来,已经躺在自己床上了,刘天和也从酒厂赶了回来。

高大脚一见丈夫,眼泪就涌了上来,说:"这到底是怎么回事嘛?!"

刘天和就叹气:"到底怎么回事?你家姑娘你晓得的,哑巴一个!你躺着吧,我还要去招呼外面的人。"说完走了。

高大脚想起了昏厥之前看到的文理渊的那张脸,哪里还躺得住?一骨碌翻身起来,跟了出去。

堂屋里人很多,除了文家一竿子人马,还有闻讯赶来表达关心和慰问的茅台镇的乡亲。人们你一句我一句地恭维着文理渊,都说要不是那样真不知道会是什么样。只有老大,一个人闷头奄脑蹲在外面的台阶上。

高大脚顾不得这些,一头就去了女儿的房间。

刘彩云躺在床上,两个跟高大脚年龄相仿的女人坐在刘彩云床边,一见女主人进来,连忙起身说:"好些了,大嫂。"

高大脚点点头,眉心揪成一坨,说:"咋个样嘛?"

一个女人说:"衣服换了,郎中也来看过了,说是要睡几天好的。"

高大脚说:"说话了?"

女人们摇摇头。

高大脚叹口气,说:"辛苦你们两个了,我来陪陪姑娘。"

两个女人退了出去。

高大脚脱了鞋子,爬到刘彩云身边坐下,伸手试试女儿的额头,目光落在那张依旧白煞煞的脸上,眼泪立马又涌了出来,热乎乎的泪水滴落在刘彩云那张没有生气的脸上,高大脚忙用手去抹,没想刘彩云睁开了眼睛。

高大脚异常激动,说:"哎哟!你终于醒了,姑娘哦!你要把人急死哦!你要是就这样……"

刘彩云一把拉住母亲,弱声弱气说:"妈,你就不能让我一个人清静清静?"

高大脚说:"姑娘哦,不是妈不让你清静嘞,是事情不让妈清静嘞!你想嘛,好端端一个大姑娘,咋个就被人从河里头捞上来了嘛?大庭广众之下不说,偏偏还……还被亲家文先生给碰见!你说嘛,这要是没得一个说得走的说法,我们老刘家没办法交代嘛?!"

刘彩云疑惑了,说:"文……怎么会?!"

高大脚说:"我就是说嘛!你不说去洗衣服吗?到底出了啥子事嘛?"

4

文理渊和老大要来茅台镇,事先通过丰汇盐号茅台分号的伙计告知过刘家,说的近期,没说具体哪一天。

其实这两年高大脚急着呢。按说青春二八就是女娃儿结婚的最佳年纪,古来如此。高大脚为此也试探过遵义那边的口风,回答却是否定的。首先文理渊不干，说男娃儿十五六岁正是读书的好时节，忙什么忙？蔡花蕾也就顺着丈夫的这个说法说黄瓜还没得起蒂蒂，不急。话传回到茅台镇，高大脚从此不好再提了，再提人家说你急，而且"急"这个字怎么分析都不是个滋味。只怪那一年缺了个心眼，早知道把婚期也给说定，现在也用不着操这份心。

这个时候，十八岁的刘彩云早就出落成一个哪儿哪儿都成熟饱满的大姑娘了。该鼓的地方鼓起来了，该收的地方也收回去了，上身下身的比例也对，面容也轮廓分明，清清楚楚的。《诗经》里的句子"窈窕淑女"描述的大概就是像刘彩云这样的女子。

刘彩云也想。只不过她跟高大脚想的不一样，她是想文知辉这个人。怎么说都已经三头对六面地成就了一段姻缘，不论这段姻缘的起因是什么。刘彩云一直清楚地记得那年文知辉跨上凳子打酒的情景以及细节，还记得他那一脸不知天高地厚的表情，有点憨。现在想起来她还偷偷笑。一听说父子两个要来，刘彩云心里立马就有了盼星星盼月亮的那种感觉，就觉得心脏嘭嘭嘭地加快了节奏。旋即她又开始责备自己，不害臊的东西，急什么急？你看，又是个"急"字。

前一天夜里，刘彩云怎么也睡不踏实，翻过来倒过去地弄到后半夜才迷迷糊糊睡了一会儿。天刚麻麻亮就醒了，再也没了睡意。想想干点什么事情，干脆去洗衣服。便轻手轻脚地下了床，搜了几件可洗可不洗的衣服，找了个木盆装着，拿了捶衣棒，开门时吱呀一声，那边马上响起了高大脚的声音："哪个？"

"我，我洗衣服去。"刘彩云说着，也听不清高大脚那边嘟嘟囔囔说了些什么，刘彩云带上门走了。

踏上小街的碎石路，刘彩云感觉身后好像有什么东西，回身看看，什么也没有，便径直来到河边。

清晨的河面雾气还没散尽，对岸的景物影影绰绰。平时来这里洗菜洗衣服的人不少，今天就她一个。刘彩云挽起袖子脱了鞋，捡了一块光光滑滑的石头，河岸边立即就响起了砰砰砰砰的捶打衣服的声音。

就在刘彩云捶衣服捶得正来劲的时候，一个男人悄没声息地出现在她身后，这就是刚才刘彩云在街上感觉到的那个"东西"。

这人是个"拿抓"，就是乞丐，我们这边叫"拿抓"。冷天睡在那些临街开饮食店铺的灶孔脚，热天随便找个地方睡，淋不着雨就行。就在这个早晨，这个"拿抓"就睡在离天和烧房铺面不远的一家店铺的屋檐脚，也不知道什么原因就影响了睡眠，早早醒了正百无聊赖没事干，听见脚步声自然眼睛就跟了过去，见是个女人。按理他们这类人一般胆子都小，地位卑微不说，生活本身就没什么意思，人活得醍醍醐醐的，哪里还敢有什么非分之想。只是那天起早了，又没什么事，突然间就冒出个跟着去看看的想法来。就这么，"拿抓"尾随着刘彩云来到了河边。等捞脚挽袖的刘彩云完全投入了，白白的手臂和白白的腿子在晨雾中那么有节律地运动着，让躲在暗处的"拿抓"一下子岔了神，直愣愣的眼睛里竟然有了些光芒。男人一旦有了想法身体就会有反应，不管是老板还是"拿抓"。虽然衣衫不整，但不妨碍人家有想法呀，"拿抓"裤裆部位立刻就顶起了"帐篷"。这种状态下的男人一般都忘乎所以，"拿抓"现在就跌入了一种情不自禁的状态中。只见他放下手里的一个脏兮兮的碗，轻手轻脚来到刘彩云身后，一把抱住了在他看来已经是瓮中之鳖的女人。

刘彩云先是一惊，马上就闻到一股乱七八糟的恶臭，估计是"拿抓"衣服上以及沤了一夜的嘴巴里流出来的哈喇子的混合味道。受了惊吓的她大叫一声，用力一挣，两人一起跌进河中。

说实话，这要是换一个女人，也许"拿抓"的忘乎所以就有了结果了。但他偏偏碰上了刘彩云，正当气饱力壮的年龄不说，脾气还不怎么好。这就只能说"拿抓"的点子低。

到了水里，"拿抓"还不松手，继续抓挠着，刘彩云奋力挣扎，不管不顾地朝河中间扑腾。等到刘彩云两脚突然踩不着底了，人已经到了距离岸边五六米的地方，这里水流比较急，很快便被卷入了赤水河航道。

"拿抓"现在回过神来了，不该自己享用的东西就只能是这个结果。他扑腾回到岸边，上岸后张皇地四处望望。第一个念头就是"狗日的，不能再在此地待了"。也顾不得细想喽，慌慌张张就窜上了通往远方的路。

刘彩云会一点水，那还是七八岁时背着大人跟那些小姐妹们胡乱学来的，后来让家里人知道了，高大脚狠狠在女儿屁股上掐了几爪，青紫的印子一个多月后才褪去，这回让刘彩云长了记性。没想就那么点野路子得来的功夫却让刘彩云在十八岁这年捡了一条命。

刘彩云被赤水河的湍流冲得既没法站住又没法靠边的时候，小时候学的那点技能虽然不能让她叱咤赤水河,但至少不至于像那些完全不会水的人那样六神无主而不知所措。刘彩云知道扑腾,知道沉入水中时要憋着气,再扑腾上来;还知道呼吸用嘴,而不能用鼻子。刘彩云就这样在赤水河里张牙舞爪地扑腾着,呼吸着;一会儿沉下去,一会儿又冒了出来。后来不知怎么就呛了一口水,鼻腔往上至脑门那儿一阵麻木,便失去了知觉。这个时候正是救她起来的那个乡亲朝她跑来的时候,救上来之后又碰上文理渊一行正好走到这里,几样因素加在一起,这才捡回了刘彩云的一条命。

后来刘天和说:"命!这就是命!"

后来,人们按照刘彩云的说法,的确在岸边不远的地方捡到了那个脏兮兮的碗不说,一家开饭馆的小老板还证明这个碗就是经常在他家饭馆转悠的一个"拿抓"的。说法和证据就这样一一都串联起来了,只是满镇子找"拿抓"终究没找着。街坊就骂,说看不出狗日"拿抓"想法还多嘞!

第二天上午,文理渊由老大陪着又来到了刘家,寒暄之后,把蔡花蕾准备的礼物送给了刘家。这时候,老大冷不丁提出要看看刘彩云,完全将蔡花蕾交代的事项置之脑后。文理渊不会有意见,说这要看主人家方不方便。

高大脚求之不得,连忙说:"方便方便!"

老大由高大脚领着来到刘彩云的屋子。刘彩云躺着,跟昨天相比脸上已经有了些粉粉的颜色,刚才还睁着的眼睛听见动静就赶紧闭上了,装睡。

高大脚凑近女儿,轻声说:"文家少爷看你来了!"说完喜滋滋地看看老大,旋即退了出去,还将房门关到只剩巴掌宽的一条缝,意思如果两个年轻人有尺度地弄一弄,也行。

刘彩云睁开眼睛,看了文知辉一眼。老大的眼睛急忙避开,手也不知道该怎么放了,十分艰难地咽了一口唾沫,他觉得这样总比什么事都不做的好。

刘彩云说:"你来了?"

老大说:"嗯!"

一阵沉默之后,刘彩云又说:"对不起哈!不知道会发生这种事!"

老大说:"哦!"

刘彩云说:"我听青云说了,要不是你爹,我就……"

老大说:"我也不知道爹会这一手!"

刘彩云说:"这回咱们扯平了。"

老大说:"什么?"

刘彩云说:"那年我救了你,这回你爹救了我。"

老大说:"哦!"

刘彩云看看文知辉,说:"坐嘛。"

老大说:"不了!我……改天再来看你。好了就好!"

刘彩云说:"你们什么时候走?"

老大说:"不知道我爹的,你……你好好歇着!我……我还会来看你!我走了。"

刘彩云轻声说:"好。"

等老大出去带上了房门,刘彩云长长地舒了一口气,心里开始有些后悔了,她后悔那年在别人家里真不应该那么任性。

5

趁着两个娃儿说话的工夫,高大脚借着这次突发事故顺理成章就把成亲的事说了出来,前因后果连接得天衣无缝,让你完全感觉不到"急"的意思。

文理渊说:"也是也是,回去我就跟家里商量一下,看看怎么处理好。"

刘天和说:"就是就是,男大当婚嘛!"

高大脚心想,什么时候也学会说话了?不说女大当嫁,说男大当婚,说半截话,狗东西。就忍着没有笑出来,因为这时候要是笑起来还不好跟别个解释因为什么笑,容易产生误会。

文理渊谢绝了刘天和要留人吃饭的热情,说刚刚发生了这样的事情,不便打扰,还说盐号上的很多事情要忙着处理,便告辞走了。

当天晚上,文理渊让下面的人在茅台镇最体面的馆子订了两桌酒席,把当地有头有脸的官员、士绅,还有盐军安定营里不用排队出操的那些军官们统统请了过来,热热闹闹一屋子的人。

酒过三巡,文理渊端着酒杯,站在主宾的位子上,说:"诸位,今天把大家请过来，不为别的，就是为了跟大家有一个交代。俗话说长江后浪推前浪，有后浪推着，我们这些前浪应该感到高兴才是，对不对？丰汇盐号的这个位子，我文理渊早晚有一天是要让出来的。晚让不如早让，今天，我要请大家认识一下，犬子文知辉。"

老大站起来，还有些脸红。一屋子的人开始鼓掌，还有人喊好，像在戏园子里面。

文理渊说："今后啊，我们丰汇盐号茅台镇这边的事情就交给他了。"

老大有些诧异，看了一眼正在兴头上的文理渊。

文理渊接着说："今天我就把犬子交给在座的各位前辈了，以后有需要我们丰汇盐号和犬子孝敬、出力的地方，诸位尽管开口。如有不周，我拿文知辉是问！"

听了这样的话，前辈们心里面舒舒坦坦，没有一个不鼓掌的。

老大还是第一次跟爹上这样的酒场合，他没想到平日里文绉绉的爹还说得出那么些江湖味道的话。既然话都说成这样了，自己也就不能绕着走了。他捡了三个喝茶水的敦实杯子拢在一起，如果盛酒的话一杯二两五足足的。老大抓起茅台镇特有的那种敦实酒瓶，咕咚咕咚咕咚，三个茶杯就斟满了酒。

老大端起一杯，看看大家，说："各位老前辈，我……也不会说话，就用这三杯酒，表达我对大家的敬意。"说完一仰脖子，一杯酒下肚；再拿一杯，又下肚；一连三杯，眼睛都没眨一下。

茅台镇是酒乡，酒乡的人就服这个。你要是在酒桌子上一上来就显示出来英雄气概了，大家毫不犹豫就把你当成英雄看，正所谓民风淳朴彪悍。只不过老大并不知道这些，他只是觉得这样简单一点，免得去说那些自己并不擅长的客套话。当然，他还倚仗着自己的酒量。

哎呀，果然是将门虎子呀。在座的再一次鼓掌，这回是为老大。

看着儿子咣当咣当三杯下肚，文理渊笑了，心里说："妈的哟！这个随他妈！"

晚上在盐号的客房里，满面红光的文理渊试探儿子："要不……就把婚事……办了？"

老大同样容光焕发，说："我听爹妈的。只是……让我管理茅台镇的事，事先也没透个风哈？"

"唉！这些事爹说了算！"文理渊把蔡花蕾临行之前说的话都藏了起来，不说。

老大说："哦。"

文理渊说："那行，去睡吧你。"

老大犹豫了一下，说："我……爹要是明天没什么安排，我想去他们家烧房看看……看看刘青云！"说完之后老大自己都后悔，最后这句只有那么多余了，假！

文理渊就笑，说："去吧，去吧去吧，看什么都行。"

老大脸红了，只不过没压过酒红，爹看不出来罢了。

第二天吃过早饭，老大为了显得自己不是那么急，故意在柜台里面看看这儿，摸摸那儿的。文理渊也有意留着这层窗户纸不戳破，该干什么干什么。最终还是年轻人自己憋不住，说："爹，要是没什么事……"

文理渊说："啊？昨天不是说好的吗？我还以为你有事。"

老大笑了，说："哦，那我就去了。"

文理渊说："去吧。"

老大低着头从爹跟前走过，出了门还保持这种姿势；一直到拐了弯，肯定后面看不见了，撒开两条腿就跑，在街面上留下一股旋转的风。

为了让自己不至于出尔反尔，老大还是先去了酒厂一趟。他已经听说刘青云不读书了，被他爹安排在酒厂做学徒，一样一样从最基本的干起。两兄弟一见面又搂又抱，亲热得不行。老大也憨，急于去和刘彩云见面的那点小心思连人家刘青云都看出来了。

刘青云说："赶紧去吧，在我这里磨蹭什么？"

老大还装，说："耶，我可是专门来看你的哦！"

刘青云压低了声音，说："行了，去吧，我姐也想见你呢。"

老大笑了，说："真的？"

刘青云说："我就在想，姐干什么天不亮就去洗衣服呢？大概是睡不着。至于为什么睡不着，我想总要有个原因吧？"

老大转身就走，完全忘记了该跟人家刘青云打个招呼。

老大快步走在茅台镇的街子上，心里想，六年前掉酒缸的时候刘青云还只是个被刘彩云支使着点点油灯什么的小听差,现在好,居然也学会分析情况了。

　　刘彩云完全好了。之所以好得这么快,主要还要归功于老大昨天突发奇想的探视,这让刘彩云心情格外地好,心情一好,身体恢复得就快,何况本身也不是什么病痛。身体好了就闲不住,她想帮高大脚做点事,被拦住了。

　　高大脚说:"算了,有这精力还不如去找文家少爷说说话。"

　　刘彩云一听就来气:"说什么呢?妈!"

　　高大脚知道自家姑娘有一根筋动不得,这么多年都习惯了,就不说话,闷着头挑拣一簸箕白米里的没有褪壳的谷子。这倒让刘彩云有些过意不去了,她拉了根凳子在母亲对面坐下,跟着捡起谷子来,也不说话。高大脚知道这就是女儿服软了,便长长地叹了一口气。

　　就在这时,老大来了,规规矩矩喊了一声:"伯母好!"

　　高大脚连声说:"哎呀哎呀!来了哈?坐坐坐!"

　　老大说:"明天我们要回去了,今天过来看看伯母,呵呵。"

　　高大脚把簸箕朝刘彩云那边推推,起身说:"彩云陪文少爷坐着,我去倒水去。"

　　刘彩云急忙说:"妈,我来!"说着要起身,膝盖一下子碰着了簸箕,"哗拉"一下,米全部打翻在地。刘彩云顿时乱了方寸,要过来收拾,又一脚踢翻了凳子。高大脚赶紧过来,想说什么话又憋了回去。老大忙过来说:"伯母歇着,我来我来。"说完蹲下来就往簸箕里赶米。

　　高大脚喜欢这句,说:"好好好,那我倒水去哈!"说着示意傻站在一边的刘彩云。

　　刘彩云赶紧过去蹲下,和老大一起收拾。

　　其间,两个人的手碰到了一起,两个人同时触电般抽回自己的手,两个人又同时感觉自己的反应过了些,相对而视,两个人又同时笑了。

6

　　回到遵义,文理渊将此行蔡花蕾会感兴趣的事情原原本本说了一遍,最后说人家提出了办婚事,他也基本答应了。

蔡花蕾在听的过程中脑眉心就慢慢揪成了一个不大不小的疙瘩，听到这里突然一抬手，大声道："停！"

文理渊在茅台镇跟刘家明明说的是"回去我就跟家里商量一下，看看怎么处理好"，回到家跟老婆就说基本答应了，这里边的出入他自己心里面本身就打着鼓，一听对方的这个"停"字，心里就开始后悔，还不如原原本本说的好。

蔡花蕾的"疙瘩"这时候终于揪铁实了，满脸狐疑，说："拿抓？没干什么？那她寻死觅活跳河干什么？"

文理渊没想到她是问这个，一时间真没想过该怎么回答，便说："我哪里晓得嘛！"

蔡花蕾说："你看哈，一般来说，如果什么事情都没发生，不应该有这么激烈的反应嘛，对不对？反过来说，必须是发生了什么事情才会反应那么激烈嘛，对不对？"

连着两个对不对让文理渊一时语塞，眨着眼睛看蔡花蕾。

蔡花蕾说："看嘛，还是我分析得对吧？"

文理渊想想，说："不对！我给她做心肺复苏的时候，衣服裤子都是好好的……哦，对了，裤子好像有些破损。"

蔡花蕾说："你看你看！"

文理渊又想想，说："不对不对，是裤腿……对，是裤腿有些破损！"

蔡花蕾说："你不是还让老大脱衣服来着？"

文理渊说："我那是……怕她冷嘛！"

蔡花蕾说："当时老大在场吧？"

文理渊说："当然在，要不怎么脱衣服？"

蔡花蕾说："那我问他。"

蔡花蕾问老大时，老大的脸有些红，反问道："妈，问这个是什么意思嘛？"

"啧！"蔡花蕾说，"这关系到……哎呀！说来你也不懂，你就说裤子是不是破损？破损在什么部位？就行！"

老大其实明白母亲问这个话的意思，他觉得有点亵渎的意味了。自从柴房之后，老大这是第一次有了想顶撞一下的欲望，但他还是忍住了，带着很大情绪说了句"我没看见"，完了转身离去。

"噫！"蔡花蕾真的有些意外，想想儿子有些涨红的脸，觉得有名堂。便匆匆折回去问文理渊，说："老大跟那姑娘……见面了？"

文理渊说："当然，怎么能不见面呢？"

蔡花蕾说："说话了？"

文理渊说："嗨呀！这是什么话？怎么能不说话？"

蔡花蕾没话了，心想难怪喽！

蔡花蕾不甘心。晚上，两口子躺在床上说起成亲的事情，蔡花蕾第一句话就旧事重提，说："不忙哈！那个事情还没分出个子丑寅卯，哪里就轮到说婚事了？笑人哦！"

文理渊说："我仔细想过了，从当时的情况以及后来彩云姑娘的情况看，你说的那个事情纯粹子虚乌有！不可能！真要是那什么了，姑娘不可能那个样子，那还不难过得死去活来呀？"

蔡花蕾说："你不懂！当着你们婆家人的面难过，那还不鸡飞蛋打，前功尽弃呀？她要装嘛，装着没事的样子。嘿！"

文理渊想想，说："不行不行，你这个说法完全是在假设，根本没有证据，根本没说服力！而且我们跟人家是明媒正娶的，凭这个你就想……"

"唉！"蔡花蕾手一挥说，"我可没说什么哈！"

文理渊说："你还用说什么吗？你那意思都明摆着嘛！我还劝你换个脑子，你这个思路不要说我这里说不走，老大那里你都说不走。你没看他在茅台镇如鱼得水那样子，我看啊，那就是天生的一对！要不然不偏不倚就那个时候掉进了别人家酒缸？这就是命！"

蔡花蕾没有把儿子涨红了脸的事跟文理渊说。现在各方面的情况一综合，看来这事还真不能再由着自己的性子说白说红了。蔡花蕾就是这样个人，很多时候想起一出是一出，但在真正不能信马由缰的节骨眼上，特别是对老的和小的，她也懂得克制。但是，这个事情只是不说而已，并不是就解决了。在她心里，许多环节没有交代嘛！蔡花蕾想好了，大趋势走它的，至于如何释放疑惑，将事情的本来面貌搞它个一清二楚，明明白白，蔡花蕾觉得，到时候自然会有办法。

文理渊见从来不饶人的蔡花蕾居然没了声音，知道这个时候不能再去惹了，便转过身子，不一会儿就扯起了鼾声。

第二天，蔡花蕾跟母亲说起成亲，蔡花蕾的妈就说："办嘛，到时候替老外公多喝几杯就是嘛！"

蔡花蕾说："要得。"

蔡花蕾决定先择日子，这也是蔡花蕾的妈的意思，她老人家就信这个，先生怎么说她就怎么信。于是，蔡花蕾花了一般先生三倍的价钱请来了贵阳的风水大师牛二世。牛二世不是先生的本名，是诨号，意思是别人顶多算得了今生，而牛二世连来世一起算，所以才敢叫"二世"，所以才三倍价钱还吃住行全包。钱多钱少蔡花蕾无所谓，只跟大师提了一个要求，必须在冬月二十八之后，她要等老大真正满了十六岁。在蔡花蕾看来，这是一个当家做主的年龄，她自己就是十六岁那年嫁给文理渊的。

牛二世一跨进家门，蔡花蕾的妈就感觉大师气度不凡，悄悄跟蔡花蕾说："值！"

除了生辰八字，牛二世还将老大周身的骨头摸了个遍，关键之处手上还要用劲，摸得老大龇牙咧嘴的。按说摸骨相命是瞎子的看家本事，所以说人家牛二世要三倍价钱嘞，就是本事大嘛，功夫下得深嘛。

好，前期过场做完之后，牛二世闭目静默了大约有十分钟。文家人大气都不敢出，特别是蔡花蕾的妈，干脆就学着大师的样子，也跟着静默起来。

等到大师睁开眼睛，右手拇指开始轮番在其他几个指拇上掐，搞得蔡花蕾的妈目不转睛地就盯着大师这只手。最后，大概是丹田之气在乾坤里运行得八九不离十了，大师拿起文家早已准备好的笔墨纸砚，推开现成的纸，从自己衣服口袋里摸出一张折叠起来的黄纸，撕下半个巴掌大小的一点，然后在上面写了几个字，用两个手指推给坐在桌子那头的文理渊。

文理渊一看，黄纸片上写着"癸巳年，乙丑月，己酉日"几个字。牛二世补充一句："蛇年的腊月初一。"

文理渊看看坐在边上的蔡花蕾，把黄纸片递过去。蔡花蕾看了，立刻过去读给老外婆听。

文理渊清了清嗓子，说："敢问先生，都有个什么说法呢？"

"当然！"牛二世也清了清嗓子，说，"从干支看，这一天乃癸巳年，乙丑月，己酉日；在二十八星宿是东方青龙七宿的第三宿，氐宿。氐宿为苍龙之胸，万事万物皆了然于心。龙胸，乃龙之中心要害，重中之重，故大吉。而且有诗为证，说啊，氐宿之星吉庆多，招得财源似水波，葬埋若还逢此日，一年之内钱财窝！"

文家人马上面带喜色，特别是蔡花蕾的妈，憋了半天没憋住，扑哧一下笑出声音来。

大师一抬手，示意大家安静，接着说："从甲子纳音上说，腊月初一配大驿土，就是大路上的土啊。相书《三命通会》说，大驿之土通达四方，盖居五行之中，行负载之令，主养育之权，三才五行皆不可失，处高下而得位，居四季而有功，金得之锋锐雄刚，火得之光明照耀，木得之英华越秀，水得之滥波不泛，土得之稼穑愈丰。聚之不散，必能为山，山者，高也；散之不聚，必能为地，地者，原也。用之无穷，生之罔极，土之功用大矣哉！"

听大师说完最后一个字，蔡花蕾的妈眼泪就下来了，尽管她并没有完全听懂，但她坚信大师说的都是有道理的话，加上人家大师字正腔圆、抑扬顿挫、十分富于感染力的语调，你眼泪下不来，才怪！

就这样，办事情的日子就定在了蛇年的腊月初一。大师临别时鉴于文家的热忱，还多说了几句："那一天是二九第九天，取冻其肌肤强其筋骨之意也！"

这句话文理渊和蔡花蕾都爱听。

情况说给刘家，刘家当然不会有意见，横竖办事就行。最后，让大家为难的倒是新房安在哪里的问题，遵义？还是刀把镇？

按说肯定遵义好，堂子大不说，还便于老大照顾生意，四通八达嘛。早几年文理渊就怂恿着蔡花蕾跟老外婆说过搬到遵义去住，老外婆高低不依。说倒不是舍不得刀把镇的那点生意，而是离不开蔡花蕾的爹。你不要看只是个坟冢，那可是老太太的精神支柱哦！在这里至少挨得近，时常有个念想。真要是搬走了，说不定病就跟着来了。蔡花蕾虽然嘴上有把刀，心却是豆腐做的。她完全可以请几个用人老妈子什么的陪着老太太住在刀把镇，衣食无忧不说，每天还能陪蔡花蕾的妈打几圈小麻将，自己和文理渊还有孩子们搬到遵义去。但她就是放不下。她认为所谓天伦之乐，就是一大家子整整齐齐、热热闹闹地住在一堆。虽说也会有矛盾，也会有问题，但心里头踏实嘛，有矛盾那也是快乐的矛盾，所以她宁愿叫能文能武的文理渊跑来跑去地搞服务，也没跟着搬到遵义去。现在按说都隔了一代人了，孙子嘛，可以有一点变化了。但蔡花蕾思来想去，觉得还是善始善终的好，最后决定就在刀把镇。她对自己说，妈的，矛盾也是快乐的矛盾！

家里的事老婆说了算，文理渊历来如此，老大就更不会说什么了。最高兴的当然数蔡花蕾的妈，眼见着孙子就要办喜事了，感觉自己的身体哪儿哪儿也没什么大毛病，这就是说四世同堂的日子指日可待。

中国人不像外国人，巴不得把儿女都赶得远远的，中国人讲究儿孙绕膝。心里一高兴，蔡花蕾的妈不仅帮着女儿忙里忙外，还翻箱倒柜找出一只当年蔡花蕾的爹送给自己的翡翠镯子，准备送给孙子媳妇，虽然她对刘彩云并没留下什么好印象，但是老外婆总不能没有点表示不是？

7

当天天数着日子过的时候，时间就过得飞快，眨个眼睛就到了冬月二十八，老大该过生了。

这天，蔡花蕾照例亲自下厨给儿子煮了一碗宽汤面，还用猪油煎了两个荷包蛋铺在上面，远远闻着就香，一股猪油气气。最后还亲自端到吃饭的八仙桌上。

文知琴鼻子尖尖都挨着荷包蛋了，夸张地喊道："我也要吃荷包蛋！"

蔡花蕾就说："吃嘛吃嘛，等你生日那天。"

蔡花蕾的妈就打帮帮腔："你还吃得少喽！奸馋食懒！"

这些话文知琴都听习惯了，不气不恼。还是老大像个大哥，话都没说就夹了一个荷包蛋到文知琴碗里。文知琴笑了，说："谢谢大哥！"

三个娃娃长这么大，老大和文知琴亲近，和文知礼要差些。倒不是谁刻意去这么做，而是性格使然。你别看文知琴是个女娃娃，却生就一副男娃娃的性格，大大咧咧的，想说什么就说什么，你说她什么她也不在乎；该吃就吃，该笑就笑。要是换一个人，比方林黛玉那种，谁敢说她"奸馋食懒"？那还不气得几天下不了床啊？说来也是蔡花蕾的福气，能把女娃娃当男娃娃养，少好多麻烦哦。

文知礼就不一样，别看一母同胞，却性格迥异。也说这句"奸馋食懒"，要是有人敢用来说文知礼啊，他倒是不会像林黛玉那样几天下不了床，但他会红着眼睛跟你理论，我哪里奸？哪里懒？你要是说不出个一二三来，那你就得把吐出来的口水吞回去！而且没完没了，一百句话从他嘴里说出来没有一句重复的，天生跟人吵架的本事。所以家里人都躲着他，谁喜欢没事让人说一百句不重复的话来跟自己较劲？蔡花蕾就说，这两个娃娃完全搞反了。

对此，文理渊心里也有一本账，他把三个娃娃分成三拨，老大文知辉是干事的；老二文知礼是享福的；老三文知琴因为早晚是泼出去的水，就把她归于两者之间，干事也行，享福也行。这样看来，文理渊至少认为女儿是可以干事的那一类。

文理渊把这个分析讲给蔡花蕾听，蔡花蕾什么也没说，就嗯了一声。这在他们两口子之间就是同意的意思。文理渊心里很舒服，自言自语道："步调还蛮一致嘛！"

生日当晚，文理渊和蔡花蕾把老大叫到已经焕然一新的原先的客房里，准备郑重其事地说点什么，有点婚前教育那种意思。

文理渊看着有些忐忑的老大，笑了，说："也是，长大成人了嘛，有点不习惯也说得过去。哎！人啊，就是这样一代接一代地往前走，生生不息。再过几天你就要成家了，成家嘛，就要立业。那天你也听大师说了，氐宿为苍龙之胸，万事万物皆了然于心。爹倒不指望你是不是什么苍龙，但万事万物了然于心，却是你今后做人做事的榜样！爹希望……你做个好人，肩负起文家这副担子，光宗耀祖！啊？前些天我想了想，我们文家也应该有点什么可以一直传承下去的东西才对，想来想去，四个字。"

文理渊从袖笼里拿出一张纸。

蔡花蕾说："哟，有备而来哈？"

文理渊没理她，将纸展开，只见上面写着四个字，一看就是颜真卿的路子：行德崇文。

老大念道："行德崇文。"

文理渊说："对，这就是爹对你的要求，也算是咱们文家的……祖训吧！"

老大说："哎，儿子记下了。"

轮到蔡花蕾了，她把文理渊支了出去，说要跟儿子说点私房话。文理渊也是习以为常了的，叫走就走。等到屋子里只剩下娘儿两个了，蔡花蕾从口袋里摸出个红布包，放到桌上，说："妈也有东西，当然跟你爹不一样，妈有妈的想法。"说着打开红布，里面现出一个白颜色的东西，蔡花蕾拿起展开，是一块白绸巾。

老大说:"这干什么用?"

蔡花蕾说:"对了,干什么用。这是要在新婚之夜放在你们床上的东西。"

老大心里有关男女之术的知识储备里没这个东西,便问:"干什么用?"

"啧!"蔡花蕾有些局促,不知道该怎么遣词造句了,便说,"啊……不知道也对。这东西吧,是……是老辈子传下的一种习惯,就是……就是……啧,直说了,就是放在床上,看看新娘子是不是守着自己的身子,明白了吧?哎呀!你把你妈急死算喽!"

第六章

1

光绪二十年的腊月初一,也就是1894年的1月7日,二九的第九天。按照"数九歌"的说法,叫作一九二九,怀中插手。按说不算很冷,但是这一天早晨下起了毛毛雨。我们这边还有一个说法叫"贵州下雨如过冬",说的是只要有雨就寒气逼人,何况还是二九尾巴上的寒气,当然就格外逼人。

新娘子刘彩云已经由蔡花蕾指派的接亲队伍于前一天傍晚接到了遵义城里头,安顿在一家最讲究的旅店住下了,连同刘家送亲的人马一共三十多口子。第二天天还没亮,队伍就齐展展在旅店门口摆开了架势,一队文家安排过来的吹鼓手排在队伍最前面。高大脚一看,就是那年去茅台镇的那一帮。高大脚和接亲队伍管事的一碰头,说是人马都齐了,这便往刀把镇赶。

按道理,老大必须在接亲的队伍里的,穿新挂红骑在大白马上,这叫接亲。最后从文家那边过来的说法是老大屁股上长了个火疖子,别说骑马,走路都磨着疼,所以就在盐号找了个管事的人作为"代理"。

对此,高大脚心里当然别扭。心想这肯定又是亲家母的什么馊点子,临出家门时悄悄跟女儿说:"哎,到时候你要看哈,到底是火疖子还是别的什么!"

刘彩云就埋怨:"哎呀,妈!"

高大脚说:"气不过嘛!还没过门就不按规矩来,我是怕你以后受苦!"

刘彩云说:"要受苦也是我受苦,又不是你!"

高大脚说:"你受苦就是我受苦,懂不?"

刘彩云本来还想再说两句的,一听这话就没声音了,说:"妈,今天是姑娘的喜事，我们不说这些，好不好？"

高大脚叹口气，走了，看得出心里的疙瘩没解开。

从茅台镇到遵义这一路，刘彩云就想这一件事，心想也许真有必要看看嘞，看看到底是不是火疖子，如果真不是，那……是有一点欺负人嘞。

临上路那天晚上，刘彩云翻来覆去就是睡不着，便将文知辉从那年第一次来到茅台镇，第一次踏进天和烧房，之后到掉进酒缸直到这次接亲前夜的一桩一件全部翻出来过了一遍，继而还延伸到了相夫教子、儿孙绕膝之类比较遥远的憧憬，虽然瞌睡被耽误了，但是心情相当不错。这下好，原本憧憬得好好的一幅幅美丽图画，被个"火疖子"搞得个乱七八糟。

旅店门口被松枝火把照得通明，只听管事的一声高喊："起轿喽！"

吹鼓手们便铆足了劲开干，咿哩哇啦一通喧嚣，将沿街住户们的晨梦撕得个支离破碎，纷纷推开窗户一探究竟。

蔡花蕾这样性格的人肯定睡不着。四更天开始就睁着两只眼睛看屋顶，想想还有什么没到位的事情。一样一样在心里走一遍，连给刘家抬嫁妆的挑夫准备的喜钱都用红纸封好了，就放在堂屋条案上的帽筒旁边。看来没什么了，都万事俱备了，只等着在刀把镇上吹响新选的、喜庆的唢呐曲牌了。这又是蔡花蕾突发奇想出来的。她说"百鸟朝凤"你都闹了好多次了，这次再"百鸟朝凤"显得我们老文家不讲究不是？换！鼓乐班子的头说这好办，换个"抬花轿"就是嘛。蔡花蕾一听这名字，说："就它了！"

老大的屁股上当然没有什么"火疖子"，这都是蔡花蕾临时编给管事的一个理由，至于为什么这么说，蔡花蕾也没想得很清楚，大概是觉得路远了，怕老大受罪？反正就这么信口说了个火疖子。按说你不到茅台镇去接是因为路远，那从遵义到刀把镇总该接一接的，文理渊说出这个想法时，蔡花蕾也觉得不是不可以，都快要点头却突然想起骑马到茅台镇不行，中间才隔着一天，骑马到遵义就行？算了算了，就"火疖子"到底吧，不要去惹这个是非。

是非都是生生造出来的，就像这回的火疖子。

文理渊顺从惯了，再说蔡花蕾说的这个你不能说它不是个理由，想想当年自己也没骑着白马去迎娶，不也顺顺当当到了今天，就没说话。老大压根只听老妈安排，该这样该那样都是妈说了算。倒是蔡花蕾的妈有看法。

蔡花蕾的妈说："规矩总归不能乱！接亲接亲，你新郎官不去就不叫接亲，不成体统嘛！"

蔡花蕾说："妈！那咋个办嘛？都跟你说清楚了，那一路山高路远的不好走！万一有个什么闪失，就像文理渊当年那样连人带马跌下高坎坎，我看你才悔都悔不转哦！"

蔡花蕾的妈被这句话难了一下，想想说："不骑马，坐轿子也要得嘛！"

蔡花蕾说："哎哟，我的妈哟！人家刘家都没得见怪，你倒是……我们把孙子媳妇娶进家门就行了嘛，你管他骑马不骑马？文理渊当年不是也没骑马？你们不是也把姑娘嫁给他了？"

蔡花蕾的妈说："那个不一样哦！"

蔡花蕾说："啧！哪个不一样？少生一个姑娘还是少生一个儿？！"

蔡花蕾这句话的重音放到了最后那个"儿"字上。她之所以气粗，就是有人人都看得见的"本钱"摆在那里。在中国，凡是生了儿子的女人都被归入"有本事"之列，不论农妇还是皇妃。这让蔡花蕾的妈再没有话了。

当喧嚣的"抬花轿"乐曲把刀把镇的男女老少全都召集到老蔡家大门前面的坝子上时，大家最期待的已经不是下午人人有份的那桌酒席了，而是花轿里面那个顶着盖头的女人。

中国人多。正因为人多所以嘴就杂，嘴一杂就说什么的都有，什么事说的时间长了或者再有个什么人物加以引用，便成了礼数。就说这迎娶，女人不但要坐在密不透风的花轿里面，还要盖上盖头，意思就是不让别人看。然而，人就在这种时候心里边痒痒，你越不让他看他就越想看。

老蔡家上一次办喜事没有这个问题，因为蔡花蕾是熟脸子，小时候什么样子长大了什么样子大家都了然于心，没有神秘感，所以就把功夫都用在了吃上。这回不同，除了想吃还想看，而且看的欲望比吃的大。所以当刘彩云在两个娘家人搀扶下走出花轿时，人群中居然发出"哦哟"的一声，像是有人在指挥一样，整齐得很，只是没人知道"哦哟"什么。

就在刘彩云抬脚将要跨进门的那一刹那，突然不知从哪个方向扫来一阵风，将新娘子头上的盖头掀了一掀，露出刘彩云半个后脑勺，那上边明明白白缀着一朵大红色的绢花，刘彩云急忙伸手压住盖头。人群里居然有人哈哈大笑起来，没人知道为什么就笑成这样。在场的人也不是都看见了那朵绢花，反正有人笑跟着笑就是，于是笑声一片。

站在房间门口的蔡花蕾不知道发生了什么情况,她本身就是个包打听,加上此时此地这种笑声显得很奇怪,没有缘由嘛!便问身边的人,身边这个人也只是似是而非看了个大概,便似是而非地回答说:"好像是新娘子怎么样了?"蔡花蕾一听,一股火就往上蹿,心想出洋相么从茅台到遵义这段时间够长了嘛,干什么非要到刀把镇来出?那张花蕾般的脸立马垮了下来。

按照礼仪,文理渊就站在老婆边上,感觉婆娘情绪不对,马上小声问:"怎么了?"

蔡花蕾放任着自己的声音:"出洋相嘛!"

文理渊忙说:"小点声嘛!哪个出洋相?"

蔡花蕾照旧敞着嗓门,说:"还会有哪个?!"

文理渊有点急了,说:"哪个嘛?出什么洋相嘛?"

蔡花蕾说:"我咋个晓得嘛!"

文理渊慌忙转过脸,用手遮挡着嘴巴,小声说:"老大的大喜,大面子上必须要过得去,哈!"

蔡花蕾看看他,扭脸进了屋。

文理渊这才松了一口气,掩饰地正正衣领,自语道:"这样也行!"

仪式按照预先说好的程序一样一样走,只是到了二拜高堂那个环节,原先说好的两老和蔡花蕾的妈一起接受的,文理渊一想蔡花蕾肯定是发毛病了,这个时候还劝不得,越劝毛病越大,干脆就省一个人算了。又一想不对,自己和老外婆也搭不成对子呀,干脆就再省一个。于是,临时改成了蔡花蕾的妈独自坐在堂屋正中接受一应礼仪。只是司仪和一些老辈子问起时,文理渊现编了一段,说:"老外婆临时改的主意,我们也觉得这样好,老辈子嘛。"

看嘛,把问题栽给了人家老外婆。蔡花蕾的妈倒是很高兴,坐在那儿眼睛笑得只剩下一根线。

2

等到曲终人散了,老刘家送亲的一竿子人也都安排停当了,老蔡家院子只剩了自家人的时候,蔡花蕾这才开始发作。

文理渊后来说："不论里家外家，这回也算是给足面子的。"

蔡花蕾先是挟持着文理渊坐在了蔡花蕾的妈先前接受朝拜坐的位子上，让厨房的徐嬢充作司仪，硬生生让老大和刘彩云一拜天地二拜高堂地重新来了一遍，而且当徐嬢喊了夫妻对拜，小两口正要履行时，被蔡花蕾喝住。

蔡花蕾喊："停！"

文理渊忙说："你干什么？！"

蔡花蕾垮着脸，说："啧！"

文理渊压着声音，说："时候不早啦！"

蔡花蕾鼓着眼睛说："一哈儿你不要说我不给你面子哦！"

文理渊不吭气了，把脸扭朝一边。

蔡花蕾扫一眼依旧顶着红盖头，依旧站成夫妻对拜架势的刘彩云，说："我不晓得有些人做了什么事情，让乡里乡亲笑成那个样子？"

老大当然不知道这话什么意思，说："什么啊，妈？"

蔡花蕾说："我没问你！"

顶着盖头的刘彩云也不知道这话什么意思，但是蔡花蕾的意思分明是在问自己，因为除了徐嬢和爹，再没有第六个人了。便犹豫了一下，说："请问……妈是在问我吗？"

蔡花蕾说："不是你还有别人？"

刘彩云说："我……没听清妈说的什么？"

蔡花蕾说："哦！那我再说一遍哈。下了花轿刚要进门，满院子的乡亲笑得嘻嘻哈哈的，不知道你做了什么？"

"我……"刘彩云使劲想，说："没做什么啊！"

蔡花蕾说："没做什么人家就笑成那个样子？"

文理渊倏地站起身，厉声道："徐嬢，你去吧！"

蔡花蕾知道文理渊这是在绕着弯子说自己呢，便就针锋相对，喊道："不行哈，徐嬢！你就站在那里听！"

文理渊这一下子给堵老火了，想发作吧，又是当着媳妇的面，而且是儿子的洞房花烛之夜，"咦！！"文理渊硬生生给憋回到椅子上，脸色涨得通红。

蔡花蕾掐死了教书匠那点脾气，知道他一准思前想后、瞻前顾后的。只是她这回并不是对着书呆子，而是红盖头。常言说得好，新人进门，没事都要先打三百杀威棒，何况还丢人现眼在先。这一点人家刘彩云是感觉到了的，只是她真的不知道那些人干什么要笑。这时她想起来了，早上要进门时，是听见有人在笑。

让蔡花蕾没想到的是，老大居然开了口。

老大说："妈，有什么你就直说。我想……人家真要是不知道那些人为什么笑，你让人家如何说？"

蔡花蕾一下子来火了，喝道："人家？！我看你也是个死无出息的货！见了媳妇你就忘了娘啦！啊？岂有此理嘞！！"

老大万没想到母亲会发这么大的脾气，在他的记忆里，这是第二次。一下子有点蒙，膝盖一弯便跪在了地上，说："母亲息怒！"

按理刘彩云这个时候应该跟着跪的，但是她就是没有跟着跪。只是她面前的青石地砖上滴滴答答落了不少眼泪水，人人都看得见。

文理渊终于忍无可忍了，你想嘛，火山憋老火了最终一定是要爆发的。何况今晚上这已经是第二出了。只见他抖擞着再次起身，用手指点着蔡花蕾，头还跟着不停地点着，紧跟着将滑到胸前的辫子朝后一甩，拂袖而去。

跟蔡花蕾生这么大的气，他文理渊平生头一回。

蔡花蕾突然感觉有些茫然，她看看徐孀，徐孀赶紧低下头。

蔡花蕾心里嘀咕，行啦行啦，三百杀威棒也用了，书呆子也急了，该那个什么了。

心里这么想着，但面子上还是绷着，蔡花蕾喝道："咦！反了你了！"临退场前还跟徐孀使了个眼色，意思两个新人交给徐孀了。

在前往自家卧室的路上，蔡花蕾又嘀咕开了，咝，那些人狗日笑个什么呢？

徐孀扶起老大，宽慰道："刀子嘴，你妈就是个刀子嘴。"又过去挽住了刘彩云，牵引着红盖头往新房去。

老大跟着两个女人后面，步子显得沉重，跟他十六岁的年龄对不起来。

一跨进卧室，蔡花蕾就将房门砰的一声关上，插门闩时也弄了些响动出来，言下之意我很生气。背坐在床那头的文理渊根本不理睬，心想刚刚点起来的大火苗是不应该轻而易举就消退嘞，否则她得脸嘛！

蔡花蕾见对方根本不理会那些"动静"，而且还梗着脖颈一副势不两立的样子，扑哧一声就笑出声来。

前面说了，蔡花蕾就是这样一个婆娘，一旦她感觉将要出现两败俱伤的情况了，先撤退的一定是她。当然对方要配合，给你个台阶你要知道踏上去，顺着走。文理渊也懂得配合的重要性，所以当蔡花蕾嬉皮笑脸在那儿搭台阶时，文理渊就有了随时踏上去的心理准备。

蔡花蕾过来戳了他的肋间一下，说："装得这样死搞哪样？"

文理渊便痛心疾首说道："人家是新人！至少花烛之夜你要让别个清清爽爽过一回嘛！"

蔡花蕾说："我咋个了嘛？"

文理渊说："你咋个？你搞得人家老大很被动！"

那天夜里，老大的确很被动，而且还不止于此。

面对着一直默默流泪的刘彩云，老大竟找不出一句安慰的话来。一边是妈，一边是媳妇，这种情况对于那个年代的男人一般不犯难，妈是高堂，天生就有着一份敬重跟顺从。至于"假如妈和媳妇同时落河了，你先救哪个"这样的命题，那是后话。这种命题本身就是个不利于团结的命题不说，而且，假设的命题因为前提就不真实，一般都是伪命题。

所以，老大不会说出批评母亲的话，而问题又是因了母亲引出来的，如果你的开场白没个态度，任何安慰的话都会显得轻浮，与其堆砌些不咸不淡的辞藻，还不如不说。当然这还跟老大的年纪有关系，嫩。

刘彩云依旧顶着红盖头。老大是从她不时抽动的身体判断出刘彩云在哭泣的。

刚才在堂屋里的眼泪的确是被蔡花蕾的杀威棒"杀"出来的。现在，刘彩云想起了自己的妈，想起了高大脚在茅台镇临出门前说的那句"你受苦就是我受苦，懂不"，这句话现在想起来就像一具催泪的良药，随便想想都是眼泪。

刘彩云第一次体会到了那个整天忙里忙外、絮絮叨叨、没完没了的妈为儿为女的所有付出，此时此刻竟是那样令人心疼。她想起了那年，气喘吁吁的母亲急于需要自己点头应承下文家的亲事，老泪纵横还怕自己看见的那一幕。这无疑又加大了眼泪的涌出量。

突然，刘彩云想起了高大脚临出门时悄悄跟自己说的那句话，"到时候你要看哈，到底是火疖子还是别的什么！"

刘彩云身上一紧。真怪，仿佛眼睛里面有个闸门，马上就切断了泪水的渠道，人也立马镇定下来，直奔"火疖子"而去。

刘彩云细心地清了清喉管。仿佛是一种提示，老大那边马上有了反应。由于不知道这个时候自己先开口好不好，同时也不知道该说些什么，因此老大只是跟着清了清喉管，发出哼哼哈哈的声音。

一来一往算是接上了茬口。刘彩云细声道："不早了哈？"

老大一怔，仿佛听到的是很远很远传来的天外之音，茅台镇上那个喊文知辉自己站到板凳上去打酒的底气很足的女声，跟眼前这个声音完全对不上。老大想这个去了，竟然忘记了回答。

"不早了哈？"刘彩云又说一遍。

老大这才回过神来，忙说："哦！呃！"

刘彩云顿了顿，说："没人教你接下来该做什么吗？"

老大说："嗯……哦，教了教了，嗯……揭盖头……对……对吧？"

老大不但想起了揭盖头，同时还想起了蔡花蕾千叮咛万嘱咐交代他的白帕子。现在这张白帕子就压在花床上靠外面的一个枕头下面。

花床上整整齐齐叠放着四床喜气洋洋的大红大绿被子，苏州那边的绣工，都是些百子啊、富贵啊之类的图案，精致得很。

老大去拿架在桌上的掀盖头用的"喜秤"时，心想人家刘彩云真是不错的，妈给了人家那么些脸子，哭归哭，到了该走程序了，照样走程序。只是盖头掀开的一刹那，老大看见刘彩云的脸上非但没有笑意，连表情都没有。

看着新娘子一脸的霜色，老大犹豫了片刻，最后还是鼓足了勇气问道："呃……接下来该……"

刘彩云眼睛看着前方，说："我想打听一个事情。"

老大忙说："哦……你说！"

刘彩云舒了口气，扭脸看着老大说："听说你……长了个火疖子，不能骑马？"

老大脱口而出："谁说的？没有啊。"

蔡花蕾一连串有关火疖子的安排，均是自己随心而来，除了必须知道的几个人，比如文理渊，老外婆，还有接亲队伍管事的，别人都不知道，老大也属于"别人"。

刘彩云一听，脑壳轰的一声，那是血管里面的热血大股向上涌动的生理反应。

人家根本就没拿你当回事嘛！刘彩云狠狠地想。

如果说杀威棒是"气"的话，现在的刘彩云心里是恨。她开始后悔了，嫁什么人嘛？！颠颠地跑那么远来干什么嘛？凭什么要一拜天地，二拜高堂来两回嘛？凭什么……

刘彩云那天晚上再没有说一句话。她将靠里面的枕头搬到花床另一头，又将一床有百子图图案的大红被子墩在床中间，一下子把花床明明白白地分割成了两个地盘。刘彩云上床跨到里面一块"地盘"，和衣躺下；抖开一床被子白被里朝上盖在身上，脸扭朝里面……

老大手里一直拿着搭着红盖头的喜秤，看着刘彩云一五一十地收拾停当。他之所以没说话，是想起了曾经听到过母亲和老外婆谈起过有关火疖子和接亲的话题，只是当时没在意而已。

老大在屋子当中站了好长时间，最后放下喜秤以及红盖头，悻悻来到花床跟前，慢慢坐下，好一阵子才缓缓躺下……

无意之中，老大的手伸到枕头下面，他摸到了那张白帕子。

3

第二天一大早，蔡花蕾便急唠唠来到新房附近假装无心地游了一圈，见门里面什么动静都没有，心里就想：是，是该歇息歇息。

按照"歇息歇息"的思路，蔡花蕾直接去了厨房，她要交代一下徐嬢，让她从早饭起直接就加强一下营养，作为对两个新人体力上的补充。蔡花蕾不生气的时候，也还是一个合格的母亲。

徐嬢听完蔡花蕾的安排，说："好，恐怕……"

蔡花蕾说："什么啊？"

徐嬢说："恐怕新娘子会在外面吃，他们娘家人不是歇在饭庄楼上吗，那下面早饭花样多哦。"

蔡花蕾想想，说："你意思是说……新娘子去了那边？"

徐孃说："你不晓得哦，一大早就出了门，还专门跑来问我说娘家妈住哪里。"

蔡花蕾说："她去搞哪样？"

徐孃说："没说。"

"咦！"蔡花蕾丢下徐孃，一溜烟来到新房门口，试着一推，门果然只是掩着。来到床跟前先看，只见两个枕头天各一方，蔡花蕾心里就一咯噔；紧接着手就伸向老大的枕头下面，出来时手里抓着那块白帕子，一看白帕子依旧是自己亲手折叠的模样，心里就又一咯噔。

被蔡花蕾粗手大脚弄醒的老大睡眼惺忪地翻身坐起，蔡花蕾一眼就看见了横在花床中央的那床"百子图"，刚才被老大的被子压着，看不见。

蔡花蕾顿时变了脸色，指着"百子图"厉声喝道："这是怎么回事？！哪个搞嘞？！"

老大被彻底震醒了，看看"百子图"，想都没想就说："我。"

"扯！"蔡花蕾想都不用想就说，"你不要跟我扯这些！你屁股一翘，我就晓得你要屙屎么屙尿！痛痛快快说，她为哪样要搞成这个样子？！"

是，知儿莫过母喽嘛！

他文知辉从小到大的一点一滴，哪一样不是在蔡花蕾的心里一遍一遍过虑过的？老大是有本事捣蛋，直捣得人家吴老先生挥泪斩马谡的心都有了。但是自从蔡花蕾不斩"马谡"而是斩了自己的手指头，其振聋发聩的效果是人所共识的，这是其一；其二，你就是将捣蛋最甚时期的老大原样复制到这个洞房花烛夜来，他也许会有别的什么幺蛾子，但在花床中央修道城墙，然后再将枕头兵分两地，进而白帕子方方整整压了一夜……绝不是文知辉这样的青春少年郎想得出来的。不论从家族接续的大方向上看，还是从人生体验的小情况来说，老大都没有理由会放弃这样的春宵一刻。

而且蔡花蕾已经有了徐孃提供的情况，所以直接就把主语确定为"她"，是完完全全的有的放矢。

昨晚上，刘彩云根据文知辉回答问题时的语气和内容判断，新郎官的确不知道火疖子的事情。在听到街上巡夜的更鼓声敲响第三遍时，花床那头响起了老大的鼾声。黑暗中的刘彩云直愣愣睁着两眼，翻来覆去的思绪一直扑腾到公鸡打鸣。

刘彩云轻手轻脚下了床，准备将扑腾一夜得出的结论付诸实践。既然生米已经做成了熟饭，那也必须是正儿八经端到台面上去的热饭！刘彩云这样想好之后，设计的第一步是去看看娘家人，具体说，是去看看高大脚。

娘家一竿子人全都被安顿在老蔡家自家饭庄楼上，这是刀把镇最拿得出手的住处。为了显得恭敬，蔡花蕾还特地交代让换上簇新的被里跟床单，而且铺排得平平展展的，让人看上去就两个字：安逸。

老刘家叔伯姑表的三十几号，没有一个挑出毛病来的，因为有几个女人就是跟着专门过来挑毛病的。既然干专业的都没意见，一竿子人便心平气和地睡了个囫囵觉。第二天一早，一个远房叔公突然想起说："哎，是没见着跳蚤哈？"

刘彩云在一个她称呼为三姨孃的亲戚引导下第一眼看到高大脚时，眼泪就没有忍住。

刘天和夫妇被安排在上房，相当于后来的贵宾房之类。有高脚痰盂呀、衣帽架呀之类。不论茅台镇来的农民有没有衣帽可挂，但人家那总是看得见的、实实在在的一种待遇。昨晚上住进来时，刘天和有点受宠若惊的感慨，立即被高大脚叫了停。高大脚说："他该！哦，撒撒脱脱就把一个乖巧媳妇娶进了家门，这有什么？又用不坏！"高大脚不知道有"如花似玉"这个成语。

等到高大脚看见女儿满眶委屈的眼泪时，她首先想到的是将陪着刘彩云一起进屋的三姨孃打发走。因为高大脚不知道女儿下面会说出什么来，万一要是耸人听闻，你还能把人家三姨孃的耳朵堵住？

高大脚说："三姨孃嘞，说是今早上我们亲家安排了辣子鸡面和油条包饼嘞，说是安逸得很！赶紧去，你赶紧去哈，我跟姑娘说说话哈。"

三姨孃没有看见刘彩云的眼泪，于是转身就走。出门时还突发感慨："你倒是找了个好亲家哦！"

等三姨孃噔噔噔下楼梯的声音远了，高大脚赶紧关上门，堆了一脸千年冤屈的表情，拉着刘彩云的手，说："咋个了嘛？！"

刘彩云眼角朝一直在边上没说话的刘天和看看，高大脚忙说："不怕不怕，他是你爹喽嘛！"

等到刘彩云隐去了一些男人不便知道的段落，将昨天晚上的经过说了一遍，高大脚的第一句话就是："我说嘛！我说嘛！"

等到听完"热饭"一词，高大脚眉心那儿便揪起了一个疙瘩。

高大脚看看刘天和，说："不行不行，你还是跟三姨孃去吃辣子鸡面算了。"

刘天和懂，况且女儿历来归老婆管，立马起身出了门。

高大脚做贼似地关了房门，将女儿拉到靠近窗户的两把椅子上坐下，还伸头看看窗外，这才压低了声音说："听你这意思……昨晚上没有办成……事情？"

刘彩云知道母亲说的"事情"是什么事情，摇摇头。

高大脚说："哦哟！那我们就不在理上嘞！"

刘彩云说："什么理？他们都那样了，难道我们……"

高大脚一把捂住女儿的嘴，说："姑娘呃，那是天经地义喽嘛！而且对于人家男人来说，洞房花烛夜的那一火，是最最看重的事情哦！如果……"

高大脚虽然没读过书，但人情冷暖是懂得的。她知道女儿的脾气，特别是在流了一夜眼泪之后的女儿，更是需要小心翼翼，遣词造句需要十分讲究不说，而且还有必要事先预防一下。

高大脚说："姑娘呃，我是你妈，一千天都只会站在你这边！但是情和理是两回事，两边都要站得住才行。懂不？"

刘彩云愣了半天，点了一下头。

高大脚立马趁热打铁，说："火疖子是他文家的不是，这没错！但是……后来那就是我们老刘家的不是了！"

高大脚将后面一句说成了渐弱的那种语气。

见刘彩云没说话，高大脚又说："你刚才说的热饭……意思怎么个'热'法？"

刘彩云说："就是要有起码的尊重嘛！"

高大脚心想完了，这都是读书读的！刘彩云将婆媳关系搞成夫妻关系了，这样最终吃亏的还是自家姑娘。人家说女人无才便是德，现在看来是有道理的呀。而且眼见着吃了中午饭就要打道回府，中间你还要去人家文家客套一番不是？洗心革面是万不可能的了，那就只剩下现身说法了，说一点是一点喽！

高大脚拉起了刘彩云的手，尽可能显得语重心长的样子，说："姑娘呃！不是妈不心疼你，妈也是这样过来的哦！那一年生你时，刚刚坐完月子，老太太就让我到腊月间的赤水河洗衣服去啊！两只手冻得红泡泡的，我是流着眼泪忍到了最后啊……"

刘彩云说:"最后?什么最后?"

高大脚说:"啧!直到老太太去世啊!天下乌鸦一般黑呀,姑娘!但是,话又说转来,就算当初我们家老太太那么对我,你能说我们一家,爹、我,你和青云,现在我们一家人不幸福吗?啊?所以啊,婆婆娘和丈夫是两回事!"

连天下乌鸦都出来了,高大脚也是没有办法的办法了。至于去河里洗衣服,那是她自己闲不住,跟婆婆娘无关;而且当她生了刘青云之后,婆婆娘的态度就大为改观。但现在只能说没生刘青云之前那一段。

高大脚见刘彩云的眼睛里显出一些茫然来,便紧跟着说:"你说的热饭……大都只能在丈夫那里去要,婆婆娘那里只要不添乱就是好婆婆娘!当妈的再心痛,不也是远山远水够不着不是?所以……"

高大脚眼睛一酸,泪水就涌了上来,她一把抱住女儿,抖声抖气说:"心字头上一把刀呀,做媳妇的……就剩这一个字了呀!"

娘儿两个哭作一团。

4

蔡花蕾哪里受过这样的毒火攻心嘛,她嚷道:"妇人之道嘛,人人都该履行的,还不要说你情我愿在里面!"蔡花蕾越想越气,声音自然就高了几度,惹得文理渊和蔡花蕾的妈,加上两个小的,在新房里来了个满堂会。

蔡花蕾指着文知礼和文知琴,说:"你两个,该干什么干什么去,大人要说话!"

文知礼转身就走,文知琴则回了一句,说:"大哥也成了大人?"

蔡花蕾正要发作,转念一想,说:"对,人家昨天拜的堂,那就是大人嘞!你拜一个堂我看看!"

文知琴噘着嘴,颠颠地走了。

蔡花蕾这才将昨晚上的来龙去脉跟妈和丈夫说了一遍。

文理渊听了,问一直呆坐在花床沿的老大:"是这样吗?"

老大不吭气。

文理渊就看蔡花蕾。蔡花蕾立马瞪圆了眼睛,说:"唉!你意思我编排她喽？！"

文理渊说："我哪里是这个意思嘛！我只是……"

蔡花蕾的妈突然开了口，抢着说："人家对方是不是……身体上有什么不便开口的地方？"

文理渊马上应和："对喽！到底是老外婆，凡事就是想得周全！"

蔡花蕾说："拍马屁换个时间哈！"

文理渊说："好好好，我不和你吵！只是人家新娘子怎么个情况要赶紧问问清楚才是！"

"老娘这就去问！"蔡花蕾粗声大气说完转身就走，直踏得青石地砖"噔噔噔噔"的声音，响动很大。

蔡花蕾的妈示意文理渊去追，文理渊急忙追了出去，嘴里哎哎哎哎喊着，刚跨进堂屋的边门，就看见刘彩云在高大脚的搀扶下，双双走进了堂屋。

蔡花蕾和文理渊一前一后僵在了那儿。

还是高大脚机灵，一看亲家母一脸惹不起的模样，就知道这是去讨伐的。

好，这样好。讨伐也只能在这里讨伐，那边正在吃辣子鸡面的三亲六戚们只要有个风吹草动，哪怕你只是说话的声音高一点，急一点，保证就给你分析出个八九不离十来。本来是请来挑婆家的毛病的，人家的毛病没挑出来，娘家的毛病倒挑出来一堆，那才叫闯鬼呦！那样的话，高大脚费气巴力等来的花好月圆不知道要被糟蹋成什么样子。这要是传回茅台镇去，那个在家里放个屁街坊四邻都知道的小地方，还不掀翻大啊？去不起这个人嘛！算了，人家是大门大户，规矩跟我们茅台镇一个开烧房的肯定不一样，不接亲就不接亲喽嘛，火疖子就火疖子喽嘛！不就是骑白马戴红花么，都是些过场，又不影响烧酒和高粱麦子的产量。这样一想，高大脚自己就把自己给说服了，跟着又把刘彩云给说服了一个大概。

刘彩云自从昨晚上想起高大脚流了一通眼泪之后，对母亲就有了新的认识；而且一想到从此就各人生活各人的了，心里便多了一些依恋，人在这样的心境里面会多出些宽容来。所以平常那么犟的一个人，现在一说一点头。

高大脚过来之前已经把情况都分析好了的。从家境上说，刘家明显弱势；从提出亲事到入洞房之前的一系列事件，刘家也一直弱势；从昨晚上的事情看，刘家依然弱势。所以敌强我弱的情况下，高大脚决不会让对方先开火。于是她抢先堆起一脸的笑容，说："亲家公！亲家母！不好意思得很！姑娘已经跟我说了，一是没经历过，二来么还有些害怕，所以……所以……嘿嘿，对不住哈！"

你看嘛，前因后果讲得清清楚楚不说，语气还只有那么诚恳的了。

由于情况眨眼之间转危为安，文理渊自然一脸的欢欣鼓舞；再看蔡花蕾，人家到底是在省城读过书的女子，礼尚往来还是懂得起的。虽然一下子笑不起来，起码不能再垮着脸了。

蔡花蕾虽然没笑，但是从喉管里发出一些哼哼哼哼的声音让人听起来像是笑声。管他的，只要有人低头就行。蔡花蕾想。

刘彩云心里很不是个滋味，但妈说得也没错，夫妻还得做下去，日子还得过下去，眼下还得过得去。

刘彩云规规矩矩行了个侧身礼，说："爹，妈，我回屋了。"

"去吧去吧！"文理渊忙着说，他是怕蔡花蕾再闹出点什么名堂来。

当天晚上，老大和新婚妻子的洞房之礼弄得有点不伦不类。为什么嘞？那个年代没有婚前教育一说，全靠自己悟，很多夫妻在洞房花烛之前连面都没见过，平日里接受的又是"男女授受不亲"的教育，哪里还谈得上操作？老大和刘彩云虽然见过面，但两人均是想想对方都会脸红的那种；再加上前晚上的不愉快，所以两个人弄起来除了无知之外还有些生分。老大这边倒是急火攻心噢，人家刘彩云那边根本没有什么配合。不要说如胶似漆了，就连基本要领都是虚虚晃晃的，中医称之为早泄。不管早泄不早泄，两个人终归弄在了一起，也算是个进步。

老大一觉睡到通天亮，睁开眼睛就想起了白帕子，赶紧翻身起来看，只见白帕子被弄得皱巴巴的，上面什么遗留物都没有。心想这下完了，怎么交代嘛？蔡花蕾明明白白说过要见红，这怎么办嘛！老大顿时一筹莫展……

这时，门"吱呀"一声，刘彩云从外面进来。老大这才发现花床上只剩了他自己。

刘彩云一见老大手里的白帕子，马上明白了，小声说："是不是谁说过要见红什么的？"

老大反而给弄得羞涩了，支吾着说："哦，你……也知道？"

刘彩云想想，说："给我。"

"啊……哦。"老大将白帕子递给了对方。

刘彩云抬手将食指送到嘴边，一口便见了血……

"哎哟！"老大抬了一下身子，大概是想阻拦的意思，只是没动弹。

刘彩云将血手指压在白帕子中央，再将白帕子递给老大，说："不过你也要依我一件事。"

老大忙说："你说你说！"

刘彩云说："我……我最不愿意夫姓那一套，比如，你该叫我文刘氏？我不愿意，我还是叫刘彩云。行吗？"

老大想想，说："当然当然！"

"我这就去给你打洗脸水。"刘彩云说完出了房间。

太意外了，老大看着手中带血的白帕子，马上想起了那年在茅台镇砸烂酒缸的那个刘彩云。就是她！老大在心里嘀咕。

蔡花蕾当然看不出来这种血跟那种血的差别，因此也就心满意足了一回。蔡花蕾的满足不仅仅看看是不是处女这么一个单一内容，主要是想看看那年那月刘彩云到底是不是被茅台镇那个拿抓给"弄"了。唉，这是最主要的！

不过蔡花蕾没有白心满意足，因为当天晚上小夫妻又弄了一回。这一次除了总结经验之外，老大对刘彩云咬破手指的举动特别心怀感激；刘彩云和老大都没有了第一次的忐忑，当然就自如了许多，哪里哪里都像那么回事了。

第二天一早起来，老大终于看见了母亲需要的那种"红"。唯一不对的是"红"没留在白帕子上面，而是留在了花床单上。

5

文理渊和蔡花蕾都不主张把老大放到贵阳去继续读"高等"，像蔡花蕾当年那样。一是文理渊一直没有丢掉教书先生的那点念想，希望有人早早来接了生意，自己也好一心一意去干自己愿意干的事；二来两口子一致看好老大已经很长时间了，尽管这个家庭没有立太子那么多的麻烦事，总之还是有确立一下地位的必要。现在按部就班已经把婚事给办了，接下来就应该让老大逐步接管柜台上的一应事务，最终大权执掌。

按照这个思路，老大婚后第三天就去了遵义，只是蔡花蕾没有忘了文、蔡两家传宗接代的任务，这一点对于老蔡家的意义更大些。老大最多三天就能回家一次，而且遇上柜台不忙的时候，在刀把镇多待它一天两天也是可以的。

"一直到播下种子"，这是蔡花蕾的原话。

老大和刘彩云的小日子不紧不慢地过着。蔡花蕾这个阶段也特别留意对新媳妇宽松一些，因为她知道这个时候女人的心情很重要，你现在把她心情搞乱了，后面如果生出个歪瓜裂枣的后代出来，对不起祖宗不说，各人心里头也别扭。所以蔡花蕾就忍着，刘彩云并非无可挑剔。话又说回来，天底下本来就没有无可挑剔的人。

还有一个顶顶重要的原因，那就是蔡花蕾这个文家的媳妇没有被婆婆娘虐待的经历，不知道该怎么样对媳妇才叫虐待。都说婆媳关系是天底下最难相处的关系，她蔡花蕾由于没有这种关系可经历，自然就没有感受。至于谁家的媳妇被婆婆娘折磨成了什么什么样子，那都是道听途说，是别人家的事，自己体会不了。对于刘彩云，蔡花蕾这个婆婆娘压根就没有多年的媳妇熬成婆那种期待。至于三百杀威棒，是蔡花蕾那天被乡亲们的"笑声"搞老火了才发生的，有偶然因素。所以，刘彩云应该感到庆幸，自己遇到了一个没有婆媳关系经验的婆婆娘。

当刘彩云表现出强烈的妊娠反应时，文理渊和蔡花蕾心里一块石头落了地。文理渊如释重负是想早点告慰远在安徽那边的祖宗，老文家香火燃得好着呢；而蔡花蕾则仅仅是要告之老大，现在的心思必须要扑到生意上去了。

有一天晚上老大跟刘彩云说："妈真是完了一出接一出，钉得紧着嘞。"

刘彩云说："没关系，去忙你的。这边有老外婆，还有妈。没事的！"

蔡花蕾的妈喜欢刘彩云，这大概也是蔡花蕾"宽容"文家大媳妇的另一个因素吧。人老了好忘事，蔡花蕾的妈早就忘记了刘彩云第一次来刀把镇时闹的那一出。在一起的日子一长，一老一小天生的亲近，说话做事就是那么投缘。我有个什么话，总会找对方说说；你有个什么好吃的，总不会忘记给对方留一点。当然，大多数时候是小的孝敬老的。对此，蔡花蕾有时候也会生出些吃醋的感觉来，一说给文理渊听，倒让人家抢白了一回。

文理渊说："你好憨哦！多一个人孝敬老外婆，你应该偷着高兴才对嘛！要当老太太的人了嘞！"

蔡花蕾听得出言下之意，说："是喽嘛，我老喽嘛！"

文理渊说："那可是你自家说的哦。"

蔡花蕾就说："滚！"

6

刘彩云的肚子一天天大起来的过程，也是她体会到高大脚那天说的"热饭只能在丈夫那里去要"是人生真谛的过程。她从心里感谢母亲，要是那天随着自己的性子在看望家人之后便去文家要求把火疖子的事一五一十说清楚的话，真不知道会是个什么后果。现在看，不仅老大是个合格的丈夫，婆婆娘基本上也还是个好婆婆娘。至于老外婆和老公公，更是没得说的。总之，刘彩云觉得自己的幸福感很足。

老大呢，自从刘彩云怀上了，回家的次数就少了，在遵义的时间自然就多了，一门心思扑到了生意上。这除了蔡花蕾交代的女人双身子期间不能弄，弄了对娃儿不好之外，还有就是老大对经商有一种与生俱来的好感觉，他愿意把光阴耗在柜台上那些不分巨细的事务上面。跟当初文理渊被撵着赶着走上去茅台镇的路不一样，老大喜欢。

由于是专卖，丰汇盐号在文理渊这个书呆子手里就已经做得顺风顺水的了，等到老大加入进来的时候，遵义周边五六个县都有了分号。进出规规矩矩，收支干干净净，总之没什么毛病。

老大想到的第一个事情，就是在遵义府下辖所有县城都设立分号。一说给老辈子们听，文理渊第一个举手，说就是要有这样的雄心才对。回去学给蔡花蕾听，蔡花蕾只是淡淡一笑，一副成竹在胸的样子。

文理渊说："看你那意思，完全在你掌控之中的样子？"

蔡花蕾说："倒不说是掌控么，老大就是这么个路子。"

文理渊想想说："还是掌控嘛。"

蔡花蕾说："这就叫冰冻三尺非一日之寒，懂不？"

文理渊说："你那意思没我什么事喽？"

蔡花蕾就笑，说："哟！抢功哈？你的头功，我的二功，这样对了吧？"

文理渊就笑。

第二天回到盐号，文理渊没有像往常那样安排柜台上的伙计做准备，而是第一次让老大自己去安排，要设立分号那些县该准备些什么，怎么去，到了怎么做，让老大写一个方案。

方案递到文理渊的案头，教书先生连一个标点都没动，就还给了老大。

文理渊说："都对，就照着去做吧。需要什么你安排柜上办就是，随行你觉得哪个好用就叫上哪个。总之，你安排。"

完全是放开手脚大干快上那样的历练。

老大说："那……我就不回刀把镇了，麻烦爹跟妈说一声。明天我就上路，先去桐梓、习水跟赤水。"

文理渊想想说："赤水紧靠四川，距泸州比到遵义还近，赤水河就从它脚底下流过哦？"

老大说："我知道爹的意思。我是觉得正是这样的通衢之地，才是我们需要建立分号的好地方。一来它是商家必争之地；二来在赤水河进入贵州之始有个据点，除了对盐运船只有个照应，还是收集各方面相关情况的最佳地点。"

坦白说，后一个说法连文理渊自己都没有想到。他盯着老大。

老大说："怎么，儿子说得不对吗？"

"不不不，我只是……就按你的想法去做吧，行的。"文理渊忙说，他本来想夸奖儿子几句的，不知怎么又吞了回去。

就在老大上路的第三天，刀把镇传来消息，说蔡花蕾的妈摔了一跤。文理渊赶紧在遵义请了一个对伤筋动骨有点办法的、人称马神仙的郎中，跟着送信人就赶了回去。

我们这边有一句让贵州人很窝心的话，叫作"天无三日晴，地无三里平，人无三分银"。蔡花蕾的妈摔的这一跤跟这句话里面的天和地有关。

那天下雨，而且已经是连着第三天下雨了，不大，时有时无，淅淅沥沥的。蔡花蕾的妈一早起来感觉想吃点香辣的东西，老年人就是这样，想起什么来要是没办到，心里面就不安逸，而且不安逸一天。跟蔡花蕾一念叨，蔡花蕾就说："辣子鸡面？"

蔡花蕾的妈点点头。

蔡花蕾说:"要得嘛,请徐孃去端一碗就是嘛。"

蔡花蕾的妈说:"算了,等她忙你家几娘母的早饭,我自己去。"

蔡花蕾说:"下雨哦!"

蔡花蕾的妈说:"那有哪样,打把伞就是嘛。"

等蔡花蕾的妈打着伞都快要走出门了,蔡花蕾突然想起喊:"让老大媳妇陪你不!"

蔡花蕾的妈也喊:"不要,摔倒咋个办嘛?"

"看嘛,这就是命!"后来蔡花蕾说。

就在那样一个雨天,蔡花蕾的妈就摔在去辣子鸡面店包包拱拱的村道上。等路人发现七手八脚将老外婆抬回来时,蔡花蕾后悔不已,说:"烦就烦在辣子鸡面还没吃成!"

马神仙年纪不大,虚岁二十九,手艺是跟一个老道学的。只因为救活过几例急难病人,病人家人送来的匾上写了"神仙在世"几个字,人们便这样喊开了。文理渊是马神仙的熟客,有个头痛脑热什么的大都去麻烦马神仙,时间一长便成了朋友,家里边上上下下凡是需要看医生的就找马神仙,因此马神仙也成了文家的常客。

马神仙随便一拿一捏,蔡花蕾的妈就龇牙咧嘴地喊痛。右小腿骨靠脚踝两寸半处,骨折。马神仙有整有零地下了结论。

等到马神仙夹板绷带地将老外婆的小腿缠裹得水泄不通了,蔡花蕾亲自打着伞去端了一碗辣子鸡面回来,递到老人家面前说:"赶紧喽,妈!付出这么大个代价再要吃不上这碗面么,我都替你划不着!"

蔡花蕾的妈真还撑着半边身子吃了大半碗,完了说:"你还不要说,我就是喜欢这个味道嘞!"

刘彩云从一听说老外婆跌倒那一刻起,心里就开始难受,苦着个脸跟在人们后面忙进忙出的,最后硬是被蔡花蕾拉住领着到了一处僻静地方。

蔡花蕾说:"你苦着个脸干什么嘛?我是她亲亲姑娘,脸都没得像你那么揪得出水来!你不是双身子我不管你,你一难受娃儿也跟到难受嘞!懂不?有医生在,你不用苦着脸人家医生也晓得咋个处理的!要么你回避,要么把你的表情放轻松。我说清楚了没有?"

刘彩云点点头。

到了晚上，刘彩云翻来覆去睡不着，心里就是惦记老外婆。憋了大约一个时辰，最后实在憋不住了，翻身起来要去老外婆屋里。临出门还想好了说辞，如果遇上蔡花蕾，就说过来看看老外婆需不需要喝水。

轻手轻脚进了老外婆的门，还好，蔡花蕾不在。刘彩云一眼就看见床头桌子上放着个带盖子的茶杯。

老外婆也睡不着，一看见刘彩云就赶紧招呼往床上坐。

也不知为了什么，刘彩云两手一捧住老外婆伸过来的那只暖乎乎的、满是皱纹的手，眼泪就止不住涌了出来。

"莫这样莫这样，我不是好好的吗？你一伤心娃儿晓得，懂不？"蔡花蕾的妈说话连口气都和蔡花蕾一个路数。

刘彩云原来不这样，文进武出的性格。是怀上孩子之后，不知不觉之中就变成了现在的样子。都说当妈的欠着儿女的债，是从怀上孩子那一刻就开始的，一辈子都还不完。舍不得吃舍不得穿，就舍得给儿女。

蔡花蕾的妈就说："是啊，身上掉下来的肉嘛！所以儿女要是不乖，最伤心的就数当妈的了。"

刘彩云说："人也怪哈，养儿才知父母恩不是有了过程才有体会，而是播下了种子便知道了！"

蔡花蕾的妈说："谁说不是？那年我一怀上你婆婆娘，就感觉吃饭也在想，睡觉也在想，没有停歇的时候。"

刘彩云干脆在老外婆身边躺下，蔡花蕾的妈连忙把被子扯朝孙子媳妇那边。

刘彩云说："婆婆娘见了要说我的。"

蔡花蕾的妈就说："不怕，我的床铺我做主！"

刘彩云说："我怕弄痛你老人家的腿嘞。"

蔡花蕾的妈说："不会，人家马神仙捆得巴巴实实的。哦哟，捆的时候那个痛哦！汗水八颗八颗嘞淌！"

刘彩云说："那时候我躲到外面去了，看都不敢看嘞！"

……

两个人就这么你一句我一句说了很久，最后刘彩云说："外婆，干脆我就挨你睡一晚嘞？"

蔡花蕾的妈说:"我当然巴不得喽!三个人睡,热和得很嘞!我晓得,你这是想我们家老大了。"

刘彩云把脸拱进了被窝里,小声喊道:"老外婆!"

蔡花蕾的妈就笑。

这一夜,远在桐梓一间旅店里的老大也是怎么都睡不着。东想西想突然就想起蔡花蕾一本正经告诫自己的话,"怀孕的女人不能弄"。是哈,难怪皇宫里面三宫六院七十二嫔妃嘞,原来就为这个预备的。

第二天一大早,惦记着母亲的蔡花蕾一眼就看见熟睡中的刘彩云,还没等她开口,蔡花蕾的妈就用右手食指在嘴唇上碰了几下,还挤眉弄眼的,意思不准出声。

蔡花蕾真是有些感动,正如人家文理渊说的,自己应该高兴才对。可不知怎么就严严肃肃溜出一句:"她该!"

第七章

1

老大在生意场上的无师自通,肯定是继承了老蔡家这边的基因,这一点毋庸置疑。这一趟出远门不仅在三个县城看房子选人开设了分号,回来的路上还顺带着在仁怀县城也办了个分号。

老大说:"既然没有,顺带办事是最划算的。"

在老大心里,遵义府的所辖县只是个开始。他在赤水投宿的旅店墙上看到一张贵州地图,当即就东南西北地研究了半天,最后把焦点落到了位于中心的贵阳那个圆点上面。好多年以后文家举家迁往贵阳,初始的念头就是在赤水看到的这张地图。

回到遵义,还没等老大汇报,文理渊便将他赶回了刀把镇。一是老外婆的腿;另外半个多月了,小两口说说话那总是必需的吧?至于柜上的事情,还有随行的伙计嘛,而且也不急这一两天,文理渊就是这么想的。

老大回到刀把镇,先去老外婆屋里前因后果问了一遍,又把埋怨老年人不该粗心大意之类的话说一遍,最后还安心将息之类地安慰了一遍,直说得人家老外婆都催起来了,说:"赶紧喽,赶紧回自家房间喽!"

老大这才看看一直在一边坐着的蔡花蕾,笑笑说:"妈,那……我去了?"

蔡花蕾笑笑说:"哟!还晓得有个妈哈?"

蔡花蕾的妈赶紧说:"你这个人,人家进门不是打过招呼了吗?"

老大赶紧说:"那……我就再陪母亲说说话。"

蔡花蕾就是这个意思,她觉得老大还没跟当妈的说上话就要往自己屋里跑,心里头不安逸。现在老外婆出来打帮帮腔不说,还被儿子看穿了似的,脸上有些不自在,自己不在理上不说,这也不是她蔡花蕾的风格。于是打算自己找个台阶下,便说:"哦,打过招呼哈?"

老外婆知道她没话找话,你还得接到啊,就说:"人家打过招呼嘞!"

蔡花蕾说:"哦,那你就去嘛。"

等老大出去了,蔡花蕾的妈说:"你呀!"

蔡花蕾说:"咋个嘛?"

蔡花蕾的妈说:"人家老大媳妇不错的!"

"那也不能把屁股翘上天嘞!"蔡花蕾说完,没给老外婆接着往下说的机会,便快步出了房门。

"啐!你这个人啊!"蔡花蕾的妈笑得很无奈的样子。

刘彩云在自己屋里是听到了老大回来的动静的,只是怕人家说自己急,便装出不急的样子歪在床边的一张椅子上,拿起铺展在床上的正在缝制的小衣服,有一针没一针地做起活路来,直到听见了老大的脚步声。

老大一开始走得很自如的样子,估计老外婆那边听不到声音了,这才加快了脚步,等到接近自家门口了,又放慢了脚步。这个变化被屋里的刘彩云听得明明白白的。所以等到老大进门、轻轻插上了门闩、站在那儿没了动静,刘彩云缝衣服的两只手就有些控制不住地抖动起来了。

老大看得真真切切,过去从后向一把抱住刘彩云,已经接近晕厥的刘彩云立即发出了渴望的那种声音,吓得老大赶紧捂住了妻子的嘴。

这一下倒让刘彩云清醒了一些,只是更加没了主张,着急地、细声细气地喊:"怎么办?那怎么办嘛?!"

老大知道刘彩云这是在询问"对孩子不好"这种说法的担心,只是这个时候的他哪里还有心思去分析这个问题哦,三下五除二便预备停当,你想嘛,人家进门就插好了门闩的。

最终,两个人都没有理会蔡花蕾的谆谆教诲,热情洋溢地弄了一火。

2

这一年的年尾，立冬前一天，刘彩云不负众望，为老文家，当然主要是为刀把镇老蔡家的长房添了一个大胖小子。因为上一代就只有个倒插门的"房"，所以蔡花蕾的妈这回就特别用心地将老大称之为"刀把镇老蔡家的长房"，这当然主要是说给奈何桥那边的蔡好仁听的，也算是对逝者的一个交代。

长久以来，文理渊听"老蔡家"这个说法已经习惯了的。但并不是说他就心甘情愿。文理渊何尝不想堂而皇之地将现在这个家庭称之为"老文家"？一来碍着上门女婿这个身份，二来因了蔡花蕾而给自己带来的一切，功劳真的不能都算在自己头上。多少年来里里外外都风光的文理渊，心里就这么一个疙瘩，一个名不正而言不顺的疙瘩。他也盘算过用个什么方法变通一下，只是鉴于蔡花蕾一直以来的强势，最后均没有什么结果。只能寄希望于老大了，文理渊想。现在老大家的又为家族添了丁，好像真是提出这个问题的时候到了。

事情给蔡花蕾一说，蔡花蕾连连摇头，说："书呆子！书呆子！老蔡家老文家指的都是这个家嘛，你想叫老文家你就叫，老外婆想叫老蔡家她也叫，有什么关系呢？影响什么呢？你跟老外婆争什么呢？"

文理渊没想会碰了"跟老外婆争"这么一鼻子灰，有些难堪，只能将自己的抗争再一次作罢。

抗争的事情作罢归作罢，该干的事情还得继续干，比如取名字。正常情况要看家谱，家谱上面用各种各样的字排成字辈，顺着走。比如文理渊中间那个"理"字，就是文家到文理渊这儿是"理"字辈，不论男女，名字中间一定要是个"理"字，至于最后那个字，随便。文知辉的"知"字也是按着字辈走的，文理渊当然没办法看家谱，只是当时在老家时知道亲戚家有比自己小一辈的是"知"字辈，"知"字辈再往下就不知道了。不知道也不能胡编呀，干脆就按没有字辈那样走吧。琢磨来琢磨去，就叫文大同算了，取"天下大同"之意。

蔡花蕾的妈经过伤筋动骨两百多天，现在好利索了。说什么也要拿大胖重孙来抱抱，蔡花蕾和刘彩云一边一个差不多是架着让蔡花蕾的妈过了一回瘾，这是照全家福那天的事。

添了丁的文理渊兴致特别高，他从遵义街上请来独一无二的那个照相师傅，一家人欢天喜地任由师傅安排着照了一个表情都显得十分严肃的全家福，最后洗了一大一小两张照片，还都加了框，大的就摆在堂屋最显眼的条案上，小的给了老外婆，随便她老人家怎么摆。

老蔡家摆"满月酒"那天，只要有客人进了堂屋，一定有人引导着直奔条案参观"全家福"。这也是刀把镇引起轰动的一个事情，乡亲们的感受就四个字——十分惊奇。说鼻子眼睛都在嘞，清清楚楚的！

老蔡家长房长孙的满月酒通请刀把镇的男女老少。乡亲们不但喝够了茅台镇天和烧房的五年陈酿，照例每人还带走两个用山坡上一种植物染红的鸡蛋。这也有数算哦，反正附近几个场坝的鸡蛋全都跟着姓了蔡。

文理渊除外，老外婆、蔡花蕾、老大都把自己的脸喝得红彤彤的。刘彩云也能喝，只是这样的场合不适宜她这样身份的人喝罢了。

酒是前几天由茅台镇专门运过来的，刘天和亲自挑选了天和烧房最好的酒，坛子口除了封口的蜡纸外，还外加了一块红布，用红绳子一扎，看上去只有那么喜庆了，高大脚不失时机地表扬了刘天和一回。十坛子酒送到文家在茅台镇的盐号，也算是娘家人对添丁的朝贺。按理刘家也应该去刀把镇热闹热闹的，只是烧房近期活路太忙，没法分身。高大脚很想去看看小外孙，只是男人那边忙得分不开身了，后勤这边要是没个热汤热饭的基本保障，不好意思嘛。

天和烧房的酒是由盐号的盐巴老二背到刀把镇的，为此蔡花蕾不仅给足了银子，还让盐巴老二们油水十足地吃了一顿。因为蔡花蕾高兴，所以该花钱的地方都放开了手脚。

总之，老蔡家的这个长房长孙让刀把镇所有的人都高兴了一回。

酒极则乱，乐极则悲。这是《史记·滑稽列传》里面的话。不幸得很，这句话就应在了"长房长孙"这个事情上。只不过不是老蔡家，而是蔡花蕾的亲家——刘家。

那天，刘天和跟着伙计们忙完了一天的活路，腰都快直不起来了。等伙计们都散了，刘天和一个人坐在烧房大门口的石墩上歇了大约半个时辰，这才摸索着朝家去。到了家，高大脚热菜热饭的已经等了半天了，见刘天和一脸疲惫，便支使刘青云去前面铺子拿了一瓶用酱黄色土瓷瓶包装的酒过来。

刘天和接过刘青云递过来的酒盅酒瓶，说："你也来点？"

刘青云摇摇头，坐下来端起饭碗就往嘴里刨。

"我陪你喝点嘛。"高大脚说完，也不用酒盅，直接拿起酒瓶咕咚咕咚倒了小半碗。

前面不是说了吗，在黔北这个大酒缸里生活着，没人好意思说自己不会喝酒，熏，都把人熏会了。再说喝酒哪里有会不会的事？是看你愿不愿意喝。只要你愿意，酒有的是。按照这个道理推，刘青云也没什么不会的，只是不愿意喝，要不刘天和也不会说"你也来点"。

刘青云三下两下便将三碗饭刨了，离开了亮着盏油灯的饭桌。

剩下夫妻两个你一轮我一轮硬是将一土瓶子酒喝了个精光。刘天和打着酒嗝还吃了三碗饭，也不知道他是饿了还是身体好。按说酒是粮食精，一杯酒能折算成多少粮食，那都是有说法的。何况喝酒过程中还不断吃菜呢？

酒足饭饱的刘天和原本打算直接就去睡，被高大脚逼着用热水烫了个脚，舒舒服服地上了床，头一挨着枕头，身都没有翻一个，眨眼之间便扯起了鼾声。

高大脚收拾、洗涮一样一样整完，刚刚把手擦干，脑筋里马上出现一个白胖小子的影像，至于是不是文大同，她不知道。等到后来见到了外孙子，高大脚说，就是那晚上看见的那个！

刘天和那个晚上的瞌睡睡得很香，就连后半夜满大街咣咣咣咣的锣声和鼎沸的人声都没能把他吵醒。还是高大脚连拉带推带叫唤，刘天和才翻身坐起，一眼就看见了黑暗中从窗户纸透进来的红光。

刘天和喊道："咋个咋个？！"

高大脚也喊："着火喽！好像是我们烧房那边！"

刘天和二话没说，一个翻轱辘便站到了床下，抓过高大脚递过来的一件褂子，趿拉着鞋就往外跑……

就听见高大脚在后面喊："裤子！！"

刘天和根本没听见，转眼之间就跑到了街上，夜色中他那条白粗布缝制的内裤格外醒目，一颠一颠地直朝火场奔去。

火场那边，火光和浓烟席卷着数也数不清的火星子在夜风的鼓舞下恣肆地向上翻腾着，还夹杂着噼里啪啦的响声。从方位上判断，是天和烧房那一带。

"天老爷天老爷，千万不要烧到我们家啊！千万不要烧到我们家哦！"刘天和边跑边念叨，眼泪都急出来了，挂在脸上被火光照耀得亮晶晶的。

烧房那一摊子就是刘天和全部的身家性命，为此他付出了自己的全部。刘天和是手艺人那种性格的人，他最愿意做的事，就是把所有时间和精力都放在酿酒这门技艺上。只要一踏进自家烧房的大门，无论哪个环节，无论做什么，刘天和总是带着全部的热情，一丝不苟地、不厌其烦地将它们一样一样做好。依仗着茅台镇与生俱来的天时地利，天和烧房的酒没有不好的道理。就因为酒好，一家人的日子慢慢地开始有滋有味不说，刘彩云还因为自己家的酒而嫁了个好人家。

如果有酒神，那他肯定一直在保佑着刘家，刘天和就是这么想的。

"完了完了！！"随着距离越来越近，刘天和已经确定就是自己家的烧房倒了霉。看着满眼熊熊燃烧的火势，脚杆一软，差点就扑倒在地上。

不行啊，哪里能倒在这里嘞？刘天和于是死撑着朝前跑。终于跑到自家烧房的大门口了，真真切切地看见自己的全部身家在一片撩人的冲天大火中一点一点变形，扭曲，撕裂，坍塌……

刘天和崩溃了，完全变了形的脸上都说不出来那是一种什么表情，突然怒吼道："狗日的！哦嚯嚯嚯嚯……狗日的啊！！"

围观的人们只看见刘天和发疯一样冲进了噼里啪啦作响的火场，在烈焰里面留下一道灰扑扑的、模糊的影子……

火啊，大到一定程度，你往里面泼一两盆水，不但没有灭火的作用，反而有助长火势的效果。那天夜里的大火就大到了这个程度。大得让人没法靠近不说，就连站在好儿十步开外的人们，脸都被烤得火辣辣的。

等到高大脚和刘青云赶到时，人们分明从弥漫着的烟雾中闻到了一股子猪皮烧焦了的味道。在人们七嘴八舌的讲述中，高大脚身子一软，倒在了刘天和冲进火场之前站过的地方，手里还抓着一条男人的长裤。

后来得知，火是三更天从隔壁再隔壁的一家烧房燃起来的，如果当时有人在，就是一泡尿的事情。结果那一片七家烧房全部烧得个精打光，只剩下一些兀立着的焦黑柱头，让人触目惊心。

3

传送消息的快马驮着丰汇盐号的伙计连夜兼程到了遵义。老大一听说老丈人被人们从焦土中找出来时已经没了人形,第一个想到的就是刘彩云。他不知道这事该不该让妻子知道,或者说妻子知道了会有什么后果。悲痛是肯定的,就怕悲痛之后会引发其他问题,至于什么问题,他也不知道。盘算来盘算去,老大决定找个借口通知父母来遵义,商议之后再说。

蔡花蕾一听说大少爷有请,还说是有关仓库扩建的事情,就一路跟文理渊嘀嘀咕咕直到遵义。

蔡花蕾第一句话就说:"扯把子哦!"

"扯把子"是我们这边的话,就是找借口的意思。

"扩建仓库?还叫上我?真嘞有点笑人嘞!"蔡花蕾撇着嘴说。

文理渊说:"是,就是不知道是个什么事情这么急!"

蔡花蕾想想,说:"按说他该回家来说,把我们两个支到遵义……那就是要回避……他媳妇?对,只有这一说!"

文理渊说:"嗯,好像是。什么事情呢?"

蔡花蕾说:"茅台镇?"

文理渊说:"茅台镇会有什么事情呢?"

"绝不会是盐号的事情!"蔡花蕾斩钉截铁地说。

到了遵义,听了老大讲述的前因后果,蔡花蕾一拍大腿,说:"怎么样?怎么样?!"

文理渊像是没听见,说:"怎么会?!"

老大说:"我去一趟是肯定的,就是不晓得该不该给刘彩云讲。"

文理渊就看蔡花蕾,蔡花蕾摇着头说:"不能讲,不能讲不能讲!她一听肯定急,一急要是把奶水给回了,大人娃儿都受煎熬嘛!不能讲,千万不能讲!而且也不能跟老外婆讲,她老人家要是知道了,早晚传到刘彩云耳朵里。"

文理渊说:"那早晚总是要讲的啊!"

蔡花蕾说:"那就晚讲!米汤哪里能跟奶水相提并论哦!人反正已经去了,

她也帮不上什么忙,早知道晚知道就是知道而已,晚讲!"

老大想想说:"好嘛。"

蔡花蕾说:"你去一定要安顿好刘家,能帮尽量帮,不要怕花银子。我们就是要让茅台镇晓得刘家的姑娘嫁了个好人家,晓得不?"

文理渊说:"对对,事情要做,但是不要太招摇。"

蔡花蕾说:"咦!我这怎么就叫招摇了?"

文理渊说:"我没有说你!"

蔡花蕾瞪着眼睛,说:"就是说我,你!"

"爹!妈!我准备明早就动身嘞!"老大抢着说,不光声调里面明显有阻止爹妈继续斗嘴的意思,脸上也有。

就是这样的一点"意思",蔡花蕾也有些不悦,瞥了儿子一眼,只是发作一下的理由并不那么充分不说,何况人家老大还是为了两老好,便忍了。

文理渊这边也觉得在霸道的蔡花蕾面前终于有了个主持公道的人,心里很安逸,但是知道这个时候不能刺激蔡花蕾,便说:"带上我们的问候,就照你妈说的去做,早去早回。"

老大说:"好。"

蔡花蕾和文理渊惦记着家里老的小的,连夜赶回了刀把镇。

第二天一大早,文理渊看着正在奶孩子的刘彩云,心里突然就有了愧疚的感觉,都没好意思过去逗逗大孙子,本想回屋跟蔡花蕾说说的,又一想准不会有什么好结果,便转了个弯出了大门,还对买菜回来的徐孃说早餐想去换个口味,一个人去了街上。

也是一大早,老大带了两个伙计,匆匆踏上了去茅台镇的路。

4

第一眼见到老丈母时,老大无论如何跟从前那个笑嘻嘻的家庭主妇对不起号。因为绝望过好多次又重新被拉回到现实中来的高大脚憔悴得很厉害,要不是想着刘青云无依无靠地没着没落,高大脚不知道自己已经死过去多少回了。那天她本来是要跟着刘天和一起跑出去的,可突然想起了刘青云,她觉得不能留他一个人在家，便折回去叫醒了儿子，还帮着穿好了衣服，这才追了出去。

后来高大脚肠子都悔青了，说刘青云一个人在屋里睡觉怕什么嘛？我要是紧紧跟在刘天和后面，哪里会让他那样不管不顾嘛？！

刘青云披麻戴孝，仿佛一夜之间长成了大人，特别是见到姐夫时脸上透出的一份沉寂，让老大有些难过。他想起了那年刘青云帮他姐点亮天和烧房铺子里的油灯的情景，还想起了他带自己在烧房参观时表现出来的兴高采烈。

老大全然一副婆家代表的庄重，先在停着刘天和棺木的灵堂上三叩九拜之后，马上去了火场。

眼前一片凄凉的焦土，老大努力回忆并寻找自己曾经到过的那些地方，除了东一堆西一堆的黑色焦煳物质，全无踪迹。

"唉！啧！"老大叹口气，尽管跟他的年纪配不上，他知道这是替刘彩云在叹息。

见到高大脚的第一眼，人家就问刘彩云怎么没来。老大将早已编好的说辞说了一遍，至于那些米汤奶水之类听起来容易让人产生其他想法的内容，起码在这个场合是不能说的。一听说是为了外孙子好，高大脚虽然流着泪，还是点了头。

说人死饭甑开。三亲四戚、左邻右舍就不说了，消息像无孔不入的风，吹遍了茅台镇周边的所有村庄，人们赶集一样齐聚到了刘家。

那晚上，灵堂里面人满为患，门槛上台阶上全都坐满了人。

在刘青云屋里，老大和高大脚母子第一次谈起了将来。

老大说："妈，安慰的话我就不再说了。来时爹妈也交代清楚了，说亲家那边需要怎么搞，文家这边责无旁贷。"

高大脚想流泪来着，挤了半天最终没个结果，便用手揉揉眼睛，算是个姿态，然后嘶哑着嗓音低声道："感谢亲家那边哦！其实我没得哪样，只要刘青云好我就好！他爹在天之灵如果得知，我想他大概也是这个想法。"

老大说："刘青云的事简单，如果想读书，到哪里都可以。这里不行就遵义，遵义不行就贵阳，一应费用有姐夫呢。我是说……"

"我本来就没有读书！"从一进来就闷在角落的刘青云突然打断了老大的话。

老大顿了顿，说："那你的意思……"

刘青云说:"像你一样,爹干什么儿子还干什么!"

老大说:"你的意思……接到干烧房?"

"对!"刘青云说这句话时出奇地平静,完全是深思熟虑的那种感觉。

老大说:"好。等明天办完爹的事情,我们再好好商议。"

第二天出殡,老大代替刘彩云披麻戴孝,行进在浩浩荡荡的幡旗纸马的队列之中;刘青云作为孝子,则在抬棺木的汉子们的喊声中,一次又一次地在满是尘土的大街上下跪、匍匐、翻滚……

刘彩云知道丈夫去了茅台镇,去干什么她不知道。只是这些天老公公文理渊有些异样,具体怎么个异样法她也说不出个所以然,反正感觉怪怪的。好在文大同这样那样的事情没完没了,让她没工夫去细想。

还是人家蔡花蕾沉得住气,进进出出跟没事人一样。该逗孙子逗孙子,该说媳妇说媳妇,一样不少。问得最多的一句话就是:"奶水行不行啊?"早上问一遍,下午又问一遍。刘彩云心想,好像是请来的奶妈。

也是,人穷了也造孽嘞,好好的奶水自己家的儿女得不到吃,要拿去赚钱,给陌生人家的儿女吃,自家的只能喝米汤。刘彩云看着吧嗒吧嗒吮吸着自己奶头的文大同,就这么想。还好,刘彩云的奶水很充足,有时候文大同没到吃饭的点,刘彩云的衣服挨着奶头的部分就会浸湿一片,搞得小媳妇很尴尬,感觉是很丢人的事情,赶紧去换衣服。

文大同从第二个月起就很好带了,临睡觉前吃一顿饱饭,一觉就能睡到大天亮。所以刘彩云的觉也睡得很好,好几次都在梦里见到了老大。至于见到老大都做了些什么,刘彩云都不好意思想。

当老大和刘青云再次来到火场时,突然就冒出个念头来。他对刘青云说:"我要是把这七家烧房全都买了呢?"

刘青云看看姐夫,再看看一大片焦黑的土地,说:"有必要吗?"

老大说:"关键你想不想做大。你想,就有必要。而且现在正是时候。我听妈说了,由于你们家大部分资金都拿去进了原料,酒缸里的那些陈酿变成钱又需要时间。把我们家的因素排除在外,就你们家要重建天和烧房肯定要举债,七家酒厂同时举债,不要说茅台镇,就是仁怀县一时间都难得凑到这个数目。所以，只要价钱合适，几家烧房把这片烧焦的土地卖了另谋生计，应该是他们几家目前最好的出路。"

刘青云看看对方，说："姐夫啊，这应该是你自己的想法吧？"

老大拍拍刘青云的肩膀，说："商机很多时候跟战机一样，机不可失时不再来！"

晚上，把事情跟高大脚一说，高大脚立即瞪圆了眼睛说："搞那么大干什么？！"

老大说："大了好啊，赚钱多啊！再说我母亲就喜欢这一口，儿子为母亲源源不断地提供好酒，孝敬也应该算是一个理由。"

高大脚说："这样啊？那我就没什么可说的了。只是怕……刘青云他……"

老大说："这个不怕。我们可以请人先代管，直到青云兄弟能够独立门户！"

高大脚马上说："刘青云，你还不赶快谢过你姐夫！"

老大见刘青云没动，赶紧说："妈，一家人不说两家话哈。自家兄弟什么谢不谢的？有我吃的一口就有刘青云的一口，这一点永远都不会变！"

看得出来，高大脚直到现在才彻底放心了。悲伤总是暂时的，儿子怎么办？家庭怎么办？今后怎么办？担心才是长久的。现在女婿言之凿凿把自己的担忧一笔就抹平了，让高大脚之前一直揪着的那颗心终于松了套，落回了原处。

5

老大不会趁火打劫，而是照着此时地价多百分之十的价格收买了七家烧房的焦土；然后按照比天和烧房大五倍的规模开始规划新烧房。不用说，一家茅台镇最大的烧房即将诞生。这在茅台镇顿时成了人们无处不及的谈资，你就是蹲在茅房里面出恭，也能听到过路的人在说刘天和在奈何桥那边眼睛闭得只有那么安逸的了，也不冤枉他轰轰烈烈地死这么一回。

老大除了专门从遵义请来一位叫林家如的经理外，七个烧房原先的工人一个不差地全都招至麾下。而且，从建设开始便加入进来，说好工钱约低一点，等开始生产之后再照原来的水准发放。工人们都说遇见菩萨了。

动工之前，老大将天和烧房的那份土地价钱交给了高大脚，说："妈放心，新烧房还叫天和烧房，一定按照那晚上我们说好的，先由林经理管着，时机成熟之后再交给青云兄弟。"

高大脚连声说："好好好好！"

"不行！"刘青云鼓着眼睛说话。看着四只瞪着自己的眼睛，刘青云解释说："我是说新烧房不能再叫天和烧房！一来这是你们文家投资办的烧房，二来新的烧房就应该有个新名字。再用'天和'二字，不妥当。"

老大没说话，看起来是默认刘青云的说法的。

高大脚便说："也对，也对哈！反正……都不错，哈！"高大脚原本想说反正今后都是刘青云管着，转念一想这话当着女婿的面说出来有点不妥，便临时改成了"都不错"。

回到刀把镇，蔡花蕾支走了刘彩云，老大这才跟二老汇报。文理渊立马表示没有异议；蔡花蕾不吭声不说，还说文大同咳嗽的第三道药不知道吃了没有，借故走了。文理渊知道蔡花蕾有话要说，只是不愿当着自己的面罢了，便示意老大跟上去。

蔡花蕾并没有去文大同那里，而是径直回到了自己的房间，进门时将房门虚着。

老大来到门外，照例敲敲门框。

蔡花蕾问道："谁呀？"

老大当然也一本正经地答道："我。"

蔡花蕾还在端着，说："有事？"

老大也顺着走，说："想找妈说说话。"

蔡花蕾说："那……进来吧。"

老大进来之后，就站在蔡花蕾对面，直到蔡花蕾说了"坐吧"，老大才端来张凳子坐下。

老大看着母亲，一脸的虔诚。

蔡花蕾看着儿子，一脸的怜爱。

两人就这么看了一会儿，蔡花蕾舒了一口气，这才开始说话："你真是因为我好酒……才决心买烧房的？"

老大说:"真是。"

"哈!"蔡花蕾又舒了一口气,说,"妈知足了。不过妈也提醒你一句,好人你就做到底,你就送刘家百分之十五的干股,也让人家孤儿寡母的有个依靠。"

蔡花蕾就是这种人,一骨碌山药一骨碌藕。你要是尽挑着她心情好的时候说事,一说一个准。

为新烧房取名字的事责无旁贷地落到了文理渊头上,这位教书先生也认认真真当成了一件事。他将草拟的、读起来上口的一些名字排成排,然后再翻《康熙字典》,将那些字的原意及出处搞了个透彻,比较来比较去,最后确定"云辉"两个字。

按照文理渊的说明,辉字就不用说了,跟文知辉的辉是一个出处;至于"云",文理渊希望新烧房的产量能跟云彩一样,数也数不清。

"谁能把云彩数清楚了?啐!"文理渊说。

不仅如此,他还从书架上找到一本关于名字与笔画关系的书,说这两个字加起来多少多少笔画是吉,多少多少笔画是凶。一加一减之后说这两个字加在一起就是吉,虽然不是大吉,总强过别的一些字。

只不过这事情既要躲着刘彩云,还要躲着老外婆,偷偷摸摸不说,就怕你正谈到兴头上,只要遇上这两个人来了,立马就得闭嘴不说,还得找个别的事情来扯,这对老实了一辈子的文理渊来说,几近折磨。

因此,文理渊便把名字的事情拖到了晚上睡觉的时候才跟蔡花蕾说了。上午就想好的结果生生拖了一天,文理渊的感觉就一个字:累!

"云辉?云辉烧房?"蔡花蕾推敲着文理渊的研究成果,说,"意思对哈?"

文理渊说:"岂止是意思对,连笔画都对!"

蔡花蕾说:"云辉烧房,行嘛,就云辉烧房嘛!"

文理渊笑了,说:"哎哎哎,听你的口气,像是皇上在批奏折嘞。"

"唉!老娘就是批奏折,咋个嘛?"蔡花蕾说完照例找文理渊身上软和的地方掐。

文理渊也照例到处躲。

转眼之间，清明节快到了。文理渊在准备上坟的事情自然就想起了刘彩云的爹，便瞅了个机会跟蔡花蕾说了："要说文大同也是腰圆膀壮的了，亲家公的事情也没必要再藏着躲着的。说开了大家都少一件事，况且早晚都得说。我的意思干脆……你说嘞？"

蔡花蕾略一思索，说："也行。那就让老大去说。"

"当然当然！"文理渊连声说。

尽管老大事先做了许多铺垫，诸如月有阴晴圆缺，人有旦夕祸福；生老病死皆是命；等等，完了一听到刘天和去世的消息，不论从前跟当爹的怎么个不远不近，刘彩云还是悲上心头，扎在老大怀里痛痛快快哭了一场。

老大一边替刘彩云擦眼泪，一边答应去游说蔡花蕾，争取两个人一起去茅台镇给老爹上坟。

都是人情世故的事，蔡花蕾能说不吗？麻烦的倒是文大同，一个奶孩子跟着翻山越岭的，难免让人担心。

文理渊马上站了出来，说："哎呀！人家农民家娃儿哪家不是背在背上又上坡又下田的？一个个不也活蹦乱跳的？"

蔡花蕾说："你不懂，背在背上时间长了，长大了就是个罗圈腿！"

蔡花蕾的妈这回站到了姑娘这边，说："是哦！"

文理渊说："不是嘛，那……就不能抱着？"

蔡花蕾说："是啊，让徐孃跟着去，大不了我蹲几天厨房就是！"

蔡花蕾的这句话让在场的所有人都感动了一回，特别是刘彩云。

上路之前，文理渊用一张四尺对开的熟宣写下了"云辉烧房"四个大字，落款：乙未清明理渊书。后面盖了单一个"文"字的方印，以及一个完整名字的条印。

上路那天，两顶轿子之外还有两个书担子，就是文理渊早年远行的那种款，书也是那些书，是老大两个月前就印好的，一直在遵义的库房里备着，而且量还大，可以走四五趟的。文理渊对此十分满意，不无得意地跟蔡花蕾说："哎呀，班……总算是接上的了！"

前面一顶轿子坐着徐孃和文大同，后面一顶坐着刘彩云。刘彩云过门的时候坐过一回这东西，只是晃晃悠悠的不习惯，便下来和老大一起走。

路上见着一个人，老大就问别人识字不识字，点头就送书，摇头就走人。刘彩云对此很有兴趣，后来这一路就成了刘彩云的事情，除了奶孩子坐回轿子，其余的时间都在送书。

第一天歇在枫香，第二天接近傍晚便到了茅台镇。虽然没有当年来给刘彩云下聘礼时那样的喧嚣，两顶轿子、两个挑夫加上盐号的两个伙计再加上老大，前前后后也占了茅台镇的半条街。

人们一看竟是天和烧房的刘彩云，不要说她在茅台镇留下的那么些传奇故事，就现在这打扮，这阵势，吸引着一批一路跟进的大人孩子，没人感到奇怪。

刘彩云当然不会像媒婆"三句半"那样走路走得奇怪的。见着个似曾相识的人她就躬躬身，算是打个招呼；叫得出名字的那种不仅自己打招呼，还介绍给老大这是谁谁谁，老大便跟着刘彩云喊声谁谁谁，还上前跟人家很新派地握握手，显得十分得体。

高大脚早早地就得到喜欢热闹熟人的通知，一直站在堂屋门口候着。第一眼看到刘彩云以及手中抱着的文大同时，眼泪就止不住地往外涌，刹都刹不住。

刘彩云也不消说，一看见泪眼婆婆的母亲，那些因为死了爹在刀把镇不便宣泄的情绪便一股脑儿全部释放出来，竟然嘤嘤嘤嘤地哭出声来。来到高大脚面前，"扑通"一声跪倒在地上，这回好了，两娘母抱在一起哭。

老大知道这种场合两边都不能劝，哭够了就好。上去俯下身来，小声喊了一声"妈"，那意思怕吵着人家似的。

果然，高大脚到底没有抵挡住文大同的诱惑，揩了一把鼻涕眼泪便接过了大外孙子。看着眼前白白胖胖的文大同，突然想起刘天和都没等着看上一眼，于是眼泪再流一遍。

老大觉得现在可以调整调整情绪了，就说："都说外甥像娘舅，青云兄弟呢？"

高大脚说："哦，跟着林经理在工地呢。这些天忙进忙出的，没有停歇的时候。"

老大说："哦，那好，彩云陪妈说说话，我去工地看看。"

6

老大支派一个伙计带两个挑夫去盐号歇息，自己带着另一个伙计直奔"云辉烧房"工地，当然没忘了带上老爹的那幅书法。

刘青云和林经理都不知道老大会来，这会儿在工地上干得正欢。特别是刘青云，该动嘴时动嘴，该动手时也顶得上大半个工人。老大给刘青云一个"协理"的头衔，这个头衔在钱庄或者别的什么地方听到过，管他的，反正没谁规定只能钱庄用，就叫协理，其地位仅次于林家如。老大的意思是按头衔来领薪水，对刘家会更好些。

按照总体设计，工程分两步走。第一步先建一个比天和烧房大两倍的窑口，出酒之后再建两个同样大小的，总共三个，加在一起是原来天和烧房的五倍，年出酒量大约八千斤。茅台镇眼下最大的烧房不过两千斤，云辉烧房是当之无愧的老大。

老大没有急着去见林经理他们，而是来到一个地势较高的地方，远远地观看一片低矮木屋中间正在拔起的云辉烧房。这跟他吃十八岁的饭这个年龄有些对不上。"老到"，一般是人家对有了一些年龄而又很有办法的那种人的嘉许，这里用"老到"来说老大，年龄上肯定不贴切，但做的事情还挨得上。

老大这个时候需要了解的是，如果今后烧房需要扩大，往哪个方向上最合适。你看，房子还没建好就想到了扩建。保守一点说句恭维话，也该是"有远见"。而这个远见后来真就变成了现实，那是后话。

见到林家如和刘青云的第一件事，就是展开文理渊书写的"云辉烧房"让人家参观。

林家如说："云辉烧房？老爷子给断的？"

老大说："不光是他断的，字也是他写的！"

林家如瞪大了眼睛，说："哎呀！那要做一个大大的匾，就挂在我们办公室正面墙上！"

林家如三十岁冒点头，广东普宁人，是跟着一个表舅来的贵州。说是在广州的一个什么专科学堂学过工业管理。这在黔北无疑就是凤毛麟角，加上走州过府见的世面多，到哪里都是抢手货。原先在遵义一家山西人开的生产烧碱的化工厂里当厂长。由于嗜酒，一听说丰汇盐号的东家要在茅台镇办一家当地最大的烧房，马上就说闻不惯带刺激性的化工产品的味道，辞了烧碱那边的事，投奔了老大。当然，除了"刺激性""嗜酒"一类理由之外，老大开的价码也是林家如过来的原因，人肯定往高处走嘛。

看着林经理和老大说得很热闹的样子，刘青云悄没声息地站在一边，偶尔跟着笑笑。

终于轮到和刘青云说几句了，老大说："怎么样，还习惯吧？"

刘青云笑笑，说："还行。"

晚上，一家人吃着高大脚精心烹调的赤水河风味的晚餐，老大在和刘青云碰了三次酒杯之后，说："来时，母亲特地交代，今后云辉烧房百分之十五的干股归刘家所有，正式文书会在烧房全部建成之后送过来。家门口这个铺子妈愿意做下去的话，按照比批发价格低五个点的价格到云辉烧房拿酒；实在不愿意做了，由云辉烧房租下来继续卖酒。门头呢，愿意写云辉烧房就换，不愿意换，还用天和烧房这个名称。"

那天晚上，高大脚等大家都睡了，一个人悄悄起来在院子里点了一炷香，朝着刘天和坟地的方向作了三个揖，小声说："刘天和，听见没有？你家女婿把我们家安排得巴巴实实的，我们开始享姑娘的福了！"

第二天是清明，在弥漫着香蜡纸烛烟雾的石碑前面，当刘彩云抱着文大同和老大磕头时，高大脚在边上又将昨晚上的话给丈夫复述了一遍；而且对那年自己专门跑到学校去央求刘彩云答应婚事这件事，竟然佩服起自己来。

7

1895年的遵义，天干。从甲午年秋分开始就没有下过一次雨，算起来七个月多了，冬天的小季颗粒无收，本来指望着用小季的收成度过饥荒的人们，只能喊天了。喊天没关系嘞，就怕天不答应。

老大回到刀把镇的当天晚上，文理渊就把他叫到书房，说马神仙专门到家里来了一趟，说他老家天干到已经有人饿死了。马神仙的意思是能不能请文家想点办法，帮助他们家乡人度过荒年。

老大说："马神仙家乡在哪里？"

文理渊说："离桐梓不远，花秋沙湾。"

老大说："哦，我知道那地方。爹的意思嘞？"

文理渊说："救人于水火本身就责无旁贷，何况马神仙这样的故交。既然开了口，总不能驳人家面子不是？"

老大说："爹的意思怎么个帮法？"

文理渊说："这个你可以去跟马神仙商量。"

老大说："好，我明天就去找他。是个什么情况回来再跟你和妈商量。"

第二天，老大直接去了马神仙的医馆，两个人合计下来，觉得荒年多以施粥为通常办法，决定在沙湾建粥棚。

马神仙说："多谢少爷了！这个粥棚不知道要救活多少灾民呢！"

老大说："不不，是十个，十个粥棚。"

马神仙惊呼道："哎呀！那……我在这里真是要为沙湾的老乡亲好好谢过少爷了！"说着单膝落地，抱拳过头。

老大赶紧将马神仙扶起，说："要谢你就谢家父，这是他老人家安排的。"

后来马神仙见到文理渊说起此事，文理渊捻着下巴上的胡须笑笑，说："是是，也是我的意思，也是我的意思！"

文理渊回来跟蔡花蕾和蔡花蕾的妈说了，蔡花蕾的妈说："该嘛，该！"

而蔡花蕾只是笑笑。

这一年的夏天格外热，最热那几天，老蔡家一连几桩事情堆到了一起。先是刘彩云突然之间发现自己的身子又出现了情况，而且产生的反应和上次怀文大同时不一样。上次除了肚子渐渐大起来之外，没什么特别的情况。这次不行了，浑身痒，不红不肿的，就是痒。背上，胸口，腋下，大腿，哪儿都有可能痒。老大在家的时候就帮着挠，还从遵义买回来两个痒痒挠，一个竹子的一个牛角的。蔡花蕾的妈就笑，说这回好了，双枪。

因为蔡花蕾的妈一辈子就怀过蔡花蕾这么一个，而且年代久远，已经记不得当时的情景了，对于孙子媳妇的状况也说不出个所以然。蔡花蕾虽然有两次怀孕的经历，得三个娃儿，也没有出现过这种情况啊。但她到底是聪明的、有经验的女人，几头情况分析下来，一拍桌子说："嗯！一定是个女娃儿！"

文理渊也跟着拍了一下桌子，说："女娃儿好！我就喜欢女娃儿嘞！"

蔡花蕾说："是，女娃儿好！要是文大同是个女娃儿，你就该说无后为大了！"

文理渊本想争辩几句的，后来一想都让人家点着穴道了，何必再去死撑？"无后"又有哪家不"为大"呢？文理渊自圆其说。

这是一件。第二件，也不知道动着了哪根筋，文知礼吵着闹着要跟赵青梅成亲，喊都喊不住，就像那年喊着叫着要定一门娃娃亲一样。

三个大人加上老大，四个人开了一次家庭会。会议的最终结果落实成了一个字：办。只是在什么时候办，办成个什么规模等具体事宜上出现了分歧。蔡花蕾的妈说长幼有别，他不能和老大平起平坐；蔡花蕾觉得还是一样算了，免得耳根不清净。文理渊则认为规模什么的不是问题，但是时间要尽量往后拖，最好是翻年，让他再成熟一点。

蔡花蕾说："你还怕他不成熟？八岁他就成熟了的！啐！不过拖拖也好，你还不能完全遂了他的心愿嘞，那以后不是想起来一出又一出啊？对，明年春天！就说是算命先生说的。"

老大自始至终没说话，直到文理渊问他，他才说了句："你们大人说了算。"

文知礼这年十六岁，按说办也办得，反正荒着也是荒着。只是一个半大小子上赶着自己要，谁听了都会皱眉头。

第三件事情来自文理渊。

说来也是蓄谋已久的了，就是刀把镇老蔡家大门上面"蔡府"两个字里面的那个"蔡"字。原先文理渊跟蔡花蕾说过，被蔡花蕾尖嘴利舌只几句便低下了头。头是低下了，心里面那个疙瘩还在，一直消不去不说，还逐渐在长大。

有一天，文理渊把这个"疙瘩"对老大说了，意思寻求同盟。根据之前一直以来老大对蔡花蕾的言听计从，说之前当爹的心里还有些忐忑。没想老大一口应承，还说了句："名不正则言不顺。"

文理渊高兴坏了，暗暗打起了腹稿，准备着和蔡花蕾过招。为了扩大有利于自己的气氛，文理渊在说这个事情的时候故意挑了一个蔡花蕾的妈在场的天。这是文理渊多年积累起来的经验，但凡自己和蔡花蕾发生了矛盾，蔡花蕾的妈很多时候都站在女婿这边。

话当然要由文理渊自己起头，他说："马神仙那天临出门了，又拉着我的手到了大门外，好像有什么秘密似的。"

"哪样秘密嘛？"蔡花蕾马上就接了话。看嘛，文理渊知道蔡花蕾连晚一秒钟接话都不可能，马上就落入了自己设的套。

"唉！算喽，不说喽！"文理渊继续放线。

蔡花蕾说："哎哟，我看你也是哦！马神仙有什么说不得的话嘛？真的是！"

连蔡花蕾的妈也急了，说："马神仙到底讲个哪样嘛？"

文理渊等的就是这句。前辈开了口，晚辈就没有了不开口的理由，便说："人家马神仙说，说文先生不是我要说你，你们府上……府上这个匾额……看着总是有些别扭嘞！我就说……"

"枉自你还是个教书先生哦！"蔡花蕾马上打断道："哪样马神仙看着别扭嘛？明明就是你自己看着别扭！都给你说了好多遍的，你想咋个叫，你叫就是……"

"妈！"这回该老大打断蔡花蕾的话了，当妈的是有些不习惯嘞。蔡花蕾看看老大，再看看文理渊，她打算从中看出点什么名堂来，看了一圈像是没什么名堂。

老大说："妈！外婆，其实我知道爹并不是跟这个家在争什么。爹一个七尺男人，有他自己的想法是很正常的。当年他入赘到老蔡家来，是因为喜欢母亲；后来他放弃在丁大人麾下的前程，同样也是为了喜欢母亲。一晃儿十年，爹妈跟前我们也是儿大女成人的了，这个家庭的结构在变嘛。外公走了那么多年了，里里外外都是爹和妈在撑着。爹明明姓文，却在蔡府的大门底下每天进进出出，他不说，人家要说嘛！如果有一天我能够支撑这个家门了，我肯定要把蔡字换成文字。这有什么？因为男主人姓文，所以要改成文字。既然必将有那么一天，何不如让我爹堂堂正正做一回人？"

文理渊的眼泪马上就下来了，他试图掩饰，但是没用，擦了一滴又涌出来好多，最后他干脆逃出了房间。

蔡花蕾的妈也是见不得别人流眼泪那种，就说："老大说得是在理！有哪样嘛，还是这个家，还是这几个人，就是换个字嘛，换！"

蔡花蕾不说话。

老大看着蔡花蕾,说:"妈,爹老了,你要给他一个面子,让他有个台阶下。"

蔡花蕾端起面前的茶碗喝了口水,说:"你都讲得出这么多道理来了,妈还说哪样嘛?"

那天吃晚饭,文理渊喝酒喝得过了些,都开始有些醉态了,脸上依然洋溢着幸福的笑容。

人啊,特别是年纪大了,很执拗,同时又很容易满足。

半个月之后,工匠们搭着架子在老蔡家门楣上面换了一块白棉石石板,上面工工整整两个涂了生漆的大字:文府。

原先老大的意思是涂一层金粉,被文理渊拦住了,说要不得要不得,说是紫禁城和庙里面才有那个资格,平头百姓家还是朴素一点的好。

刀把镇的人走过路过必须要看上一眼的,而且总是异口同声,说:"应该嘞,憋了那么多年了!"

第八章

1

光绪二十三年的正月初十,立春第九天,刘彩云生下了一双儿女。

"我说嘛!我说嘛!风来的时候就是这样,你挡都挡不住嘞!"蔡花蕾的妈兴高采烈。

蔡花蕾的妈说的这个"风",是她老人家打麻将的术语,就是手气。在文府,蔡花蕾的妈想打麻将了,蔡花蕾加上文理渊还三缺一,于是拉上徐孃。三个人陪一个人,数蔡花蕾的妈赢的时候多。徐孃专门用来打麻将的一小布袋铜板是蔡花蕾给的,文理渊就不用说了,所有人的铜板都出自一个地方,反正就是哄老人家高兴,该碰的不碰,该胡的也不胡,老人家的"风"不好才怪。每每把几个人的铜板搜刮得差不多了,蔡花蕾就用银子按行情从母亲那里将铜板兑换出来,再将铜板均分给三人。就这样,三个人的铜板翻来覆去在麻将桌上循环,老外婆的银子渐渐多了起来。赶上鸡年春节,她便将所有银子充作压岁钱,平均给了文知琴和文大同,说了,已经成家的不管。

正月初十那天,蔡花蕾的妈说这话既炫耀了他们家生娃儿都不一个一个生的霸气,也附带着炫耀了自己的手气。

也是,自从刘彩云的肚子大到需要穿宽松衣服的时候,她就感觉和怀文大同时不一样。总感觉那动静不是一个人能闹腾得出来的。有一天就跟老大说,说肚子里总给人打群架那样的感觉,反正热闹得很,而且频率比怀文大同的时候高。老大也断不出个所以,便说给老外婆听。

老外婆想想,说:"打群架?耶!怕又是一双哦!你忘了文知礼和文知琴了？"

刘彩云就笑，说："那才好玩嘞！要是一男一女……更好玩！"

老外婆说："如果是打群架……怕是两个都带把哦。"

老大说："那更有热闹看了！"

后来蔡花蕾知道了，说管他的，就朝着两个带把的去准备，什么都是双份，就连分娩时需要的木盆和热水，蔡花蕾都嘱咐徐孃备成两份。最终虽说有点小出入，但所有的"双份"都派上了用场。

文理渊当然高兴，只不过这份快乐里面还有另外一个原因。

文理渊在别人辗转带到遵义来的一份上海的《申报》上读到一条消息，说1897年2月11日，由浙江鄞县人鲍咸恩、鲍咸昌兄弟等几个人合创的商务印书馆在上海成立。文理渊找来皇历，公历农历这么一推，和刘彩云生的龙凤胎竟是同一天。这让文理渊这个书呆子心里一动，说莫非这是天意？

在文理渊心里，除了教书，若要再找一样自己最愿意做的事情，那肯定就是印书。让天下人有书读，是他有了钱之后想到的第一件事情。早年自己花钱印了书，再雇人挑着书箱子一路上送书，是他最愿意做的一件事，比自己的盐号赚了钱还安逸。

要是早几年，拿点银子出来也办这么个"印书馆"之类，虽然要跟蔡花蕾商量，但起码自己还能当半个家。现在不行了，一切都交给老大了，特别是摸爬滚打了这么几年，别看二十岁刚刚出头，老大已经有了呼风唤雨的感觉了，虽说事后也还要在爹妈面前讨个说法，但几乎没有被驳斥的时候。由此渐渐有了底气。

现在，老子有个什么想法必须去和儿子勾兑了，不过从门楣上换字这个事情上看，老大还是主持公道的。只是单单为了自己的喜好而去投资办一个实业，老大会不会驳了自己的面子，文理渊吃不准。管他的，试试看。

文理渊将《申报》收好，在老大固定要回来的那天，假装无心一样拿了出来，表情也是很随意的样子，说："你看嘞，上海办了一家叫商务印书馆的，日子跟文珠、文龙同一天哦！"

龙凤胎的女娃先见着日头，自然是姐，被文理渊命名为文珠；男孩是弟，被文理渊命名为文龙。反正从文大同那儿就断了字辈的，索性就信马由缰成了单名，珠和龙。

老大说："爹的意思我们也办一个印书馆？"

文理渊真的没有想到人家老大连弯子都没有绕一个就直接说了出来，反而有些不好意思，有些勉强地笑笑，说："只是爹的一个想法……而已！"

老大说："儿子知道了。只是最近云辉烧房那边工程接近尾声，很多事情等着办；加上盐号这边，恐怕要过一段时间才能挤出时间来。"

文理渊忙说："不急不急，先尽着大事情！"

老大说："爹的事也是大事，只不过有个轻重缓急，一样一样来。"

文理渊的心情只剩下两个字能形容，舒坦。

自从生了双胞胎，文大同就睡到蔡花蕾屋里去了。蔡花蕾还专门请了一个用人帮着刘彩云看孩子，要不刘彩云一个人哪里忙得过来哦。

那天夜里，老大和刘彩云挤在文珠、文龙边上，还不要说刘彩云因为分娩这儿那儿的伤口还没痊愈，就是这张床的使用面积也被压缩在一个不容易施展的尴尬空间里。面对老大必然的如饥似渴而又只能忍饥挨饿，刘彩云说了一句违心的话。

刘彩云说："要不……添一房？"

"说什么呢？"老大说，样子很严肃。

刘彩云本来是试探，见老大这么一脸的严肃，反倒觉得是自己小气了，像做了亏心事一样，急忙说："不是！是老外婆那天说的，说就这么连着生产，怕我受不了！"

老大说："受得了受不了关添一房什么事？"

刘彩云支支吾吾，说："是……是老外婆说添一房的！"

老大说："那你直接就说老外婆说的添一房不就完了？"

刘彩云说："我也是……怕你难受！"

老大说："没那闲工夫呢，还不如做点事情。"

女人就愿意听这种话。不论老大真是这么想还是嘴巴说说，刘彩云心里都特别安逸。要知道在光绪多少多少年那时候，男人不要说添一房，添几房都是天经地义的。要不，说命苦的总是女人，男人不说命苦，要说也说自己没本事。

出于感激，那晚上刘彩云协助老大弄了一回野路子，行不行的总比没有强。

2

两年了，茅台镇上原先黑糊糊的那一片焦土，已经按照当初的设计一点没走样地出现在众多烧房老板和酒工眼前。从第一个窖池开始，大家总是拿自己家的窖池来做参照物，而且越参照越生气，干什么就没有人家云辉烧房这尺寸，这规模，这气派嘛？好不容易想到财大气粗上面来，又开始埋怨起自己的命。最后终于都想通了，怨命是没有作用的。于是这才回过头来看人家整个过程的一点一滴，想着有朝一日自己也照着干。

最愉快的是原先七个烧房的那些酒工，也是从第一个窖池开始，有烧房的活路时就干烧房的活路，没有烧房活路的时候就干建筑的活路，反正到了日子口领银子，逢二逢十六还打牙祭。这是老大吩咐的，说是按照遵义那边的规矩走，茅台镇这边原先就是初一有肉吃。所以大家干起来就格外来劲。两年的时间，不但三个大窖池群齐展展地在新厂房里骄傲地一字排开，还顺带着出了几千斤酒，得到的利钱支付完酒工们两年的工钱之后还有剩。

原先刘家门口那个挂着天和烧房幌子的铺面，也按照刘青云的意思租给了云辉烧房，包括那些大酒缸。刘青云的意思是租金、干股再加上自己的薪水——自从归顺云辉烧房之后，大家都不说工钱了，跟着盐号那边改说薪水——三样加起来不要说高大脚和刘青云，就是再添几口子也是衣食无忧，何必再去受那个累？高大脚也想通了，轻轻松松打理两娘母的一日三餐，无牵无挂，多好！空闲时，她将房子旁边的一块空地开成菜地，什么季节都种它一些时令菜蔬，菜地边上再搭起两个棚子，一边喂猪，一边养些鸡鸭，一副全心全意过日子的架势。

听说女婿这两天要过来，高大脚心里就盘算如何做两样好吃的，等女婿到了犒劳犒劳。

高大脚先是杀了一只半大公鸡，按说该杀那只老公鸡的，高大脚主要是烦半大公鸡每天天不亮就荒腔走板地跟人家老公鸡争着打鸣，人家叫一声它叫两声，声调不对吧还传得远，吵人。把半大公鸡收拾停当了，高大脚又去街上的肉铺买了两斤五花肉回来，切成小方坨。先往锅里倒些油，再放点糖，等糖的颜色烧成暗红色了，五花肉再倒下去煸炒；等那些暗红色都敷到五花肉上面去了，把已经准备好的姜葱蒜往里面一倒，再来点自贡的井盐，小火焖上半个时辰，刘青云最爱吃的红烧肉就做好了。上次老大来时如此做过一回，老大连着往嘴里塞了四坨，嘴角一边冒着油一边喊香。高大脚上回就想好了的，下回还让女婿边冒油边喊香。

老大来茅台镇的时间，是云辉烧房举行开业庆典的前一天。由林家如和刘青云陪着将自己家的烧房仔仔细细看了一遍，包括第二天宾客们参观的路线，歇息的房间，剪彩的位置，还包括剪刀是不是锋利，会不会人家剪了半边剪不动等，事无巨细。等到往刘青云家走时，天已经黑尽了。

高大脚的第一句话就是孙子。孙子高矮，孙子胖瘦，男娃儿长得壮不壮，女娃儿长成啥模样，一样一样数。刘青云想制止来着，没想被老大制止了。

老大说："要不是两个太小难得整，刘彩云都说带过来让老外婆看看的。"

高大脚说："不急不急，有的是时间，哈！"

刘青云终于逮着了说话的机会，说："那你还不让我姐夫先吃饭？"

高大脚就笑，说："就是就是，赶紧赶紧！"

老大端起面前的酒杯，说："这就是……自家烧房新酿的？"

刘青云说："是，陈了一年了，尝尝。"

老大抿了一小口，用舌头吧唧着试了几下，说："原来老窖的还有吗？"

刘青云拿起另一个酒瓶，用另外的杯子倒了一杯，递过去，说："这是天和烧房的七年陈酿。"

老大端起来也抿了一口，呷了一口，嘴巴吧唧了几下，说："差不太多？"

高大脚笑了，一拍大腿说："这就对了！来，先来一坨红烧肉！"

其实，只要是在茅台镇用回沙工艺酿的酒，其基本特性大都八九不离十。最终的口感，一个靠勾兑，一个靠窖藏。刘青云拿来的两种酒，方法都一样，只是窖藏的时间有区别，一般人自然是断不出个一二三的。老大说差不多，是对的。

行了！现在用自己的嘴巴验证了两种不同年份的酒，老大的心完全放松下来。

第二天，那种点燃了能将一条路都染成红色的"一千响"鞭炮，从云辉烧房大门口一直铺排到街口，噼里啪啦的淡蓝色烟雾中，大人们兴致盎然，娃儿们则哄抢着那些没有爆炸的单头鞭炮。

老大一身黑色，瓜皮帽上一块碧绿的翡翠让人感觉到了气派。徜徉于作揖打躬的人群当中，他第一次有了十分满足的成就感。这种感觉让人很舒服，这是他昨晚上尝酒以后就已经有了的感觉。

完事之后，他在林家如的办公室将两封银子给了林家如和刘青云。给林家如的那包明显大些。

为此，云辉烧房杀了三头肥猪，让茅台镇最好的馆子包办，就在烧房店铺一条街上摆起了长桌宴，不论送礼与否，通请。这一点是从老外公蔡好仁那里继承过来的，那年蔡花蕾生他时，老外公就是这么招待刀把镇的乡亲们的。

老大也不知道自己喝了多少酒，反正看人已经开始影影绰绰的了。最后由跟他来茅台镇的两个盐号伙计架着，就近送到了老丈母家，被高大脚安顿在原先刘彩云的那间闺房里。

第二天早饭后，老大把早就说好的那张确定百分之十五干股的文书郑重其事地交给了刘青云。按说应该交给高大脚的，后来想想交给刘青云高大脚应该还要高兴些，就循着思路办了。果然，高大脚哭得泪眼蒙眬的。

刘青云看着上面又是私章又是手印的文书，轻轻说了一声："谢谢姐夫！"

老大说："自家兄弟说这些？按说昨天在办公室就该给你的，我是怕林经理多想，所以才改成了今天。尽管跟他没关系，能不知道还是不知道的好。免得人家多出些想法来。"

刘青云说："知道了。"

3

上一年夏天最热那几天，文家咿哩哇啦地把赵青梅迎娶到了刀把镇。什么都是比着老大迎娶刘彩云的模子套过来的，包括全家福的照片。这回蔡花蕾的妈跟前多了个文大同，所以文理渊专门加洗了一张装了框摆在老外婆床头的柜子上，以方便她老人家随时随地对比着看。

等到老大从茅台镇回来，才知道赵青梅生了。

赵青梅的肚皮跟刘彩云的不能比，小小的不说，还尖。参照刘彩云上次生单胎时肚皮的形状，蔡花蕾判断可能是个姑娘。回屋跟文理渊一说，文理渊说好啊，说孙女他最喜欢。

　　蔡花蕾说："饱汉不知饿汉的饥！你是有文大同在那里稳着心了，才会说出'最喜欢'之类的憨话来！"

　　文理渊说："那你的意思我该说不喜欢？"

　　蔡花蕾说："那倒不是，我倒是觉得说'也好'之类比较恰当。明显言不由衷嘛！"

　　文理渊懒得和她生这种闲气，便在心里骂了一句："憨婆娘！"

　　蔡花蕾见文理渊不说话，便说："没话了吧？"

　　"哼！"文理渊淡淡一笑，说，"你呀，什么都要占先一步，也不知道累不累？"

　　蔡花蕾说："不累嘞，一点都不累嘞！"

　　文理渊说："好好好！那所有的事情你都做了，包括起名字！"

　　蔡花蕾眼睛马上就鼓起了，说："咦！你不要鼓老娘嘞？你还不要说，老娘就起一回名字给你看看！你以为天底下只有你一个人认识字啊？哼！"

　　文理渊急忙逃出房间，出门时还没忘了扯个把子，而且是着急忙慌的声音："哎哟哎哟！肚子痛！肚子痛！"

　　赵青梅分娩那天，天上下着小雨，淅淅沥沥的，到处都感觉湿漉漉、黏糊糊的。好在胎儿小，从发作到产婆子进门再到剪断脐带包裹好，前后不到两个时辰。

　　蔡花蕾从不看媳妇生产，从刘彩云开始。当她听到产婆子从屋里传出来的那声吆喝时，只是淡淡一笑。

　　产婆子喊道："千金！"

　　蔡花蕾抬头看了看天色，心里马上有了主意。她来到书房，翻开《康熙字典》，按照偏旁部首找到她心里的那个字——霏。

　　"文霏？"蔡花蕾试着念道，好像不怎么上口。再接着看，"霏霏"，注释一栏写着"雨、雪、烟云等很盛的样子"。

蔡花蕾一拍桌子，说："就是它了！文霏霏！"

一开始蔡花蕾还想连姓都跟着自己一起走，一读"蔡霏霏"三个字，感觉有些别扭倒还在其次，关键是听说过要不跟爹姓要不跟妈姓，真没听说过跟奶奶姓的。这要传出去人家不会说蔡花蕾嘞，肯定说老文家没文化。这个责任的确大了些，蔡花蕾这才作罢。

当众一宣布，没人说话。

还是蔡花蕾个人没绷住，问道："咋个嘛？不对？"

文理渊想笑，转念一想这个时候如果是老外婆笑还行，因为蔡花蕾不会把老外婆怎么的；两个媳妇肯定是不敢笑的；假如笑的是自己，那这几天耳根休想清净不说，皮肉也少不了要吃苦。便端起茶碗假装要续水的样子，离开了眼下这个是非之地。

蔡花蕾的眼睛一直跟着装模作样的文理渊，没想文理渊被地砖的缝隙绊了一下，一个趔趄把茶杯里剩的水全洒了出来不说，还差点摔了茶杯。文理渊赶紧看了蔡花蕾一眼，这一看不要紧，两个人同时"扑哧"一声笑喷出来。

不知道前因后果的人都不知道他们在笑什么，蔡花蕾的妈也是，就说："嗯！笑得好憨哦！"

蔡花蕾和文理渊笑得更厉害了，两人一起逃出了房间。

笑归笑，"文霏霏"这个名字就这样被确定下来。只是蔡花蕾给文理渊准备了一个台阶，说这个名字是小名。尽管后面的话没有说出来，言下之意至少文理渊是明白的。

蔡花蕾的妈突发奇想，非要抱着文大同和文霏霏来一个合影不可。结果照相师傅请来了，最终还是拍成了全家福。因为老外婆说来都来了，空着那些挂照片的地方干什么？

照片洗出来了，照例多洗了一张放在老外婆屋里，只不过老大从这张照片里看出了问题。他跟蔡花蕾说："妈，你不觉得我们家现在太挤了一点？"

蔡花蕾看照片，说："你的意思是……"

老大说："在遵义置一处大点的宅子，或者几处，大家都搬过去。"

蔡花蕾看文理渊，说："你说嘞？"

文理渊说："那一年就说过，是老外婆说不，这才一直到现在。估计现在再说，结果还是一样。"

老大便支使刘彩云去试探了一次，结果老外婆说还是刀把镇好，几十年了，不动。

老大跟母亲回话时，说："要不……在这个基础上添他几间？"

蔡花蕾说："算了。刀把镇早晚不是文家的立足之地，我怕遵义都不会待太久，到底不是大堂子。与其倒来倒去，还不如看准了一步到位的好，那样也节省。"

这就叫教诲。心平气和的，你不服气都找不着理由。这是老大好多年以后自己悟出来的。

4

要说省心，三个娃儿里面数文知琴省心。到了人家要出嫁时，蔡花蕾只觉得就是眨了一下眼睛的事情。她跟老外婆说，说妈呃，我咋个觉得生文知琴就像是昨天的事情一样？

老外婆说："当然喽，都是我在操心嘛！"

蔡花蕾说："耶，把功劳都归到各人名下哈！"

老外婆说："你还不要说，从喂米汤到换尿布，你尽管扳起手指头脚趾头算，搞过几回，你？当然，两个娃娃一个人也盘不过来，但你总拣着文知礼，很少见着你动过文知琴的手！"

蔡花蕾说："哟，有点重男轻女的意思嘞！"

老外婆说："不是有点，是很厉害！"

蔡花蕾说："是不是啊？"

老外婆说："是！"

就为这，蔡花蕾在请媒婆帮着文知琴找婆家时便特别叮嘱了一句，说宁缺毋滥哈，一定要找个好人家！而且口气很郑重，脸是垮着的。

那时候，媒婆心里总是装着各色男女的档案，高矮胖瘦、家庭背景、基本性格以及前途判断等等。信誉好的媒婆手上的档案就多，费用自然也要高些。蔡花蕾就找了个费用最高的，姓薛，人称薛妈。果然，半个月便见了分晓。薛妈第一句话就问："远点怕不怕？"

蔡花蕾斜视着薛妈，说："好远？"

薛妈说："贵阳。"

蔡花蕾说："不远嘛！"

薛妈说："那就好。姓王，书香门第，王生还在读书，准备求取功名，家里的意思只要门当户对就行。"

蔡花蕾说："就行？他家以为门当户对就那么好找啊？"

薛妈很干脆，说："那……换一家？"

蔡花蕾说："叫什么？王生？"

薛妈说："啧！戏文里面张生、李生这么个王生，人家叫王继华，继承的继，华夏的华。"

蔡花蕾说："哦！你的意思……还般配？"

薛妈说："肯定般配！还不要说你老人家事先打过招呼，单凭你们文家在遵义这一团转的买卖，不般配那是砸我自家的牌牌嘛！"

蔡花蕾说："好，就冲薛妈你这块牌牌，咱们按程序走嘛。"

后来才知道，人家王生真的不错，努力求取功名不说，主要还对文知琴好。在两家人谈起具体事宜时，蔡花蕾特别提出，过程一样不能省略，该迎迎，该送送。搞得人家王生家觉得奇怪，说这都是规矩呀？

蔡花蕾这会儿才觉得当初真不该拦着老大的，不要说去遵义迎娶刘彩云，去茅台镇都是应该的，搞什么火疖子嘛！所以，王继华来刀把镇接亲那天，蔡花蕾专门订了两顶比一般尺寸大一些的四抬大轿，同样有红是绿地绑扎好，就只为让文知琴和王继华这一路颠簸的路途上舒服些。嫁妆就不用说了，该买的拣贵的买，该做的尽好的做，光挑夫就请了三十几个，花花绿绿拖了一路。

临出门时，文知琴抱着老外婆哭了一回，情深意切的样子。

轮到蔡花蕾了，看着女儿两只红红的眼睛，蔡花蕾试图也回应一下，心里临时想了几样能使自己悲伤起来的事情，也感觉有些悲伤，就是挤不出眼泪来。她怕为这伤了女儿的心，便一把将文知琴揽到怀里抱着，还拍了人家的后背两下，分开时顺势把脸扭开，将文知琴送到了文理渊跟前，一切也都是情深意切的样子。

自打《水浒传》一百单八个好汉在梁山泊排了座次之后，哪儿哪儿都讲究起排座次来。包括文知琴跟娘家人的道别，也是老外婆、蔡花蕾、文理渊、文知辉、刘彩云、文知礼、赵青梅这么顺着下来的，谁要插个队都是说不走的。你别看门楣上面"文"字取代了"蔡"字，但"倒插门"这个情况在家庭内部需要分座次时依旧起着作用。

在跟王生道别时，蔡花蕾说："要对我家文知琴好哈，有什么事情让我知道了，我可不是轻易饶人的那种人！晓得不？"

王继华老实，问什么回答什么，说："晓得。"

老大听见了蔡花蕾的这句话，等到程序走得差不多了，他特意来到王继华跟前，小声说："别在意，我母亲就是那样，刀子嘴豆腐心。"

王继华说："知道了。"

等到接亲的队伍差不多快要看不见了，蔡花蕾突然由心底升起一份痛惜，随即眼眶一阵酸辣之后，泪水紧跟着就盈了上来。这一次她是真的怕别人看见了，急忙抽身离去。

只有老大将母亲的这一切全都看在眼里，他在心里说，看嘛，豆腐心！

5

赶在涨端午水之前，老大去了一趟茅台镇。沿途河道好几个季节都是平时一抬脚就能跨过去，到了丰水季节有本事拦你在大水边上两三天。原本说骑马的，就因为文理渊不同意才改成了坐轿子。自从那年落马之后，文理渊不仅自己再没有骑过马，连家里人也不让骑。说这一路沟沟坎坎的，还是坐轿子稳当。只是老大觉得坐轿子那种一忽一悠的感觉不好，大多数时候都在走路。

赶到茅台镇的当天，风风火火地将盐号和烧房的事情处理停当，晚上去高大脚那里吃了晚饭，照例嚼着高大脚专门做的红烧肉，跟刘青云喝着云辉烧房的酒，说着白天在办公室里未完的话题。

老大说："我在想，白天林经理说的给云辉烧房的酒注册一个商标的说法，道理肯定是有的，就不知道有没有必要。"

刘青云挠挠头，说："茅台镇酿酒一百多年了，都是这么打着幌子卖，从来就没听说过商标什么的。反正看你，要是觉得有必要，搞一个也不是不可以，只是……"

老大说："只是什么？"

刘青云说："只是对买卖如果没什么影响，拿商标来干什么用？"

老大和刘青云碰了一下酒杯，说："干什么用……林家如是怎么说的？"

刘青云也端着酒杯，说："他说商标总是有用的，没说具体什么用途。"

老大将酒吞了，说："那就等等看？"

刘青云也将酒吞了，说："那就等等看。"

第二天一大早，一直惦记着端午水的老大和同来的两个伙计以及那顶轿子一同上了路。在仁怀街上吃了午饭之后，伙计问他是不是歇息歇息，老大说算了，赶到长岗早点住店算了。

出了仁怀不远，沿路时常能看见三三两两的路人，看起来像是拖家带口出远门的样子。一个伙计上前询问，果然是从四川古蔺一带因为天干逃荒过来的。老大问伙计还有多少银子，伙计说预计四天的盘缠，剩得不多。老大没办法，临时决定躲进轿子，眼不见心不烦。

走了不远，坐在轿子里面被忽悠着的老大正想打个瞌睡，就听见外面有动静，掀起窗帘一角，正好看见路边有两个农民在挖坑，边上一卷草席裹着一具尸体。因为老大看见草席一头露出一只瘦翘翘的小手，老大赶紧放下窗帘，深深吸了一口气，憋了憋又吐了出去……

老大突然一惊，他好像觉得刚才那只手……对，动了一下。没错，就是动了一下！

老大急忙呼道："停停停！"

轿子停了下来，老大三步并作两步来到草席卷子跟前，蹲下，伸手捏了捏那只小手，老大明明白白地感觉到了小手的回应，尽管很软弱，但的确是回应。

老大叫停了两个挖坑的农民。和伙计小心地打开草席卷子，只见一个被天光刺激得紧闭着双眼的瘦弱小娃儿，呼吸依旧。

老大一时间怒火中烧，大声道："这娃儿活着呢！你们没长眼睛啊？！"

两个农民木讷地看着老大，无语。

老大更火了，吼道："你们这是杀人嘞！要抵命嘞！"

其中一个年纪轻一些的这才开了口，说："这位大哥说得哦！我们是帮人家的忙嘞！人家一家五口从四川过来，说是刚刚进贵州就已经埋了一个姑娘了，这是第二个。人家爹妈说了，与其活活饿死，还不如早早了断少受点罪！我们都是帮忙嘞，看到造孽嘛！"

老大说："这么说这是个儿娃娃喽？"

农民说："是。"

老大让伙计给了两个农民一些银子，让他们自己去分。年轻农民千恩万谢的，临走时还说了一句，说这回好了，娃儿有轿子坐了。

老大找出一件御寒的袄子将儿娃娃包好，本来想让一个伙计抱着坐轿子走的，后来一想几个人当中大概只有自己多少抱过文大同，两个伙计应该还没结婚。算了，还是自己抱着算了。

老大就这么奇奇怪怪地抱着个儿娃娃坐在一顶轿子里到了他们遇见的第一个大车店。跟大车店老板家婆娘说好价钱，两个条件，第一喂饱，第二洗干净。本来儿娃娃没什么毛病，就是饿的；大车店老板家婆娘有过三次养育的经验，这是事先打听清楚了的；再加上二两银子的单独酬劳，第二天上路时，儿娃娃的眼睛已经开始转动了。

临走时，大车店老板家婆娘说的一句话让老大哭笑不得。

大车店老板家婆娘说："不要嫌弃嘛，家的野的都是儿。"

"耶！"老大懒球跟乡下婆娘解释，说不定你越解释她会演绎得越离谱。

到了刀把镇，把前因后果跟大家一说，最高兴的还是蔡花蕾。蔡花蕾觉得老大就是按照她的思路在成长，一点偏差都没得。

蔡花蕾的妈问："儿岁嘛？"

老大说："不晓得。"

蔡花蕾的妈又问："爹妈哪里人嘛？"

老大说："只晓得是四川那边的，具体哪里不晓得。"

蔡花蕾说："爹妈哪里的没关系，但是多少岁了要搞清楚。就算捡着那天是他生日,起码你要知道过的是多少岁的生吧？要不人家问起来什么都不晓得，那才逗人家笑哦！"

文理渊说："实在不行……就请马神仙来断断？"

蔡花蕾说是个办法。

第二天马神仙就到了文府。拿着蔡花蕾的妈年轻时候剪裁衣服用的一把竹尺子，先量身高，再接着把手臂、脚杆、手掌、脚掌等一样不落地量了一遍；然后再把这些尺寸加减乘除地算了一遍，最后得出结论：四岁不到三岁半又多一点。

还是蔡花蕾的妈干脆，说："哎呀！掐头去尾，就四岁！"

大家都觉得老外婆给断的这个岁数既符合马神仙的数字，也接近大家对儿娃娃的客观目测。

十天之后，儿娃娃完全恢复了状态，只是估计从前亏欠得太多，一时间补不起来，给人总差着半岁的感觉。还有就是一问三不知，从前的事情没有一个答得上来的，就知道家住在山坡上，还有个姐叫妹子，一个弟叫小的，家里人都叫他大的。

蔡花蕾说："大的？这叫什么哦？总该有个官名才对。"

大家就看文理渊。

文理渊说："看我干什么？这种情况谁领进来的谁决定怎么叫。"

老大说："还是爹说一个的好。"

文理渊说："真的不用！你也起一回名字嘛，反正以后都是你的事。"

老大说："那……妈来！"

蔡花蕾说："你来你来，这个不用客气！"

蔡花蕾的妈说："哎呀！推哪样嘛推？你爹说得也对，就老大来！老大，你来。"

老大笑笑，说："那就不急这两天，我也看看《康熙字典》什么的。"

老大连着翻了两天的《康熙字典》，硬是没有得出个满意的结果。他问刘彩云，说你也帮着想想？

刘彩云想想说："那你不能跟妈说，她要知道是我的主意，第一个不愿意。"

老大说："那不会。"

刘彩云想想，说："哎，你说的那家大车店……叫什么来着？"

老大说："徐记……对，徐记大车店。怎么？"

刘彩云说："要说也是个缘分。那家大车店给他吃喝，给他洗澡。如果没有人家大车店，儿娃娃也许就……什么可能性都是有的。从这个意义上说，大车店就是儿娃娃的……出生地，对不对？生日都从那天算起了，名字也就随了人家多好？就姓徐，既然是个儿子，就叫……徐子，怎么样？"

老大觉得刘彩云说得在理，又徐子徐子地念了两遍，说："就叫徐子了！今年四岁，农历……四月二十九的生。"

6

老外婆不大喜欢徐子。倒不是因为徐子是捡来的，而是因为这娃儿太瘦小。你想嘛，一个濒临死亡边缘的小小生命，爹妈都不待见，弃之路边准备要埋的了；而且从小到大肯定就没吃过什么饱饭，瘦是必然的。按说捡了个娃儿回家来，总要给人家一个名分才对，至少"义子"之类吧？老大也这么想过，只是跟蔡花蕾一说，她说她倒没有什么意见，这种事情还是要跟老辈子说一声才对。

还是蔡花蕾亲自去跟母亲开的口，结果老外婆不干，说养着就养着吧，干什么非得要个名分？

蔡花蕾说："妈，名不正则言不顺嘞！"

老外婆说："哎呀！瘦翘翘的，不逗人喜欢嘛！"

蔡花蕾说："啧，人家命苦嘛！"

老外婆说："对了，能被老大捡回来已经就是……老大给取了个什么名字？"

蔡花蕾说："徐子。"

老外婆说："对，就已经是他徐子天大的造化了。你想想看，要是老大那天不是怕涨水走得早；要不是他们在仁怀吃饭耽搁了时间，那还不是说错过就错过的了？救命没得说的，缘分就是他该来我们家，并不是说非要给个名分才是缘分。对不对？"

蔡花蕾能说什么呢？人家老外婆说得也是有根有据的。后来老大又支使刘彩云去老外婆那里探了一回底。老外婆皱着眉头说："哎呀啧，瘦得老火！"

看来只能顺着她老人家的了。就是，谁不喜欢胖乎乎的娃儿？起码捏起来肉济济的，安逸嘛。

这个叫徐子的瘦弱男孩和文家原本有可能成为另外一种关系的契机，就因为"瘦"而被演化成后来另外一种关系，这大概就是命。

自打文霏霏出生之后，蔡花蕾又请了一个用人，因为只一个娃儿，用人就被分派了两件事情。一来协助着赵青梅带娃儿，二来厨房里忙的时候帮帮徐嬢做点活路。现在人多了，老大家五口，文知礼家三口，蔡花蕾和文理渊再加上老外婆，一桌酒席还多一个人站在旁边。还好有四个是娃儿，上不了台面，要不是更热闹。

文理渊四十多岁上头就当了老太爷，衣食无忧还儿孙绕膝，按说没什么不安逸的，就是会有感觉闲的时候。一有这种感觉时就会想起老大曾经答应过的印书馆的事，想问问吧又怕人家说催人家，不问吧心里又难受，而且还找不着人说，一天的好心情往往就被这事打了折扣，有时候还唉声叹气起来。

蔡花蕾就说："哎呀！是有哪样不安逸你就说出来嘛，长一声短一声的搞哪样嘛？"

文理渊说："好好好，怪我，怪我！"

蔡花蕾说："不说是不是？有哪样不舒服把马神仙喊过来看看？"

"啧，你越扯越远喽！"文理渊说完干脆走了。

等老大回来，蔡花蕾跟儿子一说，老大马上说："我知道爹什么病了。"

蔡花蕾说："什么毛病？"

老大笑笑，说："也怪我，爹想开一家印书馆，跟我说了，我也专门了解了一下情况，不是不行，是在遵义不行。一来地方小了，没有这么大的量；二来机器要到外国去买，不是一时半会能买得到的；第三纸张也要从外面进来，好一点的还要进口。所以我们遵义不具备办印书馆的条件，哪里能跟人家上海比？人家那是大码头。"

蔡花蕾说："那你跟他说不就完了？"

老大说："就是就是，一忙起来忘了，我这就去跟爹说去。"

文理渊也是通情达理的人，听老大这么一说，便笑了，说："看来还不是一厢情愿就能办的事情。行了，爹知道了。呵呵呵呵，上海那码头还用说？《申报》就是上海出的。呵呵呵呵。"

老大看得出来，爹的"呵呵呵呵"不但是自嘲，还有于心不甘的遗憾。连忙说："爹啊，以后有条件了，我们文家第一个要办的事情就是印书馆，哈？"

当时老大说这句话，只是想要安慰安慰老爹，没想到好多年以后是老大自己把这件事情当了真。

7

光绪二十三年（1897）的十月十九，老外婆仙逝于刀把镇，享年六十二岁。

怪嘞，老人家安安静静的，一点点征兆都没得。头天吃晚饭的时候掉了一回筷子，那天正巧老大回来，便去厨房拿了一双干净的过来。平时老大帮着老外婆做点什么事，老人家从来不客气。蔡花蕾还说，该的，哪个喊他是你孙子？

那天，老外婆接过老大递过来的筷子，淡淡一笑，说："谢喽哈！"

老大笑了，说："耶，跟孙子还客什么气？"

后来大家就分析，说那是老外婆知道自己要走了，特地给大家留下点响动，筷子落地也算是个响动。人其实是知道自己的气数的，不论是否明确晓得自己将要走向何方，但"要离开了"这一点，人是知道的。

还有刘彩云，那天晚上抱着文珠都从老外婆屋里出来了，突然就想起要去帮老外婆洗一回脚。老大见她放下孩子又要出去，以为是上个茅房什么的。没想刘彩云竟去了厨房端来盆热水，帮老外婆好好洗了一回脚。

后来问她是不是觉得老外婆要走了，刘彩云眼泪摩挲地说："我怎么能知道？只是觉得老外婆有些疲倦的样子，我就想给她烫个脚，想让她老人家舒舒服服睡一觉！呜呜……"

蔡花蕾的妈和刘彩云这个孙子媳妇一直就亲，从进门第一天开始，一直就那么依依不舍。连蔡花蕾有时候都吃醋，说怪得很嘞，比自家亲亲的姑娘还热和！两个有本事睡一床！

那天早上起来，蔡花蕾照例先去母亲屋里看看，关照一下老人家。看着老人一脸安详，蔡花蕾心里就说，耶，这个脚硬是烫得安逸嘞！她昨晚上过来时正看见刘彩云给老外婆洗脚。

本想抽身出去，突然感觉好像哪儿不对，走近床边歪着头看看，对了，平日里，呼吸让母亲的胸口有起伏，今天没了。蔡花蕾赶紧俯下身子伸手在老人鼻子那儿试试，果然……

蔡花蕾没有大呼小叫，而是站在原地看着老人平静的面容。一袋烟工夫之后，她先是回房跟正在穿衣服的文理渊说了，然后又去老大屋里叫醒了两个大人,等她再从文知礼屋里出来时,就听见了刘彩云呼天抢地的第一声哭喊:"老外婆啊!嚼嚼嚼嚼——"

蔡花蕾的眼泪马上夺眶而出,憋都憋不住……

很多时候人就是这样,连哭一场都讲条件,要有氛围,要有引子,还要有根据……

文家为蔡花蕾的妈大肆举丧。

白与黑是文府这个时间段的主色调,哪儿哪儿不是绑着黑色就是吊着白色,就连文霏霏也是披麻戴孝地穿戴得中规中矩。临时从乡下收来的一口楠木棺材雄赳赳气昂昂地被架在屋中央,后面的幡旗挽联上写满了歌颂功德的对子,正中间的桌子上燃着香烛,供着果品点心之类;棺材下面点一盏长明灯,边上一个烧纸钱用的陶盆。总之香烟不断,给人一种视觉和嗅觉上的凝重感。

老大作为长房长孙——前面说了,反正就文理渊倒插门这一房,长房幺房都是他——跪在楠木棺材边上的第一顺位上。有人来祭奠时他就跟着磕头,没人时他就烧烧纸钱,反正有事做。实在顶不住了,就让文知礼来换换,一共要做七天的法事,一个人怕是顶不下来。

因为被称为"白喜事",所以也要尽可能热闹才好。除了从遵义一个寺庙里请来六个披着袈裟的和尚,在香烟缭绕的法棚下面诵经念佛之外,还请了两个鼓乐班子,轮番着闹。加上刀把镇的乡亲和远路来的客,把文府从门里到院外挤得满满登登的,哪儿哪儿都是人。

高大脚和刘青云也来了,这是高大脚第三次来遵义。看着女儿哭得悲悲切切、伤心伤意的样子,高大脚一时间也想不透这个老外婆究竟用什么办法就把女儿收得这么服服帖帖。起码有一点不是坏事,那就是女儿已经融入文家人的生活了。再加上女婿对茅台镇刘家所做的一切,让高大脚在老外婆灵前也痛痛快快哭了一场。连蔡花蕾都有些感动,她是第一次看见亲家母这样身份的人哭成这样。

下葬那天,作为孝子贤孙的老大在通往老外公蔡好仁坟墓的村道上,虽然路不长,还是照着刘青云上次在茅台镇的摸爬滚打也来了一回,翻滚了一路。

当年,蔡好仁被埋在距离蔡府不远的一块空地上,就是图个方便祭拜,现在蔡花蕾的妈被安葬在蔡好仁的右边。

鉴于老外公的已经有些破旧的坟冢,老大让石匠们照着老外婆的新坟重新打造了一个，碑也一模一样打了两块，方方正正的。

蔡花蕾什么也没说，但是什么也都写在她那张依旧白净的脸上了。

这回该着文理渊站在石碑和跪拜的人之间，两手操在肚皮前面，口中念念有词了。人跟人的说法还不一样，假如是老大，文理渊就说些生意兴隆，财源广进之类；假如是文知琴，他就会说相夫教子，阖家幸福；只有文知礼费点事，因为一个大男人闲在家里没事做，你说祝福吧，找不着祝福男人闲着的颂词，而且文理渊这种性格也说不出骂人的话来，即使要骂也不会在这儿骂，最后只得说了身体没毛病之类不咸不淡的话了事。

蔡府最早干这事的是蔡好仁，现在传给文府的文理渊了。中国的事情就是这样，一代一代都有人传承，没人安排，到了时候就有人站出来，自觉得很。

丧事办完之后一个月，蔡花蕾把老大找来说起了搬家的事。

刀把镇早已不是文家的久留之地，还不要说够住不够住的事，也不说老大来来回回地难得跑，就是平日里要买个什么东西都要往返遵义颠簸来颠簸去，碰上个头痛脑热也还得麻烦人家马神仙跑来跑去，唯一的好处只是吃辣子鸡面方便，所以该搬。一直以来将就着老外婆，现在老外婆走了，搬家的事情自然就被摆到桌面上来了。

"搬家是没有问题的，问题是搬到哪里去。是搬到遵义还是想得更远一点直接就搬到贵阳去？当初从刀把镇想搬到遵义是一步，以后还有没有想从遵义搬到贵阳的第二步呢？"蔡花蕾问。

文理渊说："问题是我们现在的生意都在遵义呀！"

蔡花蕾说："对呀，那些年我们老蔡家的生意不是也都在刀把镇？现在呢？"

文理渊不说话了。

"老大。"蔡花蕾开始点名了。

老大笑笑，说："嗬，妈的意思……不仅仅是要搬家哦，怕是……"

蔡花蕾说："是，把生意做到贵阳去！不是怕是，是就是！"

这就是老大对母亲言听计从的原因。其实老大早就这么想的，只是因了老外婆，因了"文府"，他知道自己早晚一天会跳出遵义这块现在看来已经感觉小了一些的堂子，朝着更大的堂子去发展，去打拼。

最后确定下来，先发展，后搬迁。

汉代郑玄的《诗谱序》中有"举一纲而万目张,解一卷而众篇明"之说。从文府这个小范围看,只要蔡花蕾"纲举",老大那里肯定"目张"。

文理渊也落得清闲。反正印书馆搞不成,闲着也是闲着,就开始关心起国是来,而且哪条不热闹不关心哪条。

接近年关了,从北方传来消息,说山东一个叫曹州的地方什么时候发生了一桩叫"巨野教案"的事件,说是有中国人杀了两个德国传教士,德国人因此就占领了胶州湾,占领了青岛。文理渊心想这些外国人真是得脸了嘞,有事说事嘛,中国人的地盘怎么说占就占了?赶紧托人从贵阳找来一沓那一时间的《申报》,一看才知道德国人占领胶州湾的时间是1897年的11月13日,一对皇历,农历十月十九,正好是老外婆仙逝的那天。文理渊心想这就对了,人家老外婆是见不得这些红胡子们在中国乱整,这才眼不见心不烦地一走了之,到天上和蔡好仁过清净日子去了。

从康熙二十八年(1689),领侍卫内大臣索额图和康熙皇帝的舅舅佟国纲在尼布楚签署的中俄《尼布楚条约》算是开了个头,外国人一直就拿中国人当软柿子捏。特别到了道光二十二年(1842),因为第一次鸦片战争和英国人签署的《南京条约》,一直到光绪二十七年(1901)庆亲王奕劻和李鸿章与西方十一国签署的《辛丑条约》;差不多六十年的时间里,大清国有两件事干得最多,一是赔笑,二是赔银子。

人家外国人数你们家给的银子都数得手杆酸,没得办法,你软啊。

也好,就因为有了1897年的这个"巨野教案",才有了后来的《中德胶澳租借条约》,也才有了后来的"巴黎和会"上关于中国的一段故事,最终导致了1919年5月4日发生在北京的一场运动。据称,"五四运动"是中国旧民主主义革命的结束,同时也是中国新民主主义革命的开端。

第九章

1

光绪二十六年，按照公历纪元是新千年的开始，也就是 1900 年。两年前的 1898 年 6 月里，光绪帝颁布命定国是诏书，宣布变法，史称"戊戌变法"。九月间，慈禧太后就发动了政变，皇帝被囚，康有为和梁启超分别逃往法国和日本，谭嗣同等六人被推到菜市口砍了脑壳。就这样，历时 103 天的变法宣告失败，史称"百日维新"。

如果说百日维新是中国人自己在闹腾的话，到了 1900 年，洋人就开始掺和了。这一年中国发生了很多事情。正月间，先是山东的义和拳一竿子人跑到直隶清河县，将大寨庄的一个教堂给烧了，最终导致了对国家产生了深远影响的"庚子国变"，"八国联军"对中国摆开了架势。

慈禧太后其实没有要和洋人开战的准备，心理的和物质的准备都没有，但被赶上了架子的鸭子没办法，不叫也得叫。于是，于 6 月向十一国宣战，很快八国联军便攻陷了大沽炮台，并占领了天津，直逼京畿。到 8 月 15 日北京沦陷，前后还不到两个月的时间，大清朝的军队真的很不经打！反正太后还能动，打不赢就跑嘛，马上携光绪皇帝西逃。其实这里用个"携"字是很奇怪的，人家光绪是皇帝，慈禧只是太后。还不要说中国千百年来男人和女人的从属关系，就是大清国也有十分缜密的祖制在那儿摆着，要携也是皇帝携太后。

文理渊很为当今这个当得如此憋屈的皇上打抱不平，后来他也想通了，不要说"携"，这之前人家太后还想过"废"呢，欲将端王载漪之子溥儁立为大阿哥，从而取代皇上的，是因为列强的反对才没有得逞。

文理渊是从《申报》上读到这些消息的。

8月20日，也就是仍然在半路上逃跑着的慈禧太后终于认栽，国家以光绪皇帝的名义发布"罪己诏"，向列强赔礼道歉。

看到光绪皇帝的"罪己诏"，文理渊便想起了前朝崇祯皇帝在煤山（今景山）上自缢前留下的"罪己诏"，赶紧找出来看，当他读到"朕非亡国之君，而事事皆亡国之象"的文字时，文理渊不禁打了个寒噤，莫非两百多年之后，这"事事皆亡国之象"也要在大清朝重演不成？他不敢想，因为单单有这样的想法就够你掉一回脑袋的了，人的脑袋如果可以掉两回的话，第一回你还可以试试。文理渊由此想起了自己的爹。

自从那年跟蔡花蕾结为连理，算是坎坷的命运里遇上了一个风和雨细的港湾，但事情并没有了结，一直在心里藏着的。这么些年了，只要一碰上合适的诱因，文理渊肯定就会想起自己在安徽的那个家，想起爹妈。这之前也想过几回，只是那几回的"诱因"不是添子就是添福，是告慰。这回不同了，自己渐渐老了，一些想法会因为年龄的增长而改变。比如，当年他就觉得这事情最好还是藏在心里的好，所以蔡花蕾不止一次问起文家祖上时，他都一口咬定是遇上了大灾年，家早已不存在了。

现在，文理渊因为大清朝的颓势而想起爹妈时，突然就那么强烈地感觉到这个事情不能再这么藏着掖着了，至少……至少要让老大知道，而且感觉有点迫不及待。

为此，文理渊跟蔡花蕾扯了个把子，就是编了个理由，专门去了遵义一趟。

三年了，老大忙于盐号在贵阳及其周边的事务，经常往返于两地之间。这天本来准备去贵阳的，前一天夜里都要上床了，突然有刀把镇一个大车店的伙计来找，说是文家老太爷捎来口信，让老大明天务必在遵义等着，有要事商量。就为这，老大琢磨到半夜也得不到要领，这才勉强合上了眼睛。第二天早上睡得正安逸的时候，爹来了。

当老大听到自己的爷爷居然自缢在大清朝的牢房里时，都有点不相信自己的耳朵了，说："怎么会是这样？"

文理渊就摇头，就叹气。

老大想想，说："爹告诉我这个事情的意思是……"

文理渊说:"老大,爹老了!爹是想让你知道文家的祖上是怎么个情况,一来有个交代,二来……如果可能,不论用什么方法,爹想知道老家那边现在的情况,而且……最好不让你妈知道。"

老大看看眼前已经开始显出老态的爹,点点头说:"我知道了,爹。"

文理渊就这样将自己长久以来的心结解开了,把疙瘩交给了老大。老大是那种条理清晰的人,凡是重要的事在心里都有个存放的格子,盐务的,烧房的,刀把镇的,这回又多了个格子,安徽滁州的。

老大读过《醉翁亭记》,也知道琅琊山,现在才知道那里居然就是自己的祖籍地。不要说爹有交代,就是不交代他也很想去琅琊山看看,去看看老文家的故居,要是还有故人在,那肯定是十分有趣的事情,他想。

老大这次去贵阳,是去看地的。上一年他就安排盐号贵阳分部的一个叫王举才的掌柜替他留意寻一块宅基地,现在人家带信过来,说东门边上有一块土地要卖,说是大小跟老板要求的差不多,位置也还适中,让赶紧过去看看。

老大一眼就相中了这块地,没费什么周折便成了交。为此他还封了一包银子给王举才,算是感谢。同时让王举才马上找了一家建筑公司,大概是个什么要求,住多少人,怎么一个风格等等一说,就让人家搞图纸,说一要好,二要快。

贵阳的事情办妥之后的那天晚上,老大头脑里就"安徽滁州"四个字在绕。他真想立马就能赶到那儿,去看看那里的山,那里的水,那里的人。为一句酒话就死在了牢房里?家里人还在吗?房子还在吗?生活得怎么样?一直琢磨到鸡都叫第二遍了,这才迷迷瞪瞪闭上了眼睛。还不踏实嘞,梦里又看见了琅琊山,梦见了黑乎乎的牢房屋梁上挂着根红颜色的绳子,在夜风里荡来荡去的……

等到建筑公司将图纸送到了刀把镇,家里人才知道贵阳那边即将会有一个新的家。最高兴要数蔡花蕾,因为老大让建筑公司在比较中心位置的一处房子上标注了两个字:佛堂。

自打老外婆和老外公搬到了一处,蔡花蕾就在老外婆那间屋子里设了个祭坛,除了老外公和老外婆的牌位之外,还有些水果点心之类的供品,烛台香炉更是必不可少的器物,每天早晚点一炷香,搞得整个家里面顿时有了寺庙里面的感觉和味道。蔡花蕾说有味道好啊,不但气氛对,夏天还熏蚊子嘞。时间一长,祭坛就被固定下来,加上老外婆屋里原来的铺排一样不动,大有睹物思人的效果。所以，老大在交代"设计思路"时，专门挑了一块比较安逸的地点，设计了一个佛堂，正是对着蔡花蕾的心思去的。

蔡花蕾没有喜形于色，只是在吃晚饭时夹了一坨红烧肉放到老大碗里，什么也没说。不过饭桌上的人都明白，什么都在这坨肉上面了。除了那些娃儿。

按照老大那年给确定的年龄，徐子比文大同长一岁，比文珠、文龙大三岁。就因为蔡花蕾的妈那年嫌人家瘦，阻止了老大将徐子认作义子的可能性，现在问题出来了。

每到吃饭的时候，徐子便会回到厨房，跟徐孃和几个带娃儿的用人一起，吃下人们该吃的饭菜。吃饭之外的一切时间里，徐子都是和文家的子孙们一起度过的，包括和文大同一起接受由文理渊亲自担纲的教书育人。

教室就设在吴老先生那年教授老大他们三个娃儿的那间屋子。从《三字经》开始一点一点教，循着文理渊的喜好从诗词入手。既满足了文家老太爷的事业心，也让几个娃儿得到教化，还不花一分钱学费，一举几得。

头几年没问题，等到文珠和文龙四岁头上了，也就是八国联军占领北京，在紫禁城、圆明园、颐和园烧杀抢掠的1900年，问题出来了。

有一天，文珠问刘彩云，说徐子哥怎么一到吃饭的时候就不跟我们在一起了？

刘彩云不会在一大家子人的饭桌上让人感觉自己在班门弄斧，便说："这个要问你爹。"

老大也只能实话实说，说："徐子哥是下人，下人和主人不能在一起吃饭。"

文珠想想，说："那……下人就能跟主人一起玩耍，读书？"

蔡花蕾听了就笑，说："对了，这回让你爹给说说清楚吧。嘿嘿嘿嘿！"

老大说："怎么说呢？下人和主人之间……一直有规矩在那儿管着，什么行什么不行，不是我们想怎么就怎么的。现在你还小，长大了你会知道的。"

文珠当然听不明白，什么"规矩"，什么"长大"，都是大人吓唬小孩子的说辞。就像文大同吓唬她和文霏霏一样，只要是文大同不想让她们跟着去的地方，文大同不是说那地方有女妖精，就说有长毛鬼。

挨着年尾了，文家又出了件大事。

按说，文龙、文珠两个双胞胎同吃同住同喝同玩耍，文珠没病没灾的，文龙眨个眼睛的工夫就得了个怪病。小小一个人一会儿热一会儿冷的，吃谁的方子都没用，连马神仙都皱起了眉头。一家人急得不知道该干什么好，刘彩云就哭。再过几天身上脸上都出来疱疹了，马神仙这才断定是一种叫天花的病。说就是当年同治皇帝得的那种病，基本上没治。说是传染性还强，大家赶紧将另外几个娃儿送到遵义去躲。

第十一天的晚上，文龙便离开了人世。文理渊伤心得哦，好在前面有个文大同耸立着，否则什么想法都可能会有。蔡花蕾反过来安慰他，说是冬天来了，这孙子大概是怕老祖宗他们冷着，特地赶过去给两个老的焐脚去了。

文理渊也不说话，垂着头在那儿叹气。

老大家则是男的劝慰女的。可以想象刘彩云伤心伤意一脸痛到心底去了的那种表情，这个时候说什么都没用，就是让她哭去，眼泪流得差不多了她自然会好。反正你不能跟着哭，那样几天几夜都收不了场。

找人把小小一个棺材在蔡好仁夫妻两个的大坟边上堆了个小坟头，一块小石碑上落款那儿留着文龙一个人的名字。这是文理渊的主意，说这样算是个回避，至少人家不知道你们家情况的外人看了，不会一目了然就知道是白发人送黑发人，少一些伤心罢了。

马神仙还特意送过来一种什么消毒药水，是他找人从贵阳带过来的。让和了水里里外外都洒一洒，孩子的屋子重点洒洒，味道怪怪的。还让多开窗户吹一吹，这之后一个礼拜还多，才让躲在遵义的娃儿们回来。好长一段时间，院子里没怎么听见小娃儿的声音。

蔡花蕾找了个机会跟老大说话，让他抓紧贵阳那边宅子的工程。

老大说："好。"

文理渊就在一边叹气，说："人无千日好，花无百日红啊！"

2

到了光绪二十八年（1902），丰汇盐号的盐巴铺子在贵阳的大街小巷已经随处可见了。生意做到一定的时候，随便怎么都来钱。要不人们会说钱朝着热和的地方走？

文家位于贵阳的宅子经过两年建设，大宅这边已经差不多了，剩下的活路主要集中在小宅那边。

　　有一次马神仙问，怎么就分出来了大宅和小宅？原来宅子动工没多久，文知礼突然提出来他想单过，而且还是有条件地单过。就是不想在一个大宅子里面挤在一起，最好是隔着不远。蔡花蕾一听就来气，说真是长本事了，想起来一出是一出！文知礼也不顶嘴，反正话已经说出来了，那意思你们看着办。最后还是文理渊给下的台阶，说反正都是早晚的事情，就由着他吧，好在不差银子。跟老大商量来商量去，决定就在大宅的边上隔出一块来，围墙分开，中间留一道小门，在门外边再建一座小宅，由着文知礼住去。

　　现在地方大了，房子就可以按照自己的想法来建。除了多修几栋，老大还将所有的房子都建成了一楼一底，这样凭空就多出一倍的面积出来。而且楼跟楼之间还用架空的过道连着，过道还有挡雨遮阳的瓦棚，总之能想到的地方一律一次到位，免得以后麻烦。文知礼那边也盖了一栋两层小楼，剩下的地方按照文知礼的要求弄成了花园，花园中间搭建了一个凉亭，边上有水，水里养了鱼，树木花草都长成之后，真是不错，仿佛世外桃源一般。老大看了之后还嘀咕了一句："狗东西是不是享福享早了点？"

　　看着偌大个宅子，老大首先想到的是该找个管家了。但这还不比找个用人那么随便，你还急不得，有时候也讲究个缘分，说踏破铁鞋无觅处，也许有一天砸都砸到你头上来。反正放在心上，慢慢寻吧。

　　自从听了"安徽滁州"的故事，老大心里的这个格子日渐膨胀。只要稍有空闲，首先想到的一定是"安徽滁州"。连刘彩云都看出来了，说既然都到了朝思暮想的份上了，干脆就去一趟？

　　老大皱着眉头，说："我是怕这边事情多，贵阳、遵义、茅台镇的，哪天不是一大堆的事情。"

　　刘彩云说："哎呀，千万不要这么想，事情都是自己想出来的，越想就越多。再说了，既然是爹的意思，你就请爹帮你看一段时间，他老人家不仅不会推辞，还高兴，你信不？还有，等我们真的搬到贵阳去了，恐怕更没得时间了。"

　　人家刘彩云到底大着年龄不说，还有女人的心细，一般什么情况让她一分析，大都在情在理。老大第二天便把想法跟爹说了，正如刘彩云分析的，文理渊乐得嘴巴都合不拢来，忙不迭地说："好好好！生意这块没说的，只是你妈……"

老大说:"爹,我知道你顾忌什么。你不是常说妈是刀子嘴豆腐心吗?我觉得还是实话实说的好。这件事如果以后再告诉她,她反而会不高兴。"

文理渊紧锁着的眉头慢慢地松开了,说:"那……"

老大说:"爹放心,话肯定是我去说,不会让你老人家为难。"

老大跟蔡花蕾一说,蔡花蕾的第一句话:"难怪那年说入赘,他一口就应承下来,搞了半天这么一出哦!这就对得上了。当年我还说你老外公过分,现在看来啊,一点都不过分,他该!"

老大就笑。

蔡花蕾又说:"想想也怪可怜的,一家人逃命都不敢走一路,还天南地北地分着跑!按说你该陪你爹一起去的,只是……生意上还得有人管着。那就早去早回?"

老大说:"好,早去早回。还有……我想带着徐子。"

蔡花蕾说:"好啊,九岁了哈?算是个伴。"

徐子九岁了。

从去年开始,凡是跑个腿什么的,老大总是喊徐子,渐渐地就喊顺溜了,进而发展到出门也叫上徐子。一是徐子机灵,有眼色头,有时候老大还没开口呢,徐子就把他需要的东西递到了手上;二来就像蔡花蕾说的,是个伴。原先需要个伙计跟着的事情现在就换成了徐子。所以自打决定要出远门,老大就决定带上徐子。按说带上刘彩云和文大同也不是不行,只是第一次回老家情况不清楚不说,万一滁州那边还是不能张扬的那种情况,比如,官府还没忘了当年"大不敬"的事情什么的,拖儿带仔的目标就大;再加上家里还有个女娃儿需要照看。所以老大决定带徐子。

交代完这里那里的事情,肩负着文理渊满心的期待,老大踏上了远去滁州的路途。

按照事先设计好的路线,他们先去重庆,在重庆上船沿长江东去,过武汉,经芜湖到南京下船,再由南京北上去滁州,这是最便捷的路线。

这之前,老大跑的地方不少,只是全都在贵州境内,这次真算得上远行了,也是他平生头一次。在重庆上船那天正好是端午节前三天,各处支流的水全都汇集到了长江，浑浊的江水滚滚而下，给人铺天盖地的感觉。徐子缩在船舱窗户角边，眼睛里面有畏惧的神色露出来。老大也是第一次得见这样的天水茫茫，混沌之间的确能让人感受到自然力的宏大、壮阔，心中不免感叹。

过了奉节远远望见白帝城了，老大心里自然就冒出了"朝辞白帝彩云间"的诗句出来，正想着，徐子那儿便念了出来，关键徐子一口四川口音诵读这样的千古名句，倒也别有风味。

老大笑了，说："和大同一起学的？"

徐子点点头，说："老太爷教的。"

老大说："你去问问距瞿塘峡还有多远。"

没一会儿徐子回来了，说就在前面。

有些事情听说过只是没见过，而丰水期的长江三峡，是他们听都没有听说过的。他们乘坐的这艘船不算小，是老大在朝天门码头上专门挑选的一艘大船。只不过这"大船"在三峡的涌浪和漩涡的翻卷中竟显得那样的渺小和无助，要不是船工们经年累月练就的一身本领，老大感觉自己随时随地都将被砸在那些岩石之上而葬身鱼腹。

随着船只上翻下卷，没吐的人很少，大都五脏俱焚。徐子更是黄胆水都吐出来了，惨白的脸色跟当年被席子卷着即将被人埋掉时差不多。直到在南京上了岸，徐子还是看见什么东西都没有胃口。

3

滁州自古有"金陵锁钥，江淮保障"之称，是安徽靠六朝古都南京最近的鱼米之乡。因为境内有滁河贯穿，隋朝起便称滁州。唐代苏州刺史韦应物作《滁州西涧》诗，就有"春潮带雨晚来急，野渡无人舟自横"的句子。六一居士欧阳修任滁州太守时，因留恋琅琊之美景而成就的《醉翁亭记》，更是天下人皆诵。滁州因为吴文化和淮扬文化在这里交汇，得两种文化之精髓而熠熠生辉。难怪爹总说自己姓文就是天意，教书育人直至后来想办印书馆，都是因了琅琊山这片清新脱俗之地孕育的结果。老大想。

到了滁州，根据文理渊的一些具有典型特征的回忆，老大找到了一个叫济江门的地方，说是唐永徽年间拓建的，再找到某某街某某巷，一问，人家说这里是十年前谢家新盖的房子。主人家倒是还记得原先确实住着姓文的一家，后来不知什么原因文家就散了。还巧，谢家的一个几乎动弹不得的老人提供了一个线索，说是街转角的铁匠铺隔壁的巷子最里面，还住着一户姓文的，跟原先的这个文家好像有点什么关系。

老大和徐子按图索骥找到了那一户人家，只不过挂在门栓上的"铁将军"给老大刚刚被点燃的热情浇了一小瓢凉水。还好，起码有了目标。

接近中午，两个人肚子里面空空无物，正好到滁州街上转转，先填饱肚子再说。滁州街上比遵义热闹，铺子也多，卖什么的都有。老大先是拣着地方特产，诸如琅琊酥糖、甘露饼之类的先尝了一遍，最后进了一家干干净净的饭庄，点菜时也挑些"雷官板鸭""秦栏卤鹅"等具有地方特色的下酒菜，再加上淮扬菜里面一些有名有姓的菜品，比如"镜箱豆腐"，比如"荷叶鸡"，比如"白烧四宝"，比如"三丝燕菜"等，外加一壶也写着"陈酿"二字的"女儿红"，和徐子两个人畅畅快快地吃成了十成饱。菜不错，只是酒跟茅台镇的不是一个路子，要是有时间，老大真想找一家酿制黄酒的烧房看看，看看黄酒是怎么个陈酿法。

酒足饭饱的主仆二人先是找了一家离铁匠铺不远的客栈要了个干净的、宽敞的套间，让老板在房间里再支一个铺，说该多少钱给多少钱。安顿之后看看距离天黑还有些时候，便去街上买了些滁州特产回来，有滁州竹篮、滁菊以及党参等等。本来还想捎带一罐子女儿红的，后来想想爹很少喝酒不说，主要还怕路上摔了。

他们第二次来到那把"铁将军"跟前时，从门缝里面透出了一线惶惶的亮光。开门的是一个三十岁不到的男人。一问，是姓文，叫文昌寿。把情况一对，居然是文理渊一个远房叔伯兄弟的儿子。

在江湖上，见了老乡都眼泪汪汪的，更不要说远房叔伯兄弟的儿子了。老大将自己家那边的情况一说，立马和文昌寿抱头痛哭了一回。文昌寿听父亲说过那一年各奔东西的文家人，这么些年了基本上音信杳无，没想到会有个叫文知辉的前来寻根。两个人哭起来都痛，但文昌寿的痛里面还有悲的成分。

按说老大该请人家文昌寿到馆子里喝一顿女儿红的，因为从文昌寿的家境上看，喝女儿红大概是过年过节的事情。但是一听说这里也是当年文家的另一处房产时，老大就想在祖屋里多待些时候。一提起往事，文昌寿道出了一肚皮的苦水。

自从文理渊他们各奔东西之后，辗转得到消息的文昌寿爹妈便和儿子从芜湖赶过来陪伴独自留守的文家老母亲。老人家哪里经得起这样的人生变故，一年之后便随屈死的夫君去了。后来官府传出消息，说老盐运司知事的儿子不过是酒后说的酒话，按律不够满门抄斩。只不过消息传到文家时，这一家人已经一个不剩，只留下空空的宅院了。文昌寿一家来了之后感觉这边比芜湖那边好生活，又有现成的住处，便在滁州安顿下来。文昌寿家里就他这么一个孩子，到了该成家的年纪也娶了一门亲回来，只是那女人一年不到得了个什么怪病就撒手人寰，没多久两个老人也相继去世，转眼之间这里竟成了孤门独人，文昌寿便将老宅卖给了谢家，自己搬到现在这个原先是老文家其中一个儿子的住处，平时给人家打打短工，也是凑合着挨光阴。

讲述过程中，文昌寿不断叹气，长一声短一声地让老大心里很难过。完了，老大先是问清楚文昌寿比自己长六岁，三十一，就拉着本家哥哥的手直奔中午那家饭庄，好酒好肉地招待了本家哥哥一顿，席间还做了一个决定，把文昌寿带回遵义，新宅院管家一职的最佳人选。

老大如实将文家在贵州那边的情况跟文昌寿一说，连带着把管家的意思一并说了，就文昌寿目前的状况那还不是打着灯笼都难找的好事情啊？文昌寿当时连给老大磕几个响头的心都有了，虽然被老大拦住了，但眼睛里闪出的泪光分明有拨开乌云见太阳的那种感动。

老大还阻止了文昌寿卖掉祖屋的打算，说反正卖不了几个钱，就留着，以后说不定什么时候还能用。

老大这次故乡行，收获是显而易见的。不仅将老爹压在心头的那块大石头搬开了，还顺带捡了个管家。其他的诸如游琅琊山、观醉翁亭、品家乡菜、买土特产；连同长江三峡的惊心动魄，那都是开眼界长见识的切身体验。

归期确定之后，体会到游历山川诸多好处的老大索性选择了一条经由上海、杭州、金华、福州、厦门、汕头、广州、柳州，最后到贵阳的路线。反正出都出来了，家里头方方面面也都有人担待着，何不如做他一回徐霞客？

照着徐霞客的思路，每到一处，老大先是打听最让当地人百吃不厌的地方菜肴，其次便是最让当地人引以为傲的景观。比如到了上海，除了被上海人称作本帮菜里面的诸如"响油鳝糊""红烧圈子"这些让人听起来不明就里的菜品一定要想办法点来尝尝之外，老城隍庙是一定要去的；再加上城隍庙梨膏糖和浦东鸡，这就算你没白来上海一趟。老大也不知道当年徐霞客具体是怎么个游法，反正按照"没白来一趟"这么走，总不会错。到了杭州，西湖你总要去吧？断桥你总要走一遭吧？人家白娘子和许仙都演绎出那么些动人故事来了，你还不该去看看？西湖醋鱼你总要尝尝吧？吴山酥油饼你总应该买几个吧？

就这样，金华的黄大仙祖庙加上金华火腿和酥饼，福州的闽王祠、佛跳墙、扁肉燕，厦门的鼓浪屿、姜母鸭、鱼皮花生，汕头的老妈宫、潮州功夫茶、撒尿牛丸，广州的光孝寺、荔枝、肠粉还有早茶，柳州的东城门楼、沙田柚，等等，让这三个远道而来的外乡人统统来了一遍。三个人头一回游历一个接一个的天下美景，品尝一盘接一盘的美味佳肴。换成外国人，人家会说感谢主。而徐子则抚摸着一肚皮的好东西思忖，这要感谢老大！

4

从柳州出来，这一天到了南丹，这里挨着贵州地界，往前不远便是贵州一个叫麻尾的小地方。南丹这地方小不说，还没什么可以观赏的史迹。一打听，说这里出产一种叫黄蜡李的水果，从明朝开始便被皇上定为贡品，到了时候就往宫里送。老大一想，这也算不虚南丹一行吧？便问清楚了可以买到黄蜡李的地点，说是不远，三个人便直奔黄蜡李而去。

说天有不测风云，人有旦夕祸福；还说祸兮福所倚，福兮祸所伏等。果然，这一路上自在逍遥的、眼福口福都占全了的三个人，在寻找黄蜡李的路上就应验了这些老话。

三个人乘着在南丹租用的一挂马车眼看就要到达黄蜡李产地了，光天化日之下从路边就窜出几个棒老二来。广西这边不知道怎么称呼他们，反正遵义那边就叫棒老二。一竿子七八个人，手里长长短短都拿着家伙，就说是空手对空手，他们三个也不是人家的对手。为首的一个戴着顶毡帽的黑汉子走到大车边上，一撩帘子，斜拉着嘴用南丹这一带的方言喝道："还不滚下来？！"

三个人立即滚了下来。要说还只有老大的底气足些，虽然心里直扑腾，还是板着脸问了一句："光天化日之下你们想干什么？"

"啪"的一声，黑汉子的巴掌不由分说就打在了老大脸上，老大没有防备啊，立刻倒在地上。黑汉子跟着上来又是几脚，直踢得老大的身体躬缩起来。徐子一下子扑到老大身上，用手护住自家人，眼睛斜视着黑汉子。

"咦！老子把你眼睛抠出来，信不信？！"黑汉子骂道。

文昌寿赶紧过来，横在黑汉子前面又作揖又弯腰地忙不迭说："这位大哥！这位大哥！有话好好说，我们也是本分人家，有话好好说，有话好好说！"

黑汉子斜斜文昌寿，呸了一口，说："那就把东西都拿出来吧，免得爷爷动手！"

没文化的人就是这样，冒充一回爷爷好像得了多大个便宜似的。眼下这个黑汉子就是这样，说了这句话之后还得意地笑了笑。整个过程中，其他棒老二一动不动，刀枪棍棒地比画着，就黑汉子一个人在那里表演。

老大知道今天算是遇上了，他站起身，扭头朝来路那边扫了一眼。

黑汉子又开口了，说："不要看啦，这一带是我们兄弟的地盘！"

老大看看黑汉子，说："你们想干什么？"

黑汉子喝道："哟！谈判啊？老子再给你几下你信不信？！"

老大这回彻底清楚了，你跟棒老二能说得通吗？"棒老二"这几个字从字面上说就是拿着棒子的二流角色，你能跟他说得上道理吗？老大只能将身上所有的东西都拿出来摊在地上，还将口袋里子全部翻了出来。徐子和文昌寿都照着做了。

还好，这是游历归来，所带银票就剩了最后一张五十两的，其余九张全部花了，应该说损失不大。黑汉子一努嘴，两个棒老二上来把车把式在内的所有人搜了一遍。对了，最倒霉还要算车把式，连车钱都是说好到了地方给的，所以人家一分钱没捞着不说，还搭了一挂马车。

连同老大这一路买的所有土特产，棒老二们赶着马车消失在一路扬起的尘土后面。后来想想，那天你要是碰上个杀人如麻的家伙呢？现在这结果已经是不幸中的万幸了。

眼前的问题是如何打发人家车把式。按说可以不管的，棒老二嘛，属于天灾人祸，自古以来天灾人祸你都只能怨命。看着车把式眼睛鼻子全揪在一起的痛苦状，老大决定让车把式跟着他们回到南丹，找来纸笔把情况一五一十写清楚，连路费带马车一共二十五两银子，欠着。再将自己贵阳和遵义的详细地址写在欠条上，说好见欠条给银子。虽然车把式心里并不踏实，但眼下也只能这么办了。

处理完了车把式，老大这才想起自己一行三人没着没落而且路途遥远的情况。想来想去硬着头皮跟车把式开了口，说借一两银子做盘缠。

车把式说："大哥，不要说一两银子我没有，我现在是有家都不敢回，人家车行那边随时上门要车，我还得躲着呢！要不……我回家说一声，干脆就跟你们一起去贵州算了，拿了银子回来再说。"

老大想想，都是天涯沦落人，谁叫你想品尝黄蜡李来着？就说："你要是愿意，也行。"

当晚，车把式回了一趟家，回来时手里多了一个包袱。趁着夜色，一行四人离开了南丹，这个让他们长了一回见识的地方。老大因此还知道了有一种水果叫黄蜡李，只可惜见都没见着。

人啊，说倒霉时喝水都塞牙。从滁州出来一个多月的时间，有马车又有客栈的，就没见着过一滴雨。这下好了，刚刚出了南丹就遇上了大雨，而且跑了好远一段路才遇见了个破庙，没想破庙的顶可以看见天空，好不容易找了个淋不着雨的角落吧，还被四处飞溅的水滴继续往裤腿那一截追着打。

站在大雨滂沱的残破屋檐底下，大家知道了车把式叫李备，家里父母健在，下面还有两个兄弟，三十岁了，就因为穷还没有家室，大车赶了有些年头了。最后老人问人家"备"是什么意思？

李备说："谁知道，好像是爹妈找人给断的，就是个大号，没什么意思。"

老大说："不会没什么意思吧？刘备的备，蜀国的主公呢。"

李备说："大哥取笑了，我就是一介车夫，哪里敢跟人家刘玄德相提并论哦。"

老大说："你不要叫我大哥，我虚岁二十六。应该叫你一声大哥才对。"

李备说："不敢不敢，你们……"

李备说话的时候，老大突然打了个冷战，浑身的鸡皮疙瘩从脚心一直蹿到头发根根，一下子也没搞清楚到底哪儿难受，反正浑身不舒服，以至于都没听清楚李备说的什么。四个人就这么在雨夜中站了一夜。

第二天，老大发起了高烧。

同样都站在残破的屋檐下,同样浑身没一块干地方,怎么人家三个都没事呢?老大是后来找到的答案,不同的家境导致对大自然的承受能力都不同。

对于老大的状况,最急的要数徐子,文昌寿和李备的态度或多或少都是由利益关系所决定的。无奈徐子矮小了些,老大只能由文昌寿和李备轮流背着,一路向前。终于挨到了一个村子。好说歹说的,总算有一户人家答应他们在一个堆杂物的房间里安顿下来。这回轮到徐子上场了,小小一个人带着哭腔跟主人家说明了前因后果,央求人家给点吃的,还说今后一定加倍奉还之类的话。还算有成果。最后人家给了一点玉米面,并同意他们在灶房用锅用火,将玉米面煮成糊糊。

那边,文昌寿和李备用稻草为老大搭了一个"床",又找了些树枝茅草点了一堆火,将所有的湿衣服慢慢变成了干衣服,最后将老大安顿到了"床"上。

5

当天晚上,老大稀里糊涂喝下小半碗徐子喂到嘴边的玉米糊糊,便昏昏沉沉睡了过去。三个人就挤在床铺前后左右的稻草上对付着睡。半夜里,老大烧得厉害,叽里咕噜说起胡话来。文昌寿出去找了一个木盆装了些凉水回来,从自己的衣服角上撕下一块布,打湿了水贴在老大头上,一会儿再打湿了水再贴上,等到鸡叫头遍了,老大才渐渐睡了过去。

第二天差不多快到中午了,徐子才醒来,睁眼一看,就自己和老大,他看看依旧打着小呼的老大,来到外面,只见李备独自在门口蹲着。看见徐子出来,赶紧过来朝屋里努努嘴,说:"还行吧?"

徐子点点头,说:"还有一个人呢?"

李备说:"在煎药呢。我一早到山上挖了些柴胡回来,退热最管用的了。你们那个大哥正煎呢,估计差不多了。"

还真是,老大到傍晚第二次喝了柴胡汤之后,精神明显好了很多,热也退了些。只是问题也跟着来了,肚皮饿啊,而且饿得难受。徐子硬着头皮再找主人家开了一回口,人家说得让徐子都不好意思起来。

人家说:"不是我不给你,而是我们也要过日子啊。你们迟不过明天就要上路的，就到路上再去想想办法吧。你们走了，我这里再有个人生起病来，找谁去？对吧，小兄弟！"

"小兄弟"回来跟老大一说，大家合计下来都觉得反正要往前走，反正要去找吃的，那就走吧。尽管老大还很虚弱，但此地不宜久留。文昌寿到屋后砍了根竹子回来，三下五除二便做成了两根可以撑在腋下的拐。

李备说："哎，手巧得很嘛！"

文昌寿说："我们家乡产竹子。"

上路前还分了工，文昌寿和李备负责招呼老大，徐子负责要饭。对了，要饭，这也是没有办法的办法了。想想一路上什么不地道不吃什么的那些日子，老大都想好好地哭他一场。有什么办法呢，人总得活着不是？

鉴于小孩子更容易触动别人的同情心，所有要饭的大人前面大都有个孩子。而且徐子四岁那年有过要饭的经历，起码没有心理障碍。假如让老大去干这个事，他还真开不了这个口。

主人家为此捐了一个有个小豁口的大碗，还说我只能如此了。

拿着豁口大碗的徐子不知在哪儿捡了根木棍，两样东西加在一起便有了货真价实的丐帮味道。从现在起，一个刚刚经历了病痛的少爷；一个刚刚吃过那些让人难忘的美食的跟班；一个怀揣着改变命运梦想的远房亲戚；还有一个为了二十五两银子的车把式，一起踏上了前往贵阳的路。

老大吃第一顿要来的饭，是在贵州境内一个叫四亭的地方。几个人走了整整一天了，饥肠辘辘不说，老大还因为病体初愈而感到特别虚弱。所以，当徐子端着一碗上面漂着些油星子的、冰凉的千家剩饭来到老大面前时，老大不但没有被饥饿征服，反而感到一阵恶心，只是因为空空无物的肚子里什么东西都没有，才没吐出来，只是干呕了两下。

他把豁口大碗推开，有气无力地说："你们吃吧！"

文昌寿开了口："兄弟啊，听说过朱元璋当皇帝之前吃过的珍珠翡翠白玉汤吧？"

老大看看对方。

文昌寿说："朱皇帝是我们安徽凤阳的人，坐上龙椅之前，有一次穷困潦倒几天都没东西吃，最后是一个要饭的老头将自己要来的汤饭给了朱元璋，这才救了他一命。之后朱元璋问老头给他吃的是什么，说怎么这么香。老头便胡汤说是'珍珠翡翠白玉汤'。一代帝王因此得救，兄弟再怎么，总高贵不过皇帝吧？"

老大看看文昌寿，伸手接过豁口大碗，还是有些犹豫。

文昌寿说："兄弟，你就只当它是珍珠翡翠白玉汤，救命的珍珠，翡翠，还有白玉！"

老大闭上了眼睛，深吸了一口气，将豁口大碗送到嘴边，咕咚，咕咚，咕咚，一连下了三口。只听见喉管那里发出来一个声音，像是打嗝的那种，似乎又比打嗝的动静要大些，紧跟着便是"噗"的一声，将"珍珠翡翠"和"白玉"喷了徐子一脸一身……

李备说了一句："还没饿到时候。"

是的，等到第二天天差不多黑尽了，也就是饿了三天之后，老大终于将大家匀出来的小半碗"珍珠翡翠白玉"一股脑儿倒了进去。尽管心里还是有点那什么，但胃里顿时舒服了许多，不一会儿连身上都感觉暖和起来。后来他才知道，是徐子用几根柴火加热了豁口大碗，最终让老大喝了一回热乎的"珍珠翡翠白玉汤"。

到了第五天中午的那一顿，老大连心里残留的那点障碍都已经消散殆尽了，完全适应了"珍珠翡翠白玉汤"给自己带来的满足，里面居然还夹杂着一些快乐。老大用袖子抹了抹敷在嘴上的那些劳什子，想想不禁笑了起来。

文昌寿说："这就对了，大多数人大多数时候都把活着排在第一位，比如我在滁州的这些年。"

老大说："是，我是想起了那天我们在西湖的画船上吃的那顿醋鱼，其实跟刚才我们吃的这一顿，意义是一样的。"

老大的身体就在这样的饮食和这样的风餐露宿过程中渐渐地恢复过来。四个人顺着独山、都匀、龙里这么一路过来，在第十五天的傍晚，大家终于看到了贵阳的南城门。

距离城门不远便是丰汇盐号在贵阳的分号。当王举才王掌柜看见几个蓬头垢面的家伙就那么大摇大摆径直往里面去时，王举才的第一句话是："哎哎哎哎！找抽是不是？！"

老大也不说话，扭过脸来看着王举才。

半天了，王举才透过老大花邋邋的脸似乎看到了本质，满脸狐疑，说：

"哟！不会哟？！"

老大似笑非笑地笑了一下，说："会！"

王举才马上哪里被踩着一样："哟哟哟哟哟……"

先洗澡后剃头，都是四份。然后在一家叫"汉云楼"的大馆子订了一个包间，由王举才和分号的两个管事的陪着，七个人叫了一桌子的菜。

文昌寿和李备都是第一次得见这样的排场。

包房里燃着一炷熏香，让人感觉胸腔里面的浊气马上被逼了出去；两个年轻的、带着白手套的男侍者在一边随时听用不说，盛菜的盘子也比家里用的大了许多，而且菜只居于盘子一角，空着的地方还放着用萝卜雕刻的花朵和禽鸟之类，总之两个字：讲究。

如果说李备自从老大写了条子之后，心依然还有一段没一段地悬着的话，现在彻底放踏实了。

开吃之前，大家先是喝了每人一碗的清炖乌鸡白果汤，说是暖胃。是嘞，所有人都感觉到胃里立马就暖暖的了。酒自然是云辉烧房的酒，老大端起酒杯在空中绕了一圈，意思在座的都有了，然后说："两位兄长，还有徐子，文家老大现在说什么都是多余的，全在这酒里了！"说完一仰脖子，完了还翻起手腕把酒杯亮给大家看，完完全全江湖上的派头。

王举才倒了酒站起身，说："老板，既然两位是老板的兄长，那也是我王举才的兄长，还有徐子兄弟哈，来，我敬大家。"说完又一仰脖。

两个管事的也跟着要上的样子，被老大拦住。

老大说："第一顿，大家只能吃个七分饱，多了伤身体。明天，后天，大后天！我们慢慢吃，把这些天欠下的统统补回来！"

自从认出那个黑家伙竟然是老板，王举才一直忙前忙后，就没有找着个机会问一下前因后果。这会儿见老大开了一个岔口，马上趁机问："老板，到底是个什么情况嘛？我真以为是遇见了丐帮了！"

老大摆摆手，说："今天只喝酒，来日方长。对了，请王掌柜准备二十五两银子，但不是现在要。等我把两位兄长招呼好了，吃好了，喝好了，再说！李备，老哥子哈，干！"

徐子第一次看见老大喝酒喝得这样畅快，这样江湖气息，这样肆无忌惮。

应该说，这一次的际遇对老大的心灵肯定会有一些触动，也许还会影响到他的人生，那是后话。就眼前来说，至少老大认识了三个人，徐子，文昌寿和李备。这种在患难中得到检验的人格，会让人记一辈子。

6

老大由着心情在贵阳待了三天，带着文昌寿和李备到甲秀楼、黔灵山等好几个地方游玩，还带到东门的新宅院参观了一番。老大款待文昌寿和李备的同时，也是想把自己各方面的状况恢复恢复，以便回刀把镇时父亲母亲不会过于担心。

第三天，李备在拿到二十五两银子之后，问老大："老大兄弟，这么些天了，我就弄明白一个事情，你是个好人！而且我也想明白了，如果兄弟你不嫌弃，等我回去还了别人的马车钱，我想到贵阳来跟着兄弟跑个腿什么的。不知道……"

老大什么话都没说，当即让王举才拿了二两银子交给李备，说是盘缠。分别时抓着李备的手就说了一句话："我等你！"

把人家南丹人感动得就知道重三遍四地说谢谢，走出多远了还在又作揖又躬身地道别。

第二天，老大带着徐子和文昌寿回到了刀把镇。路上跟徐子和文昌寿打了招呼的，说南丹的事情由他自己来讲。

差不多三个月了，第一眼见到父亲母亲时，老大的眼泪就没忍住，趁着跪下去磕头的当儿用袖子抹了。

文昌寿更是，当老大把他介绍给文理渊时，大男八汉的居然呜呜滔滔地哭出声来。文理渊过来扶他起来，文昌寿竟然扑到人家怀里，眼泪、鼻涕、口水地敷了"叔叔"一身。来之前就跟老大交换了情况，大致上文昌寿该喊文理渊叔叔。

还说什么呢？文理渊也趁机把几十年来一直藏着掖着的思乡之情畅畅快快地发泄了一回，搞得在一边看热闹的"婶婶"蔡花蕾都眼泪哗哗转。再听老大讲了安徽滁州老文家的情况后，文理渊又哭了一回，只是这回没有了跟文昌寿相拥而泣的那种动人情景。

不仅老家的情况搞得清清楚楚了，还带回来个文家人，文理渊对老大此番滁州之行相当满意。一连说了若干个"好"不说，还在跟老大靠近的时候捏了儿子的臂膀两下。老大知道，这是老爷子心情舒畅的表现。

等到必须要说的那些话说完之后，老大来到蔡花蕾面前，突然跪下。搞得蔡花蕾满脸疑云的，问："哟，还有我什么事？"

老大说："妈，儿子不孝。本来带了些各地方的土特产回来孝敬二老的，不想……"

老大的最后半句话让蔡花蕾很着急，忙说："啧！说嘛！"

文理渊插话："起来说！起来说！"

老大起来找个地方坐下，将从黄蜡李开始的前因后果，一直到见到南城门，完完整整叙述了一遍。

除了蔡花蕾，在场的所有人，包括刘彩云和文知礼家几个，全都被老大的历险记搞得惊抓抓的，哎哟哎哟的声音此起彼伏。一直等到杂乱的人声都停歇了，蔡花蕾这才清了清嗓子，那意思很明白，她老人家要开口了。

蔡花蕾说："也好，人生里面有一点这样的经历，起码让人知道什么是善，什么是恶。心里面多了一杆秤，不是坏事！天底下只有消受不了的福，没有承受不了的苦难。"

这就是蔡花蕾，善于总结，善于看到事情的另外一面，有时候还带着一点哲学的意味，让人不服都不行。

那天晚上，刘彩云和老大要弄　回是肯定的，只是义珠成了障碍。尽管刘彩云事先已经设计了一通，将文珠早早哄睡着了不说，还把她挤在靠床最里面的角落上，最终还是弄醒了文珠。还好，小姑娘也没搞清楚是个什么情况，翻了个身又睡过去了。

老大和刘彩云在昏昏黄黄的光线中对视了一眼，两个人竟然笑起来，而且收不住，直笑得床铺都颤动起来，高低不敢出声。

最后好不容易收住了情绪，老大说："不行不行，这个问题要解决，大人娃儿不能睡在一个床上！"

刘彩云说："那怎么办？跟奶奶睡？也行哈，反正也带个妈字。"

老大说："总之不能现在这个样子。"

刘彩云说："那……这事我不好开口哈！到时候妈又会说，想法还多嘛！"

两个人又笑。

老大说:"我去说。"

老大去跟蔡花蕾说的时候,把理由换成了天气,说热,怕憋着孩子。蔡花蕾还说什么呢?都是过来人,懂的,况且的确在情在理,是不方便。只是她不想让孩子跟奶妈挤在一个床上,便找人打了张小床,专门腾出一间房子,安顿了这张小床和一个大床,说让奶妈陪着文珠。

也许是文龙的夭折把当妈的哪儿给伤着了,反正两个人该播种的时候照样播,就是见不着果实。为这两口子也嘀咕过,大概是文大同和文珠每天眼面前晃动着,没有压力便没有去细究。蔡花蕾也问起过一回,老大就说顺其自然。蔡花蕾也觉得这话没错,之后再没有提过。

7

李备从广西赶回来时,正好是文家准备举家迁往贵阳的时候。李备被安排在贵阳的新宅院里待着,反正没收拾妥当之前,人是住不进来的。李备就守着宅子,顺便也帮着把那些还没有归顺的地方整理整理。

搬家是个相当麻烦的事情。如果原来的东西不动,只是将衣服铺盖以及日常用品搬过来,理和顺都需要费老大劲;假如是连同家具坛坛罐罐一样不剩地搬,那就叫折腾。蔡花蕾决定不折腾,一来不要那么累,二来刀把镇这边基本的东西都不动,今后如果有人来住,什么都是齐全的,方便。

其实,老大远行之前新宅院这边都完工了的,搬进来就能住。只是等着按照不同的房间设计并打制各种家具、用品,这才拖到现在。还有就是老大也觉得油漆呀、墙灰呀都有股子味道,让房子吹一吹也没坏处。

搬家还有一个让文理渊高兴的地方。这回他再也不用跟别人商量便名正言顺地书写了大大的两个字,文宅。这样,贵阳和刀把镇两边都是"文宅",都有他书写的牌匾。只是这种想法不敢让蔡花蕾知道,心里悄悄高兴就行了,不去惹那个麻烦。

蔡花蕾请人算了个好日子,搬家的时间定在六月初七。文理渊找来皇历一看,那一天的确有"易移徙"几个字。

搬家前一天，蔡花蕾在刀把镇老宅摆了二十多桌，算是跟这里几十年的老街坊、老朋友们道个别。除了老宅，蔡花蕾还把蔡好仁当年置办下的所有产业全都卖了，而且说好一定先尽原先的掌柜，掌柜不买再轮着大师傅，大师傅不买再轮着小伙计，最后小伙计都不买了，才能轮着外人。而且价格大都偏低，那意思就是照顾大家；你真要是一时半会凑不齐那么多银子，就写张条子欠着，以后有了再给。总之就是体现一个情字。

所以，那天来吃酒的人里面，好些大男人都把眼睛搞得红红的，依依不舍地干了一杯又一杯，有几桌硬是东拉西扯到后半夜，反正云辉烧房的酒管够。这回文昌寿派上用场了，抄着一口安徽话一直陪到后半夜。

另外，蔡花蕾还在刀把镇上找了一个老街坊，说是帮忙看着老宅，住在里面管吃管喝还管工钱，平日里各处打扫打扫，收拾收拾。意思今后文家人随时回到这里，房子里里外外都有人气。

第二天，刀把镇几乎是万人空巷，人们齐崭崭地聚集在老文家门口，直到搬运铺笼帐盖的车马都看不见了，人们还依依不舍地不愿离去。

第十章

1

光绪二十九年（1903）的春天，二十五岁的刘青云终于决定成亲了。在童养媳随处可见的那个年代，刘青云的这个结婚年龄真的有点夸张了。

十六岁那年，高大脚第一次跟儿子扯起了成亲的事。先是说男大当婚女大当嫁之类的大道理，还说刘彩云跟你姐夫结婚那年，你姐夫也是十七岁。刘青云不说不，也不说是，总之绕开这个话题。慢慢地，高大脚开始上纲上线，说起不孝有三无后为大这些比较严肃的话来，还说都是当舅舅的人了，你起码要让人家小外甥们喊舅舅时顺带也有个舅妈喊喊？那个时候刘天和还在，心里也有自己的想法，时机合适的时候也会顺着老婆打几句帮腔。只是鉴于刘彩云一直是由高大脚一手调教最后就嫁了个好人家，结果不错；所以到刘青云这里，当爹的也就随当妈的主讲去，心想反正看结果。

谁也没有想到刘天和会有那么一个劫，不要说当老太爷了，居然连儿子的喜酒都没捞着喝，悲哀。悲哀归悲哀，高大脚还得趁着这股子悲哀劲把儿子不成亲的事情往极致里说，就差说爹的死是儿子没有成亲的原因了。

其实，刘青云不是不想，高大脚讲的那些道理他也觉得对，周围团转的女子自己有心无心也都留意过，就是觉得没有一个中意的。高大脚为此请人说了三桩媒，三个姑娘模样都平常了点，刘青云说什么都不干。连媒婆都说你家这个儿子眼光过于高了些。就这样翻来覆去多少个回合之后，刘青云被搞得都有点怕提这个事了，只要高大脚一提，刘青云就躲避。母子之间没这话题的时候什么都好，一提这个话题就崩。烧房大火之后，高大脚一把鼻涕一把眼泪地从吃过午饭一直讲到天上星星都出来了，刘青云最终没点一下头。高大脚对刘青云彻底没了办法。

等到刘彩云和老大回来奔丧，高大脚又一把鼻涕一把眼泪地把刘青云的情况跟刘彩云说了。女儿女婿除了宽慰高大脚之外，两个人都把刘青云的事情挂在了心上。

后来在云辉烧房当了协理，刘青云更是有了借口，一心一意扑在烧房的各个环节上，与刘天和早年跟别人家打工时一样，事无巨细都搞得头头是道，清清楚楚。看看儿子不知道什么时候形成的那种油盐不进的犟脾气，高大脚只得认输，不管了。

其实高大脚是瞎着急，管了那么些年一点效果都没有不说，自己还老大不高兴，伤身体嘛。谁知她才放手了不到半年，人家刘青云自己就有了情况。

烧房经理林家如有个妹妹叫林家漪，十九岁，正是青春好时节，这一年就翻山越岭到茅台镇探望哥哥来了。要说林家妹妹也不算漂亮，有一点广东人的那种清秀，但是个子高，修长的身段让人见了一次就念念不忘。连林家如都没想到妹妹居然就出落得这般亭亭玉立。那年离开普宁老家时，林家漪还是有本事坐在地上又哭又闹要东西吃的那种。

刘青云见到林家漪的第一眼，心里就一咯噔，觉得脸上不知怎么就热乎乎的了。想笑笑，又怕大男八汉的失了分寸；不笑吧，又处在应该笑笑的那么一个场景之中，要不是林家如赶来解了围，刘青云真不知道该怎么收这个场。

林家如说："刘协埋，这是家妹林家漪，从老家过来看我。"

林家漪轻轻一笑，点了个头。

刘青云说："哦！欢迎……嘿，欢迎！"

而且说完立马扯了个把子说哪儿有个什么事情要办，逃避瘟疫一样逃出了办公室。

二十五岁的老光棍了，况且茅台镇就那么大点地方，林家如当然道听途说过刘青云跟母亲之间的那点故事。当他看到刘青云在妹妹面前表现出那样一种状态时，林家如就明白了刘青云的心思，脸上明明白白都写着。

要说呢，刘青云条件也不错的，按照人们给"王老五"划分的等级来套，不说钻石么起码是金银这一级别的。而且一直以来共事到今天，本本分分，兢兢业业，人品也没得说。就凭这两条，林家如在自己心里就预先拍了一回板。

刘青云逃出办公室后边走边想，难怪这么些年了一直跟母亲就磕磕绊绊，原来有今天这么一个……说法哦！刘青云不好意思说"女人"两个字，就在心里憋成了"说法"。

林家如家就两兄妹，父亲在妹妹出生后不久便离他们而去，家里就母亲带着一儿一女守着老祖母过日子。所以林家如是有权决定妹妹婚事的那种兄长，如果能把妹妹嫁到一个好人家，也算在父母面前尽了孝。至于刘青云那边，问都不用问，人家脸都红成那样了，再问就是多余的。

林家如先是将刘协理的情况一五一十跟林家漪说了，然后再前因后果地分析了一遍，最后以长辈的名义说想听一听林家漪的意思，这在当时无疑是相当开明的举动了。林家漪是拿着哥哥寄回来的钱慢慢长大的，也是用哥哥寄回来的钱读的书，现在哥哥有这个意思了，还不要说人家刘协理也浓眉大眼地一副顶天立地的容貌，林家漪尽管觉得事情有些突然，还是爽爽快快地点了头。只是心里没底，这山高水远的茅台镇生活起来不知道是个什么情形？

第二天，林家如就找了个媒人去高大脚那里提亲去了。

心灰意冷了这么些年的高大脚听说有人来提亲，一开始还以为有人跟她逗起闹，后来一想开玩笑不至于媒婆彩礼地搞得那么齐整啊，这才相信了自己的耳朵和眼睛。当高大脚含着泪花听完了女方的哥哥叫林家如时，立即拦住媒婆，说就觉得这个名字怎么这么耳熟，而且经常听人说起。等人家说了就是云辉烧房的林经理，高大脚这才擦去脸上的泪水，连说："我就是说咋个啷个熟嘛！我就是说咋个啷个熟嘛！"

消息传到贵阳文家，上上下下都为少奶奶的这个兄弟感到高兴。蔡花蕾除了准备一份花花绿绿的礼物之外，还封了一个五百两银子的随喜，算是老文家这边的意思。

老大和刘彩云喜上眉梢自不必说，一算，云辉烧房都六个年头了，当即决定趁着刘青云的喜庆事，云辉烧房也来一回六周年庆典，叫好事成双。

自从搬到贵阳之后，老大跑过几次遵义，但茅台镇真的是久违了。趁着舅舅的婚事，老大和刘彩云带上了文大同，加上徐子和一帮子抬礼物的挑夫和轿夫，也呼呼啦啦一支队伍。

2

到了地方，刘彩云最想先睹为快的当然是林家漪。她要看看究竟是怎么样一个羞花闭月的仙女，居然把多少年来高大脚费尽了心机都没有低一下头的刘青云弄得低了头。看下来的结论是，既不沉鱼也不羞花，只是沾一点婀娜的边。我们这边有句话叫"人牵他不走，鬼牵他打转转"。当然没人会说林家漪是鬼，反正就那意思。

刘彩云拉着林家漪的手说着家常话，老大就逮着刘青云和林家如讲云辉烧房的事。等到老大将烧房六周年的想法一说，林家如和刘青云还说什么呢？反正是老板自家的钱，怎么花都是老板说了算。再说一桩姻缘把几个家庭都联成了亲戚，本身就是一件值得喝酒的事情，何乐而不为？

最高兴的当然要数高大脚，说原来刘青云是有个林妹妹在等着呢，难怪那么多年了，说什么都不行，怎么劝都不干。现在晓得了，那叫千里姻缘一线牵。为此她还一个人跑到坟上去了一趟，跟刘天和诉说了自己的欢喜与幸福。

新房就设在刘青云的那间屋里。原本说按照茅台镇这边的路子将床上铺的盖的换成里外全新，屋子里显眼的地方再贴上大红喜字，桌子上来一对红烛台，就是新房了。这一回因为人家是潮汕地区的姑娘，怎么也要有一点人家那边的习俗才对。于是，高大脚家凡是房门，都被贴上了写着"麒麟到此"四个字的大红字符。林家如一解释，就是麒麟送子的意思。然后全家人都笑了，说不论什么地方，大凡是中国人想出来的说法，都没有离开过"无后为大"要表达的那点意思。

为了把两件事情分分清楚，老大提议分两天进行，第一天办喜事，第二天办庆典；两件事情都由老辈子高大脚坐上座。这让高大脚那天晚上想起就哭一场，一直闹腾到差不多天亮。

日子是高大脚请算命先生给掐的，农历的二月二十五，春分第二天。按照先生的说法，一个字给概括了，吉。

刘青云一袭新郎官打扮，礼帽上还插了两根不知道什么鸟的羽毛，比戏台上武将的翎子短，就是没那么威风。林家漪更不用说，红彤彤的一身看着就喜庆。数高大脚差点劲,因为头一天晚上哭安逸了,现在两只眼睛红泡泡的,颜色对,其他的则不合时宜。等到人家司仪那边喊一拜天地二拜高堂时,高大脚忍不住又流起眼泪来。

刘彩云要过去,被老大拉住,说不要去添乱,喜极而泣也是大家都能理解的,你中间插这么一杠子,人家还以为家里出了什么事。

跟云辉烧房开业时一样,酒席桌子就摆在茅台镇唯一的大街上。高大脚早早就备下了三头肥猪,心想就让你家几姨妈吃个钱饱货足。吃了第一天的喜酒,接着又吃第二天的庆典酒。茅台镇的男女老少从来没有连着两天吃酒的记录,以至于第三天大家见了面都会说一句话:"耶,看来天天这么整也不行嘞!"

老大也是,第一天还克制一点,有个文明礼貌的问题。第二天就不管了,放开了灌,把两天的酒合在一天喝了,最后是让人抬回盐号的。

3

也许是看见别人成亲刺激了文知礼,也许压根就是文知礼拿别人成亲做个由头,就在老大一行从茅台镇回到贵阳的第二天,文知礼向蔡花蕾提出了再添一房的要求。

蔡花蕾眉头皱了半天,最后说:"那怎么办嘛?再添个一男半女也行,由他吧!"

下来蔡花蕾把老大叫到自己屋里,说:"要不你也……"

老大知道母亲是故意没说出后面的话,就是因为都知道兄弟两个不是一路人,说得太明白了也许老大不安逸。果然老大就说:"妈,各人有各人的活法,在他那儿认为是好事情,我这里未必。"

蔡花蕾就笑,说:"行了!因为上一次说这事的是老外婆,轮到我们这一辈,妈就说这一次,尽到责任,哈。"

老大说:"儿子知道了。反正我这里别的不管,拿银子就是。"

蔡花蕾说:"不!我说拿多少就拿多少,没有随心所欲的道理,就这么定!我只是觉得明媒正娶总比寻花问柳强。"

这一回是文知礼的一个酒肉朋友给牵的线,女的叫柳月红,十八岁上头,正是待价而沽的年龄，人长得还算不差，只是家里穷，就指望着女儿能嫁个好人家，爹妈弟妹今后也好有个依靠。这回靠着舅公那边的朋友给说了一个住大宅子的人家，虽然是妾，爹妈心里的石头总算落了地。

酒席照例定在汉云楼，现在这些事都由文昌寿去办理了。来贵阳有些时候了，大多数经常有联系的人和地点，也都熟了。加上文理渊的指点和关照，文昌寿渐渐开始自如起来。按照分工，文昌寿归蔡花蕾管。在家庭问题上文理渊一直以来都是协助蔡花蕾的，这一点他已经很习惯了。

要说蔡花蕾对文知礼不能说没有一点感情，只是因为老大是头一个娃儿，担负了老蔡家承上启下的重任，记忆深刻，而且还发生了那么些让人不能忘怀的故事。所有这些在文知礼身上都没有，再加上老大后来让爹妈脸上有光，因此蔡花蕾对两个儿子不可能一样。对文知礼就是那种随他吧，只要不添乱就行。反正到了日子口上，银子就送上了门；需要另外用钱的地方，给家里说就是，看什么用途，一般起码能满足一部分。

婚后没多久，跟按照章程计算出来的日子差不多，柳月红就为老文家生产了一个男婴。不用说，这回柳月红一下子就红起来了，当然主要是在文知礼跟前。

原先一直以太太身份跟小妾颐指气使的赵青梅，这回没有声音了，该着柳月红颐指气使一回了。当然她还不敢直接对着赵青梅，但即便是对着用人说的话，有时候听起来就是对着赵青梅的。文知礼当然自觉不自觉都偏着老二，一来新鲜，二来人家有功劳嘛。

到了该起名字的关口，文知礼抱着白白胖胖的小子过来，说还是请妈给定一个。蔡花蕾说这回不行，必须你爹来。

文理渊说："你都给赵青梅家的说成文霏霏了，柳月红家的还是个男丁，你就干脆一并说了算？"

蔡花蕾说："故意是不是？让给你就一定有让给你的理由，其实你想着呢，装什么装？"

文理渊捻着下巴上一小撮胡须，脑袋顺时针绕着圈，说："文大同，文龙，文珠，啧，不行不行，太随便了也不行，还是得研究研究。"

第三天上午，文理渊将研究结果公之于众，说："我研究了一通，就叫文德范。道德的德，典范的范，就是希望他今后能成为一个道德典范。呵呵呵呵！"

蔡花蕾当面没有驳"老太爷"的面子，等文知礼和柳月红抱着文德范欢天喜地地走了，才说："不咋个嘛！得饭？听起来没有一点文采不说，还像是逃荒路上取下的名字。"

文理渊就笑，说："我们底下说哈，我是希望娃儿长大了比他爹强。唉！"

蔡花蕾也笑，说："家里有一个强就行了，老大和文知礼都强，两强相争，也许还是个麻烦哦。"

文理渊说："错！两兄弟都强，如果一文一武，那就叫江山永固！"

蔡花蕾说："扯远了扯远了，我们文家这点小小江山，老大一个人足矣！"

文理渊叹口气，说："是，老大哪里都好，就是……"

蔡花蕾见他只说半句话，就说："麻烦你把话说完，哈！"

文理渊说："说完就说完，关于印书馆的事……他像是没往心里去，哦！"

蔡花蕾说："你这个人啊，就是那种……人家大前天还在跟我说，说是上海那边的商务印书馆又办了一个什么编译局，是他从报纸上看来的。还说爹就这么一个心愿，怨只怨我们这边锣齐鼓不齐的，要不是……跟你一样，话也留了半截，言下之意人家就给你办一个印书馆了。啐！"

文理渊连声说："哦哦哦，我不知道嘛！有心就好，有心就好！不知者不为过吧？"

蔡花蕾说："不为过！你家儿够孝顺的了！"

文理渊说："够孝顺，够孝顺！呵呵呵呵……"

那天晚上老大回来，文理渊专门把他叫到书房，嘴上说的是天底下这儿那儿又发生了什么事情，其实就是想跟儿子说说话，把错怪了人家的那点尴尬找补回来。

老大顺便就把那天对母亲说的商务印书馆编译局的事对老爹又说了一遍，文理渊也不说什么，哦哦哦地点着头，拇指和食指照例捻着胡须，表情很松弛，一副很受用的样子。

4

  光绪三十二年（1906）正月十四，后来成为宣统皇帝的道光皇帝的曾孙、光绪皇帝胞弟载沣家的长子爱新觉罗·溥仪诞生于北京什刹海边上的醇王府。到1908年的冬月初九登基，溥仪还不满三岁，比他伯父光绪皇帝即位时还小了一岁。明眼人一看就明白，这都是小孩子身后的大人们搞的名堂。也有人悄悄说，同治皇帝六岁登基，光绪四岁，宣统三岁，看顺序就知道是一个下坡的趋势。估计说这话的人后来不是革命党的中坚至少也是革命党的外围。

  好在贵州这地方天高皇帝远，什么消息传到这儿都要多些时日。所以这边的百姓心态相对平和，生活自然也就无惊无乍。

  人们总是想在无惊无乍的生活过程中弄出点动静来，否则会感觉无聊，老大就想起了给母亲做寿这么个"动静"。老大倒不是感觉无聊，他每天这边那边的事情忙得都分身乏术，恨不得哪里多出一只手来。他是怕蔡花蕾无聊，怕平淡无奇的生活冷落了母亲。

  蔡花蕾四十五岁了，而且老太太也当了那么些年了。我们这边管奶奶叫老太太，如果有了重孙子，就要升格叫老祖太。就像皇宫里的新皇帝登基，他奶奶要叫太皇太后一样，反正要和原来有所区别。

  要说蔡花蕾也该做一回寿的了。

  原先老外婆在的时候，说起"做寿"一定是给她老人家做，哪有给儿女做寿的道理？也可以说蔡花蕾上面一直有老外婆"压"着。现在好了，做寿也终于轮到自己来一回了。也该，只是不要铺张就是。蔡花蕾说。

  大户人家再节俭，拿到小户人家一定就是铺张。加上搬到贵阳之后还真没有怎么热闹过，老大决定闹他一回。

  吃的喝的自不必说，反正什么都拣好的来。院子里该张灯的地方张灯，该结彩的地方结彩；客厅正中墙上扎扎实实挂了一个有一人多高的大大的寿字，下面摆放了一百多盆各色鲜花，斜着向上一直簇拥到寿字跟前，设计的人说是取欣欣向荣之意；原先枝形吊灯的地方换成两盏大红灯笼，还在边上加了两盏新式汽灯，说是这家伙点起来有本事把屋里照得跟大太阳天差不多。

老大还嫌不够，还在院子一角搭了个临时戏台，照着正规戏院"出将""入相"一样不少，前面同样吊了两盏新式汽灯。设计时就故意把戏台的方向、距离都算好了，坐在客厅靠窗户这边正好是看戏的最佳位置。蔡花蕾很高兴，说这就算是包厢了。

早早地，文昌寿就去跟贵阳当红的戏班班主魏老板交涉好了，四月初七、初八连着两天堂会，除了包银还管饭。魏老板本来大着胆子把包银往上多说了一成半，心想你们家再往下还价就是嘛，没想人家没还不说还管饭，搞得魏老板的脑袋直点得像鸡啄米一样，眼睛眯成了一根线。为此魏老板亲自来现场勘查了一遍，其实就是要向文家表示其重视程度。除了频繁使用"好"字之外，魏老板真没挑出一丁点毛病来。

关于客人，有四张单子，老大、爹妈、文知礼一人一张。反正是热闹，尽地方坐得下为标准。搬来贵阳都四年了，也算是招待各方人士，认个门嘛。

蔡花蕾的日子是初八，初七算是预热，先把气氛哄起来，到初八就热烈了。近处的客人听戏听晚了要住在这里也可以，文昌寿备了十个床铺；远道来的比如刀把镇、茅台镇的客人，都安排了住处，妥妥帖帖。

刘青云和林家漪作为亲家那边的代表，初五就到了贵阳，还带来了刚满两岁取名刘广黔的儿子。本来高大脚要来的，她也想去看看两个外孙，只是丢不开她养的那些猪啊鸡的。刘青云说，看来猪和鸡比孙子还重要。

高大脚说："不是谁比谁重要，是每天伺候这些畜生惯了，丢不开。"

老大也请了林家如，林家如说要是主火的两个人都不在，烧房有个什么事怕没人做主，真要是耽误了什么事情，不好。刘协理去就代表了。

后来才知道，云辉烧房还真出了事情。

5

初七那天，除了远道来的客人，贵阳这边大多是冲着看戏来的，不用买票就能去为当红戏班的角子喝彩，主人家还好吃好喝招待，肯定争先恐后嘛。魏老板的戏班人称"魏家班"，原来的当家青衣说是嫁了个军官跟人家走了，现在主攻青衣的是原来的花旦，艺名好花红。按说花旦表演以做功、念白为主，唱功不是她的专长，只不过在戏班时间长了，熏也熏会了，加上好花红嗓子本来就不错，师父点拨点拨就能顶上用场。真没想跟军官走的师姐还成全了她，没唱着几出就有人追捧，一年不到就红了。

文家第一天点的戏是《龙凤呈祥》全本，白天演《甘露寺》，晚上演《回荆州》，好花红的孙尚香，女一号。好花红不仅唱功已经磨炼得字正腔圆、驾轻就熟了，花旦时打下的功底还让她身上比一般的青衣好，一举手一投足，一颦一笑随便都能引来掌声。没想一出《甘露寺》就出了状况，俗话说花好被人摘，大概就是说的好花红。

那天，客人里面有一个文知礼请来的朋友叫马一平，地方军一个团长。中午喝了些酒的马一平哪里经得住这样一阵阵掌声的撩拨嘛，看着如花似玉的好花红如此这般一举手一投足全都是妩媚妖娆，心里头就泛起了波澜。立马命令勤务兵去打听，什么名字，多大年纪，总之马团长有了想法。

勤务兵打听完了回来一说，原本说好只是白天来应个景的马一平当即决定晚上也来，还跟文知礼说要看就看全本，半中拦腰的不过瘾。完戏时就到后面去趸摸了一番的，人家好花红出于礼貌也只能好言好脸色，这一下更是让马团长心猿意马了，索性让勤务兵回去代为处理本该他自己处理的军务，自己则连着把晚饭也吃了，完了直接就去了给戏班留出来化妆更衣用的屋子，守着好花红不动弹了。

魏老板一看不是回事啊，耽误活路嘛；还不敢得罪，惹不起嘛。两个挂着盒子炮的随从就杵在团长身后，眼睛不停地斜着周围的人，手还不时摸一摸枪把子，那意思谁上来谁倒霉。满身酒气的马一平不停地对好花红问长问短不说，手还有一搭没一搭地触碰着人家的手啊腰啊，总之是那些不该他触碰的地方。搞得好花红鸡皮疙瘩一身一身的。

一直苦着个脸的魏老板突然想起了主人家，急忙跑去找到文知礼，文知礼一听，说马一平就那德行，但我不好出面啊。

魏老板急了，说："那……到底还演不演？！"

文知礼想想，说："找我们家老大。"

两个人找着老大，把情况一讲，脸也是喝得红彤彤的老大二话没说，跟着就来到了更衣室。

老大来到角儿专用的化妆台跟前，直接将马一平放在好花红肩膀上的手拿开，红彤彤的脸上没有一点表情。

马一平正要发作，一看是开席时最早举起酒杯的文家老大，也听文知礼喊大哥，而且这位大哥脸色还是让人琢磨不透的那种，便将一脸的怒气瞬间变成了有些难堪的讪笑，说："怎么着，你的？"

老大压根没有想到马一平会来这么一句，一下还真想不起来该怎么回答。要是回答是吧，人家活鲜鲜一个人喽嘛，怎么能随随便便说你的我的？要是说不是吧，这家伙还不知道会把人家"孙尚香"怎么的，老大只知道这女子是戏里的孙尚香。而且刚才魏老板已经把情况说得很到位了的，说如果不加以制止，今晚上的《回荆州》很可能要泡汤。不行，明明就是一粒老鼠屎嘛，不能让他坏了一家人准备了这么长时间的"一锅汤"。

"不好意思，这位朋友是……"老大问文知礼。

文知礼说："马团长，马团长！"

"哦，马团长！不好意思啊，这位是本人的……红颜知己！"老大说完这话心里扑通扑通跳。

老大本来想说个别的什么词的，比如"相好"啊之类，这样比较明确，不会让马团长产生歧义。后来一想你这边倒是没歧义了，人家孙尚香那边也许会不乐意，什么叫相好？"相好"的内涵让人家可以想象的内容更多，更不好！还是"红颜知己"这种说法比较有弹性，既让人留有朝"相好"那边去想的通道，又保留着解释成君子之交的可能性。

果然，马团长就奔着"相好"那边去了，站起来拍拍老大的肩膀，说："呵呵呵呵，早说嘛！既然是老大的，马某回避，回避！哈哈哈哈！"

老大说："不好意思哈！"

马一平说："哪里哪里，老大真是艳福不浅啊！哈哈哈哈！"

马一平笑完之后和文知礼走了，剩下魏老板忙不迭道谢不说，还让好花红也谢过老大。

老大忙说："不用不用，赶紧忙着。"这时候才想起人家送来的戏单上孙尚香后面写着"好花红"三个字。就顺便问了一句："是叫好花红吧？"

好花红一欠身，行了个戏台上青衣通常的那种礼，就是膝盖弯着，两手操在右胯那儿动两下，完了还京腔京韵地说了两个字："正是！"

人家把本来该在戏台上演绎的段落用在了生活里面，还加上了身段，这让老大心里不由得一咯噔。

　　第二天的剧目是《麻姑献寿》，说的是三月三日西王母的寿辰开蟠桃会，八洞神仙齐至祝寿，麻姑受百花、牡丹、芍药、海棠四仙子之邀，带着自己在绛珠河畔用灵芝酿制的美酒献给王母娘娘的故事。这是梅兰芳和齐如山一年前截取清杂剧《调元乐》里面的内容改编的，就因为是热热闹闹的祝寿戏，符合人们孝敬老人的心思，所以很受欢迎，流传也很快。

　　好花红演麻姑。老大因为有了更衣室里的那一咯噔，《麻姑献寿》时就坐在母亲身边没挪窝，从开头一直看到结尾。头一天只顾着应酬这边应酬那边去了，只听见锣鼓胡琴声，就没有看过一眼。今天老大一边嗑着瓜子什么的，一边盯着戏台上风姿绰约的好花红，其他的事情全都推给了文昌寿。等到有人拍手叫好时，他也跟着起劲地拍，一次不落。

　　连蔡花蕾都觉得奇怪，说什么时候也学会看戏了？

　　老大笑笑，说："没有啊，就是陪寿星热闹热闹。"

　　蔡花蕾笑了，说："那好，这戏台暂时不拆了，留着。想听戏的时候，有个堂子也方便起念头。"

　　说者无心，听者有意。老大连忙说："好啊！我让他们再完善一下，搞牢靠一点，反正不碍事，小孩子还有个玩的地方。就这么办。"

　　那天晚上，平日里该着惦记生意的时间老大竟惦记起了好花红。才开了一个头，立刻就以否定的方式自己让自己打住了，心里说请你不要无聊好不好？然后强行把思路转到生意上去。没想事与愿违，脑筋里只是在遵义、茅台镇这样的地名上面跳过来跳过去，就是深入不到具体事情里面。咦！莫非你也是个凡夫俗子不成？老大心里生成起一串惊叹号，接着又是遵义茅台镇，然后再来一串惊叹号。

　　老大看看身边已经睡熟了的刘彩云，干脆披了件裰子起身来到院子里。像是夜游，不知不觉就来到了戏台跟前。突然一激灵，仿佛被惊醒一般看看四周。哎呀！是不是魂魄附体了啊？不就是一个戏子嘛，怎么就这样颠三倒四的了？老大用力拍了拍脑门，似乎清醒了一些，似乎又没有。就这样又回到了床边，坐下去的时候还把人家刘彩云给弄醒了。

　　刘彩云睡眼惺忪，说："搞哪样？"

老大赶紧说:"快睡快睡,屙尿呢。"

这是文家老大自从娶了刘彩云之后的第一次因为别的女人而颠三倒四。

6

第二天,老大带着徐子去了一趟黔灵山,找到上次搬家之前请来给文家大院开光的弘福寺弘慈和尚。人家没等老大开口,第一句话就说恭喜施主。

老大觉得有点神,忙问:"请问师父,这喜从何来啊?"

弘慈和尚说:"施主有桃花附体哦。"

按说,老大历来不相信算命一类的玄学,总觉得那都是人言杜撰出来的假东西。你如果相信了就得时时照办,像母亲那样;要是不信也就由着自己的性子去生活就是。上次请弘慈和尚来家里做法事是蔡花蕾的意思,蔡花蕾说不论佛家道家,凡事你就信他三分,没错。这么大一栋房子说不定就是一辈子的大事,请师父来哪怕是简简单单避避邪,也是好的。

这回好,昨天晚上发生在自己心里的事情今天一早到这里什么没说人家就说你"桃花附体",还说恭喜,是不是"玄"得老火了一点?

老大上山的意思也是想讨个说法,问问到底是怎么了,于是就不去想"玄"的事了,直接说:"就是……想在师父这里讨个说法。"

本来老大还想问问是吉是凶,转念一想不能把自己的顾虑直接说出来,先听师父怎么说。

弘慈和尚说:"按说桃花和酒分不开,就是说酒和色是分不开的。其实,分开来都是好东西,两样合起来就说不清楚了,就看一个度。《石头记》里的贾宝玉醉梦里办了秦可卿,在梦中体验了云雨之事,醒来顺手又办了袭人。不论梦中还是醒来,都是缘分。我知道你也是想问一个能与不能,同样的道理,缘分到了就行。"

老大看过《石头记》,弘慈和尚这一席话,要说也说清楚了,要说还"玄"着也行。反正徐子只听得懂桃花和酒这两样,其余的不知道和尚在扯些什么。

下山的时候徐子问老大:"和尚说的什么呢?"

老大说:"和尚说的做人的道理。"

徐子说:"什么道理?又是桃花又是酒的。"

老大笑了，说："就是，问题就在于你还没有搞懂桃花和酒的关联，所以你不明白。"

连着几天，老大都出现了分心的情况。不是人家跟他说话他没听见，就是同一个事情他有本事安排两回。连文理渊都发现了，跟蔡花蕾说，说老大这几天是怎么了？颠三倒四的。

蔡花蕾说："好像是，有可能前些天忙得少了休息，缺瞌睡？"

蔡花蕾把老大找来问情况，他就顺着老人的说法连声说："是是是，就是缺瞌睡！"

出来时老大狠狠地在心里告诫自己，说你真是有点不要脸了嘞，居然让爹妈都操上心了！文知辉呀文知辉，有点出息嘛，干什么跟文知礼学上了？我看你和马团长也差不了多少！五十步对一百步！

老大就这么强迫着自己，几天下来，心里渐渐平静了。

嘿，就在已经风平浪静的时候，好花红来了。

好花红是由魏老板领着专门到文家来致谢的。人家还买了两份点心，而且一看就是那种货真价实的高级点心，点心的油把浅粉色的包装纸搞得油浸浸的，让人看着沉甸甸的，很有分量。

平常这个时候老大都不在家，这天忘了一个什么东西，本来可以让徐子回来拿的，后来一想东西在衣柜底层隐蔽抽屉的一个檀木匣子里，连徐子这样的都不好去乱翻，只得亲自回来一趟，这就碰上了好花红。

卸了装的好花红比浓墨重彩时多了一分清秀，还多了一分恬静。

老大心里又一咯噔。

当年蔡花蕾就是在文理渊那里来了这么两下，有情人便成了眷属。按照这个思路，老大和好花红应该有戏，谁知道呢？

一边是蔡花蕾、文理渊和老大，另一边是魏老板和好花红，两边都品着湄潭那边刚刚送过来的明前翠芽，一颗颗直立着的嫩芽悬在水中，清悠悠的，让人欲罢不能。两边你客套一回，我再客套回去，客套得正安逸的时候，文知礼来了。

文知礼和马团长是一个路子，只是比马团长要文明一小点，不会该摸不该摸的都摸。有爹妈和老大在，文知礼还是彬彬有礼地问候了一圈，然后找了个离好花红最近的椅子坐了下来，眼睛时不时扫人家好花红一眼，时不时又扫人家一眼。问题是眼睛里面明显带着一种渴望，不禁让老大浑身起了一层鸡皮疙瘩。

蔡花蕾也看出来了，她真怕文家老二会弄出点什么动静来，哪怕仅仅是想法，也有辱斯文嘛。蔡花蕾赶紧说了些有事不便久留之类的婉辞，匆匆把魏老板和好花红打发走了。

就因为文知礼也有想法，老大毫不留情地将自己刚刚被点燃的情愫从根子那儿掐了。你想嘛，两兄弟为了一个女人，还不要说后来会发生什么耸人听闻的花边情况，单就这一条，人家说起来时绝不会去分老大什么情况老二什么情况，一定就是两兄弟争一个女的，难听嘛！丢不起这个人！

决定是有了，但是那两"咯噔"在老大心里留下的印记一时半会儿肯定是抹不去的。为此，老大决定去遵义一趟，去茅台镇一趟，反正就是要离那个戏台子远一点，眼不见则心不乱。

7

老大带着徐子刚刚到达茅台镇，就听盐号的伙计说了一个让他惊诧不已的情况。说这几天茅台镇街头巷尾都在传诵着一个故事，云辉烧房的经理林家如带着几个手艺好的酿酒师傅离开了老东家，另立门户开了一个新烧房，取名正合烧房。

老大的心顿时凉了半截，由剩下的那半截支撑着一路快步来到自己家烧房，三步并两步地跨进了"经理办公室"，把正愁眉不展的刘青云吓了一跳。

刘青云跳了起来，说："收到我的八百里加急了？"

老大说："八百里加急？没有啊，我是为了别的事情来的。"

刘青云说："别的事……这么说你已经知道了？"

老大铁青着脸，说："茅台镇都快掀翻天了，林家如他……快说说是怎么回事！"

刘青云说："就是我和林家漪带着娃儿去贵阳的这几天，林经理带了三个顶着用的师傅离开了我们烧房，和原来一个叫五合的小烧房合伙开了一个叫正合的烧房。我清查了一遍，除了三个人，什么东西都没少！"

老大说:"他拿走了最管用的东西,剩下还有什么好拿的?"

刘青云说:"难怪你请他去贵阳,他推说这里的事情多,还说我代表了就行,原来安着这个心!姐夫,怎么办?!"

老大这才找了个地方坐下,想想说:"天要下雨的事情谁能挡得了?先前就没有一点点迹象?"

刘青云想想,说:"也许有,可谁会朝这方面去想?刘广黔亲亲的舅舅,就说防人之心不可无,也不会防到舅舅头上去!"

老大说:"林家漪怎么样?"

刘青云说:"哭了两天了,说只有这么一个哥,又说只有我这么一个男人,还说为什么天底下的为难事都摊在她一个人头上去!"

老大说:"是哈!你可别再为难她了,特别是妈那里你得帮着说说话,按理她不会帮着哥哥来算计自家男人的。只是……"

刘青云说:"什么?"

老大看看刘青云,说:"给你干股的事……跟谁说过没有?"

刘青云面有难色,说:"跟林家漪说过,我想两口子……"

老大拦住对方,说:"这就对了!怪我,没有把这事处理好。当初我就有点顾虑的,多少的事情。怪我怪我!"

刘青云说:"这事也怪我,这么大的动静我事先居然没有看出一点蛛丝马迹,我也是笨得够可以的了!姐夫,我……引咎辞职!"

老大一听火就上来了,说:"说什么呢?!你辞职了让我来干?亏你还是兄弟,这种不负责任的话你也说得出来?!"

刘青云说:"我……"

老大说:"我什么我?!如果你是离开了林家如就干不成事的笨蛋,我就同意你辞职!眼下的问题是如何最大限度不让林家如的离开影响到我们的生意!换了刘彩云,她绝不会说辞职这样的憨话,一定是要想方设法减少对烧房的影响,死撑……都要撑给茅台镇的人看!"

刘青云低着头,一副犯了错的小学生的样子。徐子是第一次看见老大跟人发火,趁着老大停顿的当儿赶紧去倒了两杯水,给老大一杯,刘青云一杯。

老大喝了几口水,又顺了几口气,马上平静了一些,这就是他爱带着徐子的原因,有眼色头。他看看刘青云,说:"兄弟啊,你现在要做的不是低着头,而是要昂着头想想该怎么办。走了这三个人会造成多大的影响,需要怎么弥补,今后如何防止这一类突发事件,这些才是当务之急啊,兄弟!"

刘青云端起杯子来了个底朝天,把杯子放在桌上,说:"我之所以把烧房的所有环节都把握得不比任何一个伙计差,就是想着任何一个环节缺人了我都能顶得上!不就是走了三个人吗?难是难一点,但是难不死人!"

老大一下站了起来,说:"对了嘛!要的就是你这句话!这样,具体办法你来想,我能做的,就是……任命新一任经理——刘青云!现在就写任命书,徐子,拿我的印章来!"

就在林家如的办公桌上,老大写下了新的任命书,背后墙上是那年文理渊写下的"云辉烧房"四个大字,还是林家如拿去找人装裱的。

刘青云有点激动,这并不是因为新的任命,而是他觉得姐夫这个人也太血性了,给人热风热火那样的感觉。说一不二,干脆利落,有胆有识,玉树临风……刘青云一时想不起还有别的什么形容男人的词语了。

两个人合计来合计去,在办公室里憋了一整天。差不多该回家了,临出门时老大说:"记住,高高兴兴的,千万不能让下面的人觉得我们遇见了难题,特别是在茅台镇,装……你都要装成闲庭信步的样子来,知道了?"

刘青云说:"好!"

回家路上,刘青云果然见着人就打招呼,还把老大介绍给所有人,也不管人家认识还是不认识。搞得茅台镇一条街都是狐疑的目光,身后留下一片窃窃私语。

晚上,老大着重安抚林家漪。说这是你哥哥有想法,是有志向的表现嘞。

老大说:"天底下大得很,不要说在原基础上扩大一个烧房,就是新办它十个八个烧房,茅台镇的酒照样好卖,照样赚钱。所以请妹子不要背包袱,该吃吃,该玩玩,林家哥哥照样是文家老大的朋友,有空我还要请他喝酒嘞,感谢他这么些年来对我的帮助。"

就在安慰林家漪的时候,老大心里突然感觉的确就是这么个道理,干什么非要红眉毛绿眼睛的呢?他干他的,我干我的,人各有志,互不牵强,这才是生活的本原。

话说完之后,包括高大脚在内的所有人都高高兴兴的了,该喝喝,该吃吃,完全就像没有任何事情发生一样。

第二天，老大真的在茅台镇最讲究的馆子要了一个包间，让人通知林家如，说晚上请他吃饭。林家如自然满腹狐疑，心想怕是个圈套哦。便让人去通知林家漪来见了一面，他是这样想的，哪怕世道再艰险，她林家漪也不会害自家亲亲的哥。听了林家漪一五一十把情况一说，林家如的脸上顿时没了颜色，有如霜打的茄子。马上觉得自己只有那么小家子气了，根本就不配跟人家丰汇盐号的东家在同一个桌子上吃饭去。

林家漪说："阿哥，什么事情说开来就好了。你要是不去，那才真正是小家子气呢！今后让我怎么在别人家里当媳妇？"

林家如一想，真是。

晚上，老大跟这个昔日旧部只喝酒，不说事；只摆友情，不谈芥蒂。等到大家都喝得脸红脖子粗了，最终憋不住的还是林家如。只见他的手有些颤抖，端起一杯酒说："老大，老哥对不住你！反正是骑到虎背上了，就算老哥欠你一回，来日有用得着的地方，哥当效犬马！"

老大端着酒杯的手也有些颤抖，说："老哥言重了！你是有能力的人，早晚都该有一片自己的天地！唯一不妥的，是你让青云兄弟为难了。说吧，那边亲亲的大舅哥！不说吧，这边又是亲亲的姐夫哥！你该跟我说一声的啊，怎么知道天底下就眼前这一条路呢？不就是在茅台镇多开一家烧房的事情吗？说就是嘛！"

林家如无地自容，连声说："怪我！怪我怪我！！"

第二天，当茅台镇的人看见老大、刘青云和林家如有说有笑地从云辉烧房出来，又有说有笑地去了正合烧房，马上就有脑筋好用的人得出了结论，说还说等着看热闹，搞了半天是人家文家老大开的分店。林家如也不解释，心想随你家几姨妈怎么想。

老大后来也得出了自己的结论，不论谁想折腾，你总大不过云辉烧房去。如果真有那么一天了，再说。

返回时过遵义，老大突发奇想找到相识的一个专门买卖土地的掮客，说想在遵义买几千亩良田。掮客自打干了这营生，头一回听说有一气买进几千亩的，大单子啊，加上又是熟人，便说好把佣金降至通常的四成。同时说好有了消息直接通知丰汇盐号，到时候他们会派人看地交银子。那天晚上，捐客还将吃饭的单子抢着给买了，心想一不做二不休，还顺带着连客店的房钱也包了。老大本来想顺便去一趟刀把镇的，是因为天色晚了，加上人家捐客盛情难却，就在遵义街上的客店住了下来。

客店的包间有两张床，正好一人一个。都睡下了，徐子突然想起问，说少爷怎么就想起来买地，而且还买这么多？

老大想想，说："是因为林家如。"

徐子奇怪了，说："怎么呢？"

老大说："是林家如让我对人和人世间突然就有了新认识。我买再多的土地，它们一千天都不会背我而去，你想怎么样它们，它们绝不会有二心。对吧？"

徐子也想想，说："那倒是！"

回到贵阳，老大并没有把茅台镇发生的事情告诉蔡花蕾。一来这事并没有对云辉烧房造成任何影响；二来告诉了老人家也许还会多些是非出来。老人问起，就说一切平安无事；对着刘彩云，老大就把事情原原本本说了一遍。

刘彩云瞪大了眼睛，说："我家兄弟媳妇的哥？！"

老大说："是，只不过都处理妥当了。"

刘彩云还是不放心，说："让刘青云当经理，他行不行哦？"

老大说："你看你，当姐夫的都信得过，你个亲亲的姐姐倒还心存疑虑，说不走嘞。"

刘彩云说："我是怕他干不好，到时候耽误了文家的生意。"

老大说："啧！你这个人真是！什么时候了还文家刘家的？这要让妈听见，肯定会说老大，看你家这个媳妇哈！"

刘彩云笑了，说："这不是没让她听见吗？"

老大说："那可不一定，心里面想得多了，不知道什么时候就顺出来了。"

刘彩云说："好好好好，那就不说了，就来弄嘛。"

老大装憨，说："弄什么？"

刘彩云才不管你装不装嘞，朝着男人身上软和的地方就掐，当然是用煽情的那种力度，身子同时朝老大这边拱。老大便顺势解开了刘彩云贴身的花布褂子……

第十一章

1

差不多大半年的时间里，遵义的那个捎客钻头觅缝地四处搜罗，替老大买进了差不多四千亩田地。为此，老大在遵义的盐号里设了一个土地管理部，雇了四五个人，专门负责遵义田产从买卖到收取地租的一应事务。同时传话过去，说土地继续买进，按季度将数字汇总过来就行。在老大心里，这是除了盐号和烧房之后的第三桩生意，至于以后是否还会有什么新的财路，不知道，反正走着瞧。

翻年的冬月间，蔡花蕾提出来要给老大过生。老大一算，哦，三十了嘞！哎呀，人生呵，有时候就是眨个眼睛的事情！还好，当你想起来回首往事的时候，总还是有一些让人心动的故事。比如柴房里的柴刀，比如茅台镇的酒缸，比如"珍珠翡翠白玉汤"等，这些人生旅途中的一个个节点，总会让人生出些怀念，生出些感慨来。

尽管老大再三推辞，说什么高堂在，小辈子没有过生的说法呀，还说顶多就照小时候的样子，煮一碗面条煎两个荷包蛋了事。蔡花蕾坚决不同意。

蔡花蕾说："你说得好稀奇哦！两个荷包蛋？那是文大同他们这个年纪玩的嘛。其实也不是钱多了要找地方花，生意现在做得这么大了你要有应酬嘛，应酬是什么？应酬就是交际，交际就是找个理由让四面八方的人聚拢过来，大家一起热热闹闹，吃吃喝喝，说说什么咸了什么淡了。相当于把大家用聚会这根'绳子'拴住，互相拉扯着，有个照应。这个道理你应该懂得嘛！"

老大这么聪明个人能不懂这个？不过在母亲面前他只不咸不淡说了一个字："哦。"

蔡花蕾说:"哦哪样哦?现在是你当家嘞,行不行要你点头嘞!"

老大说:"好嘛,那就按照你老人家的想法办,反正大家都喜欢热闹。"

蔡花蕾说:"是哦,该热闹的时候不热闹,也不对哦!"

老大说:"就是就是。"

老大当即叫来文昌寿,把要办的一些事情大致说了一遍。完了文昌寿问要不要请戏班?老大就看蔡花蕾。

蔡花蕾说:"看我搞哪样?都说无酒不成席对不对?现在我们文家再加一条,叫无戏不成席,行不?"

老大说:"当然当然,那就按老太太说的办!"

在这个问题上,老大本来想打个问号的,转念一想没必要为了一己私念让老人家不愉快,便顺从了母亲。

其实他真的不想。

好不容易绕山绕水地把好花红搁置到了自己的生活之外,不用说,心底肯定还存着些劳什子什么的,只是无风不起浪罢了。这下好,风又来了,浪看来是免不了了。老大从母亲那里出来,长长舒了一口气,一扭头,正好看见了小戏台。

前段时间,蔡花蕾三请魏家班来文家大院演戏,老大不是有约就是办事,总之找个理由躲出去了。这回你的生日,主角,看你还往哪儿躲?

老大对女戏子的刻意回避,蔡花蕾是看出点眉目来了的。没有三次喊看戏都扯把子的道理嘛?肯定有别的原因。

"扯把子"是黔北以及川南一带的方言,就是编瞎话的意思。

蔡花蕾把这个发现跟文理渊讲了,文理渊皱着眉头想想,说:"为哪样嘞?"

蔡花蕾说:"憨哦!男欢女爱,你说为哪样!"

文理渊说:"你是说老大跟老二一样?"

蔡花蕾说:"这有啥子嘛?我和老外婆都专门和他说过,人家说不。现在好了,自己想通了。看来还是要有合适的对象哈,好花红大概就合他的适。"

文理渊说:"男欢女爱?那应该听见打鼓上墙头才对啊,为哪样要躲嘞?"

蔡花蕾说:"这你就不懂了吧?欲擒故纵!"

文理渊撇着嘴摇摇头,说:"嗯,我感觉……未必!"

蔡花蕾说:"啐!那我跟你打个彩,十两银子!"

文理渊看看蔡花蕾,想想说:"只十两?"

蔡花蕾说:"咦!那就随便你嘛,未必我还会怕了不成!"

文理渊笑了,说:"跟你开个玩笑。哪有爹妈拿儿子的感情打赌的,有辱斯文嘛!"

蔡花蕾说:"你呀,斯文不过是个借口,主要是怕输钱。"

文理渊说:"好好好,斯文也好,输钱也好,反正到时候我们看嘛,不就是十两银子的事情。"

蔡花蕾说:"行,看嘛!"

为此,蔡花蕾点了一出青衣戏份很重的戏——《武家坡》。跑不掉好花红的王宝钏。蔡花蕾就是想让好花红施展出她最了得的功夫,然后看看老大是个什么反应。

那天,文家大院到处张灯结彩,来的客人也多。晚上宴席过后到了听戏的环节了,事先放置好的桌椅板凳根本不够坐。没办法,只好委屈年轻一点的站着看,把茶水端在手上,就是戏园子里"站票"那情景。

这回老大不是为陪爹妈而坐在爹妈身边,而是作为寿星坐在爹妈身边。刘彩云带着文大同和文珠,还有赵青梅家两娘母以及柳月红家两娘母,都陪着坐在一块,只有文知礼要和他请来的三朋四友坐一堆,说是热闹。

老大一身寿字暗纹面料的小夹袄套在大裇外面,一看都是新做的;头顶一顶瓜皮小帽,前面一块绿莹莹的翡翠,顶上一颗暗红中透着点血色的玛瑙珠子。让人见了就两个字——利落;胸前别着一缀不知道是什么树的小碎叶子衬着两朵宫粉色的鲜花,寿星的意思立刻被凸显了出来,让人过目难忘。

之前净说老大去了,现在该着说说人家好花红了。

好花红姓金,爹妈都是贵阳城边上以种菜为生的农民。生下来那天恰逢大雨天,一个农民家的女娃儿本没闲钱兴师动众地去找什么人取名字,就顺着天意取了个名字叫雨天,连起来叫金雨天。金雨天是足月生产的,大概是头胎或者其他什么原因,母亲的奶水特别足,都足够去当奶妈了。由此金雨天没病没灾地长了起来,一直都还结实。七八岁的时候因为家里添了弟妹,生活自然跟着日渐窘迫。还是她爹买了两份点心找到一个在魏家班干粗活的亲戚,亲戚又顺便把两份点心提给了魏老板，好说歹说让魏老板收下了金雨天。魏老板捏捏金雨天的腰杆，再撇撇金雨天的脚杆，最后决定让金雨天先练功。至于今后能练到什么份上，看。

好就好在金雨天争气，仗着从小练就的童子功，若干年之后居然就成了魏家班的一把顶得上用场的花旦，嗓子也还好，听别人唱都学会了不少段子，而且有板有眼，字正腔圆。魏老板额头的皱纹就此舒展了许多，一看金雨天有了奔头，就给她要了个艺名叫好花红。赶上魏家班的当家青衣嫁了军官，好花红的配角日子终于熬到了头，没多久就红了。

好花红乖得很，吃水不忘挖井人，既孝敬引她上路的魏老板，也孝敬生她养她的爹妈。除了将戏班给的包银留三分之一给自己外，另外三分之一给魏老板，剩下的三分之一以及额外得到的银子都给了爹妈。所有认识好花红的人都说这娃儿乖，孝顺。对了，到了老大胸前别着碎叶衬宫粉色鲜花这天，好花红刚满十八岁。

《武家坡》这出戏考青衣的唱功，特别是和扮演薛平贵的老生对唱的段落，不论怎么唱总能得到戏迷的喝彩。那天就到了青衣和老生对唱"苏龙魏虎为媒证"的段落，一路唱来韵味十足。

先是薛平贵唱：

……腰中取出银一锭，

将银放置在这地平川，

这锭银子三两三，

送与大嫂做妆奁，

买绫罗做衣衫，

打首饰制簪环，

我和你少年的夫妻就过几年呐。

王宝钏接着唱：

这锭银子奴不要，

与你娘做一个安家的钱，

买白布做白衫，

买白纸糊白幡，

打手饰做妆奁，

做一个孝子的名儿在那天下传。

……

下面还没完,该着薛平贵接着唱"是烈女不该门前站……"

之前,就有人不时朝小戏台上扔花的扔花,扔碎银子的扔碎银子,还伴随着叫好声。而且薛平贵唱了没人叫好,单等到王宝钏台上的声音刚歇,台下在一片叫好声中就飞上来一个什么东西,不偏不倚,正好砸着"王宝钏"的额头,全体人把刚才的叫好瞬间变成了一声惊叫,紧跟着便哑了场。因为大家清清楚楚看见了顺着好花红的脸正往下流淌着的鲜血……

老大不知道爹妈打赌的事,看到高兴的时候也跟着大家拍手叫好。蔡花蕾就暗暗戳文理渊的腰杆,让他看老大。文理渊正听到兴头上,根本顾不得去关心"买白纸糊白幡"之外的情况。等到王宝钏脸上的血淌下来了,老大倏地站起,大喝一声:"是哪个?!"

文理渊这才把目光转移到老大铁青着的脸上。

身体再好的女人也见不得血不是?好花红用手摸摸额头,一看见水袖上红殷殷的血色,腿杆一软身体就往下缩,要不是"薛平贵"眼疾手快,台下的观众又该惊叫了。

后来搞清楚了,正中好花红额头的东西恰巧也是一锭三两三的银子,只不过不是薛平贵腰间的那一锭,而是文知礼的。抛花扔银子的事情戏园子里面也有,只不过大多是在戏完了之后。文知礼连同一帮子酒肉朋友就坐在离戏台最近的一张八仙桌边上,从好花红的第一句唱就开始喊好,同时开始扔碎银子,到后来扔"三两三"的时候,是因为碎银子扔完了,依然没有把感情抒发安逸,这才忘情地弄了个大的,没想就惹出了是非。你想嘛,那时候的银锭都做成元宝的形状,有棱有角的,不惹是非才怪。

老大一脸霜色,三步并作两步来到了戏台上,蹲下来看看痛苦之中的好花红,从口袋里摸出一块手帕就放到了染血的额头上,跟着上来的文昌寿和徐子连同老大和"薛平贵",一起把好花红抬进了"出将"的那个口子。

魏老板是武生,会的戏多,不但能教别人,还什么都能来。缺龙套的时候来一龙套,缺少锣铙钹的时候他也能顶上;什么都不需要的时候就台上台下都带个眼睛,相当于舞台监督那种。用贵阳话叫"油鸡",意思什么都会。这会儿闻讯而来的魏老板见好花红只是龇牙咧嘴而没有生命之忧,他首先想到的是戏。立马跟老大说，说老大看看换个什么戏先撑着，别扫了大家的兴致。

老大说："先看看人怎么样了！要不要请个郎中？！"

魏老板说："不用不用，皮外伤而已。要紧的是场子，救场如救火嘞！"

老大看看好花红，说："人都伤成这样了，就算了吧？"

魏老板说："不行不行！受人财，忠人事，这是规矩，规矩嘞！文先生务必点一个，务必点一个！"

老大想想，说："哦……都有什么？"

魏老板想想，说："包公戏喜不喜欢？"

老大说："包公……脸黑乎乎的，要不来个武戏？"

魏老板立即说："《挑滑车》怎么样？"

老大说："就它了！"

魏老板说："那好，请文先生跟大家说说，稍候片刻。我这就扮装去。"

老大指着好花红，说："那……"

好花红开了口，说："我没关系的！"

老大说："徐子，姑娘就交给你了，找人送到老太爷书房隔壁那间卧室去先歇着。再出什么事情我拿你是问！"

徐子说："知道了。"

老大这才来到戏台上，先说耽误大家的雅兴了，再说接下来由班主魏老板亲自担纲，演出武生戏《挑滑车》。

这回大家为文家老大捧了一回场，掌声四起不说，还有喊好的。老大的眼睛在人群中找到了文知礼，什么表情也没有，只看了一眼。文知礼则是一脸冤屈的样子。

当魏老板扮演的高宠一身戎装，横一杆白缨银枪在戏台上吧——嗒——仓，一个亮相，下面立马爆出一片震天的掌声和喝彩。

2

十多天了，好花红额头上的伤疤才好利索，留下一个粉红色的印子。

那天，魏老板的《挑滑车》一开场，老大便匆匆去了书房旁边的卧室。蔡花蕾马上跟文理渊说："现在好花红在哪里老大就一定在哪里，信不？"

文理渊说:"看不出魏老板的高宠是有些功底嘞,不错!"

蔡花蕾懒得理他,抽身走了。

老大进门时,徐子请来的郎中正在为好花红清创、敷药、包扎。老大拍拍徐子的肩膀,指指郎中。徐子知道是什么意思,就说马神仙出诊去了,这是另外一家的。

过程中,好花红的眼睛不时地看看老大,眼神中游移着似有似无的情愫,有点像是感激,又有点像是歉疚。等郎中收拾完了家伙由徐子领着出了门,屋里就剩下老大和好花红了,老大突然觉得这屋里的气氛怪怪的,好像手脚都不知道往哪里放了,眼睛也不知道该往哪里看了,总之别扭得很。最后憋出一句:"那……我过去看看!"说这话的时候感觉心脏跳得飞快。

老大后来分析这一段经历时,说你怎么像一个没有碰过女人的处男,憋成那样!

好花红开了口,说:"文先生,谢谢你了!"

老大忙说:"不不不!该谢谢的是你嘞!是我们家的人把你弄成这样的,真的对不起了,对不起了!"

好花红说:"他们也是一片好意,只能说我承受不了大家的厚爱,应该怪我自己!"

老大这才松弛下来,说:"我们就不要怪来怪去了,总之是我们这边不好。"

好花红笑了,说:"文先生真是,前一句还在说不要怪来怪去,后一句又说是自己不好。"

老大笑了,说:"如果金姑娘没什么情况了,我……"

正说到这儿,门开了,进来的是蔡花蕾。蔡花蕾先看看儿子,再看看好花红,一副什么事情也没发生的表情,过去在床边坐下,说:"怎么样,金姑娘,伤得厉害不?"

好花红想撑着坐起来,让蔡花蕾拦住了,忙说:"不碍事的!小小一点伤还害得老太太也……您回去看戏呀,别耽搁了!"

蔡花蕾说:"你还不晓得我就喜欢你的青衣?武打戏是男人看的。"

老大觉得可以插话了,说:"妈,你们说着话,我出去看看。"

蔡花蕾说:"这就对了,我还以为你忘了今晚上你是寿星!"

"就是就是!"老大说着退了出去,带上了房门。

蔡花蕾当然是来打探儿子的虚实的，由此也确定了老大对人家金姑娘是上心的。只是再怎么上心也该把今晚寿星需要关照的场面关照好，至于男欢女爱的事情以后日子还长嘛。

蔡花蕾跟好花红随便扯了些闲话，正要离开，文知礼推门进来了。文知礼说："哦！妈也在？"

蔡花蕾站都站起来了，又折返坐了下来。这个时候可是不能离开，她想。

文知礼又赔礼又道歉，反正说的都是些当着蔡花蕾只能那样说的话，进来之前想好的一些有颜色的台词没敢用。说话过程中眼睛还不时瞟蔡花蕾一眼两眼，几个来回之后，文知礼把该说的话都说得差不多了，蔡花蕾还是没有要走的打算，文知礼这才跟母亲和好花红道了别，悻悻而去。

文知礼前脚离开，蔡花蕾后脚就跟了出来，在走廊上碰见端着个茶碗的徐子。蔡花蕾说："徐子啊，你就守在金姑娘门口，除了我、老大和魏老板，别的人一律不让进。就说我说的。"

徐子说："知道了。"

那天晚上散戏之后，魏老板从文昌寿手里多拿到二十两银子，文昌寿特地叮嘱是老大给金姑娘疗伤的，背上依旧扎着四杆靠旗的魏老板千恩万谢。

好花红这次堂会收入不菲，还不要说文家正给的，就那"三两三"加上那些碎银子已经让坐在戏台边上的琴师和打鼓佬们羡慕不已了。

第二天晚饭过后，蔡花蕾避开文理渊，让人把老大叫了过来，说："怎么样？"

老大不知道母亲问什么，说："什么啊？"

蔡花蕾说："还装是不是？你意思非要老娘亲自点出来？"

老大说："妈，儿子真不知道，还真需要你老人家亲自说出来嘞！"

蔡花蕾顿了顿，说："那好。你对人家金姑娘又给银子又给关怀的，不会就只为了人家额头上的那点伤嘛？"

老大说："我知道母亲的意思了，还真就是因为她头上的伤。"

蔡花蕾斜着眼睛盯着儿子，说："真的？"

老大说："真的！"

蔡花蕾说："这么说，老娘还把自家的儿子看错喽？"

老大这才服了软，顿顿说："妈，我真的不想别人把文家子弟都看成老二那样的人。如果有可能,我想……假如在心里有一个像金姑娘这样的知己,也许会更有意思些?干什么非要老二家那种大的二的搅在一起,成天去断官司?何况人家刘彩云于我有恩,她越是说让我去找一个,我越是不能!人都是这样互相敬重着才能长长久久的,就像你和爹。对吧?"

蔡花蕾说:"她说过?"

老大说:"说过。"

蔡花蕾笑了,说:"你呀,有一天人家说你成了圣人,我也不会觉得奇怪!"

老大说:"这点妈放心,我肯定成不了圣人。"

蔡花蕾想想,说:"知己?只是精神上有往来的知己?真有这种情况?"

老大说:"我也不晓得,反正看嘛。"

蔡花蕾说:"人家金姑娘……知不知道你的这个意思?"

老大说:"还不知道。我想慢慢她会知道的。"

蔡花蕾说:"不一定哦!如果你不明说,人家不会知道你只有精神需求哦!你呀……特立独行也不能过了,晓得不?不过也好,真的不能让别人说你们兄弟两个是城隍庙的鼓槌!那才真的让人烦哦!"

这之后,戏台上只要有好花红的身影,文家老大一定捧场。而且总是很有分寸地表现出跟好花红若即若离的那种亲近,连好花红自己都有了对"红颜知己"的憧憬。

3

光绪三十四年(1908)立冬过后不久,皇帝驾崩。这个一生都很郁闷的儿皇帝最终在瀛台结束了自己三十多年短暂的人生。而且后来宫里还传出情况,说皇上是因为太后要死在他前面了,被人活活毒死的。说来也像是有鼻子有眼睛,因为就在皇上驾崩的第二天,太后就跟着去了,没有这么着急的人嘛。

而且,接班人也是太后生前确定好了的,跟历来新君由先皇帝亲自定夺的祖制相悖。十五天之后,两岁零十个月的爱新觉罗·溥仪被送进了金銮殿,开始了他同样多舛的人生,年号"宣统"。这么一点点连东西南北都还没有分清楚的娃儿,谈何执政?于是,先皇后隆裕和孩子他爹摄政。

对于老百姓来说，这些都是皇帝家里的事情。就跟谁家生儿子嫁姑娘一样，跟别家没什么关系，顶多过去吃一台酒。

宣统元年（1909）春暖花开的时候，老大又带着徐子来到了遵义。这次是因为土地管理部送过来的账目让老大动心了，说是七千亩还多了。他想去看看，看看账目里说的千亩良田到底是个什么模样。

来之前，文家还出了一桩事。

新皇帝登基都说是新人新气象，贵州巡抚衙门的大人们也想在自己的辖地来点新动静，以便在写奏折的时候有点说头。因为这个时候文家已经是百万身家，不要说遵义，就是在贵阳也是可以呼风唤雨的了，而且独此一家。历来都说人怕出名猪怕壮，巡抚大人的眼睛自然就盯上了文家这头"肥猪"。于是在成立"官钱局"的时候，就给文家的掌门人文知辉封了一个副总理的职位，六品；说是不需要坐班，只是开会以及有要事定夺的时候去一下，负责打理地方钱库。有一点象征性的官饷，就是意思意思。

好多人都忘记了老大的这个大号，要不是怕"老大老大"的在官府里面跟"一把手"容易搞混淆，官钱局的人都想直接叫他老大算了。

老大并不想人家叫他"文副总理"，只是爹妈都一致认为顺便来一个也没什么坏处，蔡花蕾还说闲着也是闲着，官家有时候有官家的用场；还说六品虽说算不得什么大员，比起那年丁大人在皇上面前给你爹申请的从六品，总算是一个进步；要是比起你们安徽老家屈死的那个老太爷的从八品来，那就是一个天上一个地下了。

文理渊说："就是，当年我那个从六品不是没当成吗？你这个也让我们文家来一回正经当官的经历。何乐不为？"

老大一贯听爹妈的。就想，行，闲着也是闲着。

因此，这一回老大来遵义就多了一个身份，官钱局的文副总理。就这身份，遵义府道赵太爷的后任马太爷还在遵义最大的馆子设宴款待了文副总理一回。

马太爷说："干什么要用副总理这个身份嘛？单单你是丰汇盐号和云辉烧房的老板，本太爷就有理由款待你一回的了。来，喝！"

老大一看桌上盛酒的矮墩墩的深色瓷瓶，就知道是自己家云辉烧房的货，心里不禁高兴。连马太爷这样的地方父母款待巡抚衙门来的官员都用上云辉烧房的酒了，可见其在黔北的地位。什么酒在黔北有了地位，就等于在贵州有了地位。后来才晓得，什么酒在贵州有了地位，就等于在中国有了地位。

老大举起满登登的酒盅，喊道："马大人，走！"

马太爷一点不含糊，用腹腔出来的共鸣高声回道："走！！"

第二天，老大由管理部的几个人陪着，到不远的两块田地去走了一趟。一块大一些一块小一些，田里种着些麦子，长势还不错。看了一圈下来，老大说："辛苦你们了！就像月亮的阴晴圆缺，庄稼也有。总之记住一条，年景不好的时候记着给人家减租子，果真遇上灾年了，恐怕还要倒补点粮食哦。"

对方说："可以的，恐怕……都是借的多。"

老大说："唉！这就是我们家跟别人家的区别喽，就给！救人一命还胜过你造七级浮屠嘞！文家不借，只给。我说清楚了没有？"

对方说："说清楚了。"

老大说："对嘛！"

第三天，老大和徐子去了一趟刀把镇。一来蔡花蕾有交代，说该去看看了；二来老大也真想去看看。看看老屋是当然的，他主要还想去看看那些买了老蔡家铺子的人们到底经营得怎么样。

一大早乘坐雇来的马车上路了，什么都没吃。他跟徐子说好了的，就是要去再吃吃刀把镇的辣子鸡面，而且一定要加鸡。那年老外婆扯着文知礼和文知琴去吃辣子鸡面，还故意说要加鸡的，搞得自己失声痛哭的情景，至今依旧历历在目。

到了地方，最让老大高兴的是，那些馆子依旧是他们离开刀把镇时候的老样子。两个人直接去了辣子鸡面馆，掌柜的一看是少东家，高兴得加快了煮面、起锅、舀汤、放作料，最后把辣子鸡细心铺排到面条上面的一连串动作，而且说死说活不收钱，还说你把我当成什么人了！

哎呀！老大和徐子好久没有吃到刀把镇的辣子鸡面了，那个香啊，真不知道该怎么去形容。就四个字，安逸死喽！

安逸完了之后，老大挨家跟那些个老熟人打了一遍招呼，还说是老太太交代的，这才朝着留下许多记忆的老宅走去。

七年了，什么都没变，包括老外婆屋里的全家福，依旧放在她老人家床边的那个柜子上面。顿时，一股暖暖的感觉迅速扩散到老大的全身，让他起了一身鸡皮疙瘩。

老大把蔡花蕾叮嘱的银子交给了替文家值守老宅的乡亲，打发徐子去看他自己想看的地方，然后独自一人朝后院走去。

走进院子，走过厨房，一草一木都让他感觉亲切，最后在柴房门口停下了脚步。

"吱呀"一声，老大推开了那扇用木棍和竹条做成的门，一眼就看见了当年那个木墩，眼睛找了一圈，没看见那把柴刀。那年那月的那一幕又重现在眼前……

老大扭头看看身后，院子里鸦雀无声，就剩下自己的心跳了。呆呆地凝视着木墩，好一会儿，突然跪了下去，像是对着一尊佛，虔诚地磕了三个头。起来的时候眼里满是泪花……

4

已经十六岁的徐子俨然一个大人了。由于正是抽条的时候，徐子的所有裤子都短了一截，而且那些已经接了一截的裤腿过不了多久又短。好在文家有钱，好在徐子是老大的跟班，很多场合不允许徐子穿接了一截的裤子出现，只好做新的。刘彩云还想了一个办法，就是做新裤子的时候底下折进去的边留长一点，等到该加长的时候把裤脚线拆了放出来一截就是。这个方法用了一回，不行。放出来的一截上下的颜色不一样，上面浅下面深，不雅。最后还是蔡花蕾拍了板，说瞎倒腾，都做新的不就完了？

徐子聪明，那年逃荒之前，四川老家的一个叔是唱金钱板的，徐子喜欢听，反正不要钱。时间一长，叔的那些段子都装到了小点点个人的心里。居然有一天，徐子自己找来几块木板，三下两下就加工成了长短不一的三块板，学着叔当年的架势、声气以及味道，把当年装在心里的那些段子都翻了出来，居然就唱得有盐有味的。这是皇帝驾崩前一年的事。

现在，徐子不但把那些老段子都回忆整理出来了，还在有机会单独外出的时间里溜到能听金钱板的茶馆去，听它一段半段的，回来就学给文珠听。

文珠十二岁了。这个半大姑娘本来就因为受了文大同的欺负和排斥喜欢跟徐子在一堆玩,徐子让她哄她呀。自从徐子玩起了金钱板,第一个观众就是文珠。其实文珠听不出个所以然来,就听热闹。时间一长,徐子原先的那些老段子就满足不了文珠的胃口了,半大姑娘总是嚷嚷着要听新鲜的。这就是徐子经常偷偷跑茶馆的原因。

就这么个过程,居然把徐子的这门手艺练得让人家蔡花蕾都停下了脚步。蔡花蕾原先也听见过不知道哪儿传来的金钱板段子,还以为是大墙外面,因为徐子也不是总唱,就没在意。那天去后面厨房交代个事情,路过徐子住的那间兼堆放杂物的房间时,就听见里面传出来的"金钱板",而且唱得有鼻子有眼的。蔡花蕾在遵义听过金钱板的这个段子,现在在自己家里居然听到了有过之而无不及的"耗子告猫",不由得必须去探一个究竟。

透过门缝一看,居然是徐子。蔡花蕾心里一动,隔着房门听起来:

神仙爷你定要大施恻隐,
请为我全家人来把冤申,
我的家住地洞受尽寒冷,
到夜晚爬出洞才把食寻。
进灶房吃东西尽是生冷,
偷几回主人家就起黑心。
用毒药拌起饭把我来整,
他把饭放在那洞洞当门。
我老汉偷饭吃发了药性,
死得来硬跷跷四脚长伸……

蔡花蕾笑了,推门进了房间,一看,文珠坐在墙角的小板凳上正听得津津有味。徐子见老太太进来,立即停住了,有些手足无措的样子。文珠站起身的第一句话就是:"老太太,我功课做完了的!"

蔡花蕾说:"哦,反正做不完老太爷会收拾你。徐子,不错嘛!跟谁学的?"

徐子说:"没跟谁,小时候在四川,听叔唱过。"

蔡花蕾:"小时候?那不是十多年了?"

徐子说:"是。"

蔡花蕾说:"不错不错,都可以去求生活了。找个时间,也给我们大人来两段,可不能让这种本事给埋没了,浪费嘛!"

徐子就笑。

蔡花蕾说:"真的嘞!只是……文珠哈,你家老太爷有办法收拾你的哦。"

文珠急了,喊道:"人家真的做完了的!"

打这以后,除了去茶馆和在文珠面前练习之外,徐子又多了一个为蔡花蕾唱整段金钱板的差事。慢慢地,不仅文理渊加入听众的行列,刘彩云和赵青梅也加入了。二姨太柳月红喜欢打麻将,对于一个下人的这种雕虫小技,不消。

当然,每次总少不了文珠。在她幼小的心里,开始对徐子有了一种连她自己都不知道是什么的情愫,按说应该叫崇敬?差不多。

顺带也说说文家的这些孙子们。

文大同自然是老文家的重点培养对象,长房长孙嘛,哪家都一样。这孙子读书还行,成绩不说总是名列前茅么起码有名列前茅的时候。文珠读书也还可以,就被文理渊定为第二重点,凡事严加管教,除了爱听金钱板之外没什么毛病,成绩总能得到先生和大人的嘉许。文霏霏要差一点,由于有赵青梅的用心管教,属于基本上还行那种,至少没给她妈丢脸。至于文德范,因为还小,只是凭着柳月红打起麻将来六亲不认的德行,蔡花蕾和文理渊都不指望这个娃儿今后能有个什么让人多看几眼的结果。

还有,蔡花蕾最近听说柳月红该来月经的日子不见动静,文知礼便兴冲冲过来报告,说看这回生个什么了,要是还是个儿子,还想再来一台堂会,大家热闹热闹。

蔡花蕾说:"如果是姑娘嘞?"

文知礼想想,说:"姑娘也来。反正跑不掉是老文家的种,也来!"

文知礼说的也没错,都是老文家的种子。蔡花蕾并不想当面表现出厚文知辉而薄文知礼来,就说:"行,姑娘儿子都行。"

最后剩文知琴。从蔡花蕾了解的情况看,文知琴在老婆婆家生活得不错,丈夫对她也好;文家现如今气派大了一些,婆家那边的礼数自然就会更加周到一些,成正比。加上文知琴为他们家生了两男一女,大的一个儿子比文大同小三岁,也是人家的重点培养对象。小一点的两个也乖巧,外公外婆的喊得勤,自然就得到外公外婆的欢心。

蔡花蕾算了算,要是加上柳月红肚子里的,老文家家孙外孙整整八个了,办一个私塾都要找一个大点的堂子才行。说给文理渊听,文理渊就捋着胡须笑，而且还发出那种心满意足的呵呵呵呵的声音。

5

还没等到柳月红肚子里的娃儿降生，好花红就来了。只不过人家这次不是来唱戏，而是来道别的。

魏家班受上海一家戏园子之邀请，准备到江浙一带去转转，如果叫座，时间就会长一点。反正戏班里的大多数人都没有去过传说中的江南，那些蒙蒙烟雨中的水乡也的确值得走一走，看一看。这样就说不清楚要多长时间，也许短，也许长。这样，好花红一定是要来文家说一声的，当然，主要是冲着老大。

自从跟文家老大对上了心思，好花红心里就有了一个依恋。好花红自己也分析过，你要说是爱吧，他又若即若离的，远远看着还清晰，等走近了反而会模糊起来，让人捉摸不定；你要说不是爱？他又能让人一往情深的那样地期盼，似有似无的脉脉含情。哎呀！总之让人心乱得很。

有一次好花红刚完了戏，正在卸头上那些乱七八糟的家什，徐子就用托盘端了一碗炖制得稠糊糊的银耳汤过来，往好花红面前的小桌上一搁，什么话没说就要走。好花红拦住他，说："哎哎，起码你要说是谁让送来的吧？"

徐子也讨厌，说："时间长了您就知道了。"

好花红说："这孩子！你都说了这么多话了，就不说是谁？怪不怪？"

徐子说："您想想，我跟着哪个的时候多？"

好花红真的想，完了说："大爷？"

徐子诡秘地笑笑，走了。

好花红后来跟老大见面时，说："你那个叫徐子的是跟班是吧？机灵是够机灵，就是有什么话不直说，绕来绕去的。"

老大回来便说了徐子。结果徐子又一次给好花红送银耳汤的时候，凑近了人家的耳朵小声说："上次那么做，就是帮您跟我们老大说话时多一个话题。"

好花红一扭头，徐子已经走了。好花红突然有些黯然，心里说："敢情连跟班的都在帮着用劲呢？大爷呀，就你自己不远不近！"

这次，好花红故意晚上差不多九点钟才来，就是知道老大这个时间肯定在家。当好花红跟蔡花蕾和文理渊在客堂上说话的时候，只见老大出去了一趟，没多一会又回来了。

等到老大送好花红出来时，转了几个弯快到门口了，徐子不知道从哪儿冒了出来，将手中的一包东西交给老大之后便消失在黑暗中。

门廊上的一盏带玻璃罩的油灯忽闪忽闪的，下面的人影就这边那边地跳着，搞得好花红的心也跟着跳。老大将那包东西递到好花红面前，说："带着这个。"

好花红没接，说："什么啊？"

老大顿顿，说："银子。"

好花红看看老大，说："我要银子干什么啊？"

老大说："出门在外，说不清楚会碰上个什么事情。带点银子在身边，碰上个着急的口子，兴许就省去了求爹爹告奶奶的麻烦，拿着。"

好花红低着头，说："我有。"

老大去抓好花红的手，要把东西塞给人家，好花红将手藏到身后，老大就去薅，结果脸就碰着人家好花红的脸了。

好花红突然一把抱住老大……

人家老大到底也是人，正要顺势将两只手合拢过来……就听见不远处一个声音："谁呀？"

两人慌忙分开，还不知所措……

那人居然是文知礼。文知礼并不知道好花红来，他是过这边有个什么事情无意中撞见这一幕的。文知礼走过来，当他在摇摇晃晃的光线下面看清了谁跟谁，呆了。

文知礼顿时气不打一处来，说："先前这不让那不让的，原来自己留着啊？！"

老大懒得理他，推着好花红很快出了大门，临分别时把那包银子塞到好花红手里，老大拦住好花红正要张口的嘴巴，说："什么也别说了，如果文家老大真有纳妾的那一天，非你金姑娘莫属！"

老大说完，返身回来顺手关上了大门。

当他路过依旧站在那儿的文知礼身边时，说："那年我跟马团长说的话，是真的。"

等老大走远了，文知礼还在那儿想哪年他跟马团长说了什么话。

那天晚上，文知礼越想越气。咦！好事全让他一个人占完了！真的是一点都不客气嘞！从小到大爹妈偏心也就算了，一个戏子居然也……趋炎附势！投桃送李！不行！得要有个办法，一定得要有个办法！

第二天，文知礼等到老大出门之后，直接来找刘彩云。

刘彩云说："叔叔有事啊？"

文知礼等的就是这一句，说："倒也不是什么大事情，看人，也许对一些人真还……就是个大事情。"

刘彩云说："哦，看来叔叔真有事情。"

文知礼便将昨晚上发生的事情说了一遍，在其中的一些关键环节做了增删，总之是增加了"事件"的桃色成分。

接下来刘彩云如何反应，才是文知礼所期待的。

刘彩云折叠着几件洗干净的娃儿衣服，反正手没停，说："其实啊，金姑娘还是不错的，样子好看不说德行也还好。我劝了他好久嘞，咋个突然就想通了。就不晓得人家金姑娘愿不愿意哦？"

文知礼看着刘彩云，好像哪儿没听懂似的。

刘彩云又说："要是……叔叔能帮忙说说，更好！"

文知礼扭脸就走，嘴里咬牙切齿念念叨叨："撞你妈嘞大头鬼喽！"

回到自己屋里，柳月红问他去哪里了。文知礼懒球理，心里想，我这些婆娘怎么就没一个通情达理的？唉哟！

晚上都躺下了，刘彩云才问老大，说："听叔叔说……"

老大马上坐了起来，沉着脸打断对方，说："他怎么跟你说的？！"

刘彩云扭脸看看丈夫，说："啧！至于这么大反应吗？他怎么说都没关系，关键是我怎么说。"

老大的脸也扭了过来，说："你怎么说？"

刘彩云说："我说，叔叔要是能帮着给金姑娘说一说，更好。"

老大瞪大了眼睛，说："你真是这么说的？！"

刘彩云说："是啊。"

老大想憋着，都翻身转朝另外一边了，最终还是没憋住，扑哧一声笑出来，笑完了说:"老二什么表情?"

刘彩云说:"什么也没说,叽里咕噜地转身就走!"

这回是两个人一起笑,笑得刹都刹不住……

好不容易刹住了,老大冷不防一个翻身,一口就咬着刘彩云的下嘴唇,接下来是激吻,直弄得身体热了心也热了……

两个人光着身子挤在一起,等血脉什么的开始往下走了,回过劲来了,老大才说:"我不过是怕人家金姑娘伤心,真要娶,哪还会任其去走码头!"

刘彩云说:"那老二掺和什么?"

老大说:"啧!你还不知道他?我这里只要稍微松松手,老二真有本事立马将人家抢进屋!"

6

有一天,老大居然接到林家如写来的一封信,看看邮戳,仁怀县。老大马上拆开了信封。林家如在信中说,他们家烧房资金周转上碰到了困难,希望老大能够念旧情,帮他们一把。

这让老大犯了难。

那一回林家如不辞而别,而且是另外办一家烧房,已经让自己够难堪的了。只是因为念着人家小媳妇林家漪耗子钻风箱两头受气,还有刘青云的尴尬,这才自己说服了自己把大事化小小事化了,现在居然又要借钱?夸张了点吧?就如同阵地上碉堡对碉堡对峙着的两边,一边要向另外一边借子弹,有这道理吗?是,自己说过茅台镇再开个十家八家也动摇不了云辉烧房的根基。但是,借子弹总是兵家大忌吧?有本事你跟诸葛亮学呀,草船借箭那也是大智慧嘞!不行不行,这得让我好好想想。老大对自己说。

没想仅仅第二天,又接到刘青云一封信。信中用了一个比喻,说现在的烧房就如同架在火炉子上的蒸馏器——蒸蒸日上,希望姐夫抽空来看看。老大觉得这个比喻虽然牵强一点,但至少反映了刘青云的心情。信里还说林家漪又生了个姑娘,高大脚忙得不亦乐乎,还说跟刘彩云小时候只有那么像了,到时候希望姐姐能跟姐夫一起来。

从信中看,刘青云不知道林家如借钱的事。

两个事情叠加在一起，再加上自己、特别是刘彩云好久没去茅台镇了，跟蔡花蕾一商量，决定走一趟。

蔡花蕾觉得一来人家刘彩云该回娘家看看，二来两个娃儿也都独立自主的了，不需要妈守着。

这一来提醒了刘彩云，她跟老大商量，说能不能让两个娃儿都去一趟老外婆家？

老大说这要问问爹。

文理渊说："文大同肯定不行，文珠，随便。"

于是刘彩云来问文珠，文珠则问徐子哥去不去。刘彩云想想，说也不是不可以哈，只是要问问爹。老大原先没这打算，他也是经不住女儿嗲声嗲气央求的那种人，便遂了女儿心愿。

老大先给刘青云回了信，接着通知遵义的盐号，让他们哪天准备好两顶轿子两匹马，另外找两个挑夫，把原先准备好的那些书装满四个书箱备着，等他们的马车到了遵义，再换成轿子和马。好几次了，老大去茅台镇都没带过书箱子了，这次和女儿一同前往，老大当然不会省略这样的言传身教。

头一天一行人起了个大早，乘三挂马车出北门上了通往遵义的官道，马壮车快，两百多里地，天麻麻黑时就到了遵义。找个客店住了一晚，第二天一早上路，连轿夫加上两个负责书箱的挑夫，十多个人浩浩荡荡上了路，远远看过去就是一支队伍。

一路上，送书的事情自然被文珠抢了去。而让老大失望的是，文珠并不知道为什么要送书，而且也不像自己当年那样问老太爷个为什么，不过是觉得好玩而已。人心不古呀！老大不免感叹。

到了茅台镇，高大脚高兴得不得了，平生头一次家孙外孙地围绕在自己身边，眼泪止都止不住。林家漪还在月子里面，芒种都过了四天了，还捂着件高大脚不知道从哪儿翻出来的棉袍子，头上缠着块花布条，人倒是白净了许多，跟那年结婚的时候不能比。刘彩云就说，还是茅台镇的水养人啊。高大脚抱着亲亲的孙女来给姑妈看，刘彩云问叫个什么名字，林家漪说妈给起了个刘秀珍，刘彩云说一听就是个乡下名字。

高大脚说："乡下人不叫乡下名字叫什么？"

刘彩云懒得跟她扯，就捏着刘秀珍的小脸还咬着牙关说："哎呀！稍微用点劲就能掐出一汪水来!"

老大照例由着她们几姨妈慢慢摆故事,自己带着徐子去了烧房。

一进烧房的大门,老大就觉得一股子腾腾热气扑面而来,工人们大都赤着上身,汗珠顺着那些清晰的肌肉纹理流淌着,能让人感觉到一种力量;人人都在忙,忙完这边忙那边,好像总也忙不完。

老大很高兴,心想难怪刘青云用了"蒸蒸日上",真是不虚。

还没进办公室,老大就"不错不错"地嚷嚷开了,没想刘青云不在,出来迎接他的是一个年轻小伙,看样子跟刘青云差不多。年轻小伙自我介绍说是刘青云的同学,叫苏继伟,说是刘青云让他过来帮忙的。

苏继伟说:"您是……文老板吧?"

老大握着苏继伟的手,说:"哦哦,文知辉。刘青云呢?"

苏继伟说:"有个窖池说是哪儿没弄好,青云正帮着他们呢。"

老大说:"哦,那我们也去看看?"

在一个窖池边上,老大见到了手上、脸上满是污迹的刘青云。刘青云见老大的手都伸过来了,正想在衣服上擦擦,结果被老大一把抓住。

老大说:"辛苦啦!"

刘青云笑笑,说:"来了?"

老大说:"这儿完了吗?要不我们上去说话?"

刘青云指着苏继伟,说:"这位是……"

老大说:"苏继伟,你的同学,我们见过面了。"

刘青云说:"哦,那我们上去。"

刘青云想请苏继伟来做他的"协理",说是两个人学生时候就要好,知根知底,还说之所以信里没说,就是想等老大看了之后再定夺。见老大没说话,便补充说:"人还本分。如果……"

老大说:"如果什么?"

刘青云说:"主要是有时候分不了身。如果不行,我再找。"

老大说:"啊,你的协理你做主。反正好用不好用都是你自己在用,对吧?"

刘青云笑了。

老大支走了苏继伟和徐子,说:"我是来找你商量个事情的。"

等刘青云听完了老大的讲述,第一反应是皱起了眉头,接着说:"没有这个道理吧？并不是没有借钱的渠道啊，顶多就是利钱高一点。你林家如当初踏上这条路，这些都是必须担当的啊？找谁借也不能找文家老大借！"

老大说："找我借，不是说就不行，帮谁不是帮？只是……我的想法跟你一样。会不会是我们狭隘了一点？林家如也是，你就不要说是烧房缺资金，随便扯个什么把子说需要钱不就完了？"

刘青云说："姐夫啊，看来你是想当一回菩萨！"

老大看着他，想想说："但我想的绝不是慈悲。我接到信跟你的想法一样，哎呀，生不带来死不带去的就是钱，人家都坦诚相告了，说明他没有把咱们当外人。假如林家如因此就起不来了，林家漪会是什么感受？你不是说林家漪全靠林家如寄钱回家读的书吗？这说明他这个人还行，是条汉子。我想他是不是不敢借高利贷，那些吃人的东西真是连骨头都不吐的呀！人啊，没几个能当得了圣贤的，林家如也是。他也想多挣点钱，他也想当一回老板，他还想回家乡时光光鲜鲜的，光宗耀祖嘛，这不能全怪他。"

刘青云说："来之前就这么想的？"

老大说："没有。就是刚才进门看见整个烧房的热火朝天，就想你看人家刘青云，比谁不强？当初仅仅是缺一个堂子而已！现在该林家如了，堂子有了，还差一点点钱而已，这又是我有的东西，为什么不呢？"

刘青云笑了，说："就是慈悲。"

老大说："不，我觉得吧……是命。我也没办法把这个东西跟你说得很透彻，就是上天给予你的同时，一定希望你有所回报。那年大旱，我在马神仙的家乡支了十个粥棚是回报，今天……应该也算回报。"

刘青云说："我知道了，就是做好事先找个由头。"

老大说："就这样，由你通知你们家大舅哥，问他需要多少，现银还是银票。对了，干得真不错！刚才尽顾着说别的事去了，我很高兴你把烧房打理得这么头头是道，真的！"

刘青云说："其实……我只是比别人认真一点而已。可能我继承了我爹的勤奋，加上……对了，我从大舅哥那里学了一些管理什么的，真管用嘞。"

老大说："你看，绕了一圈帮帮人家也是在还债。"

刘青云说："行，那我去告诉他。"

第十二章

1

宣统三年（1911），农历辛亥年，注定是一个多事的年份。你想嘛，从天聪十年（1636）四月皇太极在沈阳称帝，建国号为大清，改年号为崇德元年至今，二百七十多年了，大清国日积月累堆积起来的各种各样病垢总会有个积重难返的日子口，1911年就到了这个日子口上。

的确，一个无能到听任慈禧姨妈指手画脚的朝廷，跟外国人签订了那么多丧权辱国的条约，直接反映出来的情况就是他们已经没有能力再继续治理这个国家了。后来，迫不得已进行的一些"改良"也改得几不像，最终就剩下了一条路，官逼民反。

俗话说官逼民反，民不得不反。

从光绪三十一年（1905）广东人孙逸仙在日本成立同盟会，提出"驱除鞑虏，恢复中华，建立民国，平均地权"的口号开始，各地就陆续出现了一系列有组织的活动和动作，目的十分明确，就是要推翻朝廷，人称革命党。其实，不满意朝廷的不光是革命党，以康有为、梁启超为首的"戊戌变法"之后没被抓住的那一帮子人一直也在活动着，只不过他们的想法不同于孙逸仙的想法。康、梁只是寻求"改良"，寻求君主立宪，就是皇帝您还当着，其他累人的活儿让明事理的大臣们去干。早知道后来有推翻朝廷的一天，当年慈禧姨妈还不如就遂了光绪帝"戊戌变法"的愿，至少那还是爱新觉罗家的天下不是？

就这样，要推翻皇上的革命派和要保着皇上的立宪派之间必然要过招，这在孙逸仙的《敬告同乡书》里已经有了剑拔弩张的火药味。孙先生说：革命、保皇二事决分两途，如黑白之不能混淆，如东西之不能易位。革命者志在扑满而兴汉，保皇者志在扶满而臣清，事理相反，背道而驰，互相冲突，互相水火，非一日矣。

戊戌变法前后，各省就有了革命和立宪两大派别，各自均积极活动，贵州也不例外。

文家历来只做自己的生意，不问政治。老大之所以应了个"文副总理"的差，也是因为蔡花蕾说的场面上的需要，还有老文家几十年的官宦情结。凡是让去开会议事的日子，老大也不好意思缺席，这跟他的处事原则有关。一来二去，跟衙门里的以及社会上的有头有脸之人就混了个脸熟，见面都是"文副总理"长"文副总理"短的，彬彬有礼。其中有几位在京城干过内阁中书什么的。

"内阁中书"是大清的一种官名，负责在京城的显赫部门"内阁"里做点记载呀、撰写呀之类的下手活路，官不大，但挨皇上近，接触重臣的机会多。而且干一段时间之后一般都会被下放到地方补缺。这种大地方来的官员不看你有没有本事，只看来路。所以到了地方哪怕你不再当官了，一般也都受到重视，说点什么话都带着"内阁"的思路。有句话叫近朱者赤，说的就是他们，北京下来的"红人"。

就有一个姓谢的和一个姓塞的"红人"，顺着立宪派的思路在贵阳成立了一个什么什么会，人称宪派，后来又被老百姓称为宪党。其实跟有组织有纲领的"党"比起来，这就是个"转转会"，今天你当东，明天他当东，大家在一起聚一聚，说说话。这种场合还能少得了文家老大吗？而且总是让他拿大头的钱，这就是为什么说人怕出名猪怕壮呢。

有了宪派的贵州就一定会有革命派，否则谁跟谁玩去？于是，就有已经加入宪派了的一些人微言轻的下层人物不甘寂寞，组织成立了一个什么什么自治社，人称自党，其目的就是要争取属于自己的一份权力。领头人姓马，人称马半城，就是认识的人多，喜欢结交。

马半城是贡生，贡生是很厉害的呀。每年各府、州、县挑选生员（也叫秀才）中成绩优异者，升入国子监读书者称为贡生，也就是各地方的人尖尖。一年一选称岁贡，三年一选称优贡，十二年一选称拔贡，拔贡那更是人尖尖里面的人尖尖了，马半城是岁贡。马岁贡成立组织的时候由于是宪派的一个分支，没有说要革命，所以宪、自两派一直井水不犯河水，巡抚衙门那边也是默许的。到了辛亥年,由于反清兴汉思想的日益传播以及同盟会的介入,自党逐渐倾向了革命。

文理渊在研究了孙逸仙的口号之后,把蔡花蕾和老大找来,小心地关上门,然后忧心忡忡地说:"恢复中华,建立民国,哎,包括驱除鞑虏,我都没有意见!就是这个平均地权……到底是啥子意思嘛?难道说我们在遵义买的那么多田地都要……给平均掉?!"

老大也不知道"平均地权"的所以然,就说:"几千年了,他姓孙的说改就改?"

蔡花蕾说:"平均?平均给谁?遵义人一人一点?那也得不了多少嘛!"

文理渊说:"就是啊!"

老大说:"啧,具体怎么个平均法,可能他老孙也说不明白。不过现在外面乱得很,我听他们说,说是自党的人又跟哥老会的人串在了一起,就是四川'保路'的那帮子,说是已经到处联络、筹款、买枪、练乡团,联合各省准备伺机举事嘞!"

文理渊瞪大了眼睛,说:"举事?真要驱除鞑虏啊?!"

蔡花蕾说:"要说当今皇上的确……也只是个摆设,只不过……驱除之后谁来当这皇上嘞?"

文理渊说:"老孙?"

老大说:"不晓得。"

蔡花蕾说:"哎,最近外面乱得很,你进进出出要多个小心哦!反正人人都一脸的苦大仇深,随时都要找人拼命的样子,凶巴巴的!"

老大说:"哦。"

文理渊说:"我们又没招谁惹谁,怕什么!"

蔡花蕾说:"啧!那年我们家老外公被棒老二绑了去,招谁惹谁了?"

老大说:"就是,小心没大错。"

蔡花蕾说:"啐!"

2

因为既得利益,老大自然是站在宪派一边,他肯定不想遵义的几千亩田地没个说法就让别人给"平均"了去，凭什么？但是他又的确对大清朝的现状是有怨气的，特别是八国联军占领北京，烧杀抢掠不说，完了主人家还给强盗赔了那么些银子，这叫什么嘛？中国人能不生气吗？如同爹分析的那样，你老孙为什么非得加上"平均地权"一条？你建立共和或者其他什么"和"，我们不管，反正老百姓只是希望平平安安过日子，该赚钱赚钱，该交钱交钱。这叫社稷嘞！连社稷都没了，你让大家怎么支持你嘛？

寒露都过了，天气依旧没有凉快下来，闷热的夜里一丝风都没有，汗水就顺着蔡花蕾的细白布褂子往下淌，浑身没一块干爽地方。每天晚上不冲个澡，你根本没法睡。

蔡花蕾跟文理渊说："这鬼天气抽什么风呢？该打几颗雨点了嘛！"

文理渊摇着一把写着李清照《醉花阴》的折扇，说："哎呀！都八月十九了，寒露嘞，哪有半点寒意嘛？人乱吧，天也跟着乱！"

两口子后来才知道，就在这天夜里，1911年的10月10日，农历的八月十九日，远在武昌城内，湖北新军工程营后队的一个叫熊秉坤的正目（相当于后来的班长），将革命党原定于10月16日举行的起义因为变故而提前举行了。熊正目拉来一个队官（相当于后来的连长）作为临时总指挥，自己担任参谋长，于当晚八点打响了"武昌起义"的第一枪。

由队官和正目率领的起义队伍很快得到新军广大士兵的响应和支援，直接去攻打湖广总督府。在南湖炮队发出的隆隆炮声中，起义军于天亮前占领了总督衙门，湖广总督落荒而逃。到第二大上午，武昌光复。革命党马不停蹄，当天晚上便成立了谋略处，在谋略处主持下，立马宣布成立湖北军政府，同时公布政府檄文以及《安民布告》，宣布改国号为中华民国，同时将宣统三年改为黄帝纪元4609年。

10月12日，革命党人先汉阳后汉口，将武汉三镇全部收于囊中。中华民国湖北军政府迅即发布《布告全国电》和《通告各省文》，全国各地纷纷响应。之后，长沙、太原、昆明、南昌等地相继起义，军政府如雨后春笋般纷纷诞生。

面对发展如此迅猛的革命形势，贵州自党当然欢欣鼓舞，频繁动作的同时联络宪党，要求推翻清朝统治。

贵州的巡抚大人姓周，周大人自然也处在风雨欲来的惶恐和不安之中。不论从感情还是既得利益，周大人肯定觉得宪党和自己要近些。于是，几个月前四川的"保路运动"闹得如火如荼，周大人接到朝廷命令的时候，就故意将跟自党关系较为密切的新军一部调往四川弹压，一石二鸟地削弱了自党力量。同时，周大人又下令将另外一支同情自党的军队刀枪入库，还将一支亲宪党的队伍调回贵阳。这样一进一出，周大人心里就有了颗定心丸，起码睡觉安稳了一些。没想才得了几个晚上的安稳，10月22日湖南宣告独立，26日就有人告密说马半城企图游说一个新军标统（相当于后来的旅长）起义，希望标统仿效湖北黎元洪，举事为都督，周大人立马一身冷汗。紧跟着一个弹药库的守备来报，说是马半城的人贿赂了弹药库的哨官，让自党取走步枪百余支、子弹两万余发，还有传说说这些军火已经发给了他下令刀枪入库的那支队伍。周大人一拍脑门，说："这回完了！"

你不要看周大人一天出几身汗，但自党和宪党的矛盾摆在那儿的，两股力量终归纠结不到一起去，这直接导致周大人只出汗不出血，看着要倒要倒就是倒不下去，仿佛有根棍子抵着腰杆，就差着一口气。

节骨眼上，马半城的一个人称刘先生的老师，于10月31日由上海回到贵阳。这位刘先生既是马半城的老师，同时又跟宪党人物以及巡抚衙门的官僚都很熟。刘先生便从中斡旋，力促自、宪二党合作；与此同时，宪党的一些下层人物又连日上书宪党上层，力主两派联手。就这样，来自外部各省起义军凯歌高奏的消息，跟来自内部要求顺应历史潮流的呼声终于扭在了一起，形成了合力。就这样，抵着周大人腰杆的那根棍子终于断成了两截。

11月2日，刘先生和马半城连同自、宪两党的重要人物一起去了巡抚衙门，跟周大人摊牌，劝其顺应潮流，尽快宣布贵州独立。

周大人也不是等闲之辈，知道这一回凶多吉少，但又不甘心就这么把印把子交给这些名不见经传的、平日见了自己大都点头哈腰的小人物，便说："不是老夫不给各位面子，实在是事关社稷，希望各位容我三日，三天之后一定给各位一个说法。"

周大人说的这个"三天"，不过是个缓兵之计，是埋伏了一个巨大阴谋的。因为周大人已经急招远在兴义地方的一队官兵由一个姓刘的管带（相当于后来的营长）率领，火速赶来贵阳，设计好了只等援兵一到，立即扑杀以马半城为首的革命党。

马半城并不知道，就在跟他一起来巡抚衙门说事情的宪党人物里面，就有给周大人献这条缓兵之计的人。所以说人心险恶啊，你都不晓得刚才那个跟你和颜悦色说事情的人，翻脸就能够拿刀子直取了你的首级。

好在人家马半城也有眼线，很快便将兴义的官兵已经到了哪里哪里的消息电告马半城，还报了人数，说大约五百人。

马半城这回再没幻想了，当即决定以牙还牙，急调周边地方八百同志奔赴贵阳，同时策动新军士兵，说好于11月3日凌晨发动起义。没想到新军士兵里有人因为激动而无意之中将秘密泄露了出去。周大人毛骨悚然的同时马上调动起他手里的最后一张王牌——巡抚卫队，连夜将准备起义的新军包围在集结地。

那个夜晚，贵阳城里城外到处人影憧憧，你根本分不清楚哪边是新军哪边是辫子军，反正有胳膊上拴条白毛巾的，也有胸口上贴一块白纸膏药的。一会儿由北门涌到南门，一会儿又从东门赶往大西门。在指挥官那里这叫调遣，在老百姓看来就是瞎倒腾。

匆匆赶到贵阳的八百同志，到了贵阳城边上就领到了刚刚从军械库打劫得来的枪支弹药。虽然不是人手一支，但黑压压的一片人你也分不清谁有枪谁没有枪，真要冲锋号一吹，八百人喊着口号呼呼啦啦往前一冲，辫子军那边估计也没有抵挡得住的道理。

还有，自党这边也有读过兵书的同志，知道"上兵伐谋"的道理，于是就有人自告奋勇去了包围新军的巡抚卫队。到了地方把目前形势和我们的任务跟领兵的管带一讲，人家既听得懂也看得明白，形势都摆在眼前的。马上，一部分士兵当即表示直接加入起义队伍，一部分则表示中立，谁也不惹。

就这样，守城门的巡抚卫队打开了城门，起义队伍得以在天快亮了的时候，由南门和次南门进入贵阳城。

一夜没合眼的周大人见大势已去，便通过衙门内部和自党熟络的人很快跟马半城取得了联系，定于天亮之后见面，谈判。

马半城的指挥部立即叫停了原本准备进攻巡抚衙门的队伍，原地待命。

在中国，谁把谁"不战而屈人之兵"了，那叫本事，是要被人们津津乐道地传诵很长一段时间的。马半城就是挺着胸脯走进巡抚衙门的，顿时感觉平日里不是官轿进就是官轿出的周大人显得那么温良恭俭让，那么谦虚谨慎。这还谈什么判呢？就是个仪式而已。只不过挂印而去的周大人都走出巡抚衙门的大门了还在琢磨一件事，偌大一个朝廷嘞，怎么说倒就倒了？

就这样，革命党没费一枪一弹就拿下了贵州，马半城当即宣布：贵州独立！这一天是1911年11月3日，距"辛亥革命"的武昌首义仅仅24天。

平心而论，文家人对革命党人推翻了朝廷，最终结束了中国社会几千年来的封建统治是持肯定态度的，只是有所顾虑而已。对于革命军，因为只听说他们夜晚进行的调遣，最后没听见一声枪响就取得了政权，所以没什么印象。

但是，后来发生在贵阳的事情则改变了他们对革命军的看法。

3

很多时候有钱是好事。这不，于1911年11月6日成立的"大汉贵州军政府"就把文知辉的名字放到了"财政部部长"这个职位上。老大什么都没干，既没有出谋划策，也没有东奔西颠，还遵照母亲的意思把自己关在家里好几天。而且既不让他当交通部部长，也不让他当民政部部长，就当财政部部长。那些人奸得很，知道到了有钱出钱有力出力的时候了，就把需要出钱的部门交给了文家老大。

既然大清朝的"文副总理"你都接了，难道中华民国的"文部长"你好意思推？还不要说中国就是个官本位的国家，那些科举啊，秀才啊，贡生啊，都是奔着做官去的。没听说过谁读了书出来是打算开一家米铺的，要不那些"内阁中书"即便赋闲回家了怎么依旧是地方的抢手货呢？

那时候的官员也有"正途"和"捐班"之分。凡科举出身为官者称为正途；由捐纳财物得以做官者称捐班。按这个道理推，老大应该属于"捐班"之列，只不过人家都是先捐钱物后当官，老大则是先当官，然后捐。既然人人都有奔仕途的想法，这种送上门来的官就应该"笑纳"才对，不当白不当。只不过还是一分钱薪水不拿，只干事情；不仅如此，有时候还要往里面贴银子。看来啊，他这份官差不是谁都干得了的。

1912年2月2日，距马半城宣布成立大汉贵州军政府还不到三个月，军政府里面原来革命党强而宪党弱的局面就来了个一百八十度的大逆转。

最原始的原因还是要追溯到自、宪两派的势不两立上，正如孙逸仙所说的

"事理相反，背道而驰，互相冲突，互相水火，非一日矣"。

当初，两派之所以联合了一回，一是因为大势所趋，二来革命党手里握有倾向和同情革命的新军，宪党那时同意联合也是没有办法的办法。现在眼面前的急事没有了，按照革命党的理论，该着大家携手一同建设中华民国属下的新贵州了。从这个宗旨出发，作为枢密院院长的马半城从宽从轻处理了光复前的敌人。比如奉调来贵阳弹压革命党的兴义的那个刘管带，还有这边给周大人出谋划策诛杀自党，那边又跟自党"合作"的宪派人物等，不但没处理，还给刘管带属下的五百兵丁配发了新武器，意思一家人了嘛。

从力量对比上看，就算有了配发了新武器的五百兵丁，宪党跟自党也没办法比。但是人家有别的办法。他们先是离间新军内部两个领头人的关系，最终导致其中一个带领自己的部属远走湖南，从而大大削弱了自党的军事力量；第二，利用革命军内部成分参差不齐，光复后一些地方出现的抢劫、械斗、奸淫等恶性事件，夸大社会动荡，为后来的滇军入黔制造了口实；第三，派人刺杀马半城，只是因为卫兵众多而没有机会下手。

1912年的2月2日，蓄谋已久的宪党再次派出两路刺客，一路将马半城的左膀右臂、一个掌管着地方治安巡防队的自党二号人物杀死在驻地。另一路刺杀马半城的刺客直扑位于威西门的马半城住所，被值班卫队拦阻在大门外。由于巡防队的及时赶到，这才救出了马半城。之后又被自己曾经宽大处理了的兴义的那个刘管带四处追杀，马半城最终只身逃往外省。消息传开，自党其他重要人物也相继仓皇出逃。这一天，史称贵阳"二二事变"。

"二二事变"犹如晴天霹雳，革命党在完全没有预兆和防备的情况下被宪党以迅雷不及掩耳之势击溃，党首一死一逃。那几天，贵阳的街头巷尾都在谈论这件事，大家都说光复一个朝代都没费一枪一弹，这回自家人内部的矛盾反倒死了人。

蔡花蕾没有把情况搞清楚，就问文理渊，说："到底是孙先生那边的人把康、梁的人杀了，还是康、梁的人把孙先生的人杀了？"

文理渊说："这要问老大。"

老大回来了，最后确定死的是孙先生那边的人。还说："这还没完。因为革命党人的势力依然存在，特别是那些当兵的，认死理，绝不低头那种。宪派这边没办法，打算仿效当年吴三桂引清兵入关的故事……"

蔡花蕾急了，说："现在去哪里找清兵去？"

老大说："对，没有清兵了。他们打算找云南的滇军来对付贵州的黔军。"

文理渊说："哎呀！这还有完没完？"

蔡花蕾说："怕是打起瘾喽！"

老大说："就是，打完了这一回，下回还不知道谁跟谁打。"

蔡花蕾说："三天不给饭吃，你看他们跟谁打去！"

4

要说滇军入黔，就不得不先说说梁启超的学生蔡锷（号松坡），以及他属下的唐继尧。光复前，在蔡锷出任新军第十九镇第37协统（相当于旅长）时，唐继尧就是下属74标（相当于团）一个营的管带。云南光复后，蔡锷出任云南都督，唐继尧随即跃升为都督府参谋次长。在蔡锷眼里，唐继尧就是靠得住的自家弟兄。

蔡锷虽然不是宪派，但宪派在西南的势力很强。作为宪派党魁梁启超的学生，蔡锷深受师尊的影响。当蔡锷在云南取得了政权，老师梁启超很想将川、滇、黔连成一片，作为宪派的政治地盘。而这个想法也在一定程度上影响着蔡锷。所以，早在"二二事变"前，贵州宪派人士就专程前往昆明，以"黔地生乱，烧杀抢掠不堪"为由，请滇军入黔平乱时，蔡锷是有了将贵州纳入自己势力范围的想法的。正是出于这样的考虑，蔡锷在接到贵州宪派的邀请之后，遂以唐继尧为总司令，率领三个大队，加上干部大队和骑兵队、机炮队共计三千余人，于1912年2月5日跨过云贵省界，向贵阳进发。

滇军于15日抵达晴隆县的花贡、18日驻朗岱。23日全师集结于安顺，25日经平坝、清镇于28日抵近贵阳近郊，29日占领贵阳大南门观风台、相宝山、东山、螺狮山、照壁山、九华宫等军事要点。

3月1日，宪党人物与唐继尧会晤，商讨武力摧毁大汉贵州军政府相关事宜，因为宪党对军政府的军事部署一清二楚，所以滇军连侦察、看地形之类的前期准备都免了，直接开赴目的地。3月2日，唐继尧下达命令，定于第二天清晨对贵州新军据守的几个点，南厂、紫林庵、黔灵山同时发起攻击。

按说唐继尧的新军是革命军，贵州的新军也是革命军，光复之前革命军和辫子军打，老百姓都能理解。现在革命军跟革命军又干上了，且激烈程度远远超过跟辫子军开干的时候，贵阳的老百姓大都糊涂，不知道为什么。

只有老大这样知道内部情况的，晓得这是有人使用了吴三桂当年的招数。反正原先平平静静的生活又被打乱了一回，人人都学会了小心谨慎，总之看见了队伍你就躲，这不会错。

3月3日一大早，隆隆的炮声惊醒了贵阳城内所有的人，胆子小的都躲在墙角或者窗户后面看热闹。只见开战双方衣服的款式、颜色都一样，使用的枪支弹药也一样。不仔细看，你还真分不清哪边是哪边。

兴义刘管带的新军直接攻打都督府的新军，都督府的新军奋力抵抗。差不多坚守到平时中午下班的时间，由于刘管带的新军买通了都督府里面的新军，都督府的大门糊里糊涂就被打开了。这边潮水一般朝前涌，那边潮水一般往后退，很快便分出了子丑寅卯。那个一直坚定地站在革命党一边的副都督，这时候只能只身出逃了。据说后来被滇军在修文县一个叫扎佐的地方抓住，就地砍了脑袋。

战斗持续到4日晚上，云南新军除了占领了贵州新军扼守的所有据点之外，还将接到命令从四川赶回来护卫都督府的贵州新军第一标的两个营，围歼在南厂，除了战死的，俘虏七八百人。

接下来的日子里，唐继尧改组了警察局，局长换成了滇军兄弟，还建立了清乡队，在全省各地取缔自党以及跟自党关系密切的哥老会，大肆捕杀贵州革命党。

从根子上说，蔡松坡领导的云南军政府是孙先生领导的革命党这一边的，要说滇军是革命党也能成立。现在，革命党收拾革命党，说来人家都不相信。更加令人大跌眼镜的是，唐继尧竟然下达命令，将围捕期间抓到的贵州革命党人，连同3月4日俘虏的贵州新军第一标的七八百士兵，总共千余人，全部坑杀于贵阳东郊的螺蛳山。

消息传来，是个人都只剩下了张着嘴巴吃惊的份。天理何在？！这是文理渊和蔡花蕾共同的第一反应。

文理渊半天没说出话来，就在那儿摇头，走过去喝口茶水，接着摇头。

蔡花蕾喝道："狗日姓唐的是个什么家伙？！他他他……他怎么能……丧

德哟，丧德！！"

晚上老大回来，一脸忧心忡忡的样子，故意绕开爹妈的房门走，他怕爹妈找他问个么二三，因为他没办法回答。回到自己屋里，刘彩云见了面就问，说："听说云南人心狠手辣……"

老大打断对方说："我求求你行不行？！就因为这个我都躲着爹妈绕过来的，我们能不能不说这事？"

刘彩云憋了片刻，爆发了，吼道："不行！！我就想问一个……凭哪样？！"

结婚这么些年了，刘彩云第一次对老大发这么大的火。刘彩云走到床边坐下，低下头哭了起来，发出嘤嘤嘤嘤的声音。

老大脸色铁青，在桌子边上坐下，用手支着额头，长长地吁了一口气。

老大说："凭哪样？是啊，按理没人下得了这个手！一千多颗人头堆起来就是一座小山！看，你都不敢看一眼！我一直在想，都共和了，再不是皇上一个人说了算的年代了，还有什么事情是不能商商量量解决的？孙先生的驱除鞑虏、恢复中华、建立民国，三条都实现了，就剩下'平均地权'一条了。好！就平均地权，就把我们文家所有土地都平均了去，只要能留下这一千个人头！我文知辉绝没有二话，绝没有！"

刘彩云扭过脸去，看见丈夫的眼睛红红的。

老大把脸扭开，站了起来，稳了稳神，然后说："这件事天理不容，如果在文家老大这里无动于衷，同样天理不容！"

第二天，老大的辞职书就摆在了枢密院一个临时负责的副院长的案头。副院长皱着眉头看完了辞职书，透过眼镜上方盯着老大半天，说："哦，你这个……时机不是很恰当吧？"副院长小心斟酌着遣词造句。

老大说："既然中华民国的临时大总统是孙先生，我就借用孙先生的话来说。日前发生在螺蛳山的暴行，与我文知辉做人做事的原则'事理相反，背道而驰，互相冲突，互相水火'！"

副院长说："其实我们也没想到会发生这种事情，的确事与愿违。而且事情……"

老大抬手用手掌对着副院长，说："是可忍孰不可忍！文知辉不才，还请政府另择高明。告辞！"说完一抱拳，转身离开了副院长办公室。

第二天起，政府里熟识的人开始一个两个地往文家跑，有时候前面的还没说完，后面的又来了，扎堆劝说老大。从前因讲到后果，再由原则讲到情感，总之就是希望老大再回到"文部长"的交椅上去。

老大就跟人家玩太极推手，反正你进一步我退一步，左边收一下右边再放一回，最有价值的一句话就是"容我考虑考虑"。

后来蔡花蕾出了个主意，让他远走茅台镇，一来避开这样的轮番"轰炸"，二来也看看老岳母看看烧房，三还呼吸点新鲜空气。老大一想，就这么着。

第二天上午登门拜访的人被李备告知，说主人家有急事去了茅台镇，什么时候回来不知道。其实老大和徐子是这天下午动的身，反正要走，干脆就谁都不见了。

老大和徐子坐了一辆四周遮挡得严丝合缝的马车，穿过还没有从梦魇中苏醒过来的街市，朝北边去。

5

听茅台镇的人说，这里既没攻城也没夺寨，原先的辫子军只是换了身衣服就变成了新军，连辫子都没剪，什么都还是照着原来的路子，依旧第几标、第几协统的建制，当官的也还照样管带、正目地喊。就因为没风没浪，人们都不觉得民国跟大清朝有什么差别。人们也道听途说了一点外面革命的消息，只是零碎得很，形不成印象。直到老大来了，茅台镇的舆论才有了完整的、统一的版本。

老大先是跟刘青云叙述了一遍，刘青云接着就跟林家漪说了一遍，林家漪又用她那种半生不熟的广东遵义话把情况跟高大脚学了一遍。什么话要是被高大脚听了去，就等于让半个茅台镇的人听了去。一天的工夫，茅台镇的老百姓都知道了湖北武昌发生了什么以及贵阳城里头发生了什么。

说完了天下大事，轮着说烧房的时候，刘青云的脸上露出了难色。老大说："什么情况？"

刘青云说："林家如……"

老大说："说话说半截？兄弟，这不是你的风格嘞。有什么事说出来大家商商量量地办，好吗？"

刘青云说："那好。林家如到底是专门学过管理什么的。自从那年你借钱帮他渡过了难关，就这几年，一个小小的正合烧房现在已经是一人之下万人之上了！"

老大说："这有什么？那不是还在咱们云辉烧房之下吗？"

刘青云说："我是怕有一天他……"

老大说："你究竟听见什么了？"

刘青云说："我听说他已经在打算买地和收购小烧房了。"

这回老大吃了一惊，说："哦！这个……的确是要认真想想的了，你的意思？"

刘青云说："我想了有一阵了。我好像记得那年还在修建厂房的时候，你不是就想过今后朝哪个方向上扩建吗？"

老大想想，说："是，我还记得当时……我们看好左手边一溜一直到赤水河边上那一片。现在是个什么情况？"

刘青云说："去看看？"

老大说："走，去看看！"

当天晚上，老大决定立即着手购买土地，同时决定最终将烧房扩大至年产两万斤的规模，让林家如追赶一辈子也不可能追上的一个规模。

刘青云端起酒杯跟老大碰了一下，说："早知道这样，当初就不该借钱给他。"

老大的脸红红的，把酒倒入口中，说："不对，没有你家大舅子的咄咄逼人，哪里会有云辉烧房今天的扩大？不是坏事嘞！"

既然都决定好了，两个人就敞开着喝，你一杯我一杯差不多半夜了，舌头也差不多僵硬了，林家漪和徐子把两个人一一搬到床上去，脸不洗脚不洗直接就会周公去了，一直睡到第二天日头差不多当了顶。

老大是被徐子摇醒的。他睁开惺忪的眼睛，看见徐子身边还有一个人，觉得有点面熟，便眯缝起了眼睛打算看清楚一点。就听徐子在喊："老爷，家里出事啦！"

老大被徐子这一声完全喊清醒了，同时也想起了这个看不大清楚的人是李备。

老大说："你怎么来了？！"

李备说:"家里出事了,老太爷被云南的革命军抓走了!老太太让我快马过来接您回去呢!"

老大翻身跳起来跪在床上,瞪大了眼睛问:"怎么会?!"

这时候刘青云和林家漪也来了,全体人的目光都集中到了李备身上。李备说我骑了一晚上的马了,喝口水行吗?高大脚应声就进了屋,手里端着一碗水。李备牛饮一般,水流顺着下巴流淌……

6

原来,就在老大离开贵阳的第三天,一队滇军"一二,一二"地喊着口号开进了文家大院门外的小坝子。文家人听见动静开门出来看,只见士兵们正在进行着原本该在军营里搞的那些训练项目。比如操正步啊,练刺杀啊,练格斗啊,反正军营里练什么就在这里练什么,而且伴随着喊叫声,声音还高亢,气饱力壮的。吸引来一大堆围观的百姓还不白看,看到来劲的地方就情不自禁地拍手叫好,总之把气氛搞得相当活跃。而且还没有钟点,一批累了又换一批过来继续操练,搞得老文家一家就听见外面一阵高似一阵的喧嚣,根本没办法休息。

文家门口这块坝子不大,沿着大墙根五丈多点长,两丈不到宽,而且是个斜坡,根本就不是演兵的地方。再听当兵的说话都是云南口音,说什么都爱带一个感叹助词"么么"。比如"么么,你格是要挨我两个来整一盘",翻译过来就是,"哎呀,你是不是要和我来打一回?"

情况汇总到蔡花蕾那里,蔡花蕾一拍大腿,说:"滇军!你忘了刀把镇卖水豆腐的那个云南人了?每次都说'么么,我家的水豆腐最安逸喽',就是他们!"

文理渊说:"问题是……啥子意思嘞?"

蔡花蕾说:"啥子意思?老大不当他们那鸟官了,来操铺!"

"操铺"是我们这边的方言,捣乱的意思。

对了,人家滇军就是来糙铺的。自从老大的"官友"们轮番劝说其回心转意,老大非但不理会,还远走茅台镇后,消息传到军政府上层,原本熟识的那些宪派人物都觉得的确也是事出有因,也没什么好办法。但是如果因此就丢了文家老大这条肥鱼，真还找不到合适的顶替对象，正无可奈何之中，滇军那边传过话来，说是你们就不要管了，交给滇军了。

这边又传话过去，说文家一直都是自家人，不好硬来哦。

滇军那边又传话过来，说晓得呢。

就这样，云南人就把文家门前的小坝子当成了演兵场，开始"糙铺"。除了喧嚣之外，还搞得文家人进出不方便，车马轿子都得从文知礼家那边小门走。

本来这种事情肯定是蔡花蕾先憋不住，实际情况也是这样。蔡花蕾一拍桌子，大声道："老娘去会会这些丘八去！"

文理渊赶紧拦住，说："莫激动莫激动！为这些人伤了身子值不得，我来，我来！就算是新王法还没有下来，老王法你总要说个一二三吧！"

蔡花蕾说："你不行，还是我去！"

文理渊说："不要急嘛，我先去，不行了你再去，行不？"

蔡花蕾不说话了。她让李备陪着文理渊，还交代李备说老太爷吵架不行的，当兵的要是胡来就让老太爷赶紧回来。

文理渊由李备陪着来到操练队伍中间，文理渊问："你们这里谁是头？"

被问的这个士兵看见两个人是从文家大门里面出来的，就说："么么，我们这里正操练呢，你捣个什么乱？"

文理渊一怔，说："哎！你这个人真是，问你一句话，怎么叫捣乱？"

那个士兵不由分说，一把抓住文理渊的领子口，瞪着两个小眼睛喊道："么么！越说你胖你越喘是不是？你就是扰乱军队训练，格是？抓起来？！"

李备急忙来拦，上来几个士兵索性把主仆二人手朝后撇着，架了起来，直接拉走。紧跟着就有人喊口令，什么集合、立正、稍息、向前看、向右看齐等等，最后是齐步走，走了。

搞了半天居然就等着文家出来人交涉，然后抓人、撤退的。

没走多远，一个当官模样的过来让把李备放了，还丢了一句："到都督府要人，格是听清楚了？"

那个时候的都督府早已是滇军的天下了，唐继尧被宪派推举为贵州都督。这个情况连李备都知道。李备不敢耽搁，匆匆赶回来报信，文家大院顿时炸了锅，全家人围着蔡花蕾，不知所措，说什么的都有。

蔡花蕾一拍桌子，喝道："行啦！"

屋子里顿时鸦雀无声。蔡花蕾说："李备，你马上快马赶往茅台镇，把老大喊回来；文知礼去打听清楚老太爷究竟关在哪里，然后回来和我一起去找姓唐的；剩下的人该吃饭吃饭，该睡觉睡觉，不能让别人看见文家内部先就炸了锅，就像刚才那样！都听见了？"

等人都散去了，蔡花蕾叫住李备，说："真就是等着带人走？"

李备说："真是。要不人一到手就集合走人？"

如果这样也还对了，假如是我被抓走，文理渊真还不知道该怎么办呢。就不知道这帮子王八蛋会对书呆子怎么样呢？蔡花蕾心想。完了她交代李备说，老大回来让他无论如何先回家一趟。

没等文知礼打听消息回来，就有一个士兵跑到文家来告知，说文家老太爷在都督府受到了招待，请文家不要担心。说完便走了。

咦！什么意思嘛？蔡花蕾虽然不敢完全相信丘八的话，但她现在已经明白了这帮龟孙子的用意，就是软硬兼施逼老大就范。怪了！还有这样逼人家当官的？当真是改朝换代了？不要脸嘛！蔡花蕾心里骂道。

老大回到贵阳直接奔家而去，两娘母关在蔡花蕾屋里说了有一个钟点，之后出来跟守在客堂里忐忑不安的家人见了面。

蔡花蕾说："老太爷没什么事，老大这就去接他老人家回来。大家该干什么干什么去。徐孃，告诉厨房晚上多加些扎实的菜，要给老太爷压压惊。"

老大当然不是直接去的都督府，而是来到上次递交辞职书的那个副院长的办公室，只说了一句："那什么，我是来收回辞职书的。"

副院长立即拨通了都督府的电话，说文先生已经收回辞职书了，就这么一句便挂了电话。然后，副院长这才让座，喊上茶什么的。

老大找了个地方坐下，想起了先前蔡花蕾的话，"你管他的，狗东西就盯着文家的钱呢。但是必须说好，这回不能白干，必须给薪酬！"

老大喝了一口枢密院的湄潭翠芽，嚼着和着茶水一起进入口腔的嫩嫩的茶芽子，说："但是我有个条件。"

副院长忙说："文先生请说，请说！"

老大说："必须给薪酬。"

副院长想想，说："啊，当然当然。上次是你自己提出来不要的哦！"

老大说："这次不一样了！"

还没等老大回到家，文家老太爷已经由一个班的滇军护送着，用轿子抬了回来。蔡花蕾觉得文理渊有些神情不安定的样子，便问是不是被虐待了。文理渊说没有，没关没押，的确是在一间敞着门的屋子里待着，还有不错的茶叶喝，饭菜也还算讲究。

蔡花蕾说："那就好，我已经让徐孃做了一桌菜，晚上压压惊！"

文理渊苦苦一笑，说："这回总算……亲历了一把什么叫作欲加之罪何患无辞了，深刻，很深刻哦！"

文理渊病了。大家都说回来还好好的，没什么异常啊，还说在里面有不错的茶叶呢。后来李备说我们刚出门就被丘八们架了一火的，我倒是没什么，就不知道老太爷怎么样。

蔡花蕾说："这就对了，一辈子小心惯了，被这一下搞得一直憋着气，要说出来吧，好像又不是什么大事情，还怕人家笑话。就这，憋坏了！"

徐子赶紧去请马神仙。

对了，马神仙是应文家老大之邀，比文家晚些时候搬到贵阳来的，就在大南门边上开了一家医馆，打出来的幌子上写着"妙手回春"四个字，加上文家"御医"（反正现在皇上没了，好些字可以随便用）的名声，很快便在贵阳立住了脚。说天干饿不死手艺人，说的就是马神仙这种人。

马神仙把完了脉再看舌苔，翻翻眼睛皮再捏捏这里按按那里的，等听了蔡花蕾把滇军上演的这一出说完，马神仙这才开始写方子。临走时还特别交代老大，说老太爷反应有点迟钝，看着点，有情况随时来叫。

将息了差不多两个月，文理渊才慢慢好一些了。有一天午觉醒来，自己感觉哪儿哪儿都不错了，来精神了，就觉得屋里闷，想出去走走。蔡花蕾趁着男人睡觉的当儿去看了一回厨房新请的一个厨子，让他做了一个拿手菜尝了就走了。没想回来就看见文理渊倒在通往花园的半道上，一动不动。

还好，马神仙的及时到来把文老太爷捞了回来。按照中医的说法这叫中风，活转来就是半身不遂。

蔡花蕾后悔死了，她怪徐孃，说早不请晚不请单单这个时候请个厨子来！

老大说不关人家徐孃的事，要怪，得怪滇军。

老大听从马神仙的建议，让文昌寿请来一个手艺上好的细活木匠，就是专长镂花呀、刻图之类的木匠，比着文理渊身上的尺寸做了一个木头轮椅。同时遵循蔡花蕾的意见，私底下让人到桐梓那边去找了一副很气派的楠木棺材，让拖到刀把镇的老宅放着，说是备着。那时候都时兴为上了年纪的人准备寿材，意思是让老人安心，将来已经有个安稳的去处了。蔡花蕾又怕书呆子文理渊会产生出别的想法，就让放在老宅。

有一天，歪在轮椅里的文理渊让蔡花蕾把老大叫到跟前。半身不遂的人一般说话也"不遂"，这个时候只有蔡花蕾能听懂文理渊咿哩呜噜的语言了。文理渊说一句，蔡花蕾就翻译一句。

说着说着，蔡花蕾的眼泪就下来了，说："你爹说，他这一生的遗憾，就是没能看着文家……办一个书局！"

老大的眼泪立即夺眶而出，一下子跪了下去，伏在地上大声喊道："爹呀！儿子不孝！儿子不孝啊！！"

第十三章

1

自打跪在老爹面前连说"儿子不孝"那天起,老大便将"书局"这件事提到议事日程上来了。他先是找来几个他认为有文化的人,马神仙一个,省里高等学堂的一个姓赵的监事,还有省商会一个叫何万年的副会长。何万年是马神仙的熟客,是去马神仙的医馆看病时闲谈之中说起文家老大想办书局这件事的。何副会长对此竟然兴趣盎然,说无论如何请马神仙帮忙引荐一下,很想跟文家老大切磋一二。马神仙过来一说,老大十分高兴,本来就是请大家过来说说话,顺带着把办书局的事情扯一扯,就是人们常说的务虚,开个神仙会。人多总是好事情,当即表示欢迎。

最后一个人连蔡花蕾都倍感惊奇,老大居然把那年被他气走的那个教书匠吴老先生给找到了,还用轿子抬进了文家大院,恭恭敬敬地请进了客堂。

这个时候的吴老先生接近八十了,耳聪目明,除了那一头白发,你根本就猜不出他的实际年龄。老大是按照有文化这个标准到处打听时,有人就说哪里哪里有个吴老先生,原先是个教书的,学富五车,可以去看看。也不知怎么的,当时老大心里就一咯噔,心想吴老先生?教书的?会不会就是当年……

在这样的好奇心驱使下,老大绕山绕水找到了地方。第一眼看到吴老先生时,问都不用问,只是头发白了,其余的什么都没变,依旧那么自信。只是吴老先生已经不认识老大了。说开之后,吴老先生首先想起的是那一抽屉鸡蛋,两个人哈哈大笑。

等老大把来意说了,吴老先生连连摇头,说这样的事情该看你们年轻后生的了。老大一转念现编了个理由，说父母一直惦记着老先生，而且一日为师终身为父，真是想听听老先生对文化、对教育、对书局的真知灼见。人家话都说成这样了，吴老先生还能说什么呢？

神仙会当天，老大让徐孃置办了一桌像样的酒菜，说是有贵客要来。

开会之前，吴老先生特地看望了轮椅中的文理渊。现在的老太爷已经是老年痴呆的发展阶段了，见着个什么故人，听到个什么事都激动，一激动就流眼泪。蔡花蕾一见精神矍铄的吴老先生，首先想到的就是身体最重要啊！不免感叹。说起老大当年做的亏心事，大家就笑，文理渊就哭。

老大之所以要开这么个神仙会，主要是他觉得办书局绝不同于一般做生意，怎么办，请什么样的人，印什么样的书都是有讲究的。不是钱的问题，而是怎么样才能办好？办得让爹满意，让大家满意，他心里真没这个底。请来的先生们没人办过书局，但是人家对文化有自己的见解，有自己的心得。这之前老大就已经想好了的，要办就办一个至少是贵州最好的，就像云辉烧房是茅台镇、是仁怀、是遵义，也是贵州最大的烧房一样。

下午大概三点钟起的头，六点半了，客堂里的先生们依旧兴致勃勃，依旧天南海北地说着。要不是蔡花蕾让徐子过来问什么时候开饭，还没完。

饭桌上，吴老先生对身边的蔡花蕾说："要说当年那个捣蛋精就是眼前这个老大，我真是不敢相信！人家说女大十八变，我看老大可不止十八变！又有想法又有办法。能干，真能干！"

蔡花蕾说："老先生过奖了，要不是当年老先生管教得法，这个娃儿成不了气候，不祸害别人就阿弥陀佛了！"

吴老先生大概是肚子饿了，也不想再跟主人家这么恭维来恭维去的了，便一阵哈哈大笑算是开饭前的最后一个动静。

蔡花蕾跟着笑的同时举起了酒杯，说："酒呢，是茅台镇自家烧房的酒，好不好不知道，但是管够。大家给足了我们家老大的面子，作为长辈，我先替他谢谢大家了！来，先干为敬！"

那天晚上，除了吴老先生是在清醒的状态下被轿子抬回家的，马神仙、何会长、赵监事都是横在马车上被拉走的。老大也不例外，李备和徐子把他抬回房间时，任凭刘彩云和徐子宽衣、脱鞋、擦脸，横过来竖过去的，就是不醒。

蔡花蕾喝得也不少，只是脸红一点，没什么异样。一是她酒量大，二来蔡花蕾从小到大在喝酒的问题上虽然任性,但一直把持着自己。她觉得女人喝醉了不雅,特别是如果让男人看到。回到屋里,除了把自己收拾洗刷得干干净净、妥妥帖帖,上床之前还嫌用人给文理渊打理的铺盖不够安逸,又重新整理了一遍,把文理渊也搞得舒舒服服的。

第二天上午,蔡花蕾让徐子赶在老大出门前把他叫了过来。等老大请完了安,蔡花蕾说:"要说……办什么事都该有个尺度,喝酒也一样。别人醉,你不该醉,特别是在自己家里。"

老大说:"哦,儿子知道了。"

蔡花蕾说:"就这事,你去吧。"

老大说:"昨天母亲喝得也不少。"

蔡花蕾说:"是啊,你看见我什么时候醉过?"

老大想想,说:"真是,真没见过嘞!"

蔡花蕾说:"人就得这样。什么尺度都在自己心里,全靠自己把握着。"

老大说:"嗯,我知道了。"

和徐子出门上了马车了,老大突然想起说:"昨晚上我醉得很厉害?"

徐子说:"好像是,反正怎么弄都不醒。"

老大说:"以后记着提醒我,特别是在家里,我不能再喝醉。"

徐子看看老大,说:"怎么啦?"

老大说:"没怎么,就是不能再喝醉了。"

徐子说:"哦,知道了。"

2

这中间,老太爷又犯过一回病。看着看着不行了,最后又被马神仙硬生生给拉了回来。这种病就这样,犯一回重一点,犯一回重一点,多倒腾几回,人就没了模样。本来就偏瘫着,现在连大小便都要人抬着了。家里有个病人,一家人就多了好多事情,好在有文昌寿、李备和徐子,把屎把尿有他们几个就没发生过问题。但蔡花蕾心里明白,这是好人病人都难受的事情。

老大在家的时候也帮着伺候，只不过他心里急。不是急爹的病，而是急书局这门那门的事情多，而且还急不出个看得见的结果来。

民国二年（1912）五月初五的端阳节刚过，初九，经高等学堂赵监事介绍的一个叫周世龙的先生在贵阳跟老大见了面。周先生是遵义沙滩人，祖上都是读书人，一直按照学而优则仕这条路子往前走的周先生，突然之间发现民国之后再没有读书就能做官的好事情了，便应朋友之邀去了四川，在成都帮着打理一家书局，两年下来，心得颇多，书局也蒸蒸日上。正好回遵义过年的时候，接到老友赵监事的书信，说是贵阳有人要办书局，请周先生什么地点什么时间见个面。结果，跟老大长谈了一回之后，周世龙就再没有回过四川了。朋友那边说清楚原因，直接就在贵阳扎下了。

周世龙舍远求近，一是老大开出的价码高，是他在成都的两倍；二来老大还在家里专门给安排了一间客房，吃的喝的都跟家里人一样，周世龙还能说得出来个不字？不好意思嘛。加上周先生本来就是个实干派，平常话不多，就看见他干这干那的，不停。一听说老大要买最好的印刷机器，周世龙肯定就推荐东洋货。为此老大让周先生去了一趟上海，到了上海几家机器行转了一圈，打电报回来说光排队都排到半年以后去了。还好，周先生在电报里还排列了一个解决方案的顺序，说清楚一什么，二什么，三什么，让老大自己定夺。最后老大选了去日本直接到厂家订货这一条。这一条有一样好，那就是快。

周先生在上海接到文家汇去的银票，旋即登上了开往大阪的轮船。

两个月之后，老大接到周先生从大阪发来的电报，说是所有机器已经装上了大海轮，不日即可发运。

老大把这个消息第一时间讲给文理渊听时，文理渊的反应就是流泪。看着歪着脑袋歪着嘴流泪的老爹，老大突然感觉心里很痛，他抓住老爹的手用劲握了几下，转身逃出了房间。

这些天，文理渊就没断过眼泪。

先是文大同考上了远在上海的复旦公学，这是中国民间自主创办的第一所高等学府。从光绪三十一年（1905）创办至今，七年了，在国人的心中已经有了口碑，而且比北平要近一些。一家人商量下来就让这个即将成为老文家第一个大学生的文大同报考了复旦公学。

文大同是文理渊重点栽培的结果。那年要带孩子们回刘彩云娘家，文理渊单单把文大同留在了身边。现在结果出来了吧？这就叫有几分耕耘就有几分收成。现在废除了科举，否则文大同至少也是个贡生什么的，说不定来一个"拔贡"也不是没有可能。文理渊虽然没办法表达思想了，心里就是这么想的，文大同就是他的骄傲。

再加上印刷机器已经装船的消息，文理渊连着哭了两台。

文家还有一个人哭，刘彩云。

好不容易把个孩子拉扯大，现在孩子要离开娘了，刘彩云就想起了"儿行千里母担忧"这句戏词来。下面怎么唱来着？"儿想娘身难叩首，娘想儿来泪双流"。真的，刘彩云得到消息的那天晚上真的眼泪一直流到鸡叫头遍。老大起来屙尿，看见台灯还亮着，一看刘彩云还是他睡之前坐着的样子，再看还擦着眼泪，就说要不就让儿子不去上海了？

刘彩云说："去！"

老大说："是儿子去上海还是我出去？"

刘彩云笑不起来，就说："哎呀！你这个人！"

老大说："行啦，爹是不用看见眼泪自己首先来眼泪那种，你就别惹了。有什么嘛？要不了几年就回来的。睡吧，明天你还要帮着收东西呢。"

文大同十七了，比他爹矮不了多少。按照文知辉当年跟刘彩云拜堂的年纪，文大同今天已经当爹了。只是他一直在读书，没工夫想那些事情。蔡花蕾曾经提过给文大同提亲的话题，当时就被老大不软不硬地顶了回去，还现身说法，说自己当年就是婚事办得早了，最终就耽误了读书，要不……

蔡花蕾说："要不怎么？"

老大看看母亲的脸色，说："起码懂得的东西比现在要多吧？"

蔡花蕾说："要说好处也不少，起码没耽误我抱孙子！"

老大说："倒是，一弊一利喽。"

蔡花蕾其实认同老大的这个想法。心想当年不是情况不一样吗？老蔡家就那么一桩倒插门的婚姻，能跟现在儿孙满堂的比吗？啐！

根据老大的安排，文大同由文昌寿和李备一直送到上海的学校，而且特别叮嘱李备必须走官道。他这是吸取了那年被打劫的教训，真要是出个什么岔子，老太爷那里是肯定承受不住的，这还没算上蔡花蕾和刘彩云。到时候你怎么收拾去？

分别时，文大同挨个抱着大人们道别，除了老大跟文大同，没一个不流泪的，哭得最厉害的当数老太爷，因为话说不利索，于是就剩下了哭。老大也不是没眼泪，而是想着这一大家子总得留一个陪着儿子吧？往回这种场合都是跪拜，到文大同这儿改成了拥抱，还别说，真比跪拜有意思，起码新派。

蔡花蕾千叮咛万嘱咐，生怕哪一句没说到今后出了问题。好不容易轮到刘彩云了，想想该说的话都让老婆婆给说完了，一时间也想不起来还有什么可交代的，便拍拍大儿子的手臂，说："妈等着你回来！"

老大什么也没说，一把将儿子拉过来抱抱，再拍拍后背便松开了手。

文大同在一家人期待的目光中走远了，带篷马车拐上了铺着条石的街道，还听得见马蹄子发出的踢踏声。

3

小暑过后，周世龙发来第一封电报，说日本轮船已经到了上海，准备由海轮卸货之后再装上江轮，由吴淞口进入长江，然后逆流而上。

老大赶紧让徐子去街上买了张中国地图回来，晚上趴在地图上找电报上说的那些地名。然后第二天早上等老爹起了床，马不停蹄过去指着地图上用红墨水连接起来的路线讲给老爹听。

处暑前一天，七月初十，机器终于到了贵阳。老大为周世龙按风，在汉云楼的包间里大家都喝得偏多了些，老大嘱咐让周世龙钉着加紧安装，之前就把老太爷的情况跟周世龙透了底的，希望能圆了老太爷这个梦。周世龙当即表态，说再苦再累也要把老人家这桩心事给搞圆满。

秋天了，从都督府那边传来消息，说是云南军政府的蔡锷蔡都督因为要矫正军人干政造成的影响，给老百姓一个说法，自己提请解除职务。当然，交椅是不可能移交给信不过的人的。看了一圈，还是贵州都督唐继尧可靠。这样，唐继尧很快会离开贵州，回昆明继任云南都督。唐继尧一旦离开贵州，他带过来的那一帮子滇军兄弟肯定也会跟着离开。

听到这个消息，老大心里不知道是个什么滋味。说高兴吧，你能让那一千多冤魂因此而安息？说不高兴吧，起码少了一个让自己胀眼睛的东西。后来，当老大听说是蔡锷、唐继尧、李烈钧等人发动了轰轰烈烈的护国战争，率先在西南打响了护国讨袁第一枪时，他想通了。平心而论，功归功，过归过；功掩盖不了过，过也抵消不了功，功过各自表述。

这样想下来，老大释然了，人没有必要纠结在纷乱的历史进程之中。每天太阳升起又落下，生活照样继续。

但是，天底下好多事情都不以人的意志为转移。不论老大督促着周世龙如何勤奋地加班加点，文理渊最终没有看到书局开业的那一天。

八月十五还差三天，吃过晚饭之后，老太爷跟蔡花蕾说想睡，蔡花蕾就说这个时间不该呀？还说想睡就在轮椅里先靠一靠。老太爷就开始打盹。一个多钟头了，蔡花蕾想别睡得太久，要不晚上又该喊睡不着了。过去一看，老太爷那样子跟平常有些不一样，特别安详那种。蔡花蕾心里一紧，怀着一丝侥幸伸手一摸，冰冰凉，再摸摸脉搏，换了几个位置都没找着原本就比较柔弱的搏动。

要不是蔡花蕾心里还残存着最后一丝丝希望，她真想就这么捏着文理渊的手，把和他走过的整个生涯好好回忆一遍。想一想他的好，也想一想他的不好，想一想当年第一眼见到他时回头看自己的那一眼，想一想他诵读"关关雎鸠，在河之洲"时的安徽口音，再想一想当年当着爹和刀把镇的乡亲们两个人就那么忘情地"弄"在一起……

早已泪眼婆娑的蔡花蕾再也控制不住了，她将细细的抽泣变成了毫不掩饰的号啕……

老大在书房里听到母亲这一声号啕的时候，就知道爹离开这个家了。其实这是个预料之中和情理之中的事，差不多一年了，这个结果一直都在伺机出动，一直都在啃噬着老大的心。他唯有努力工作，尽早将书局作为礼物一般奉献到歪在轮椅里的老爹面前，仿佛不这样就报答不了老人家的养育之恩。现在，这个希望连着之前的全部努力一起瞬间破灭了。等他疯了一样冲到老爹身边时，屋子里已经挤满了人，就听见一片号啕……

老大想起了上个礼拜二的一件事。

上个礼拜二早上，老大过来给父母请完了安突然被老太爷叫住，当着蔡花蕾的面抖抖瑟瑟从衣服荷包里摸出个东西，摊开手一看，是丁大人那年送给他的那只内环刻着"政乐民仁"几个字以及光绪皇帝提款的羊脂玉扳指，皇上钦赐给丁宝桢的玩意儿。

多少年了，文理渊一直当稀罕宝贝一样珍藏着，轻易不给人看。那时候皇上为收拢人心，专门准备了一些诸如黄马褂呀、玉扳指之类的小物件，心里高兴的时候就赏赐给下面的人。这些东西在皇上那儿就是个玩意儿，到了下面人手里就成了金宝卵。好些人家都把这些东西供在家里最要紧的地方，做一个玻璃匣子护着，方便外人看见，以表明皇恩都"浩荡"到他家了。文理渊的这个玉扳指由于不是皇上钦赐给自己的，中间转了丁大人一手，他就没好意思做玻璃匣子什么的，但其金贵程度在文理渊心里一直就没有输给过那些做了玻璃匣子的人家。虽说现在大清朝已经被推翻了，但东西是当朝皇帝给的真东西，就因为没有皇帝了所以愈加金贵，而且时间越久越金贵。

文理渊口齿不清呀，经过蔡花蕾"翻译"说是让老大手伸过来。老大基本上看懂了老太爷的意思，手也伸到了老人家面前。

文理渊将玉扳指放到儿子手中，另一只手托住老大的手背，用力握了握。这是老大感觉出来的，连蔡花蕾都没看出握的意思。

文理渊叽里咕噜说了些什么，蔡花蕾说你爹让你好好收着！

老大现在才明白老太爷那是在托付身后的事呢。

灵堂就设在客堂，黑白两色的纱布挂满了文家大院凡是人眼看得见的地方。其时正值秋季，黄白两种颜色的菊花将从刀把镇匆匆拉来的楠木棺材两边装扮成了鲜花墙，供桌两边长长两条对联从顶棚一直到地，上联：一哭先父，二哭先父，先父一场梦，如山重任谁担承？下联：生为书局，死为书局，书局大如天，纵然荆棘有来人！横批：父债子还。

这是老大流着眼泪琢磨了一夜对出来的。后来有喜欢斟酌文字的友人前来吊唁，给出的结论是"大体成立，还可斟酌"。老大也不想跟人家争辩，反正是自己的心里话，也算在先父灵前立下的誓言，至于别人怎么说，随便。

数蔡花蕾受刺激最甚，别看她欺负了人家文理渊一辈子，到头来还是这个男人最让她难舍难弃。爹和妈去世她都经历过的，也难过，但是没有这次这么让人心碎，让人悲从心来，甚至让人感觉骨头里面都在隐隐作痛。三天了，就喝了一点徐孃加了点银耳熬煮的米汤，还是在老大进进出出端了三回之后，她才勉强喝了一小碗。睡也睡不着，即便文知琴硬拉着她在床上眯了大约一个钟头多点，也是飘荡在奈何桥的半空中，跟已经跨过了桥的文理渊怎么也站不到一起去。

老大嘴巴都说干了，利弊得失讲了一大堆，蔡花蕾最后就一句话，说："行了，你们让我清静一会行不？"

老大又请马神仙从阴阳五行相生相克的角度劝导，蔡花蕾不说这句了，说："神仙啊，我知道水克火，火克金的道理。我都克了老太爷一辈子了，现在就想让老太爷反过来克我一回，让金也克一回火，火也克一回水，不行吗？不要再劝我了，好吗？"

马神仙二话没说，掉头去老大那里交了差。还对老大说："由着她吧，老太爷入土之前老夫人的魂魄安顿不下来。"

真的，马神仙没说错，蔡花蕾硬是等到楠木棺材四平八稳地放进了前一天请人挖好的土坑里，然后覆土，最后用洋锹镐头拍结实了，她那颗破碎的心才落回到原处。

看看堆在一边的许多按需要打成各种形状的石料，蔡花蕾就叮嘱人家砌坟冢的石匠，说："麻烦你们几位了，费心搞得安逸一点，哈。"

老大说："妈放心，都是百花山一带包坟手艺最好的师傅。"

临走时，蔡花蕾问清楚哪边是立碑的方向，绕过去在那个方向对着坟丘鞠了三个躬，走出坟地还在一步三回头地看，到了山下又回头望，说："树还多，老太爷喜欢阴凉。"

老大一直跟在母亲身边，随便蔡花蕾做什么他都不说话，心想只要她愿意，说什么都行，干什么都随她。

4

应该说，老大是那种心里没想明白之前不会放手去干的人，这一次书局的创办是个例外。当初完全是为了满足爹的心愿，这才千里迢迢将机器设备盘了回来，而且马不停蹄地赶。没想直到老爹咽了气，也没看到他念想了一辈子的书局，这让老大格外伤心。

虽然周世龙一鼓作气将书局的事情一码跟一码地撑着理出了个大概，老大还是以服丧期间不宜喧嚣为由，将书局的成立日期无限期后延。同时跟周世龙说好了，印刷这一块不闲着，就印《三字经》《菜根谭》之类的书，多多益善。一来调试机器设备，二来训练工人，无非就是准备好堆书的仓库，哪边都不耽误。人家周先生能说什么呢？反正你的钱你说了算。

这样，老大就把腾出来的时间用来陪伴心力交瘁的蔡花蕾。他打算找点事情让母亲改变一下心情，按说听戏可以散散心的，一说不宜喧嚣，大家都不好再提了。老大就说要不把文知礼和文知琴找来陪你打打麻将？就像原来你们陪老外婆那样。

蔡花蕾说："是哈，老外婆走了都……光绪二十六年吧？都十二年了！这回对了，你爹是去陪他们二老去了。恐怕要不了多久我也……"

"啧！"老大急忙拦住，说，"妈！说点让大家高兴的事嘛！"

蔡花蕾说："少来点伤心事就阿弥陀佛了，哪里还有高兴的事？唉！"

老大说："妈，我刚才说几姊妹过来陪你打几圈麻将，点头还是摇头？"

蔡花蕾说："摇头！行了，忙去吧，你妈没那么娇贵！文珠放学了吗？"

老大说："还没有吧，回来我就让她到你这儿来。"

蔡花蕾说："你家这个姑娘啊，你和刘彩云难道没觉得有点那什么？"

老大说："什么？"

蔡花蕾说："是不是……往徐子那儿跑得勤了一点？"

老大顿顿，说："哟，妈也发现了？"

蔡花蕾说："发现！一天就偎到徐子，明么是听金钱板，后面的话我就不说了。反正是女大十八变，千万不要变出什么毛病来就是！"

老大说："老太太都看出毛病来了，爹妈当然……妈，你老人家的意思……"

蔡花蕾说："我没得哪样意思，总之娃儿这个时候懵懵懂懂的，什么都新鲜，什么都好奇，关键看爹妈嘞！到时候千万不要说我没有提醒过你们哦！"

这样就好，母亲终于从丈夫那里转移到孙女这里来了，老大想，只不过新的问题又摆在了面前。

文珠经常来找徐子玩，已经不是一天两天的事情了。来得让徐子都开始有些不自在了，总感觉老爷已经在警惕着什么似的。老大没有摸清楚情况之前一般不会下结论，后来刘彩云也跟他说起了这件事，说感觉文珠这娃儿干什么事情痴得很，老大一听就明白刘彩云说的什么。

文珠的确爱听徐子的金钱板，有事无事就让徐子来一段，即便徐子有事情，文珠也有办法，死磨硬泡。有时候徐子跟文珠在哪儿碰个面的工夫，徐子都架不住要被纠缠着小声唱上哪怕一句半句的，文珠都会十分开心。文珠一高兴，徐子当然也就高兴。这种情况被偶然路过的刘彩云看见过两回了，这就让当妈的心里打了个结。

晚上，刘彩云将白天的事对老大说了。

"我早就知道了，只是觉得他们……起码文珠还小嘛，十多岁的娃儿！"老大说。

现在好了，连老太太都看出端倪来了，当爹的要是再没得个说法，后面就只剩下老太太那句"千万不要说我没有提醒过你们"了。

第二天，老大决定跟徐子挑明，而且把事情带到财政部的办公室去说，那儿跟家里隔得远，不会被闲人听了去。自打滇军撤回了云南，老大来这里办公的时间渐渐多了起来，别的不说，起码你要对得起那点薪水吧？

现在，不论老大去哪里，包括来这里公干，徐子都跟着。十八岁的人了，站着跟老大一般高，穿一身黑色府绸面料的褂子，着一双白底黑帮敞口布鞋，手里提着老大的公文包，一看就是大门进大门出有身份的那种跟班。

老大一路上就在琢磨怎么跟徐子开这个口，既要把问题说清楚，又不要过。假如人家徐子没什么多余的想法，不过就是哄着小姐高兴呢？反正要讲究方法。

等到徐子把湄潭翠芽泡出了淡淡的绿色，端到老大办公桌的右边顺手的地方放稳当了，正要出去，老大叫住了他。想了一路下来，当年要不是老外婆嫌人家瘦了，差不多都要当干儿子了的，现在还有什么不能说？

老大便直截了当从三纲五常一直说到世风家规，反正是由远方顺着说到近处，从理论说到实际，再从社会说到家庭，只是留着尊卑贵贱没说，心想还是留点面子的好。

就这些已经够徐子喝一壶的了，最后直说得徐子难以招架，表示一定痛改前非了为止。

老大最后说："缘分各人是各人的，只是看到没到时候。"

徐子说："老爷，我知道了！"

5

打从这天以后，徐子躲文珠就像老鼠躲猫。文珠都生气了，徐子还是拒绝唱金钱板，也不说为什么。那肯定嘛，越是得不到就越想喽，天下的事情大凡如此，跟年龄无关。

几天之后，文珠开始闷闷不乐起来。十四岁的小丫头干什么事情都提不起精神的样子怎么能行？两口子一商量，这回该刘彩云上了。还外加了一个辅助措施，以书局库房需要有人值守为由，让徐子搬到那边去住，回避一段时间看看。而且来龙去脉要做得跟文珠一点关系都没有的样子，完全是公事公办那种。

决定之后，老大跑到母亲那里一五一十把事情叙述了一遍，完了还征求意见。蔡花蕾知道他们能处理好，只是人家都征求意见到跟前了，就顺着老大还真讲了个一条二条三条，诸如遣将不如激将之类，实际就是给刘彩云递点子。

刘彩云按照群策群力得来的办法，首先打亲情牌。就是大物小事都朝文珠这边倾斜，关心她，爱护她，目的就是要让她感觉到家庭和亲人们如春天一般的温暖，争取能够抵消因为徐子被派去值更给文珠造成的寂寞。还没到第三天，文珠就烦了。

"妈你怎么老是钉着我？一有个什么事情你就出现在我身边，烦不烦哦？"文珠说。

刘彩云哭笑不得，讲给孩子她爹听，老大就笑，说："看来亲情牌不是我们想打就能打得出去的哦。"

刘彩云说："那要这样，老太太说的孤立牌就更不能打了。到时候就不是烦你了，而是恨你。真要是因为这个产生了恨，那还不如……"

老大说："什么啊？你不会说还不如随他们吧？"

如果站在女人和母亲的角度上考虑问题，有时候刘彩云觉得人家徐子真的没什么可以指责的。好端端一个人，大家眼皮子底下长大的，知根知底，又还青梅竹马……她刚才没说出来的话，真的就是想说"随他们"，只是被老大半中拦腰给截住了，如果顺着说"是"，心里面肯定不安逸。哦，人家还没说出来的话你都晓得，那不是显得自己浅薄了不是？不行！于是刘彩云说："啧，你这个人……未必你还知道别人肚皮里面想的什么？"

老大说："好好好，我等你把话说完。"

刘彩云看看老大，说："我是说随便用什么办法，反正不能让文珠恨咱们！要不然，你来演一出我看看。"

老大说："我真没那本事，还是你演，你演得很好！"

刘彩云说："讽刺我是不是？耶，要不让妈……来一回？"

老大忙说："不行不行，就是记恨也只能让她记恨我们，不能扯到老太太那里去。要不……干脆就送到茅台镇去算了！"

刘彩云想想，说："哎，这倒是个办法嘞！就怕外婆管不了她，要不我也去？"

老大说："渡过了这一关之后再回来？"

刘彩云说："就说是去看外婆，这样也显得自然一点，免得她烦你。"

老大说："是个办法，而且事不宜迟，等我去跟老太太通了气之后就走。"

刘彩云说："那读书呢？"

老大说："嘿，就你小时候那学校，说不定还新鲜，空气也新鲜嘞！"

刘彩云说："老外婆肯定高兴。哎呀，为儿为女呀，盘了大的又来盘小的。对了，大同今天有信来，说是在上海遇见了金姑娘。"

老大一怔，说："金姑娘？好花红？"

刘彩云说："哎哟，看你眼睛瞪得！莫非还会有第二个金姑娘？"

老大有些尴尬，笑笑说："哦……就是，信……我看看？"

刘彩云说："桌子上。"

老大过去拿了信就走，说："我去老太太那里。"

老大说去老太太那里明显是扯把子，其实就是想掩饰一下自己因为听见好花红而突然表现出来的亢奋。掐指一算，哟，离那次文知礼看见两人在大门口的那一出都四年了！怎么这么久？老大不知道是在问自己还是别的什么人。其实这句话是有潜台词的：为什么还不回来？

好长时间了，老大心里不是没有金姑娘，而是不敢有。自从上次因为冲动抱了人家一回，过后仔细想想，如果仅仅是冲动，那就是朱熹所说的人欲，是身体的本能。那我成什么人了？跟马团长之流有什么区别？人嘞，不求流芳千古么，起码人家大多数人提起你的时候要点头，万不能让别人脸上现出不屑的表情，当然更不能让人家骂。

朱熹的"存天理，灭人欲"其实是对人的精神折磨，在可以三妻四妾的那个年代是对人性的拷问和鞭挞。看你选什么，要么你高尚，要么你就平庸。平庸很简单的，放任着自己的性子就行；高尚就难了，像老大现在这样，要遏制住诱惑对你的袭扰，要克制住人欲对自己强健体魄的挑战，真不是一般人能够做得到的。所以都说追求高尚是君子之举呢，你必须付出代价。

还好，生活中的老大杂七杂八的事情太多，加上"诱惑"和自己的空间距离又很遥远，因此来得快去得也快。不过他心里明白，不是不存在，只是不去想而已。

6

刘彩云和文珠上路那天，李备和盐号的两个伙计跟着一起走的，老大安排他们将茅台镇盐岸一年的账目带回来的同时，还顺带着照应母女两个。道别时蔡花蕾跟文珠说了一句，"想奶奶了就回来，哈！"

的确，茅台镇什么都新鲜。空气新鲜，地方新鲜，事情新鲜，人也新鲜。刘彩云想好了放纵文珠一回，让她由着性子玩去。特别是由刘青云带着去赤水河里玩了一回水，这就收不了场了，天天嚷嚷着要舅舅领着去河边玩。刘青云就看刘彩云。按说小小的能够学会游泳不是件坏事，人家挨着河边长大的娃儿，大人还必须早早就让孩子会水，免得多一份担心。那年要不是刘彩云会水，躲过了那一劫，老刘家哪里会有后来的这一切？而且这么老远跑到这里就是故意来让女儿分心的，这要是既分了心又还学会了游泳，那还不是多一分收获啊？

刘青云在茅台镇是出了名的"浪里白条"，从河这边扎个猛子下去，有本事到对岸才冒出头来。随便撇根树枝削尖，从对岸冒出来时树枝上一定穿着一条鱼。就这一招，把文珠看得嗷嗷叫。当然，这要在河水清亮的时候，上游随便下点雨，赤水河就是浑红浑红的，要不叫赤水河？

这段时间正是河水清亮的时期，连刘彩云都有了下河洗澡的想法。那天吃过晚饭，刘彩云邀约起林家漪，林家漪带着已经五岁的女儿刘秀珍，最后连高大脚也跟了来，说是看热闹。

八月间，正是赤水河热得安逸的时候，坐在家里什么事情不做都会出一身臭汗，随便做点什么那就是大汗淋漓了。所以河边是个好去处。河边风大，特别是太阳落山之后，如同移走了一个大火炉，白天积攒起来的黏糊糊的汗液和尘土的混合物，没一会工夫就消散了。高大脚顺手带来的大蒲扇也没派上用场，就给文珠堆放脱下来的衣服。

刘彩云穿了件短袖褂子，下面大红底裤外面又套了一条刘青云的蓝布短裤。虽然不见了太阳，天空依旧明亮，好久没有这个装扮站立在光天化日之下的刘彩云突然觉得有点不好意思起来，赶紧跑到河里坐下，让水淹到胸脯上面，这才坦然了。

文珠见了水就兴奋，扑到距刘彩云一米多远的地方，噼里啪啦开始打水，而且是手脚并用。这丫头，才第二次下水嘞，就这么放肆，看来她亲水。刘彩云心想。心里这么想，嘴上还是没忘记提醒说："小心点！"

文珠直叫唤："妈耶，好舒服哦！"

刘青云准备故技重演，手里拿着根已经削尖了的树枝，来到水边大声对文珠喊："珠子！要不要舅舅再给你抓一条鱼来？"

文珠异常兴奋，站起来大声喊道："要哦！要哦！"

高大脚就笑，说："狗日你还有这个本事啊？嘿嘿嘿嘿！"

刘青云扑腾到水中，憋足一口气，一下子就消失得无影无踪，水面上留下一个顺水漂移的小漩涡。

文珠高兴得朝前跑了两步，打算坐下来接着扑腾。

一瞬之间，让所有人都没有想到的一幕发生了。文珠往前跑的这两步，正好踩在枯水期人家挖河沙留下的一个坑里，只看见文珠的头一下子就没了顶，紧跟着见她的手扑腾了几下，头又冒了出来，又沉，又扑腾，又冒出来，才两个回合，人就扑腾到了水急的地方。岸上的人一下子惊呆了，还是高大脚最先喊出来，就听见声嘶力竭的一声喊："要不得哈！！"

刘彩云也寸，那一秒钟她正捧了一把水泼在脸上，还用劲搓了几下，心里的"安逸"两个字还没说完，就听见了母亲的喊叫。睁眼一看没了文珠，心里就一紧，再看，只见女儿的头和手在水中挣扎的那一幕。刘彩云想都没想，起身就朝女儿那边扑过去，入水时就喝了一口水。她哪里管得了这些，只顾奋力朝前扑，只几下就抓住了文珠舞动的手。

之前，刘彩云只被别人救过，从来没有过救人的经历，所以不得要领。抓住女儿手臂的下一步该怎么办，不知道，就凭着本能使劲将文珠托出水面。岸上的人就看见文珠一上一下的，两个人在赤水河的波涛里沉浮、翻腾……

当刘彩云最终感觉精疲力竭了，想举都举不动了的时候，一只手抓住了她的手臂，后来好像又多了几只手，再后来……

刘彩云当然不知道，当她和女儿一起在水中跟生死搏斗时，高大脚和抱着娃儿的林家漪发疯一样沿着河边一路狂奔，一路狂喊："救命啊！救命啊……"

就是听见了她们的喊声，离他们一百多米开外的一些同样戏水纳凉的人听见喊声，扑通扑通一连跳下去三四个人，将已经在垂死挣扎的刘彩云和文珠捞了上来。

还要说说"浪里白条"。等刘青云的树枝上穿了一条鱼从对岸冒出头来的时候，只见对岸原先家人聚集的地方空空如也，正奇怪着，就听见了母亲的喊声。刘青云一下子看见远处河里时隐时现的影子，他脑子轰的一声，猛地扑进水里，朝前一阵没命狂奔。等他到达时，正赶上了大家七手八脚往岸上抬人的最后一个段落。

还好，正是因为有了刘彩云的奋力支撑，文珠只是喝了些水；刘彩云也是因为有了别人的及时救助，同样只是喝了些水。两娘母并排躺在赤水河岸边松软的泥地上，脸上均没有血色。高大脚颤抖着的手在两个人鼻子下面试，等最后确定都有呼吸了，这才坐在地上开始号啕大哭，林家漪也哭，她怀里的刘秀珍也哭，河岸边顿时哭成一片。

刘青云浑身是水，人家也看不出来他哭没哭，反正眼睛红红的。他不好意思哭出声音来，因为如若不是他想取悦文珠，一开始就潜入水里，那他肯定在第一时间就制止了这个惊心动魄的场面。细想想，他真想跟老天爷磕它几个响头，是老天爷让他们娘两个有惊无险的，否则，他怎么去跟老大交代哦？！

刘青云找到下河救人的三个人，又是握手又是拥抱的，千恩万谢。他知道赤水河边的规矩，救人一命是天经地义的事情，都用不着感谢。人家都认得云辉烧房的刘经理，刘青云请人家赶去云辉烧房通知一声住在里面的工人，还让人家带两块门板和棉被过来。都安排完了，这才过来安抚还在哭泣的母亲。

高大脚突然想起，抹了一把眼泪急慌慌地说："赶快赶快，你们的衣服还在河边！"

7

让所有人没有料到的是，按道理还在惊魂未定之中的文珠，居然在第三天跟刘青云说："舅舅，我一定要学会游泳！"

刘青云看看外甥女眼睛里面透出来的坚定，心里打了一个寒噤。赶紧说给刘彩云听，没想刘彩云想了想，说："我也觉得学会的好。"

刘青云瞪大了眼睛，刘彩云说："要学就好好学，要教就好好教。我不是怪你，那天你要不是扎猛子，就没有后面这一出。教吧，教会了也让我这个当妈的放一回心。"

刘青云说："你说的？"

刘彩云说："我说的。你不会……一朝被蛇咬嘛？"

刘青云说："嗯，姐啊，到底是你家姑娘，赶着像！"

接下来的几天里，天刚刚亮刘青云就把文珠叫了起来，连同烧房两个水性好的工人，四个人一起来到赤水河边，只不过换了一个河段。下了水直接教游泳，怎么蹬腿，怎么划水，怎么换气，怎么才能让自己漂浮起来，一切都那么规范，再不允许由着性子玩水、扑腾了。到了第三天，文珠就有了感觉，不用谁拉着扯着就游开了；第四天早上，三个人护着文珠第一次来了一回赤水河横渡。尽管心里依旧紧张，当文珠踩着对面水里的石头了，回头一看，满心欢喜地张开了手臂欢呼道："噢！我赢喽！我赢喽！"

刘青云笑了，说："哎呀，你妈这回可以放心了。"

快到白露了，文珠居然能跟舅舅一起潜泳到大半河了，除了用树枝穿鱼的本事之外，俨然就是一个女"浪里白条"了。刘彩云扶着高大脚一起过来"检验"。当看到文珠跟着刘青云钻到水里时，高大脚和刘彩云都捏了一把汗；等到文珠从对岸的水里冒出来，用手一抹脸上的水，并朝她们挥手时，高大脚已是眼泪满眶。

第二天一早，刘彩云家娘儿两个由刘青云陪着去了一趟刘天和的坟上。香蜡纸烛准备了一堆，还有一些水果点心之类，当然少不了一小坛子酒。铺排点燃之后，刘彩云拿着三支香，一作揖一叩拜，三回之后，跪伏在地。心里说：爹，女儿和你家孙女看你老人家来喽！那天要不是老天爷和你老人家保佑，女儿和孙女就要遭难喽！反正天底下好人多，儿子儿孙都会平平安安的。我们现在搬到贵阳去了，远了，回来一回我就来看你老人家一回。回不来的时候就让刘青云代替。还请你老人家一如既往保佑我们全家，保佑你女婿生意发达，保佑在上海的孙子读书上进，保佑文珠聪明可爱。爹，你要保佑哦！

该文珠了，她也学着刘彩云的三拜三叩。过程中刘彩云就站在边上帮女儿说："老外公保佑我们家文珠哈，保佑文珠读书上进，身体健康，聪明可爱哈！"

起来之前文珠自己说了一句："老外公，我都学会游泳了嘞！"

刘彩云说："对喽对喽，这一条我都忘了说了！"

上坟回来，就看见了李备和上次送她们过来的那两个伙计，说是老板让过来接太太和小姐回去。刘彩云这才想起算日子，是嘞，出来都一个多月了！也好，虽说没读过一天书，到底学踏实了一门本事。

高大脚指着桌上的一堆东西，说："你看嘛，又送来这些衣服料子，前几次送的还没动，哪里穿得完嘛！你回去跟老大说，不要破费！"

刘彩云说："妈，孝敬不叫破费嘞，这是你家女婿一片心。"

当天晚上，刘彩云把文珠拉到外边，让回去了不要跟家里人说在茅台镇落河遇险的事。

文珠说："为什么啊？"

刘彩云说："免得你爹和你家奶担心！"

文珠说："担什么心？舅舅都说我现在是女'浪里白条'！"

刘彩云说："啧！'浪里白条'可以说，遇险一段不能说。说了你家奶肯定要怪妈，说我没有把你看好，懂不？"

文珠说："哦，那我只说女'浪里白条'这一段。"

刘彩云说："对嘛。"

回到贵阳，文珠真的照着刘彩云的话，在蔡花蕾面前只说了女"浪里白条"。看着被茅台镇的太阳晒得黑里透红的那张脸蛋，蔡花蕾很高兴，不仅表扬了孙女，还连着把大媳妇也表扬了一通。专门让徐嬢通知厨房做了一道叫"骗鸡点豆腐"的菜，说是补补文珠的身体。

老大一听说文珠在茅台镇整天就惦记游泳的事，压根就没提过徐子一个字，心想这一招还行，就是嘛，哪里会没得办法嘞？

第二天一早，老大推开卧室房门，就看见文珠正坐在走廊那头的一张椅子上，而且那样子是等了半天了的。还没等他开口，文珠就说："爹，我要去看徐子哥。"

老大愣住了。他马上想起了昨晚上和刘彩云讲的那些有点炫耀意味的话，什么"就不相信没有办法"、什么"小姑娘就是一时间头脑发热"、什么"在赤水河里凉快一下就好了"之类。人家第二天早上就堵着你的门来了个回马枪，而且一点不掩饰。看来不是忘记了，只是在茅台镇没有对象而已。这回好，绕了一大圈又回到了原点。费气巴力设计安排的这么一出戏，被十四岁的女儿轻而易举就颠覆了。

刘彩云后来说："还好，总算学会了游泳。"

老大说："这算什么事情？"

刘彩云没说话，心想你晓得哪样哦！

人嘞，很多时候在外面比哪个的本事都大，比如老大，烧房，盐号，包括办书局，哪样不是一言九鼎？就说买地，一甩手就买了几千亩，但是在家里，特别是在儿女面前，很多时候都是一筹莫展。比如现在，刘彩云就和文知辉在关于如何对付文珠的问题上来了个"刘丞相看文丞相"，北方人说的大眼瞪小眼。

不说吧，不得尽到做父母的本分；说吧，轻不得重不得的，你都不知道会在哪一句上面出状况。而且人家文珠也没什么过火的情况，人家只是说"见面"。不准是没有道理的，准了就等于开了个口子，再想堵住可能就没那么容易了。

当爹的一时间也想不出什么招，只能两害相权取其轻，就说："行，我会跟他说的。"

今天说好的去财政部开会，徐子会准时在办公室等着。自从文珠回来了，老大总是不安排徐子来办文家大院这边的事情，考虑的就是有备无患。现在看来这个想法没错。

老大跨进办公室之前，稍加思索才推门进去。徐子从椅子上站起来，一躬身说："老爷来了？"

老大说："几点开会？"

徐子说："说的是九点。"

老大说："茶水泡了吗？"

徐子说："在您桌上呢。"

这两件事情老大都是多余问，开会时间他知道的，茶水他也知道肯定是泡好了的。之所以要问这么两句，是因为他不想进门头一句话就说他即将要说出来的这句话。

"文珠回来了。"说这句话时老大眼睛盯着徐子。

徐子扫了他一眼，说："哦。"

老大又说："她说她想见你。"

徐子沉默了一小会儿，说："恐怕……没时间哦，这几天事情多。"

老大也顿了顿，说："那我跟她说。"

没想徐子急忙说："也许……过几天空了再说！"

完了！老大在心里喊。

第十四章

1

在老大心里,徐子永远都是个下人,不论文珠怎么执着,永远都只能是他们的一厢情愿。早知道这样,当初还不如不管蔡花蕾的妈怎么说,就把徐子收为义子,还不会出现今天这样的麻烦。你总不能儿子和女儿做一家去,对吧?

现在好,两个人一个有情一个有意,好不容易分开了一段,还以为会就此疏远一些,没想会更甚。事到如今,真有点骑虎难下的意思了。老大和刘彩云躺在床上分析来分析去,院墙外面不知哪家的公鸡都叫了第二遍了,依旧没有归纳出个要领来。

刘彩云说:"干脆算了,由她去。"

老大说:"什么话?别说老太太那里把着第二关,我这头一关就通不过!唉!也是,现在才明白当年母亲听说了茅台镇砸缸救人,首先想到的竟然是问刘家女儿长得怎么样。爹妈啊,就是为儿为女奔波操劳的命!"

刘彩云说:"而且是操心完了大的又来操心小的,上辈子就欠着!"

老大说:"要不……"

刘彩云说:"什么啊?"

老大说:"泼出去算了!"

刘彩云说:"说什么呢?人家才十四岁!"

老大说:"我不说现在就成亲,找一个人家订婚总可以吧?就像我们两个,不是早早就定了的?你得让徐子死了这条心!"

刘彩云想想,说:"是哈,也是个办法哈?徐子还好办,就怕我们家这个!"

老大说："父母之命媒妁之言，那都是天经地义的事情，怕什么？"

刘彩云说："文珠那个娃儿你还不知道？我怕她造反！"

老大说："她敢！"

老大嘴上这么说，但心里还是有所顾忌。一家人嘛，特别是对于女儿，什么事情能够商商量量解决最好。不是说上兵伐谋吗？不动干戈说明你有本事嘞。但是，你必须要有大动干戈的思想准备，才能有不动干戈的本钱。把该做的事情都做了，至于后来发生了什么情况，到时候再说。

第二天一早，老大来到蔡花蕾的房间，正在收拾屋子的侍女小眼睛说老太太去了佛堂。

老大说："你怎么没跟着去？"

小眼睛说："老太太让我收拾完了就过去。"

自从爹走了，老大就为母亲找了一个名叫孙荷花的侍女，专门伺候老人家。人倒是干干净净的，中人说先前在一个大户人家干过，说是因为回家奔丧而被别人顶了位置，这才让老大捡了个漏。叫过来才试了两天，果然是个"漏"。不仅能干，还有眼色头。有眼色头其实就是用心、聪明的意思。唯一让蔡花蕾感到不足的，就是人家的眼睛小了一点。老大说你又不是挑媳妇，大眼小眼的不耽误使唤就行。

孙荷花还有一条好，豁达。蔡花蕾头一天见着她，上下打量一番之后就说："哪儿都好，就是眼睛小点。"

没想到孙荷花井口说："如果老太太不生气，荷花倒是想说一句。"

蔡花蕾说："哟！我不生气。"

孙荷花说："眼睛小点好，老太太。该看的看，不该看的看不见，不会给主人家添乱，是吧？"

蔡花蕾说："嘿！你倒是不忌讳。那……我要是叫你小眼睛，你不会不高兴吧？"

孙荷花说："只要老太太高兴，叫什么都行的。"

蔡花蕾还真叫，第二天起，"小眼睛，小眼睛"就满院子喊开了。

等到小眼睛收拾完了屋子来到佛堂，蔡花蕾刚刚念完一遍"大悲咒"。大悲咒全称叫"千手千眼观世音菩萨广大圆满无碍大悲心陀罗尼经大悲神咒"，是佛门弟子济世渡人，修道成佛的要诀。

自打那天在百花山送走了文理渊回来，蔡花蕾像往常一样走过佛堂门口，平白无故就生出一丝虔诚出来。蔡花蕾停下脚步，抬头看看佛堂暗红色的大门，仿佛有一只手在牵引着自己，不知不觉就推门跨过了石门坎。

佛堂内烛光摇曳，香烟缭绕，仙气十足。蔡花蕾想想，从光绪二十八年六月初七搬进大宅那天第一次踏进这道门起，十年了，她跨进佛堂不过十来次，每次都是年三十晚上。

蔡花蕾燃了一炷香，三拜三叩之后在蒲团上跪下，突然就有了一种这十年间从未有过的感觉，她觉得自己跟菩萨离得那么近，仿佛就飘浮在一团团祥云之上，正在聆听不知道从哪里传来的诵经一般的呢喃。等她睁开眼睛跟莲花宝座上面端坐着的佛祖的眼睛对在一起时，就感觉自己已经被佛祖收了，完完全全皈依了佛门，心甘情愿匍匐在佛祖脚下。关键是这样的感觉让她很安逸、很受用。

第二天，蔡花蕾专门跑到黔灵山上的弘福寺，请了一本"大悲咒"回来，每天早上燃烛焚香，照着"大悲咒"开始诵读。一开始，上面那些字仿佛都不挨着，独立自主地都不知道该怎么读，更不知道是什么意思。时间一长，不仅一字一句都读成了那天听到的呢喃那样的感觉，还弄清楚了意思。现在，除了铁定的早晚一次之外，蔡花蕾还在高兴和不高兴的时候来佛堂，哪怕不念经，坐一坐也是挨着佛祖在坐，总归心里踏实。

到了老大为文珠的事情来佛堂找她的这天，蔡花蕾已经可以边念大悲咒，边听人家说话了，两边都不耽误。按弘福寺弘慈和尚的说法这是上了一个层次。

小眼睛进来时，老大正扶着蔡花蕾从蒲团上起来。到底是有了岁数的人了，跪久了麻不说，起来还费劲。

蔡花蕾押着刚从"仙界"返回来的那种表情，说："凡事都是个缘，只要投缘，说一个也不是不可以。当年我跟你爹帮你断的这门亲，也是个缘字。不认账不行的嘞。"

老大忙说："认账！认账！"

按照老大家两口子最后的结论，徐子和文珠就让他们这么若即若离地悬着，该守夜还守夜，能不见尽量不见。这头赶紧找人寻觅对象，大体上齐了就定，绝不拖泥带水。反正贵阳城里头排得上位置的几个媒婆都得了文家的托付，剩下的事情就是等结果。

2

民国二年（1913），老大要办的第一件事是给文珠找一个婆家，第二件事就是书局。

春天来了，万物复苏。院子里冬天没有落叶的那些植物的叶子一般都绿得比较深沉，而柳树啊、樱花啊、桃树李树啊，凡是冬天掉叶子的植物，这个时候吐出来的新芽，绿色都格外地嫩，嫩得轻飘飘的，好像一阵风就能将它们从枝头吹走一样，让人不忍触碰，怕弄坏了。

既然母亲自然而然就皈依了佛祖，而且越来越投入。这让老大省下了好大一个心，完全可以把先前搁置的事情重新捡回来，该热闹就热闹它一回，老大首先想到的就是书局。

一冬天下来，周世龙印制的《论语》《三字经》《六事箴言》那些书已经堆了五分之一库房。中途周世龙来说过一次，说要么暂停一下，要么让库房里的书有个去处再接着印。老大采纳了后面一条，以蔡花蕾的名义给贵阳的几个小学堂一家送一些，大概去了有一多半的样子，又让周世龙接着印。

这回好，母亲有了皈依，他可以除了官差之外全心全意关照一下书局的事了。反正机器设备都磨合得很好了，熟练工人也各个岗位都顶上了用，只需要把金字匾额一挂，鞭炮一响，设一顿饭局，顶多再来一场堂会，书局就算开张了。除了已经印好的那些书，老大还请上次务虚会的那几位各自列了一张单子，把他们认为好的书名开列了一串，经过自己和周世龙审一遍，去粗取精，这就准备开始正式印。务虚会几个人当中，数已经是商会会长的何万年积极，开列的书名最多不说，还帮着出点子，什么纸张啊，油墨啊，书籍的销路啊，什么点子都有，让老大有些感动。心想有这样的朋友帮衬着，还有什么办不成的事情？

周世龙说："这么说之前印了那么多都不叫'正式'？"

老大说："是啊。第一本书一定就印遵义沙滩的文化人郑珍的《播雅》，不论怎么说，遵义也是我们文家的发祥之地，哪怕就说是偏心，也该！糟糕！"

周世龙说："什么啊？"

老大说："你看你看，从机器设备到印刷工人，从生产车间到物资库房，一样不缺吧？"

　　周世龙说："都不缺啊。"

　　老大说："名字呢？书局前面要有个名字吧？"

　　周世龙说："哎哟！真是真是！一忙起来把这个忘了，那大爷赶紧想一个吧！"

　　老大说："我想？不合适不合适，这事还得老太太。我这就去！你看你看，这么重要一件事，居然两个大活人都给忽略了。我这就去！"

　　事情说给蔡花蕾听，她老人家一点不含糊，说："你明天上班之前来拿！只是……哎，可惜你爹走了，要不他还连着给你写好。现在只能找一个笔头劲的先生来写，一定要有气势！"

　　老大说："不用不用，就你老人家的字就行。"

　　蔡花蕾说："那怎么能行？这要挂出去大家看的嘞！"

　　老大说："不不不，就你老人家的字！谁写……都没有你老人家写的意义好！"

　　蔡花蕾看看儿子，说："真的？"

　　老大说："真的！"

　　蔡花蕾说："你的意思……肥水不流外人田？"

　　老大说："不是不是，这也不是什么肥水。我就是要在我爹一辈子念想的这个书局开张时留下母亲大人的墨宝，这个想法……不过分吧？"

　　蔡花蕾说："行了，明天早上连名字带墨宝！"

　　第二天一大早，老大赶在母亲去佛堂之前来了。蔡花蕾早就起来了，正用小眼睛打来的温水刷牙洗脸，小眼睛在收拾床铺。

　　老大一眼就看见铺展在桌上的对开宣纸，走近一看，"文渊书局"四个大字方方正正排列有致，左边提款处写着"癸丑年春月蔡花蕾书"几个字，还留了两方印，一方她自己的，一方文理渊生前常用的一枚闲章，上面篆着"徽人"二字。

　　老大念道："文渊书局。"

　　蔡花蕾完事过来，边擦手边说："本来我写了个文理渊书局，后来想想还是谦虚一点的好。文渊，文化有了，渊源也有了。你爹要是知道了，肯定不会有意见。你觉得呢？"

老大说："好得很！妈，谢谢了！"

蔡花蕾说："啧！两娘母还客套？"

老大说："不是客套，是点到我心里去了那种感觉。"

蔡花蕾说："哄你妈高兴是不是？"

老大说："真没有奉承的意思。既表达了对我爹的思念，又有中华文化源远流长的意思，这就是我要的感觉！"

蔡花蕾说："行了，既思念了你爹，又奉承了你妈，忙你的去吧。"

临出门前，老大说："另外，好久没见着爹的这枚闲章了。"

蔡花蕾说："这不就见着了？"

老大点点头，走了。

等到书局开业那天，老大在鞭炮铺开的淡蓝色烟雾中扯下覆盖在匾额上面的红布时，掌声中居然还有叫好的，就像戏园子里面那种感觉。当来宾们看清了落款的内容后，更是赞不绝口，都说家里有这么个老太太，不办个书局那才叫怪。

下午三点开始的场面，完了在文家大宅摆了十多桌，为的就是吃完了喝好了就看戏，免得人家宾客来回跑。为此还专门请来了"汉云楼"的大厨，带着白帽子的大厨连墩子和下手都是自己带过来的，就是为了文家老大的一句话。老大说，别的我不管哈，就要两个字，味道。

席间，云辉烧房的美酒喝完一瓶上两瓶，喝完两瓶上三瓶，最后搞得好些宾客看戏时都是斜在椅子上的，你都不知道他们是在看戏还是在打瞌睡。反正大家叫好时他们也跟着叫两声，没了动静之后又继续打瞌睡。

那天，文昌寿请来一个唱川剧的戏班，虽然生旦净末一样不少，唱念做打也是路路精通，底下照样喝彩不断，老大就是觉得少了些什么。还用说？每每这种时候，老大心里总会感到怅然，舞台上佳人依旧，只是少了自己心仪的那一个。算起来还是光绪皇帝驾崩那一年走的人，五年了，居然……居然就这样杳无音信？老大扭脸看看正在兴头上的母亲、刘彩云和文珠，起身离去。

无情未必真君子啊！老大站在当年和好花红分别时站过的大门回廊下面就这么想。那时的油灯已经换成了一个不大的汽灯，足够把这块地方照得亮堂堂的，他甚至都记得当时自己站在哪块石板上，金姑娘又站在哪块石板上。物是人非都不说了，关键是泥牛入海。

老大不愿意这么呆站下去，他再一次看看给他以遐想的那两块石板，悻悻而去。

回到屋里，刘彩云问他跑哪里去了，说："刚才有变脸来着，一晃一个样，一晃一个样，真是不错！"

老大说："哦，可惜了可惜了。"

那天晚上，无论老大心里数羊还是数猴子，就是睡不着。干脆起来，顺手披上一件狐皮袍子就出了门，转着转着就转到了小戏台跟前。他索性来到戏台上，从出将这边进去，又从入相那边出来，到处看，反反复复来了好多次。

还是值更的李备起来巡夜，听见小戏台地板吱吱嘎嘎有走路的声音，过来一看，竟是老大。一问，老大就说酒喝多了睡不着，让李备忙去。等人家走了，这才结束了一路梦游一般的折腾。

3

当周世龙将一本印制装帧完毕的《播雅》交到主人家手里，老大马上把家里保存的上海商务印书馆的书找出来比。这之前，印制第一本《三字经》时他已经比过一回了，这一次是比给蔡花蕾看。

蔡花蕾将两本书翻过来倒过去比，说："看不出差别嘛？"

老大不无得意，说："这就对了嘛！"

蔡花蕾说："啊，你的意思是让我表扬你一番？"

老大就笑，说："那倒不是，我是过来跟妈说，我要是把这本书放到我爹的牌位前，不知道他老人家会不会高兴？"

蔡花蕾看着儿子，说："你爹真没白养你这个儿子！走，这就去！"

老大搀扶着母亲，小眼睛端着老太太的茶杯跟在后面，三人来到佛堂。佛堂右边新摆放了一张桌子，上面供奉着文理渊的牌位，也是香蜡纸烛什么都不少，也有点心和水果。只是比佛祖面前的东西小几个规格，少一些就是。这一套家什原来放在蔡花蕾屋里的，后来老人家念上了大悲咒之后，心想别光念给佛祖一个人听呀，老太爷也跟着听听，反正都是念。这才让李备他们将"老太爷"搬到了佛祖边上，跟佛祖一起听自己念大悲咒。

蔡花蕾把《播雅》放到文理渊的牌位前面，示意老大跪下，然后开始说话："老太爷呀，你儿子孝敬你来了。你看好哈，我们遵义沙滩的郑珍，你知道的。他的《播雅》是老大他们文渊书局印制的第一本书，老大孝顺啊，就直接供奉到你的牌位前面了。所以我说啊，你要保佑他们哦。哎呀！你想了一辈子的事情，这回老大帮你完成了！这回你可以安心了，真嘞！"

老大接着说："爹，儿子不但把书局办起来了，还要把它经营好，管理好。儿子知道你的心思，就是要让天底下的人都有书读。你放心，我不会让你老人家失望的。对了，妈给书局起了名字了，叫'文渊书局'，就是你老人家名字里面头尾两个字。妈说文化也有了，渊源也有了，其实就是我们大家祭奠你老人家的意思。爹，你放心，我会照顾好母亲的！"

老大磕了三个头才起身。蔡花蕾让他先走，说自己还想坐一会儿。小眼睛知道老太太想把傍晚那道经也顺便念了，便问："老太太，要不要把蒲团给你摆好？"

蔡花蕾说："行。"

小眼睛伺候老太太坐下，把茶杯放到她顺手的小木箱上面，这才退到一个角落里坐下，一声不吭。就为这，蔡花蕾特地让文昌寿在小眼睛的月银里面多放了一块大清银圆，也不说。等小眼睛拿着多出来的这枚银圆来找管家，文昌寿告诉她是老太太的意思时，小眼睛有些感动，这肯定要比蔡花蕾直接跟小眼睛说的效果好。而小眼睛不知道的是，蔡花蕾就擅长这个。

几个媒婆陆陆续续过来回话。讲究一点的呢，有张照片带过来；也有没照片的，就靠媒婆一张嘴。审查的事情非刘彩云莫属。她先看照片，再听情况介绍，还让人事先准备好了笔墨纸砚，把听来的情况一二三四地记录下来，最后再来对比。比了一圈下来，有两个还说得过去。一个家爷爷在京城做过闲官，另外一个是书香门第，祖上几辈都是读书人，只不过书读得一般般，始终没到求取功名进而光宗耀祖。当闲官的这一家有照片过来，一张全家福上面用箭头指着其中一个娃娃，意思就是这个，免得老文家到处找。人家拿全家福过来还有一层意思，媒婆说了，全家福是在人家自家家里照的，意思高房子大瓦，也是殷实人家。刘彩云心想，好嘞，一张全家福把家底什么的都交代清楚了，到底是京城的官。

刘彩云对媒婆们说："先定这两个，要是生辰八字什么的都合，大家还有得谈。不过请大家放心，成不成，银子一分不会少。当真成了，当然还会有额外的。不知道我说清楚了没有？"

媒婆们忙说，清楚！清楚！

结果，两家娃娃的八字跟文珠的都合不拢，特别是做过闲官的那家，说是克得老火，算命先生说得很形象，说是最终结果就是祸起萧墙。刘彩云把情况跟老大一说，老大说那还能怎么，请她们继续找就是嘛。

第二天，老大接到刘青云一封信，说是云辉烧房的扩建工程已经完工了，问要不要搞个仪式什么的，如果搞，老大是不是要去，时间定在什么时候，等等。

这几天，老大正为书局的事发愁。

之前，贵州的印刷业务大都由一些印刷小作坊承担，要求高一些的业务都要送到广东、上海等大地方去。时间长不说，成本还高。文渊书局成立之后，原先的所有问题都迎刃而解，要求高的也能在本地完成。这样，大量业务眨眼之间全堆到了新开张的书局头上，不仅贵阳，周边府县的印刷品也都聚拢过来。没多久，书局事先准备的所有印刷物资全线告急，纸没有了，油墨没有了，包括一些辅助材料，急需进货的单子全都压在周世龙的办公桌上。周世龙也使出了浑身解数，把贵阳旮旮角角能买得到的东西都买来了。无奈贵阳就这么大个堂子，原本就没有储备多大一个量。那几天满城都流传着一个消息，说是文渊书局一个姓周的先生满世界找纸找油墨。

没办法，问题只能交到老大这里来了。在财政部办公室里，周世龙说："不是我不尽力，的确是山穷水尽了！都怪我，一是对业务情况事先估计不足，二是没有及时建立起稳定的物资渠道。"

老大说："不是怪谁的问题，总得要有个解决办法啊。"

周世龙说："办法就是赶紧到广东去买，只是远水解不了近渴！眼面前就是两条，一条是赶紧买，那是顾长远；另一条就是解近渴！"

老大说："下面人确定全部都跑到了？"

周世龙说："全部！"

老大说:"不急不急,你让我想想。"

不知道什么时候进来的徐子倒了一杯茶,端到周世龙面前的茶几上放下,说:"周先生请用茶。"

周先生都愁得一脸的皱纹了,哪里还有心思用茶?就听他说:"关键是单子都接了,千万不能一开张就失信于大家哦!"

老大说:"这样这样,世龙,你先回去,书局那边你还得钉着,这边我来想办法。在这里你急我也急,反而办不了事情,好吧?"

周世龙说:"也好,那我告辞了。"

徐子把周世龙送出了门,回来关上门,看看老大,说:"其实可以问问省商会那位何先生,商会会长认识的生意人多,路子应该也多。"

老大说:"啧!你怎么不早说?"

徐子说:"客人在,徐子不便乱说。"

老大马上按着电话,然后摇把,再拿起听筒,说:"喂,请接省商会何万年何会长。"

电话那头说:"何——万——年,没有这个名字唉,对不起!"

老大放下电话,想想,说:"徐子。"

徐子说:"老爷。"

老大说:"下午你就跑电话局一趟,家里,盐号,还有库房那边都装个电话机!还有,上次何会长的邀请函是你送过去的吧?"

徐子说:"是。"

老大说:"我们现在就去何会长那儿,现在!"

徐子说:"要不……我去请何会长过来?"

老大说:"不不不,人家都过来两次了,怎么着也该我们登一回门。何况咱们还有事找人家,走。"

徐子说:"哎。"

就这个时候有人敲门,徐子过去开门一看,是门卫一个执勤的士官。士官说:"门口一个姓何的什么会长要见部长。"

徐子忙看老大,老大说:"赶紧赶紧,请!"

让老大做梦都没想到的是,何万年正是为了纸张和油墨的事情自己找上门来的。说开来才知道,人家老何家年前在红边门开了一家何记宝兴货栈,什么生意都做。还别说，开业以来就数印刷物资的生意做得热闹。原先贵阳不是没有做这类生意的吗？加上一直就在蓄势而发的文渊书局，人家何万年就看准了这一档生意的前景，及时办了这么个货栈。这不，前些时候就听说了文家书局缺东西的消息，正好这几天宝兴货栈由上海和广东进的纸张和油墨到货，何会长便马不停蹄地登门拜访来了。老大都有点不相信真还有天上掉馅饼的事情，千恩万谢不说，一定要何会长定个时间到汉云楼去吃顿饭。何会长说不用麻烦，还推说有事。

老大说："你就是有天塌下来的事情，也得把这顿饭吃了之后再说！"

何万年就笑，说："文部长也是太客气了，我这是在赚你们文家的钱嘞，应该是我请文部长才对嘛！"

老大说："既然这样，咱们说好，我先请，你后请。这该公平了吧？"

何万年说："行行行，我就恭敬改为从命了！那就……明天下午如何？"

老大说："就明天下午，汉云楼！"

何万年说："一言为定！"

4

汉云楼的这个包间仿佛就是为文家老大预备的，隔三岔五来不说，还尽拣着大菜点，点得还多，总之没有哪顿是吃完了的。所以凡是老大过来吃饭，汉云楼李经理是一定要过来敬一杯酒的，而且还优惠打个折。虽然省不下几个钱，但面子是给足了的，客人听起来也高兴。

两个人喝酒没意思，由此将马神仙、吴老先生，还有赵监事，连着财政部三个平时见了老大毕恭毕敬的下属，一起八个人，从六点钟一直喝到差不多九点，该醉的醉，没醉的，舌头也差不多是僵硬的。

自从上次蔡花蕾说了喝酒不能贪杯，老大就再没有喝醉过。而何万年应该是想跟老大多说说话，因此在推杯交盏时就有所控制。

何万年说："你大我大？"

老大说："我光绪三年腊月间的。"

何万年说："那你是兄弟，我同治十七年！"

老大说："哎呀哎呀！哥，你是哥，哈！"

何万年说:"既然这样,知辉老弟,今后只要你有事,生意也好,家里也好,说,哈!都是一句话的事情!"

老大说:"就凭老哥子雪里送炭,两个字,仗义啊!对了对了,真有个事情,哎……小女呀,我们想给她找个婆家,托了好些人,不行!要不也请老哥子给打听打听?"

何万年说:"小事情,小事情!哥包了!"

过了三天,何万年真的为了老文家女儿的亲事登门拜访来了。在财政部办公室里,何万年就那天文部长怎么托付,自己怎么用心盘算,说今天是特地来问一问情况的。

何万年说:"不知道令爱多大年纪啊?"

"哎呀,让何会长费心了!小女是……光绪二十三年吧,春天里生的。取一个单名,叫文珠,珍珠的珠。"老大没说文龙的事,心想走也走了,说出来还多余要解释半天。

何万年说:"哦哦。"

老大想想,说:"何会长问得这么仔细,莫不是已经有了眉目了?"

何万年笑了,说:"巧得很哪!我家有一犬子,光绪十九年的人,现在正在本地高等学堂读书。不知道文部长是否愿意将令爱的八字交给……或者我把犬子的八字……给你?"

老大说:"哎呀!真是的……唉,都好都好!要不……因为家母格外钟爱小女,还是请何会长把东西给我,也好在母亲面前有个交代?"

"当然当然!"何万年说着,从口袋里摸出一张折叠着的信纸递给了老大,人家是有备而来。

等送走了何万年,关门时老大还在自言自语说话:"看吧看吧,也许真还能成。"一抬头,只见徐子站在角落里,神情有些怪异。

完了!老大心里想着,说:"你什么时候进来的?怎么也不吭个气?"

徐子沉着脸,说:"我打水进来,你跟何会长说得正高兴,也许没听见。"

更完了!老大都不知道该说什么好,他指指徐子,手指摇了半天才说:"以后……以后,行了,你先回仓库吧,这里没什么事了。"

徐子似乎想说什么,最后什么也没说,走了。

老大在办公桌前坐下,还在想着刚才的事情,半天了,说了一句:"冤家哦!"

晚上回到家,老大将何万年的纸条交给了刘彩云。刘彩云打开一看,上面写着:何子豪;光绪十九年七月二十三日子时;农历:壬辰年丁未月丙辰日丁酉时;二十八宿:亢;甲子纳音:沙中土;生肖:龙。

刘彩云这段时间看人家的生辰八字看得多,马上瞪大了眼睛,说:"什么啊?你……给文珠找的?"

老大说:"对呀,你去找人对对八字,省商会何会长家公子。"

刘彩云说:"好事啊!那你怎么还垮着个脸?"

老大说:"何会长来说这事,正好让徐子给听了去。我看他……反正心里面有毛病的样子,哎呀!不管嘛,先看看行不行,再说。"

刘彩云说:"行,先看看。"

刘彩云就让文昌寿领着直接去了上次那个算命先生家。都没敢把先生请过来,怕被老婆婆知道了,要是搞不成还难得解释。

等先生开始施展他那套吃饭手艺时,刘彩云都不敢看,生怕又像上回再算出来一个"克"字来,索性起身去看墙上的字画。

"啪"的一声,是先生手里的扇子击打桌面发出来的声音,真正把刘彩云吓了一跳。还好,先生紧跟着就喊了一声"好",而且有些兴奋的那种声调。这让刘彩云立马松了一口气,将按在心窝的手收了回来,回到先生对面的椅子上坐下。

先生身体前倾,从眼镜上面看着刘彩云的眼睛里没一点表情,说:"恭喜太太了,大吉!"

先生接下来从理论开始阐述了一遍之所以"大吉"的缘由,只是刘彩云一句都没听进去,完全陶醉在"大吉"给她带来的无比喜悦之中。

回到家里,老大不在。刘彩云心里痒痒的,就想找个人分享一下。把家里的人盘算了一遍,真没有一个可以倾诉的对象。老太太那里倒是稳靠,但是不知道老大会不会不想让老人家知道。这么些年下来刘彩云早就看得清清楚楚的了,什么事要让蔡花蕾知道,什么事不让蔡花蕾知道,全凭老大自己去判断,刘彩云绝不多一句嘴。这才在蔡花蕾这样的人尖尖眼面前没风没浪地生存到现在。

老二家那边唯一可以说说话的就是赵青梅，但是文珠有时候爱去找文霏霏玩耍。算了，这要是哪句话不稳当，提前让文珠听了去，又是祸事。文昌寿知道这件事的，李备好像说不着。哎呀！要是在茅台镇就好了，跟妈，跟兄弟，哪怕跟兄弟媳妇都能痛痛快快地说它一回。憋死人了！刘彩云真想喊叫它几声，以宣泄胸间的块垒。

刘彩云就这么活生生看着天边的云彩由白色变成了浅灰色，再由浅灰色变成了深灰色，最后云彩和天色浑然一体。

吃饭之前，老大让人捎来口信说是有应酬，晚饭不回来吃了。

刘彩云就在心里狠狠地骂：狗日的，故意气你家老婆是不是？！

天黑了，哪儿都黑黢黢的，就是有点光亮照着吧，也是昏昏黄黄的，不安逸。刘彩云干脆把脸脚洗了，窝到床上去等。找本书来看吧，看不进去；不看吧，无聊。刘彩云就在这样的状态之中煎熬到墙上的挂钟敲了十一下之后，昏昏戳戳地睡了过去。

也不知道几点钟，刘彩云被老大上床的动静整醒了，她使劲支撑着惺忪的眼睛，说："你这人，怎么这么晚才回来？"

老大说："咦，我不是说了有应酬吗？"

刘彩云说："再有什么应酬么你也应该早点回来嘛！"

老大说："哦，有事？"

刘彩云说："行了行了，我懒得和你置气。难道你真不想知道文珠跟何家公子的八字？"

老大说："对对对，怎么个情况？"

刘彩云说："怎么个情况！告诉你……咦，我硬是懒得跟你说得！"

老大说："耶！卖关子是不是？"

老大的性子被刘彩云这么撩拨了一下，立刻感到腹腔那儿有一股火直往上蹿。先前被酒精烧得红扑扑的脸到了这会儿刚刚消停了一些，被这股火一撩，轰地一下心里一热，跟着就开始涨头。老大扭脸看看刘彩云一脸醒过来又没有睡安逸的那种倦怠，分明就有勾引男人的意味嘞！老大一把掀开覆在刘彩云身上的薄胎丝绵被，刘彩云对老大这种突如其来的亢奋完全没有准备，本能地缩成一团；老大不管，强势分开刘彩云的手和脚，顺便将底裤和肚兜一并褪了，接着又将自己的汗褡子和底裤也去掉，只是汗褡子的哪根带带挂住了耳朵，还是人家刘彩云帮忙才脱下来的。

是啊，自从老太爷归天，两口子就没有痛痛快快弄过一回。在老大心里，老爹去世这么重大的事情，晚辈好像不该做这种具有娱乐成分的勾当，总之心里有个疙瘩。刘彩云呢，有时候也想，只是一看到一家人都在愁云惨雾的气氛中忙这忙那的，这个时候如果在老大面前表现出来"要"，似乎跟自己大嫂的身份不搭配。有两次实在憋不住了胡乱弄了几下，心里也跟偷人一样不踏实，毛毡毡的。后来，老太爷的事情渐行渐远了，生活倒是恢复了常态，但心里的疙瘩好像还是没有完全解开，半松半紧的样子。

所以，虽然刚才刘彩云的话里根本就没有半点挑逗的意思，不过是老大自己给自己找的一个借口，这也挡不住饥渴已久的这一双男女。连女儿的终身大事都可以不管不顾，先弄一火再说。

不论老大的手滑动到哪里，刘彩云都回报以令人心旌荡漾的呻吟，一声高似一声都有点不管不顾的程度了。反正老大当初在设计房间时就考虑到了这种情况的，而且后来两个人还真试过，的确听不见。所以刘彩云才会这么放肆……

夜半三更，到处都静悄悄的，就听见两个人喘气的声音。这声音在空荡荡的天花板下面显得有点夸张，两个人同时都感觉到了这一点，对视一看，都笑了。完了事才知道，两个人好久都没有这样酣畅淋漓过了。

刘彩云说："怎么，连女儿的事都没有兴趣知道了？"

老大说："急什么嘛？晚一会它还跑得掉？而且不用问，从你卖第一个关子起，我就知道一定是我们希望的那种结果！要不然卖什么关子？"

刘彩云笑了，说："是，你聪明，哈！那……下一步打算咋个？"

老大说："可能要先去一趟茅台镇，回来再跟何会长扯这个事。"

刘彩云说："茅台镇又怎么啦？"

老大说："刘青云写信过来，说是烧房的二期工程都收尾了，问要不要搞一个庆典……"

刘彩云抢着说："当然要搞啊，热闹热闹嘛！"

老大说："我也是这么想。明天军政府有个会，我准备后天走。回来再跟何家商量事情。"

刘彩云光着身子都嫌热，伸手拿起夹在床头栅格中间的蒲扇扇着，老大直喊舒服。刘彩云笑笑，说："哎。"

老大说："嗯？"

刘彩云说："今天……怎么就把爹给忘记了？"

老大懒得理，突然想起说："先生到底怎么说？"

刘彩云说："哎，你不是看脸色就已经知道了吗？啐！"

5

茅台镇迎来了历史上最隆重的庆典。鞭炮的红色碎屑把从云辉烧房大门到大石桥一路铺展得如同地毯一般，踩上去软软的，很舒服。娃儿们在爆竹的烟雾中踩踏着红色碎屑奔跑、欢闹、跳跃，比过年还高兴。

老大到了这里才知道，刘青云家又添丁了。难怪来信问要不要热闹，原来两层意思呢。高大脚一定要让姑爹给取个名字，老大说不行不行，这在我们家都是老辈子的事情。

高大脚说："你在娃娃面前难道不是老辈子？况且我认不得字嘛。"

刘青云也怂恿着老大，说："有劳姑爹了。"

老大说："哎呀，今天看来不说一个都过不了这个关嘞！妈，那……我就班门弄斧一回？"

高大脚说："搬什么？你说的这些我也听不懂，反正就是要个大号。"

老大说："那就抱过来姑爹看看，也好有的放矢。"

刘青云赶紧把嫩娃娃抱过来，已经三个月大的白胖小子见着老大咧嘴就笑。高大脚急忙说："你们看你们看，他看到姑爹就笑嘞！赶紧赶紧，让姑爹抱抱，也沾点财气！"

老大说："不行不行，这方面我最差了，闪着娃儿不好。呃，这样，既然大家看得起我，特别是老岳母钦点，我也不能太随便喽。明天上午之前一定想个好名字出来，怎么样？"

高大脚说："要得要得！"

当天晚上，由林家如做东摆了一桌。说是两条，头一条给老大接风，第二条是祝贺老刘家添丁。林家如特地拿来几瓶他们烧房的陈酿，说是请老大品尝品尝。

老大端起酒杯，先闻闻，完了呷了一口，舌头跟上颚来回搓了几下，还发出吧唧吧唧的声音，然后歪着头回回味，一副老叫雀的派头。过程中，所有人的眼睛都聚焦在老大那张嘴上，大家都想听一个子丑寅卯。

老大说："坦白说，不错。所以我说茅台镇啊，随便拿个罐子接出来的都是好酒，关键看你能不能上规模！"

林家如听得懂这句话的言下之意，心里谈不上不痛快，当然也不可能痛快。老大首先没有恶意，况且人家随便怎么说都算是有恩于己，再加上广东人骨子里就带着的那种精明，林家如最终选择了一笑了之。不说对，也不说不对，一口干了酒盅里的酒。

晚上睡觉之前，老大跟刘青云说起了饭桌上的事，说也不知道怎么了，大概就是觉得林家如的酒跟自己家的酒真没什么差别，心里就突然冒出那么一点不安逸来，因此才会说出那么一句话。

刘青云说："其实也没什么，都是大实话。"

那晚上，老大就歇在早年刘彩云的那间闺房里。自从那次老大过来住了一回，高大脚就将这个房间保存古董一样保留了下来，什么都是刘彩云出嫁离开茅台镇那晚上的摆设，包括刘彩云读书时候用的书包，依旧挂在门边的一颗钉子上。

老大找刘青云借来一本康熙字典，又从刘彩云的书包里找来铅笔和纸，把自己心仪的一些字在字典上找到，意思搞准确了。再将这个字和那个字组合在一起，读一读，想一想，最终选择了三个组合放在一起反复掂量，读来读去觉得都不错。看看手表十二点差五分了，决定明早上再说。

第二天醒来一看，十二点差五分。老大心想乡下的瞌睡就是好睡嘞，你看，整整一个对时。而且人家刘家人也厚道，不吵不闹，安安静静的，就是让你补瞌睡。老大顺手拿起枕头边上写着三个名字的那张纸，看都没看就确定用排在第一行的那个，承义。

说给老刘家一家人听，大家都说好，虽然高大脚没明白其中的意思。等刘青云分析给她听了之后，老人家眼泪就下来了。

回到贵阳，老大首先把跟何家的来龙去脉对老太太说了一遍，蔡花蕾听得很仔细，没听清楚的地方还问，最后说："你们准备跟何家说几时迎娶呢？"

老大说："两年之后。你觉得呢，妈？"

蔡花蕾说："两年？那就……十八嘞？二八佳人不好吗？"

老大说："是这样，我们觉得十六岁小了一点，过两年可能会懂事一些。今年文珠十六岁，到现在什么都还不敢让她知道。还好，徐子居然没跟她说。反正早晚有一乱，就指望过两年会好些。"

蔡花蕾顿顿，说："哎呀……也只好如此喽！儿媳妇觉得呢？"

刘彩云有些意外，忙说："我啊？我和文珠她爹都听老太太的。"

蔡花蕾说："也不嘛，大家商量嘛。"

老大说："那我明天就去跟何家商量，大体就按我们这个思路走。"

蔡花蕾想想，说："一时想不起还有哪样，反正想起来再说嘛。"

正说着，电话铃响了。老大过去拿起听筒，同时凑近电话盒子上的话筒开始说话。

蔡花蕾说："电话这机器真是好，你看，远远的就能把悄悄话都说清楚了，面都不用见！"

刘彩云说："就是就是。"

老大挂了电话，笑嘻嘻说："何会长打来的，说是马上就过来。看来他们家比我们家急。嘿嘿嘿嘿！耶，文珠走了吧？"

刘彩云说："早就走了的，上学。"

老大说："对了，妈要不要跟何会长见个面嘞？"

蔡花蕾说："不用，父母见面就行。到时候有个什么情况我还是个回旋的借口。"

刘彩云说："耶，是嘞。"

6

文、何两家最终约定，文珠跟何子豪的大婚定在民国四年的春天里，具体时间到时候定夺。说好女方家不愿意因为这个影响了娃儿读书，所以男方家的彩礼什么的都延后登门，具体时间也是等女方家通知。

都是能摆得上桌面的理由，冠冕堂皇。

接下来两口子就开始琢磨怎么跟文珠说，一直瞒着肯定是不可能的，你总不能到了上花轿那天才让人家知道。明知道文珠一定会闹一场，两个人都觉得闹在家里比闹到外面好。还没等他们把可能出现的后果想想清楚，文珠就闹起来了。

后来才弄清楚，那天老大和刘彩云送何万年出门的时候，正好被上街回来的赵青梅远远看见。赵青梅也是好奇，瞅着个机会就问文昌寿，说那天老大家两口子送的何会长吧？

文昌寿说："是。"

赵青梅试探着说："何会长那么个大忙人也会有没事的时候哈？"

文昌寿是老实人，知道人家在套自己的话，想想平日里赵青梅跟刘彩云关系不错的，好些不可能给文知礼说的话都跟赵青梅说，于是就说："好像是小姐的事情。"

就这么一句，小姐的什么事都没敢说。但是，你抵不住人家赵青梅会分析啊。一，一个十六岁的小姐能有什么事？二，什么事情是需要刘彩云也掺和进来的？三，文珠那点小脾气加上跟徐子那点小关系院子里谁不知道？这三条难道还不能说明问题吗？文霏霏跟文珠一般大，也到了当娘的考虑出路的时候了，近似的情况那还不是一分析一个准吗？

赵青梅也有烦心事。自从文知礼娶了小，眼睛里就只有文德范和文德范的妈，文霏霏好像是捡来的，可有可无似的，从来就没有正正经经关心过一回。哪里像老大家两口子为了女儿忙进忙出。赵青梅心里头委屈，进而感到悲凉，难过时也只能对着女儿絮叨絮叨，很自然就把文珠如何如何说给文霏霏听了。文霏霏跟文珠一起长大的小姐妹，当天晚上，小姐妹就说给小姐妹听了。

这下好了，文家大院那晚上就炸了锅。

文珠先是跑到爹妈跟前，哭着闹着要让大人给个说法，凭什么就要把人泼出去，说我是水呀？！然后言辞铿锵，说如果要嫁何家，两条路，第一条死；第二条依然是死！爹妈能说什么呢？只能好言相劝，而且还要压低了声音，尽量不让外面听见，这样一来反而显得鬼鬼祟祟的。知道的是在说女儿的婚事，不知道的还以为是新生的革命党在串联人马推翻中华民国呢！

这种状态之下的文珠，爹妈说什么全都无济于事，接下来又泼蹿到了蔡花蕾那里，非要让蔡花蕾给断个青红皂白不可。一直闹腾到后半夜，好说歹说勉强在蔡花蕾的大床上睡了，眼睛一圈还是湿润的。

这种事情啊，越是有干系的越不能沾边。爹妈就不用说了，连蔡花蕾都处在一个不明不白的位置上，说左不是，说右也不是。最后就只能找那个系铃的人，一找找到赵青梅头上。当即把赵青梅喊过来，蔡花蕾一拍桌子说："行！你就把这个铃铛给我解了！"

赵青梅就哭，刘彩云就安慰。

刘彩云说："老太太就是气头上，我们也是没有办法的办法，到底文珠跟文霏霏要好，无论如何麻烦你去劝一劝文珠，就算是帮我和老大一个忙！"

赵青梅说："别人不晓得，大嫂你是晓得的嘛！赵青梅是不是那种饶舌的人？对不对？我也是有口难言，不过就说给文霏霏一个人听，没想她们小姐妹之间……无话不说，坏事嘛！"

刘彩云说："事到如今，都不是怪谁不怪谁的事情，就是想办法先把文珠那小祖宗给安抚下来，就告一段落了。"

赵青梅想想，说："要不叫上文霏霏？"

刘彩云说："耶，是个办法哈。小姐妹之间什么话都可以说，轻点重点都不怕！"

第二天，刘彩云安排文昌寿到学堂去给两个小姐请好了假，又让徐嬢特别准备了三个人的饭菜，让中午送到赵青梅那里，最后在自己屋里等消息，难免忐忑。

唉！真的是养儿才知父母恩哦！刘彩云想起了那年在茅台镇，人家遵义的媒婆踏着"百鸟朝凤"的乐曲都到了家门口了，母亲气喘吁吁跑到学堂逼着她给个态度的情景。等她点头之后，母亲背过身去擦眼泪的样子，至今想起来还让她难受。现在，新的一个轮回又开始了，该着自己跟自己的女儿要一个态度了。唯一不同的，是刘彩云不敢逼。

差不多三点钟，刘彩云听见赵青梅上楼的脚步声了，从其轻快程度上判断……哎呀，刘彩云都不想瞎猜，赶紧过去开了门，急唠唠地问道："怎么样？！"

赵青梅抓住刘彩云伸过来的手，拍了拍说："还好还好，虽说还没完全松口，后来听说是两年之后的事，终于缓和下来，答应不再吵闹了！"

也不知怎么的，刘彩云一时间竟说不出话来，眼睛鼻子一酸，泪水就涌了出来。

第十五章

1

那天，让婶娘赵青梅泪眼婆娑地一说，还说老太太已经认定是婶娘话多走了口风，那意思不把大小姐给说回了头就不饶，文珠就打算救婶娘一回的。加上赵青梅又说清楚了成亲是两年之后的事情，想想起码还让自己和徐子有回旋的时间，文珠便答应了赵青梅。等婶娘颠颠地跑去大院那边回话的当儿，文珠跟文霏霏说："顶多就是个死！死不了我就跟徐子哥私奔去！"

文霏霏吓了一跳，说："私奔？！那你妈怎么办？"

文珠说："我才不管她！反正你记着，这事我只跟你一个人说过，要是让别人知道了，我们两个连姐妹都没得做了！"

文霏霏忙说："我不会的，我只会把大人的话跟你说！"

文珠想想，说："记着，明天我们正常去上学，中午我就去找徐子哥。要是没见我回来，那就是跟徐子哥走了。让他们找去，你什么也别说！"

文霏霏有些害怕，但眼下只能点点头。

第二天，刘彩云为了让文珠有个伴，专门让人过去把文霏霏叫过来和文珠一起吃了早饭，又看着她们双双出了大门，怎么看都感觉女儿是想通透了的那种表情，一直忐忑的心这才平静了一些。赶紧跑回房间跟老大说了情况，等老大出门走了，又颠颠地来到赵青梅屋里，人家帮了这么大一个忙，道谢总是应该的。

赵青梅说："我们姐妹两个还谢什么谢？都是应该的。"

刘彩云说："哎呀，这些小祖宗啊，有时候真比……伺候老婆婆还难！"

哎对，你们家文霏霏……也该那什么了，跟文珠是一年的哦？"

赵青梅说："小文珠三个月。"

刘彩云说："你看你看！怎么没听你说起过？"

赵青梅放低了声音，说："你还不知道？二爷自从娶了那个小的，小的又生了个儿娃娃，就没再正眼看过我们娘儿两个！"

刘彩云说："这个我晓得，只不过婚丧嫁娶天经地义就该他老二的事情，他不管谁管？我让老大跟老太太说去，手心手背，怎么能这样？！"

赵青梅说："耶，真要是说成了，对文珠怕也是个……引导嘞！"

刘彩云说："是哈！我跟老大说。"

文珠和文霏霏都在贵阳公立师范学堂读书，地点在雪涯洞的丁公祠，离文家大院不算很远，每天都是两姊妹邀邀约约地同来同往，中午在学校里搭一顿伙，免得来回跑着麻烦。

这天，文珠连中午饭都没来得及吃就跑了。说实话，文霏霏真有些担心，文珠要是到下午上课都不回来，真要跟徐子私奔了，到时候自己回家怎么跟那么一群大人说去嘛！快上第一节课时，文珠没来，文霏霏赶紧去找老师，扯了个文珠肚子痛回家吃药的把子，算是蒙混过去了。第二节课的钟声还没敲，火急火燎的文霏霏居然看见文珠走进了丁公祠的大门，虽然脸色不好看，但是文霏霏的脸上有了自文珠离开之后的第一个笑容。文霏霏赶紧迎上去问这问那，文珠沉着个脸，高低不说话。人家老师问她肚子是不是好些了，她也不理人家。吓得文霏霏急忙帮她说："好像好一点，只是……还有点痛，老师！"

肯定喽，那节课老师说的什么，文珠和文霏霏都不知道。直到放学回家都快走到一半的路程了，文霏霏才从小姐妹嘴里知道了情况。

原来，徐子非但没有答应跟文珠一起私奔，还站在老爷和太太的立场上"帮助"了文珠一回。把文珠气毒了，说你这没良心的，你讲的这些我妈给我讲了不下一百遍，难道我来找你就为了听你再复述一回？说最后的结果就是我摔了他住的那地方的一扇小破门，扭头就走！

文霏霏着急地问："那徐子哥呢？！"

文珠说："我好像听见他在后面喊我不要逼他，我逼他什么了？！"

文霏霏说："哦。"

那天，文珠回到家里，书包没放就来到蔡花蕾屋里，见着老太太的面就开始哭，还反复说些"不想活了"之类的话，搞得蔡花蕾头发又白了好几根。没办法，蔡花蕾就让小眼睛这几天跟着文珠，还特别交代只要不出格，哭点闹点你将就着她就是。

小眼睛说："老太太放心，那老太太自己要注意哦。"

蔡花蕾就挥挥手。

文珠的晚饭是小眼睛端到她屋里去的，文珠说不吃不吃！小眼睛说是老太太让徐孃专门做的排骨炖萝卜，说是大小姐最喜欢的。

文珠说："我是真的不想吃呀，小眼睛！"

正说着，文霏霏来了，一看小眼睛在，附在文珠的耳朵上私语一番，就看见文珠瞪大了眼睛，脸上现出苦海中似乎恍恍惚惚看到了彼岸那样的神情。文珠让小眼睛到外面等着，小眼睛出来带上了门。好一阵子，文珠送文霏霏出来，小眼睛再进到屋里时，那个排骨炖萝卜的大碗已是空空如也，只是不知道是谁吃掉的。估计一人一半，小眼睛心想。

等天差不多黑尽了，文珠突然开门出来把一直站在外面的小眼睛叫了进去，突兀地说了一句："我光绪二十三年三月的，我大你大？"

小眼睛想想，说："那……我大着半岁，大小姐什么意思？"

文珠说："那你就是姐姐。姐啊，晚上我要去隔壁院子，姐姐能不能帮我守在这里，不论什么人来，都说我刚刚睡了，包括老太太！"

小眼睛又想想，嗫嚅地摇摇头。

文珠有点急了，喊道："姐姐！"

小眼睛哪里抵挡得住这个，十分为难地点了点头。

接下来，小眼睛和文珠一起将床上的铺盖装扮成有人睡觉的样子，又看看文珠换了一双平日上体育课才穿的黑帮软底布鞋，看看平柜上面的钟正好指着八点半，便关了灯，在黑暗中压低了声音说："我走了！"

小眼睛同样压低了声音，说："哦！"

两人出来带上房门，等文珠鬼鬼祟祟地拐下了楼梯，小眼睛便在走廊的椅子上坐了下来，轻轻舒了一口气，仿佛怕吵醒什么人似的。

没多久，刘彩云上来了，已经到了嘴边的话硬是被小眼睛食指压在嘴唇上的动作给憋了回去。

刘彩云脚步也轻了，声音也低了，指指文珠的屋子说："吃了？"

小眼睛点点头，嘴巴幅度很夸张地说："睡了！"意思即便听不清楚看嘴型也能明白。

刘彩云笑笑，点点头，嘴巴幅度也很夸张地说："我去了！"

等刘彩云轻手轻脚的那点声音都听不见了，小眼睛这才回到椅子上坐下。心想，人家连"姐姐"都连着叫了几声了，今晚上就是刀架在脖子上也不能含糊，否则对不起大小姐嘛！

坐着坐着，突然之间，"大小姐究竟干什么去了"的欲望开始在小眼睛心里头绕，而且越绕越厉害。最终，小眼睛把前因后果分析了一遍，虽然有风险，但还是值得一试。她把自己坐的椅子搬到文珠房间门口，椅背朝外，完了四周看看，这才踮着脚尖朝楼梯走去。

要是碰上什么人，就说上茅房，这是小眼睛事先想好了的。一路来到和二老爷家院子分隔的那道小门跟前，还真没碰上人。小眼睛轻轻一拉，小门果然虚掩着，要不大小姐一会儿怎么回来？这个门只能从大院这边拴，每天夜里十一点之后李备巡夜时会拴上，天亮之后再由李备打开，这是老大交代的，大家也都知道。真要是有个什么事情，李备听见敲门也会过来开。

小眼睛虽然眼睛小点，但是聚焦聚得好，加上年轻，夜里比谁都看得清楚。她很快看清楚了二老爷家院子里没人，便朝文霏霏的房间潜行过去，这是事先就想好的。果然，接近那扇窗户就听见了里面传出来的说话声。小眼睛凑近窗户，慢慢抬起身子，她看见了徐子和文珠。文珠趴在桌子上哭，徐子在一边说话。小眼睛一下子明白了，徐子找个借口来跟文霏霏留话，文霏霏又跑过来跟文珠传话，文珠再来找自己勾兑，目的就是晚上过来和徐子见面，就这么个情况。

情况搞清楚了，小眼睛就觉得该撤退了。她听说过大小姐跟徐子这门那门的传说，也知道文家跟何家定亲的情况，现在看来这两个人总之就是心比天高命比纸薄那种，这种事情天底下到处都是。走吧，一会儿要是老爷真跑到大小姐屋里去看看什么的，那就麻烦了。

正要走，就听见文霏霏急唠唠的声音，"差不多了，我妈该出现了！徐子哥！"

文珠还在哭，徐子像是也抹了一把眼泪，还跟文霏霏交代了几句，转身就朝窗户这儿来，一步跨上窗台，一纵身就跳了出来。要不是闪得快，差点就蹭着小眼睛的头皮了。小眼睛一蹲身，隐没在窗台下面的栀子花丛后面。

只见徐子在夜色里跑了几步，突然跪倒在草地上，仰面朝天举起了右手，低声道："老天爷！既然徐子无牵无挂，今生今世，徐子……非文珠姑娘不娶！！"

小眼睛看看四周，大概就只有自己、徐子和老天爷。等她再收回视线时，徐子已经没了踪影。她也顾不上多想，沿着来路匆匆而去，消失在那道小门后面。

等她潜回楼上，见椅子还是走时的样子，心里松了一口气，赶紧将椅子搬回原处，一屁股坐了上去。

2

要让刘彩云来断这门官司，她早就把女儿断给徐子了。

在她心里，好端端一对双胞胎中途走了一个，就感觉应该加倍对这个女儿好一些才对。另外她就觉得徐子不错的，跟文珠身高相貌都蛮合适不说，人家还青梅竹马。像董永跟七仙女、织女跟牛郎那样的一见钟情都传说出来那么多故事，徐子跟文珠小小年纪就对上眼的还不该有故事？的确，中国的礼数也太多了点，这也不行，那也要讲究。要不，牛郎织女会一年只能见一回？董永和七仙女会请个不谙人情世故的槐荫树做媒？就这，也只得了个百日姻缘。

当年，刘彩云就是反感自己的什么事情都由别人来安排，这才由着性子在文家人面前"挣扎"了两回。一回是第一次来文家，蔡花蕾送她东西；二一回是过门那天因为老大屁股上没有火疖子而在新婚床上筑起的那道墙。现在回过头去看，早都成了笑谈。而现在，女儿正在一步一脚印地蹈她娘的覆辙。

刘彩云想过，你现在去跟女儿说当年自己也曾经怎么怎么，文珠肯定嗤之以鼻，肯定说那是你憨。不说吧，又怕老婆婆说你没有尽到当妈的责任。刘彩云这时候想起了自己的妈，当年还不是厚着脸皮在女儿面前自讨没趣，而且还不厌其烦，最终自己也算是修成了正果，当妈的心思总算没有白费。管他的，只要能修成正果，讨没趣就讨没趣。反正就是个轮回，今后还会轮到她文珠讨没趣的时候呢！

就这样，只要瞅着机会，比如文珠找她要钱的时候啊，比如老大说文珠其他事情的时候啊；特别是她看到或者听到文珠和徐子有什么瓜葛的时候啊，刘彩云一定要拿女儿说事。最后，忍无可忍的文珠竟然威胁要搬到学校去住，刘彩云才在老大的"建议"下有所收敛。两口子只能一个唱白脸一个唱红脸，到头来刘彩云反倒成了恶人。

民国四年（1915）的春天终于慢慢悠悠地来到了。老大早早就和何万年定好了日子，选在正月初七，"雨水"这天。说是有"风调雨顺，年年有余"的寓意，加上又是在新年里头，喜庆十足，两家对这个日子都很满意。

腊月快过完了，何万年还打个电话过来，说家里什么都预备齐整了，就等着新娘子的花轿呢。老大说按部就班，按部就班。刘彩云则忙着张罗嫁妆，铺盖、枕头、衣服、橱柜、梳妆台、桌椅板凳、洗脚盆、帐子、痰盂等，凡是那边卧室里需要的，都由女方这边准备。最早这些东西是先于花轿几天送到婆家，归置好了之后，单等洞房花烛夜那天用。后来不知道什么时候给改了，改成和花轿一路同行，据说是为了热闹，也有人说是为了显示女方家的殷实程度。

文家的殷实不用显示，大家都知道的。当然也有人家不知道的，比如老大就嘱咐刘彩云往文珠的箱子底下塞了一万个民国三年新发行的大洋。说箱底钱箱底钱，说的就是这个钱。看着哪儿哪儿没什么破绽了，该准备的都准备齐了，刘彩云心里总之高兴不起来。老大就说不用担心，兵来将挡水来土掩。

在中国，年三十晚上是一年当中最要紧的一天，不论贫富，不论你身在何方，紧赶慢赶你都必须赶回家来，跟年长的、年幼的聚集一堂，有说有笑地吃一顿年夜饭。这是传统，叫团圆。

这一天，老文家照例被装扮得喜庆十分，到处花团锦簇，据说有些花还是暖房里面培育的，说是叫它哪天开它就哪天开，只是价格贵点，就是要让人感觉喜气洋洋。而且蔡花蕾交代了，说就这么一直到初七文珠出嫁，哪儿都不许动。

为了预防不测，文珠这些天被钉得很紧，除了小眼睛，老大还加派了两个气饱力壮的丫鬟。明说是重点保护，暗里那点心思连小眼睛都看得出来。是啊，你不要看老大在刘彩云面前"兵来将挡水来土掩"说得掷地有声，但他心里还是担心。他担心文珠说不清什么时候又闹出个什么动静来，你根本就不知道是个什么结果，到时候怎么跟人家老何家交代去？

年夜饭照例在客厅里进行，那儿宽敞，闪得开。徐嬢绞尽脑汁，和大厨刘光头搞了两个新鲜菜，一个是"佛跳墙"，说是福建那边的吃法；另一个是怪味花生，就是把炸好的花生米用油辣椒、芝麻、香葱、折耳根、酱油、醋，再放一点点糖，混合均匀，这是一道凉菜。"佛跳墙"刘光头早就听说过，无奈不知道要领。这次是用一瓶云辉烧房的酒跟汉云楼的一个粤菜师傅交换得来的手艺。怪味花生则是他和徐嬢亲自切磋的成果。

一张红木大圆桌，在一些适当的地方还雕着花边图案；十张椅子的坐面上铺着深红色的、用金线绣着些吉祥图案的绸缎垫子，让人一看就觉得大气。徐嬢把人数算清楚了的，老太太，老大家三个，二老爷家五个，九个人也算是一桌。本来老大说给文昌寿也安排个座的，凑成一桌，被文昌寿婉言谢绝了，说你们一家人说个话的方便，岔个人在中间万一有人不习惯还不便说，不好。

在连着厨房的过厅里还摆了两桌，下人们都在那里用餐。除了那道"佛跳墙"和两道海鲜，主人桌上有什么这里就有什么，过年嘛！

人都来齐了，就剩蔡花蕾和老大中间那个座位还空着，老大扫了一眼，就差文珠了。老大跟边上的文昌寿嘀咕了几句，文昌寿朝门廊走去，这里通向楼梯，转上去就是文珠的房间。

还没等文昌寿走到楼梯口，就从楼上传来一声惨叫，那声音不好形容，就是见了鬼那种，让人一听就会起一身的鸡皮疙瘩，听得出是小眼睛的声音。

等老大和刘彩云没命地跑到文珠房间的门口时，第一眼就看见一条悬在房梁上的白绫，还听见小眼睛和丫鬟们呼生唤死的叫喊。刘彩云脚底下一软，被眼疾手快的老大一把抓住，顺手提到白绫下面的那张椅子上坐下。老大挤过去，厉声问道："怎么回事？！"

小眼睛哭着说："大小姐让我在外面等着，说是换衣服！半天了不见动静，我就……我就看见……呜呜呜，还好有玉娟和小红在，我们赶紧把大小姐放了下来！呜呜，呜呜呜呜……"

文珠脸色蜡白，瘫软得好像一堆败絮，软塌塌的。还好，由于看得见因为呼吸而起伏的胸脯，直接证明女儿还没走得太远。老大只能为自己的失败用拳头捶打自己的额头，被扑过来的刘彩云拦住。刘彩云抱住了丈夫，除了眼泪她还能有什么？

陆续又跑上来一些人，都是用人那两桌的。徐子跑在最前面，到了门边一见老爷太太都在，急忙停住，往门边移动了一步，让房门挡住了自己的脸。人人都看得见徐子的嘴唇因为激动而发生的颤动，红红的眼睛里面好像还有泪水。

老大突然喊了一句："让徐子和李备去接马神仙！"

就在这时，只听见下面有人在喊："老爷老爷！老太太昏过去了！！"

中国人最上心的这顿年夜饭，被文珠搅成了一锅粥……

3

纵然马神仙有妙手回春的本事，医得好蔡花蕾的急火攻心，但他无论如何也医不好文珠的心病。眼看着正月初七这个日子像索命的小鬼一样一天天逼近，老大和刘彩云的一筹莫展也快到了极限。

春节头三天原本计划好的应酬一律取消，别人登门拜访的也大都以身体原因给推了，实在磨不过去的那种，就在小客厅里寒暄几句，最终还是以身体欠安为由早早道了别，走时客人的茶水连盖子都没来得及揭开。

初五那天，何万年登门拜访，一是礼尚往来，二来想把初七的日程最后再捋捋顺，说不要有哪儿没想周到的，到时候不妥。

老大能说什么呢？堆着一脸家里没发生过任何情况的表情，只不过连那些冠冕堂皇的话从自己嘴巴里说出来时，心里都是空落落的，没底。他真的不忍心看见拖着个病体的老母亲还在为"初七"大限而跟文珠来回过招。除了蔡花蕾，目前文家再没有谁能够和文珠说得上话的了。每每想到这里，老大就觉得心很痛，痛得都想用个什么办法伸手进去掐一掐，以缓解这一老一小在自己心里触发的撞击和煎熬。

终于，心力交瘁的蔡花蕾在初六晚上九点多，让小眼睛出来叫老大和刘彩云进去。屋里就蔡花蕾一人，老人家靠在床上，指了指亮着灯的盥洗室，意思孙女在那里面，并示意他们上前来。

蔡花蕾轻轻舒了口气，说："答应是答应了，只是……以后真不知道会是个什么情况。反正先解了明天的扣，以后的……再说吧！"

刘彩云憋不住，首先哭了，喊了声："妈！！"

蔡花蕾眼睛里面全是泪水，说："哎呀！天底下……叫花子家成亲都是喜庆事，只有咱们家……"

初六晚上，蔡花蕾没睡，文珠没睡，老大家两口子也没睡。当然，撅在仓库偏房那张小床上的徐子也没睡。天还没亮开来，徐子就起了床，穿好衣服把库房门锁好了就往文家大院那边赶。昨晚上想好了的，一定要看自己心爱的女人离开文家的最后一眼。

走着走着，天上下起雪来。小米粒子般大小的雪米子，在北风的裹挟中打在人脸上，还有些痛。徐子完全没有感觉，只是听见自己的脚步踩在越来越厚的雪米子上发出的嚓嚓声，仿佛在催促着自己。

在距离文家大门五十步开外的地方，徐子停了下来，靠在一个转角处的黑砖墙上。他看得见那边，那边看不清楚他。也不知道站了多久，徐子突然听到从远处传来的喜庆鼓乐，呜里呜啦的越来越近。

大概院子里也听到了声音，大门开了。李备出来用扫帚把台阶上的雪米子扫干净，完了几个男仆举着用长竹竿挑着的四挂鞭炮出来，在大门前面点燃了。眨眼之间震耳欲聋的轰响惊醒了街坊四邻，在四处弥漫开来的烟雾里就看见早起的孩子们捂着一只耳朵忙着捡拾未燃鞭炮的情景。

笼罩着大红绣花轿帘的轿子在喜乐的催促下来到大门外的空地上的时候，鞭炮还在没完没了地闹着。这让吹鼓手们更来劲了，憋足了劲朝夸张里面整。还别说，真把鞭炮声给压下去了不少。看热闹的人把空地以及通往大街的路都塞得满满的，而且还不断有人朝这边跑，生怕被热闹冷落了。

徐子看见了骑在大白马上的新郎官，黑亮黑亮的上衣，暗红色的大褂，从左边肩头斜着一根红绸带一直拖到右边胯部，在胸口那儿结了一朵大花。要说人家手就是巧，跟怒放的真芍药花没什么区别，在新郎官面前一颠一颠的，显得很骄傲。新郎官在台阶跟前下了马，由随行的礼仪官跟喜欢闹腾的朋友们簇拥着进了大门。这时，有人指挥吹鼓手们分开在台阶两边站好，鼓乐声也柔和了一些，应该是在等待下一个高潮的到来。

徐子知道，让他最难受的时刻就要到了。他闭上了眼睛，任凭自己的头颅在冰冷的砖墙上撞击着……

突然，鼓乐声再次亢奋起来，人群中同时发出一阵欢呼。徐子睁开眼睛，透过越来越大的雪花，他看见了几乎被玉娟和小红架着走下台阶的文珠。才一会儿工夫，红盖头上面就集起了好些白色的雪米子，好像顶了个白盘子。

徐子的心像被什么东西撕咬着，一个过路的小女孩被他那张扭曲的脸吸引了，居然驻足观看。

文珠被塞进了花轿，队伍在礼仪官的喊声里起动了，喧嚣着、拥挤着在围观人群的推搡中缓缓行进着。徐子突然发现台阶上大都是文家的用人，只有赵青梅挤在人群中间，木讷地看着渐渐远去的队伍，完全没有女主家这边该有的喜气和欢腾。

昨天晚上想要看见的都看见了，越来越大的雪花已经将爆竹铺就的红色覆盖了，呈现出来的白色也被人们纷乱的脚印糟蹋得没了样子。徐子转身离开了那个墙角。

4

年后上班第一天，老大就接到了刘青云的信，信封上还用毛笔写了"急件"两个大字。老大急着打开来看，刘青云在信里说，接到一个叫"巴拿马赛会事务局"的机构的书面通知，说将于年内在美利坚合众国旧金山开幕的巴拿马万国博览会，民国政府已批准同意组团参加，特别邀请贵州茅台镇的云辉烧房选送参展产品。还说大概四月上旬会组团赴美，具体事宜让跟设在广州的南路机构接洽，最后是广州的联系地址。

信里看得出刘青云跃跃欲试的情绪，只是老大这时候根本没有这种心情，随手将信纸连同信封一起扔进一个贴着"待处理"几个字的纸盒，端起了还略有一点烫手的茶杯，这让他想起了徐子。

老大喊了声："徐子。"

徐子推开边门进来，说："老爷。"

老大说："这几天过年呢，怎么没见着你的面？"

徐子说："我都在库房那边的，反正有电话，想着有事您会叫我，所以……"

老大说："就一直躲着我？"

徐子说:"那不会。老爷说过让徐子没事别往大院这边来。"

老大顿了顿,说:"徐子啊,有时候当爹当妈的都是身不由己,不得已而为之。如果说……如果说文珠的婚姻……影响的不止她一个人,我希望……我希望别人能理解。"

徐子说:"老爷误会了,徐子哪里能够责怪主人家!徐子只是读到《世说新语》里的一段话,说'花易谢,雾易失,梦易逝,云易散,物犹如此……'"

老大抢着说:"情何以堪!"

徐子说:"老爷读过?"

老大看着一脸忧郁的徐子,说:"情何以堪的,岂止你一人?"

徐子急了,说:"那老爷为什么急着……我是说起码要让文珠……小姐,不至于让人抬着出门啊!"

老大站了起来,盯着徐子的眼睛,说:"抬着出门……也是抬到门当户对的人家去,你不觉得吗?"

徐子说:"老爷!你起码要关心一下小姐是不是幸福吧?"

老大说:"咦!你怎么就能断定她不幸福?"

徐子说:"我……我不该跟您说这些的,老爷!"

老大顿了顿,说:"你可以搬回来住了。"

徐子说:"老爷,我在仓库住着很习惯的,再说还有电话!"

老大厉声道:"我都说搬回来了,你还犟什么?!"

徐子低下了头,挣扎着说了一声:"是!"

徐子搬了回来,还住在原来那间屋子里。小眼睛也回到了老太太身边,跟徐子经常能见着面了。自从那次在黑暗中看见徐子独自对天起誓,小眼睛就开始关注起徐子来。后来看着文珠演绎的一幕接着一幕,小眼睛知道了人跟人还能喜欢成这样,一个寻死觅活,一个终身不娶。哎呀,真是不简单!而且她觉得两个人都怪可怜的,她都有点羡慕大小姐了,能有这么一个人爱着,也许真能为此寻死觅活。

就为这个,小眼睛开始对这个男人有了好感。

蔡花蕾生病的时候,原来每天两遍的大悲咒就没法念了,但心里头还惦记着,每每还叹气。老大看着母亲眉心揪着的疙瘩,心里头就难受。想了想,干脆让文昌寿去了一趟黔灵山,找到弘慈和尚说明了来意,人家马上领着去见了方丈，请方丈推荐两个师父来家里佛堂念几天经。方丈听说过文家老大，还指望今后庙里有个什么情况好去化缘什么的，便派了两个有能力的弟子前往，还从弘福寺带过来一个木鱼和一个当钟敲的铁罐子和一面不大的鼓。那当然喽，人家到底是干专业的，佛祖脚底下一坐，边敲木鱼边诵经，听上去比蔡花蕾念的大悲咒就是高了一个层次。

在家里都能听到原先只有在寺庙里才能听到的地道声音，蔡花蕾的病顿时好了一半。听着听着，文珠走之前闹腾出来的那点事情在心里渐渐就平复了。不仅蔡花蕾有这个感觉，老大家两口子也有。

蔡花蕾说："哎呀，还是佛门里面清净啊！要不干脆让两个师父就在这儿了？"

老大说："好啊，反正都是吃斋念佛，明天我就去弘福寺一趟。"

第二天，老大由徐子和李备陪着上了黔灵山。先往功德箱上面放了两个烧卖大小的金灿灿的元宝，然后开始磕头，起来跟特地过来敲钟的弘慈和尚说明了来意，立即就被带到后面去见了方丈。

老大细细品尝着负责方丈起居的和尚端来的清茶，说："家母对方丈指派的两位师父赞赏有加，还说准备长期聆听两位师父的晨钟暮鼓。文某今天上山，就是恳请方丈能体谅家母一片仁心，也是成全文某在母亲跟前尽一回孝。"

方丈已经知道了老大捐金元宝的事，就说："既然施主孝字当头，老衲哪里还有说个不字的道理？只是请施主安排好两位师父的起居就是，阿弥陀佛。"

老大说："文某这里谢过方丈了！"

方丈说："只是……施主将孝心跟世俗绑在一起，老衲心有不安！"

老大说："方丈误会了，那不过是文某捐的一个山门而已，不足挂齿！"

方丈说："哦哦，那是老衲多虑了。阿弥陀佛！"

老大拿着方丈的亲笔书信交给两个师父时，才知道个子较高的那个法名叫慧聪，矮点胖点的那个叫慧能。慧聪年长一些，寺内的大小事情都是慧聪说了算。

老大说："正好佛堂楼上还有一层，要不两个师父就住上面？"

慧聪说："不妥不妥。我们凡胎俗体的，岂敢凌驾于佛祖之上，阿弥陀佛！"

老大说："哦，原来这样。既然如此……两位师父还是暂时住在这里，我马上让人在佛堂后面修两间房子出来，不知道慧聪师父意下如何？"

慧聪说:"出家人六根清净,但凭施主安排。"

老大赶紧跑去跟蔡花蕾一说,老太太虽说没笑,但脸上是那种很受用的表情。

只用了十天,风格跟大宅不冲突的两间房屋就完工了,摆上些家具用具、铺的盖的,慧聪和慧能就有了他们专用的屋子,寺庙里叫禅房。在这里有一样好,和尚不用去化缘,衣来伸手饭来张口。

忙这忙那忙完了,闲下来的时候老大一定会想起文珠那天躺在床上的那张蜡白的脸,同时还会想起接亲那天女儿几乎是被人架着往外走的情形。刘彩云就更不用说了,郁郁寡欢了好一段时间。老大让她出去散散心,说看戏也行,去茅台镇也行,刘彩云就知摇头。还说你不要管我,也许过一段时间就会好,现在不行。

5

就在这个时候,刘青云来了,这是刘青云没谁邀请第一次离开茅台镇。一看见刘青云,老大很自然就想起那个"巴拿马万国博览会"。一问,人家果然是专门为这件事而来。

刘彩云一见着家里的兄弟就想哭,一说开来,才知道文珠嫁了人。刘青云脱口而出,说:"那徐子呢?"

刘彩云红着眼睛和老大面面相觑。

老大忙岔开话题,说:"这个万国博览会你是怎么个意思?"

刘青云说:"哦,我感觉这是一个千载难逢的好机会啊,姐夫!我就是奇怪,信去了那么久了怎么没个回销?原来……行,说万国博览会。我的感觉啊,咱们云辉烧房的酒,茅台镇就不说了,就是在遵义,在贵阳,在什么地方都是顶呱呱的。我就想,都是喝酒,咱们中国人喜欢的,那些洋人会不喜欢?万国博览会嘞,哪怕只有一部分洋人喜欢,那影响也不是一般的。要是……要是喜欢的人也多,我还真想象不出来会是个什么结果!"

老大看着刘青云眼睛里散发出来的光,歪着个脑袋想他刚才的话,说:"要是……要是那些洋人不喜欢呢?"

刘青云说:"那起码咱们也知道了洋人喜欢什么样的酒,对于我们办烧房的人也不是坏事呀!林家如之所以干什么都来得快,不就是人家走的地方多,见识多吗?咱们也该出去见识见识!"

老大说:"嗯,这个想法对我的心思!"

刘青云说:"那……"

老大说:"怎么个操办法?"

刘青云心里顿时敞亮了,说:"先按照人家提供的地址把样品送过去,审核通过了就送一批过去等待装船。"

老大说:"完了?"

刘青云说:"完了呀,就这么简单!"

老大说:"美国是吧?那要是……我们想跟着去一趟呢?"

刘青云说:"这个不知道,问问不就知道了!"

老大又进入了他所擅长的那种状态,他用拳头捶着桌子,说:"青云兄弟,你就全力办这个事情去吧!我还真想去美国看看嘞,看看那些洋人都喜欢喝些什么样的酒!我觉得……干脆你就直接带着样品去广州,争取尽快办成这件事情!"

晚饭是在汉云楼吃的。老大端起酒杯,对刘彩云说:"来,一是给你兄弟接风,二来也是给你兄弟送行。"

刘彩云根本没有胃口,是被丈夫拉来作陪的。老大说整个春节都没有认真吃过一顿饭,今大总算有了一个让人高兴的话题,夫妻两个也痛痛快快喝一回。刘彩云哪有这个心思,只是这一久老大也是心力交瘁,今天好不容易有了点喜色,不扫他的面子就是。便说:"什么叫又接风又送行?"

老大说:"是有点怪哈?是这样,你兄弟的一席话着实让我开了窍,我就决心一定要把这个事情办好。你还不知道我?刚才已经跟青云兄弟说好了,他不用回茅台镇绕一趟了,明天从家里拿了酒直接去广东就是。我就喜欢这样马不停蹄地干!"

刘彩云说:"哦,这就是你的又接风又送行。"

老大说:"对!"

刘彩云说:"这么说你还真想去一趟……外国?"

老大说:"真想啊,除了万国博览会,我还真想去看看人家洋人是怎么酿酒的，看看洋人是怎么过日子的。要不，咱们一起去？"

刘彩云忙说："说什么呢？一大家子的事情，加上妈那身体，哪里容得我们两个都不在？开玩笑哦！"

老大说："倒是！还有嘞，真要是能去美国了，你们不会让我一个人去嘛？再怎么青云兄弟得陪着！"

刘青云说："那烧房怎么办？那么大一个摊子，不行不行！"

老大说："不是有你找来的那个谁吗？"

刘青云说："苏继伟，他恐怕还顶不了事。"

老大说："哎呀！你要放手让人家试，不要怕这怕那的。顶多，我再让徐子过去盯一段！"

刘青云说："哎，要是徐子能去我肯定放心！"

老大举起酒杯，说："没问题了吧？喝酒！"

到了差不多该打道回府的时候，刘青云也差不多了，是让李备背着下楼的。几个人挤在马车里，人家过路人从马车边上经过都能闻到一股子酒气。

回到家里，老大先是安排刘青云脸脚没洗就睡了。又让徐子和李备上厨房翻出八瓶酒来，再去杂物间找了个合适的木头箱子，放上酒瓶之后李备不知从哪儿又找来一张稻草垫子，撕开来用稻草将木箱的空隙塞了个结实，最后钉上盖板，用拇指粗细的麻绳四面八方捆成了五花大绑，说是方便太太的兄弟提。等老大过完目，墙上的挂钟正好敲了十二下。

老大说："早点休息吧，明天还赶早呢。"

第二天早上天刚亮，刘青云从姐姐手里接过一个包袱挎在身上，转身就走。昨晚上老大已经让汉云楼的刘经理打听好了今天驶往南边的双马邮车，而且还订好了座位。

刘彩云追了几步，说："小心一点，包袱里有大洋和你姐夫的几件衣服！"

刘青云停下脚步，说："姐，姐夫，留步吧。有李备和徐子送就行，等着我的好消息吧。"

老大伸出手去，跟刘青云用力握了握，说："茅台镇我会安排好的，你心里只想一件事，就是怎么把我们云辉烧房的美酒送到万国博览会去，让美国人，让凡是去博览会的人都尝尝咱们茅台镇的好酒，好吗？"

刘青云说:"我一定!"

夫妻两个看着李备的马车走远了,等玉娟关上了大门,正好听到慧聪和慧能的第一声晨钟,紧接着木鱼声伴着嗡嗡的《佛说阿弥陀经》便传遍了文家大院的每个角落。

6

文珠这盆水到底是泼出去了,就凭她那性子,到了老何家要是没个动静,那才怪。让文家人一直担心着的事情终于还是发生了,何万年上门讨伐来了。

老大一听是何万年拜访,立刻让人把刘彩云送回了自己的房间,还怕老太太念完了大悲咒回来路上遇见,特地让玉娟把客人带到小客厅,交代不要开窗户;完了觉得还有事,又让李备告诉徐子马上去盐号王掌柜那里看一看上两个月的账,交代从文知礼家那边出门。再想一遍没什么破绽了,这才朝小客厅走去。

何万年早都有些不耐烦了,大面子上还是压着火,没有马上发作。

老大抱拳摇了几下,说:"哎呀哎呀!是什么风把亲家公给吹过来了?哈哈哈哈!"

何万年苦着个脸,说:"你还笑得出来?我都不明白了,原先看着好好一个姑娘,唉!怎么进了我们家就跟结了八辈子的仇一样,哪儿哪儿都不对!说是大小姐脾气吧,不对,听我儿子说……嗨!我都不知道怎么开这个口!都两口子了,还……还不让近身!嗨哟!你……你说这叫个什么事情哦?!"

老大汗都下来了,不知道该怎么说也得说,就说:"哎呀哎呀!都怪我们!都怪我们!我们……"

何万年打断说:"还有!听说你们家有个叫徐子的用人是吧?听说……"

这回老大生气了,也借着这股子火出击一回,免得人家上来都快堵着你的嘴了,立刻大声道:"慢着!文珠那娃儿任性,这我知道,那在我们文家是出了名的!但是何会长哈,道听途说的事情千万不要在我面前讲哈,那是名声哦!我们文家晓得什么事能做什么事不能做,一直以来都是按照孔圣人的君臣父子、礼义廉耻这么教育晚辈的。所以,我们家女儿我们知道,清清白白一个人,哈!再有人说一句不清不楚的话,可不要怪文家老大……脾气大哦!"

事后老大仔细想想，从小到大还是第一次跟人发这么大的脾气。你这里眼睛一鼓，何万年那里的火气果然被压了下去，马上找了个理由，也鼓了一回眼睛。

何万年说："有你们家这样待客的吗？嗯？嘴巴都说干了，水花花就没见着一颗！"

对于这样的借题发挥老大不会计较，有些东西可以忍，而有些东西则不能忍。比如现在他就喊了一声："上茶！"

话音落了没一会儿，小红就端着茶盘进来了，放到何万年面前。

老大大声说："客人来了要上茶，这样的事情还用得着交代？！"

小红嗫嚅着说："没想到客人会来这么早，昨晚上的水又不能用，所以就……"

这回轮到何万年不自在了，连声说："不碍事不碍事！"

老大也懂得什么时候该给人家台阶下，就说："亲家公啊，其实还是怪我没有把女儿那脾气早早说清楚，害得你们乱了分寸，多有得罪，文知辉这里为小女赔不是了！"说着一抱拳。

何万年急忙说："亲家公言重了，言重了！"

老大说："小女性子一直就犟，连老太太都将就着她，怕是被宠坏了的。还望亲家公和女婿悉心调教，需假以时日才会有所改观。"

何万年摇摇头，说："但愿吧！既然这样，我……就告辞了！"

老大高声道："送客！"

就听见文昌寿在外面跟着喊："送客！"

7

徐子被派往茅台镇，真有点钦差大臣的意思，没有具体事情，就是每天坐在刘青云的办公桌前面看苏继伟拿来的各种报表，然后听苏继伟说。

老实说，徐子根本看不懂那些报表，看不懂肯定就兴趣索然。头几天早上还给人家苏继伟沏了一杯茶，完全没进入角色。由此想起了临来之前老爷交代的那几条：一，苏继伟有什么他不能决定的事情会找你商量；二，没事你要看看人家酿酒是个什么情况；三，问候刘彩云的妈。

第三条来的那天就已经办好了。高大脚捧着老大孝敬的衣服布料,说都够开一个棉布店的了。至于第一条,好像苏继伟还没有碰上需要和他商量的事情。就剩了第二条,酿酒。

徐子也到下面去看了一圈,地方倒是够大,好些工人在热气蒸腾的窖池和蒸馏罐之间不停地忙活着,搞完这一池又接着下一池。但是,徐子觉得没什么意思,和自己跟着老爷鞍前马后、沏茶倒水一样,不过就是一种谋生的活路,看不出个子丑寅卯来。

那天老大支派他去盐号还让从二老爷家那边走,他就知道要发生什么事。从二老爷家院门出来,徐子没有直接奔盐号去,而是绕到前面,远远看见大门口停着一挂马车,何会长正好从上面下来,匆匆上了台阶。

说不怕贼偷就怕贼惦记,说的就是徐子当时这种情形。这让徐子背了好几天的思想包袱,关键他不知道是个什么事情,于是就瞎想。文珠是不是这样了?文珠是不是那样了?总之就是煎熬,而且这种煎熬还有点说不出口。原先吧,两小无猜,青梅竹马,两边都没有约束;现在不同了,文珠已经是人家何家明媒正娶的媳妇了,你还在有想法那就是惦记别人的老婆了,摆不到桌面上来嘛!要遭人家说嘛!

所以,现在的徐子比原来更谨慎、更小心了,什么事情只能埋藏在心底,万不敢轻易示人。你说他怎么会有心思去看酿酒嘛?没事的时候,他会去赤水河边走走,看看天高水低什么的,顶多用力朝对岸扔一气石头,也像是在发泄着什么。

有一天,苏继伟终于来找他商量事情了。说居然同时来了湖南和广东两位客商,要买云辉烧房的酒,说是有多少要多少,就有一条,说是最好有个商标贴。

徐子说:"商标贴?什么啊?"

苏继伟说:"就是……牌子,就是在我们的酒瓶上要贴一个什么什么酒!"

徐子说:"云辉烧房啊。"

苏继伟说:"不是,云辉烧房是作坊名称,人家要……比如,云辉烧房的什么酒?"

徐子说:"陈酿啊。"

苏继伟说:"是陈酿,人家要的是什么什么陈酿!"

徐子说:"哦,明白了。就像……张小泉剪刀的张小泉三个字。"

苏继伟说:"对了!而且要贴一张比如张小泉陈酿的纸在酒瓶上。"

徐子点着头,说:"哟,这要老爷才能定夺。他们什么时候要酒?"

苏继伟说:"就现在。"

徐子想想,然后自己跟自己说:"不行不行!你这样,库房里的酒够他们要的量吗?"

苏继伟说:"我不知道准确数字,但是没关系,不够可以想其他办法。"

徐子说:"什么办法?"

苏继伟说:"茅台镇这么多小作坊,有的是酒!"

徐子说:"那……那不是咱们云辉烧房的酒啊!"

苏继伟说:"那不怕!我们买他们的基酒,然后用云辉烧房的陈酿勾兑,出来就是云辉烧房的好酒!"

徐子说:"真的吗?"

苏继伟说:"哎呀!我还会骗你不成?"

徐子说:"那好,你,马上装酒;我,连夜赶回贵阳,让老爷定夺之后,我们在贵阳有书局的印刷工厂啊!懂了吧?"

苏继伟说:"知道知道,听刘青云说过!那……我就装酒?"

徐子说:"装!"

当徐子赶回贵阳,一五一十把情况一说,老大一拍大腿,说:"对了,我就是让你起这个作用的,这回不错!商标贴是吧?徐子,你觉得叫个什么好呢?"

徐子说:"老爷,这个真还得你自己定。"

老大说:"是不是啊?那就……茅台镇是吧?云辉烧房……陈酿,还有赤水河……要不就叫……茅台酒?不行不行,茅台……烧房,茅台烧怎么样?"

徐子想想,说:"听起来还不错。"

老大说:"就叫茅台烧!你跟书局周经理打电话,请他马上过来一趟。是嘞,人家客商说得对,你云辉烧房什么酒嘛?现在晓得了,云辉烧房的茅台烧!哈哈哈哈!"

徐子回到贵阳的第三天中午,老大将一包捆扎好的商标贴往桌上一放,说:"加班加点搞出来一万张,拿去吧!"

徐子说:"那我现在就走?"

"哎,这是我喜欢的风格!"老大心里清楚得很,那个他看好的徐子又回来了,只要你把他跟文珠那点牵挂掐断。

徐子赶回茅台镇的当天晚上,云辉烧房大部分能找得到的工人都被找回来加了个夜班,将先前灌装封瓶的近七千个酱黄色瓷瓶全都贴上了印有"茅台烧"三个字的商标贴,装进十二瓶一箱的木条箱,钉好盖,捆上了麻绳。

第二天,两个客商看着堆得小山似的差不多六百箱、贴着一水"茅台烧"商标贴的酒瓶时,说我们来了才第八天嘞,你们就……哎呀,不佩服都不行嘞!当即就把银票拍在了桌上,不足部分给民国三年"袁大头",亮晃晃地堆了半边桌子。

差不多一个月了,老大接到了刘青云从广州写来的信。说是只开了两瓶酒,赛会事务局的那些官员们就拍了板,高兴得很,说是还不知道贵州的山沟沟里居然还出产这样的美酒,说就是瓶子土了一点,又说没关系,只不过必须要有一个商标贴,否则人家不知道你是什么酒,想夸奖你几句都不知道说的是谁。

老大一听高兴极了,说:"你看你看你看!这叫未雨绸缪嘞!这个功劳要算在徐子头上,哈哈哈哈!"

刘彩云说:"还有人家那个叫个苏什么来着?"

老大说:"苏继伟。对,也有他一功!"

老大接着读信:"事务局要求云辉烧房准备一百瓶样品,还要求不使用云辉烧房这个称呼,改用造酒公司之类的名字,并于5月8日之前送达上海,9日有代表团出行。事务局同意造酒公司派二人同行,一应费用自理。5月8日?今天什么日子?"

刘彩云说:"二月十八,还有三天就是清明。"

老大说:"二月?你说的是阴历呦?"

刘彩云说:"哦对,人家是算阳历哈。"

两人找来台历一翻,今天是阳历的4月2日,满打满算还有三十六天。老大说:"完了,你们家刘青云啊,只心疼钱,发电报嘛!一封信从广州过来起码十来天!"

刘彩云说:"还来得及不嘛?"

老大说:"来得及要办,来不及也要办!一百瓶酒,造酒公司,好多头绪嘞！徐子！"

刘彩云说："啧！他在茅台镇！"

老大说："哦，就是就是！那你赶紧跟周世龙打个电话，让他马上过来一趟！看来我得亲自跑一趟茅台镇了！"

刘彩云说："为哪样要你亲自去？"

老大说："人家要一百瓶样品，才卖了七千瓶，我估计云辉烧房目前连四五十瓶都拿不出来。徐子跟苏继伟都是生手，刘青云又不在，我不去还有谁能去？你赶紧去打电话，我这就去跟妈说一声。赶前不赶后的事情，也许我明天一早就走！对了，你去告诉李备，让他准备好马车。就这样，赶紧！"

刘彩云说："老大，一样一样搞，不急，哈！"

老大说："真要是赶不上5月9日的海轮，也许我会后悔一辈子哦！"

第二天，差不多十点钟了，周世龙才将连夜赶出来的五百张商标贴送过来。老大说："加上'贵州茅台镇造酒公司'几个字了？"

周世龙说："你放心。"

老大一挥手，说："自己家有个印刷厂就是方便啊！李备，走！"

老大上了马车，冲着站在门外的刘彩云和文昌寿挥挥手，意思让他们回去。他听见刘彩云喊了一声"路上小心"，只是没看见刘彩云眼睛里含着的泪水。

第十六章

1

老大到了茅台镇，把徐子和苏继伟吓了一跳，还以为是前些天那批酒出了纰漏。等老大将前因后果一说，苏继伟立马领着老板直奔窖藏的库房。在苏继伟的记忆里，上次的七千瓶"茅台烧"真是把老底子都翻了个遍的，如果还能找出一点来，只能凭运气了。也许哪个犄角旮旯被人忘记了呢？

果然，在一个以为已经空了的大缸里居然还剩了围着缸底的一圈。赶紧让人弄出来装瓶，装到第五十三瓶，差一点不满。

"不是可以去别的作坊买一点基酒吗？"这时候徐子说话了，这还是上回听苏继伟说的。

苏继伟说："是啊，勾兑一下就是我们云辉烧房的酒。"

老大想想，说："咱们云辉烧房不搞那种鸡鸣狗盗的事情，有本事就自己做。只不过这种节骨眼上……变通一回，但也不是买小作坊的酒来勾兑。我自有办法，苏继伟马上安排人把这些酒瓶贴上我带来的商标贴，徐子跟我走。"

刚才说话的时候，老大是突然想起林家如来的，而且还想起了上次林家如请客时拿过来的味道不错的酒。与其跟那些小作坊打交道，还不如找林家如借一点，到时候还他就是。徐子很快打听到了正合烧房的地址，他在茅台镇待了这么些日子也没什么事要去那里一趟，于是现问。

都快要到人家门口了，老大突然拉住了徐子，说："这种事情我出面是不是小题大做了一点？"

徐子说："真是，你是省里头的部长嘞。"

老大说："嗯，你一个人去，林家如认识你的，就借他们装好瓶的，五十瓶，给他打个借条，我回去等着。记着，别说我来了。"

林家如见过徐子，也听林家漪说刘青云去了广东，文家派徐子来茅台镇临时钉着。刘青云知道他这个大舅子是那种既有想法也有办法的人，加上林家漪这层关系，在跟酒有关系的问题上刘青云就格外小心，不怕你是亲戚，没准什么时候就成了冤家。所以，刘青云只说是去广东办事，办什么事，那不能说。

林家如横想竖想，也没想明白云辉烧房为什么会跟自己借酒，这跟文家的盐号向茅台镇卖盐巴的小铺子借盐是一个道理，不可思议嘛！林家如盯着徐子那张年轻的脸稍加思索，便有了主意。

林家如说："没问题！哈哈哈哈！不怕徐子兄弟笑话，我们能跟云辉这样的大烧房打交道，那是我们正合的荣幸哦！这样这样，五十瓶够吗？"

徐子说："够了。"

林家如说："小事情，小事情！我让人给你送过去就是！"

徐子说："不用不用，我自己拿过去就行。"

林家如说："啐！还不要说你拿不动，就是拿得动也不能让你自己拿！我让人抬着跟着你过去，这样行吗？"

徐子说："呵呵，那就麻烦林经理了！"

林家如说："看你看你，一家人不说两家话！还有别的事吗？"

徐子说："哦，对了，我给你写个借条。"

林家如说："啐！哪里用得着这个哦！"

徐子说："哎，还是写一个的好。"

林家如说："哎呀，徐子兄弟也是个认真的人哈！也行也行，呵呵呵呵！哎，要不你多带一笔，把什么用途也写上，尽管我知道。我这个人就喜欢明明白白办事。"

徐子想都没想，坐下来写借条时就多写了"送万国博览会展览用"几个字。林家如拿起借条扫了一眼，笑嘻嘻地让两个人抬了五十瓶酒，还把徐子一直送到大门外面。

回到云辉烧房，工人们马不停蹄地将借来的酒拆了封，倒入自己家的酒瓶，封了口，贴上商标贴，再用白棉皮纸按照统一方法包裹好，在木箱底下和四周铺上稻草，最后装箱、封盖、捆扎。等到五个箱子在李备的马车后面捆扎结实了,太阳刚刚隐没在大山之间的那个垭口后面。老大看看手表,六点过一点,到达茅台镇刚好一个白天。

老大说:"这样,刘青云家我就不去了,也不用跟老太太说我来过。我这就往回走,到仁怀或者长岗去过夜都行。你们抓紧出酒就是,商标贴我已经让周经理印了一批,到时候会给你们送过来,从今往后都要有商标贴。倒不一定是造酒公司,我觉得还是云辉烧房好。我和刘经理要出一趟远门,有什么决定不了的,徐子可以去贵阳跟太太商量,实在不行就等我们回来。那……就这样。"

徐子和苏继伟看着老大上车,离去。

马车在暮色中渐渐远去,最后淹没在茅台镇大山与大山之间的黛色之中……

2

回到贵阳,老大先是打听洋人用什么钱,还问清楚了钱和钱是怎么个兑换法,当即让人去办好了汇票。人家还告诉他要办护照,老大问护照是什么?人家说就是证明你是个中国人,要到美国去,还说贵阳的警察厅就能办。老大一听,当即去了警察厅,因为有熟人带着,连拍照片带填表没一会儿就完事,让第二天去拿。顺便拟好了让刘青云到上海去会合、并在上海办理护照的电报,让文昌寿赶着去发了,还让他顺便预订了第三天去重庆的车票,准备从那里坐船去上海,人家说这条线路既快又安全。自从上次在广西遭了劫,老大就开始留心安全问题。想想再没什么该做的事情了,便拉着刘彩云去了佛堂。

佛堂里面照例青烟缭绕,佛像庄严,蔡花蕾正跟着两个师父诵晚经,小眼睛在角落里打盹。见老大他们进来,没人动弹,照样念经,老大和刘彩云只能站在边上听人家念经。终于到了段落处,就听"当"的一声,慧聪师父敲了一下那个铁缸钵,很像学生下课的钟声。

蔡花蕾睁开了眼睛,长长地吐了一口气。老大和刘彩云赶紧过去一人一边把老太太扶了起来,醒过来的小眼睛也过来帮忙,簇拥着老人家出了佛堂。

蔡花蕾说:"都办妥当了?"

老大说："都办妥当了。"

蔡花蕾说："哎呀，美国哈？也不知道他们那里兴不兴拜佛？"

老大说："兴，只不过他们那里不叫佛，叫天主，兴的是基督教，我们这个叫佛教，不一样。"

蔡花蕾说："耶，那他们念的什么经嘞？不会也念《佛说阿弥陀经》吧？"

老大说："当然不，他们的经叫《圣经》。他们不光念，还唱，叫唱诗。"

蔡花蕾说："哦，你还晓得这么多哈？都是书上看来的？"

老大说："是。"

蔡花蕾说："老大，你这一趟漂洋过海，真正算是出远门了。自己要当心，不该你去的地方不要去，听说洋毛子吃人嘞！偏僻的地方千万不要乱走，就像上次在广西，晓得不？"

老大说："晓得了。"

蔡花蕾说："说是李备和你一起去？"

老大说："他送我到上海，等我们上了船，他再回来。主要是那几箱子酒。走货运吧，又怕半路上哪里耽搁一下反而麻烦，干脆跟着人走。"

蔡花蕾说："听刘彩云说，还准备去看看你儿子？大清国倒台的第二年去的吧？都第四个年头了，还没读完呢？"

老大说："是，顺路去看看。大同来信说了，今年下半年毕业。"

蔡花蕾说："好吧，都去看看，看看就回来。"

老大说："母亲放心，我会尽早回来。"

这一夜，两口子躺在床上说了半夜的话，从刀把镇说到茅台镇，从蔡花蕾说到高大脚，从文大同说到文珠和文龙，反正陈芝麻烂谷子的事情都翻出来说了一遍。最后老大开始有点困意了，刘彩云突然之间就拱到老大的被窝里面来了，而且还光着身子。也不知道是从什么时候起，两口子从原先的一个被窝筒子莫名其妙就改成了两个被窝筒子，原先手碰着手都会心跳加速的那种情况也不知道啥时候起就变成了胸脯贴着胸脯都有本事波澜不惊了。

老大说："搞半天是这个意思哦！"

刘彩云说："咋个嘛，不得行？"

老大说："没得哪个说不得行哈！倒也是，此一去也不知道要多久？也该嘞！那就弄嘛。早晓得么，少说点话嘛。"

刘彩云说："我还不是怕你没到火候上头。"

老大说："哎呀，老夫老妻的，有什么火候不火候的？接上火了，火候自然就来了。"

刘彩云就笑，说："人啊，哪样事情都会变。你还记得不？那年新婚之夜，头绪都没得弄对头你就泻了火……"

老大急忙打断，说："哎呀，哪里来的这么多话哦！"

刘彩云就笑。

想当初两个人弄的时候，哪里来的闲工夫说话哦，都恨不得更加热烈一些，生怕打脱了哪个细节。现在好，摆上龙门阵了。

等两个人大汗淋漓完了事，老大还来劲了，扭头看看澎湃过后还在柔软着的刘彩云，说："哎，现在可以接到摆龙门阵了。"

刘彩云翻身用背对着他，说："算喽，留一点到上海跟文大同摆去。"

3

由重庆一路顺水到上海，除了三峡的水打得船体"哪哪哪哪"响，之后便是无风无浪，心平气和就到了上海。一看时间，四月五日，离开船还有四天。

在异乡见到乡亲感觉到底不一样，老大和刘青云在码头就拥抱了一回，也不管什么上下级关系了。随后找了个靠近码头的旅店，把三个人和茅台烧都安顿好，完了直奔事务局。

万国博览会在上海的事务局，刘青云先前已经来过几回，把有关手续都办好了，同时办好了护照，就等着把东西送过来到时候统一装船。三个人把茅台烧从旅馆里面取出来送到事务局，点数办好了手续，交钱拿了船票；又去花旗银行提取了用汇票兑换的美国钱。在上海的所有事情居然大半天就办完了，老大禁不住感叹，说到底是大地方，办什么都快。

那年从滁州把文昌寿带出来时，就和徐子一行来过上海，虽说也十多年了，但比起头一回来上海的刘青云和李备也算是故地重游了，老大便当了一回向导。

上海的交通方便得很，有轨电车、汽车、黄包车，什么车都有。最简单就是有轨电车，哪里到哪里清清楚楚的，铁轨都在洋灰地上埋着，不坐车顺着铁轨也能找回来。三个人第一次坐有轨电车，是老大在车站观察了半天，好像什么人都可以上，就说上去试试。上了电车也不知道开往哪里，心想顶多坐过去再坐回来就是。中途有人下车空了座位出来，三个人谁也不敢去坐，人家上海人还以为他们是礼让。眼看着电车越开越远，李备首先心里发毛，说这要把我们拉到哪里去？老大心里也没底，只不过早就想好大不了再坐回来，所以没有被李备的情绪感染。终于到了终点站，三个人直接就跳上往回跑的另一班车，见那些上海人和他们交一样多的钱，还都去抢座位，这才知道不像戏园子里面分坐票站票，马上找了空位坐了下来。三个人你看我我看你，显得很兴奋。

开了一段时间，还是老大眼睛尖，一眼就看见了先前上电车时记着的标志，一个悬在半空的岗亭，老大喊了一声"走"，三个人便扑爬跟斗地跳了下来。等站定了一看，不对，除了悬在半空的岗亭，周围完全不是记忆里的那些景物。找个人打听吧，人家上海人说话弯来弯去的又听不懂。

老大就说："懒球问得，就顺着铁轨走，我就不相信它埋在地下还能拐弯！"

刘青云说了一句："可能悬在半空的岗亭不止一个。"

三个人都笑了。沿着铁轨往前走没多远，只见地上的铁轨在一个路口跟其他铁轨交叉在一起了，再朝各个方向散射开去。这回完蛋了，四五个方向的街道上都有铁轨。

李备急了说："怎么办，老爷？！"

老大想想，说："不急不急！你让我……哎呀！黄包车嘛，让它把我们拉回旅馆不就完了！黄包车！"

三辆黄包车拉着他们跑到旅馆时，天也差不多快黑了。

老大说："不错吧？什么车都坐了一遍！"

李备说："还是不如我的马车稳当。"

刘青云说："哎呀，乡下人进了城，连方向都分不清楚了！"

晚饭是在旅馆旁边一条小街上的一个不大的馆子里吃的，馆子门口挂着一个幌子，上面写着"杭帮菜"三个字。老大进来时买了一沓包括《申报》在内的报纸，就让刘青云点菜。

刘青云说："不行不行！我什么都不知道！还是姐夫点的好，要不李备来。"

李备直摆手，说："不行不行！我只知道吃！"

老大放下手里的报纸，拿起"杭帮菜"的菜谱，点了一个东坡肉，一个红烧狮子头，一个砂锅鱼头豆腐，一个龙井虾仁，还点了个油焖茄子，都是些扎实菜，然后说："够了吧？总之不能糟蹋哦。"

两人忙说够了够了。

老大说："行，不够再说。对了，再来一罐绍兴花雕。"

刘青云喝下第一口绍兴花雕，脸上呈现出一个很奇怪的表情，说："这叫什么鸟酒？"

老大说："哎，天底下大吧？人家这一方就觉得这是好酒。还有个好听的名字呢，叫女儿红。我问过，糯米酿制的，准确说，米酒。"

刘青云说："这酒在我们那边卖不到钱，女人都不喝这个。"

老大说："那倒是！但是我们那边没有电车啊，没有洋灰路啊，没有杭帮菜啊。一个地方有一个地方的物产、风俗、口味，各处要是都一样，那也烦嘞！"

三个人喝完了一罐绍兴花雕，又要了一罐，还让人家加了两个菜。结账的时候，老板娘耷拉着眼睛皮用上海话说："乡巴佬吧？阿拉上海人就没见过侬几位这样糟蹋酒菜的。"

你说这上海人，根本不考虑人家是在帮衬你们家杭帮菜嘞！估计就估死几个乡巴佬听不懂阿拉上海话，还以为人家老板娘在夸奖他们能吃能喝呢。

第二天一早，三个人赶到复旦公学，找到文大同所在班级一问，人家说文大同因为私事请了一个礼拜的假，而且他也没有住在学校，上学期就搬到外面去了，具体住哪里学校也不知道。问同学吧，人家一听说是文大同的爹，全都三缄其口，都说不晓得。

老大感觉其中几个同学的神态有些不对，正想接着追问，上课的铃声响了，眨眼之间院子里就剩下他们三个。

尽管没凭没据，老大还是觉得那几个同学是在为文大同打掩护。原先想好和儿子吃顿饭、说说话的，没办法，只能打道回府。

四月九日那天，三个人起了个大早，提前两个钟头来的事务局，然后统一乘汽车前往码头。老大看见在下面挥手的李备突然用手揉了揉眼睛，还有些激动的样子，心想也对，无情未必真汉子。

4

登上停泊在吴淞口码头边的大轮船，老大的第一感觉是，比长江的轮船稳当，没那么摇晃。

二十三天后，公历的 5 月 2 日，大轮船到达旧金山码头。

比起在太平洋上遇见的风浪，三峡的那点颠簸你都不好意思在太平洋上的大轮船上说。那一个浪头过来，有本事把你从床上掀到地板上去。在长江的轮船上，老大还笑话过徐子，在这里，他和刘青云这个赤水河的"浪里白条"一起吐，直接把黄胆水都吐了出来。还好，船上的大夫给了他们一人几粒白色药片，说是美国药。吃了之后倒是不吐了，只是昏昏沉沉想睡觉，而且从前一天下午一直睡到第二天早上。两个人搀扶着来到甲板上一看，海面上风平浪静的，地平线尽头一轮红彤彤的太阳正在冉冉上升，把什么东西都染成了红色，实在安逸。

等看到从餐厅那道门出来的、嘴里还在继续嚼着食物的客人时，两个人这才感觉到胃里空空如也，前心直接贴在了后背上，赶紧朝那道门奔去。

到了旧金山，老大和刘青云被负责接待的万国博览会会务机构安排在一个叫联合街旅馆的地方下榻，老大和刘青云都是第一次听见"下榻"这个词，搞了半天才问明白，就是住店的意思。旅馆不大，从窗户能看见旧金山湾。只是有点贵，不要说贵阳和遵义了，就是上海那么大的地方都不敢跟这里比。

到了旧金山才知道，这个博览会的全称叫"巴拿马太平洋万国博览会"，是美国政府为了庆祝自己管辖的巴拿马运河建成通航而动议举办的，国会于 1911 年 2 月通过决议，决定于 1915 年 2 月在加利福尼亚州的旧金山市举办博览会。时任美国总统的共和党人塔夫脱第二年就批准了这一决议，并向世界各国发出了参展邀请。博览会于 2 月 20 日如期开幕，就是说老大他们到达时，人家博览会已经开幕两个多月了。

老大一听就急了，说赶紧参加吧，要不然千里迢迢跑这么一趟，人家美国洋毛子连酒香都没闻着博览会就结束了，那才窝囊死人哦。两个人一下子没心思欣赏旧金山湾的迤逦景色了，第二天一早就赶到会务机构，一打听说是贵州造酒公司的箱子已经运到博览会中华政府馆的农业馆去了。跟中国模样的工作人员打听好了地点以及怎么走，两个人便在会务机构门口拦了一辆"的士"，这也是他们头回听说头回坐，拿了工作人员用洋文写好的纸条给洋毛子司机看了，洋毛子司机说了句"OK"，拉着两个人就跑，没多久，"的士"在一座牌楼前面停下。

也不知道该付多少钱，管钱的刘青云就拿了一张上面写着"100"字样的美国票子递给洋毛子司机，洋毛子司机找给刘青云一堆零碎的美国票子，然后"OK"了几声就开走了。

老大抬头看着面前这座中式牌楼，说："美国也有这个？"

进去一看，有牌子上用中国字和外国字写着"正殿""偏殿"等。一打听，都是紫禁城里面的叫法。到处斗拱飞檐，廊柱棂窗；从门窗的缝隙看进去，桌椅板凳、屏风字画都是自己家里那种款型，完完全全就是中国的东西换了个地方摆放。边上还有一座五层宝塔，飞檐上还挂着风铃，不时传来叮叮当当的响声，仿佛到了黔灵山的弘福寺一般。

两个人流连忘返，还在想旧金山怎么也有这些，好半天才想起他们的茅台烧，急忙往里走。出现在他们面前的是若干硕大的建筑物，很多门，门楣上醒目的招牌上写着"矿物馆""食品馆"什么的，他们很快就找到了"农业馆"。

展览馆里面到处都是钢铁架子，用来支撑着同样用钢铁架子搭建的屋顶；顶和四周安装了巨大的玻璃窗，充足的光线铺撒在展览馆的每个角落，亮堂堂的，让人感觉心情很好。

农业馆里已经堆满了参展的物品，整整齐齐，满满登登。老大和刘青云也顾不得赞叹，很快找到了负责展出的中国官员，拿出相关文件一对照，人家直接带他们来到了贵州茅台烧的展台前面。

有几个洋毛子工人正在展台跟前忙着，开箱的开箱，摆货的摆货。老大很高兴，想说几句表示感谢的话吧，人家又听不懂。那个官员看出了他的意思，马上过来说，如果你们待的时间长，势必要请一个翻译，要不然麻烦得很。还说他认识一个翻译，正好闲着没什么事，说价钱也合适，问老大需不需要。

老大说："哎呀，那就太感谢你了！别说在美国，在上海我就想请一个你说的这种翻译的。价钱怎么说？"

官员说："一天二十美元。"

老大心里默了默，一怔，说："一天嘞？"

官员说："是啊，这类临时差事都是按天算。你放心，我介绍好几个了，都是这个价。"

"都是？那行，我们什么时候能见到这个翻译？"老大是觉得贵了点，但是人家都说了"都是"了，那也得用啊。

官员说："下午怎么样？"

老大说："行。对了对了，跟你打听个事，OK……是什么意思？"

官员说："啊，就是好的意思，没问题的意思。"

老大说："哦，那就 OK 了？下午翻译过来，二十美元一天。"

官员说："OK！"

贵州茅台烧的展台没多大工夫就布置完了，由于带来的东西不多，完全没有其他展台堆放得层层叠叠，很有气势的那种样子。加上茅台烧的陶瓷酒瓶颜色偏深，整体效果总之能让你立刻想起偏远山乡的深褐色泥土，以及当地人对自己酿制的那点老酒的小心翼翼，生怕瓶子倒了糟蹋了酒和瓶子，所以设计得矮墩墩的，轻易不会倒。

再加上农业馆大都是些农副产品，什么棉花呀、苎麻呀、大豆呀，最不得了的就是食用油，有豆油、花生油、菜籽油等，都是玻璃瓶子装着，看起来黄铮铮的。

本身就土里土气的茅台烧的陶瓷酒瓶再往这些原生状态的农业展品中间一窝，还因为东西少了堆不出个气势来，一眼看过去就是让人心灰意冷的那种感觉，不知道的人还以为是自己长得难看了故意藏着掖着。

老大一脸灰色，说："上边通知就让带一百瓶？"

刘青云说："就一百瓶，早知道多带些。"

老大说："是少了点，不过也只能如此了？看看再说吧。"

下午翻译来了，让叫他咪死特李，一个瘦高个的中国男人，说是广东中山人，来美国的初衷是想淘点金子回去，到了地方才知道金子早被那些前辈们淘得差不多了，又不好意思没衣锦就还乡，就在旧金山找了份体力活先干着。没想遇上了博览会，来的外国人多，平日费气巴力学来的那点英文还能帮着自己赚钱，就找到恰巧是同乡的那个官员，这就开始了不用出卖体力也能赚钱的营生。虽然广东人听遵义话也觉得绕，但是慢慢说还是能听懂大部分，到底没离开中国话。

老大说："咪死特李，你的意思工钱是一天一付，还是完了一起付？"

"一天一户比较简单得啦！"咪死特李把"付"字说成"户"。

老大说："OK！"

5

就这样，老大他们走到哪里，咪死特李就跟到哪里。一连三天，茅台烧的展台跟前有外国毛子走过，只不过大都走马观花，很少有人停下来看看的，根本没人碰过茅台烧的深褐色瓶子。

第四天早上，咪死特李找到联合街旅馆，这是老大前一天交代好的，说是与其冷锅冷灶地在那里守着，还不如到旧金山逛逛，要不然回去了人家问你旧金山是个什么情况，你说不出个所以然来，人家要笑你嘛。

整整两天，咪死特李带着老大和刘青云从金门公园的大片绿地走到充斥着大量维多利亚式建筑的阿拉莫广场；又从唐人街跑到可以360度眺望整个旧金山景色的双子峰；第一天中午在唐人街吃的兰州拉面，第二天晚上在渔人码头的一家海鲜餐厅吃的晚餐。菜是咪死特李点的，反正都是些叫不出名来的海洋动物，那些鱼和贝类长得都怪怪的，吃起来也一股子腥巴烂臭的味道。只是正对了咪死特李这个老广的胃口，他敞开肚皮干了个十一成饱，出门时还让人家云辉烧房的大掌柜刘青云扶了一把。

老大到了唐人街才知道，假如博览会里的中式建筑叫中国的东西换了个地方摆放，那么唐人街就是中国的一个城市换了个国家摆。什么都用中文标注，人人都说广东话，完全没有了周游列国的感觉。

老大在唐人街游走时，无意之中还看到一份中文报纸，醒目的大标题：袁世凯屈从于日本人，签丧权辱国二十一条。老大马上买了一张，才知道5月7日袁世凯接到日本人的最后通牒后，于5月9日签署了《民四条约》，即"二十一条"。全国各大城市纷纷集会，大家都反对这个"二十一条"。

老大把报纸递给刘青云，叹了一口气说："这个袁大总统啊，跟大清朝没什么两样，总是让你在外国人面前抬不起头来。"

刘青云说："多少年了，也不知道什么时候能改变改变？"

老大说："不管他，咱们该吃吃，该喝喝！"

老大总之玩得很安逸，游也游了，吃也吃了，而且没有障碍，一切都由咪死特李出面，交涉完了再过来用改良了的广东话跟老大他们叙述一遍，连比画带讲。刘青云则是心有牵挂，游也游得不尽兴，吃也吃得不安逸，总之惦记着茅台烧，脸上总有愁云笼罩着，笑不起来。

好不容易挨到了第三天早上，两个人赶到博览会，跟早就等在门口的咪死特李打了个招呼就往里走。时候还早，展厅里参观的人不是太多，比起前几天要好些。三个人直奔茅台烧的展台。

大前天离开时什么样，今天还是什么样。别说刘青云了，连老大都陡然窜起一股无名火，两天来逐渐平静的情绪一下子又被撩了起来。只见他过去抓起一瓶茅台烧，"呼"地一下就掼在地上，"咣当"一声，深褐色的矮胖陶瓷酒瓶粉身碎骨的同时，酒浆呈放射状四射开去，一时间酒气冲天……

按说老大这个动作相当不文明，人家万国博览会嘞，众目睽睽之下怎么能干出这种摔锅砸碗的事情？砸完了，老大也清醒过来了，扭脸看看四周迅速聚拢过来的男女洋毛子们，顿时感觉有点无地自容。

然而，让老大和刘青云始料未及的，是那些迅速围拢过来的男女洋毛子们，仿佛并不是冲着摔瓶的声音而来，而是被四溢的酒香吸引过来的。一个个都伸长了鼻子，用力捕捉着空气中浓烈的味道，有些竟然还发出了呼哧呼哧的声音。

几个洋毛子围着地上的碎片和酒浆，再看看茅台烧展台上的深褐色陶瓷酒瓶，兴致盎然地连比画带说话，咪死特李赶紧上前对付，第一次为茅台烧当了一回翻译。

咪死特李对老大说："这几个先生问能不能尝尝？"

还没完全回过神来的老大懒得说话，直接打开一瓶茅台烧递给了一个洋毛子，再打开一瓶递给另一个洋毛子。两个洋毛子对着瓶子口就喝，老大后来才知道他们就是这么喝一种叫啤酒的酒的。

没有经验的洋毛子被辣得不轻，但同时也跷起了大拇指，嘴里"鼓得、鼓得"地说个没完，还把酒瓶递给其他洋毛子。

咪死特李翻译说："他们说好酒，好酒，夸奖得啦！"

老大比着大拇指说："这个我知道，我们那边叫顶呱呱！"

咪死特李指着展台上的茅台烧，说："我……也尝尝？"

老大说："尝尝，尝尝！"

咪死特李喝了一口，表情有些夸张地咽了下去，马上瞪圆了眼睛，说："哎呀！真是好酒得啦！"

老大说："咪死特李，这样，你去帮我买二十个小杯子来，给大家尝酒用的，你知道在哪儿买，现在就去。谢谢哈！"

刘青云说："我刚才就这样想，要不这些酒不够他们几姨妈喝的！"这是刘青云几天来第一次露出的笑容。

等咪死特李买了小杯子回来，老大说："还麻烦你帮忙去做一二三四，四个牌子，上面用中文和洋文同时写这么几个字。嗯……这里可以免费品尝中国贵州的茅台烧酒，酒香浓郁，味道醇厚！"

咪死特李说："慢着慢着，哪几个字得啦？"

刘青云说："我跟你一起去！"

等他们两个走了，老大开始挽起了袖子，往酒杯里倒了酒，送到寻香而来的男女洋毛子面前，让他们品尝。看着人家脸上露出的痛苦而享受着的神情时，老大想笑，但是这种场合一个人笑好像有点怪。心想你说这叫什么？嗯？摔酒居然还摔出一片前程来！所以啊，东西再好你也得让人家知道才行！哼哼哼哼，老大的心乐成了一朵怒放的牡丹花的形状。

人家博览会差不多要关张了，刘青云和咪死特李扛着四块牌子回来了。老大一看，不仅一字不差，还在顶上一角画了酒瓶和酒杯，底下一角画了个人喝酒的模样。老大很满意，问是谁的主意，刘青云说是咪死特李。咪死特李也不谦虚，说这有什么，大街上到处都是这样的广告牌。

老大说："这叫什么？广——告——牌？哪几个字？"

咪死特李说："我的广东的广，告诉的告，牌子的牌啦！"

老大想想，说："嗯，我知道了，就是广泛地告诉大家！"

咪死特李说："是呀是呀！"

四块广告牌，展台通道两头一边放一块，展台前面放一块，展台上面放一块，再用剩下的茅台烧围着广告牌，展台顿时显出了别样气派。

老大说："明天还是这个办法，顶多再摔它一瓶茅台烧！加上这几个广告牌，至少也会有今天这么些人。哎呀，你说这事情！"

第二天，来免费品尝茅台烧的洋毛子不仅比前一天多了许多，连事务局的两个官员也闻讯赶过来了。说是都听说了，还说过几天事务局要开一个招待会，能不能借一些茅台烧过去，让与会的嘉宾也尝尝源自贵州大山里的这种美酒。

老大说："国家的事情我们应该支持得啦！借字就免了，你直接说需要多少瓶就行。"

人家说："大概十桌。"

老大问："十二瓶够不够？"

人家说："足够了。"

木箱子就堆在展台下面，刘青云装了十二瓶，让两个官员高高兴兴地离开了参观、品尝者渐渐多了起来的"贵州茅台烧展台"。

等人家走远了，刘青云凑近老大说："这也是广告！"

老大说："你看你看，都想到一起去了，哈哈哈哈！"

五天之后，那两个官员再次来到已经人头攒动的茅台烧展台前，说是招待会已经开过了，大家对茅台烧的评价都不错。说大概六月初，博览会开始酝酿并成立展品高级评审委员会，由高级评审委员会协商提名，随后成立"展品评审团"。"展品评审团"由来自世界各国的科学、艺术、工商界代表五百余人组成，并根据其专长，以展品门类分成若干评审组。还说看你们茅台烧受欢迎的情况，很可能都不要过评审组这一关了，有可能直接由高级评审委员会评审。

老大说："哎呀！那真是太感谢你们了！那……现在还需要我们做点什么呢？"

官员说："事务局到时候会通知你们留一些展品，供评审时用。"

老大说："那我们现在留一部分就是！你们看这阵势，要是不来说一声，说不定很快就让大家尝完了！"

官员说："我们就是这个意思。"

老大连声说："辛苦了！辛苦了！"

最终，从茅台镇辗转带到旧金山的一百瓶茅台烧，除了给事务局的二十瓶，摔了一瓶，剩下的全部被旧金山的洋毛子们尝了个精光。根据这个情况，老大觉得再在这里守下去也没什么意义了，评审结果要到八月份才有个眉目。再扳起手指头算算，打从坐上去往重庆的马车那天起，离开家……哟，整整六十三天了！在旧金山就待了二十天。

老大说："该回去了！"

他们先去事务局请人家帮忙订好了船票，顺便也跟人家道个别；再和咪死特李把最后的账目结了，还请咪死特李在唐人街上的一家广东餐厅吃了一顿扎实的，算是把旧金山的人情世故都打了个句号，这才登上了开往上海的英文名字为 PACIFIC OCEAN（太平洋）的美国大轮船。

靠在船舷厚实的钢铁架子上，看着渐行渐远的旧金山海湾，老大挥了挥手，在心里说了句：OK 了，旧金山！

6

回到贵阳的头一天，都还没有来得及把在异国他乡的风土人情以及茅台烧在万国博览会上的故事摆给大家听，闻讯赶来的周世龙就给正在兴头上的老大从头到脚浇了一桶凉水。

原来老大他们离开贵阳没多久，书局便出了问题。

就因为文珠在何万年家采取的不合作态度，何万年相当恼火。何家是生意人家，原本就是打算攀附着文家的财大气粗好把自己的那一摊子往前推一推，再加上文家老大在官场上的位置，也是想给自己先打下一个近水楼台的基础，今后需要时不用现去找关系，最后当然也是家族传宗接代的需要，这么个一箭几雕的事情，那时候被何万年自诩为平生办得最有眼光的一件事情了。没想到文家大小姐是这么个油盐不进的脾气，听何子豪说得还更让人伤心。过门几个月了，说是就没有行过几回夫妻之礼，偶尔有这么一次两次也被弄得疙疙瘩瘩的，后来何子豪气老火了，借着火冒三丈的时候打了妻子一顿。原本以为棍棒出好人呢，没想文珠连疙疙瘩瘩的都不让弄了，你不是能打吗？有本事你就把我打死！

何子豪一想不对呀，这都是天经地义的事情，凭什么就……就疙疙瘩瘩呢？花钱找人绕山绕水深入文家内部一打听，说原先没出嫁前就有一个相好的，叫徐子，为这事还跟家里大吵大闹过，寻了一回死没死成。原来这样哦！何子豪想想还是不对，第一次和文珠圆房时，明明白白是见了红的呀！莫非这个红颜色会每次都有？找了几个朋友问问，人家说不可能，要不说"初夜权"会那么高个价钱？处女不处女唯一的证据就是红颜色。

成亲之前，何子豪跟一帮子酒肉朋友也寻花问柳什么的，只不过都是随便玩玩，跟他那些号称"摧花使者"的朋友比，他只能算是个雏。把自己家情况跟朋友们一说，大家都说就这种天生带着野性的女人才有意思嘞！但是何子豪不这样认为，他是那种天生的少爷胚子，懒，什么事不想去麻烦，读书时候是这样，成亲之后还是这样。你文珠不是不愿意吗？老子就去找愿意的，反正老子已经把"初夜权"得到了，那你就守活寡吧！

就这样，何子豪由这一帮子朋友簇拥着，从此开始放肆起来，除了养着两个相好的，还四面出击，打听到哪儿有好的就去哪儿，一时间天底下仿佛就这么一件事情了。所以，当何万年问起文珠的事情时，何子豪只说了文珠的情况，没有说自己的这些情况。

何万年当然生气喽。三个儿子里面何子豪是老大，那两个还小，就指望着长子娶个媳妇回来为何家传宗接代的，没想到一片苦心居然搞成这么个里外不是人的结果。怨气肯定就撒在儿媳妇身上，后来听说儿子加以拳脚都没用，就感觉事情棘手，总没有自己亲自去打一顿的道理，这股子火气就一直憋在心里没有发出来。

不行啊，不发出来难受嘞！既然儿媳妇那里暂时没什么办法，就打打文家的主意。思来想去，文家有钱有势确实还不能闹得太僵，需要想一个既能把火发了，文家又说不出口的事由，最后就找到了跟文渊书局签订的合同上。

按照当初跟书局签订的合同，何家的宝兴货栈负责文渊书局的纸张供应和书籍发运。尽管是亲家，合同里面照样都有相关免责条款，写好什么什么情况下出现的什么什么问题双方免责，其中就有"由于非人为因素造成的交付延误相互免责"一条。

何万年打听到文家老大去了美国，这更是天赐良机。便停止了对文渊书局的所有供应，借口是由于南方大雨成灾，原先定时交付的纸张根本不能发运。而且还事先瞒着不说，直到书局多次催促才发了一纸文书给对方。

周世龙顿时乱了方寸。那边一直按合同到货的纸张临时没了着落，这边已经跟人家签订了合同的书籍必须按时交付，而且还有违约处罚条款。整个贵阳除了宝兴货栈一家，临时去哪里都不可能买到这么个量的纸张，老大又不在，周世龙权衡下来还是找到刘彩云把情况说了一遍，心想起码要让主人家知道事情的原委。

刘彩云说："违约的结果是什么？"

周世龙说："按合同规定，罚款。关键是这样有损书局信誉啊！"

刘彩云说："还有没有别的办法能够无损书局的信誉？"

周世龙憋了半天，说："没有！"

刘彩云说："就是……那就……先在那些小店铺收一点应付着，等我们家老大回来再说吧。"

周世龙又憋了半天，说："何会长不是你们家亲戚吗？"

刘彩云说："这些话先不忙说，等老大回来，好吗？"

现在老大回来了，把情况一综合，一分析，马上得出了结论，说绝不会是南方大雨这么个说得出口的理由，肯定另有隐情。等周世龙走了，老大说："如果我没有猜错的话，十有八九跟文珠有关。"

刘彩云说："这怎么能扯到一起嘛！那……现在怎么办？！"

老大说："文珠那边有什么情况过来没有？"

刘彩云说："一直没有，我也在担心着！"

老大说："那……这样，我明天先会会亲家公，听听他怎么说，再做打算。"

第二天，老大把电话打到宝兴货栈，人家说何万年不在；再打到总商会，人家还是说不在；最后打到何万年家，人家依旧说不在。老大由此确定了就是文珠的原因导致何万年出此一招。

假如仅仅是生意往来，这件事其实比较简单，另外开辟一个渠道就是。现在生意里面揉进了儿女亲家的因素，简单关系就变成了复杂关系。处理不好两家都会伤了感情，而且对文珠的伤害最大。当初之所以那么快就选择了何家，除了文珠闹腾以及徐子的因素之外，老大心里还有一本账。那就是老何家的宝兴货栈经营着纸张和省际的书籍发运，这对文渊书局是一个近水楼台，都不用再到处去找了，现成的搭配。用何万年的话，那就是好马配上了好鞍。

现在看来，何万年能够因为文珠的事情就掐断书局的纸张，那他也是个下得了手的狠角子嘞！而且还趁着自己不在的时候，够阴！

不理吧，文珠夹在中间呢；理吧，老大最瞧不起这种耍阴谋诡计的货色，骑虎难下了。思过来想过去好几遍，这种时候关于"货色"这样的情况也只能睁一眼闭一眼了，要不你怎么办？

最后决定在汉云楼摆一桌，借口就是新近从美国归来，跟大家说说话。除了商会的另外几个朋友，老大还叫上了马神仙和赵监事，连同周世龙，刚好一桌。

酒过三巡，虽然兴致依旧不高，老大还是将茅台烧在旧金山的经历有声有色地给大家讲述了一遍，居然博得阵阵掌声。等到大家都喝得酒酣耳热时，老大对特意被安排在自己旁边的何万年说："亲家公啊，我离开这么长时间了，家里有个什么不周到的地方，还请亲家公多多包涵哦！"

何万年说："哪里哪里，该我请亲家公包涵才对嘞！"

老大说："哦？那……据我所知，南方大雨没多长时间嘛！还望亲家公……"

何万年打断对方，说："你是想说纸张吧？"

老大说："是。"

何万年说："咂，我们不是给贵书局发去过文书了吗？真的都是文书里面说的那些情况，绝无别的意思啊！"

"你！"老大差一点就绷不住，差一点就脱口而出了，最后还是压了回去，说："哦！那何会长的意思……这个事情就没得商量的了？"

何万年说："不是商量不商量的问题呀，那些都是实际情况嘞！"

老大扭脸看着何万年，脸上有点挂不住了。

何万年还是一脸无辜的表情，说："不骗你，全都是实际情况！"

老大听明白了，何万年这是决心死撑到底了。大概是文珠在何家制造了什么情况。今天只能到这里了，等找人摸清了情况再做打算吧。他再次举起了酒杯，高声说："来，为……文家老大跟在座各位这么些年的交情，干！"

何万年举起酒杯一饮而尽，心里骂道："你狗日的以为老何家好欺负？！"

7

情况很快摸清楚了。说由于何家大儿媳妇的怪癖，何家上上下下都对这个女人失去了耐心。目前正准备给何子豪纳一个妾，说是话已经放出去了，正在寻觅之中。

老大气得肺都要炸开了，还好是在办公室，要不然让蔡花蕾知道了，那文家大院大概又该迎来一个悲剧谢幕之后的另外一个悲剧了。

老大把徐子打发回了家，就这么一个人坐在办公室里，把前因后果想了一圈。除了决定不让家里任何人知道外，至于怎么应付眼面前发生的这一次危机，老大没有半点要领，反反复复就一句话，"是我害了文珠！是我害了文珠呀！"

天都快黑了，刘彩云打来电话，老大这才稳稳心情，说马上就回去。

快到家门时，老大再一次提醒自己要控制住情绪，无论如何不能让蔡花蕾和刘彩云看出来。他用力搓了搓脸，仿佛要换一张面孔似的，这才踏上了台阶。

一家人都在等他吃饭。蔡花蕾问什么事情要搞这么晚，说一天干不完就第二天嘛，身体要是忙坏了那才是悔不转哦。

老大显得很轻松地笑笑，说："好好好！"

第二天，老大支走了徐子，把周世龙叫到办公室，如实将何万年切断纸源的前因后果跟人家说了，最后说："既然人家已经都死心塌地了，我们也只能另辟蹊径，以应付眼前的局面。除此之外，我还想搞一个一劳永逸的办法解决纸张供应问题。今天之所以请周先生过来，就是想和你商量一下，在这个问题上我们能有什么样的选择？"

周世龙说："一劳永逸？那就只有建纸厂。"

老大说："你看你看，先生和我是一个思路嘛！我昨晚上想了一夜，与其受制于人，还不如主动出击。既解决了书局的需要，也许还是一个新的财源嘞！"

周世龙说："不要说我们这里，就是周边几个省份也都要从沿海购买纸张。不是也许，肯定是个新财源！如果我们能够生产出同等质量的纸张，人家何必要舍近求远？"

老大说："你看你看！看来我这个想法并不是好高骛远哈？"

周世龙说："不是不是，最起码能解了西南几省的燃眉之急！"

老大坐不住了，站起身在屋子里来回走着，突然问道："请问周先生，我们如果投资……就是你说的解西南几省燃眉的造纸厂，大概需要多少银子？"

周世龙说："这个不知道，要打听一下价格之后才能算得出来。"

老大说："那么……这个事情就拜托周先生了？希望尽快能有个……方案？"

周世龙说："文先生已经决定了？"

老大说："应该说决定搞一个方案，看看是怎么样一个情况之后，再做打算。"

周世龙说："知道了，我这就着手准备方案。还有，那就是说书局眼下需要的纸张以及书籍的发运，从此都由我们自己去寻找路子喽？"

老大说："对，辛苦你了！"

送走了周世龙，老大回到办公桌后面的椅子上坐下来，沉思片刻，决定这件事同样先不给家里人讲，以免节外生枝。徐子进来加水，准备离开时被老大叫住，他想起了刘彩云说的盐号掌柜王举才给徐子说了一门亲，徐子连看都不愿去看的事情。

老大说："徐子啊，我知道你是个聪明人，但是聪明人不能总是办糊涂事。人家王掌柜完全是一片好心，即使你不愿意，去看一眼，了解一下情况也是对王掌柜好心的一种感谢。怎么能够连面都不照一个呢？"

徐子说："老爷，徐子觉得，在这里伺候老爷一辈子就好，不想去找那些事情来麻烦自己！"

老大说："啧！你听你说的这些话，啊！你不会……你不会还想着……"

徐子居然不急不躁，说："老爷多虑了，徐子不想，真的不想。"说完转身就走，还带上了房门。

老大无可奈何地摇摇头，心想这还不知道文珠那边的事，真要是知道了还不知道会是个什么动静。

半个月之后，周世龙的"方案"放到了老大的桌子上。老大并没有去注意方案罗列的技术性条款，因为他相信周世龙，人家是那种一丝不苟的人。他最关心的是有关投资的数字。

老大看见五十五后面还有一个万字，单位是：两银子。

老大皱起了眉头，这个数字有点大。应该是老文家连同老蔡家从刀把镇的大饼油条摊子开始以来最大的一笔投资。这笔投资差不多是书局投资的三倍，是文家目前资产的三分之一还多一点。

老大想了有三天。连刘彩云都说想什么呢，直眉瞪眼的！

老大说："哦，财政部的事情。"

刘彩云说："至于吗？没日没夜的！"

老大说："行了，想好啦！"

老大最终做出决定，还不要说解西南几省之燃眉，就是跟亲家公何万年过过招，以解文珠在何家的燃眉，也值得一试，不就是花银子嘛！

除了何万年这一单，在老大远赴旧金山期间文家大院还发生了另外一桩事，这是刘彩云告诉他的。这事情说起来有点绕。

自打文珠被"泼"了出去，徐子那里形只影单之后，开始注意上徐子的小眼睛对于这个经常在自己眼跟前晃荡的男人就越发有了想法。规规矩矩一个人，也不管跟人家大小姐配得成配不成，就会爱得那么憨。小眼睛不知道"执着"两个字，就找了一个"憨"字，还一个人跪在院子当中说些非什么不什么的憨话。真的憨得有点……有点可爱嘞！这后来，小眼睛就开始留心徐子了。时间一长，人家一举手一投足都能让小眼睛有所感想。尼姑都知道思凡，何况人家小眼睛除了眼睛小点，哪儿哪儿都跟大小姐没什么区别。真要是有个心上人能让自己欲罢不能的话，估计小眼睛也是有抹一回脖子的勇气的。就这样，与日俱增的各种想法让这个小姑娘很想找个人说说，否则憋在心里头难受得很。

范围就文家大院这么个范围，对象就文家大院里面这些人，主人当然不行，那就只能在仆人里头找。小眼睛左选右选，最后选中了跟自己比较要好的两个丫鬟里面的一个，玉娟。其实小红也不错的，只是把两个人放在一起一比，小红比玉娟多一样，喜欢说话。这对于有心事要倾诉这样的事情是大忌。

玉娟在听了小眼睛深情款款的叙述之后，第一句话就问："徐子哥知道吗？"

小眼睛摇摇头。

玉娟说:"那怎么能行?得让他知道!"

小眼睛本来只是想倾诉一番,释放一下自己而已。没想到人家前两句话竟是这个样子,完全是怂恿着小姐妹的那种感觉。而且嘞,这还把小眼睛原先只是憋闷在心里的那团火一下子撩出了火星子,引得到处都烧得噼里啪啦的。

自己本身有想法,再加上有人怂恿,小眼睛在考虑了若干天之后,终于下决心去找徐子说。

小眼睛有生以来头一回那什么,着实不知道这样的话该怎么说。问玉娟吧,人家玉娟只负责支招,具体到该说些什么话,她也不知道。要是大小姐在该多好……哎,对了,可以去请教一下隔壁二老爷家的小姐嘛!又一想也不对,二老爷家的小姐跟我们这边的大小姐那么要好,连私底下约会都是她安排的,还提供场地。让她知道等同于让大小姐知道,再怎么说,徐子哥和大小姐也是旧情人,还不要说让文霏霏知道了也等同于让文家大院的所有人都知道。算了,这种事情还是自己亲自去做比较稳当。管他的,有李子无李子搂它一竿子再说(我们贵州这边没枣树)。

最终,小眼睛是这样表述的,说:"徐子哥,那晚上你在二老爷家院子里跪着对天起誓,我都看见了的。现在……不管你心里多难受,大小姐都已经是别人家的媳妇了。如果……其实……人不好一条路走到黑嘛,真要是……其实我……其实我……我……"

加上小眼睛泛着红色的脸庞,就这么个前言后语都挨不着的话,徐子也是听明白了的,急忙说:"哎呀!其实……我这个人真的不值得你们动这样的心思,真的不值得!而且……而且会耽误人嘛……"

小眼睛打断对方说:"我不怕!"

徐子说:"不怕……什么啊?"

小眼睛说:"什么都不怕!"

徐子这下惶惑了,心想难道天下的女人都是这个样子?先前那一个已经够他昏头昏脑的了,啐!等他回过神来,小眼睛已经走了。

这事真的不能耽误人家,徐子心想。很快便去找了小眼睛,明明白白告诉她,不论大小姐怎么个情况,他这一辈子就单到底了。

小眼睛神色淡定,说:"我也是!"

徐子愣住了,一时间真没有找到合适的话来回答人家。

好了，事情虽然没有结果，按说这件事就告一段落了。来龙去脉就小眼睛、玉娟和徐子三个人知道。大概是玉娟作为唯一知情局外人心里憋着也难受，也想找一个诉说对象，而且总没有反过来再说给小眼睛听的道理，爱说话的小红最终成了玉娟的诉说对象，这下好了，尽管玉娟反复强调不要告诉别人，小红还是在听了之后的第一时间，让徐孃知道了这段故事。因为小红是经徐孃介绍来到文家的，徐孃就是小红在文家的靠山，她不给"靠山"说给谁说？

徐孃知道之后，先是跟蔡花蕾摆了一回龙门阵，紧接着又跟刘彩云摆了一回龙门阵。当蔡花蕾听完了龙门阵之后第一眼看到小眼睛时，审视片刻之后，突然说："其实也不错。"

小眼睛说："老太太说什么？"

蔡花蕾说："没说什么。"

没想老大在听了刘彩云的叙述之后，第一句话就说："徐子肯定不干。"

刘彩云说："哎，你怎么知道的？"

老大说："嗨呀！那个人！"

第十七章

1

凡是交给周世龙的事情,没有一件让老大不满意的。这也是五十五万两银子的大生意敢放放心心交给他一个人去做的原因。

差不多入秋了,周世龙带着书局的两个伙计踏上了前往上海的路程。走之前,周世龙介绍一个叫周世涛的本家叔伯兄弟过来,说这就是那年他离开四川那个朋友的书局时,专门从遵义沙滩叫过去顶人手的。这次去日本,时间上没个准头,书局这一摊子必须要有个顶得上用的人来帮着,想来想去只能再得罪四川那位朋友一回了,就把周世涛从成都叫了回来。

周世龙说:"世涛虽说是本家兄弟,我也是举贤不避亲,文先生只管试用一段时间,合适则留,不合适就走。"

老大说:"哎!周经理这就见外了,你叫来的人等同于我自己叫来的人。你那里都举贤不避亲了,我这里若没有个用人不疑的态度,文家老大就对不起朋友了。这样,周世涛是吧?书局副理就从今天算起,好吗?"

周家两兄弟忙不迭谢了又谢。

老大心里其实真感激人家周世龙,知道自己要远行,还惦记着书局的里里外外,把自家兄弟叫过来顶着,这叫什么,这就叫敬业。要是干事情人人都是这种态度,事情想不干好都难。

周世涛比周世龙小六岁,据说在成都干得也是有声有色的。在文渊书局上任才一周,就建议老大这样,建议老大那样。老大说关于书局的经营,你兄长不在的时候你就全权做主,只要是对书局有帮助的事情,你都放心大胆去做。

就这一句话，周世涛不仅把书局印刷车间挨着大街的墙壁打开做成了门面，经营一些文化用品呀、化学药品呀，还有印刷设备等，说是增加收入以补充书局员工的待遇。有了这个前提，周世涛进一步决定所有员工免费早餐中餐，原先的初一、十五放假不变，还将初二和十六固定成打牙祭的日子；这还不算，端午、中秋、除夕这三个中国人的大日子所有员工均有大餐伺候，说是还会根据经营情况派发红包。

员工高兴就不用说了，老大也高兴。回到家里跟蔡花蕾说完又跟刘彩云说，还说这才是咱们老文家的风范。

蔡花蕾说："行了，你能够决定用这样的人，就是尽到你的本分了。"

刘彩云则说："周经理的叔伯兄弟？那周经理呢？"

老大早就想好了的，说："到上海联系买纸张去了。"

刘彩云想想不对，说："咦，纸张不是亲家公那边负责的吗？"

老大一时语塞，他真把这个相互关联着的茬给忘了，忙说："哦对，周经理……是去买另外一种纸！"

刘彩云说："不都是印书吗，纸还有不同？"

老大说："啐！你这个人，真是孤陋寡闻嘞！"

刘彩云说："好好好，不说你们生意上的事了，给你说一个……哎哟，都有点不好意思嘞！"

老大说："哦哟！我们之间……还会有不好意思说的事情？"

刘彩云笑笑，说："我好像感觉……又有了嘞！"

老大想想，指指刘彩云的肚子，刘彩云点点头。

老大说："好事情啊！只不过……按理我们也差不多该有孙孙了嘞？"

刘彩云就笑，说："所以嘛！说出来让别个笑话嘛！"

老大说："这有什么好笑的？春天播了种子，秋天总会有收成的。那年文龙走了之后就一直没有……都这么多年了，这中间都干什么去了？"

刘彩云说："就是啊，谁晓得呢！也许哪里有根管子给堵上了，现在自己又通了？就像那些要用的东西一时间找不着，等你不用的时候自己就会出来。"

老大想想说："那就是说……从美国回来那个晚上？"

刘彩云点点头，又笑。

老大一拍桌子，说："也许这就是老天爷对文龙离去的一个补偿，看来这是天降福分于斯人呀，啊？今天晚上让徐嬢多搞几个菜，喝两盅！"

刘彩云说："喝两盅没人拦着你，但不能在妈面前说！"

老大说："怎么呢？让她也高兴高兴不好？"

刘彩云说："哎呀！老几十岁的人了，要说你也悄悄跟她说，不要当着我。"

老大想想，说："那让徐嬢炒几个菜送到这儿来，我们两个喝两盅？"

刘彩云说："这可以！"

2

老大是从省府实业部一个姓马的副部长那里得知茅台烧在巴拿马万国博览会上夺得金奖的消息的。眼前马上浮现出在旧金山的那些日日夜夜，展览厅高大的钢铁架子和顶棚、码放整齐的农副产品、过道两头的广告牌以及那些过来品尝茅台烧的洋毛子们；还有咪死特李谦恭的笑容、事务局官员公事公办的表情，都像是昨晚上发生的事情，历历在目。

现在结果出来了，之前的一切努力换来的这个果实让老大真的有点意外。不是得奖与否，当时那些洋毛子们咪了酒之后十分惬意的神情就已经注定了要得奖的，只是没想到会得个金奖。马副部长还特别说了，万国博览会的高级评审团认定，中国贵州的茅台烧与法国的科涅克白兰地、英国的苏格兰威士忌鼎足而立，并称世界三大名酒。

人家马副部长叙述这段话的时候，老大看见他的眼睛里面闪着泪光。老大突然觉得这个平时见了面连头都不会点一下的同僚，今天怎么变得这么可爱？

既然喜庆自己都送上门来了，你还装着看不见就有点过分了。老大决定金奖和怀孕两件事情叠在一起办，扎扎实实让文家热闹一回。只不过对外只说金牌，自家人才说双喜临门。他想好了，这件事情一定要请刘青云过来，同时借着这个机会把文珠跟何子豪也叫回来，也许还能化解掉平常大家都说不出口的一些龃龉。他给刘青云写了一封信，让他带着老婆孩子一起过来，还特别交代如果老丈母身体无碍，一定一并过来。

一家人欢天喜地的，连慧聪师父都说老太太自从听说了金牌和怀孕的事情，诵经的声音都比前些日子有力了许多。当然，老大的确是按照刘彩云的交代私下里跟蔡花蕾说的。蔡花蕾相当高兴，说这都是菩萨托来的福嘞，要好好珍惜哦！

老大说："就是，凡事天在上，你这里尽心尽力了，菩萨自然就会青睐你。"

蔡花蕾说："好好办他一回，再请个戏班，好久没有热闹过了。还是……民国二年书局开张的时候闹过一回，这么久了，该！"

老大说："已经都联系好的，到时候还要请你老人家点戏嘞。"

蔡花蕾说："那就来一出……《闹天宫》？对，热闹热闹！"

老大说："《闹天宫》，我们这个台子是不是小了点？"

蔡花蕾说："啧！小有小的演法，你让他们班主事先来看看，那些人知道怎么演，放心！"

老大说："好，那就《闹天宫》！"

高大脚真的来了，就因为听说女儿又怀上了，她害怕刘彩云在这个年纪上出点什么差错，说无论如何要过来交代几句；另外还想来贵阳看看。说了，人都到这个年纪了，看得一回是一回。

到贵阳的那天，高大脚一定要和女儿在客房睡一晚上。两娘母手拉着手，偎在被窝里，从刘彩云砸缸救文知辉开始，一直说到这次来贵阳之前刘青云专门去了爹的坟头一趟。欢乐之处，两个人就一起笑；动情之处，两个人就一起哭。半夜时分小红来送银耳汤，还听见屋里窸窸窣窣的说话声。最后刘彩云到底撑不住躺下去了，高大脚也没有想起来交代高龄孕妇的那些注意事项。

时间定在中秋节。老大说既然我们文家都好事成双了，那就让大家听戏时也能赏赏月，而且普天同赏。倒是何万年那边不给面子，推脱说家里已经安排好了团聚，不便前往。后来老大说是不是可以让文珠回来一趟，人家那边也很干脆，说不行。

老大都快放下电话了，突然想起说："主要是老太太想见孙女……"

"我们这边也有老太爷！"何万年说完挂断了电话。

老大一阵惆怅。

八月十五那天，徐孃手下的一帮厨子早早就将前几天订好送上门来的食材分门别类整理好了,只等着伺候晚上的十个大桌。为了显得喜庆,文昌寿还安排人将戏台周围的飞檐、树枝上都挂上许多红色的小灯笼,顿时就感觉出特别的色彩和寓意来。

刘广黔、刘秀珍、刘承义,三个娃儿由高大脚和林家漪带着在园子里游玩,刘姥姥进大观园似的见着什么都新鲜,兴致很高。刘青云没事干,转了一圈哪儿都插不上手,正磨皮擦痒的时候刘彩云过来了,刘青云忙迎上去喊了声姐。

刘彩云说:"妈她们呢?"

刘青云说:"带着几个娃儿到处转呢。"

刘彩云说:"你怎么不去?"

刘青云说:"啊,我不是来过吗。姐,文珠怎么样?晚上能见着她吗?"

刘彩云像被什么东西蜇了一下。见刘青云一脸真诚,马上就想起了赤水河上"浪里白条"那一幕,而且后来文珠的一切他都不知道,不知者不为过。

昨天,刘彩云特意问过老大老何家到底来不来,老大支支吾吾反正最终没说明白。现在刘青云问起了,你说不能见着吧,人家肯定要问你个幺二三;你要说见得着吧,到时候见不着人家还要问。刘彩云干脆自己编了个说法,说亲家那边也是一摊子,估计脱不了身。

刘青云说:"那你告诉我个地点,明天我去看看她。"

这个话题看来真的是谈不下去了,会越扯越远不说,最后要是大家都因此不愉快了,那才叫多的事都出来了。既然是兄弟,刘彩云就直说了:"不要问为什么,反正你不能在文家人面前提文珠,特别是老太太那里,知道吗?"

刘青云说:"为什么啊?"

刘彩云说:"你看你,说好了不问为什么!"

刘青云憋了半天,说:"哦!"

3

晚上宴席的气氛相当好,大家为了云辉烧房这块在全世界都得到认可的金字招牌争相向老大敬酒。老大也来者不拒,只是特地找了个小酒盅,还跟人家说明主人家喝醉了下面的节目就少了乐趣,大家也认同他这个说法,都不计较。

不过是少喝一点酒而已。

正热闹的时候，文昌寿过来凑着老大的耳朵嘀咕，说是外面有人求见，还说告诉文老爷来人叫林家如就行。老大一听，赶紧起身随文昌寿朝大门奔去。

老大一把抓住林家如的手，十分高兴，说："你看你看！什么风把贵客吹到我这里来了？请请请！"

林家如有一点不自然，说："林家如不请自来，文老板不会怪罪吧？"

老大说："说什么话呢？高兴我还来不及呢！请请请！"

老大将林家如介绍给大家之后，把他安排在主桌上，就坐在刘青云旁边。

等到宴席差不多接近尾声了，小戏台上的打鼓佬们敲打出被称为"急急风"的锣鼓点子，直闹得大家心痒痒的。这是班主跟老大提的建议，说提早一点让客人们进入情绪，有利于提高大家的兴致。果然，大多数被茅台烧闹腾得脸红筋胀的客人都鼓起掌来，大声喊着："看戏看戏！"

老大让文昌寿安排好了坐在客厅里看戏的主桌，还专门留了一个座位给晚到的客人，关照文昌寿务必找到林家如。文昌寿在小戏台近旁的一张桌子边找到了林家如，把主人家的意思说了。林家如说谢谢主人家了，说今天要好好看戏，坐在这里看得更仔细。文昌寿就去回了话。

见客人都落了座，老大让徐子去通知班主开戏。

开场锣鼓之后，几个扮演小猴的演员刚刚出场，小舞台边上就跳上来一个人，只见他示意打鼓佬们暂停，然后来到舞台中间。大家一看，竟然是刚才老大介绍给大家认识的林家如。只见他从口袋里摸出一张纸条……

老大愣了一下，真还猜不出他要干什么，就等着看，大概会是别出心裁的祝贺之类的把戏吧？旋即又否定了，心想林家如不是这样的人啊！

蔡花蕾嗑着瓜子，问身边的大媳妇："你兄弟媳妇的哥？"

刘彩云也嗑着瓜子，说："是的。"

林家如举起手里的纸条，说："各位，对不住了！今天既然跟万国博览会的金牌有关，我想说两句，完了就下去。是这样，文先生这次带着茅台烧去上海之前，由于临时没那么多酒，就让他手下的徐子到我们正合烧房去借了大约五十瓶酒，连同他们云辉烧房的五十瓶一起带到美国去参加了万国博览会。这张纸条就是当时经办人徐子给我写的借据，上面清楚地写明是去参加展览用。也就是说，获得金奖的酒，云辉烧房和正合烧房一家一半……"

老大好像听明白了，还不明白的是这个老文家的远房亲戚怎么会用这样的方法在这里等着自己。他张着嘴巴半天不知道说话，也没有听清林家如后面说的什么，反正脑筋里面像是被蒙上了一层东西，蒙的。

只见林家如收起纸条，对打鼓佬们说了声"请开始"，便从小舞台上跳了下来，旁若无人地绕开摆放着瓜子、点心、水果和茶水的方桌，径直朝大门走去。打鼓佬们也听话，哐哐哐哐又敲打了起来，只是完全没了刚才的威风和气势。

文昌寿跑到老大跟前，见主人家还没回过神来，便压着嗓子喊了声"老爷"。

老大看看文昌寿，说："他最后说什么？"

文昌寿说："他说……他说金奖有他们一份是天经地义的！"

老大眨着眼睛，突然想起什么，赶紧往客厅跑，文昌寿紧随着。客厅里靠窗户的看戏主桌，一圈都是至爱亲朋，除了蔡花蕾平静一点，高大脚没弄明白怎么回事之外，刘彩云、刘青云都是灰头土脸的，林家漪更不用说了，鼻子不是鼻子眼不是眼的，眼泪跟着就下来了，还不敢出声。

老大瞅瞅窗外，小声说："林家如是林家如，跟别人没一点关系！安安心心看戏，安安心心看戏，哈！"

这时候徐子进来了，本来是来跟老大说情况的，一看这阵势，到了嘴边的话又咽了回去。

老大给他使了个眼色，便大步出门。徐子和文昌寿都跟了出去，三个人在大门回廊那盏汽灯下面停住。

老大头都没回，说："怎么回事？！"

徐子说："那天是他让我这么写的！我也不知道他会……"

老大说："就是去拿酒那天？"

徐子说："就是那天！"

老大说："怎么不跟我说一声？"

徐子说："我……我想借东西写借条，天经地义的事情啊！"

老大顿顿，说："那他是……早有打算啊！"

那天晚上，除了三个娃儿，刘家人都是在痛苦和惶惑中度过的。高大脚后来也知道了事情的原委，长吁短叹了一夜，说丢人都丢到省城来了，你让我们怎么去见人嘛!

还好,蔡花蕾没有当面发作,后来让小眼睛陪着去佛堂坐到后半夜,强迫自己把心思收回到《佛说阿弥陀经》上面,害得人家慧聪和慧能过来打探了好几次。

刘彩云就不用说了,在老大的反复劝慰下,虽说不哭了,也是睁着眼睛一直挨到天亮。

老大睡意全无,他把有关林家如的一切在脑筋里过了一遍,从最早应聘时的底气十足到借钱时的谦和恭敬,最后到小舞台上的振振有词。他还是没能看清楚这背后到底是一个什么样的灵魂,怎么就那么肆无忌惮地不管不顾了,真有点触目惊心的感觉,而且在你全无戒备的时候。

老大想起了《菜根谭》里面的那句话,"害人之心不可有,防人之心不可无"。要怪只能怪自己,古人的话明明白白都摆在那儿的,是你自己没用心记着。后来又想,天要下雨娘要嫁人的事情,这能怪谁? 就是一块金奖,生不带来死不带去,就算他有一份了,太阳依旧东边出来西边落。这么一想,没多久刘彩云就听见了枕头旁边已经十分习惯了的鼾声。

想归想,但是决不能让林家如有得来全不费工夫的感觉,那样的话,小人之术岂不是颠覆了君子之道?

刘青云撵回茅台镇,指着大舅子的鼻子开吼:"总之不要痴心妄想! 随便你来哪路,我刘青云都奉陪到底!"最后还放出了狠话,说总多不过人头落地吧? 那也不过碗大个疤!

林家如的脸白一阵红一阵的,反正这回不仅跟妹子和妹夫一家完全翻了脸,还连着有恩于自己的文家老大也得罪完了。索性把脸抹下来揣着,一纸诉状,跟云辉烧房打起了官司。

这期间,周世龙从日本发来电报,说是造纸机器已经装船,估计不久就能到达上海吴淞口码头。老大心想,这才是文家老大心里的头等大事,至于打官司的事情,他写了一封信给刘青云,让他全权处理,还说了三条要领,一是寸土不让,二是能拖多久就拖多久,三是一定要让居心叵测的林家如付出代价。自己则让徐子翻箱倒柜把那年用过的一张画着红圈的地图找出来,按图索骥地跟踪着造纸机器的行踪。

林家如的状子递到了仁怀县,虽然都民国五年了,依旧沿袭着县官办案的老路子。到任不久的县太爷把被告、原告后面的名字云辉烧房和正合烧房看清楚之后,马上判断这是一桩经济纠纷;再把林家如列举的理由读完,立马断定正合烧房有理。要不是师爷拦得快,朱笔已经落到了状纸上。

师爷说:"你老人家看清楚哦,被告是云辉烧房哦。"

县太爷举着朱笔,说:"咋个嘛?未必他还敢拦着本县断案不成?"

师爷说:"你老人家不急嘛,听我把话说完嘛。云辉烧房的老板是省城里面鼎鼎有名的首富,名叫文知辉。文知辉这个人……"

县太爷马上打断师爷的话头,说:"不忙不忙!文知辉?这个名字有点耳熟,是不是……省政府财政部那个……"

师爷也壮着胆子打断了县太爷一回,说:"对了,文部长!"

县太爷立马放下朱笔,说:"哦!哦!这个这个……这个情况是有点复杂哈?那……师爷你的意思嘞?"

师爷说:"我这都是为你老人家好,对不对?"

县太爷说:"看得出来,看得出来!"

师爷说:"云辉与正合是茅台镇烧房的两霸,得罪哪边都不合适。不批几个字嘞,人家说你不作为。那你老人家批几个字就是嘛,就写'此案牵涉甚广,还请省主席示下',完了嘛,几边都不得罪!"

"嗯,"县太爷看看师爷一直仰着的脸,说,"我也是这个意思嘞!"

4

大轮船到了吴淞口,周世龙便发来电报;从海轮卸船装上江轮了,又发来电报,时间一长,电报都存了一摞。按照周世龙电报的顺序,老大在地图上顺着找到相关地点,然后把这些地点用红笔连起来,心里就有了一组清晰的画面。

适合于长江航行的大江轮逆流而上,过无锡、镇江、铜陵、九江、武汉;入洞庭湖后,过岳阳,到常德;由这里进入湖南境内湘江之外的另一大水系——沅江。在常德换上再小一些的江轮,以适应沅江上游比较狭窄的水道,继续逆流而进。过桃源,走沅陵,最后在湘西小城凤凰上岸。大大小小几十个包装得严丝合缝的木箱堆积在凤凰城里的小码头上,小山一般,看热闹的百姓把小码头围得密不透风，人人都想知道这些箱子里到底装了些什么。

周世龙就地招募了一批农夫，将这些木箱绑扎结实之后，便开始朝贵州境内进发。小的12人一抬，大的24人一抬，最大的64人一抬，浩浩荡荡一支队伍，前后数里。逢山开路遇水搭桥就不用说了，遇上民房绕过不去的地方，跟房屋主人家讲好价钱，拆，走了之后主人家慢慢去修；路窄的地方踏着庄稼过，完了补偿人家损失的青苗。其中的艰辛不言而喻。

老大看着地图，有时候眼前竟会浮现出这支队伍跋山涉水的情景来。加上与周世龙往来的电报，支派这样安排那样，真有点大后方的将军对前方的千军万马运筹帷幄的意思。老大居然就生出些感慨来，别看只是虚拟，对于他这种不可能有这样经历的人来说，相当受用。

队伍经贵州境内的铜仁、江口、石阡、瓮安、开阳等地，历时两个多月，终于把全套的印刷机器蚂蚁搬家一样运到了贵阳红边门外。

抵达贵阳那天，老大亲自来到红边门候了有一个钟头，等他看见浩浩荡荡的队伍时，真的有了迎接打了胜仗的军队凯旋的那种骄傲和自豪。

那天，除了足额发放所有挑夫的工钱之外，还在东门外最大的一家馆子分两轮让四百多人敞开肚子吃了一顿。对于周先生以及他属下的五个帮手，老大在汉云楼的包间里一直看着六个人全部横着了，再让文昌寿就近找一家客店把六个人都安顿妥当之后才离开。

第二天，周世龙电报通知日本厂家在上海的办事机构，说设备已经抵达。十天之后，负责安装机器的两个日本师傅和五个上海师傅加上一个翻译就到了贵阳。日本人说连安装带调试运行，大概四十五天。

老大说："能不能快一点？"

日本人说："不能。"

老大说："怎么呢？"

日本人说："必须保证质量！"

老大事先问清楚了的，日本一竿子人马在贵阳期间的所有费用全部由老大出。既然人家说不，也不好再说什么，就干吧。狗日小日本的脑筋就是好用，除了工钱，连饭钱都要你出，而且在合同里面就写清楚了的，一毛不拔！

刚刚忙完这头，老大就接到实业部马副部长的电话，说是省主席很重视云辉跟正合两家的金奖之争。狗日的居然就闹到省主席这里来了！老大心想。马副部长转达了省主席的意思，说既然是为贵州争光的好事情，省主席希望事情能够商商量量地办，还说千万不要伤了和气。最后说了主席自己的意思，金奖两家都有份，为了公平起见，牌牌就保存在省政府，以资纪念。

老大一听就来气，说没有文家老大在旧金山怒掷茅台烧，别说你金牌，铁皮牌子都没有你的！于是跟马副部长说："我想想！"

其实，这几天空闲下来的时候老大也想过，谁叫你阴差阳错就只有五十瓶酒呢？也许这就是命。老大知道，你跟谁犟都可以，唯独不能跟命犟。再说林家如，他本来就是个小人！不是有这么句话吗？君子不跟小人一般见识。而且我这里要是一直抻着，刘青云那里肯定就死顶着，人家林家漪夹在中间受气嘛！那天晚上林家漪哭着还不敢出声的情景，着实让老大不忍。算啦，得饶人处且饶人，就当为了林家漪！

第二天，老大给马副部长去了电话，说我同意省主席的意见。

马副部长说："好好好，我这就跟省主席汇报去！"

老大放下电话，看着面前摊开的一张《申报》，一眼落在一条消息上，标题是"上海创办《新青年》杂志"，接着读下去，说有一个毕业于浙江"求是书院"的安徽人陈独秀，9月在上海创办《新青年》杂志，以进化论观点和个性解放为主要武器，高举起民主、科学两面大旗，大力提倡新道德、反对旧道德，提倡新文学、反对旧文学。

老大心想，现在的年轻人啊，狂妄得很，看什么都不顺眼。

在给刘青云的信里，老大把自己的想法如实说了，他希望刘青云理解自己的同时还请他善待林家漪。他说让女人服服帖帖不是男人的本事，如果能让女人在和男人的长相厮守中感觉到幸福，那样的男人才叫有本事。

后来刘青云回了信。说他尊重姐夫的想法，只是没法再跟林家如往来了，还用了西湖边上岳王墓前面对联中的句子，"正邪自古同冰炭"，以表明势不两立。老大就笑，说这个刘青云啊，肠子怎么直成这个样子？

5

接近年底了，从北方传来消息，说是大总统袁世凯正打算称帝。不要说老大，连刘彩云这种只负责相夫教子的角色都觉得有点可笑。费气巴力刚刚推翻了大清朝，人们也逐渐习惯了新军的后脑勺上没了辫子的那种造型，这又要改回去？那辫子一时半会也留不起来嘛！

老大说："辫子……都不说了，关键袁大总统不至于憨到如此田地嘛！明摆着天怨人怨的事情，吃多了撑的？"

大概袁世凯有袁世凯自己的道理，真就在1915年12月12日这天布告天下，宣布自己成为中华帝国皇帝，并决定改1916年为洪宪元年。

老大说完了，这回又不知道该着什么军跟什么军开打了。

果然，在京城名妓小凤仙的帮助下潜回云南的蔡锷连同唐继尧、李烈钧一起，于12月25日通电全国，反对洪宪皇帝复辟，同时宣布云南独立。

袁世凯签订"二十一条"卖国在先，中国人就已经同仇敌忾的了；这回又多出个倒行逆施的动作来，招致唾弃那是必然的。这回各省还有了辛亥年推翻大清朝的经验，于是纷纷响应，不仅成立了护国军，还四处筹款，从一开始就有了大干一场的准备。

贵州本来就是滇军的势力范围，这一次当然最早跳出来响应，摩拳擦掌不说，还四处筹措钱款，操练兵丁，一副随时开拔的架势。

打仗嘛，首先就要筹钱，没钱你拿什么打？从省主席办公室下来的筹款清单就摆在了财政部部长的办公桌上。按说国家兴亡，匹夫有责，老大当仁不让就该拿个大头。但是他心里对唐继尧在辛亥年的那个疙瘩始终没有解安逸的，砍杀一千多颗人头眼睛都不眨一下的人，你能说他是个好人？这样的人筹得了军饷你知道他还会不会再去滥杀无辜？老大决定放放再说。

没想晚上刚到家，省主席的电话就追到了家里。说希望身为政府要员的文先生能够同心同德，尽快完成三十万这个数字，以实际行动支援护国运动。你看，不但步步紧逼着，还给你先戴个帽子，那意思要凑不齐这个数就是不支持护国运动。文家老大那天的晚饭还能吃安逸吗？

思前想后一晚上，老大历数了自接手财政部部长以来发生在贵州的大事小事，好几回都是自己从家里拿银子来敷着，知道的人都说文家老大当官是奉命贴银子。有时候因此就解了地方之燃眉，倒也心情舒畅；也有不得已的时候，比如这次。

都二半夜了，老大还是睡不着，翻来覆去换姿势，不是枕头布皱了就是床哪儿不平，总之不安逸。刘彩云第二次被弄醒了，说有哪样事情你说出来嘛！憋起难受嘛！

老大说："唉！啧，我想懒球当这个部长了！"

刘彩云说："咋个嘛？"

老大说："不安逸！"

刘彩云说："那就不当，你又不差那口饭吃！"

老大说："岂止不差饭？倒贴，关键贴了钱你还不高兴嘞！"

刘彩云说："那还唉声叹气搞哪样喽？辞了官怕是身体还要好些哦，辞也辞得！"

老大说："那……我真就把这个贴钱的官辞了嘞？"

刘彩云说："大主意还要你自己拿，不然问问老太太？"

第二天一早，老大就把情况对蔡花蕾说了。蔡花蕾没马上回答，而是让小眼睛拿来个小茶盏，将自己每天必备的那一小壶湄潭翠芽倒了一小杯，让小眼睛给儿子端过去，然后才说："先喝口茶，完了慢慢说，哈！"

老大试了一口，随之一饮而尽，把茶盏放到身边的茶几上，说："小眼睛啊，随时盯着老太太的翠芽，差不多了就跟管家说。"

小眼睛说："知道了。"

蔡花蕾说："人啊，一心不能二用，这是老话。要说读书做官，那是你爹的思路。依我，读了书能把生意做好了，那也是本事。好多道理在你读过的那些书里面就说清楚了的，关键看你自家，是随着心情做生意嘞，还是仰人鼻息去做官。两头都想逮着，你就累。不知道我说清楚了没有？"

老大说："说清楚了。"

事情分出了青红皂白，按照思路走就是。老大先是拿出十万现大洋，然后布置手底下的人东奔西走，在十天之内完成了三十万的"任务"。将清单交给省主席的同时，还递交了辞职书。省主席十分诧异，老大便将自己投资办纸厂，以及生意头绪太多没办法再顾及公务的情况跟主席说了，省主席也知道这种天下雨娘嫁人的事情不便强求，而且人家还是完成"任务"在先，便遂了文家老大的心愿，还在汉云楼摆了三桌，算是好聚好散。

两副担子卸下一副，老大顿时感觉浑身轻松，走路都轻快了许多。

6

最终，老袁的皇帝梦也就做了八十三个晚上便寿终正寝，洪宪元年这个年号也只用了四个月不到。后来大家就敞着胆子说话，说那些满天飞的现大洋都印满了你老人家的头像了，还去多余搞那些想法干什么嘛？稳稳当当当你的大总统，花你的袁大头，不比现在好？人啊，很多时候输就输在想法多。当然，袁世凯要是知道后面这一切，估计也不会这么折腾。他看不穿！

"看不穿"是蔡花蕾打麻将时候的术语，说早知道伸手就是自摸么，就不会去碰上家打出来的牌了，看不穿！只不过蔡花蕾的"看不穿"顶多只是输钱，袁世凯的"看不穿"则输了命。

就这样，洪宪元年又改回到了民国五年。

1916年，文家注定要有几件大事发生。第一，纸厂即将开张，用周世龙的话说是解了西南几省之燃眉；第二，刘彩云分娩的日子大概在五月间，到时候弄璋弄瓦都是福，老来福；第三，文大同也该大学毕业了，文家头一个大学生学成归来，说是衣锦还乡也不为过。再加上老大辞官之后，没了原来那些杂七杂八的官差，心静了不说，体重还涨了几斤，脸上自然就有了些亮色，人人见了都说精神。

心情好的时候，日子过得就快。看着看着，纸厂的机器便一一安装调试到位，造纸原料也堆得料场小山似的，只等着剪彩开工。老大把日子定在农历的三月初六，清明节之后第三天，想的就是让阴阳相隔的老爹也跟着高兴高兴，这是他老人家愿意看到的事情。

该请的人都得请到，特别是财政部的那些旧属，免得人家说人走茶凉。为官这么些年下来，除了部属，老大就结交了实业部的马副部长这么个当官的朋友。虽然老马是因为一个什么亲戚在滇军里当个师长而坐上副部长这把交椅的，但是这个人骨子里厚道，为人谦和，加上办事公道，交道一多，老大就认了这个朋友。马副部长听说文部长那里有饭局，举着双手要过来，说是一定得尝尝万国博览会得了金奖的好东西。

还有一个人必须请的，那就是何万年。尽管老大知道对方拒绝的多，因为老大家的纸厂直接捣碎了何家宝兴货栈的纸张生意，生气还来不及呢。但是礼数要到位，总之不能让人家说闲话。规规整整的请柬已经派人送到了何家，等着看就是。

让文家所有人都目瞪口呆的事情发生在清明节那天。

前一天老大和文昌寿、徐子，还有李备去了一趟刀把镇，给老外婆和老外公把坟上了，还在老屋喝了一壶茶，照例吃了一碗辣子鸡面当午饭，完了就忙着往回赶。晚上差不多十点钟赶到了家。第二天又携家带口地前往百花山，将老爹的坟头打扫得干干净净，还用红漆把石碑上面的字填了一遍。直到蔡花蕾挑不出毛病了，这才燃起香蜡纸烛，先长后幼地给老太爷把头磕了。

一竿子人马正打算往回走，见远处来了一辆马车，大家也没在意。忽然之间一个女人就冒了出来，大家一看，居然是文珠，一家人顿时目瞪口呆。自从何家的花轿从文家大院把她接走，这是文家人第一次看到文珠。

一年多了，原来那个珠圆玉润的大家闺秀变了一个人，憔悴得让人心痛。一见着蔡花蕾，文珠扑通一下跪倒在地，眼泪如同断了线的珠子七颗八颗地往下滚，说不出一句话来。蔡花蕾哪里见得这个，还没抱着文珠就开始哭，那种悲恸的哭声老大有生以来是第一次听见。

问都不用问，人人都看得出来文珠这一年是怎么过来的。从她断断续续的诉说中，大家才知道文珠是趁着何万年家上坟的机会，瞅空说是要屙尿，偷偷跑出来的，半路上拦了一挂马车这才赶到了这里，身上连坐马车的钱都没有，还是到了这里文昌寿给的钱。

老大听不下去了，当机立断，让李备先把老太太和文珠送回去，什么话回去再说。文珠挣开大家，扑到老太爷坟前，连嚎啕带诉说："老太爷啊！孙女给你磕头了啊！！呜……"

其声之哀，让在场的人没有一个不流泪的。徐子更不用说了，捏着拳头在墓台地面的石板上乱砸一气，砰砰作响。老大赶紧让李备拉着，文珠眼下这一出就够自己受的了，徐子这里要是再闹出点什么动静来，相当于一个台子上同时唱两台戏，乱嘛。

清明节历来都是一家人有说有笑，吃点喝点，放松一下心情的踏青日子，没想碰上这么个事情，大家被笼罩在一片伤感之中。

回到家里，一家人围着个受了伤的女人，都想听听曾经那么矜持的一个大家闺秀的悲惨遭遇。老大心里惦记着徐子，生怕文珠的讲述过程会多一个往火堆里面添加干柴的角色，扫视一圈，果然就在窗户外面看见了徐子躲闪的身影。老大压低了声音对文昌寿说："你去让徐子躲着点儿！"

没想这句话让文珠听见了，哭着说："爹呀，我都这样了，你还让徐子哥躲什么躲？！"

老大还能说什么呢？心想既然如此，乱就乱这一回吧，就让徐子到屋里来，说那你就干脆正儿八经地听。

文珠悲悲切切地把自己嫁到何家之后的情况说了一遍。她这次冒着半路被何家抓回去的危险逃回来，就铁了心不再回去了。既然这样，讲故事的时候就要有所取舍，那些自己不在理上的事情就不说，被何家欺侮的内容尽量讲得仔细一些。这样一取一舍，文家人没有一个不义愤填膺的。特别是蔡花蕾，说岂有此理，天底下没有这样欺负人的！

文珠最后说："吃喝嫖赌已经就不是人干的事了，最近还抽上了大烟！"

老大历来反感鸦片，祸国殃民的货色。不要说看见，说都不能说，曾经明文规定在文家不允许任何人说起，任何人违反了，卷铺盖走人。

一听说这个，老大第一个拍着桌子吼道："何万年！何万年！何万年！！"在他心里，"子不教父之过"那是天经地义的事情。

文昌寿凑过来说："老爷，何家怕是很快会找上门来的，我们恐怕……"

老大大声道："让他来，我还正要找他去呢！"

文昌寿说："老爷，何家……是亲家！"

老大吼道："天底下有他这样的亲家吗？！"

果然，大约吃晚饭时刻何万年就找上了门。老大赶紧让大家各回各屋，这就算大干一场的准备。文昌寿把何万年带到客厅，便按照事先说好的退到了通往里屋的那道小门后面。

何万年站在椅子前面，狠狠地哼了一声。

老大也不含糊，用同样的声调回敬了一回。两个人怒目圆睁，剑拔弩张的架势。

自从老大以礼相待，给何万年发了两次请柬都被拒绝之后，因为女儿在人家家里，老大决定今后就敬而远之了，少来往。这回文珠居然跑回来了，原先心里一直憋得有些难受的隐忍突然之间烟消云散，顿时轻松了。加上文珠声情并茂这一通讲述，看来跟何家的这门亲事真的到了头。

文珠话里话外没说出来的潜台词就是不打算再回去了，老大一直就在琢磨这话怎么跟何家提出来。

从古到今都是男人一纸休书就把女人"休"了，真没见过女的提出来返回娘家的，没这个规矩。不要说男人还在，就是男人死了，女人也得在夫家守一辈子寡，在夫家伺候公婆家小一辈子。守寡守得好的，人家家族就给你立一个贞节牌坊，以示褒奖。其实是对女人的漠视和摧残。你若是心存他想，那就等着千夫指责吧。所以，老大站在情和理中间，一边是女儿一边是传统，取舍哪边都难。他想了，最理想的办法就是让老何家写一纸休书，名正言顺，对两边都好。

何万年呢？自从结了文家这门亲事，小两口不清不楚都不说了，大不了纳个妾也行。只是原先打算沾点光的想法一样没实现不说，文家竟然办起了大纸厂，最后还神经兮兮地辞了官，用鸡飞蛋打来描述何万年沮丧的心情是最恰当不过的了。就这样，文珠这小蹄子居然还敢跑！何万年踏上文家大门外面的台阶时真的是气不打一处来，鬼火戳得很。

先前文家老大送过来的两道请柬之所以编了托词，是因为那时老大还在财政部部长的位子上猫着，你不知道会在什么时候用得着别个。换个人，早就几闷棒打出门去了。现在老大没官没品的了，何万年这才会在人家客厅里摆出剑拔弩张的架势来。当然，主人家同样摆出剑拔弩张的架势，是何万年事先没有想到的。

这种情形下面，一定要有一个人先软下来。老大之所以把所有人都支走，就是怕出现这种情形时有人出来打圆场。

最终，是何万年先把顶着心口的那股气给抽了，整个人顿时松了下来。但是他想好了的，嘴上决不能松。他说："想不到你们老文家书香门第，也会出文珠这样的江湖乱！"

老大说："什么叫江湖乱？州官放了火，百姓点盏灯就叫江湖乱？"

何万年说："君臣父子还要不要？礼义廉耻还要不要？！"

老大说："要，但是要有前提！对于一个只知道打骂凌辱，吃喝嫖赌，甚至连大烟都敢抽的人，先要追问这个人和这个家庭的礼义廉耻在哪里！这叫因果！懂不？有你们这样欺负人的吗？啊，何万年？！"

何万年说:"你……好!好啊!你是有理无理先打一钉耙呀?文知辉,我还想问问你呢,有你们家这样嫁女儿的吗?哦,都嫁过来一年多了,她那心思就没一天在我儿子身上,听说还想着一个什么……"

老大一拍桌子:"胡说八道你!我当初就不该……"

何万年抢着说:"不该什么?后悔了?我们何家那才叫冤呢!我儿子以前多好的一个人,啊?可现在给弄得人不人,鬼不鬼的,我看着都心烦!都是这桩婚姻给害的!什么门当户对,什么好马配好鞍,呸!我真是瞎了眼了!"

老大说:"我才是瞎了眼呢!道不同,本来就不相为谋!"

何万年说:"行行行,我不跟你说这么多!文知辉,你必须把文珠给我送回去,不然……不然我丢不起这个人!"

老大说:"休想!"

何万年说:"你……你这是什么话?她既然进了我们何家的门,生就是何家的人,死也是何家的鬼!"

老大说:"文珠是我们老文家的女儿!今天既然回来了,就哪儿也不去了!"

何万年说:"你……"

老大说:"顶了天,我买你一纸休书!"

何万年说:"休书?"

老大说:"对,休书!"

一切都是话赶话赶出来的,连思考一下的时间都没有。老大起先还在发愁的"休书"二字就这么呼呼啦啦自己跑出来了,连何万年都吃了一惊。

何万年想想,说:"看来你是打算好了的呀!那我要是……要是不给呢?"

老大说:"那我……我就养她一辈子!"

何万年也横了,说:"好啊!你个文知辉!那我也告诉你,天黑之前,我要是见不到人,咱们……咱们法庭上见!"

老大说:"我奉陪!"

何万年气得不轻,声音都有些颤抖了,说:"你?!你你……好好好!那咱们……走着瞧!"

老大说:"不送!"

有个成语叫恼羞成怒,说的就是何万年目前的状况,只见他边退边说:"走着瞧！咱们走着瞧！！"

7

三月初六这天，蒙在造纸厂大门上面的一大块红布在轰鸣的爆竹以及鼎沸的人声中落了下来，出现在人们视线里的是"聚兴纸厂"四个大字。蔡花蕾虽然对老大投资兴办这个纸厂有自己的看法，还是照着文理渊的路子从1915年出版的《辞源》里找出了"聚兴"这两个字，并挥毫写在安徽泾县出产的一幅四尺整张的上等宣纸上。蔡花蕾是头一次写这么大的字，谈不上写得好不好，只要落款是蔡花蕾三个字就行，这是老大的原话。

过来"朝贺"的人很多，大家都想看看花几十万两银子办起的工厂究竟是个什么模样，当然也顺便吃文家一顿。大家喜欢赴老文家的宴席都是冲茅台烧来的，地道。原先人家喝云辉烧房的酒只是觉得好喝，喝多少都不上头；讲究一点的人才说得出入口绵醇、回味悠长之类文绉绉的词儿。自从在万国博览会上得了金奖，名声大振。大家再喝茅台烧时就多了个心思，想从中感觉一点得金奖的理由，进而弄清楚那些喝人血吃人肉的洋毛子们为什么对茅台烧同样也倍加喜爱。另外还有一点，那就是在老文家喝酒从来不受限制，只要你有量，人家管够。就凭这两条，让一些模棱两可的客人最终选择了来。

让刘彩云直到后半夜才迷迷糊糊睡着的原因不是纸厂，而是文大同即将归来。倒是说不上衣锦还乡，用荣归故里更贴切一些，刘彩云心里喜滋滋的。一个晚上文大同当年离开家时的模样就在刘彩云眼面前晃。

一只手摸着已经壮大成型的肚子，一只手拍拍背对着自己的老大，说："唉，一边是大学毕业的儿子，一边是即将出生的女儿，我真的有点不好意思嘞！"

老大说："啧！不是说好了的吗？还有，你怎么知道就是女儿呢？"

刘彩云说："那你意思还想再要个儿子喽？"

老大说："那有什么不好？"

刘彩云说："是没什么不好，反正是生出来才晓得。我是说见着文大同我会不好意思哦！"

老大说:"操这些心干什么?好不好意思都得见面,说不定他还会因为有了个兄弟而高兴呢。"

刘彩云说:"你的意思要是个妹子他就不高兴?"

老大说:"哎呀!你还要不要人睡觉哦?"

刘彩云让文昌寿特地安排来伺候自己的玉娟去门口问了三次,均没有文大同的消息。最后一次人家李备让玉娟告诉太太,说少爷回来了他一定最先让太太知道。

有时候惦记也很烦人,都不知道自己该做什么了,手足无措。躺下吧,不是那个点;坐着吧,无所事事,总之人难受。刘彩云突然想,就是儿子回来这么个事,充其量就是几年不见,不该这样坐立不安的嘞,莫非……还没有说出口的内容就被刘彩云呸呸呸地吐出去了,心里说想什么呢?都想出毛病来了。

她让玉娟到隔壁院去看看赵青梅在不在,在就请她过来说说话。

不一会儿赵青梅来了,两人不仅聊上了,还从赵青梅嘴里知道了文知礼准备再娶一房的消息,说是朋友给介绍了一个从良了的青楼女子。

刘彩云顿时瞪大了眼睛,说:"二叔倒是壮实哈,而且都不分人了!妈那里说得过去?"

赵青梅说:"他说了,三六九等都是人自己分出来的,只要喜欢,重新分一回就是。至于妈那里,他说他自有办法。但是,妈最终没同意。说天底下女人多的是,找一个青楼女子成何体统?给否了。"

刘彩云说:"啧!二叔啊,怎么一天到晚就剩下这一桩了?"

赵青梅说:"饱暖思淫欲,没办法。连柳月红那样的都不是他的下饭菜了。唉!都不知道文霏霏要是嫁了人,我该怎么过哦!"

刘彩云说:"千万别这么想,各人有各人的活法。文珠嫁出去那一段,我心里也不踏实,后来不也习惯了?没事的。"

正说着,李备跑来了,说:"太太嘞,少爷到了嘞!"

刘彩云一听,"噌"地站了起来,身上哪里还被扯了一下,就听她哎哟一声。赵青梅忙问怎么了,刘彩云说走走走!让玉娟和赵青梅扶着就往外奔,下楼梯时也不知道哪里来的劲,噔噔噔噔就到了一楼。

远远看见一个着学生装的人站在门廊那头,身边好像放着个皮箱,是的,就是那年带走的那个皮箱；另外还站着个人，侧着身子离"学生装"不远不近地站着，好像怕见人的样子。刘彩云只顾注意文大同去了，到了跟前，就听见文大同恭恭敬敬喊了一声妈，随后欠了欠身，以便让侧着身子的那个人亮给大家看。

文大同说："这是我太太，金雨天。"

刘彩云和赵青梅同时愣住了，金雨天？这名字怎么这么熟？

文大同的太太金雨天转过身来，刘彩云突然感到一阵眩晕，仿佛自己正从高高的悬崖上坠落下来，而且不是通常在梦里那种轻飘飘的感觉，而是像一坨石头那样的快速跌落，等她感觉接触到地面时，同时觉得屁股底下稀里哗啦一股热流，就听见赵青梅和玉娟惊叫唤，之后便什么也不知道了。

刘彩云早产了。

还好，不幸中的万幸是母子平安。

是喽，正如老大所愿，刘彩云为老文家又生了一个儿子。

后来才知道，被文大同称为太太的那个侧着身子站着的女人就是好花红，就是刘彩云和老大经常说起的那个金姑娘。

第十八章

1

金姑娘和文大同的话题，说来有点长。

文大同第一次见到金雨天是光绪三十二年（1906）的事情。那年老大给母亲做四十五岁的寿，在东门的新宅搭起一个小戏台，第一次请来了魏老板麾下的魏家班，金雨天就是魏家班的当家青衣，艺名好花红。文家提前给足了魏家班两天的包银，寿星蔡花蕾点的戏。第一天全本《龙凤呈祥》，白天演《甘露寺》，晚上演《回荆州》，好花红的孙尚香；第二天是正儿八经的祝寿戏《麻姑献寿》。文大同也跟着大人们看热闹来着，只不过一个十二岁的男娃儿对青衣根本没什么兴趣，倒是那些武出武进的扎靠登靴的武行让他产生了男孩大都会有的崇敬。而且好花红饰演的孙尚香装扮得花枝招展的，油彩掩盖下的本来面目文大同都没见过一眼。第二年老大过生，好花红又来文家演过《武家坡》，那天文大同答应了去同学家过生日，还跟刘彩云撒谎说老师喊排练诗歌朗诵，晚上开戏的时候压根儿没在家。所以，民国四年（1915）冬天文大同在上海见到金雨天时，完全可以说是第一次见面。

文大同到复旦公学的第二年就参加了他们中文系学生组织的剧社。按说他并没有这方面的兴趣，只是因为同寝室的一个好友特别钟情于戏剧，堪称戏剧爱好者，而且极力怂恿文大同，文大同不好驳了戏剧爱好者的面子，感觉闲着也是闲着，反正跟着一起玩，这就成了剧社一员。

大学里的剧社是干什么的？就是一帮子心怀小资情调的男女同学照着剧本在小舞台上无病呻吟地演绎他们还不完全理解的人生故事。另外，哪个戏园子来了个什么戏班准备演一出什么戏剧，在剧社通常是当天的头条新闻，而且争先恐后，否则显示不了其发烧程度。

民国三年（1914）的秋天，魏家班辗转到了上海。

自从光绪三十四年（1908）好花红在文家大院跟文家老大依依不舍地道了别，老大塞给她一百两银子，回来才看清楚，都是主要用作官库收捐纳税用的库平银，意思走遍天下都没得假。好花红的心就让文家老大给俘获了。那时候的戏班大都没有根据地，走到哪里演到哪里，视观众捧场的程度来决定在一个地方逗留的时间。魏家班也是由四川、云南这么绕到贵阳来的，一段时间之后卖不起座了还得走，有那么几十张嘴巴等着吃饭喽嘛。离开贵阳之前，好花红把老大给的库平银留一半在身边，其余的交给了爹妈。

魏家班先是在湖广一带徘徊，后来又去了福建，福建之后是浙江，在杭州演了一年多，最后到了上海。上海到底是大地方，报纸、广播、招贴海报、大幅广告什么都有，新消息随着风到处飘，很快便让文大同他们剧社的包打听知道了魏家班的情况。没说的，剧社全体成员人手一票都去了距离学校不远的那个戏园子。

剧社的人看戏跟票友看戏不一样。票友看戏主要是挑毛病来的，哪句唱腔的过门长度不够一点点，他们都听得出来，而且这种时候一定要来一个倒彩，以显示他们很在行；你真要是唱得好，他们也会不惜力气地扯着嗓子叫好，不论倒彩正彩都下力气，都认真。

而剧社这一帮子多是从表演角度来评价演员的，唱功不是他们评价的唯一范畴，因此他们叫好的基点和票友就不一样。就因为这点分歧，那天两拨人居然在剧场里面干了起来。

起因当然是好花红。魏家班初到上海，需要演一出有把握的戏拢住观众，便选定了《四郎探母》。这是一出生、旦唱功戏，人物不少，而且行当配置整齐，唱念安排得当，唱腔也耐听。特别是"坐宫"一场，几乎囊括了"西皮"的全部板式。通过板式的不断变化，很好地表现了铁镜公主和夫君杨延辉丰富的情感变化。据说当年慈禧太后为了渲染满汉一家，还亲自过问过这出戏的修改和演出。

好花红饰演铁镜公主。

那天，铁镜公主和杨延辉的对唱来到安逸的段落上时，只听见一声"好"，上海一帮子票友毫不吝惜就给出了热烈的掌声和叫好声。没想旁边剧社的年轻人正陶醉在好花红恰如其分的表演当中，突然被这爆出来的声音从中间掐成两半截，心里不高兴是肯定的。挨着上海票友的一个上海籍女同学用上海话说了句"吵死人哟"，没想就让对面一个票友认了真，马上几大句就回了过来。剧社这边的男同学哪里见得自家这边女生被几个"小瘪三"欺负？票友那边的同伴又哪里听得几个外乡口音的"小赤佬"在阿拉上海人的地盘上要横呢？于是，从口角到拳脚相加也就是两三分钟的事。最后要不是警察动作快，文大同和同寝室那个戏剧爱好者估计十天半月是出不了医院的。

文大同哪里打过架嘛？充其量跟刀把镇街上的男孩子对峙过几回，那也是小时候，多少年前的事情了。当上海票友跟剧社同学肢体直接干上了，估计文大同也只是那种拉架的角色。直到被人家劈头盖脸重重来了几拳之后，才如梦方醒般加入混战之中。有句老话说兔子急了也咬人，文大同就是只被惹急了的公兔。

这回出了祸事了。

等到魏老板带着好花红和几个戏班姐妹去医院看望受伤的大学生时，文大同两只眼睛的瘀血刚刚呈现出青紫色，很像媒体报道中说的一种在四川卧龙发现的体状似熊的动物，头上还横竖都缠了一圈白绷带。

好花红一看文大同的模样就想笑，憋了几回没憋住，最终还是笑了出来。本来就面容姣好的好花红这一笑平添了几分妩媚不说，在文大同看来还多了些在舞台上看不到的甜美。这种情况跟他们家老太太蔡花蕾当年第一次见着文理渊的感觉是一样的，心里面一咯噔。只不过文大同没有蔡花蕾那么放肆，没敢火辣辣地盯着人家对方看，而是低下了头。

好花红还以为文大同是因为自己的笑不高兴了，马上说："对不起！我没有取笑你的意思，只是……对不起哈！"

"哈"这个感叹助词是文大同来上海两年多了第一次听见，这个在家乡那边使用频率很高的字，好花红居然用得那么顺溜，那应该是同乡嘞，文大同心里又一咯噔。就凭这两咯噔，文大同记住了这个女戏子。

其实，魏老板他们可以不来医院的，又不是他们打了人。只不过初来乍到上海滩，头一场戏就出了这么个乱子，心里难免忐忑，加上听说被打住院的又是复旦公学的大学生，第二天消息还上了报纸。想想事情终归是在自己演出的戏园子发生的,还是去看看的好。早知道后来好花红居然会跟那个两只眼睛都是青紫色的家伙私奔,魏老板肠肝肚肺都悔青了,说那天怎么就神戳戳地去了医院嘛?还买了慰问品,慰问你妈个头啊!

2

就这样,二十郎当岁的文大同有生以来心里头第一次装了个女人。文大同他们学校的女生多的是嘛,从来就没有让他心里出现过咯噔的情况。和老太太比起来,文大同的恋爱起始年龄整整晚了四年。

还没等到眼睛周围的瘀青消散,文大同就迫不及待第二次踏进了那个戏园子的门槛。遵照戏剧爱好者的建议,文大同在花店买了一束玫瑰,黄色的,戏剧爱好者说这个颜色代表忠贞不贰。文大同说现在就说忠贞不贰是不是早了点?戏剧爱好者说你是不是感觉她在你心里很重?

文大同想想说:"呃!"

戏剧爱好者说:"那就对了嘛,就黄色了。"

就凭着眼睛一圈的青紫,那天跟着去医院的一个女戏子一眼就认出了文大同,当她知道文大同是来找好花红的,都掩饰不住一脸惊奇,说:"这就忠贞不贰了?!"

文大同有些尴尬,笑笑说:"哦,都晓得哈!"

文大同的意思是说都知道黄颜色代表忠贞不贰,女戏子则理解成了文大同对好花红忠贞不贰。人家都忠贞不贰了,女戏子就没有理由不带文大同去好花红的专用化妆间了。按规定是不允许的,因为好些乱子都出在专用化妆间里面。

好花红的彩妆刚刚化了一半,另外一半是那种粉嘟嘟的底彩,眉毛不是眉毛眼睛不是眼睛的,一般这种时候都不愿意外人看见,不完整、不靓丽嘛。一眼看到文大同手里的"忠贞不贰",好花红真的有些诧异。心想这种关系顶多送一束红玫瑰表示"热烈的爱"就到头了,怎么就忠贞不贰上了。当然,好花红还是彬彬有礼地和文大同说了几句不冷不热的话,便请文大同到前面看戏去了。

见识了戏里戏外的好花红,包括半彩半粉的妆,这让情感问题还没有一点经验可言的文大同害起了相思。

每天同样的时间同样的地点,一束"忠贞不贰"一定会出现在好花红的化妆台上。整整半个月,一天不落。这种情况好花红见得多了,大多都是想来占女戏子便宜的男人,一点不奇怪。奇怪的是由于《四郎探母》受追捧,半个月里天天都演这个戏,文大同居然就这么连着看了半个月。到后来竟然把铁镜公主连同杨延辉的唱段全都记了个滚瓜烂熟,居然在剧社排戏休息时,老生、青衣的自己跟自己唱了起来,而且还有模有样的,居然也能博得同学们的掌声。为此,文大同突发奇想,准备请好花红来剧社和同学们交流交流戏剧心得,说是顺便也教教自己。你看,典型的爱屋及乌!

对于这种痴情但又规矩的男人,好花红真是第一次遇见。想想也就答应了同学们的邀请。

那天,文大同唱戏真的是唱安逸了,跟在好花红后面亦步亦趋不说,不对头的地方人家好花红还把着手教,这使得文大同的心脏忽快忽慢的,脸色也跟着一阵红来一阵白。那个戏剧爱好者不知道从哪里借来个照相机,闪光灯"砰"的一声爆亮时,把好花红和文大同都吓了一跳。

还别说,好花红由此对文大同有了全新的认识,完全不是那种拈花惹草的角色。那时候大学生不多,凤毛麟角。好花红也不想拒绝和这样的优秀分子交往的机会,这就有了由文大同提出来的第一次约会。

那时候戏子的社会地位低得很,动辄受人欺负,不拿你当回事,很多有了点名气的女戏子最后都沦为人家的玩偶。一些有想法的女戏子不愿意这样被人糟践,都盼望着能有一段幸福美满的婚姻,并借此跳出梨园行这个火坑。好花红也一样,要不那年给文家老大当妾她都愿意?就是认准了老大真诚豁达的为人。一晃眼多少年过去了,这种四海为家的漂泊没个头不说,你还不知道文家老大那边是个什么情况。所以,当受到另外一个男人真情相待的时候,你要说好花红心里没一点活动,那是绝不可能的。

约会比较简单,文大同就近找了一家咖啡馆,要了些点心什么的,平平淡淡的感觉。唯一吸引眼球的是一束跟之前一模一样的黄玫瑰。

好花红笑了,说:"看来你就认准了忠贞不贰。"

文大同说:"我也不懂,就是那天照相那个同学教的。对了,这是那天的照片。"

好花红接过照片，见照片里的自己正那么专注地把着文大同的手教授，都有些不好意思起来，很快将照片递了回去。

文大同说："这是送你的。"

好花红说："哦，谢谢哈！"

文大同嗫嚅着，说："呃……呵呵……好花红应该不是你的名字吧？"

好花红说："对呀，我姓金，叫金雨天，好花红是师父取的艺名。"

文大同说："哦，跟他们说的一样。"

好花红说："怎么，你们还喜欢背后议论别人？"

文大同说："不是不是……嘿，不应该哈！"

好花红笑了，说："只是听他们叫你大同，应该还有个姓嘛？"

文大同说："当然，我叫文大同，文化那个文。"

好花红说："哦。咦，上次好像你说过你家也在贵阳？"

文大同说："是啊。"

好花红说："东门也有一家姓文的，你……认识吗？"

文大同说："那就是我家呀！"

好花红心里一紧，说："那……文家老大是你什么人？"

文大同说："我爹啊！"

好花红脑袋轰地一热，一阵眩晕。

文大同急忙问："怎么了？"

好花红试着稳稳情绪，艰难地咽了一口唾沫，端起小桌上的咖啡杯子就喝，却被呛了一下，"噗"地一口喷了出去，星星点点地溅了文大同一脸一身。边咳嗽边从包里找出张手绢递给文大同，示意让文大同擦。文大同接过来擦着，说："你没事吧？"

好花红说："我有点不舒服，先走了！"

没等文大同开口，好花红起身就走，绕过那些桌椅板凳时还被磕绊了几下。被丢下的文大同用眼睛追随着好花红踉跄的身影，使劲回忆刚才究竟是在什么问题上惹着了人家。

3

好花红万没想到让自己动了心弦的这个男人居然是文家老大的儿。哎呀，千里迢迢之外居然还是没离开文家在自己心里已经开始淡去的那根心弦，而且不偏不倚！莫非……好花红都不想去假设自己无法把控的诸如前世姻缘之类的虚玄暗示，更不想总有一天三头对六面时去做那些说都说不清楚的解释。趁着现在八字的一撇还没下笔，哪怕文大同的真情实意已经打动了自己，就此搁笔还不算晚。

就这样，好花红跟戏班的几个小师妹都打了招呼，说不论什么理由，她都不想再见到那个拿黄玫瑰的大学生。

不行啊，这种不知所以的拒绝搁谁都是不能接受的，至少你要让人家知道理由。

好花红不是没想过，这种仅仅因为人家是父子就拒绝爱情的说法好像有点牵强，关键经不起推敲。人家要是问你跟他爹怎么了嘛，怎么说？说没怎么吧，人家会说那你就是自作多情；要说怎么了吧，不就是在灯光昏暗的门廊里抱了一回？不要说外国了，就是在上海滩，这种情况人家也只当是一种礼节，说明不了任何问题。

心结，就是心灵上面的一个小疙瘩，说也说不清看也看不见，很多时候还不好意思表述，怕人家笑话。所以好花红干脆不说，随你们怎么想。

这就为难文大同了，没有缘由的不辞而别对于一个头回恋爱的适龄男青年来说，其打击力度是可想而知的。之后文大同连着好几天捧着黄色玫瑰去戏园子，都被戏班的人拒之门外，虽然能够在台下远远看着人家依旧娴熟地唱念做打，但是心里面毛毡毡的，完全不是滋味。

终于，文大同因为相思起不来床了。先是说喉咙那儿难受，后来就发起烧来，睡了睡了还说梦话，低一声高一声的，内容肯定都跟好花红有关，由同屋的几个同学轮流招呼着。戏剧爱好者实在看不下去了，心想路见不平也出一回手！便独自来到戏园子，到后台说是要见好花红。人家见他手里没有玫瑰花什么的，也还文文静静，估计闹不出什么乱子，就让他进去了。

戏剧爱好者见到好花红的第一句话，说："你起码要让人家文大同知道是为什么吧？人家为此病了好几天了，水米不沾牙呢，也不知道能撑多久！"说完转身就走。

"水米不沾牙"以下的内容是戏剧爱好者现编的，这让好花红为之一动，而且戏剧爱好者转身就走的效果还真的有了些作用，搞得好花红那天居然就忘词了，让上海的票友们喝了一回倒彩。

那天晚上，好花红闭上眼睛就看见文大同，闭上眼睛又看见文大同，辗转反侧了大半夜，最后睡着了也不踏实，梦中见到的还是文大同。

第二天，好花红一大早匆匆来到学校，好不容易打听到中文系文大同所在的班级，人家正在上课。好花红在窗户那儿一露头，好几个剧社的同学都认识这个来辅导过他们的戏子。好容易挨到下了课，一说情况，就有人自告奋勇带着客人来到文大同的寝室。

那早上负责值守的戏剧爱好者一见好花红，朝角上一张床铺指指，一句话没说便离开了，还轻轻带上了门。

屋子里就剩下一男一女两个人。

好花红来到文大同床前，文大同正睡得昏昏沉沉的，蓬乱的头发四处参差着，一块小白毛巾搭在额头上，旁边的桌子上堆着好些白色黄色药片。好花红的眼睛一下子落在病人露在被子外面的那只手上，她认出了文大同手里的那张手绢。想起来了，那天喷咖啡时塞给文大同擦脸的。

好花红极力控制着自己，捏在一起的两只手微微有些发抖。突然，文大同咳嗽起来，一阵强似一阵。好花红赶紧上前，俯身用手在文大同胸口部位由上而下捋着顺着，直到他喉管里面的痰咳出来。文大同迷糊着眼睛，"嗯嗯"地示意要吐痰，好花红这儿那儿找了找，最后打算扯出文大同手里的手绢去接着。没想文大同下意识抓紧了手绢，而且有些不乐意，用力睁眼想说什么的模样，等他看清了好花红的面孔时，竟然一下咽了那口痰，一把抓住好花红的手，眼睛里的泪水夺眶而出，还发出了"嘤嘤嘤嘤"的声音。

哎呀，人家好花红的心当然也是肉长的嘛，一把抓住文大同伸过来的手，把憋了一晚上的泪水一股脑儿倒了出来。接下来两个人自然而然就抱在了一起，都敞开心扉哭，直哭得把那张手绢擦得没一点干地方。

之后，好花红隐瞒了多年前跟文家老大相拥的那一段，她感觉不让对方知道或许人家还少一个心理障碍，就说自己只是觉得年龄不合适，所以那天才那样。一问，果然好花红大着四岁。也是人家文大同恋爱心切，这才没有去细究好花红编造的那些漏洞百出的理由。

文大同说："不要说年龄大，就是……就是……不是说女大三抱金砖吗？多大一点更好！"

你看，都痴成这样了，人家好花红还能说什么呢？离开了老的又遇上了小的，绕都绕不开！也许这就是命。不是说了吗，跟什么犟都可以，人唯独不能跟命犟。你就当那年在门廊里的拥抱是一种礼节，是一次祝福。

如果决定要和文大同，那就必须了断前缘，而且必须在文大同毕业回贵阳之前就让生米成为熟饭。不是怕文大同会怎么样，是怕文家老大因为面子上下不来而出现波折。反正自己心里坦荡荡，不论自己和不和文大同好，老文家这两爷子终归有一个要被伤害。跟眼面前这个意气风发的年轻人相比，当爹的终归要成熟一些，其受伤害肯定就轻，要不人家都说姜是老的辣？不论生活经验还是抗打击能力。

当然，这一切都必须建立在爱情这个永恒的命题之上。

好花红扪心问过自己好几回了，说你到底爱不爱文大同？结论都是肯定的。就这样，好花红和文大同商量之后，决定于民国五年（1916）的三月结婚，这个时间距离文大同大学毕业还有一个月。

好花红心平气和地跟魏老板说了情况，魏老板差点把桌子都掀翻了。忆苦思甜般数落来数落去，从收了好花红家亲戚的两封点心，一直说到去医院看望大学生买的慰问品，眼泪水都被自己说出来了。见好花红除了内疚还是内疚的表情，知道事已至此，再没有挽回的可能了，便提出能否帮助他一些钱物，以弥补角儿离去带来的亏空。那年月能这样就饶了一个女戏子，魏老板已经就是个大好人了。好花红二话没说，把身边能够找到的银票和现大洋全都给了魏老板，总之够戏班大半年花销的。

文大同和好花红的婚礼是在他们租来的一个弄堂里的一间房子里举行的，前来捧场的客人除了文大同的同学就是好花红的姐妹。也一拜天地二拜高堂地沾点老规矩的边，只不过既没有父母之命，也不是媒妁之言。二拜高堂那一段索性就冲两把空椅子行礼就完了。他们听说南方还有更离谱的，说只要两个人合心意，两张单人床并到一起就算结婚了。

那天晚上，好花红跟文大同讲，说从今天起，请称呼她金雨天。

4

本来，文大同打算写信把结婚的事情告诉爹妈的，后来是金雨天说还是当面告知要规矩一些，这才把两个人的秘密一直保持到见到刘彩云的那一刻。

当然，两个人万没有想到刘彩云居然会是六甲之身，而且会因此早产。等李备载着产婆子的马车匆匆赶来时，娃儿已经落到赵青梅手里了。还好母子平安喽，否则会给人添一辈子的乱嘞！金雨天想。

老大是让李备的马车从聚兴纸厂热闹的现场直接拉走的。一路上听李备说了个大概，就想知道事情的来龙去脉，火急火燎的，说怎么会见着文大同就那什么了？李备说我就知道刚才给你讲的那些情况，至于怎么就那什么了，我也不知道。

回到家里，老大在自己卧室见到了事件的当事人。刘彩云产后那些相关事宜已经由产婆子处理停当了，刚才乱麻麻的现场也被丫鬟们打扫得干干净净的。刘彩云头上缠着块花布，看上去有点虚弱，一个小男孩静静地躺在她的枕头旁边。蔡花蕾坐在挨着小男孩近的那边，喜滋滋地盯着这个刚投生的幼小生命，小眼睛和玉娟还在忙着最后收尾的一些杂事。

老大几步奔过去，一脸焦虑，说："怎么会？"

蔡花蕾说："怎么会？到点了他就该出来了，怎么会！来，过来看看你儿子，呵呵呵呵！"

老大很久没见过这么娇柔的嫩娃儿了，那么纤细，那么稚弱。他用手轻轻碰了一下孩子的脸，比新鲜的水豆花密实一点，劲大一点就会碰散了那种感觉。他知道在老太太跟前一些事情不能问，那就问能问的，说："不是说大同回来了吗？人呢？"

蔡花蕾看看儿子，说："你还是不见的好。"

老大说："怎么呢？不是说还带回来一个媳妇吗？"

蔡花蕾说："是喽，问题就出在这个媳妇身上。"

老大说："怎么呢，见不得公婆？"

蔡花蕾说："嘿！那倒不。还相反，不是一般地见得公婆。只是……你们两个出去一下。"

小眼睛和玉娟退了出去。

蔡花蕾说:"想想其实也没什么,就看你怎么看。一开始我也是万万没想到,当然现在我还是万万没想到!只不过我已经问清楚了,人家两个已经在上海拜过天地的了。就是说……不论我们怎么想,都必须面对这个事实。"

老大还是没有听出个头绪来,就说:"总不会是个妖怪嘛?"

这时小眼睛进来通报,说是少爷和少奶奶想过来看看老太太和太太。

蔡花蕾说:"叫他们进来就是。老大,这回你自家看,哈!"

一直没有开口的刘彩云生怕老大跟自己一样也出现个什么状况,便抢着说:"说破无妨哈,老大。大同带回来的媳妇就是唱戏的那个金姑娘!"

老大扭头看看刘彩云,那表情好像没听懂人家说的话似的,只见刘彩云点点头,说:"要不我哪里会早产嘛!"

这时,老大听见了儿子他们进来的声音,脸扭过来时眼睛扫过文大同,直接停在金雨天脸上。哎哟!还是那张曾经那么熟悉的面孔,只是比当年多了些成熟,如果美丽可以用分数来计算,眼前的金姑娘无疑要被多加好几分。

文大同说:"爹!"

金雨天垂着眼睑,身子微微一屈,轻轻喊了声:"爹!"

文家老大心头突然一紧,真的,要不是刘彩云及时打了"预防针",他真不知道自己会弄出个什么情况来。既然人家都叫了爹了,而且他看见文大同脸上是那种全然不知原委的表情,再看看依旧低头垂目的金姑娘,心想大概人家早就把今天这个场面估计在心里了的。尽管有些难堪,老大还是"嗯"了一声,算是做了回答,紧跟着转身出了屋子。

短暂的沉默之后,还是心无旁骛的文大同先说话。他说:"真的不知道母亲会生个小弟弟,要不然我们一定会从上海带些礼物给他的。"

蔡花蕾也看出了文大同真不知道他爹跟好花红的那点掌故,就说:"也好哈,从今往后二门都用不着出就能听戏了,也好也好!"

文大同说:"就是就是,雨天唱戏那是没说的,哪天给老太太和母亲唱两段听听。"

金雨天无话可说,只能跟随着文大同的话赔个笑脸。刘彩云依旧绷着个脸,总之脑筋里面那个弯还没转过来,加上是这种情况生下来的娃儿,奶自然都给吓回去了，正焦心呢，所以没个好脸色。正好，徐孃带着刚刚找到的奶妈进来了，刘彩云像见到了救星，撑起了半边身子。

徐孃说："来之前就让她换了干净衣服过来的，刚才在下面我又帮她擦了奶子的，是不是现在就喂小少爷？"

正说着，刚才还在睡梦中的小婴儿叫了一声，接着就哭起来。

蔡花蕾笑了，说："狗日他知道饭来了？赶紧喽赶紧喽！"

等到玉娟领着奶妈抱着孩子去了临时收拾出来的房间，文大同和金雨天也告辞走了，屋子里就剩下了蔡花蕾和刘彩云。

蔡花蕾说："彩云啊，你也别太那个什么了。人啊，祸福都是命里带着的，谁跟谁，那都是命。茅台镇卖酒的不只你们一家吧？有大酒缸的也不只你们一家吧？那老大怎么偏偏就落到你们家的大酒缸里呢？那就是命！命里面的东西你千万不要跟它犟，这个道理不用我说。想想你们家儿子幸福满满那样子，你们都应该高兴才对。装，你也要装成高兴的样子！长辈嘛，哪有见着儿子结了婚还愁眉苦脸的？你去跟你丈夫说，千万不要让人家新媳妇低看了咱们文家，哈！小眼睛，走。"

刘彩云是第一次听见老婆婆叫她彩云，心里就一热，等老婆婆的话说完了，刘彩云的眼睛也湿润了。人啊，有时候就朝着一边扭着想，所谓当局者迷，一定要有一个旁观者来点一点，聪明人一点就醒。是嘞，人家金姑娘都绑在你们家了，老的错过了，小的居然就接住了，这不是命是什么？真就是命！刘彩云这么一想，立马觉得胃里面怎么空落落的，拿起床头的小铃铛摇了几下，不一会儿玉娟就来了。

刘彩云说："玉娟啊，刚才让她们拿走的银耳汤让她们再拿回来，看看再要点点心什么的！"

玉娟说："哦。"

就为这事，连平时见了老大都尽量躲着的文知礼也拿老大开涮。那天兄弟两个见着，文知礼就说，真没想到呃，什么好东西都紧着自己家的人哈！连女人也……老大，我真是头一回见着！

老大怒目相视，喝道："我要是骂你两句吧，你又是我兄弟！不骂吧，你又是那种欠骂的货！"

文知礼就是专门过来气人的，见达到目的了，就说："行行，你不要瞪那么大眼睛，我还是回我们那边小园子去！"

十天之后，由文家老大出面，在汉云楼的一个包间里摆了一桌。金雨天家爹妈还有三个弟妹聚集一堂，加上老大、文大同、金雨天和文珠，一桌还差一个。还在月子里的刘彩云特地让老大带话过来，说是改天再来陪亲家公和亲家母，请大家吃好喝好。

金雨天终于雨过天晴，脸上开始有了笑意。但是她从老大脸上的笑容里面看得出来他心上的疙瘩并没有解开，等到大家都喝得脸红耳热的时候，瞅着老大起身去茅房的机会，借故跟了出去。

在老大回来的半路上，金雨天假装偶然遇见的样子拦住了"老公公"。这个招数金雨天很在行，天天在戏台上演绎的戏剧里面，经常都有这样假装偶遇的段落。

老大用询问的目光看着这个"儿媳妇"。

金雨天在想怎么称呼人家。叫爹吧，下面要说的内容就会让人觉得别扭、难堪；叫文家大爷之类吧，眼面前的身份同样让人别扭、难堪，干脆什么也不叫，直接说事。

金雨天说："假如我不是在上海偶然遇见了大同，假如文大同不是你们文家的儿子，假如我硬着心肠拒绝了文大同，假如我……"

老大抬手制止了金雨天，眼睛越过儿媳妇看着前方，说："还是老太太说得对，命里面的东西你不要跟它罾。我相信你能给文大同带来幸福，这是做爹妈的都愿意看到的。人要是能够摆脱命运，那就不是人了，既然这样，我认！另外，感谢你没有对文大同说。"

老大说完，绕开金雨天，走了。

金雨天转身看着老大的背影，心想我确实没有看错人。人心只要是端正的，干什么事情他都会让你觉得坦坦荡荡。

回到饭桌上的老大给亲家讲了一个情况，说虽然娃儿们按照新风尚在上海自行把婚结了，回到家里还是要按照家里的老规矩再办一回的。否则亲戚朋友一个都不知道，将来生个一男半女的，说出去人家要笑话。

老大说："我们家老太太决定把日子定在这个月底，三月二十八，不知道二位有什么意见没有？"

金雨天的爹说:"就按老太太说的,好得很哦!"

老大说:"那就请两位算一下你们家那边需要多少桌,到时候按照你们的数字准备好就是。"

金雨天的爹说:"要得要得!哎呀,真是的,麻烦你们家了嘛!"

老大说:"不用客气。"

对了,还有个事情要说。老大坚持要蔡花蕾给小儿子取名字,这回她老人家也懒得去翻什么《辞源》了,说这小子真是我们老文家的一个惊喜嘞。怀上是个惊喜,生下来也是个惊喜,所以这名字里面不能少了个喜字。还有,大家都知道当年老太爷给文大同取名字的时候,并没有按照什么字辈,那是老太爷。现在既然让我来说,我觉得中国人的这个字辈还是有点道理的。既然是文大同的兄弟,那就叫文……大……喜,怎么样?

老大说:"什么怎么样?老太太说了就算数嘞!"

文珠急了,说:"按照老太太这个说法,那我的名字不是要叫文大珠啊?难听死了!"

蔡花蕾笑了,说:"我只管你们家老太爷没顾上的。凡是老太爷亲自定夺的,比如文珠的名字,照旧,哈!"

5

聚兴纸厂开张之后,周世涛被正式任命为副厂长,就是因为纸厂这边事情单纯一点,只要生产出合格的纸张就行。书局那边就要麻烦些,除了印刷这一摊子,你还得在纸厂生产出东西之前兼顾着从广东进纸。所以,老大让周世龙回了书局。

自从日本人把经过验收的设备交给了以周世龙为代表的厂方,经过两个月的运行,生产出来的纸张均达到合同要求,老大便按照合同条款将剩余的十万银圆付给了日本厂家。最后结算下来,总共花费按银圆计算六十一万差一点,大数六十一万,比初期预算的五十五万多了百分之十还多一点。老大接受这个差异,没有超过他在心里给自己划的底线。

"很好!"老大在和周世龙、周世涛谈起这个事情的时候说,"接下来就看你们的了，总之尽快生产出合格的纸张。解不解西南之燃眉倒是其次，主要能够尽快断了广东采购纸张这一条，我觉得就是个大成功。"

说这番话是在老大为纸厂通过验收而举行的庆功宴席上。那天周家两兄弟也喝到了位置，都拍着胸口说话，还说了马到功成、万死不辞之类的话。

三月二十六，也就是聚兴纸厂开张之后第十六天的上午，还在家里和刘彩云欣赏文大喜千般可爱的老大突然接到周世涛火急火燎的电话，说是机器出了故障，请老板赶紧过去看看。六十多万现大洋的买卖嘞，文家老大最大的一笔投资，开张还不到一个月，故障？老大立马叫上徐子和李备，马不停蹄赶到了纸厂。

周世龙当然也被他兄弟紧急叫了过来，大家围着机器一角正面面相觑呢，一见老大来了，赶紧闪开一条路，让老大一眼就看见已经断成两半截的一个零部件，死泱泱窝在一堆错综复杂的机器边上。

老大急了，喝道："怎么回事？！"

周世龙一脸惶惑，他都不知道该从什么地方跟老大说起。因为断裂部位有比较明显的旧裂痕，而且经过周世龙带到日本去的一路跟着安装、调试的几个技术人员观察，发现断裂部件外表的油漆下面居然有其他颜色的旧油漆痕迹，也就是说，文家老大花了六十万大洋千里迢迢买回来的这一大堆机器，基本可以断定被日本人做了手脚——以旧充新！准确一点，应该是以残次品充新。

老大也跟周世龙一样，一脸惶惑，说："这个……这个这个……怎么可以嘛，嗯？！这不是等于卖一些发不出芽的谷种给农民？这不等于用茅台烧的瓶子装了水卖给人家？或者把白石头当成盐巴卖给老百姓吗？伤天害理嘛！！这就是日本人干的事情？！还……还好意思吃的喝的都让我们出？！咦！！！"

周世龙都找不到什么恰当的语言来安慰眼前这个伤心且愤怒的男人。他已经意识到，从这一刻开始，又一条漫长的路这就在自己面前铺展开了。艰难不怕，让人揪心的是路跟路不一样。购买设备的路是在不断朝着成功方向艰难前行的路；而现在，一条扯皮的路看不到边际不说，你还不知道最终会是个什么结果，吉凶未卜。想到这里，眼泪不知不觉顺着周世龙脸上那些沟壑流了下来。这让包括老大在内的所有人都愣住了，这个曾经没日没夜、不知疲倦、里里外外、四处奔波的男人，眨眼之间下巴上的胡须被染上了一层霜色，在上午充足的光线下面显得格外刺眼，斑斑驳驳。

老大也不知道身体里面哪儿痛了一下，一把抓住周世龙的手，说："世龙，不急哈！什么事情都有个解决办法的，咱们也好好看看合同。我就不相信哪一头都被他们日本人抓着！一定会有办法的，千万不要急坏了身子，世龙！李备，你送周经理回去休息，过了这几天再说。不急！"

在和徐子往回走的路上，老大交代说这件事不能让家里任何人知道，还说要是早点知道会出这样的事，就该把文大同他们的酒席往后推。现在好，请柬都发出去了，只能硬着头皮死撑。

"唉！！"文家老大五味杂陈，重重地、长长地叹了一口气。

徐子说："老爷其实不必自责，就如同买了假谷种的农民，他们唯一的错误就是自己没办法分辨孰真孰假。假如每个农民都必须具备分辨真假的能力才能生存，那农民们就不必种地了，起来造反就是！"

老大看看徐子，说："我在想……日本人这是怎么了，一个丧失了起码的道德标准的民族，最终吃亏的应该是他们自己嘞！"

徐子说："所以老爷不必自责，大少爷跟金姑娘的婚事少不得你和太太，节骨眼上保重身体才是大事情！"

老大再看看徐子，想说什么，最终没说出来。

6

不论心情多么糟糕，老大也得打起精神来应付儿子成亲这样的家族大事。还好，有文昌寿和徐子两个能干的帮手，把里面外面的事情打理得规规矩矩，自己只需在家里动动嘴巴就行。纸厂那边周世龙已经通知日本厂家在上海的办事处，让他们尽快派人来修理。同时他也在积极收集整理相关材料，该照相的照相，该取证的取证，准备讨个说法。加上刘彩云恢复得不错，襁褓之中的文大喜总归给人以新的希望，这就让老大在大日子到来之前平复了许多。

三月二十八这天，徐孃她们那一坨几天前就把该预备的都预备齐了，还临时请了一些打下手的短工，反正厨房那一片到处都是新砌的炉灶和锅碗瓢盆，看上去乱麻麻的，只是一切都在按部就班。

今年七十九岁的徐孃是文家的老人了，从刀把镇就干起的，看着老大从生下来一步一步到了今天，是文家用人里面唯一一个跟着蔡花蕾直呼老大的人。自从决定把酒席摆在家里，老大赋予重托般亲自跟徐孃说了"拜托"两个字之后，今天是第二次来找徐孃。一来跟徐孃说了三十桌这个数字，二来告诉徐孃提前给佛堂的两个师父做几样可靠的素食，免得人家闻着满院子的肉香心里难受。

徐孃说："好的，其实老大没必要专门跑一趟，让徐子或者别的人过来说一声就行。"

老大说："别人可以让他们来，你老人家我是一定要专门过来说一声的，辛苦徐孃了！"

徐孃笑了，说："哎呀！要得要得。你就放心去应酬前边，这里有徐孃呢！"

酒席其实就是个借口。平常难得走动的三亲六戚、四方朋友，借着谁家成亲呀，生子呀，或者白喜事等等事情，大家就有了聚在一起的理由，吃一顿喝一顿。其间便由着性子家长里短、人情世故、海阔天空地浑管说，即便出了格，说了点不利于团结的话人家也不会怪罪，酒话嘛，哪里有什么尺度呢？如果席间再有点大家都感兴趣的话题，比如茅台烧在万国博览会的金奖之类，那这顿酒席的客人必定就乐见其成，还不用说文家在周围团转的口碑了。

所以，从第一波客人开始，老大连喝口水的机会都没有，忙完一波又一波。其中有两个客人是老大觉得挺有意思的。一个叫王顺，遵义乡下一个租种着文家田地的农民，据他自己讲是听人家说文家有喜事，特地从遵义赶过来的。进门时左手抱着两条用稻草包扎成棍状的鸡蛋，右手拎着一挂腊肉。徐子把他领到老大跟前，老大不认识，便问："你是……"

王顺说："哎哟，给文老爷贺喜喽！我是遵义王家坪的佃户，晓得文家公子的喜事就扑爬跟斗地赶来喽，文家对我们有恩惠，哪个都要来给文老爷朝贺一回哦！"

老大说："哦哦，你叫什么名字？"

王顺说："三横一扁担，王；川页顺，王顺。"

老大说："这么说你认字？"

王顺说："啧！好多年前，文家老太爷给过我们书读，还请先生教过我们。"

老大说："哦！文老太爷？那……不是《三字经》，就是《菜根谭》喽？"

王顺说："咦，你啷个晓得嘞？"

老大说："怎么样，现在认识多少字了？"

王顺说："不多不多，平常间有人求到帮人家写封家书，逢年过节写个对子。但是我有个儿子，等他长大了一定比我扎劲。我让他好生读书，二天肯定比我有出息嘛！"

老大说："那一定，一定！哈哈哈哈！"

王顺说："所以我爹说，文家对我们有恩惠！"

老大说："你爹也认识字？"

王顺说："他不认识。不过他说你们家老太爷去过我们家，他还给文家两爷子弄过一回辣子鸡吃！"

老大一怔，马上想起了那年被跳蚤咬得一身疙瘩的情景，他有些激动，说："你爹是不是叫王……王福？"

王顺说："耶！你又啷个晓得嘞？"

老大说："你是不是你们家长子？"

王顺说："哎呀！啷个你都晓得嘞？"

老大说："你晓得不，那年就是我和我爹去的你们家。那时候你还在你娘的肚子里嘞！哈哈哈哈！"

王顺也跟着笑，说："哎哟哎哟！真的哇？"

这时，外面传来抑扬顿挫的唱名声："省政府社会处帮办蔡晓波到！"

老大说："哎呀哎呀，王顺啊，你先去里面歇着，晚上记着多喝几杯，有空我还要找你说话，啊！"

王顺说："好嘛好嘛！还……还吃酒啊？那啷个好嘞？"

直到徐子带着他到了院子，只恨眼睛不够用的王顺还在念叨："那啷个好嘞！那啷个好嘞！"

第二个有意思的人就是这个蔡晓波。说是护国战争时来丰汇盐号取过六万两银子，老大想起来了，那时候是有一个姓蔡的黔军副官来办理的手续。

蔡晓波说："听说先生已经辞去了官钱局局长的职位？"

老大说："什么官钱局？用的都是我们文家的私房钱，不干啦！"

蔡晓波说："一心一意做书局？好！听说贵书局最近要出民国版的《桐埜诗集》？"

老大说："哦，蔡帮办消息快呀！这么说，蔡帮办也喜欢周渔璜？"

蔡晓波说："喜欢不敢说，景仰！学生每日必翻《康熙字典》，孰能不知其编撰之一的周公渔璜？"

老大说："哎呀，那你肯定知道，当年康熙皇帝问过文渊阁大学士陈廷敬，说当今天下的诗人数谁最好……"

蔡晓波抢着说："陈廷敬回答，非周载公莫属！"

老大在军政府待了那么些时候，真还是第一次得见对家乡贤士这么上心的官员，很高兴，便说："哎呀，难得蔡先生对家乡的文化这么上心！只是今天不是说话的日子，改日，改日我们找个清静地方……再叙？"

蔡晓波说："行行，那就让晚辈来安排。"

老大说："谁安排都行。不过我记下了，《桐埜诗集》一出来，我就让人给蔡先生送一套过去。"

蔡晓波说："买，我买！"

老大说："就凭跟蔡先生说话这么投机，买字就免了。您既然说我一心一意做书局，那就把咱们的见面礼改成送书？届时还请蔡先生笑纳哦！"

蔡晓波说："晚辈不敢当啊！不过……既然文先生开了尊口，那我这里先谢过前辈了！"

这时候，唱名声再起："三十五军马师长到！"

老大说："那……蔡帮办去喝杯喜酒？"

蔡晓波说："一定，一定！现在的贵阳啊，无席不茅台啊，得喝！"

看着蔡晓波的背影，老大对刚进来的文昌寿说："说出淤泥而不染，我看这位蔡先生就是。这年月，难得呀！"

文昌寿虽然不知道老大这是在表扬谁，还是顺着应了一声，然后才说："说是一个师长，姓马。"

老大想想，说："师长？谁请的？"

文昌寿说："不知道。"

见了人才知道，马师长就是当年在后台偎着人家好花红不走的那个团长马一平。升官了，只是毛病还没改，到哪儿都带着几个马弁，这回还多了个副官模样的，杵在那儿让人见了就觉得扎眼睛。

马一平一抱拳，说："嘿哟！文家老大，还认识咱们不？"

老大说："忘了谁也不能忘了你们当兵的呀！"

马一平说："我听你们家二爷说了，说是当年那个女戏子最终没跑出你们文家人的手？哈哈哈哈！是这样，马某受新任省主席之托，前来恭贺志喜。恭喜啦！哈哈哈哈！"

老大被平白无故呛这么一下，心里不舒服，说："您刚才说……受省主席之托，可文某跟新来的省主席并不认识啊！"

马一平说："知道您不认识，但是人家认识您哪，都知道文家是咱们地方上的大户，这大户人家的喜酒，那得喝，不喝都不礼貌，您说呢？"

老大说："啊，只怕是堂堂师长……不会就为了这口喜酒吧？"

马一平说："嘿！到底是大户人家，人家懂得起！"

老大说："既然这样，那就请马师长打开天窗……咱们说亮话吧。"

马一平说："痛快！老大既然喜欢听亮话，那咱们就说亮话。正好两个事情，还请老大鼎力相助。"

老大说："马师长还真是无事不登三宝殿呢！"

马一平说："是！这不走马换帅了吗，新政伊始啊，地方经济就是维系一方福祉的基石。你们书局乃地方用纸大户，本着保护地方财税之原则，希望老大不要远道外埠去采购纸张，舍近求远嘛。肥水都不流外人的田呢，更何况还……"

老大抬手打断对方，说："马师长……"

站在马一平身边的副官一下拔出驳壳枪指着老大，喝道："嘿嘿嘿！老头，我们师长最烦的就是别人打断他说话，知道不？"

一时间剑拔弩张，听见动静进来的人很多，有文家人，也有客人。徐子赶紧上前护着老大，喝道："干什么呢？这是文家！"

副官上前一步用枪顶着徐子，吼道："文家他妈怎么啦？！"

徐子也往前顶，毫不示弱："你开一枪我看看！"

马一平说："放肆！"

老大照例也喊着自家人，副官和徐子都退了回去，这叫一个回合。看这架势，人家应该是有备而来，如果这样，可能这仅仅是开场锣鼓哦，老大心里想。

马一平说："老大，别跟当兵的一般见识，啊。"

老大说："兵嘛，历来这样，见过！我刚才正要说，马师长大概不知道，我们文家有造纸厂了，而且是大纸厂！"

马一平说："哦，不是说机器出了毛病，停产了吗？"

老大一怔，心里说这回对上榫卯了，何万年那老小子！知道他迟早会有动作的，只是不知道他会选择这样的时间和这样的地点，够狠嘞！既然都接上火了，那就只能继续往前走，老大说："马师长，您这一趟……何家给了多少现大洋？"

马一平一愣，说："啊……啊？呵呵，呵呵呵呵，哈哈哈哈！老大既然这么直来直去，我也就不打绕张了！拿人钱财替人消灾，不论黑道白道，都算是一条规矩吧？"

老大说："马师长，凡事都有个先来后到应该也听说过吧？我们最近在广东买了一批纸，就这几天到货。总不能让我们把广东便宜的纸退了，再去买本地不便宜的纸吧？您觉得呢？"

马一平说："哟！呵呵呵呵，这么说……文家老大不给面子？"

老大说："马师长，这还真不是面子的事儿，是做生意！"

马一平看看表，咧起了嘴："啧啧啧啧啧！老大果然是见过世面的人，说话办事一板一眼，好！"

老大说："马师长，如果都说清楚了，欢迎弟兄们去尝尝文家的得了金奖的好酒，大户人家的酒，管够！"

马一平笑了，说："好啊！不过呢，您等我喝了这碗茶好吗？正经的湄潭翠芽，真地道！"

就在这当儿，外面突然传来"老大！老大"的喊声，紧跟着周世龙满头大汗地跑了进来。老大看看马一平，故意端着，说："周经理这是怎么了？急个什么！"

周世龙看一眼当兵的，把老大拉到一边，说："刚才，负责押运纸张的魏老大快马来报，说我们从广东进的那批纸不知被什么军队扣在了龙里驿站！"

老大说："军队？！"

周世龙说："领头的就丢下一句话，说回去告诉你们老板去！"

"告诉老板去？告诉……"老大突然悟过来，扭脸盯着马一平。马一平那里马上返回过来的目光里明显带着一点得意之色。

老大说:"马师长!"

马一平说:"啊!"

老大说:"该不会……"

马一平说:"您说呢?"

不知道什么时候进来的文大同胸前交叉挂着红绸,中间一朵红花,铁青着脸说:"爹,就是他们干的!"

马一平说:"对啦!哈哈哈哈!这位就是少爷吧?恭喜啊!看看,大户人家里头也有不糊涂的。是,军人有军人的办法。老话说敬酒不吃,这他妈就是罚酒!"

老大猛然喝道:"你混蛋!!"

副官连同四个马弁同时架起了枪,枪机弄得稀里哗啦响,一齐指向文家老大。老大也被顶上火了,指着胸脯喊道:"有种你朝这儿来!"

副官咬牙切齿地喊:"你以为老子不敢?!"

屋子里一下乱了,外面不知道情况的想涌进来,里面被吓着了的想冲出去,一片尖叫,一片混乱……气毒了的老大不管不顾地往前冲,文大同和徐子使劲拉着;一堆人涌过来,另外一堆人又攮过去……

"啪——"的一声,副官手中的枪响了,屋顶有碎片和尘土落下来……

谁都没有见过在别人家里舞刀弄枪搞出这么大动静的,马一平趁机喊了一声:"行啦!"

人们僵在了原地。

马一平说:"文老爷,我们也是读过书的人,知道这先礼后兵的道理。都说得那么清楚了,没人听,对吧?迫不得已,那只有动粗啦!"

老大喊道:"我……我找你们省主席去!!"

"这他妈就是省主席定的!"马一平针尖对麦芒,说,"还有第二条呢,本届政府当务之急就是尽早发行地方货币,这钞票……就定在你们书局印啦!"

老大愤怒难平,说:"我……我要是不印呢?!"

马一平笑笑,四处看看,说:"您信不信?我就把你们这儿的水……都打出火来!!走!"

几个马弁跟在马一平后面扬长而去。

老大挣扎着,怒火满腔,吼道:"土匪!土匪!!!"

第十九章

1

那天晚上,何万年接到马一平的副官打来的电话,说是事情办妥了,让何会长把原先说好的"另外一半"送过去,何万年马上让手下人把一万现大洋送到马一平新娶的姨太太家里。

其实,何万年没指望文渊书局会买宝兴货栈的纸张,就是让姓马的帮着出一口恶气。虽然花了点钱,背地里何万年也骂丘八不要脸,贪得无厌什么的。跟在文家闹出那样的动静相比,值。顶多你就想成在庙里捐了一个大一些的山门,那不也是花钱?

最早何万年真想跟文家老大打一次官司的,气不过嘛!就算你们家姑娘被我们家儿子欺负了,那也没有跑回家去就扎下根的道理啊!几千年的老规矩,随便你们文家到哪里去说,道理肯定都在何家这边。

冷静下来的时候又一想,就凭省里面首富和省商会会长这两块响当当的牌牌,官司打起来肯定就轰轰烈烈,家喻户晓的。真要闹得个家喻了户晓了,人家会说你们老何家连个儿媳妇都守不住,同样也是丢人现眼的事情嘞。还有,事情真要闹到那个份上去,再想回头那就难了。就算是打赢了官司,儿媳妇回到何家,两边心头都是疙瘩,见个面都来气,哪里还谈得上过日子?再者说,文家老大到底是地方一尊佛,真要到了不可收拾的田地,总感觉是自己给自己断了一条路。只要是路,你最好不要自己给堵上,万一哪天想走的时候它终究是条路不是?所以思前想后一圈下来,觉得这官司还是不打的好。

但是,眼面前被人家欺负的感觉也挺窝火!特别是在小辈子面前颜面全无，那几天找一帮子黑道上的人打上门去的心都有。加上聚兴纸厂开业这种无异于断绝自己家财路的行径，何万年决心要教训教训文知辉，不然以后人家都敢跑到你家大门口来整泡屎！

何万年是在一个什么官员纳妾的酒席上遇见马一平的，原先双方都知道，只是一个经商一个行伍，没打过交道。何万年审视着这位一脸霸气的地方军师长，心想这一带如果还有人敢跟文家老大横，这位就应该是。试探一下，没想马一平一提起文家老大就想起那年看戏跟好花红的那一档子事来，都不用挑拨离间，人家直接就说那老小子该教训教训了。当然，马一平还会说手下的弟兄们也很辛苦之类的话。何万年也是明白人，直接在酒桌下面伸出两个指头晃晃。

马师长低头看看，说："啊，至于多少千多少万，具体的我的副官会找你。找个什么事情下手，你说，用个什么办法，我来。"

后来，跟马一平的副官又见过几回面，最终把数字、事情、办法都推敲清楚了，只等由头。直等到老大为儿子举行家宴。马一平说这好，说又是结婚又是在家里，这回一定要让老小子好好喝一壶。

确实，这一壶真的让文家难受了好久不说，还恶心人。明知道吃粮拿饷的兵干了匪的勾当，还没地方说理去。找关系申请见省主席吧，人家一听说是文家和军队的扯皮事情，就推脱说政府不便插手私人恩怨直接就给推了。反而搞得文家老大又多生一回气。

两个娃儿就争着把事情往各人身上揽。文珠说都怪自己不该从何家跑回来；文大同就说其实可以不用再办一回酒席的。只有老大闷着头不说话，因为他心里最清楚，前因后果都是因自己而起，怪不得别人。

蔡花蕾就劝他，说："人来到这世间啊，就是来吃苦受罪的，不要说你，唐僧该是从不招惹是非嘛，还有孙猴子这样神通广大的几个徒弟护着，照样要经过九九八十一难。你就给自己数着吧，还早。"

刘彩云也来安慰，说："想那么多干什么？都四十岁了还平白无故添个丁，这种心想事成的好事不是哪家都能摊上的，这把年纪上应该说是大福气了。再者说，何家就是编着故事要让我们家难受，你要是不难受，传过去就该他们家难受了。"

老大看着刘彩云，刘彩云说："不对？"

老大说:"都像你这么想,天底下早就太平无事了。"

刘彩云说:"是嘞,天下本无事,庸人自扰之!"

老大说:"你意思我是庸人?"

刘彩云说:"你看你看,柱自文家老太爷还是教书先生,自扰是庸人,你要是不自扰呢?何万年便成了庸人。我说清楚了吧?"

老大说:"哎呀!九九八十一难,就是真的来了妖精,那文家就会有七十二变的孙猴子嘞!"

刘彩云说:"哦!你不是说何万年花钱雇的他们吗,我们是被气了一回,他何万年不也蚀了财吗?两边都有损失,是吧?"

老大说:"咦!没发现你能说会道嘛。"

刘彩云说:"能说会道?应该是能文能武哦,忘了那年你是怎么从酒缸里面出来的了?"

老大终于笑了,说:"是嘞,一身的武艺只是后来没有机会展示而已。"

刘彩云说:"对头!还有嘞,一天到晚想这些破事会把正经事情都耽误了。你比如……你家儿子总不能就这么成天守着媳妇吧?"

老大说:"那当然,已经想好了的,就让他去书局。而且我还跟周世涛说好了,让他去干眼面前最打脑壳的事情,采办纸张、发运书籍。"

2

纸厂的机器设备一出问题,周世龙和周世涛的工作又调了回来,周世龙去纸厂,周世涛又回到了书局。老大没有给儿子弄个一官半职,而是让他从书局最基础的事情干起。他跟周世涛说了,什么环节有事情都可以让文大同去干,包括搬东西扫地。

周世涛当然不会让文大同去搬东西扫地,只是把纸厂停产后纸张对于书局的重要性给文大同细说了一遍,让文大同顿时就感觉到了紧迫。周世涛安排文大同跟着先前负责纸张和发运的师傅,让他尽快熟悉工作,打算开辟几条除了广东之外的进货渠道,以防备再次出现缺纸爽约的情况。

文大同的性格说起来既随老大也随刘彩云,遗传了两个人的优点。有主见，不盲从，认准什么事情不会轻易改变，一定要分个子丑寅卯出来不可。再说人家是大学生，看的书都是厚本厚本的，书看多了知道的东西就多，脑筋里面装的东西多了混在一起互相挨着挤着，时间长了就会把那些有用的东西磨砺得越来越好，脑筋就好用。跟着师傅跑了两次广东，第三次外出文大同就要独自去湖南湖北。家里大人不放心，无论如何让书局的一个伙计跟了去。

临别时金雨天千叮咛万嘱咐，让注意这注意那，说是快要当爹的人了，凡事多想想家里的老人妻小，干什么都要三思而后行，不要让家里人担心，天阴下雨，饥寒冷暖都要自己小心等等。文大同静静听着，嘴不说但心想，到底是大了四岁的老婆，就是有大四岁的模样。

走的那天早上，文珠也来送行，站在门口挥挥手，说哥放心，我会陪着嫂子的。文大同也挥挥手，突然感觉两兄妹怎么就差了那么远，在婚姻上一个天一个地，"悲欢离合"四个字就分别体现在亲亲的兄妹身上，老天爷就是这么编排人生故事的吗？文大同的眼睛在人堆里找，最终没有看见徐子的身影。

文珠是回到了家，但老大当着蔡花蕾以及刘彩云的面宣布，严格禁止文珠与未婚男子来往，说授受不亲不说，你总不能让何家拿了把柄去。而且就因为知道了小眼睛对徐子的那点心思，便征得蔡花蕾同意，安排小眼睛空隙时间也伺候伺候文珠。

老大其实打心里瞧不上自己的这个决定，这是拿人家小眼睛的情感不当回事。好在徐子自己有了明确的态度在先，这也算是没有办法的办法，总比出现点情况再闹得沸沸扬扬的强，两害相权取其轻。

小眼睛当然明白老爷的用意，她后来知道了玉娟把自己跟徐子的那点故事一传十十传百的经过。作为蔡花蕾的贴身丫鬟，主人家很多事都不回避她。发生在大小姐身上的那些故事即便她没有亲自听大小姐说，起码也从老爷和太太跟老太太说话的时候听过。小眼睛十分同情大小姐，金枝玉叶一个千金小姐，因为心里爱上了一个人，就受了那么多本不该她受的罪，说起来也够苦够累。即便现在回到家里了，老爷还让自己捎带着个眼睛，严防死守的意思。

老爷也是，想这么多干什么？小眼睛不会用"处心积虑"这个词。她并没有因为徐子的最终拒绝而记恨徐子，小眼睛觉得那是人家徐子哥的自由，也许人家就这么不着边际地思念着、向往着大小姐就是一种幸福呢？那也是人家自己愿意。反正自己的意思徐子哥已经知道了，这就够了，或许他也会有回心转意的一天呢？直到上坟那天看见大小姐失魂落魄地从男人家逃回来，小眼睛心里真的失落了一回。等到后来听了大小姐讲述的一切，又从心底同情起这个女人来。后来她也看见过徐子偷偷和大小姐见面的情景，只不过她没有跟任何人说，包括蔡花蕾。

对于徐子而言，目前这样的情况还能说什么？就凭能天天见着文珠，他觉得每天给老爷磕一百个响头都愿意。那天老爷对何万年的义正词严，徐子都看在眼里的，让他感动了好几天。其实都不用老爷交代，徐子知道自己什么可以干什么不可以干。心里痛快了，干什么事情都欢实卖力，在大院里徐子也尽可能回避与文珠见面，尽管心里很想，但你不能辜负人家老爷嘛。

文珠终于有了一段还算平静的生活。自从喜欢上徐子的那天起，文珠的日子就再没有平静过。人啊，你要是由着性子让她去感受，去体验，去爱，说不定中间随便有个什么情况就会了结了两个人本来就比较朦胧的那点意思；但是，如果有人跳出来横加干涉，特别是在衣食无忧的环境中，没有生存压力的当事人会觉得特别不安逸，两个人的事情凭什么要别人来说行还是不行？原来可有可无的那点情况现在还非得做出点模样来给你们看看不可，死都可以！文珠就是这种。

在何家最初的一段日子里，何子豪几次三番地要行夫妻之礼，文珠个死舅子不干，最后何子豪采取强硬手段总算是弄了那么几回，不过每次应该都是乱五乱六的，总之没人配合，所以不规范，肯定就谈不上尽兴。一气之下，何子豪当真就纳了个妾，就在文珠原先屋子隔壁。每天晚上那点动静不要说文珠了，满院子都听得见。连何万年都听不下去了，让老婆过来说过，何子豪还有道理，说是就是要让隔壁那个贱人难受难受，故意的！

所以，文珠一年多之后回到家里，身体全然没有变化，离开家那年什么样子现在还什么样子。虽然爹说的"授受不亲"是文珠特别反感的，但是现如今的身份已经不能跟出嫁之前相提并论了，何况爹还为自己跟何家闹成了惊天动地的模样，因此，该收敛时还得收敛，这还没有算上经常能见着徐子哥的愉悦。

记得回来之后第一次单独和徐子在院子里碰见，文珠脸上立马泛起了潮红，让她那张灰白了一年多的脸上又有了些青春颜色。正要开口，只见徐子将食指压在嘴唇上，然后投以一瞥一往情深的注目，浅浅一笑便匆匆离去。文珠就觉得这已经很受用了，她看见了徐子从脸颊一直蔓延到脖子根的红色，像是喝了酒一样。人要学会知足，比起在何家的那些日子，现在两个人都能红着脸见上一面了，这不是幸福是什么？

蔡花蕾为文珠的事情也自责，说早知道会是现在这么一个结果么，当初就遂了孙女的心愿了。下人有什么？人家徐子总是自己看着一点点长起来的，老实可靠不说，还知根知底。要不是那年老外婆嫌人家身子骨单薄，孙子都当成了的。看嘛，和大儿媳妇的想法一样。

自从金雨天从文大同那里知道了文珠婚姻的来龙去脉之后，当然也对这个妹妹报以了充分同情。总是找理由跟文珠说话，高兴的时候还会小声唱两句听上去让人高兴的那种唱段，以排遣妹子的惆怅，文珠心里也很感激，要不文大同走那天文珠会说陪着嫂子那些话？

现在文珠有事做了，得空就往刘彩云屋里跑，只要奶妈不喂奶，就抱着小兄弟文大喜横过来竖过去的，爱不释手。刘彩云看着很心疼，原本就该她抱着这样一个自己亲生的孩子的，还不敢讲，只能偷偷难过。

也许是名字起得好，文大喜这娃儿一逗一个笑，虽然不是大笑，也够可人的了。文珠说了，说等我兄弟断了奶，一定要让他跟我好好睡几天，免得过不了瘾。

奶妈说："怕姐姐管不了他哦，晚上不老实，蹬被子。"

文珠说："那我就找根绳子将被子拴在他腰上，看他怎么蹬！"

刘彩云说："耶，是嘞，还是姐姐有办法哈。"

文珠说："以后我要是生一个就这么办！谁知道……我还能不能生哦？"

奶妈说："姐姐说得笑人哦，哪有不能生娃儿的道理哦？"

文珠顿时无语，看看奶妈，再看看刘彩云，把文大喜交给奶妈，头也不回地出了房间。

奶妈看着文珠的背影，小心问道："我说错什么了吗，太太？"

刘彩云连忙说："没有没有！大概她突然想起了什么事情，呃！"

3

打从费气巴力建立起来的纸厂出了问题，老大第一次怀疑起自己的决策能力来。到底是出于理性还是冲动，以至于让自己投入这么多银子的工厂陷于停顿？这个问题折磨了他好长时间。周世龙当然一而再再而三地说都怪他，没有在货物的各个环节上把好关，致使陷入目前的窘境。

客观说，如果检查下来的最后结论是日本人以次充好，那还真怪不得人家周经理。人家忙前忙后，辛辛苦苦是有目共睹的。功劳现在都不说了，苦劳那是比书局任何一个人都多。

换一个思路来推论，就说要改变西南三省纸张短缺的状况必须建纸厂，要建纸厂就必须买设备，要买设备最近的机器制造厂家就只有日本，日本最有名气的厂家就是现在供应设备的这家工厂，而买设备没有说必须刮开油漆看看是新是旧的道理的，完全凭的是诚信。至于日本人就能卖出这样的东西来，一说明他们不讲诚信，二说明他们轻视中国，压根没拿中国人当回子事。如果这就是推论出来的必然顺序和结果，那再返回到起点，问一问自己为什么会产生打算改变西南三省纸张短缺状况的冲动？这就回到了书局，回到了办书局的那个初衷，就是要圆老太爷为天下人送书的那个梦想。

想为天下人送书错了吗？想办书局错了吗？想把书局做大错了吗？想改变西南三省纸张短缺的状况错了吗？都没有错，错就错在日本人不讲究诚信。

后来，由上海赶来的印刷业及机器制造业等方面的五位专家通过鉴定，"日本人以次充好"这个结论最终被确定下来。

当老大得到这个结果时，说不出高兴还是不高兴。按理该高兴，确定了日本人的责任，总算给了人家周世龙一个交代，免得里外不好做人，这回可以一心一意准备材料跟日本人扯皮去了；同时又高兴不起来，这么大一摊东西终归半死不活躺在那里，完全跟自己的初衷背道而驰，花钱、费力、不讨好！这三个词放在一堆很讨厌的，只会让人倍感沮丧。

这样的结果能让人高兴吗？还不能说，特别是刘彩云，一说老大就急，说都这样了，你以为我愿意？！

老大真想放一回手，什么都不管，一个人跑到深山老林找个寺庙之类的地方去住上它一段时间。黔灵山的弘福寺还不行，离人群太近，每天烧香拜佛的人络绎不绝，闹得很。

就在这时，刘青云写来一封信，说是姐夫如果走得开，务必来茅台镇一趟，没说什么事情。

老大心想，这个刘青云嘞，好几回了，都是自己头绪正在乱麻麻的时候写信过来，也不说什么事。正好喽，管他什么事，去了再说。

依旧叫上徐子和李备，三个人第二天一早就上了路。

按照老大的性子，在不知道什么事情的情况下心里会急，那就免不了催着快马加鞭地往前赶。这回恰恰不，老大让李备信马由缰在山川田园间徜徉，坐累了索性还下车来走走，面朝高天来一回深呼吸，把前些时候积聚的秽气统统吐出去，把带着草香的空气置换进来。真还管用，老大顿时觉得畅快了许多。

徐子在老大身后不远的地方跟着，不时捡一坨石头用力投向远方，惊得几只叫不出名的鸟儿四处飞散，一看就是心无旁骛的人。

老大说："徐子啊，干脆我们搬到乡村来算了。"

徐子说："好啊。"

老大说："难怪人家五柳先生辞官后会选择桃花源，当然喽，安逸嘛！'方宅十余亩，草屋八九间，榆柳荫后檐，桃李满堂前'，种点瓜瓜豆豆，喝点高粱小酒，没有任何烦心事；有感觉的时候写一篇文章或来一首绝句，没有感觉的时候就干点农活，锄草、间苗。啧！真是仙人过的日子！"

徐子说："就是。陶渊明之所以能那样，主要还得益于把功名利禄完全抛到了脑后，自耕自食。"

老大说："你的意思我不能跟人家陶渊明比喽？"

徐子说："我不是这个意思。我是说历朝历代推崇陶渊明文学成就的多，真正能和五柳先生一样隐居田园的并不多。究其原因，就是那些人有想法。"

老大说："嘿嘿，也是哈，所以我们是凡人嘞，凡人就一定会有许多烦恼。躲都躲不开！要不然，从东晋到现在一千多年了，才出了一个陶渊明。"

徐子说："就是。"

老大看看已经赶上来跟自己平行的徐子，说："其实你是个聪明人，只不过有时候也会办些糊涂事。当然喽，我也是！呵呵呵呵……哈哈哈哈！"

徐子也陪着老大笑。

就这么个走法，平时一天多能到的路程足足走了两天半。

到了茅台镇，老大这么多年来第一次没有直接去盐号和烧房，而是先来到老外婆高大脚这里，将刘彩云叮嘱带来的东西以及自己让徐子临时采买的杜仲、天麻、竹荪，俗称贵州三宝的大提篮一起堆在老外婆堂屋里的方桌上，害得人家老外婆笑眯了的眼睛半天没睁开来。

高大脚说："你看你们！你看你们！都够开一间杂货铺的了！"

老大说："不多不多，还请岳母大人笑纳。"

林家漪得到姑爹姑妈送给大人娃儿的礼物自然也高兴，两个娃儿比原来长大了许多，刘承义都满地乱跑着喊人了，地道的黔北口音，比起他母亲绕来绕去的广东话就多一些亲切。现在厨房里的活路请了一个厨娘在做，只不过女婿回来了，高大脚非要亲自露一手不可，说是女婿最喜欢她炒的菜了。

饭差不多成了，刘青云也被徐子从烧房那边叫了回来。姐夫和兄弟热情洋溢地拥抱在一起，还没忘了从旧金山学来的洋礼节。

刘青云说："姐夫居然不问是什么事情。"

老大说："忙什么？还会差了这一顿饭的工夫？"

饭桌上要是离开了酒，那就肯定不是在茅台镇。刘青云拿出两个酒瓶朝桌子上一墩，说："喝了还有哈！"

老大嫌四个男人喝着不够，又让刘青云拿来三个杯子，给老外婆、兄弟媳妇以及厨娘一人倒了一杯，然后举起酒杯说："哎呀，还是在茅台镇痛快啊！来，走一个！"

所有人一饮而尽，包括厨娘。

等到三瓶酒差不多快完了，老外婆亲自做的饭菜也所剩无几了。再看人，除了三个女人有所节制，最后还能收拾桌子，帮扶着男人找个地方躺下；男人们均不省人事。

4

老大在刘彩云那间屋子里一觉醒来，太阳已经落了坡，剩下一片片彤云散在天上，把大地罩上了一层淡红色，让人感觉一种莫名的亢奋。从房间出来，这才知道就自己起得最晚，刘青云已经回烧房去了，徐子帮着李备把马车和马收拾了一遍，等着回去用。

老大谢绝了老外婆让吃晚饭的好意，说李备就代表我们了，便带着徐子直奔云辉烧房而去。在老大心里，再吃晚饭就成了懈怠了，人家刘青云那边肯定还等着呢。果然，还没到大门口，刘青云就迎了出来。

刘青云说："睡够了吗？"

老大说："咳，这哪里有个够？你走的时候就该叫上我的，过来还能看看烧房里到处热气蒸腾的景象。怎么样，这里都还好吧？"

刘青云说："好，从来没有这么好过！报表你也看见了的，一直都是上升的势头，没断过！"

老大说："那……叫我来干什么？"

烧房这时候已经放工，剩下的工人不多，三三两两在自己留守的夜班活路那里，也有在吃饭的。

刘青云说："要不找个地方边吃边说？"

老大说："嗨呀，中午吃的都还在，说事情。"

刘青云说："那就去办公室。"

老大说："哟，还郑重哈。"

刘青云也不说话，前头领着直奔楼上办公室而去。等老大和徐子都进来了，刘青云还顺手关上了门。

老大说："苏继伟呢？"

刘青云说："家里有事，请了几天假。那……是这么个事情。哦，对了，喝点水哈。"

徐子拦住刘青云，说："你说你的，我来。"

刘青云说："说来有点不好意思，这回又跟我们家大舅子有关。是这样，这么多年接触下来，林家如这个人啊，有点邪性，反正不倒腾不安逸那种。打从上回动心眼跟我们争得了巴拿马万国博览会的金奖，听人家说他对自己这招很是得意，一直沾沾自喜，大概就忘了自己能吃几碗干饭了，居然就干出一个连他自己都啼笑皆非的事情来！"

其实，林家如是很聪明的一个人，这样的聪明人不论干什么，一般都能成。比如另起炉灶办起的正合烧房，从开张到把人人梦寐以求的巴拿马金奖弄到手，一路没费什么周折，有点心想事成的意思。连当初跟他合伙的那个本地人，都因为害怕将来被算计，早早跟他算清楚账目分了手。现在更那什么了，烧房上上下下都他一个人说了算数，心里便盘算起一件事来。

这么些年下来，林家如是看清楚了的，就凭文家老大在贵州的实力，自己不论怎么玩命，有生之年想让正合烧房赶上云辉烧房，那是万万不可能的了。按说这是个不争的事实，人家茅台镇上的那些小烧房不也心安理得地干他们自己力所能及的那点事情，多就多用点，少就少用点，都是生活。

林家如不。他觉得文家老大也不是天生就这么壮大的，不也是一点一点发展起来的吗？他行，别人也应该行！当然他心里的这个"别人"就是他自己。要说这个思路没有错，关键看你用什么方法。

守着赤水河你就只能想酒的路子，如同守着自贡你只能想盐的路子一样，林家如也只能在酿酒这个大题目下面做文章。就在这个时候，在接待一个北方酒商的酒桌上，林家如感觉自己抓到了一个机会。

北方酒商说："其实我们那边喝浓香型白酒的多，比喝酱香型白酒的比例大，如果你能做浓香型，那我以后来茅台镇的机会也许就更多了！"

说者无心，听者有意。林家如就把酒桌子上的这句闲话当了真。陪着酒商一直喝到二半夜，不仅直截了当把北方从饮酒习惯到销售渠道问得个清清楚楚，还将北方一些酒厂的规模、工艺等等问了个大概。

是呀，既然同样的路子敌不过文家，那就只能另辟蹊径喽。林家如决心一试。他用一个月的时间跑到生产浓香型白酒的根据地四川宜宾一带转了七八家烧房，假扮成广东酒商，大摇大摆参观各个环节不说，还吃人家的喝人家的，最后还一家要了一瓶酒，说是回去对比一下以便最后再确定买哪家的。有点像老大当年在茅台镇骗酒喝。

有了宜宾的实地考察跟北方酒商的酒后真言，回到茅台镇的林家如决定将正合烧房原先的酱香型白酒改酿浓香型白酒。

从白酒本身来说，酱香、浓香没有本质差别，不过是香型的区别；重要的是酿造工艺要改，这就牵涉到烧房的方方面面了。

刘青云说："浓香型白酒以泸州一带的老窖特曲为代表。这种酒芳香浓郁、绵柔甘洌、香味协调、入口甜、落口绵、尾净余长，其特点是含香量较高且香气突出。酱香型呢，以我们茅台镇的酒为主要代表。这类香型的白酒香而不艳、低而不淡、醇香幽雅、不浓不猛、回味悠长；最显著的特点是我们的酒倒入杯中过夜依旧香气不散，且空杯比实杯还香，令人回味无穷。"

老大说:"哎呀,长见识嘞!"

刘青云说:"这还没完,再说工艺……要不我直接说事情?"

"不不不!我很有兴趣听一听前因后果,你讲!"老大说。

"那我就顺到讲哈?"刘青云说,"我们酿酒的原料是高粱和小麦,高粱酿造,小麦制酒曲。其制曲工艺是高温曲,将高粱清蒸后加入一倍还多的酒曲,入窖前堆集发酵,窖池是石头的壁,泥土的底,多次发酵多次蒸酒,最后贮藏三年以上。浓香型酒则不同,原料虽然也是高粱、小麦,但是制曲是中温,用曲比例也小,大约十份高粱两份酒曲。我们是十份高粱十二份酒曲。他们的窖池也不同,采用周而复始的万年糟发酵工艺,窖池的边和底都是泥土,贮藏期为一年。"

徐子将茶水端到刘青云面前,说:"刘经理喝口茶。"

老大忙说:"对对对,喘口气!"

刘青云端起茶碗一饮而尽,用手抹了一把嘴,接着说:"林家如回来之后,立即按照自己的想法将正合烧房八成窖池全改成了泥窖,以便酿造他认定的浓香型白酒。停产闷着头干了将近两个月,最后成功了。他将从宜宾带回来的酒跟自己酿制的酒一对比,还真是八九不离十。只不过这次改造花光了他的所有钱财,做好了一举超过我们云辉烧房的各种准备。"

刘青云说到这儿,端起喝光了的茶碗起身去续水。徐子这才想起,正要起身被刘青云按住,续了水回来也不喝,而是用茶碗的盖子刮着漂在面上的叶片,一下一下地……

老大憋不住了,说:"耶,砸板啊?"

刘青云笑了,说:"不是,我是想想该怎么说。其实林家如的整个过程都没有错,一环扣着一环走,环环都说得出道理来。但是,他的错误在于他忘记了他是广东人!就是因为这一点,导致先前的一环一环……统统前功尽弃!"

老大急了,说:"怎么呢?!"

刘青云说:"广东人很精明的,而且吃苦耐劳。之前林家如所做的一切就证明了这一点。但是又因为他是广东人,他就不了解白酒香型的真谛。其实香型没有优劣之分,喜欢喝什么香型的白酒完全是自己喝酒的习惯跟喜好,好喝不好喝是自己的习惯。正是基于这个原因,什么地方的人喜欢什么香型的白酒,跟什么地方酿造什么香型的白酒是因果关系……"

老大抢着说:"你的意思,林家如在酱香型白酒的土地上酿造浓香型白酒是一个错误?"

刘青云说:"对啦!他只研究工艺而忽略了习惯,或者说他没把一方水土培养出来的习惯当回事,一门心思只想着如何超越咱们云辉烧房去了!"

老大说:"照你这个意思,林家如必败无疑?"

刘青云说:"必败无疑!人家外埠到茅台镇来买酒的商人,没有一个不是冲着酱香型来的。他一个名不见经传的浓香型烧房想在茅台镇偌大个酱香型根据地里面搞事情,除了自取灭亡,还会有第二条路吗?!"

老大想想,说:"那现在呢?"

刘青云说:"骑虎难下嘛!而且他面前几乎没有路。继续做浓香型还不如直接跳进赤水河算了,起码眼不见心不烦。第二条路就是卖掉烧房,你的窖池全都改成浓香型的了,在茅台镇卖给谁?第三条路是再改回酱香型。这条路对于林家如来说也不行,自家的钱改浓香型时全用光了,找人借吧,人家还不要看你家浓香型烧房那个烂摊子,就凭改浓香型这个思路,哪个敢把钱借给这样的憨包?"

老大说:"事前他们烧房就没人提出过异议?"

刘青云说:"提过,好几个工人都说这样肯定不行。你猜林家如怎么说?"

老大说:"啊?"

刘青云说:"林家如说我雇佣你们是来干活的,做决定的是我。你看!"

老大说:"我听出来了,林家如想找我们借钱。"

刘青云笑了,说:"姐夫啊,我还没说嘛!"

老大说:"那你还不许别个锣鼓听音?要不你让我过来干什么?"

刘青云说:"是,我也真佩服他那点脸皮!一桩一桩干了那么多让人不齿的事情,居然还开得了这个口!连林家漪都不给他搭这个桥,说要找你自己找去!"

老大说:"所以……你就让我来断这个官司?"

刘青云说:"对,你是老板。"

老大想想,说:"嗯,这件事我得仔细想想。再倒腾回酱香型来……需要多少大洋?"

刘青云说:"林家如说的数字是五万。我跟他说这个事情我做不了主,但是我还是给他丢了句话，我说借字免谈，要就是入股！我本来是找个软理由拒绝他，没想第二天就带话过来，说是可以。呵！"

老大说："知道了。今天不说这个事了，先找个地方把饭吃了，完了去盐号看看。"

5

近些年，由于产自浙江慈溪的海盐慢慢进入西南几个省，贵阳一些铺子已经同时能买到海盐和岩盐了。比起碎石子一样的岩盐，海盐使用起来方便很多，颗粒大小均匀，溶解快速。加之民国之后原先的盐业专卖制度处于一个无人管理的放任状态，导致私盐渐多。几年下来，早年靠丁大人的恩赐发达起来的丰汇盐号已经没有了当年独步天下的风光。只是眼下在贵州能见到海盐的地方有限，岩盐依旧有一定市场。至于今后是个什么情况，老大也不知道，不过从方便程度上看，海盐有海盐的优势，眼下只是运输成本上岩盐还占着一点先。假如今后运输条件得到改善，那就说不清楚了。

所以，当老大听了刘青云的讲述后，直观感觉这次正合烧房出现的危机，是不是应该看成是一次机会呢？烧房这一坨一直是向好的趋势不用说，特别是万国博览会夺取金奖之后，云辉烧房的茅台烧在贵州以及周边地方知名度越来越高；加上刘青云管理有方，你听他那天说起酒的滔滔不绝，什么香型喽，工艺喽，如数家珍。唉，让人感觉他就是个酒博士，放心得很。

那天最后说去盐号看看，其实是老大给自己一个思考进而判断的时间。要是在造纸厂的机器设备出事之前，五万大洋不过就是一句话的事情。当然不是说借钱给林家如，他那样的人已经几次三番在老大心里没了地位，完全嗤之以鼻。但是换一种方式把这个问题处理好，搞成一个大家都说得走的局面，同样是老大需要慎重考虑的。毕竟林家如是刘青云家大舅子，跟林家淌断了胳膊还连着筋。林家如不地道是林家如个人的事，他还有妻儿老小要养活喽嘛，你还能将他一棍子打死吗？这就叫不看僧面看佛面。

想来想去，老大最终决定拉林家如一把。至于怎么拉，他将连夜写好的一封信封好之后交给刘青云，告诉他只有在接到自己的亲笔信之后，才能打开信封。同时告诉刘青云，让他每隔一周必须把林家如的状况写信告诉自己，以便判断什么时候可以打开信封。

刘青云看看老大，猜不出姐夫葫芦里卖的什么药，捏捏信封还挺厚，就说："行，我一周给你写封信。"

回到贵阳后的第五天，老大接到了刘青云的第一封信。说是林家如来问过一次，刘青云让他等着，说好老大回去考虑考虑。

第二封信说林家如找他三回了，让刘青云催催文家老大。反正每到一封信，林家如的情绪总会比上一封信更加沮丧些。一次一次累积，到第七封信时，连刘青云都绷不住了，还不好直说，就说有一天林家如离开他们家之后，女儿刘秀珍跑来告诉林家漪，说是她看见舅舅哭来着，还说林家漪都不敢跟他讲，也偷偷哭。刘青云最后说，林家如已经到了崩溃的边缘。

老大这次坐到书案前，提笔写了"信封可拆"四个字。还让徐子立即送去邮局，叮嘱要用加急。

刘青云接到亲笔信，也顾不得细想老大留下的信件是不是写给自己的，几爪拆了信封，恨不得一口气就读完它。抬头四个字：青云吾弟。

"之所以要采取这样的方式，主要是让林家如不会再存他想，踏踏实实接受我们提出的办法。林家如不谙黔地人情世故，不适合在茅台镇发展。家里老母亲膝下需要有人侍奉不说，妻儿家小大概也盼望他早日返乡，以图天伦。思考之后决定买下正合烧房，出价八万大洋。（钱款由云辉烧房支出账目开销，如不足直接去盐号支取，我已交代。）这个价钱比随行就市略高一点。坦白说，他是沾了刘承义母亲的光。我们之间曾经的芥蒂就此勾销，希望他回到广东好好生活，林家漪这边让他放心，刘家、文家都会善待这位母亲。至于正合烧房今后的用途，你来决定。希望将茅台烧做得更好，也不枉你我兄弟在旧金山万国博览会上闹出的那点动静。"

最后落款：愚兄文知辉。

刘青云的眼睛有点湿润了，当然也是为了林家如，但更多的是这些年相处下来，掌柜东家之间的信任与默契超越了兄弟之谊的一种欣慰。

刘青云知道林家如也被憋老火了的，拿着信就朝正合烧房赶，心想早点告诉大舅子算了，免得他急。快到正合烧房门口了，远远看见几个人正从里面出来，为首的一个有点面熟，记不起在哪里见过。跟人家擦肩而过时，刘青云觉得不对，这几个人沾沾自喜的神情让他把他们跟正合烧房连在了一起。他加快了脚步，匆匆来到林家如的办公室。

林家如正在办公桌那儿整理着什么，看见妹夫进来，手里还拿着封信，就问是不是老大回信了？

刘青云点点头。

林家如愣怔了一下，说："我……已经卖了呀！"

刘青云脸一下子青了，下嘴唇哆嗦了几下，说："就……就是刚才出门那几个？"

林家如说："是啊！"

刘青云说："哪里来的？"

林家如说："说是省里商会一个什么会长，姓何。"

刘青云想起来了，刚才走在中间那人在文家看见过的，自己还跟他握了一回手，何万年，文珠的公公！刘青云急了，说："不是说好等我的信的吗？怎么眨眼之间就卖了？！这是老大的信！"刘青云把信摔在桌上。

林家如看了一遍，顿时一脸的沮丧，差不多是过喊的："这个何会长只给了我六万！！"

刘青云突然想起问："万国博览会金奖的事怎么说的？！"

林家如说："人家就是冲这个来的，还写进了合同！你们早干什么去了嘛？！哎哟！！"

刘青云心想这回完了，老大啊老大，你憋一下两下也就算了，最夸张三下，事不过三嘛！你……你憋了人家七下，活人都要遭你憋死去！狗日的！刘青云在心里骂了个痛快。

林家如一副哭腔，说："我催了那么多回！"

刘青云稳了稳神，说："姓何的是怎么知道你要卖烧房的？"

林家如反问道："全茅台镇的人都知道，你说他是怎么知道的？"

后来搞清楚了，仁怀县一个副县长因为有继续往上的想法，就到贵阳来找门路，经人介绍走到了何万年这里。副县长也不知道一个商会会长有没有功力，不晓得究竟帮得上忙不，先送了些土特产过去，打算确定行了，再下猛药。仁怀县有什么土特产吗？就是茅台镇的酒。攀谈之间就把正合烧房正在找买家的事摆龙门阵摆了出来。等到何万年把万国博览会金奖的情况落实清楚了，说是脸都白了。马上跟副县长达成口头协议，说你若是帮我把这个烧房买到手，我保证你至少在遵义管辖的某个县把那个副字去掉，言之凿凿。副县长一听，心想原来人家说的天上不会掉馅饼，现在看来也不是完全没可能，天上也许真有馅饼！

就这样，正合烧房顺顺当当就归到了何万年名下；至于副县长的"副"字，那也不是一天两天的事情。

消息传到贵阳，老大不光肠子，什么东西都悔青了。一个劲骂自己迂腐，说那些年雷厉风行的劲头都不知道跑哪儿去了，一个字：憨！三个字：实在憨！！

无法挽回的是，又让何万年占了一回先。

6

端午节的第二天，刚刚由帝制恢复到民国的袁世凯撒手人寰。具体什么病也是众说纷纭，据老袁自家亲亲的女儿后来说，是"内外交攻，气恼成病而亡"。不论什么病，五十七岁这个年纪的确早了点，按说正是颐养天年的时候，总之操心操多了就会折寿。所以呀，还是陶渊明那样的好。

文大同湖北湖南一圈下来，收获颇丰。不仅跟三家纸厂建立了联系，其中一家还签订了合同，还顺带着跟两个地方最大的书商订立了协议，代为销售文渊书局的图书，同时在贵阳代售武汉一家书局的图书。当文大同将几张盖着红印章的单子一溜摆放在他爹面前的书桌上时，脸上看得出有几分得意。

老大点着头："嗯，嗯！"

对于儿子的能力，老大不担心。不论他随爹随妈还是随哪个，文家上一辈还没一个让人感觉不光彩的角色。最撇的文知礼也不憨，只是不图正经而已。

"撇"是我们这边的方言，就是差、不好的意思。

看着儿子办事能力还说得过去，老大打心眼里高兴，只是不表露。跟文大同说话时脸上也没什么表情。回屋跟刘彩云说起之前先抱起文大喜，满脸的笑容让刘彩云看了都安逸。

只是老大的愉悦心情并没有延续多久，又一次被马一平给搅扰了。就是上回离开文家之前说的政府要印钞票的事。

要说不论印什么都是书局的业务不是？关键马一平操蛋。先来一队大兵把书局围起来，荷枪实弹的，还咋咋呼呼地把路人赶到一定距离之外。让人家看了都不知道这里发生了什么情况，远远躲着窃窃私语，指指戳戳。知道的是来印东西，不知道的就发挥各人的想象，抄家呀、匪盗呀、贩私盐呀、抓暗娼呀，总之爱怎么想怎么想。

周世涛打电话过来时，文昌寿接的电话，说老大刚刚出门，去见一个什么人去了。周世涛在电话那头犹豫了片刻，说那就让文大同赶紧过来。文昌寿放下电话就去敲大少爷的门。自从文家添了丁，下人们再叫文大同时都加上一个"大"字。

文大同刚起床，这还是老大临出门时让小眼睛去叫醒的，要不然年轻人有本事睡到日上三竿。文昌寿将听来的情况一说，文大同连早饭都不敢吃了，披上外衣就往楼下跑。绕过柱子穿过门廊，还卷起一阵风，连金雨天在后面追着给他忘带了的手表，他都没听见。

周世涛本来可以独自处理眼下出现的事情的，特别是在老大没找着的情况下。后来想想还是把文大同喊来的好，一来过程中文家有人在场总是代表着主人家一方，不会出现越俎代庖的事；二来因为这些丘八从来不跟别人说道理，就比谁的家伙多、硬。临时真要出现个什么变数，还得有文家的人出来说话才对。周世涛他们家乡出文化人，小心惯了。

文大同急急忙忙赶到书局，进门之前看那阵势也跟路人一样心想这是查什么呢？到了里面一问才知道是来印东西的。文大同马上就炸了，说："印东西你搞得这么剑拔弩张干什么？人家还以为我们书局怎么了！把你们当官的叫来！"完全是初生牛犊不怕虎那种口气。

今天带队过来的是马一平的副官，来之前长官交代了的，说他们家只要说个不字，你就给我抓人。

副官在里面听见文大同咋咋呼呼的声音，一路听下来人家也没说一个不字，出去一看，就是上回去文家见到的那个新郎官，副官心想这就对了，今天还就要让这厮儿说出个"不"字来。有了这种打算，副官出来就说："是哪个喊当官的出来呀？当官的出来了，怎么的？！"

文大同说："你们不是来印东西的吗？干什么搞得如临大敌一样？街坊四

邻还以为我们书局干什么了，嗯？"

副官说："你嗯哪样嗯？我们就是这么印东西的！你就说印还是不印吧？"

周世涛那里"印"字还没说出口，文大同这里冲口而出："不印又怎么的？！"

文大同这也不奇怪，当学生时经常上街游行跟那些维持秩序的上海警察搞惯了的，总是怒目圆睁、理直气壮的样子。

副官心想这小子也还痛快，才第一个回合就可以拿下。于是大喝一声："拿下！"

几个大兵上来将文大同反臂按住，周世涛心想坏了，弄巧成拙嘛！急忙上前打圆场，说："长官长官！有话好说！有话好说！办书局就是专门帮别人印东西的，怎么会不印嘛！印！印！！"

副官对着周世涛，说："政府印钞票那是天经地义的公务，现在有人妨碍公务，你说，我该不该办？"

文大同还在那儿嚷："有你们这么办公务的吗？！"

周世涛赶紧将副官拉到里面一间屋子，这是一个临时住所，他平常加班什么的搞晚了，就住这里。周世涛打开抽屉拿出包成一根棍子一样的一包现大洋，这是他准备请人带回家去的一百大洋，分成两包，一包五十。

周世涛把一包现大洋塞到副官手里，说："高抬贵手！高抬贵手！我手里面出的娄子，老板面前不好交代嘛，长官！"

副官掂掂手里的现大洋，看看周世涛，说："老板面前不好交代？"

周世涛说："肯定嘛！"

"那……我就给你个面子嘛。只不过……外面那些兄弟你的意思不用意思意思？"副官说这话当然是有的放矢，因为刚才周世涛开抽屉的时候他看见里面并排放着两包。

周世涛还有什么说的呢？都怪自己，早知道大少爷还是十足的学生习气，就不该把他喊过来，跟兵和匪过招，他那一套哪里能行得通？现在好，全身都湿了还在乎那几根头发？他忽地拉开抽屉，将另外一包现大洋拿了出来，塞到副官手里。

副官说："咦！意思……不是太高兴喽嘛？"

周世涛忙说:"没有没有!高兴的,高兴的!"

副官一边一包将现大洋揣进两个裤子口袋,说:"那印钞票……"

周世涛忙说:"照办,照办!政府的公务喽嘛!哪个敢?"

两个人这才回到外面,副官示意当兵的放了文大同。文大同吼道:"抓嘛,怎么不抓呢?!"

副官说:"咦?!"

周世涛赶紧拉着文大同,同时扭着脸对副官说:"照办哈!照办!"

等军队开走了,文大同问周世涛,说:"周经理你跟他都说什么了?"

周世涛说:"还能说什么?说好话喽嘛!"

文大同说:"对他们这种人你就不能说好话!"

周世涛后来还庆幸自己当机立断,文大同真要被抓到什么地方去关着,那还真不是一百现大洋能够"斡旋"得出来的。等于他跟那个副官走的是私价,抓进去就变成官价了。

后来老大问起这件事,周世涛同样没说一百现大洋的事情。反正遭都遭了,说出来就等于找人家要。汉子人遭了——暗倒。

"遭"是我们这边的方言,意思是"中计"了、"倒霉"了、"遇险"了等等,用在不同的地方有不同的意思,在这里就是"被讹了"。

"暗倒"也是方言,万马齐喑的喑,"不出声""认了"的意思。

7

要不说马一平是混蛋呢,当然还不光马一平。就为了印制政府准备发行的那些钞票,文渊书局停了手边所有活路,还垫着纸张、材料、人工给赶了出来。嘿!居然因为政府更迭,"钞票"就不要了。新换的一拨说原先他们搞的东西我们不要,要自己重新搞。当然,原先说好的印刷费只给了最早一点定金便没了下文,一大堆废纸堆在人家文渊书局的库房里面还十分扎眼,让人看见一回生一回气,看见一回生一回气。

"哎呀,就是不要脸!"老大都不知道用什么词汇来形容马一平之流。

蔡花蕾就说:"就当是折财免灾了!你到庙里烧香磕头,莫非不丢几个香火钱？对了，下次去上坟就拿它去烧，正儿八经的纸钱！"

老大说："那么多，哪里烧得完嘛？"

刘彩云就说："不急嘛，慢慢烧嘛。"

蔡花蕾说："哦。"

老大苦苦一笑，说："行嘛，那就按老太太说的办嘛。"

接近年关，文家一下子出来两桩喜事。

一是1916年的冬月十五，大雪第三天，由金雨天孕育了三百来天的一个女娃儿降生了，直接就把蔡花蕾推上了"老祖宗"的级别。呱呱坠地那一刻，再有多少烦心事都被这娃儿的第一声啼哭冲得没了踪影。哎呀，一家人高兴啊！文家老大这回当仁不让地接过了取名字的重任，因为老祖宗事先讲好了的，说你孙子你来。

老大懒得去翻什么词典，稍加思索，说："心……仪，怎么样？"

刘彩云说："文心仪？也还行哈！"

文大同说："有个什么说法呢？"

老大说："说法……倒是不见得，好听嘛，好听就行！"

刘彩云附和着："对，好听就行！"

金雨天奶水好，文心仪吃着一边，另外一边还得用个小碗接着，滴滴答答的。文大同就说："耶，让文大喜来吃另外一边嘛，免得浪费嘞。"

蔡化蕾马上喝道："不行哈！辈分乱哈！"

大家一想，是嘞，一个叔叔，一个侄女，是有点乱嘞。文大同想想，说："但是浪费了真可惜！"

刘彩云说："说了不行就不行！必须按老祖宗说的办，哈！就是浪费点奶水嘛，浪费完了它还会有嘛。"

第二桩喜事是在文心仪诞生之后的第十天，文知礼又纳了一妾，这回老祖宗没话说。

三姨太叫周慧敏，是个唱川戏的戏子。也是路过贵阳的一个川戏戏班，在贵阳上演的第一场，文知礼就把别个看上了。

川戏分类多，昆腔、高腔、胡琴、弹戏、灯戏等等，那晚上演的是高腔《九美狐仙》。周慧敏就演那个最妖艳的领头的狐仙，唱念做打数她的分量重。文知礼还没等散戏，就坐在人家的专用化妆间不走了。周慧敏也大方，头晚上就跟着去吃了消夜。有人挑头就要有人起哄，那种场合男的女的都想乱才行，只有一边想乱乱不起来，两个人就这么接上了关系。等到戏班在贵阳一个月的合约结束了，周慧敏就离开了戏班。班主还生气，说你真的要让我们演不成《九美狐仙》是不是？

文知礼比三姨太大九岁，三十七对二十八。文知礼过来大院说要带过来给老祖宗看看，说起码见着面知道谁是谁。

蔡花蕾说："算了算了，反正过年过节要吃团圆饭的，那个时候再看也不迟！"

文知礼就说："妈，你当真偏心哦！老大家孙女生那天，听你笑的那个声音哦！"

蔡花蕾说："老二，这事情你也要吃醋那你就太累了嘛！我都成了老祖宗了，你还不让我笑一回？按你的意思我什么时候可以笑嘛？你说一个我照做就是？"

文知礼忙说："好好好好！就过年过节的时候见！我才说了一句，你老人家就弄出这么一堆出来，真的是！"

蔡花蕾说："怪哪个嘛？你又不是不晓得老人家的脾气，话就多得很！小眼睛，送客！"

文知礼说："不用麻烦不用麻烦！我自己走，哈！"

第二十章

1

民国六年（1917）是比较热闹的一个年份，不论中国还是外国，都很热闹。先是一个叫胡适的青年人，二十五岁便成为北京大学教授的他，在一本叫《新青年》的杂志上发表了一篇名为《文学改良刍议》的文章，主张破除旧的文学规范，提倡一种全新的文学面貌，胡适被后人尊为中国新文化运动的领袖之一。这在中国肯定是个大事情，从文字、语言以及阅读习惯这些最基础的东西开始改起，其影响可想而知。没多久，一个叫陈独秀的青年人也在《新青年》上发表名为《文学革命论》的文章，声援胡适。

这是文化方面，再看政治。

以黎元洪为首的总统府和以段祺瑞为首的国务院为权力争得死去活来，最后以段祺瑞出走天津而暂告段落。到了七月，张勋和康有为又拥立溥仪复辟帝制，只十来天就被段祺瑞的"讨逆军"给破了。反正今天这边打过来，明天那边又打过去，乱得很。

这是中国的情况。十一月了，北边的俄国传来消息，说是由一个叫列宁的大胡子领导的一个叫"布尔什维克"的党率领工人和士兵发动武装起义，推翻了俄国皇帝的临时政府，建立了世界上第一个苏维埃政权。

连文大同都没搞清楚"苏维埃政权"究竟是怎么样一个政权。大家就猜，要不就跟孙文呀，老袁呀，段祺瑞还有黎元洪他们差不多？总之你上来坐坐，然后我再上来坐坐？反正都离老百姓的小日子有点远。

老大最关心的是胡适他们挑动起来的白话文言之争。想想胡姓青年跟陈姓青年说得也有些道理,"之乎者也"的确有点绕,真没有直白表述事情来得轻松自然。

翻年入夏时节,文大同带回来一本《新青年》,上面有一篇短篇小说叫《狂人日记》,是一个笔名叫鲁迅的人写的,文大同介绍说:"爹有兴趣可以看看,这是中国第一篇白话小说。"

老大也真想看看究竟怎么个"白话"法,跟文言文怎么个不同。于是等文大同离开之后,一个人来到书房,关上门,沏一杯茶,将《新青年》摊在桌上,翻到《狂人日记》那一页,慢慢开始看。

读完之后,老大明白了,就是写书也用日常生活里的语言写。倒是简单些,对于王顺那样的识字不多的人肯定有好处。老大想起了王顺,顺便还想起了他爹王福,连带着想起了王福家的辣子鸡和跳蚤,最后想起了自己的爹,那年站在北风里听学堂的小孩子们读书的那个老人。

可以肯定的是,如果爹在,断不会赞同这个叫鲁迅的人的写作方法,把祖宗的东西糟蹋了一个干净。

后来北边传来消息,说是孙中山致电俄国的列宁,说愿意中苏两党团结共同斗争。老大就纳闷,明明是俄国嘛,"苏"是什么意思?

文大同说:"苏是苏维埃社会主义共和国联盟的简称,改朝换代后新取的名字。"

老大说:"哦,就像中国也不叫大清国了,改了民国。"

文大同说:"对。"

这一年立冬过后,说是德国人在法国北部的雷东德车站跟协约国联军签署了停战协议,德国投降,历时四年多的第一次世界大战宣告结束。

老大跟文大同说:"你放心,隔不了多久还得打。"

文大同说:"为什么?"

老大说:"嘿!你见中国什么时候停过?这方打罢那方登台,消停过吗?现在不是南方北方打得正热闹吗?洋人也一样!"

转眼到了民国八年(1919),开了将近半年的"巴黎和会"出了状况。原本,"巴黎和会"是第一次世界大战取得胜利的协约国为解决战争遗留问题以及战后和平而召开的会议,结果成了美、英、法三个大国瓜分世界的会议。

"巴黎和会"中有关中国的内容值得说一说。

中国是协约国参战一方,战争期间除了支援协约国大量粮食之外,还派出十多万劳工参与战争相关事宜。然而,作为战胜国一方的中国居然没有被三个大国放在眼里,竟然将天经地义属于中国的、战前被德国抢占的山东半岛包括主权在内的所有权利,都交给了日本人。

是可忍孰不可忍!

消息传回国内,民怨沸腾。五月四日,北京十三所学校的学生三千余人齐聚天安门,举行示威游行。现场悬挂着写有"还我青岛"的血书,提出了"外争国权,内惩国贼""废除二十一条""抵制日货""宁为玉碎,勿为瓦全"等等口号,主张拒绝在巴黎和会上签字,要求惩办北洋政府中的亲日派官僚。

这一天,史称"五四运动"。

"五四运动"对于中国的影响是巨大的,它直接导致了包括马克思主义在内的各种学说在中国的出现和传播,最终促进了中国人民的觉醒。

跟全国各地纷纷响应并声援"五四运动"相比,地处边远的贵阳基本上是平静的。人们也议论,只不过大都停留在口头上,说说而已。

文大同就感慨颇多,说要是还在上海,示威游行肯定是少不了的,说不定还会加入罢课、罢市、罢工的行列中,现在已经被警察抓了也说不定。

蔡花蕾就说:"阿弥陀佛喽,那还是不参加的好,让家里人担心嘛!"

刘彩云说:"天高皇帝远的,那才让家里干着急哦!"

老大说:"中国人也是被欺负惯了的,这回好,老百姓起码有点声音出来。憋一憋政府也是对的,至少这回中国代表就没有在巴黎和会上签字。哪像李鸿章,皇帝喊签就签?自己有个脑壳也不兴想事情,真的是哦!"

2

民国十年(1921)对文家来说是个有事要办的年份,蔡花蕾的六十大寿。后来听人家说,这一年对于中国来说,同样是个有事要办的年份。

据说,十几个年轻人在上海阴悄悄地召开了一次会议,年纪最长的叫何叔衡,时年四十五岁;最年轻的刘静仁才十九岁,其中还有一个叫邓恩铭的贵州荔波人。十多个人的会议组织成立了一个叫什么"中国共产党"的组织。当时，谁也没有在意这个只有十几个人的小党。但是，从后来这个党在中国闹出的动静看，跟那年孙文领导的翻天覆地的"辛亥革命"相比，有过之而无不及，那是后话。

先说文家。

随便你从哪个角度说，老太太的整寿辰都是文家的头等大事。提前一个月就开始准备起，要不是老太太反对夸张，同时反对铺张和浪费，老大连成立一个筹备委员会的心都有。

自从光绪三十二年（1906）那次祝寿之后，十五年了，蔡花蕾再没同意给自己做过寿。五十岁那年老大就提过，老太太高低没点头。说不是心疼钱，而是不能张扬。与其请那些有钱人来吃一顿锦上添花，还不如拿去刀把镇救济穷人来一回雪里送炭的好。老大一想，跟那年她提出来要给文大同办生日聚会的时候说法完全是反的，莫不是念《佛说阿弥陀经》念的？这回，老大是下定了决心的，早早就在老太太耳朵边念叨，说五十岁那年我依了你老人家一回，六十岁你老人家也应该依我一回，要不然不对称嘛。

老大还让刘彩云去动员文大同和金雨天，要他们都去老太太跟前念叨，人就一个六十岁，一个甲子是一个轮回嘞，说什么都得热闹热闹。

蔡花蕾最后把这个"乖"卖给了金雨天。

那天，金雨天领着文心仪去看老祖宗，等到老祖宗把文心仪玩得正安逸的时候，金雨天就"顺便"说了做寿的事。蔡花蕾心里其实早就打算好了的，人家金雨天也不容易，顶着多大的非议嫁给了文大同，头一个娃儿又是个丫头。蔡花蕾知道老大，嘴上虽然没说，但是心里一直就盼着能得个男娃儿。蔡花蕾给孙子媳妇这个面子，也是预防人家小女子在这个家里因此被冷落。

蔡花蕾说："既然重孙孙家妈开了口，行嘛，我就依你一回。但是有一条。"

金雨天没想到老祖宗轻而易举就答应了自己，高兴得哦，连忙说："老祖宗啊，别说一条，十条我也答应你老人家！"

蔡花蕾说："没得那么多，就一条。"

金雨天说："那你老人家说嘛。"

蔡花蕾说："这一回呀，我们不请戏班子了，我就听你一个人唱，好不好？"

金雨天想都没想就说："好肯定是好，只不过没有那些家伙什帮衬着，我怕你老人家听不安逸嘞！"

蔡花蕾说："那有啥子嘛？请一帮子家伙事来不就完了！"

金雨天说："那就好。哎哟！好久没开口了，不晓得嗓子还在不在。"

蔡花蕾说："我晓得你是童子功，凡是童子功断没有在不在的问题！不信你来一嗓子看看？"

金雨天张口就来："噫……啊……嗯嗯，啊……有什么心腹事你只管明言！"

蔡花蕾说："你看嘛，人家都说童子功管一辈子！"

金雨天说："老祖宗啊，要是能找一个老生搭起唱，更安逸，单一个青衣怕你老人家不过瘾嘞！"

蔡花蕾说："到哪里去找个老生哦？"

金雨天说："老祖宗，还用去找么，现成的就在眼面前。"

蔡花蕾很惊奇，说："哪个？"

金雨天憋着京腔："文心仪的爹，您大孙子！"

蔡花蕾说："他？文……文大同？他……也会唱戏？！"

金雨天点着头，说："嗓子可以的，只是味道差点。"

蔡花蕾说："对喽，我听他说过在上海追的你，就那时候学的吧？爱屋及乌？"

金雨天笑了。

蔡花蕾说："那不就齐了？老生青衣都有了。哎呀！真的是哦，文大同居然也会唱戏？嘿嘿嘿嘿！好，就这么定了！"

那天晚上，文大同回来听金雨天一说，一开始还有点不愿意，金雨天说："你在学校不是唱得蛮好的吗？"

文大同说："那是跟同学在一起闹，怎么都行。现在要唱给家里人听，不一样。再者说，那时候不是在追你吗？干劲大！"

金雨天说："哦，现在追到手了，干劲就没了？"

文大同笑了，说："那倒不是，就是觉得有点怪，两口子唱戏。"

金雨天说："两口子唱戏的多了，这有什么奇怪的？"

"问题我不是戏子……"文大同说出这句话来就后悔了。

在上海临结婚之前，金雨天就郑重其事地问过文大同，说你可要想好，我是个戏子，现在后悔还来得及，千万不要勉强了自己。

文大同当时还生气来着，马上说了些海誓山盟的话。

眼下，金雨天脸上不红不白，平平静静地说："那我去回了老祖宗就是！"

文大同急忙拦住，说："你看你！你看你！不过是个口误，难道还不许别人口误一回？不就是唱戏嘛？唱就是嘛！《坐宫》是不是嘛？我还真没忘记嘞！"

金雨天当然是聪明女人，人家文大同都顺水推舟般间接把错认了，自己如果还再没完没了，那就是憨，金雨天不憨，于是说："真的没忘记？"

文大同马上比起架势，叫板道："公主啊！"

唱：

"我和你好夫妻恩德不浅，

贤公主又何必礼仪太谦，

杨延辉有一日愁眉得展，

忘不了贤公主恩重如山。"

金雨天笑了，她听得出文大同戏里戏外都有意思，就说："行了行了，贤公主愁眉得展了！"

文大同说："那就好！莫非……就清唱？"

金雨天京腔京韵，说："那不能够。老祖宗说了，胡琴跟锣鼓家伙一样不能少。我已经请徐子跟近期在贵阳的一个叫洪家班的见了面，说好哪天用，请他们过来就是。老祖宗说了，给钱。"

文大同说："嗨哟，那我还得练一练嘞，拳不离手，曲不离口嘛。哎呀，我也是赶鸭子上架了！没办法，为了金雨天！"

金雨天说："不对，是为了老祖宗。"

文大同抱住金雨天，憨着京腔说："两个都为，行吗？"

金雨天搂紧了文大同，说："女人其实很容易满足，同时也很容易受伤！"

文大同小声说："我知道！"

3

文大喜和文心仪同年，但是差着辈儿，一个叔一个侄女。之前文家两边院子最小的是柳月红的儿子文德范,现在也十七了,所以"叔"只能"屈尊"跟侄女玩。没曾想文心仪性格上比文大喜彪悍许多,所以叔叔经常被侄女欺负得哭兮兮的。不是被抢了心爱之物就是哪里被掐了一爪。一般这种时候蔡花蕾就会说文大喜,说:"你一个老辈子嘞,也拿出点老辈子的样子来嘛,干什么哭的总是你嘞?"

也许文心仪是重孙女的缘故,而且就这么一个,蔡花蕾就觉得该宠着。

这个时候文心仪总是抢着说:"我和他说话他不听!"

蔡花蕾就说:"哦,哪个喊你不听嘛?"

文大喜哭着说:"她喊我给他当马骑,呜呜呜呜!"

蔡花蕾说:"哎呀,骑一回有哪样嘛。"

文大喜依旧哭着:"她让我倒起爬,我爬不起!"

蔡花蕾再也憋不住了,"扑哧"一声笑起来,说:"文心仪啊文心仪,你一个女娃娃家像谁不好,干什么要像你家老太爷?!"

对了,都忘了说了,文德范的同父异母姐姐、文珠的闺中密友文霏霏,前年嫁给了安顺一家姓胡的人家,也是生意人,卖茶叶的。男的还算本分,跟着大人一直做生意。听文霏霏回娘家的时候跟文珠摆龙门阵,说还过得去。这当然是参照何万年家"过不下去"而说的话,文霏霏话都出口了才想起不该在文珠跟前这样说。上一年文霏霏生下一个男娃儿,这让文霏霏在婆家进进出出感觉上升了一个层次,还接赵青梅去安顺住了半个多月。胡家好吃好喝伺候着亲家母,一家人满心欢喜、心甘情愿的样子。

这不,趁着蔡花蕾的六十大寿,文霏霏也携夫带子回到了娘家。

在给寿星拜寿的时候,蔡花蕾面对眼前跪着的一众儿孙高声喊出来的吉祥话,眼睛眯成了一根线。细想想,除了那年生老大,加上老爹遇害以及后来文理渊从四川回来马落山崖,蔡花蕾一步一步走过来好像就没惊没险的了,到现在儿孙满堂,应该说自己是一个很幸福的女人。今天这个结果,是和那个被自己爱了一辈子也欺负了一辈子的男人共同努力得来的。如果不是文理渊他们老辈稀里糊涂得罪了皇上而远走刀把镇,自己这一生也许会是另外一番景象。

哎呀!文理渊呀文理渊,干什么急唠唠走那么快嘛,你都没看见文心仪欺负文大喜的样子,和你们家老大小时候没有二比,还是个丫头嘞!

蔡花蕾的眼泪不知不觉就流了下来……

等她睁眼看见跪在面前的儿子儿孙们都在诧异地看着自己，蔡花蕾赶紧说："高兴的！高兴的！"

那天，蔡花蕾的确好好高兴了一回。不仅文大同家两口子由锣鼓胡琴热热闹闹伴着来了一段《坐宫》，让蔡花蕾眼泪都笑出来了。老大还让徐子悄悄跟洪家班说好了，清唱完了就上《闹天宫》，也不管蔡花蕾点头没点头。

《闹天宫》这出戏，茅台烧得了金奖那年演过一回，大家看了都说好，说孙猴子的戏就是热闹，也符合祝寿的气氛。因此这回又上《闹天宫》。尽管戏台小了些，小猴子们本来该翻五个"虎跳前扑"的，在这里只能来两个，再多半个就翻到小戏台底下去了。就这，老寿星照样看得津津有味，害得人家小眼睛光擦眼泪的手帕就给她换了三块。现在的蔡花蕾比不得年轻时候了，随便什么个事情就激动，就流泪，和文理渊当年一样。连马神仙都说不出个所以然来，反正跟年纪有关。

因为蔡花蕾高兴，所以老大也高兴。他只是没想到文大同跟着好花红竟然连唱戏都学会了。在老大这里，儿媳妇的名字一直都是好花红，他叫不来什么金雨天，早就习惯了。

文知礼一家也是阵容最整齐的一回。连同安顺赶过来的姑爷跟小外孙，一家八口，一张小圆桌还坐不下。文霏霏才巴不得嘞，抱着儿子还拉上了母亲去了文珠他们那桌。文珠当然高兴，抱着一岁不到的大胖小子左看右看的，喜欢得很。

赵青梅一直观察着文珠，她怕她抱着别人的娃儿万一走了神，朝自己身上联想起什么，到时候会让大家都不舒服，就把孩子接了过来。

就这，文珠还不高兴了，说了一句："哟，二叔娘是怕我把孩子怎么的了？"

赵青梅脑筋快，马上说："哪里会，我是怕耽误你们看戏。"

文霏霏听出了两个人话里都有话，忙岔开话题，说："你还别说，文大同那两句真还有板有眼的，真是近朱者赤嘞。"

文珠说："我嫂子把着练了两天呢。对了，你们儿子取个什么名字？"

文霏霏说："他们家老太爷给取的，叫胡瓜。"

文珠说："胡瓜？！冬瓜的瓜？"

文霏霏说:"对。"

文珠说:"那还不如叫胡萝卜嘞,还有这道菜!"

文霏霏说:"就是,难听不说,还是没有的东西,早晚我要把他改了!"

文珠说:"那就改成胡……"

赵青梅再也听不下去了,一拍桌子打断说:"看戏看戏!孙猴子马上要被太上老君的千年葫芦给收了!"

别看是两隔壁,赵青梅平时也不大见得着文珠,就知道人是从何家回来了,具体怎么个情况不是太清楚。今天算是文珠回来之后第一次坐在一起说说话,没想到这次婚姻对文珠的影响这么大。完全不是原先印象里的那个活蹦乱跳的女孩子了,变了个人。

赵青梅马上周围团转扫了一圈,只见徐子在对面一个角落里站着,像是被舞台上大大小小的猴子吸引了的样子。让赵青梅感觉他是故意离得这么远。

4

当粉嘟嘟的桃花挂满树枝的时候,老大接到了周世龙由日本寄来的信。打去年春天周世龙带着自己经过一年多时间收集到的所有资料,踏上开往日本的轮船起,差不多一年了,始终没有在日本人那里得到个说法。

离开贵阳那天,周世龙和一个同行的随员过来跟老大辞行。看着周经理斑驳的两鬓,老大心里突然有些难受,觉得对不起这位在自己岗位上鞠躬尽瘁的朋友。

周世龙比老大长十一岁,按说也该跟自己母亲一样安度晚年的岁数了,还在为了没有诚信的日本人而远渡重洋,奔波操劳。但凡有个别的办法,老大一定不会让周世龙再赴日本。就他这么个前前后后一手经办的当事人,真要换了人,日本人还不知道会怎么扯呢,就他本人去都扯了差不多一年,还没有一个结果。

周世龙信中说,好几次站在夜风之中的大海边,闭了眼睛跳下去的心都有了,要不是朋友嘱托以及家小身影的不断出现,也许就魂断东瀛了。

读着这样的内容,老大心里不比周世龙好受,只是事到如今,总没有让周世龙丢下那里的事情回来的道理吧？那么一大笔钱不说，你日本人总该有个说法吧？日本人也太不要脸了，今天说这个取证的方法不规范，明天又说那个证据不能证明他们的机器本身有问题。反正有律师跟你扯。人家周世龙是厚道人，哪里说得过那些以扯皮为职业的律师嘛！

看着手里这张有些褶皱的信纸，老大突然之间冒出来一个不好的念头，周世龙在日本万一要有个什么好歹，真不知道怎么跟人家家里人交代去。

远隔千山万水，也没什么比多说宽慰话更好的办法了，封了信封口，老大又给遵义管理田产的谢掌柜写了一封信，让他立马给周世龙家送去五百大洋，同时告知周世龙家人，说不论有什么事情都可以来找文家老大。等到徐子拿着两封信离开了，老大的心情还是平静不下来。

除了周世龙这桩心事，老大的另外一桩心事在茅台镇。

自从何万年买下了正合烧房，为了使用万国博览会金字招牌方便，他决定沿用"正合"这两个字，不改了，免得生出些多余的麻烦来。何万年急着买下正合烧房，说明他心里一直还是盯着文家老大的。虽然何子豪已经连着办了两房姨太太，但是文珠的一去不复返，怎么都是何万年心里的一道伤疤。随便什么时候想起都是痛，只要一痛，肯定就想起文家老大。

所以那天那个副县长一提正合烧房，何万年马上就把文家扯了进来。而且再找了一个仁怀当地人准备任命为掌柜。见面那天，何万年直截了当，说他的目的就是拿翻文家的云辉烧房。

"拿翻"是我们这边的方言，就是制服或者整垮的意思。

当地人一听，脑袋马上摇得拨浪鼓一样，说："你老人家搞清楚云辉烧房是个什么情况没有？我告诉你，原先正合烧房姓林的东家就是因为要拿翻云辉烧房，最后才混到砸锅卖铁的份上。如果你老人家是需要一个掌柜，我可以试试；假如你需要的是杀手，那可能你还要另外找人。"

何万年想想，说："你的意思……拿不翻？"

当地人说："且不说正合烧房还要花大力气恢复到酱香型生产工艺，就是折腾之前的正合烧房，三五个加在一起也不是人家云辉烧房的对手！哎，我还想问问你老人家嘞，你买这烧房，不会不是为了酿酒，而是为了杀人嘛？"

何万年盯着这个当地人的眼睛，心想我是不是急了一点？要不然先干起来再说？于是他说："这样，既然都买了，先干起来，其他的以后再说。你先合计一下，看看恢复转来需要多少钱。"

当地人说："那行，我先去看看烧房究竟怎么个情况。"

这话绕山绕水传到老大耳朵里，顿时成了一桩心事。几个回合下来，老大的确领教了何万年的不择手段，还很有些匪气。不是怕他，而是不想把精力消耗在这些冤冤相报的纠缠之中。事到如今，都不是你想还是不想的问题了，而是如何面对的问题。兵书上说"上兵伐谋"，你要是能够"不战而屈"了何万年，那当然最好，否则难免一战。

如果有了"一战"的心理准备，至少不会像上次马一平泼上门来那么尴尬，那么气愤。一家人也跟着气那么长时间。现在战场如果摆在茅台镇，老大反而少了些顾虑，首先家里人不会受影响，这就可以放开手脚大干一场。打仗拼的什么，就是拼钱！说"无钱不聚兵"就是这个道理。军事对峙尚且如此，民间过招那就更不用说了，比如上次马一平的"到访"，他何万年就破费了不少银子。

现在对文家有利的一点，是云辉足够强大。打，他正合肯定打不过。不利的一点是文家走正路走惯了，冷不丁要来与兵匪为伍，真的要克服很大的心理障碍。但是，假如除此别无他途，那也只能闭着眼睛来一回了。反正这一仗必须打赢，必须！

哎，这么一想，老大反而轻松了。他写信让刘青云来贵阳一趟，两个人关在小客厅里合计了一整天，连吃饭都是送到这里来吃的。最后决定，趁着正合烧房招兵买马的当口，派一个信得过的兄弟打入进去，作为卧底猫在那里，随时备用。兵书上不是写得清清楚楚的吗？"知己知彼方能百战不殆"。

老大还让刘青云平时也黑道白道都走动走动，不远不近的，需要用劲的时候再下力气。

老大说："兄弟，活人不能叫尿憋死嘞！吃一堑如果能长一智，那这一堑就没有白吃！"

刘青云说："有姐夫在后面撑着，兄弟在前面跳多高心里都是有底的！不是有那么句话吗？人不犯我我不犯人，这是做人的原则！你放心，凡事我来担，跟文家'行德崇文'的祖训没有冲突，放心！"

老大有些感动，连"行德崇文"他都知道，不用讲，肯定是刘彩云告诉他的。老大一把抱住刘青云，拍拍人家的背，说："兄弟，茅台镇就交给你了！"

刘青云没说话，只是同样拍了拍老大的背。

5

贵州地处边远，经济落后而且交通不便，都不好意思反复说那句话了。你老是念叨天无三日晴，地无三里平，人无三分银，人家外地人会说你们贵州人都干什么去了？怎么就没人思考如何改变一下，想个办法让这句话成为历史不行吗？

文家老大也是这么想的。天无三日晴和地无三里平真不是自己弄得了的。至于人无三分银，哎呀，就是把自己最有钱时候所有的家财兑换成现大洋均分给每一个贵州人，他们也分不了几个钱。看来呀，只能从自己力所能及的事情做起，老大最先想起的是教科书。

一想到书，老大第一个要佩服的就是自己的爹。

那年文理渊有言在先，说自己虽然没有能力让天下人丰衣足食，起码能让天下愿意读书的人有书可读。一个落魄来到贵州的读书人，有了点钱就生出这样的想法来，真是难能可贵嘞。老大想。

再到教科书。从文大同、文珠他们上小学那时候就一直是个麻烦事。贵州的教科书一直是上海的商务印书馆等几个大书局印制的，完了再费气巴力运到这边来。由于路途遥远，翻山越岭过大河就不用说了，连年不断的战事更是让本来就伤脑筋的这一路变得扑朔迷离，险象环生。于是，每年春秋两季的教科书就没了准头，该开学的时候因为教科书还没到，你让先生们怎么办？文大同他们那个时候还好，那些人人都有的八股文总能对付一阵子。现在不行了，文大喜和文心仪眼看着就要背着书包上学去了，现在都用新式教科书，由教育部统一组织编撰，统一印制。教科书不能按时到达，学生就只能"放羊"。多少年来一直如此，地方教育界因此深受其苦，怨声载道。

一些为地方教育揪心的人士于是就盯上了文渊书局，一打听，人家文家老大早有此心，不谋而合。那就抓紧整；再一打听，还是不行。原来印制教科书不是个随随便便的事情，谁想印谁就印，那不乱了套了？你想印可以，印刷条件具备了你要申请，而且此事贵州无权做主，权力在教育部。

这回犯难了。按理教育部在北洋政府的所在地北京，没想这一年的阳历5月5日，孙中山在广州宣誓出任中华民国非常大总统。这样一来，北边一个政府南边一个政府，听谁的？申请印制教科书的文书该送给北边的政府还是南边的政府？

老大和几个"揪心人士"合计了一回，觉得目前北边的政府是被世界各国认可了的，而且"孙大总统"这个称谓前面之所以加了"非常"这么个表示程度的副词，说明老孙自己心里也不是很踏实，意思留有进一步解释和商榷的余地。最后，大家一致同意把"申请"文书交给北边的政府。

结果可想而知。北边的政府正在因为南边又出了一个政府而毛焦火辣呢，哪里有心思管你什么教科书不教科书哦！自然泥牛就入了大海。

哎呀，老大算是看明白了，这年月不是你想做点事情就能做得成。但是，这件事就此刻在了老大心头。

中秋节还没过，让老大担心的事情终于发生了。跟着周世龙一起去日本的那个随员突然发来一封加急电报，字不多：周世龙因病客死他乡。

老大一下子感觉哪儿轰的一声响，都有点站不住了，要不是玉娟眼疾手快，非摔在当场不可。

老大靠在椅子里，闭着眼睛，就觉得眼泪如同开了闸的水渠，用力挤开自己试图闭紧的眼皮，夺眶而出。从第一次和周世龙见面开始，到跟周世龙在自己家里辞别的最后一面，一幕一幕在脑筋里面过了一遍又一遍，而且一遍比一遍清晰，一遍比一遍伤心……

第二天一早，老大不顾家人劝阻，带上徐子和李备，加上周世涛，四个人直奔遵义沙滩而去。他要亲自去祭奠这个为了文家的事业而鞠躬尽瘁的朋友。原先说起周世龙时用"鞠躬尽瘁"四个字还有点虚，现在转眼真的就死而后已了。这无疑加重了老大的哀愁。

噩耗对于周世龙的妻子儿女来说，不啻晴天霹雳。好在老板亲自登门吊唁不说，还指挥从遵义带过来的一竿子人马以及物品三下五除二就把灵堂布置出来了。当几个从遵义请过来的和尚在锣鼓铙钹的铿锵之中开始吟唱挽歌时，老大首先来到灵位前行三叩九拜之礼。

大清国那时候，三叩九拜是皇上才能受用的大礼，谁乱用谁犯上，想整人时杀头都行。现在好了，大礼谁都能用，只要你愿意。

老大在周世龙的灵位前三叩九拜，就是要表达自己对这位朋友的敬重与感激，活着的人对于逝者，大概也不过如此了。来的路上老大就想好了的，当着周世涛在内的所有周家人，老大将一纸百亩地契交到了周家长子手里，说这是为周世龙家人做出的一个长远之计，是遵义周边上好的一片水田。

之外，周世龙后事所需用度，包括棺椁、坟地，全部由丰汇盐号支出。

临走时，老大让周世涛多待几天，也顺便看看家小。周世涛以自己已经见过面做借口，执意要跟大家一起回贵阳。他是被老大感动了。

6

文珠的变化，还不止赵青梅看出来的那些。

虽然回到了娘家，起初的舒畅过后接下来肯定是平淡无奇的日子。别人家都有完整的家庭生活，比如，文大同家两口子加上调皮捣蛋的文心仪，总之是一个完整的家庭构成；文霏霏也是，顶多不满意老公公给儿子起的名字，其他方面全都配得上"幸福"两个字。唯独自己，外边不明不白也就不说了，回到家里依旧不明不白。她和徐子都知道对方的心，只是不能表白。徐子没事，表白不表白没什么，心里有就足够了。特别是老爷没让自己再去住仓库，还当自家人一样看待，你要是再给人家添点麻烦么，对不起别个嘛！所以，徐子时常告诫自己，尽可能按照老爷吩咐的去做，这叫知恩图报。

文珠不行，她是那种敢爱敢恨，什么事情都做得出来的大小姐。爱就要说爱，恨就要说恨，非表现出来不可，她从来不知道什么叫隐忍。回来这么些年了，你让她和心爱的人对面走过跟不认识一样，她受不了嘛！时间一长，心态会变，脾气会变，性格也会变。哪里会只有赵青梅看得出来嘛？谁都看出来了的，不过是不说而已。

只是心痛得最老火的还要数刘彩云。

自打文珠回了家，刘彩云就一直后悔。后悔当初不该无保留地同意老大的主张，那样的话，至少让女儿在这个家里能感觉到一点温暖，感觉到有人跟她是一边的，不是孤军在作战，无依无靠。所以，女儿回来之后刘彩云给予了加倍的爱，这一点文珠是感受得到的。只不过文大喜降生之后，母亲的爱至少被分成两半嘛。这让饱受过人间苦难的文珠有了想法，倒不是觉得文大喜不该有爱，而是觉得自己怎么就成了一个多余的人了，爹不疼娘不爱的。那种飘逸着无可奈何眼神的模样，连小眼睛看了都觉得伤心伤意。

小眼睛当然知道老爷让她顺带着伺候文珠有监视的意思。自从那次跟徐子哥说了自己的心里话，被人家婉拒之后，你要说心里从此就没了徐子，那也是假话，只是没那么热烈了。一个小姑娘家家的憋了好久说出来的心里话，直接被别人关在了门外，难受是肯定的。好在小眼睛自己也在改变，跟着一心向佛的老太太每天进进出出佛堂，烟熏火燎地听两个师父叽里咕噜一通念，完了老太太再接着念，有时候是三个人一起念。日子一长，连小眼睛都学会了那些千篇一律的经文。不知不觉之中，一些时候就成了四个人一起念。由于声音本质的差别，居然就念出那种和声的效果来，把平常两个师父让人打瞌睡的效果变成了充满音乐节律的效果。不仅两个师父满意，老太太也满意。

从此，佛堂里每每传出来的"四重唱"，总能让人停下脚步聆听片刻，因为大家都没听过。

就这样，小眼睛的心灵居然就在这样的重复过程中得到了净化。因此，当她看到大小姐空洞无物的眼神时，小丫头当即决定去找徐子。

徐子说："你……找我？！"

小眼睛听得懂徐子的话外音，只不过现在的小眼睛已经不是从前的那个小眼睛了，超凡脱俗不敢说，起码心里面宽敞了许多。于是点点头，说："徐子哥，如果你仍然喜欢大小姐，那你就不能再这么藏着躲着了。"

徐子一听这样的开场白，都没敢轻易接嘴。

小眼睛说："大小姐是那种富贵命，让人家捧着惯着的时间长了，改不回来了。估计老爷给你交代过什么，如果你依旧这样回避下去，我估计大小姐……会崩溃！如果那样的话，我知道被伤害的不只是她。所以我建议你，建议哈，你既要温暖大小姐的心，还要回避着老爷他们。有点难哈？但是你放心，如果需要，我会帮你们。"

小眼睛十分平静地说完这些话，跟上一次和徐子说完话一样，转身就走，留下瞠目结舌的徐子一个人在那儿歪着脑袋，试图把小眼睛说的那些话连成一个整体。

吃晚饭的时候，已经不再具体管事的徐孃叫了徐子两声他都没听见。半夜时分，徐子突然坐了起来，像是被鬼抓了一爪，连声说："不能崩溃！决不能崩溃！！"

接下来的几天，徐子跟小眼睛鬼鬼祟祟地窸窸窣窣了好几回，大家都知道这是一对冤家，因此断定演不出什么大把戏来，包括蔡花蕾，都没在意。结果，在一个设计好的时间跟一个设计好的地点，徐子和文珠见了面。

当徐子把文珠紧紧搂住，文珠由肺腑最深处喷薄而出的一腔哀怨，让徐子深切感受了一回什么叫悲情，还让徐子起了一身鸡皮疙瘩。若不是徐子及时捂住了文珠的嘴，那动静一定连二老爷家那边都能听见。

人啊，缺什么都不能缺了爱。

打这次以后，文珠变了个人似的，脸色渐渐上了油彩一样，回复到大姑娘时候那种让人眼馋的颜色；眼睛也有了光了，看人时多了一些亲切，让人感觉是要安逸一些嘞。

老大和刘彩云都纳闷，再观察小眼睛，跟原来也没什么两样啊，还是伺候完了老祖宗又来伺候大小姐，看不出蹊跷。

刘彩云就说："嗯，人会变，一个时间一个样子，不奇怪。"

老大说："这有什么奇怪的？好事情嘛！"

只是徐子不但将小眼睛跟他说的话，一五一十告诉了文珠，还将从前那一回如何如何，也细细讲了一遍。从那一天起，文珠虽然没说，已经把小眼睛看作是自己亲亲的姐了。

7

年关快到时，像是为了迎接新年似的，金雨天的第二个娃儿降生了，而且遂了老大的心愿。当接生婆把小娃儿放在那种十六两制的秤盘上一提，"五斤八两，儿娃娃"的喊声一出口，老大在外面嘴巴笑得都合不拢来了，连声说："好好好！有整有零！好！"

刘彩云就笑，说："明显的言不由衷嘛，什么叫有整有零好？是接续香火的人有了，才好！"

老祖宗也松了口气，其实她比老大急。你想嘛，如果这一胎还是个姑娘，老大也许还能等下一胎，最不济文大喜还在那儿"储"着不是？她蔡花蕾身体再硬朗，总归等不到文大喜出结果吧？老大就能等。所以，蔡花蕾比老大急。但是蔡花蕾见了老大就说："好喽好喽，这回我们家老大满意了！"

老大也不争辩，就说："满意满意！"

蔡花蕾说："名字想好了吗？"

老大说："这回该老祖宗来一个！"

蔡花蕾说："行了，说了你，就你。只不过文心仪那丫头和名字有点反哈，狗东西一点也不心仪，完全一个儿马婆！嘿嘿嘿嘿！"

"儿马婆"是我们这边专门形容女娃儿的方言，就是疯叉叉的那种。

老大说："倒是想了一个，不知道满不满你老人家的意？"

蔡花蕾说："说来听哈。"

老大说："文心志！前面两个字不变，最后一个志气的志。男娃娃嘛，必须要有点志气。"

蔡花蕾连脑筋都没过一下，就说："就它了！记着哪天到坟上跟你爹说一声就行了。"

给老太爷上坟那天，除了蔡花蕾，大院这边的人差不多都去了，把文理渊坟头前面的拜台挤得满登登的，老大要的就是这种儿孙满堂的效果。他听蔡花蕾说过，那年生下他，老外公蔡好仁就急唠唠抱着去了老蔡家的祖坟。那时候家族力量单薄一点，连抱在怀里的，总共就五个人。现在你再看，这还没算文知礼、文知琴两家嘞。

就因为蔡花蕾说她想清静清静，满月酒就改在了汉云楼。那天，金雨天的爹妈弟妹都来了，老大专门请来了照相馆的师傅，文家一家人来了一张全家福；完了金家一家同样来了一张全家福，还特别叮嘱师傅，说洗大一点的，用框子框上。

文大同家两口子挨桌敬酒，感谢这个完了再感谢那个，最后，文大同自己把自己"拿翻"了，躺在旁边的沙发上堆着一脸的笑，嘴里嘟嘟囔囔的，听不清楚说些什么。金雨天虽然也一直陪着，人家就没真喝，说都醉了不好嘛，谁去迎来送往？你看，得体吧？

老大相当满意。当然不是说满月酒哈，是老文家终于续上了香火，心里头顿时踏实了。有一种被什么东西抵住了腰杆的那种感觉，稳揪揪的，觉得周身通透，还有点心旷神怡。

是嘞，中国人就在这个问题上自己跟自己较真，几千年了，什么都能改革，唯独这一条改不掉。就说老大，自从好花红生了文心仪，都还没说以后不再生了，他就一直感觉欠缺，不爽。也不说，哪怕他是个笑脸，你就觉得不由衷。刘彩云就说他，况且还有文大喜，你至于这么急吗？老大无言以对，也知道自己确实急了点，只是这个心劲咋个都弯不回来，直到文心志的诞生。

现在想起来，他自家都觉得有点笑人。但那时候一点笑话的意思都没有，完全是一种自然状态。没办法，你生在这个国度了。

一个人静下来的时候，老大开始告诫自己，喜形于色也就罢了，千万不要过，到乐极生悲了，好事就变成了坏事。于是他想起了何万年，如果文家要出状况，十之八九会跟他有关。要不干脆去一趟茅台镇？上次去遵义都没有拐去茅台镇一趟。也顺便换换心情，天天都高兴也不是什么好事情，人要讲究均衡。马神仙不是常说中医讲究阴阳五行吗，从酸、苦、甘、辛、咸五味，到怒、喜、思、悲、恐五情，哪一样多了都不行，一样一点才是天道，才是法则。

现在，文家老大出行少不了的老三样，徐子、李备、马车。少一样都不成系统，就会有缺胳膊少腿的感觉。

到了茅台镇，这回直接去了烧房，还把徐子和李备支到盐号去拿东西，再让苏继伟回避，最后关上门，这才开始跟刘青云说话。

老大朝前挪挪身子，说："你派了谁去，不用跟我讲。就说他们那边有什么动静，就行。"

刘青云说："最近刚刚把窖池恢复过来，准备开始酿酒了。说是这个掌柜的兴趣好像都在酿酒上，还听接近掌柜的人说，这个掌柜就拒绝过姓何的东家一回，说是不愿意跟云辉烧房对着干！"

"哦！意思……何万年一开始打算的就是要跟我们对着干喽？"老大明知故问。

刘青云说："应该是这样。"

老大说："果然如此！这回好了，钉子也插进去了，心里也有了防备，接下来就剩下了兵来将挡，水来土掩。"

刘青云说："姐夫放心。茅台镇有我！"

老大想想，说："对了，都忘了说一声。大同家又添了个娃娃，儿子。"

刘青云说："哎呀！那你真该请客哦，我出酒！"

两人对视一眼，紧跟着哈哈大笑起来。搞得人家下面劳动的人都停下手里的活路，到处找跟这个环境完全不匹配的笑声。

当天晚上，已经升格为老祖宗的高大脚再没去厨房给女婿做红烧肉。说人要服老，到底一格一格这么往上升是有代价的。

老大和刘青云都喝过了头，老大由徐子和李备架着去了刘彩云的闺房，扶上了床，徐子帮着老大脱了鞋，用棉被搭着肚皮。让刘家老祖宗没想到的是，徐子和李备居然再次回到饭桌边，接着刚才被中断了的情绪，一直喝到趴在桌子上为止。

高大脚一个人在那儿嘟囔："嘿！当真哦……酒不要钱是不是？"

8

周世涛提出建议，说文渊书局应该找个门面，成立一个图书部，一来印好的书籍有个周转地，由这里发运给各地书商，这就把生产跟发运分开了，各司其职；二来也是展示书局成果的窗口，让老百姓一目了然。

"这种一举几得的事情今后你都不用请示，直接就办，办完了知会我一声就行。这个图书部当然需要有个人管着，周经理心里……有个什么人选了吗？"老大说。

周世涛想想，说："这个意思文老板心里有个人选了？"

老大笑了，说："耶？好好好，哎呀，你看……徐子怎么样？"

周世涛说："我在想不是行不行，是你舍得舍不得的问题嘞？"

老大又笑，说："那倒不，事业为重，事业为重嘛！既然你不反对，那就徐子！至于门面，就麻烦周经理，或者叫徐子也行，看看哪里有合适的铺面，斟酌一个就是！"

这个事情回到家里一说，没一个人说不。

蔡花蕾说："你呀，论功行赏的道理跟谁都用，就是在徐子这里不用。这么些年了……哎呀，我也懒得说了，今年……我记得他该有二十八了吧？是，捡回来那年四岁嘛，总之我不说了！"

老大其实也是这个心思。

徐子在他心里一直都是个事，现在看来，人家跟文珠你能说那是罪过？门当户对就现在这个结果，哪边都不讨好不说，还一肚皮的官司！现在几边都这么不清不楚地吊着，还不如当初门不当户不对的好，至少两个年轻人不会就这么隔着银河遥相望，后悔哦！但是有哪样用嘛？纵然马神仙有起死回生的本事，也配不出后悔药来。

上次刘彩云问他，说觉得没觉得文珠有变化？老大心想我又不是憨包，那还看不出来？而且一定跟小眼睛有关！特别是小眼睛依旧不卑不亢挺着个小胸脯进进出出那样子，就是在掩饰，否则……老大都懒得往下想了，反正这个结果是他愿意看到的，至于怎么就导致了这个结果，有必要去细究吗？

老大索性就顺着刘彩云，她说什么自己就说什么。自家姑娘喽嘛，徐子也跟自家的一样，只要他们愉快，自己也会少些负罪感。所以，当周世涛提出图书部的设想时，老大第一个想到的，就是徐子。

（第一部完）
2012年10月二稿于贵阳兴隆花园寓所
（2022年5月8日整理于贵阳观山小区寓所）